MANHATTAN
by Goldmann

Buch

Tucker Case arbeitet als Pilot für einen gigantischen Kosmetikkonzern. Genauer gesagt: Er arbeitete. Dank eines alkoholbedingten Arbeitsunfalls, bei dem eine Prostituierte im Cockpit eine tragende Rolle spielte, verwandelte Tucker seinen rosafarbenen Jet in Schrott und sich selbst in einen Expiloten. Als ihm der Arzt und Missionar Dr. Sebastian Curtis trotzdem einen Job als Flieger anbietet, kann Tucker kaum ablehnen. Zumal die Konditionen geradezu traumhaft sind: Er soll von der Missionsbasis auf der kleinen Südseeinsel Alualu Medikamente auf umliegende Atolle bringen und dafür fürstlich entlohnt werden. Zweifel beschleichen Tuck erst, als er zusammen mit dem Transvestiten Kimi und dessen bebrillter sowie sprechender Fledermaus auf der Insel angeschwemmt wird und einem Menschenfresser in die Hände fällt. Dann erfährt er auch noch, daß die Eingeborenen einen amerikanischen Piloten aus dem Zweiten Weltkrieg namens Vincent als Gott verehren sowie das Pin-up-Girl auf seinem Bomber als Himmelsgöttin. Ein paar skrupellose Geschäftemacher wissen das für sich zu nutzen – und Tuck scheint Teil ihres üblen Plans zu sein…

Autor

Der ehemalige Journalist Christopher Moore wird von der amerikanischen Kritik immer wieder mit Douglas Adams und Tom Robbins verglichen. Er ist ein wahrer Meister des Unerhörten und des etwas anderen Humors. Der Autor lebt in Cambria, Kalifornien.

Christopher Moore bei MANHATTAN:

Der kleine Dämonenberater. Roman (54002)

Christopher Moore im Goldmann Taschenbuch:

Lange Zähne. Roman (8143)
Blues für Vollmond und Coyote. Roman (43430)

Christopher Moore
HIMMELSGÖTTIN

Roman

Aus dem Amerikanischen
von Christoph Hahn

Die Originalausgabe erschien 1997 unter dem Titel
»Island of the Sequined Love Nun«
bei Avon Books, New York

Umwelthinweis:
Alle bedruckten Materialien dieses Buches
sind chlorfrei und umweltschonend.

Manhattan Bücher erscheinen im Goldmann Verlag,
einem Unternehmen der Verlagsgruppe Bertelsmann

Deutsche Erstausgabe 6/98
Copyright © der Originalausgabe 1997 by Christopher Moore
Copyright © der deutschsprachigen Ausgabe 1998
by Wilhelm Goldmann Verlag, München
Die Nutzung des Labels Manhattan
erfolgt mit freundlicher Genehmigung
des Hans-im-Glück-Verlags, München
Umschlaggestaltung: Design Team, München
Umschlagmotiv: Earl McPherson
Satz: Uhl + Massopust, Aalen
Druck: Graphischer Großbetrieb Pößneck
Verlagsnummer: 54032
Redaktion: AB · Alexander Groß
Herstellung: Katharina Storz
Made in Germany
ISBN 3-442-54032-1

1 3 5 7 9 10 8 6 4 2

TEIL EINS

Der Phönix

1

Der Kannibalenbaum

Als Tucker Case aufwachte, mußte er feststellen, daß er mit dem Kopf nach unten an einem Seil aus Kokosfasern an einem Brotfruchtbaum hing. Er war zu einem Päckchen zusammengeschnürt. Hände und Füße vorne zusammengebunden, und er baumelte etwa zwei Meter über dem Boden. Unter großer Anstrengung hob Tucker den Kopf, um sich einen Überblick zu verschaffen. Er konnte einen weißen Sandstrand erkennen, gesäumt von Kokospalmen, ein Feuer aus getrockneten Kokoshülsen, eine Hütte, die aus Palmwedeln errichtet worden war, und einen Pfad aus weißem Korallensplit. Vervollständigt wurde das Panorama durch das grinsende Gesicht eines braunhäutigen Eingeborenen.

Der Eingeborene erhob eine Hand wie eine Klaue und kniff Tucker in die Wange.

Tucker schrie auf.

»Yamm«, sagte der Eingeborene.

»Wer bist du?« fragte Tucker. »Wo bin ich? Wo ist der Seefahrer?«

Alles, was der Eingeborene tat, war grinsen. Seine Augen waren gelb, seine Frisur ein wüstes Durcheinander aus Locken und Vogelfedern und seine Zähne schwarz und spitz zugefeilt. Er sah aus wie ein lederbezogenes Skelett mit Schmerbauch. Wülstige rosa Narben zierten seine Haut, und auf seiner Brust bildete eine Reihe davon die Silhouette eines Haifischs. Bekleidet war er lediglich mit einem Lendenschurz, der aus einer Pflanzenfaser gewoben zu sein schien und in dessen Hüftgurt ein gefährlich aussehendes Buschmesser steckte. Der Eingeborene tätschelte Tucker mit seiner schwieligen, aschebedeckten Handfläche die Wange, dann wandte er sich ab und ging davon.

»Warte!« rief Tucker. »Laß mich runter! Ich habe Geld! Ich kann dich bezahlen!«

Ohne sich umzusehen, trottete der Eingeborene weiter. Tucker wand sich in seinen Fesseln, doch erreichte damit nur, daß er sich langsam zu drehen begann. Dabei fiel sein Blick auf den Seefahrer, der bewußtlos ein paar Schritte entfernt hing.

»Hey, lebst du noch?«

Der Seefahrer gab keinen Mucks von sich, doch Tucker sah, daß er atmete. »Hey, Kimi, wach auf!« Keine Reaktion.

Er zerrte an den Fesseln um seine Handgelenke, aber dadurch zogen sie sich nur noch fester zusammen, wie es schien. Nach ein paar Minuten gab er erschöpft auf. Er verschnaufte und schaute sich um, ob es irgend etwas gab, durch das sich diese bizarre Szenerie vielleicht erklären ließ. Warum hatte der Eingeborene ihn in einem Baum aufgehängt?

Am Rande seines Blickfeldes nahm er eine Bewegung wahr, und als er sich danach umdrehte, sah er eine große braune Krabbe, die am Ende eines Seils zappelte, das an einem Ast festgemacht war. Da hatte er seine Antwort: Ebenso wie die Krabbe hingen auch sie in einem Baum, damit sie frisch blieben, bis sie verspeist wurden.

Ein Schauder überlief Tucker, als er sich vorstellte, wie sich die schwarzen Zähne des Eingeborenen um sein Schienbein schlossen. Er versuchte sich krampfhaft darauf zu konzentrieren, daß es doch wohl möglich sein mußte zu entkommen, bevor der Eingeborene wieder zurückkehrte, doch seine Gedanken schweiften immer wieder ab, und alles, was ihm einfiel, war eine Flut von Erinnerungen an persönliches Versagen und verpaßte Möglichkeiten, und so überlegte er, an welchem Punkt die Welt sich endgültig gegen ihn gekehrt und in diesen Kannibalenbaum gehievt hatte.

Wie die meisten selbstverursachten Desaster in seinem Leben hatte auch dieses seinen Ausgangspunkt in einer Bar.

Die Lounge des Holiday Inn am Flughafen von Seattle war ein jagdgrünes mit Messingstreben und Eichenfurnier ausgestattetes Etablissement, das, hätte man die Bar weggelassen, haargenau aussah wie die Abteilung für Herrenoberbekleidung bei Macy's. Es war ein Uhr morgens, hinter der Bar stand eine stämmige Frau spanischer Herkunft und mittleren Alters und polierte die Gläser, während sie darauf wartete, daß ihre letzten drei Gäste endlich gingen, damit sie nach Hause konnte. Am Ende der Bar saß allein eine junge Frau in einem kurzen Rock und mit zu dick aufgetragenem Make-up. Ein paar Hocker weiter saß Tucker Case neben einem Geschäftsmann.

»Lemminge«, sagte der Geschäftsmann.

»Lemminge?« fragte Tucker.

Sie waren betrunken. Der Geschäftsmann war eine schwergewichtige Erscheinung Ende Fünfzig in einem aschgrauen Anzug. Geplatzte Äderchen prangten auf seiner Nase und seinen Wangen.

»Die meisten Leute sind Lemminge«, fuhr der Geschäftsmann fort. »Und deswegen sind sie zum Scheitern verurteilt. Sie benehmen sich wie Nagetiere mit einem Selbstmordtrieb.«

»Aber Sie stehen natürlich weit über solchen Nagetieren«, sagte Tucker Case und grinste klugscheißermäßig. Er war dreißig, nicht ganz einsachtzig groß und hatte blaue Augen. Seine blonden Haare waren akkurat geschnitten, und er trug marineblaue Hosen, Turnschuhe und ein weißes Hemd mit Epauletten in Gold und Blau. Eigentlich galt sein Interesse weniger den Ausführungen des Geschäftsmannes als vielmehr dem Mädchen am Ende der Bar, doch er wußte nicht, wie er es bis dorthin schaffen sollte, ohne allzu offensichtlich zu wirken.

»Nein, aber ich beschränke mein Lemming-Verhalten auf meine persönlichen Beziehungen. Drei Ehefrauen.« Der Geschäftsmann fuchtelte mit einem Cocktailspieß vor Tuckers Nase herum. »Um in Amerika Erfolg zu haben, braucht man weder ein besonderes Talent, noch muß man sich allzu große Mühe geben. Man muß nur seine Linie verfolgen und dabei keine Scheiße bauen. Und daran scheitern die meisten Leute. Sie werden mit dem Druck nicht fertig, daß sie wirklich kriegen könnten, was sie wollen, und wenn sie dann kurz davor sind und das Ziel ihrer Wünsche schon greifbar vor Augen haben, sehen sie zu, daß irgendwas schiefgeht, damit der Erfolg ihnen versagt bleibt.«

Die Lemming-Predigt schlug Tucker allmählich auf den Magen. In den letzten vier Jahren hatte er sich mehr oder weniger herumgetrieben und sich mit Jobs als Barmann oder Pilot für Firmenjets über Wasser gehalten. Er sagte: »Vielleicht gibt es ja Leute, die gar nicht wissen, was sie wollen, und die deshalb nur so wirken wie Lemminge.«

»Jeder weiß, was er will. Du weißt, was du willst, hab ich recht?«

»Aber klar doch«, sagte Tucker. Was er just in diesem Moment wollte, war, dieser Unterhaltung zu entfliehen und sich dem Mädchen am Ende der Bar zu widmen, bevor der Laden hier dichtmachte. Seit fünf Minuten starrte sie ihn nun schon an.

»Was?« Der Geschäftsmann wollte unbedingt eine Antwort. Er wartete.

»Ich bin glücklich mit dem, was ich mache, und ich will, daß das so bleibt.«

Der Geschäftsmann schüttelte den Kopf. »Tut mir leid, mein Sohn, aber das kaufe ich dir nicht ab. Du gehst über die Klippe, genau wie all die anderen Lemminge.«

»Sie sollten Motivationskurse abhalten«, sagte Tuck, dessen Aufmerksamkeit ganz auf das Mädchen gerichtet war, das nun aufstand, Geld auf den Tresen legte und ihre Zigaretten nahm, um sie in die Handtasche zu stecken.

Sie sagte: »Ich weiß, was ich will.«

Der Geschäftsmann drehte sich um und setzte sein bestes Geiler-aber-guter-Onkel-Lächeln auf. »Und was ist das, meine Süße?«

Sie schritt auf Tucker zu und drückte ihm ihre Brüste an die Schulter. Sie hatte braune Haare, die ihr in Locken auf die Schultern fielen, blaue Augen und eine Nase, die ein wenig schief war, aber nicht so, daß es dramatisch gewesen wäre. Aus der Nähe wirkte sie, als sei sie noch nicht einmal alt genug, um Alkohol zu trinken. Es war das dicke Make-up, das sie aus der Entfernung wesentlich älter hatte aussehen lassen. Sie schaute dem Geschäftsmann in die Augen, gerade so, als sei Tucker überhaupt nicht da, und sagte: »Ich will dem Mile-High-Club beitreten, und zwar noch heute nacht. Können Sie mir da helfen?«

Der Geschäftsmann schaute auf Tuckers Pilotenmütze, die auf der Bar lag, und ließ dann seinen Blick wieder zurückwandern zu dem Mädchen. Geschlagen schüttelte er den Kopf.

Sie preßte sich fester gegen Tuckers Schulter. »Und wie steht's mit Ihnen?«

Tucker grinste den Geschäftsmann an und zuckte entschuldigend mit den Achseln. »Ich will einfach nur mit dem weitermachen, was ich tue.«

Das Mädchen setzte sich die Pilotenmütze auf und zog Tucker von seinem Barhocker. Er griff in seine Hosentaschen und suchte nach Geld, während sie ihn zum Ausgang schleppte.

Der Geschäftsmann hob die Hand. »Die Drinks gehen auf mich, mein Sohn. Denk du einfach nur daran, was ich gesagt habe.«

»Danke«, sagte Tucker.

Draußen in der Hotelhalle sagte das Mädchen: »Ich heiße Meadow.« Sie hielt den Blick nach vorn gerichtet, während sie mit kurzen Schritten voranmarschierte, gerade so, als ob sie zu einem Antiterroreinsatz unterwegs sei und nicht zu einem amourösen Abenteuer.

»Hübscher Name«, sagte Tucker. »Ich bin Tucker Case. Aber die Leute nennen mich Tuck.«

Noch immer schaute sie nicht hoch. »Hast du ein Flugzeug, Tuck?«

»Zumindest habe ich Zugang zu einem.« Er lächelte. Das hier war einfach großartig. Spitzenmäßig!

»Gut. Du bringst mich in den Mile-High-Club, und dafür brauchst du nichts zu zahlen. Ich wollt's schon immer mal in 'nem Flugzeug treiben.«

Tucker blieb stehen. »Du bist eine... Ich meine, du machst es für...«

Sie blieb ebenfalls stehen und blickte ihm zum ersten Mal in die Augen. »Du bist irgendwie schwer von Begriff, stimmt's?«

»Danke, ich finde dich auch irre anziehend.« Was er allerdings wirklich tat.

»Na ja, du bist schon attraktiv. Ich meine, du siehst *wirklich* gut aus. Aber ich dachte, ein Pilot sollte doch wohl mehr auf dem Kasten haben.«

»Ist das so was wie eine Domina-Erniedrigung-Handschellen-Nummer?«

»Nein, das ist extra. Im Augenblick mache ich nur Konversation.«

»Ach so, ich verstehe.« Mittlerweile kamen ihm doch so einige Bedenken. Er mußte am Morgen nach Houston fliegen, und er sollte eigentlich zusehen, daß er etwas Schlaf bekam. Andererseits wäre das hier auch eine super Geschichte, um sie den Jungs auf dem Hangar zu erzählen – wenn er den Teil ausließ, daß er eigentlich ein Nagetier mit Selbstmordtendenzen und sie eine Prostituierte war. Aber er konnte die Geschichte ja auch erzählen, ohne es wirklich zu machen, oder?

Er sagte: »Eigentlich sollte ich vielleicht besser nicht fliegen. Ich bin ein bißchen betrunken.«

»Dann stört es dich hoffentlich nicht, wenn ich zurückgehe in die Bar und mir deinen Freund schnappe? Ich kann genausogut 'n bißchen Geld verdienen.«

»Es könnte gefährlich werden.«

»Darum geht's doch gerade, oder?« Sie lächelte.

»Nein, ich meine, wirklich gefährlich.«

»Ich habe Kondome.«

Tucker zuckte mit den Achseln. »Ich hole uns ein Taxi.«

Zehn Minuten später schritten sie über die nasse Rollbahn auf eine Gruppe von Firmenjets zu.

»Er ist rosa!«

»Ja, und?«

»Du fliegst einen rosa Jet?«

Während Tuck die Einstiegsluke öffnete und die Treppe herunterließ, wurde er von dem Gefühl heimgesucht, daß der Geschäftsmann vielleicht doch recht gehabt hatte.

2

Ich dachte, das hier sei ein Nichtraucher-Flug

Die meisten Düsenflugzeuge (besonders jene, die sich nicht mit zusätzlichem Gewicht in Form von Passagieren oder Treibstoff herumplagen müssen) haben eine Sinkflugrate, die es ihnen erlaubt, auch ohne laufende Triebwerke zu landen. Doch Tucker ist eine Fehleinschätzung unterlaufen – als Resultat seines Konsums von sieben Gin Tonic und der Ablenkung durch Meadow, die rittlings über ihm auf dem Pilotensitz thront. Er überlegt, daß er vielleicht etwas hätte sagen sollen, als die Warnlämpchen der Treibstoffanzeige zum ersten Mal aufgeblinkt hatten, doch da war Meadow schon in den Sattel gestiegen, und er hatte nicht unhöflich erscheinen wollen. Nun ist der Anflugwinkel zu steil und die Landebahn eine Idee zu weit entfernt. Er versucht es mit Körpersprache, indem er am Steuerknüppel zerrt, was Meadow als Zeichen seiner Begeisterung deutet.

Tucker bringt die rosa Gulfstream ein Stück zu niedrig über SeaTac herein, so daß er das Heckfahrwerk an einer Radarantenne verliert, bevor er eine Sekunde später auf der Landebahn aufprallt und Meadow über den Steuerknüppel hinweg gegen die Windschutzscheibe geschleudert wird und bewußtlos auf dem Instrumentenbrett liegenbleibt. Das Flugzeug flattert noch einmal mit den Flügeln – wie ein sterbender Flamingo in einer Öllache –, bevor die Tragflächen, begleitet von einem lauten Kreischen, in einem Funkenhagel abreißen, der sich in eine flammenlodernde schwarze Rauchwolke verwandelt, und durch die Luft wirbeln, um schließlich auf der Rollbahn in tausend Partikel zu zerbersten.

Tucker, der auf dem Pilotensitz festgeschnallt ist, stößt einen langen Schrei aus, der schließlich den Lärm von zerreißendem Metall übertönt.

Die flügellose Gulfstream schlittert, eine ölige Qualmwolke und Aluminiumkonfetti hinter sich herziehend, die Landebahn entlang wie der Bob des Höllen-Nationalteams. Feuerwehrleute und Sanitäter stolpern hastig in ihre Fahrzeuge und machen sich auf die Verfolgungsjagd. In einem Augenblick analytischen Scharfsinns bemerkt einer der Feuerwehrleute einem Kollegen gegenüber: »Da ist ja so gut wie kein Feuer, der Kerl muß mit den Dämpfen im Tank geflogen sein.«

Tucker sieht das Ende der Landebahn auf sich zukommen – eine Ansammlung von Antennen, einige zuckende blaue Lichter, einen Maschenzaun und ein grasbewachsenes freies Feld, auf dem sich das, was von der Gulfstream noch übrig ist, in wenigen Augenblicken in einen Hagel aus rosa Splittern auflösen wird. Es wird ihm klar, daß er seinem Tod entgegenblickt, und er schreit »Heilige Scheiße«, womit er den Anforderungen der Flugaufsicht nachkommt, wonach die Black Box unbedingt die letzten Worte des Piloten festzuhalten hat, und sei sie auch noch so verkohlt.

Plötzlich wird es ganz still im Cockpit. Es ist, als hätte jemand eine kosmische Pausentaste gedrückt. Jegliche Bewegung kommt zum Stillstand. Die Stimme eines Mannes ertönt und sagt: »Hast du dir so dein Ende vorgestellt?«

Tuck dreht sich nach der Stimme um. Ein finsterer Mann in einer grauen Fliegeruniform sitzt auf dem Copilotensitz und wartet auf eine Antwort. Tuck kann sein Gesicht nicht richtig erkennen, obwohl sie sich genau gegenübersitzen. »Nun?«

»Nein«, antwortet Tuck.

»Das wird dich einiges kosten«, sagte der Pilot. Dann ist er verschwunden, und die Kabine ist erfüllt vom Tosen und Krachen der Metallmassen, die nun ein jämmerliches Schicksal ereilt.

Bevor Tucker die Worte »was zum Teufel« auch nur ansatzweise in seinem Geist formen kann, kracht der flügellose Jet durch die Antenne, das zuckende blaue Licht und den Maschenzaun auf das mit grünem Gras bewachsene freie Feld, das nach dreißig Tagen Seattle-Regen ordentlich durchgeweicht ist. Der Schlamm schmiegt sich sanft um den Rumpf, bringt Funken und Flammen zum Erlöschen, klebt fest, verklumpt und verlangsamt den Jet, bis er schließlich in einer Dampfwolke zum Stehen kommt. Tuck hört das Knirschen von abkühlendem Metall, Sirenen und das freundliche Klingklang der FASTEN-SEAT-BELTS-Anzeige, als diese sich ausschaltet.

Willkommen auf dem Seattle-Tacoma International Airport. Die Ortszeit ist 2.00 Uhr morgens. Die Außentemperatur beträgt 18 Grad Celsius. Zu Ihren Füßen liegt eine halb bewußtlose Nutte und röchelt nach Luft.

Die Kabine füllt sich mit schwarzem Rauch von verschmorten Kabeln und verdampfter Hydraulikflüssigkeit. Tucker nimmt einen Atemzug, der ihm in der Luftröhre brennt wie Abflußreiniger, und er weiß sofort, daß ein weiterer Atemzug tödlich sein könnte. Also befreit er sich aus seinen Sicherheitsgurten und tastet in der Dunkelheit nach Meadow, doch alles, was er zu fassen bekommt, ist ein Fetzen ihres zerrissenen Spitzenmieders. Er steht auf, beugt sich nach vorne, legt ihr einen Arm um die Hüfte und zieht sie hoch. Sie ist leicht, wiegt vielleicht gerade mal hundert Pfund, doch Tucker hat vergessen, daß seine Hosen und Shorts noch immer auf Halbmast hängen und ihn folglich in seiner Bewegungsfreiheit arg einschränken. Er strauchelt und fällt rückwärts auf die Kontrollkonsole zwischen den Pilotensitzen. Aus der Konsole ragt der Landeklappenkontrollhebel heraus, ein stählerner Stab von etwa dreißig Zentimeter Länge, an dessen Ende sich eine pfeilförmige rote Spitze aus Plastik befindet. Die Spitze erwischt Tucker an der Rückseite seines Hodensacks. Durch Meadows Gewicht mit zusätzlicher Masse ausgestattet, wird Tucker auf den Hebel hinuntergedrückt, der sich daraufhin durch sein Skrotum rammt, sich in voller Länge durch seinen ganzen Penis hindurchbohrt und in einer Blutfontäne an dessen Spitze wieder herausplatzt.

Es gibt keine Worte, um diesen Schmerz zu beschreiben. Keinen Atem. Keinen Gedanken. Nur ohrenbetäubendes weißes und rotes Rauschen. Tucker spürt, wie er das Bewußtsein verliert, was ihm ganz und gar willkommen ist. Er läßt Meadow fallen, doch mittlerweile ist sie wieder soweit bei sich, daß sie sich an seinem Hals festklammert und ihn im Fallen wieder von dem Hebel herunterzieht, der sich daraufhin seinen Weg durch ihn zurückbahnt.

Ohne sich dessen bewußt zu sein, steht er nun da und atmet. Seine Lungen brennen wie Feuer. Er muß hier raus. Mit einem Arm packt er Meadow und zerrt sie einen Meter weit zur Luke. Er entriegelt die Luke, sie klappt nach unten auf, doch sie öffnet sich nur halb, denn sie ist so konstruiert, daß sie bei einem Flugzeug mit intaktem Fahrwerk als Treppe funktioniert. Hände, die in Handschuhen stecken, recken sich ins Innere und beginnen an der Tür zu zerren. »Wir holen euch da raus«, sagt ein Feuerwehrmann.

Die Luke öffnet sich mit einem Kreischen. Tuck sieht blaue und rote Lichter aufblitzen, in deren Schein die Regentropfen am schwarzen Nachthimmel wirken wie kleine Flammen. Er nimmt einen tiefen Zug frischer Luft, sagt: »Ich hab mir den Schwanz abgerissen«, und fällt vornüber.

3

Und außerdem haben Sie Ihren Vielfliegerbonus verloren

Wie schon so oft in seinem Leben irrte sich Tucker Case auch in bezug auf die Schwere seiner Verletzungen. Noch während er in einem Rollstuhl sitzend durch die Unfallstation rollte, sang er trotz der Sauerstoffmaske auf seinem Mund: »Ich hab mir den Schwanz abgerissen! Ich hab mir den Schwanz abgerissen!« Schließlich trat ein Arzt, dessen Gesicht unter seinem Mundschutz nicht zu erkennen war, neben ihn.

»Mr. Case, Sie haben sich nicht den Penis abgerissen. Sie haben Verletzungen an einigen größeren Blutgefäßen davongetragen sowie an den Schwellkörpern. Außerdem wurde die Sehne durchtrennt, die von der Spitze des Penis zum Hirnstamm verläuft.« Der Arzt – es war eine Frau – zog seine Maske gerade so lange herunter, daß Tucker sehen konnte, wie sie grinste. »Sie werden schon wieder. Wir bringen Sie jetzt in den OP.«

»Was ist mit dem Mädchen?«

»Sie hat ein paar Prellungen davongetragen, nichts Ernstes. Vermutlich kann sie in ein paar Stunden nach Hause.«

»Das ist gut. Doc, werde ich je wieder? Ich meine, bin ich jemals wieder in der Lage…?«

»Seien Sie jetzt ganz ruhig, Mr. Case. Ich möchte, daß Sie jetzt von hundert an rückwärts zählen.«

»Gibt es dafür einen bestimmten Grund – ich meine, daß ich zählen soll?«

»Sie können auch den Fahneneid aufsagen, wenn Sie wollen.«

»Aber ich kann nicht aufstehen.«

»Dann zählen Sie einfach, Sie Klugscheißer.«

Als Tucker wieder zu sich kam, sah er durch den Nebel von Betäubungsmitteln ein Bild von sich selbst – unterlegt von einem brennenden rosa Düsenflugzeug. Über der Szene erhob sich das schreckensbleiche Antlitz der Mutterfigur des Network-Marketing auf dem Sektor Make-up, Mary Jean Dobbins – oder wie die Welt sie nannte: Mary Jean. Dann war das Bild verschwunden, und statt dessen tauchte ein zerfurchtes männliches Gesicht auf, das über beide Ohren lächelte.

»Tuck, du bist berühmt. Du hast es in den *Enquirer* geschafft.« Es war die Stimme von Jack Skye, Tucks einzigem Freund männlichen Geschlechts und Chefmechaniker der Luftflotte von Mary Jean. »Deine Bruchlandung kam gerade rechtzeitig vor Redaktionsschluß.«

»Mein Schwanz?« fragte Tuck und versuchte sich aufzurichten. In seinem Schoß lag etwas, das große Ähnlichkeit mit einem in Mullverband eingepackten Straußenei hatte, aus dessen Mitte ein Schlauch hervortrat.

Jake Skye, hochgewachsen, dunkelhaarig und ungekämmt – halb Apache, halb Truck-Stop-Kellnerin – sagte: »Das wird schon. Der Arzt sagt, du wirst wieder ganz der alte.« Jake setzte sich auf einen Stuhl neben Tucks Bett und schlug das Revolverblättchen auf.

»Sieh dir das an. Oprah hat abgenommen und ist jetzt wieder dünn. Möhren, Grapefruits und Amphetamine.«

Tucker Case stöhnte auf. »Was ist mit dem Mädchen? Wie hieß sie noch mal?«

»Meadow Malackovitch«, sagte Jake, ohne seinen Blick von der Zeitung zu heben. »Wow, Oprah fickt mit Elvis rum. Also eines muß man ihr lassen: Auf die faule Haut legt sie sich jedenfalls nicht. Ach ja, du wirst nach Houston verlegt. Mary Jean will dich in ihrer Nähe haben, damit sie immer ein Auge auf dich hat.«

»Das Mädchen, Jake?«

Jake schaute von der Zeitung auf. »Das willst du doch nicht wirklich wissen.«

»Man hat mir gesagt, sie kommt wieder in Ordnung. Ist sie tot?«

»Schlimmer als das. Sie ist stinksauer. Und wo wir gerade dabei sind – da draußen sind ein paar Jungs von der FAA, der Flugaufsicht, die sich unbedingt mit dir unterhalten wollen, aber der Arzt läßt sie nicht rein. Außerdem soll ich Mary Jean anrufen, sobald du wieder bei Bewußtsein und klarem Verstand bist, wovon ich dir abraten würde – also wieder zu klarem Verstand zu kommen. Und darüber hinaus lauert eine ganze Meute von Journalisten draußen vor der Tür, die die Schwestern bisher zurückgehalten haben.«

»Wie bist du reingekommen?«

»Ich bin dein einziger lebender Verwandter.«

»Meine Mutter wird hocherfreut sein, das zu hören.«

»Bruder, deine Mutter kennt dich nicht mal. Diesmal hast du so einen Bock geschossen, daß du bis zum Hals in der Scheiße steckst.«

»Dann bin ich also gefeuert?«

»Worauf du wetten kannst. Und wenn ich nicht ganz falschliege, würde ich sagen, du kannst froh sein, wenn du dich jemals wieder ans Steuer von 'nem Rasenmäher setzen darfst.«

»Aber Fliegen ist das einzige, was ich kann. Und das alles nur wegen einer vermasselten Landung?«

»Nein, Tuck, eine vermasselte Landung ist, wenn die Gepäckfächer aufspringen und die Sporttaschen der Leute rausfallen. Du hast eine Bruchlandung hingelegt. Aber wenn du dich dadurch besser fühlst: Jetzt wo die Gulfstream hin ist, habe auch ich für mindestens ein halbes Jahr keine Arbeit. Es ist nicht mal klar, ob sie sich überhaupt wieder einen Jet zulegen.«

»Wird die FAA Anklage erheben?«

Jake Skye schaute wieder in die Zeitung, um Tucks Blick auszuweichen. »Hör zu, Mann, ist es dir lieber, wenn ich dich anlüge? Ich bin hergekommen, weil ich mir dachte, es ist besser, wenn ich es dir sage. Du hast getrunken. Du hast in SeaTac Anlagen im Wert von einer Million Dollar zu Schrott gemacht – von dem Flugzeug mal ganz abgesehen. Du kannst von Glück sagen, daß du nicht tot bist.«

»Jake, schau mich an.«

Jake ließ die Zeitung in seinen Schoß fallen und seufzte. »Was?«

»Muß ich ins Gefängnis?«

»Ich muß los, Mann.« Jake stand auf. »Du siehst zu, daß du wieder auf den Damm kommst.« Er machte sich daran, das Zimmer zu verlassen.

»Jake!«

Jake Skye blieb stehen und blickte über die Schulter zurück. Tucker sah die Enttäuschung in den Augen seines Freundes.

»Was hast du dir nur dabei gedacht?« fragte Jake.

»Sie hat mich dazu überredet. Ich wußte, daß es keine gute Idee war, aber sie war einfach nicht davon abzubringen.«

Jake trat neben das Bett und beugte sich zu Tuck hinunter. »Tucker, wann wirst du's endlich schnallen? Also hör mir jetzt gut zu, Kumpel, denn ich sag's dir das letzte Mal, okay? Ich hab im Augenblick keine Arbeit, und das wegen dir. Du mußt deine eigenen Entscheidungen treffen. Es geht nicht so weiter, daß dir immer jemand sagt, was du zu tun und zu lassen hast. Irgendwann muß jeder anfangen, Verantwortung zu übernehmen, auch du.«

»Ich kann nicht glauben, daß ich das ausgerechnet von dir zu hören kriege. Du warst doch derjenige, der mich in dieses Geschäft überhaupt erst reingeritten hat.«

»Haargenau. Und du bist jetzt dreißig Jahre alt. Mann, du mußt anfangen, selbständig zu denken. Und zwar mit deinem Kopf und nicht mit deinem Schwanz.«

Tucker betrachtete die Verbände in seinem Schoß. »Entschuldige, es tut mir leid. Es ist mir alles über den Kopf gewachsen. Es war, als würde man mit eingeschaltetem Autopilot fliegen. Ich hab nicht gewollt, daß…«

»Zeit, das Ruder zu übernehmen, Kumpel.«

»Jake, während der Bruchlandung ist was Seltsames passiert. Ich weiß nicht, ob es eine Halluzination war oder was. Da war noch jemand anderes im Cockpit.«

»Du meinst noch jemand außer der Nutte?«

»Genau, und zwar nur für eine Sekunde oder so. Jedenfalls saß plötzlich ein Kerl auf dem Copilotensitz. Er hat mit mir geredet, und dann hat er sich in Luft aufgelöst.«

Jake stieß einen Seufzer aus. »Du kannst nicht auf Unzurechnungsfähigkeit plädieren, wenn du einen Flieger plattmachst, Tuck. Du hast eine Menge Blut verloren.«

»Das war vor meiner Verletzung. Als der Flieger noch über die Landebahn gerutscht ist.«

»Hier.« Jake steckte einen silbernen Flachmann unter Tuckers Kopfkissen und knuffte ihm gegen die Schulter. »Ich melde mich bei dir, Mann.« Dann drehte er sich um und ging davon.

Tuck rief ihm nach: »Was ist, wenn es ein Engel war oder so was?«

»Dann kommst du auch nächste Woche wieder in den *Enquirer*«, meinte Jake, die Türklinke in der Hand. »Jetzt schlaf dich erst mal aus.«

4

Die Spitze der pinkfarbenen Pyramide

Ein gedämpftes Summen und Murmeln erfüllte die Krankenhauskorridore. In aufgeregter Erwartung überprüften die Reporter noch einmal die Batterien ihrer Recorder und Funktelefone. Schwester und Hilfspersonal bevölkerten scharenweise die Flure in der Hoffnung, einen Blick auf den berühmten Gast zu erhaschen. Die Männer der Flugaufsicht rückten ihre Krawatten zurecht und knöpften die Manschetten ihrer Hemden zu. Eine Rezeptionistin aus der Verwaltung, die nur noch zwei weitere Beraterinnen anwerben mußte, um sich ein pinkfarbenes Oldsmobile zu verdienen, huschte in eines der Untersuchungszimmer und verpaßte sich eine Ladung Sauerstoff, um so die Schwindelgefühle zu vertreiben, die sich unweigerlich einstellen, wenn man seinem Heiland gegenübertritt. Mary Jean war im Anmarsch.

Mary Jean Dobbins verzichtete, wenn sie auf Reisen war, auf die übliche Entourage von Bodyguards oder anderen dekorativen Blutegeln, mit denen sich die reiche Machtelite im allgemeinen umgibt.

»Gott ist mein Leibwächter«, pflegte Mary Jean zu sagen.

Sie trug eine vergoldete Lady Smith Automatik, Kaliber 38, in ihrer Handtasche: Es handelte sich um das Clara-Barton-Gedächtnis-Modell, das ihr die »Töchter der Konföderation« bei ihrem Pecan-Kuchen-Backwettbewerb überreicht hatten – ein Ereignis, daß alljährlich unter dem Motto »Lyncht Leroy« am Martin Luther King Jr. Day abgehalten wurde. (Sie stimmte zwar nicht mit ihren politischen Zielen überein, doch die Schönheiten des Südens waren, was den Verkauf von Make-up anging, alles andere als unfähig. Und wenn der Süden sich nicht wieder erhob, so lag es jedenfalls nicht an der fehlenden kosmetischen Grundlage.)

Als sie heute durch die Türen der Haupthalle des Krankenhauses trat, war sie flankiert von einer blutrünstig wirkenden hochgewachsenen Frau in einem schwarzen Anzug, die einen harten Kontrast darstellte zu Mary Jeans eigenem Ensemble, das – Pumps und Handtasche eingeschlossen – ganz in Pastellblau gehalten war. »Stärke und Weiblichkeit schließen einander nicht aus, meine Damen.« Sie war fünfundsechzig – mütterlich, aber elegant. Ihr Make-up war schlichtweg perfekt, ohne auch nur eine Spur übertrieben zu wirken. Sie trug eine Brosche, die mit Diamanten und Saphiren besetzt und in etwa soviel wert war wie das Bruttosozialprodukt von Zaire.

Jedem Pfleger und jeder Schwester schenkte sie ein Lächeln, erkundigte sich nach ihren Familien, dankte ihnen für ihre aufopferungsvolle Arbeit, flirtete, wenn es angebracht war, und verteilte im Vorbeigehen Komplimente, ohne auch nur ein einziges Mal aus dem Tritt zu geraten. Zurück blieb eine Schar völlig entrückter Fans, und selbst die Zyniker und Hartgesottenen unter den Angestellten des

Krankenhauses konnten sich ihrem Charme teilweise nicht entziehen.

Vor dem Zimmer von Tucker löste die blutrünstige Frau – eine Anwältin – die Formation auf und schüchterte den Rattenschwanz von Reportern derartig ein, daß Mary Jean unbehelligt an ihnen vorbeikam.

Sie streckte den Kopf zur Tür herein. »Bist du wach, Sportskanone?«

Tuck wurde durch den Klang ihrer Stimme jäh aus allen ohnehin überflüssigen Alp- und Wachträumen zum Thema Arbeitslosigkeit, Gefängnisstrafe und Impotenz gerissen. Am liebsten hätte er sich das Laken über den Kopf gezogen und wäre still gestorben.

»Mary Jean.«

Die Make-up-Magnatin trat neben sein Bett und griff erfüllt von Sorge und Anteilnahme nach seiner Hand. »Wie fühlst du dich?«

Tucker vermied es, sie anzuschauen. »Ganz in Ordnung.«

»Brauchst du irgendwas? Du weißt, wie wir in Texas sind – schwuppdiwupp, schon hast du's.«

»Mir geht's gut«, sagte Tucker. In ihrer Gegenwart fühlte er sich jedesmal wie ein kleiner Junge, der bei seinem ersten Spiel in der Kinderliga rausgeflogen ist und jetzt mit Milch und Keksen getröstet wird. Angesichts der Tatsache, daß er einmal versucht hatte, sie zu verführen, kam er sich jetzt noch elender vor. »Jake hat mir erzählt, du willst mich nach Houston verlegen lassen. Das ist nett, danke.«

»Ich muß dich im Auge behalten, oder etwa nicht?« Sie tätschelte seine Hand. »Bist du sicher, daß du in der Lage bist, dich zu unterhalten?«

Tucker nickte. Er kaufte ihr die ganze Herzensgüte samt dazugehörigem Brimborium nicht ab. Er hatte im Flugzeug schon miterlebt, wie sie ihre Geschäfte machte.

»Das ist prima, mein Lieber«, sagte Mary Jean, die sich nun aufrichtete und sich zum ersten Mal, seit sie das Zimmer betreten hatte, umschaute. »Ich werd dir ein paar Blumen kommen lassen. Mit ein bißchen Farbe wirkt das Ganze nicht mehr so trübe, oder? Außerdem duftet es dann auch ein wenig, der ständige Geruch von Desinfektionsmittel ist doch auf die Dauer bestimmt sehr störend.«

»Ein wenig«, sagte Tuck.

Sie wirbelte auf dem Absatz herum und schaute ihn an. Ihr Lächeln erstarrte. Zum ersten Mal sah Tuck Falten um ihre Mundwinkel. »Vermutlich erinnert es dich daran, was für ein totales Versagerarschloch du bist, oder?«

Tuck mußte schwer schlucken. Sie hatte ihn kalt erwischt. »Es tut mir leid, Mary Jean. Ich...«

Sie hob die Hand, und er hielt augenblicklich die Klappe. »Du weißt, daß ich nur ungern Zuflucht suche zu Flüchen und Feuerwaffen, also reiz mich nicht, Tucker. Eine Dame hat ihren Zorn unter Kontrolle.«

»Feuerwaffen?«

Mary Jean zog die Lady Smith Automatik aus ihrer Handtasche und richtete sie auf Tuckers in Mullverband eingepacktes Gehänge. Seltsamerweise fiel ihm in diesem Augenblick auf, daß sie sich beim Ziehen der Waffe einen Nagel abgebrochen hatte, und dies, da war er sicher, war in der Tat ein hinreichender Grund für sie, ihn umzubringen.

»Du hast nicht auf mich gehört, als ich dir gesagt habe, du sollst mit dem Trinken aufhören. Du hast nicht zugehört, als ich dir gesagt habe, du sollst die Finger von meinen Vertreterinnen lassen. Du hast nicht zugehört, als ich gesagt habe, daß du, wenn du dir noch irgendwas zuschulden kommen läßt, dein Leben Gott überantworten mußt. Also tu dir selbst einen Gefallen, und hör mir diesmal genau zu.« Sie lud die Automatik durch. »Hörst du mir zu, verdammt noch mal?«

Tuck nickte. Atmen konnte er nicht, aber nicken schaffte er gerade noch.

»Gut. Also, ich führe diese Firma nun seit vierzig Jahren, ohne daß wir jemals auch nur mit dem kleinsten Skandal in Verbindung gebracht worden wären. Bis jetzt. Gestern bin ich aufgewacht, und was mußte ich erblicken? Mein Gesicht neben deinem in allen Morgensendungen. Und heute prangt es auf den Titelseiten von jeder

Zeitung und jedem Revolverblatt im ganzen Land. Außerdem ist es kein schönes Foto, Tucker. Mein Kleid – völlig aus der Mode. Und in allen Artikeln wimmelt es nur so von Worten wie ›Penis‹ und ›Prostituierte‹. Das geht zu weit, Tucker. Das kann ich nicht zulassen – dafür habe ich zu hart gearbeitet.«

Sie streckte die Hand aus und zog an seinem Katheder. Ein stechender Schmerz schoß ihm durch den ganzen Körper, und er versuchte den Klingelknopf der Schwester zu erreichen.

»Daran würde ich an deiner Stelle nicht mal denken, mein Hübscher. Ich wollte nur sicher sein, daß ich deine ungeteilte Aufmerksamkeit habe.«

»Die Pistole hat schon gereicht, mehr hätt' es gar nicht gebraucht, Mary Jean«, stöhnte Tucker. Scheiß drauf, er war ohnehin ein toter Mann.

»Du hältst den Mund und hörst einfach nur zu. Das hier wird verschwinden. Und *du* wirst verschwinden. Du wirst morgen von hier weggebracht, in meine Skihütte in den Rockies. Du gehst nicht nach Hause, du wirst kein Wort reden mit irgendwelchen Journalisten, du wirst überhaupt die Klappe halten und keinen Pieps von dir geben. Meine Anwälte werden sich um die juristischen Belange kümmern und dafür sorgen, daß du nicht ins Gefängnis kommst, aber du wirst nie wieder auftauchen. Wenn Gras über die Sache gewachsen ist, kannst du wieder weitermachen mit deinem elenden Leben. Allerdings unter einem anderen Namen. Und wenn du jemals einen Fuß nach Texas setzt oder irgend jemandem, der mit meiner Firma auch nur das geringste zu tun hat, näher kommst als hundert Meter, dann schieße ich dich höchstpersönlich über den Haufen. Hast du das kapiert?«

»Kann ich immer noch fliegen?«

Mary Jean lachte und senkte die Pistole. »Süßer, für jemanden aus Texas gibt's nur eine Möglichkeit, schlimmere Scheiße zu bauen als du, und zwar: 'n Kind in'n Brunnen stoßen un' zuzugeben, daß du die gelben Rosen auf dem grünen Hügel zertrampelt hast, während du'n Präsident abgeknallt hast. Wenn's nach mir ging, dürftste weder fliegen, fahren, laufen, kriechen oder spucken.« Sie steckte die Pistole wieder in ihre Handtasche und ging in das winzige Bad, um ihr Make-up zu überprüfen. Sie machte sich ein wenig zurecht und steuerte dann auf die Tür zu. »Ich schicke dir 'n paar Blumen. Das wird schon wieder, Schätzchen.«

Sie würde ihn also doch nicht umbringen, trotz allem, was geschehen war. Vielleicht konnte er sie wieder zurückgewinnen. »Mary Jean, ich hatte ein spirituelles Erlebnis.«

»Von deinen degenerierten Unternehmungen will ich nicht das geringste hören.«

»Nein, ein wirkliches spirituelles Erlebnis. So was – wie nennt man das? – wie eine Offenbarung.«

»Mein Junge, du weißt es nicht, aber in deinem ganzen Leben warst du noch nie so nahe dran, vor deinen Schöpfer zu treten. Und jetzt sei ganz schnell mucksmäuschenstill, oder ich schicke dich in die ewige Verdammnis.«

Sie setzte ihr schönstes Glücksbringer-Lächeln auf und verließ das Krankenzimmer, vibrierend von der Energie des positiven Denkens.

Tucker zog die Bettdecke über den Kopf und griff sich den Flachmann, den Jake ihm dagelassen hatte. Verdammnis, hmm? So wie sie das aussprach, klang es ziemlich unangenehm. Lag vermutlich in Oklahoma.

5

Unsere Lady in Seidenstrümpfen

Die Hohepriesterin des Haifischvolkes knabberte Chee-tos und schaute sich via Satellit die Talkshows im Nachmittagsprogramm an. Sie saß auf einem Kaiserthron aus Weidengeflecht. An einem ihrer Zehen baumelte ein hochhackiger roter Lacklederschuh. Roter Lippenstift, rote Nägel und eine große rote Haarspange. Abgesehen von einem Paar Seidenstrümpfe mit Naht, war sie nackt.

Auf dem Bildschirm: Meadow Malackovitch mit einer Stützkrause um den Hals, die sich schluchzend an der Schulter ihres Anwalts ausweinte. Eingeblendet in der rechten oberen Bildschirmecke ein Schnappschuß von dem Piloten, der für ihre Verletzungen verantwortlich war. Der Talkmaster, ein gescheiterter Wetteransager, der mittlerweile eine siebenstellige Summe im Jahr verdiente, indem er Wohnmobilsiedlungen nach menschlichen Abgründen durchforstete, verlas einen dubiosen Lebenslauf von Tucker Case. Fotos von dem pinkfarbenen Jet vor und nach dem Unglück. Archivmaterial von Mary Jean auf der Rollbahn eines Flugplatzes, gefolgt von Case in einer Lederjacke.

Die Hohepriesterin berührte sich sanft und hinterließ auf ihren Schamhaaren einen schwach orangefarbenen Streifen, der von der Würzmischung auf den Chee-tos herrührte (ihre blonde Haarfarbe war echt), dann bediente sie die Gegensprechanlage, über die sie mit dem Medizinmann in Verbindung stand.

»Was?« ertönte die Stimme eines Mannes, der zwar wach, aber alles andere als munter war. Es war zwei Uhr morgens. Der Medizinmann hatte die ganze Nacht gearbeitet.

»Ich glaube, ich habe unseren Piloten gefunden«, sagte sie.

6

Wer sitzt am Steuer von diesem Lebenszeug?

In letzter Minute änderte Mary Jean dann doch noch ihren Entschluß, Tucker in ihre Berghütte in den Rockies schaffen zu lassen. »Steckt ihn in ein Motelzimmer außerhalb der Stadt, und laßt ihn nicht eher raus, als bis ich es sage.«

Die einzigen Personen, die Tucker für zwei Wochen zu Gesicht bekam, waren die Schwester, die regelmäßig vorbeikam, um seine Verbände zu wechseln, und sein Aufpasser. Dieser hieß Dusty Lemon, war eigentlich Tackle in der zweiten Defensivreihe der SMU und brachte bei einer Größe von einsachtundneunzig die geballte Masse von hundertvierzig Kilo christlicher Naivität auf die Waage.

Tucker lag auf seinem Bett und schaute fern. Dusty saß über die Holzimitatplatte des Resopaltisches gebeugt und las die Heilige Schrift.

Tucker sagte: »Dusty, warum holst du uns nicht ein Six-Pack und eine Pizza?«

Dusty schaute nicht auf. Tuck sah seine Kopfhaut unter dem Bürstenhaarschnitt hindurchglänzen. Dann der schwere texanische Singsang: »Nein, Sir. Ich trinke nicht, und Mrs. Jean hat gesagt, Sie dürfen kein' Alkohol nicht haben.«

»Es heißt nicht Mrs. Jean, du Dumpfbacke. Es heißt Mrs. Dobbins.« Nach zwei Wochen fing Dusty allmählich an, Tuck auf die Nerven zu gehen.

»Macht auch nix«, sagte Dusty. »Ich kann Ihnen 'ne Pizza bestellen, aber kein Bier.«

Tuck fiel auf, wie es zwischen den kurzgeschorenen Haaren rötlich aufzuschimmern begann. »Dusty?«

»Ja, Sir?« Der Verteidiger schaute von seiner Bibel auf und wartete.

»Leg dir einen richtigen Namen zu.«

»Ja, Sir«, sagte Dusty, und plötzlich zog sich ein breites Grinsen über sein Mondgesicht. »Tuck.«

Tucker wäre am liebsten aus dem Bett gesprungen und hätte Dusty seine Bibel um die Ohren geschlagen, aber an Springen war derzeit noch nicht im entferntesten zu denken. Also schaute er statt dessen eine Sekunde lang hinauf zur Decke (sie war ebenso wie die Wände, die Türen und die Kacheln im Badezimmer von einem fluoreszierenden Orange – wie die Baustellenabsperrungen auf den Highways), um sich anschließend auf einen Ellbogen aufzustützen und einen prüfenden Blick auf Dustys Bibel zu werfen. »Die roten Buchstaben. Sind das die scharfen Stellen?«

»Die Worte Jesu«, sagte Dusty, ohne aufzublicken.

»Wirklich?«

Dusty nickte und hob den Kopf. »Möchten Sie, daß ich Ihnen vorlese? Als meine Grandma im Krankenhaus war, mochte sie es immer, wenn ich ihr aus der Schrift vorgelesen habe.«

Tucker stieß einen Seufzer der Verzweiflung aus und ließ sich zurückfallen. Religion verstand er einfach nicht. Es war so ähnlich wie mit Heroin oder Golf: Er kannte eine Menge Leute, die sich damit abgaben, aber er verstand nicht, warum. Sein Vater schaute jeden Sonntag Sportübertragungen im Fernsehen an, und seine Mutter war im Immobiliengeschäft. Er wuchs auf in dem Glauben, daß die Kirche etwas war, das einen störenden Einfluß auf Spiele und Musterhausbesichtigungen hatte. Das erste Mal, daß er mit Religion konfrontiert wurde – wenn man von den Nacktfotos der Frauen absah, über die irgendwelche Fernsehprediger gestrauchelt waren –, war, als er seinen Job bei Mary Jean antrat. Für sie schien es einfach nur ein gutes Geschäft zu sein. Manchmal stand er hinten im Saal und hörte zu, wie sie tausend Frauen erklärte, daß Gott zu ihrer Verkaufsmannschaft gehörte, und wenn dann die Frauen jubelten und »Halleluja« riefen, fühlte er sich ausgeschlossen. Ausgeschlossen von etwas, das jenseits aller offensichtlichen Einfalt lag. Vielleicht hatte Dusty ihm doch mehr voraus als hundert Pfund.

»Dusty, warum gehst du heute nicht einfach mal aus? Du bist jetzt schon zwei Wochen nicht mehr rausgekommen. Ich kann nicht anders, ich *muß* hier bleiben, aber du – bei dir stehen die Mädels doch garantiert Schlange und heulen sich die Augen aus, weil du ihnen so fehlst? So ein großer Footballspieler wie du, hm?«

Wieder lief Dusty rot an. Vom Kragen seines Trainingsanzugs bis zum Scheitel war er tiefrot. Er faltete die Hände und legte sie in seinen Schoß. »Nun ja, irgendwo warte ich noch, bis mir das richtige Mädel begegnet. Die meisten Mädels, die sich an uns Footballspieler ranmachen wollen, sind, na ja, wissen Sie, irgendwie sind das lose Mädels.«

Tuck zog eine Augenbraue in die Höhe. »Und?«

Dusty krümmte sich förmlich, sein Stuhl ächzte unter der Belastung. »Na ja, wissen Sie, es ist also irgendwie…«

Und mit einem Mal ging Tucker ein Licht auf, und ihm wurde klar, was das ganze Gestammel zu bedeuten hatte. Der Junge war noch Jungfrau. Er hob die Hand, um ihn zu beruhigen. »Schon gut, Dusty.« Der massige Tackle sackte niedergeschlagen von dieser Blamage auf seinem Stuhl in sich zusammen.

Tuck dachte nach. Er, der so viel darüber wußte, wie wichtig ein gesundes Sexualleben war, der die Bedürfnisse der Frauen so gut kannte und wußte, wie man ebendiese Bedürfnisse befriedigte, würde haargenau dazu vermutlich niemals wieder in der Lage sein, während Dusty Lemon, der vermutlich eine Latte zustande brachte, an der die Weiber Klimmzüge machen konnten, davon nicht den geringsten Gebrauch machte. Dies gab ihm schwer zu denken. Er betrachtete die Angelegenheit aus allen möglichen Blickwinkeln und hatte beinahe so etwas wie eine religiöse Erleuchtung, denn wer anderes als ein rachsüchtiger und zorniger Gott war in der Lage, eine solche Ungerechtigkeit zuzulassen? Er dachte darüber nach. Armer Tucker. Armer Dusty. Armer, armer Tucker.

Er spürte einen Kloß im Hals und wollte etwas sagen, um den Jungen aufzumuntern. »Wie alt bist du, Dusty?«

»Im März werde ich zweiundzwanzig, Sir.«

»Na ja, das ist nicht so schlimm. Ich meine, dann bist du halt ein Spätzünder. Kann aber auch sein, daß du schwul wirst«, sagte Tuck vergnügt.

Dusty krümmte sich zusammen wie ein Embryo. »Sir, können wir das Thema nicht vielleicht lassen«, winselte er. Es klopfte an der Tür, und er richtete sich ruckartig auf. Voller Anspannung blickte er zu Tucker hinüber und wartete darauf, daß dieser ihm sagte, was zu tun war.

»Na ja, schau nach, wer da ist.«

Dusty schlurfte zur Tür und zog sie einen Spalt weit auf. »Ja?«

»Ich muß mit Tucker Case sprechen. Es ist schon in Ordnung. Ich arbeite für Mary Jean.« Tuck erkannte die Stimme von Jake Skye.

»Einen Moment.« Dusty drehte sich um und schaute Tucker fragend an.

»Wer weiß, daß ich hier bin, Dusty?«

»Nur wir beide und Mary Jean.«

»Dann laß ihn doch einfach rein.«

»Jawohl, Sir.« Er öffnete die Tür, und Jake Skye kam hereingeschlendert, unter dem Arm eine Papiertüte mit Lebensmitteln und einen Pizzakarton.

»Schöne Grüße.« Er warf die Pizza aufs Bett. »Pfeffersalami und Champignons.« Er warf einen kurzen Blick auf Dusty, verstummte und musterte ihn noch einmal von Kopf bis Fuß. »Wie bist du an den Job hier gekommen? Hast deine Familie aufgefressen, oder was?«

»Nein, Sir«, sagte Dusty.

Jake tätschelte dem Tackle seine monströse Schulter. »Immer schön vorsichtig sein und aufpassen, gell? Wie meine Mama schon gesagt hat: ›Hüte dich vor Trotteln mit Geschenken im Arm.‹ Wer bist du überhaupt?«

»Jake Skye«, sagte Tuck, »darf ich vorstellen: Dusty Lemon. Dusty, Jake Skye, der Flugzeugmechaniker von Mary Jean. Jake, sei nett zu Dusty. Er ist noch Jungfrau.«

Dusty warf Tuck einen zornerfüllten Blick zu und streckte Jake eine Pranke von der Größe eines Boxhandschuhs entgegen. Jake schüttelte ihm die Hand. »Jungfrau, wie?«

Jake ließ seine Hand sinken. »Nutztiere allerdings nicht eingeschlossen, stimmt's?«

Dusty zuckte zusammen und machte sich dann daran, die Tür wieder zu schließen. »Sie könn' aber nicht lange blei'm. Mr. Case darf keinen Besuch haben.«

Jake stellte die Papiertüte auf den Tisch, zog ein etwa zehn Zentimeter dickes Bündel Briefe heraus und warf es neben Tuck auf das Bett. »Deine Fanpost.«

Tucker nahm das Bündel. »Die sind ja alle offen.«

»Mir war es langweilig«, sagte Jake und öffnete den Karton, um sich ein Stück Pizza zu nehmen. »Jede Menge Morddrohungen, ein paar Heiratsangebote und zwei ziemlich interessante Briefe, die mit beidem aufwarten. Ach ja, und ein Flugticket nach irgendwo, wovon ich noch nie gehört habe, samt einem Scheck für die Spesen.«

»Von Mary Jean?«

»Nö. Irgendso 'n Missionsdoktor im Pazifik. Er will dich als Pilot. Du sollst irgendwelche Medikamente und so 'n Zeug durch die Gegend fliegen. Kam gestern mit Federal Express. Ich hätte den Job schon beinahe selbst angenommen, denn wohlgemerkt, ich habe ja noch eine Lizenz und du nicht, aber andererseits kann ich auch hier jederzeit einen Job kriegen.«

Tucker blätterte den Stapel Briefe durch, bis er auf den Scheck und das Flugticket stieß. Er faltete den beiliegenden Brief auseinander.

Jake hielt dem Leibwächter den Pizzakarton unter die Nase. »Dopey, willst du 'n Stück Pizza?«

»Dusty«, verbesserte ihn Dusty.

»Egal.« An Tuck gerichtet: »Er will, daß du dich sofort auf den Weg machst.«

»Der geht nirgendwohin«, sagte Dusty.

Jake zog den Karton wieder zurück. »Das sehe ich selbst, Dingy. Er hängt ja noch an der Leitung.« Jake deutete auf den Katheder, der unten aus Tuckers Pyjamahose heraushing. »Wie lange dauert's noch, bis du verreisen kannst?«

Tucker las den Brief aufmerksam durch. Es schien alles seine Ordnung zu haben. Der Doktor lebte auf einer Insel nördlich von Neuguinea und brauchte jemanden, der mit einem Flugzeug ganze Ladungen mit medizinischen Gütern zu den Eingeborenen brachte. Er wies ausdrücklich darauf hin, daß er »nicht im mindesten darüber besorgt war«, daß Tucker keine gültige Fluglizenz hatte. Die Lage war »drängend«, und sie verlangte nach einem erfahrenen Piloten, der eine Lear 45 fliegen konnte.

»Nun«, sagte Jake. »Wann kannst du starten?«

»Der Arzt sagt, nicht vor einer Woche oder so«, erwiderte Tuck. »Trotzdem, ich versteh's nicht. Der Kerl bietet mir mehr Geld, als ich bei Mary Jean verdiene. Warum ausgerechnet ich?«

Jake zog eine Flasche Lone-Star-Bier aus der Papiertüte und schraubte den Deckel ab. Tuck starrte wie gebannt auf das Bier, doch Dusty schnappte es Jake aus der Hand.

»Die Frage ist«, sagte Jake, während er Dusty anstarrte, »was in drei Teufels Namen macht ein Missionsarzt im Bongo-Bongo-Land mit einem Lear 45?«

»Gottes Werk?« fragte Dusty unschuldig.

Jake schnappte sich sein Bier wieder zurück. »Ach, leck mich doch, Huey.«

»Dusty«, korrigierte ihn Dusty.

Tucker sagte: »Ich weiß nicht, ob das hier so eine gute Idee ist. Vielleicht wäre es am besten, wenn ich hierbleibe und abwarte, ob mit der Luftfahrtaufsicht alles wieder ins Lot kommt. Der Kerl hier will mich sofort. Ich brauche aber mehr Zeit.«

»Als ob es einen Unterschied machen würde, wenn du mehr Zeit hättest. Verdammt, Tucker, mußt du eigentlich erst bis zu den Pupillen in der Scheiße stecken, bevor du merkst, daß es Zeit wird, dich da rauszuziehen? Manchmal muß man einfach eine Entscheidung treffen.«

Tucker schaute wieder auf den Brief. »Aber ich...«

Bevor Tucker in der Lage war, seinen Protest zu formulieren, hatte Jake mit der Lone-Star-Flasche ausgeholt und sie lauthals schreiend gegen Dustys Schläfe geschmettert. Der Aufpasser kippte um wie ein frischgefällter Baum und schlug auf dem orangefarbenen Teppich auf wie eine Katze, die gerade überfahren worden war.

»Herrgott«, sagte Tucker. »Was soll denn die Scheiße?«

»Eine Entscheidung herbeiführen«, sagte Jake. Er löste seinen Blick von dem Footballspieler, der vor ihm am Boden lag, und gönnte sich einen tiefen Schluck von dem schäumenden Lone Star. »Manchmal schreit diese High-Tech-Welt geradezu nach Low-Tech-Lösungen. Los jetzt.«

7

Ratschläge für die Reise

»Ich kann immer noch nicht glauben, daß du ihn einfach umgehauen hast«, sagte Tucker, der auf dem Beifahrersitz von Jakes Landrover saß. Der Wagen war in Tarnfarben lackiert und dem Houston Expressway völlig unangemessen, doch Jake war nun mal ein Technikfreak. Alles, was er besaß, bestand aus Kevlar, GorTex, Polarfleece, Titan-Legierungen, Graphit Polymeren, oder es war »Expedition Quality – angepaßt an Extrembelastungen«. Er mochte Maschinen, er verstand, wie sie funktionierten, und er konnte sie reparieren, wenn sie es einmal nicht taten. Manchmal gab er beim Reden eine unverständliche Buchstabensuppe aus Zutaten wie SRAM, DRAM, FORTRAN, LORAN, SIMMS, SAMS und ROM von sich. Tucker hingegen konnte fast den gesamten Text von »Mommas, Don't Let Your Babies Grow Up to Be Cowboys«, und außerdem war er in der Lage, einen verbrannten Toast wieder wie neu aussehen zu lassen, indem er einfach das Schwarze abschabte.

Jake war eindeutig der Coole der beiden. Tucker war es immer schwergefallen, sich cool zu benehmen. Oder wie Jake es formulierte: »Du siehst vielleicht so aus, aber haltungs- und sprüchemäßig hast du's einfach nicht drauf. Tucker, du bist ein hoffnungsloser Trottel in der Hülle von 'nem coolen Typ. Aber weil ich im Grunde meines Herzens ein guter Kerl bin, kannst du bei mir in die Lehre gehen.« Mittlerweile waren sie seit vier Jahren Freunde. Jake hatte Tucker das Fliegen beigebracht.

»Der kommt wieder auf die Beine. Schließlich ist er ja Sportler«, brüllte Jake über den Fahrtwind hinweg. Er hatte beim Kauf des Landrovers auf ein Dach verzichtet, weil er ohnehin nicht vorhatte, sich irgendwann das »Outback-Package mit patentierter Rhinozeros-Fangplattform« zuzulegen.

»Er war doch noch ein Kind. Er hat die Bibel gelesen.«

»Er hätte mir die Arme ausgerissen, wenn ich ihn gelassen hätte.«

Tuck nickte: Da war was Wahres dran. »Wo fahren wir hin?«

»Zum Flughafen. Alles, was du brauchst, ist in dem Rucksack dahinten.«

Tucker schaute sich um. Im Heck des Wagens lag ein großer Rucksack. »Warum?«

»Weil du im Knast landest, wenn ich dich nicht schnell außer Landes schaffe.«

»Mary Jean hat gesagt, daß sie sich darum kümmert. Daß sie ihre Anwälte auf die Angelegenheit angesetzt hat.«

»Klar, und ich knalle nur so zum Spaß kleinen Jungs Bierflaschen an den Schädel. Die Nutte hat heute morgen Zivilklage erhoben. Sie verlangt zwanzig Millionen Dollar. Mary Jean muß dich den Wölfen zum Fraß vorwerfen, um ihren eigenen Arsch zu retten. Ich hab mir deinen Paß geschnappt und ein paar Klamotten eingepackt, als ich deine Post abgeholt hab.«

»Jake, ich kann hier nicht so einfach weg. Ich muß morgen zum Arzt.«

»Weshalb?«

Tuck deutete auf das Bündel Verbandmull in seinem Schoß. »Was glaubst du wohl? Damit er den verdammten Schlauch rauszieht.«

»Das machen wir auf dem Klo am Flughafen. In dem Erste-Hilfe-Kasten da hinten sind Antibiotika. Ich hab dir einen Flug nach Honolulu gebucht. Die Maschine fliegt in einer Stunde. Von Honolulu fliegst du weiter nach Guam, und von dort aus geht's weiter nach Truk, aber frag mich nicht, wo das ist. Jedenfalls wird der Doktor sich dort mit dir treffen. Unten auf dem Brief stand eine E-Mail-Adresse. Ich hab ihn benachrichtigt, daß er morgen mit dir rechnen kann.«

»Aber mein Auto, meine Wohnung und all mein Kram.«

»Dein Apartment ist ein Loch, und deinen Kram hab ich in einem Lagerraum untergebracht, soweit es sich gelohnt hat, ihn überhaupt aufzuheben. Die Zulassung für deinen Camaro hab ich dabei. Du kannst ihn mir überschreiben, ich verkaufe ihn dann und schick dir das Geld.«

»Du mußt verdammt sicher gewesen sein, daß ich mich auf diese Sache einlasse.«

»Hast du irgendeine andere Wahl?«

Jake parkte den Landrover auf dem Kurzzeitparkplatz, schulterte den Rucksack und ging Tucker voraus zum internationalen Terminal. Sie checkten den Rucksack ein und suchten eine Toilette in der Nähe des Flugsteigs, von dem Tuckers Flug abging.

»Das kann ich selbst«, sagte Tucker.

Jake Skye spähte über die Tür der Kabine, wo Tucker sich daran machte, den Verband zu entfernen, um schließlich den Katheder herauszuziehen. Mehrere Geschäftsleute standen an einer Reihe von Urinalen und versuchten so zu tun, als würden sie gar nicht bemerken, was hinter ihnen in der Toilette vor sich ging.

»Zerr das Ding einfach raus«, meinte Jake Skye.

»Hetz nicht so, ich glaube, sie haben innen drin einen Knoten gemacht.«

»Stell dich nicht so an, Tucker, zerr das Ding raus.«

Die Geschäftsleute an den Waschbecken zogen die Augenbrauen in die Höhe, tauschten verwunderte Blicke aus und machten sich einer nach dem anderen schleunigst auf den Weg zur Tür.

Jake sagte: »Ich zähle bis fünf, und dann komme ich rüber und zerre dir das Ding raus. Eins, zwei...«

Ein Rodeocowboy, der an einem Urinal stand, knöpfte sich eilig seine Wranglers zu, zog seinen Hut ins Gesicht und stürmte, so schnell ihn seine O-Beine trugen, auf die Tür zu, um sich einen Flieger irgendwohin zu schnappen, wo solche Sachen nicht passierten.

»Fünf!«

Wachmänner rannten durch den Terminal zu der Stelle, wo der Schrei herkam. Irgend jemand wurde auf der Herrentoilette umgebracht, und sie mußten sich darum kümmern. Ihre Waffen im Anschlag, stürmten sie in die Toilette. Jake Skye stand an einem Waschbecken und rollte irgend etwas Schlauchartiges zusammen. Aus einer der Kabinen drang Wehklagen. »Es ist alles in Ordnung, Officers«, sagte Jake. »Mein Freund hat ein wenig die Fassung verloren, weil er gerade erfahren hat, daß seine Mutter gestorben ist.«

»Meine Mutter ist nicht tot«, klang Tuckers Stimme aus der Kabine.

»Er weigert sich, es zu akzeptieren«, flüsterte Jake den Wachleuten zu. »Hier, ich denke es ist besser, wenn Sie das an sich nehmen.« Er reichte einem der Wachmänner den Katheder. »Wir wollen doch nicht, daß er sich vor lauter Kummer aufhängt.«

Zehn Minuten später saßen sie nach Beileidsbekundungen durch die gesamte Wachmannschaft in der Abflughalle und tranken Gin Tonic, während sie darauf warteten, daß Tucks Flug aufgerufen wurde. Um sie herum saßen Männer und Frauen in Anzügen, die mit ihren Handys ganze Salven von Anrufen in die Welt hinausschickten, während eine Gruppe von etwa zwanzig Leuten sich in der winzigen Raucherzone an der Bar zusammendrängte wie ein Rudel Hunde, dem man einen Fleischbrocken hingeworfen hat. Jake Skye betete den Inhalt des Rucksacks herunter, den er für Tuck zusammengepackt hatte. Doch Tucker hörte nicht zu – er war völlig geplättet von der rapiden Geschwindigkeit, mit der sein Leben den Bach runtergegangen war, und er versuchte noch immer herauszufinden, wie es soweit hatte kommen können. Jakes Stimme hatte ähnliche Chancen, Gehör zu finden, wie ein Kazoo in einem Windkanal.

Dennoch tönte Jake: »Der Ofen funktioniert mit allem, was brennt. Diesel, Düsen-Treibstoff, Benzin, sogar mit Wodka. Außerdem hab ich dir eine Taucherbrille eingepackt, samt Schnorchel und Flossen und zwei wasserdichte Taschenlampen.«

Der Job bei Mary Jean war einfach perfekt gewesen. Alle paar Tage eine andere Stadt, schöne Hotels, ein Spesenkonto und buchstäblich Tausende von aufrechten Damen aus Mary Jeans Gefolge, die ihm das Leben versüßten. Inspiriert von Mary Jeans Reden zum Thema Selbstbestimmung, Selbstmotivierung und darüber, daß jeder es schaffen konnte, fiel ihre Wahl mit schöner Regelmäßigkeit auf Tucker, wenn es darum ging, einmal im Leben eine Affäre mit einem Piloten zu haben. Und weil er, so oft es auch vorkommen mochte, jedesmal wieder aufs neue über ihre Avancen erstaunt war, spielte Tucker seinen Part. Er benahm sich wie ein Mann aus einem schwülstigen Groschenroman: der charmante Schurke, der leidenschaftliche Pirat, der bei Sonnenaufgang mit seinem Schiff in See stechen mußte, um Gott, Königin und Vaterland zu dienen. Allerdings mußten die Damen – ebenfalls üblicherweise in den frühen Morgenstunden – erkennen, daß unter seiner sanften, gingeschwängerten Hülle ein Kerl steckte, der an seinen Shorts roch, um festzustellen, ob er sie wohl noch einmal anziehen konnte. Aber zumindest einen Moment lang war er in ihren wie in seinen Augen wirklich cool gewesen. Schäbig, aber cool.

Wenn ihn seine Schäbigkeit einholte, mußte er sich nur ein paar

Züge aus der Sauerstoffflasche im Cockpit genehmigen, den pinkfarbenen Jet hochziehen, und schon war er wieder davon überzeugt, daß er alles unter Kontrolle hatte und durch und durch Profi war. Wenn er die entsprechende Flughöhe erreicht hatte, schaltete er den Autopiloten ein, und das war's.

»Denkst du manchmal an Gott?« fragte Tucker seinen Freund Jake.

Jake Skye schaute ihn an, als hätte ihn der Schlag getroffen. »Du mußt über all diesen Kram Bescheid wissen, falls du in Schwierigkeiten kommst. Genauso wie die Tankanzeigen überprüfen, wenn du weißt, was ich meine.«

Tucker zuckte zusammen. »Hör zu, ich habe jedes Wort verstanden, das du gesagt hast. Aber das hier kam mir auf einmal ziemlich wichtig vor, verstehst du?«

»Na ja, in dem Fall, Tuck, ja. Ich denke in der Tat manchmal an Gott. Und zwar dann, wenn ich mit 'ner echt scharfen Braut zusammen bin und wir klatschnaß geschwitzt sind wie die Affen – dann denke ich daran. Ich denke an den großen alten Mistbock in der Sixtinischen Kapelle und wie er mit seinem Zeigefinger rumfuchtelt. Und weißt du was? Es hilft wirklich. Man kommt einfach nicht, wenn man an so 'n Kram denkt. Solltest du auch mal probieren. Oh, entschuldige.«

»Schon gut«, sagte Tucker.

»Jetzt laß dir wegen dem Jungen mit seiner Bibel keine grauen Haare wachsen. Er ist zu jung, um mit so 'nem Kram wie Religion aufzuhören... sündenmäßig hat der Kerl noch nicht genug Dreck am Stecken. Bei uns liegt der Fall anders, da ist es am besten, man geht davon aus, daß der ganze Kram einfach Stuß ist und man sich umgehend in Würmerfutter verwandelt, wenn die Lichter ausgehen. Denk am besten gar nicht drüber nach.«

»Stimmt«, sagte Tucker, nicht im geringsten zufriedengestellt. Jake Skye war genau der richtige Mann, wenn es darum ging, irgendwelche Apparate – und seien sie aus dem hintersten Winkel der Welt – in Gang zu bringen, doch in Sachen Spiritualität hatte er das Niveau eines Hamsters. Was allerdings durchaus eine Eigenschaft war, die Tucker an ihm schätzte. Er versuchte nicht mehr darüber nachzudenken und wechselte das Thema.

»Also, was muß ich wissen, um eine Lear 45 zu fliegen?«

Jake war offensichtlich erleichtert, daß er sich wieder auf dem vertrauten Gebiet der Technologie befand. »Ich hab selbst noch keine gesehen, aber es heißt, sie fliegt sich genauso wie Mary Jeans alte Lear 25, nur schneller, und eine größere Reichweite hat sie auch. Bessere Flugeigenschaften. Lies dir halt die Handbücher durch, sobald du ankommst.«

»Was ist mit den Navigationssystemen?« Tuckers Fähigkeiten auf dem Gebiet der Navigation waren nicht die besten. Seit er seine Lizenz erhalten hatte, war er immer nur mit automatischen Systemen geflogen.

»Damit wirst du keine Probleme haben. Man kauft sich schließlich keinen 4-Millionen-Dollar-Flieger und knickert dann bei den Navigationssystemen und der Funkausrüstung. Dieser Doktor hat eine E-Mail-Adresse, was bedeutet, daß er einen Computer besitzt. Du hast also Zugriff auf Kartenmaterial und Wetteransagen und kannst dementsprechend deine Routen planen. Sieh zu, daß du genaue Auskünfte einholst über die Bedingungen und Ausstattung am Zielort, damit du weißt, was dich erwartet. Gerade in der Dritten Welt gibt's genug Landepisten, wo sie nachts nur einen Eingeborenen hinstellen mit 'ner Kerze in der Hand. Die versuchen dir Abflußwasser anstatt Treibstoff anzudrehen, wenn du nicht aufpaßt. Hast du dich jemals mit der Flughafenpolizei in einem Dritte-Welt-Land rumgeschlagen?«

Tucker zuckte mit den Achseln. Jake wußte verdammt genau, daß er das nicht hatte. Er hatte seine Ausbildung als Copilot im Jet von Mary Jean absolviert, und sie hatten außer bei einem Flug nach Hawaii die USA nie verlassen.

»Also«, fuhr Jake fort, »das Zauberwort heißt ›Bakschisch, Bakschisch und nochmals Bakschisch‹. Biete den höchsten Betrag, den du dir leisten kannst, auf dem niedrigsten Niveau von Autorität. Sieh zu, daß du immer eine dicke Rolle amerikanischer Dollar bei dir hast, aber wedel damit nicht rum, wenn du nicht vorhast, sie zu verlieren. Denk dran, daß du dir immer eine Reserve im Schuh versteckst, für den Fall, daß sie dich filzen.«

»Glaubst du, der Doktor braucht mich als Drogenkurier?«

»Gut möglich, glaubst du nicht auch? Spielt aber keine Rolle. Diese Typen da unten sind brutal. Die Hälfte der Leute in offiziellen Positionen hat den gleichen Nachnamen, das heißt, wenn du dich die Leiter hocharbeitest, hast du nichts weiter gewonnen, als daß du mit dem Onkel von dem Kerl zu tun hast, der dich in die Pfanne gehauen hat. Und der muß dir natürlich schon aus reinem Stolz mehr abnehmen.«

Tucker schlug die Hände über dem Kopf zusammen und starrte in seinen Gin Tonic. »Ich bin voll am Arsch.«

Jake tätschelte ihm den Arm, doch dann zuckte er vor der Intimität dieser Geste zurück. »Dein Flug wird aufgerufen. Du wirst schon wieder.«

Sie erhoben sich, und Jake warf etwas Geld auf den Tresen. Am Eingang zum Flugsteig wandte sich Tucker zu seinem Freund um. »Mann, ich weiß nicht, was ich sagen soll.«

Jake streckte ihm die Hand entgegen. »Keine Ursache, Mann. Du hättest das gleiche für mich getan.«

»Ich hasse es, beim Fliegen hinten zu sitzen. Kümmer dich um den Jungen im Motel, okay.«

»Mach ich. Denk dran, alles, was du brauchst, ist in dem Rucksack. Paß auf, daß er nicht verlorengeht.«

»In Ordnung«, sagte Tucker. »Na ja...« Er drehte sich um und ging die Rampe entlang zu seinem Flugzeug.

Jake Skye schaute ihm nach, drehte sich dann ebenfalls um und ging zu einem Münzfernsprecher. Er wählte und wartete. »Ja, hier ist Jake. Er ist auf dem Weg. Genau, auf Nimmerwiedersehen. Wann kann ich meinen Scheck abholen?«

8

Die Erniedrigung des Piloten als Passagier

Sobald er im Flugzeug saß, faltete Tucker den Brief des mysteriösen Doktors auseinander und las ihn erneut.

Lieber Mr. Case,

mir sind die Probleme zu Ohren gekommen, die Ihnen in letzter Zeit zu schaffen machen, und ich glaube Ihnen einen Vorschlag unterbreiten zu können, der für uns beide von großem Nutzen sein kann. Meine Frau und ich sind Missionare auf Alualu, einem ziemlich abgelegenen Atoll am nordwestlichen Abschnitt des mikronesischen Inselbogens. Da wir abseits der normalen Schiffahrtsrouten liegen und es außer uns niemanden gibt, der die medizinische Versorgung der Inselbewohner sicherstellen könnte, haben wir ein eigenes Flugzeug für den Transport medizinischer Güter. Erst kürzlich haben wir zu diesem Zweck eine Lear 45 erworben, doch mußte unser bisheriger Pilot aus persönlichen Gründen für unbestimmte Zeit zum Festland zurückkehren.

Um es kurz zu machen, Mr. Case: Angesichts der Tatsache, daß Sie über Erfahrung im Umgang mit kleinen Düsenmaschinen verfügen und wir uns in einer Engpaßsituation befinden, sind wir der Auffassung, daß dieses eine Gelegenheit darstellt, von der beide Seiten profitieren könnten. Was die Gültigkeit Ihrer Pilotenlizenz angeht, so ist dies für uns nicht von Belang, sondern nur die Tatsache, daß Sie den Anforderungen, die an einen Piloten gestellt werden, zu erfüllen in der Lage sind und uns auf diese Weise aus einer Notlage helfen, die nur als dringend beschrieben werden kann.

Wenn Sie gewillt sind, einen langfristigen Vertrag einzugehen und zu erfüllen, so werden wir Ihnen auf der Insel Unterkunft und Verpflegung stellen und ein Gehalt von 2000 Dollar pro Woche sowie einen großzügig bemessenen Bonus nach Auslaufen des Vertrages bezahlen. Als Zeichen unserer Aufrichtigkeit lege ich Ihnen ein Flugticket und einen Barscheck in Höhe von 3000 Dollar für zusätzliche Reisekosten bei. Bitte nehmen Sie per E-Mail Kontakt mit uns auf und teilen Sie uns Termin und Uhrzeit Ihrer Ankunft in Truk mit, damit meine Frau dort mit Ihnen zusammentreffen kann, um mit Ihnen Ihre Arbeitsbedingungen durchzusprechen und die Modalitäten Ihrer Überfahrt nach Alualu zu klären. Ein Zimmer wird für Sie auf Ihren Namen im Paradise Inn reserviert sein.

Mit freundlichen Grüßen
Dr. med. Sebastian Curtis
Sebcurt@Wildnet.COM.JAP

Warum gerade ich? überlegte Tuck. Er hatte einen Jet zu Schrott geflogen, seinen Job verloren, und was sein Sexualleben betraf, sah die Zukunft auch nicht allzu rosig aus. Es wurden ihm verschiedene Verbrechen zur Last gelegt, und plötzlich kam aus heiterem Himmel ein Brief samt Scheck, der ihm den Hals rettete, wenn er nur gewillt war, alles hinter sich zu lassen und auf eine Insel im Pazifik zu ziehen. Es konnte sich durchaus als ein prima Job entpuppen, doch wenn er es gewesen wäre, der die Entscheidung zu treffen hatte, hätte er vermutlich noch immer in seinem Motelzimmer mit Dusty Lemon gesessen und sich darüber den Kopf zerbrochen. Es war, als sei es eine Kombination aus einer Laune des Schicksals und Jake Skye, der ihm geschickt worden war, um ihm die Entscheidung abzunehmen. Eigentlich so seltsam nicht, dachte er. Durch die gleiche Kombination war er überhaupt erst in einem Pilotensessel gelandet.

Tuck war nordwestlich von San Diego in Elsinore, Kalifornien, als einziger Sohn des Besitzers der Denmark Silverware Corporation aufgewachsen. Seine Kindheit war nicht weiter aufregend gewesen, als Sportler war er Mittelmaß, und seine Jugend verbrachte er mit Surfen und damit, Mädchen nachzustellen, von denen er eines schließlich an Land ziehen konnte.

Zoophilia Gold war die Tochter des Anwalts seines Vaters – ein Mädchen von großem Liebreiz und einer durch ihren grausamen

Vornamen bedingten Schüchternheit. Tuck und Zoo genossen eine kurze Romanze, die allerdings unterbrochen wurde durch die Entscheidung seines Vaters, Tuck nach Texas aufs College zu schicken, damit er lernte, Entscheidungen zu treffen, um später das Familienunternehmen weiterzuführen. Durch die sichere Aussicht auf einen Job in seiner Motivation erheblich eingeschränkt, rasselte Tuck durch eine Reihe von Prüfungen, bis seine College-Karriere durch einen Anruf seiner Mutter ein jähes Ende erfuhr: »Komm nach Hause, dein Vater ist tot.«

Tuck brachte die Fahrt in zwei Tagen hinter sich, wobei er nur anhielt, um zu tanken, zu pinkeln oder Zoophilia anzurufen, die ihn darüber informierte, daß seine Mutter den Bruder seines Vaters geheiratet und sein Onkel die Leitung von Denmark Silverware übernommen hatte. Mit quietschenden Reifen und blind vor Wut, raste Tuck nach Elsinore und überfuhr Zoophilias Vater, als dieser gerade das Haus seiner Mutter verließ.

Zwar wurde offiziell festgestellt, daß es sich beim Tod von Zoophilias Vater um einen Unfall handelte, auch wurde Tuck während der Untersuchungen von einem Polizisten darüber informiert, daß dieser, obwohl er keine Beweise hatte, den Verdacht hegte, daß es sich bei dem Reitunfall, in dessen Verlauf Tucks Vater zu Tode gekommen war, nicht um einen Unfall handelte, zumal Tucks Vater allergisch gegen Pferde gewesen war. Tuck war sicher, daß dies alles ein Komplott war, hinter dem sein Onkel steckte, doch er brachte es nicht über sich, seine Mutter oder ihren neuen Gatten zur Rede zu stellen.

In der Zwischenzeit hatte Zoophelia in ihrem Schmerz über den Tod ihres Vaters eine Überdosis Prozac geschluckt und war in ihrer Badewanne ertrunken. Ihr Bruder, der ebenso wie Tuck auswärts studierte, war zurückgekehrt und hatte gelobt, Tucker entweder umzubringen oder ihn wegen des Todes seines Vaters und seiner Schwester mit Klagen zu überziehen, bis er nicht mehr wußte, wer er war. Während er noch überlegte, welche Schritte er nun ergreifen sollte, lief Tucker in einer Strandbar einem Gespann brünetter Schönheiten aus Texas in die Arme, die darauf bestanden, daß er mit ihnen zum Lone Star State zurückfuhr.

Enterbt, deprimiert und ohne einen blassen Schimmer, was nun zu tun war, nahm Tucker das Angebot an und fuhr mit bis zu einem kleinen Flughafen in einem Vorort von Houston, wo die Mädchen ihn fragten, ob er schon jemals nackt beim Fallschirmspringen gewesen sei. Und da es ihm ohnehin egal war, ob er tot oder lebendig war, kroch er mit ihnen in die Kabine einer Beechcraft.

Sie ließen ihn mit Kratzern und blauen Flecken bedeckt, mit nichts weiter bekleidet als einer Bruchbinde und einem Fallschirmgurt und vor Adrenalinstößen zitternd, auf dem Rollfeld zurück. Jake Skye fand ihn, die Fallschirmseide wie eine Toga um den Körper gewickelt, zwischen den Hangars umherirrend. Dieses Jahr hatte es in sich gehabt.

»Laß mich mal raten«, sagte Jake. »Margie und Randy Sue?«

»Genau«, sagte Tucker. »Woher weißt du das?«

»Die machen so was immer wieder. Ihr Vater hat Geld – Rosencrantz und Guildenstern Petroleum. Ich hoffe, du hast den Fallschirm nicht zerrissen. Gebraucht kriegst du dafür 'n Tausender.«

»Dann sind sie also weg?«

»Vor ungefähr 'ner Stunde. Haben irgendwas davon erzählt, daß sie nach London wollen. Wo sind deine Klamotten?«

»In ihrem Auto.«

»Komm mit.«

Jake gab Tucker einen Job. Flugzeuge waschen. Dann brachte er ihm bei, eine Cessna 172 zu fliegen, und schrieb ihn in einer Flugschule ein. Nach einem halben Jahr hatte Tucker seine Lizenz für zweimotorige Flugzeuge und assistierte Jake, wenn dieser in einer geleasten Beech Duke Geschäftsleute durch die Gegend flog. Jake überließ Tucker die Fliegerei, sobald dieser seine 135er Passagier-Lizenz absolviert hatte.

»Ich kann alles mögliche fliegen, aber von Helikoptern abgesehen reizt mich nichts wirklich. Da bin ich lieber Schrauber. Und Heli-Jobs gibt's dauerhaft nur auf den Ölplattformen im Golf. Zu viele von meinen Freunden sind da abgesoffen. Wir machen's so: Du fliegst, ich halte die Dinger am Laufen, und wir teilen das Geld.«

Sechs Monate später wurde Jake der Job bei Mary Jean Cosmetics

Corporation angeboten. Er nahm ihn unter der Bedingung an, daß Tucker als Copilot mitfliegen konnte, bis er genügend Flugstunden in einem Lear Jet zusammen hatte. (Er beschrieb Tuck als »das verlorene Lämmchen«, und die Herrscherin über das Make-up-Imperium willigte ein.) Mary Jean steuerte ihren Jet zwar selbst, doch sobald Tucker genügend Erfahrung gesammelt hatte, überließ sie ihm den Steuerknüppel. »Einige meiner Aufsichtsräte haben mich darauf hingewiesen, daß ich meine Zeit besser darauf verwenden sollte, mich um die Geschäfte zu kümmern, anstatt zu fliegen. Und außerdem ist es nicht ladylike. Möchtest du den Job?«

Glück gehabt. Die Ausbildung, die er genossen hatte, hätte normalerweise Hunderttausende von Dollars gekostet, und er hatte es größtenteils umsonst bekommen. Er war ein neuer Mensch geworden, und alles hatte mit einer bizarren Pechsträhne begonnen, gefolgt von einer Chance und dem Auftritt von Jake Skye. Vielleicht würde sich das Blatt auch dieses Mal wenden. Zumindest war diesmal niemand zu Tode gekommen.

9

Der Autopilotenkult: Eine Geschichtsstunde

Der Pilot sagte: »Die Ortszeit ist 9 Uhr, die Temperatur beträgt 32 Grad Celsius. Danke dafür, daß Sie mit Continental geflogen sind. Wir wünschen Ihnen einen angenehmen Aufenthalt auf Truk.« Dann ließ er ein fieses Lachen hören.

Tuck trat aus dem Flugzeug und wurde von der schweren Luft förmlich niedergedrückt, die plötzlich seine Lungen füllte. Der Geruch von grüner Fruchtbarkeit lag in der Luft, als ob die Vegetation, die hier allenthalben wucherte, abstarb und verrottete, ein Gas produzierte, das einfach zu dick zum Atmen war. Er folgte einer Reihe von Passagieren zur Ankunftshalle, einem langgestreckten, flachen Backsteinbau – eigentlich nichts weiter als ein Blechdach auf Stützpfeilern. Die Menschen um ihn herum waren braunhäutig, untersetzt und stämmig. Die Männer trugen Jeans oder alte Anzughosen und T-Shirts, die Frauen lange Baumwollkleider mit Blumenmustern und Puffärmeln, ihre Haare mit Perlmuttkämmen hochgesteckt.

Schwitzend stand Tuck da und wartete am einen Ende des Terminals, während ein paar junge Männer das Gepäck durch einen Vorhang hindurch auf eine Rampe aus Sperrholz wuchteten. Die Eingeborenen nahmen ihr Gepäck – in der Hauptsache Kühlboxen, die mit Klebeband umwickelt waren, und gingen ohne stehenzubleiben am Zoll vorbei. Er schaute sich nach einem Touristen um, um zu sehen, wie diese behandelt wurden, doch es war keiner zu sehen. Der Zollbeamte blickte ihn an. Tucker hoffte, daß sich nichts Illegales in seinem Rucksack befand. Der Flughafen sah aus wie die Rampe eines Todeslagers, und er war nicht scharf darauf, das Gefängnis zu sehen. Er tastete nach der Rolle mit Banknoten in seiner Tasche und dachte nur: *Bakschisch*.

Der Rucksack glitt zwischen dem Vorhang hindurch, und Tucker zwängte sich an dem Pulk der Inselbewohner vorbei. Er schulterte seinen Rucksack, ging zum Zolltresen und ließ den Sack vor dem Zollbeamten zu Boden fallen.

»Ihren Paß«, sagte der Beamte. Er war fett und trug eine Uniform mit Messingknöpfen und dazu Badelatschen aus einem Krämerladen.

Tuck reichte ihm seinen Paß.

»Wie lange werden Sie hierbleiben?«

»Nicht lange. Ich weiß noch nicht genau, aber vielleicht einen Tag.«

»Keine Flüge in den nächsten drei Tagen.« Der Beamte stempelte den Paß und reichte ihn Tucker zurück. »Die Ausreisegebühr beträgt zehn Dollar.«

»Das war's?« Tucker war erstaunt. Keine Durchsuchung, keine Bestechung. Schon wieder Glück gehabt.

»Vergessen Sie nicht Ihr Gepäck.«

»Richtig.« Tucker hievte seinen Rucksack hoch und steuerte auf ein Sperrholzschild mit der handgemalten Aufschrift »Ausgang«

zu. Er trat aus dem Flughafengebäude und war geblendet von der Sonne.

»Hey, du tauchen?« Es war die Stimme eines Mannes.

Tuck kniff die Augen zusammen und sah sich einem dünnen, lederhäutigen Insulaner in einem Boston Bruins-Sweatshirt gegenüber. Er hatte sechs Zähne, zwei davon aus Gold. »Nein«, sagte Tucker.

»Warum du kommen, wenn nicht tauchen?«

»Ich bin geschäftlich hier.« Tucker setzte seinen Rucksack ab und versuchte zu atmen. Er war klatschnaß geschwitzt. Kaum zehn Sekunden in der Sonne, und schon hätte er sich am liebsten im Schatten verkrochen wie eine Schabe, die unter den Herd flüchtet. »Wo du wohnen?«

Der Kerl sah aus wie ein Krimineller. Es fehlt nur noch eine Augenklappe, und er wäre ohne Probleme als Pirat durchgegangen. Tucker hatte keine Lust, ihm irgendwas zu erzählen.

»Wie komme ich zum Paradise Inn?«

Der Pirat rief einen Teenager, der im Schatten saß und zusah, wie sich eine ganze Schar zerbeulter japanischer Autos mit schwarzgetönten Scheiben Positionskämpfe bei der Einfahrt in die staubige Straße lieferte.

»Rindi! Paradise.«

Der jüngere Mann, der angezogen war wie ein Rapper aus dem tiefsten Compton – übergroße Shorts, Football-Hemd, Baseballmütze verkehrt herum über einem blauen Kopftuch –, kam herüber und packte Tuckers Rucksack. Tucker hielt einen der Schultergurte fest und kämpfte mit dem Jungen um die Kontrolle über den Rucksack.

»Du gehen mit ihm«, sagte der Pirat. »Er dich bringen zu Paradise.«

»Komm, Holmes«, sagte der Junge. »Mein Auto Klimaanlage.«

Tucker ließ den Rucksack los, und der Junge huschte damit durch das Verkehrsgewühl auf einen alten Honda Civic zu, dessen Rückfenster aus Plastikfolie bestand, während die Beifahrertür mit einem Draht zugehalten wurde. Tuck folgte ihm zwischen den langsam dahinkriechenden Autos hindurch, die jedesmal dann, wenn er vor eines trat, vorwärts ruckten, als wollten sie ihn plattmachen. Er versuchte die Gesichter der Fahrer zu erkennen, aber die Windschutzscheiben waren alle mit schwarzer Plastikfolie zugeklebt.

Der Junge warf Tucks Rucksack in den Kofferraum, löste dann den Draht von der Beifahrertür und hielt sie auf. Tucker stieg ein und wurde erneut von dem Gefühl beschlichen, daß er sich vollständig der Gnade von Dame Fortuna auslieferte. Als nächstes krieg ich die Stelle zu sehen, wo sie die weißen Kerls ausrauben und umbringen, dachte er.

Während der Fahrt schaute Tuck hinaus auf die Lagune. Selbst durch das getönte Fenster erstrahlte sie in einem tiefen Blau, als wäre sie von unten beleuchtet. Frauen mit Tauchermasken standen bis zu den Schultern im Wasser; ihre mit Blumenmustern bedruckten Kleider wogten um sie herum und ließen sie wirken wie bunte Quallen. Sie trugen alle einen kurzen Speer aus Stahl, den sie mit einer Gummischleuder abschossen. Große Plastikkörbe trieben auf der Oberfläche, in denen die Frauen ihren Fang abluden.

»Was jagen die da?« fragte Tuck den Fahrer.

»Oktopus, Seeigel, kleine Fische. Meistens Oktopus. Hey, von wo aus den Staaten kommst du her?«

»Ich bin in Kalifornien aufgewachsen.«

Der Junge strahlte. »Kalifornien! Da gibt's die Crips, stimmt's?«

»Ja, es gibt dort Gangs.«

»Ich bin Crip«, sagte der Junge und deutete voller Stolz auf sein blaues Kopftuch. »Ich und meine Homies, wenn wir finden Bloods hier, wir knallen ab.«

Tucker war ziemlich erstaunt. Am Straßenrand stand ein wunderhübsches kleines Mädchen und trank aus einer grünen Kokosnuß, während hier im Wagen ein Bandenkrieg im Gange war. Er sagte: »Wo sind die Bloods?«

Rindi schüttelte voller Bedauern den Kopf. »Keiner sein wollen Blood. Nur Crips auf Truk. Aber wenn wir einen sehn, dann wir machen platt.« Er lüftete ein Handtuch, das auf dem Sitz lag, und darunter kam eine verschrammte Daisy-Luftpistole zum Vorschein.

Tuck notierte sich im Geiste, daß er auf keinen Fall mit einem roten Kopftuch rumlaufen durfte, um nicht unbeabsichtigt den Bloodsmangel zu beheben. Er hatte kein Verlangen danach, in einem künstlich glorifizierten Cowboy-und-Indianer-Spiel getötet oder verletzt zu werden.

»Wie weit ist es bis zum Hotel?«

»Das ist es«, sagte Rindi und riß den Honda herum, um auf einem staubigen Parkplatz auf der anderen Straßenseite zu parken.

Das Paradise Inn war ein zweistöckiges Gebäude mit einer Stuckfassade, die sich bereits auflöste und gekrönt wurde von rostigen himmelwärts aufragenden Eisenstreben, die eine dritte Etage verhießen, die nie gebaut werden würde. Tuck ließ den Jungen, Rindi, den Rucksack in sein Zimmer im ersten Stock tragen: mintgrüne Blocksteinwände über braunem Linoleum, ein zerschrammter Schreibtisch aus Metall, Blumenvorhänge mit Rauchflecken, ein Doppelbett mit einer löchrigen Tagesdecke aus den fünfziger Jahren, der Geruch von Mehltau und Insektiziden. Rindi verstaute den Rucksack in dem türlosen Schrank und stellte den kleinen Airconditioner im Fenster auf die höchste Stufe.

»Zu spät für Dusche. Wasser wieder gehen von vier bis sechs.«

Tuck warf einen Blick ins Badezimmer. Kein guter Entschluß. Ein exotisch aussehendes orangefarbenes Ding wuchs aus dem Duschvorhang. Er sagte: »Wo kann ich hier ein Bier kriegen?«

Rindi grinste: »Wir haben Lounge. Budweiser, ›King of beers‹. MTV per Satellit.« Er verdrehte seine Hände und vollführte einen Gangsta Rap Move, der aussah, als hätte er einen plötzlichen Anfall von Schüttellähmung. »Yo, G, wir chillen mit phatteste Jams? Snoop, Ice; Public Enemy.«

»Oh, prima«, sagte Tuck. »Das Drive-by erledigen wir aber erst später. Wie komme ich zur Bar?«

»Treppe runter, raus und dann rechts.« Dann verstummte er und schaute nachdenklich vor sich hin. »Wir müssen rausschießen aus Fahrerseite. Anderes Fenster nicht runtergehen.«

»Das kriegen wir schon irgendwie hin.« Tuck drückte dem Jungen einen Dollar in die Hand und verließ, stolz darauf, Amerikaner zu sein, den Raum.

Ein bewußtloser Inselbewohner markierte den Eingang zur Bar. Tuck trat über ihn hinweg und stieß die schwarze Glastür auf, hinter der ein kühler, dunkler, von Rauch erfüllter Raum lag, der erleuchtet wurde von einem stummgestellten Fernseher, auf dem kein Sender eingestellt war, und einer flackernden BUDWEISER-Neonreklame. Ein Schatten stand hinter der Bar, und davor saßen zwei weitere. Tuck erkannte Augen in der Dunkelheit – vielleicht waren es Leute, die an Tischen saßen, vielleicht aber auch Nachttiere.

Eine Stimme sagte: »Ein guter Amerikaner, der einem Landsmann ein Bier spendiert.«

Die Stimme gehörte zu einem Schatten an der Bar. Tuck starrte blinzelnd in die Dunkelheit und erblickte einen großen weißen Mann von etwa fünfzig Jahren in einem mit Schweißflecken bedeckten Anzughemd. Er lächelte ein gelbliches Lächeln, garniert mit herunterhängendem Unterkiefer und glasigem Suffblick. Tuck lächelte zurück. Jeder, der mehr als gebrochen Englisch sprach, war in diesem Augenblick sein Freund.

»Was trinken Sie, Partner?« Wann immer er freundlich wirken wollte, kehrte Tuck den Texaner heraus.

»Was man hier so trinkt.« Er hielt zwei Finger in die Höhe, damit der Barmann Bescheid wußte, und streckte dann Tuck die Hand entgegen. »Jefferson Pardee, Chefredakteur der *Truk Star*«, sagte er händeschüttelnd.

»Tucker Case.« Tuck setzte sich auf den Hocker neben dem dicken Mann. Der Barmann stellte zwei beschlagene Dosen Budweiser auf den Tresen und wartete.

»Schreib's auf«, sagte Pardee und wandte sich dann Tuck zu: »Sie sind Taucher, nehme ich an?«

»Wie kommen Sie zu dieser Annahme?«

»Das ist der einzige Grund, warum Amerikaner hierherkommen, abgesehen vom Peace Corps oder dem CAT-Team der Marine. Und wenn ich mir die Freiheit erlauben darf, fürs Peace Corps sehen Sie nicht idealistisch genug aus und für die Marine nicht dumm genug.«

»Ich bin Pilot.« Es tat gut, dies auszusprechen. Das hatte ihm schon immer gefallen. Es war ihm gar nicht klargeworden, wie tief es ihn erschreckt hatte, daß er diesen Satz unter Umständen nie wieder würde aussprechen können. »Ich soll mich hier mit jemandem von einer anderen Insel wegen einem Job treffen.«

»Doch nicht etwa ein fliegender Missionar, hoffe ich.«

»Ich werde für einen Missionsarzt arbeiten. Warum?«

»Mein Sohn, diese Leute leisten großartige Arbeit, aber die alten Kisten, die sie fliegen, machen irgendwann schlapp. Fünfundfünfzig Jahre alte Beech 18er oder DC3. Früher oder später landest du damit im Wasser. Aber ich nehme an, du fliegst für Gott...«

»Ich werde einen neuen Lear-Jet fliegen.«

Pardee hätte beinahe sein Bier fallen gelassen. »Quatsch.«

Tuck war versucht, den Brief herauszuziehen und ihn auf den Tresen zu knallen, aber er riß sich zusammen. »Zumindest wurde das mir gegenüber behauptet.«

Pardee legte seinen dicken, haarigen Unterarm auf den Tresen und lehnte sich zu Tuck hinüber. Er roch verkatert. »Welche Insel und welche Kirche?«

»Alualu«, sagte Tuck. »Ein Doktor Curtis.«

Pardee nickte und ließ sich wieder auf seinem Hocker nieder. »Das Niemands-Eiland.«

»Was soll das heißen?«

»Es gehört niemandem. Wissen Sie irgendwas über Mikronesien?«

»Nur daß es hier Gangs gibt und Innenklos mit unregelmäßiger Spülung.«

»Nun ja, je nachdem, aus welchem Blickwinkel Sie es betrachten, kann einem Truk wirklich erscheinen wie die Hölle auf Erden. Aber so was passiert, wenn man einer Kokosnuß-Kultur Coladosen in die Hand drückt. Andererseits ist es nicht überall so. Die Mikronesische Inselgruppe erstreckt sich fast von Hawaii bis Neuguinea und umfaßt zweitausend Inseln. Der erste, der hier gelandet ist, war Magellan auf seiner ersten Weltumseglung. Die Spanier nahmen die Inseln in Besitz, später die Deutschen und dann die Japaner. Wir haben sie den Japanern im Krieg abgenommen. Allein in der Lagune von Truk liegen siebzig untergegangene japanische Schiffe. Deswegen kommen die Taucher hierher.«

»Und was hat das alles damit zu tun, wo ich hinfahre?«

»Darauf komme ich noch. Bis vor fünfzehn Jahren stand Mikronesien unter US-Protektorat – bis auf Alualu. Weil es an der westlichen Spitze der Inselgruppe lag, haben wir es aus der Kapitulationsvereinbarung mit den Japanern herausgelassen. Also war Alualu niemals amerikanisches Territorium, und als die Vereinigten Staaten von Mikronesien ihre Unabhängigkeit erklärten, war Alualu darin nicht eingeschlossen.«

»Das meinen Sie also?« Tuck wurde allmählich ungeduldig. Seit der Flugschule hatte er sich keinen so langen Vortrag mehr anhören müssen.

»Kurz gesagt, kein Mutterland, keine Regierung, keine ausländische Hilfe. Nichts. Alualu gehört dem, der dort lebt. Es liegt abseits der Schiffahrtslinien, und es ist ein Atoll, das sich aus dem Wasser gehoben hat. Eine einzige kleine Insel, nicht eine Inselgruppe um eine Lagune herum, und die Boote der Kopra-Sammler kommen dort nicht vorbei, weil es einfach nicht genug Kopra gibt. Seit dem Krieg, als es dort eine Landebahn gab, hat es niemanden mehr dorthin verschlagen.«

»Vielleicht brauchen sie deswegen den Jet?«

»Mein Sohn, ich bin 1966 mit dem Peace Corps hierhergekommen und seitdem nie weggewesen. Ich habe eine Menge Missionare gesehen, die gedacht haben, mit einer Menge Geld könnten sie eine Menge Probleme lösen. Aber ich habe nie eine Kirche gesehen, die jemandem eine Lear spendiert hätte.«

Tuck hätte am liebsten seinen Kopf auf den Bartresen geschlagen, einfach nur damit er spürte, wie es in seinem Spatzenhirn schepperte. Natürlich war es zu schön, um wahr zu sein. Er hatte es instinktiv gespürt. Er hätte es in dem Augenblick wissen müssen, als er sah, wieviel Geld sie ihm boten – ihm, Tucker Case, der größten Niete der Welt.

Tuck stürzte sein Bier hinunter und bestellte zwei weitere. »Also, was wissen Sie über diesen Curtis?«

»Ich habe schon von ihm gehört. Hier draußen passiert nicht viel, was Schlagzeilen machen würde, und bei ihm liegt das schon zwanzig Jahre zurück. Er ist auf dem Flughafen von Yap total ausgerastet, weil er niemanden dazu bewegen konnte, ein krankes Kind von der Insel zu evakuieren. Offen gestanden bin ich ziemlich überrascht, daß er noch immer da ist. Ich habe gehört, daß die Kirche ihn hat fallenlassen. Auf Kargo-Kulte reagiert die Christenheit nun mal allergisch.«

Tuck wußte, was ihm da blühte. Typen wie Pardee hatte er in Flughafenbars überall in den Vereinigten Staaten getroffen: einsame Geschäftsleute, normalerweise Vertreter, die mit jedem über alles mögliche redeten, nur damit sie Gesellschaft hatten. Sie verstanden es, einen dahin zu bringen, daß man Fragen stellte, die langatmige Antworten erforderlich machten. Er hegte eine gewisse Sympathie für diese Leute, seit er einmal in der dritten Klasse unter Miss Patterson den Willie Loman aus *Tod eines Handlungsreisenden* gespielt hatte. Pardee hatte einfach nur das Bedürfnis zu reden.

»Was ist ein Kargo-Kult?« fragte Tuck.

Pardee lächelte. »Diese Kulte existieren auf den Inseln, seit im sechzehnten Jahrhundert die Spanier hier gelandet sind und Werkzeuge aus Stahl und Glasperlen gegen Wasser und Nahrung von den Eingeborenen getauscht haben. Es gibt sie bis heute.«

Pardee genehmigte sich einen tiefen Schluck von seinem Bier, stellte es wieder hin und fuhr dann fort: »All die Inseln hier sind besiedelt worden von Menschen, die von woanders herkamen. Die Geschichten von heroischen Ahnen, die in Kanus übers Meer fuhren, sind Teil ihrer Religion. Die Ahnen brachten alles, was sie brauchten, mit übers Meer. Plötzlich tauchen aus heiterem Himmel irgendwelche Typen auf, die cooles Zeug dabeihaben, das sie nicht kennen – funkelnagelneue Ahnen, funkelnagelneue Götter, die Geschenke bringen. Die Inselbewohner bauten die Neuankömmlinge in ihre Religion ein. Manchmal dauerte es fünfzig Jahre, bis wieder ein Schiff vorbeikam, aber jedesmal, wenn sie eine Machete benutzten, dachten sie dabei an die Rückkehr der kargobringenden Götter.«

»Also gibt es hier immer noch Leute, die drauf warten, daß die Spanier zurückkommen und Werkzeuge aus Stahl mitbringen?«

Pardee lachte. »Nein. Außer für die Missionare waren diese Inseln für die Moderne Welt ziemlich uninteressant – bis zum Zweiten Weltkrieg. Plötzlich tauchten hier die Streitkräfte der Alliierten auf und bauten überall Behelfsflugplätze und versuchten die Eingeborenen durch alle möglichen Formen von Bestechung davon abzuhalten, sich auf die Seite der Japaner zu schlagen. Es war wie Manna, das von Himmel fiel. Amerikanische Flieger brachten alle möglichen wunderbaren Sachen. Dann war der Krieg zu Ende, und die tollen Sachen blieben aus. Jahre später stoßen dann Missionare und Anthropologen auf kleine Altäre, die den Flugzeugen zu Ehren errichtet worden waren. Die Insulaner warten noch immer darauf, daß die Schiffe vom Himmel zurückkehren und sie retten. Es bildeten sich Mythen um einzelne Piloten, die angeblich große Armeen mit sich bringen sollten, um die Franzosen oder die Briten oder welche Kolonialregierung auch immer zu vertreiben. Die Briten verboten die Kargo-Kulte auf einigen der mikronesischen Inseln und steckten ihre Anführer ins Gefängnis. Was natürlich ein Schlag ins Wasser war, denn sie wurden augenblicklich zu Märtyrern. Die Missionare versuchten den neuen Religionen beizukommen, indem sie auf die Macht der Vernunft im Kampf gegen den Aberglauben setzten, mit dem Erfolg, daß einige Insulaner von nun an behaupteten, ihre Piloten seien Jesus. Die Missionare sind schier verrückt geworden. Die Eingeborenen montierten kleine Propeller an ihre Kruzifixe und malten Bilder von Jesus mit einem Pilotenhelm. Fakt ist, daß es die Kargo-Kulte noch immer gibt, und soweit ich weiß, gibt es einen der stärksten auf Alualu.«

»Sind die Eingeborenen gefährlich?« fragte Tuck.

»Nicht wegen ihrer Religion, nein.«

»Was soll das heißen?«

»Diese Menschen sind Krieger, Mr. Case. Die meiste Zeit über vergessen sie das, aber manchmal, wenn sie trinken, dann bricht sich die tausend Jahre alte Kriegertradition Bahn – selbst auf einer relativ modernen Insel wie Truk. Und es gibt auf diesen Inseln Leute, die sich durchaus noch erinnern können, wie Menschenfleisch schmeckt – wenn Sie verstehen, was ich meine. Es schmeckt wie dieses Frühstücksfleisch, Spam, habe ich mir sagen lassen. Die Eingeborenen lieben Spam über alles.«

»Spam? Sie machen Witze.«

»Nö. S ynthetisches P rotein A nnähernd M enschlich – dafür steht es.«

Tucker lächelte, als er merkte, daß er reingefallen war. Pardee brach in schallendes Gelächter aus und schlug Tuck auf die Schulter. »Hör zu, mein Freund, ich muß jetzt ins Büro. Eine Zeitung rausbringen, verstehst du. Aber paß auf dich auf. Und sei nicht überrascht, wenn du feststellen mußt, daß dein Lear-Jet in Wirklichkeit nur eine klapprige Cessna ist.«

»Danke«, sagte Tucker und schüttelte dem massigen Mann die Hand.

»Bist du noch ein paar Tage in der Gegend?« fragte Pardee.

»Ich weiß nicht genau.«

»Nun denn, dann geb ich dir einen Rat« – Pardee senkte den Kopf und beugte sich verschwörerisch zu Tucker hinunter – »geh nachts auf keinen Fall allein auf die Straße. Nichts von dem, was es hier zu sehen gibt, ist es wert, daß du dafür dein Leben aufs Spiel setzt.«

»Ich kann schon auf mich selbst aufpassen, aber trotzdem, vielen Dank.«

»Keine Ursache«, sagte Pardee. Er wandte sich um und schlenderte zur Bar hinaus.

Tuck bezahlte die Rechnung und machte sich durch die Hitze auf den Weg zu seinem Hotelzimmer, wo er sich nackt auszog und auf der mitgenommenen Tagesdecke ausstreckte, um sich den kalten Luftzug der Klimaanlage über den Bauch wehen zu lassen. Vielleicht wird's doch nicht so übel, dachte er. Schließlich würde er auf einer Insel landen, wo Gott ein Pilot war. Was für eine Möglichkeit, Weiber an Land zu ziehen!

Dann schaute er hinunter auf sein elendes Geschlechtsteil, das mit Stichen und Narben übersät war und aussah wie von Frankensteins Monster. Eine Welle der Panik erfaßte ihn, und trotz der Kaltluft aus der Maschine bildeten sich Schweißperlen auf seiner Haut.

Es fiel ihm wie Schuppen von den Augen, daß er in seinem ganzen Erwachsenenleben nichts getan hatte, das nicht – und sei es unbewußt – Teil seiner Strategie gewesen wäre, Frauen zu beeindrucken. Er hätte sich niemals mit solchem Eifer darum bemüht, Pilot zu werden, wäre da nicht Jakes Spruch gewesen: »Die Weiber fahren einfach auf Piloten ab.« Warum sollte er fliegen? Welchen Grund gab es, morgens überhaupt aus dem Bett aufzustehen? Welchen Grund gab es, überhaupt irgendwas zu tun?

Er rollte sich herum, um sein Gesicht im Kissen zu vergraben, und drückte mit der Wange eine Kakerlake auf dem Bezug platt.

10

Der Kokosnuß-Telegraph

Jefferson Pardee rief bei der Kommunikationszentrale der Insel an und bat, mit einem Freund im Büro des Gouverneurs auf Yap verbunden zu werden. Während er auf die Verbindung wartete, schaute er aus dem Fenster seines Büros über dem Lebensmittelladen auf den Markt von Truk: Frauen, die Bananen und Kokosnüsse verkauften und in Bananenblätter eingewickelte Bündel von Taro an Marktständen aus Sperrholz anboten. Kinder, die sich gegen den aufwirbelnden Straßenstaub ihre Bandannas vors Gesicht gebunden hatten, und Betrunkene mit roten Augen, die träge im Schatten lagen. Auf der anderen Straßenseite stand eine Ansammlung von Kokospalmen, und auf der blaugrün glitzernden Lagune trieben einige Motorboote und die Bruchstücke von Kühlboxen aus Styropor. Ein typischer Tag im Paradies, dachte Pardee.

Pardee war jetzt seit dreißig Jahren hier. Damals kam er frisch von der Northwestern School of Journalism und war voller Eifer, die Welt zu retten und jenen zu helfen, die weniger glücklich waren als er selbst, und außerdem wollte er auf diese Weise der Wehrpflicht entgehen. Nachdem seine zwei Jahre im Peace Corps vorüber waren – und er als seinen größten Erfolg verbuchen konnte, daß die n nun wußten, wie man Wasser abkocht –, blieb er. ...beitete er für die neuen Regierungen, die allenthalben ...den schossen, indem er bei der Abfassung von Unab... ...erklärungen und Verfassungen half und das Ersuchen um finanzielle Hilfe durch die USA mitformulierte. Als er mit dieser Arbeit fertig war, mußte er sich eingestehen, daß er sich vor der Rückkehr nach Amerika fürchtete. Er war fett geworden von all den Brotfrüchten und all dem Bier, er hatte sich an billige Huren und noch billigere Taxis gewöhnt und an eine geregelte Arbeitszeit von zwei Stunden täglich – Maximum. Die Vorstellung, nach seiner Heimkehr womöglich beweisen zu müssen, was eigentlich wirklich in ihm steckte, oder sich offen als Versager zu bekennen, jagte ihm kalte Schauer über den Rücken. Dann fing Pardee mit dem *Truk Star* an, und er hatte Erfolg damit. Dies war seine letzte bedeutende Tat in den letzten fünfundzwanzig Jahren. Über die Neuigkeiten auf Truk zu berichten war in etwa so schwierig wie eine Zählung der Pinguine in der Mohave-Wüste. Dennoch sehnte er sich im Grunde seines Herzens etwas herbei, das es ihm erlauben würde, seine schlaff gewordenen journalistischen Muskeln spielen zu lassen. Etwas, über das er sich richtig ereifern konnte. Warum konnten die Vereinigten Staaten nicht einfach eine der Inseln in der Nähe mit Atombomben plattmachen? Die Franzosen machten das in Polynesien die ganze Zeit. Aber nein, die USA zünden gerade mal eine Bombe auf einem kleinen Atoll in Mikronesien (Bikini) und machen sich dann mit den Worten aus dem Staub: »Das müßte reichen für die nächsten fünfundzwanzigtausend Jahre.« Weicheier.

Aber vielleicht war ja da draußen in Alualu etwas am Kochen. Eine geheime und schmutzige Angelegenheit. Jefferson Pardee war zwar von seinem Ehrgeiz verlassen worden, aber nicht von seiner Hoffnung.

»Kann losgehen«, sagte die Vermittlung.

»Ignatho, wie geht's, Mann?«

Ignatho Malongo, der Gouverneursassistent für die äußeren Inseln, war nicht in Plauderstimmung. Es war Essenszeit, und ihm waren sowohl Zigaretten als auch Betelnüsse ausgegangen, und zu allem Überfluß war niemand gekommen, um ihn am Funkgerät abzulösen, damit er endlich gehen konnte. Sein Büro war eine hellblaue Wellblechhütte, die an die Rückseite des Büros des Gouverneurs angebaut war. Darin befanden sich ein Stahlschreibtisch aus Armeebeständen, ein Kurzwellensender, ein neuer IBM-Computer, und unter einem Schild mit der Aufschrift SPUCKEN VERBOTEN stand ein Papierkorb voller Druckerpapier, das mit roter Spucke eingesaut war, die ihre Farbe den Betelnüssen verdankte. Ignatho war rundlich, braun und trug nichts weiter als einen Lendenschurz, eine Casio-Armbanduhr und einen Bic-Kugelschreiber an einer Schnur um den Hals. Der Schweiß troff an ihm herab in eine dunkle Pfütze, die sich auf dem Zementboden um seinen Schreibtisch ausgebreitet hatte.

»Pardee, was brauchst du?«

»Ich habe mich gefragt, ob du vielleicht gehört hast, daß draußen auf Alualu was im Gange ist?«

»Nur das Übliche. Ab und zu funkt der Doktor durch, daß wir mit der *Micro Trader* Nachschub rausschicken sollen. Sie gehören ja nicht offiziell zu Yap, und deswegen läuft das nicht über mein Büro. Warum?«

»Hast du irgendwelche Gerüchte gehört? Vielleicht von der Mannschaft der *Micro Trader*?«

»Was zum Beispiel? Das Haifischvolk hat keine Kontakte zur Außenwelt, solange ich mich erinnern kann. Dieser Dr. Curtis ist der einzige.«

Pardee hatte keine Lust, irgendwelche Gerüchte in die Welt zu setzen. Mehr als einmal war es ihm passiert, daß er versucht hatte, einer Geschichte auf den Grund zu gehen, nur um irgendwann herauszufinden, daß der Ursprung des Ganzen eine Lügengeschichte war, die er selbst irgendwann besoffen in der Bar vom Stapel gelassen und die dann die Runde über die Inseln gemacht hatte, bis sie so sehr durch die Mangel gedreht worden war, daß sie glaubhaft genug klang, um schließlich wieder auf seinem Schreibtisch zu landen. Dennoch war aus Malango am heutigen Tag nichts herauszuholen. »Ich hab gehört, sie haben ein neues Flugzeug da draußen. Einen Lear-Jet.«

Malongo lachte. »Wo hast du das gehört?«

»Mittlerweile schon zum zweiten Mal. Vor zwei Monaten war ein Kerl hier, der behauptet hat, daß er das Ding fliegen soll, und jetzt gerade ist schon wieder ein neuer Pilot auf dem Weg, der's mir erzählt hat.«

»Vielleicht machen sie eine neue Fluggesellschaft auf. Aber im Ernst, Jeff. Bist du so verzweifelt auf der Suche nach einer Story? Ich hab ein paar Bittgesuche um Fördermittel, die du schreiben kannst, wenn du Arbeit brauchst.«

Pardee wurde die Angelegenheit ein wenig peinlich. Dennoch hatte er keinen Zweifel, daß Dr. Curtis mit Tucker Case in Kontakt getreten war. Irgendwas war da im Gange. Er sagte: »Na ja, vielleicht kannst du die Jungs von der *Trader* bitten, daß sie die Augen offenhalten. Frag mal rum, und sag mir, wenn du was hörst.«

Plötzlich hatte Pardee einen Einfall, wie er der Motivation seines Gesprächspartners erheblich auf die Sprünge helfen konnte. »Wenn da draußen jemand Düsenflugzeuge kauft, kann es durchaus sein, daß in irgendeiner Regierungsstelle eine Finanzquelle sprudelt, von der ihr noch gar keine Ahnung habt.« Er konnte förmlich hören, wie Malongos Neugier mit einem Schlag geweckt war.

Malongos Gedanken kreisten plötzlich um Klimaanlagen, Laserdrucker, einen neuen Bürostuhl. »Hör zu, ich werde mich am Flughafen umhören. Wenn jemand mit einem Jet von Alualu losfliegt, müssen sie ja wohl das Funkgerät benutzen, oder?«

»Das nehme ich an«, sagte Pardee.

»Ich rufe dich wieder an.« Malongo legte auf.

Pardee stieß einen Seufzer aus. »Und wieder einmal«, sagte er zu sich selbst, »nehmen wir als Schlagzeile: ›Schweinedieb noch immer nicht gefaßt‹.«

Eine halbe Stunde später klingelte das Telefon. Sein Telefon klingelte niemals. Pardee hob ab und erkannte an dem Klicken in der Leitung, daß er mit einem Anschluß außerhalb der Insel verbunden wurde. Ignatho Malongo war am anderen Ende. Er hörte sich an, als sei er jetzt besserer Stimmung. Pardee vermutete, daß er sich im Zustand der Entwicklungshilfegeilheit befand.

»Jeff, die *Trader* ist im Hafen. Ein paar Männer von der Crew waren in der Marina zum Lunch, und ich habe sie nach deinem Lear-Jet gefragt.« Malongo rauchte eine Benson & Hedges und kaute eine dicke Ladung Betelnuß. Er war nun wesentlich besserer Laune als zuvor.

»Und?«

»Nun, den Jet hat keiner gesehen, aber sie haben beim letzten Mal, als sie dort waren, ein paar Japaner auf der Insel gesehen.«

»Japaner? Touristen?«

»Sie haben Maschinengewehre mit sich rumgeschleppt.«

»Kein Scheiß?«

»Glaubst du, das bedeutet, daß wir mit Geld aus dem Verteidigungshaushalt rechnen können?« Malongos Gedanken kreisten um große Klimaanlagen, eine Kiste Spam und ein Ticket zum Einkaufstrip nach Hawaii.

Pardee kratzte sich seinen Zweitagebart. »Vermutlich die Mannschaft von einem Thunfischfänger. Die haben schon angedroht, daß sie ein paar von den Insulanern vor Ulithi abknallen, wenn sie weiter die Bojen von ihren Netzen klauen. Ich werde das von der australischen Marine abklären lassen, mal sehen, ob die was von einem japanischen Boot wissen, das in diesen Gewässern auf Fischfang ist. Bis dahin schulde ich dir eine Tüte Betelnüsse.«

Malango lachte. »Du schuldest mir schon zehn Tüten. Wie willst du deine Schulden bezahlen, wenn du nie von deiner Scheißinsel runterkommst?«

»Du kriegst mich schon noch früh genug zu sehen.« Pardee legte auf.

11

Die Göttin, bitte!

Die Haifischmänner hatten seit Sonnenaufgang ihre Trommeln geschlagen und waren mit Bambusgewehren auf und ab marschiert, während die Frauen des Haifischvolks Vorbereitungen trafen für das Fest zum Erscheinen der Hohenpriesterin.

In ihrem Schlafgemach saß die Hohepriesterin und lackierte sich die Nägel. Der Medizinmann betrat den Raum durch einen Perlenvorhang, trat hinter sie und legte seine Hände auf ihre nackten Brüste. Ohne aufzublicken, sagte sie: »Weißt, früher, in meinem Studioapartment, hab ich dabei einen richtigen Kick gekriegt. Man muß nur die Fenster zumachen und warten, bis die Dämpfe sich ausbreiten. Auch mal 'nen Zug?« Sie hielt die Flasche mit dem Nagellack hinter sich.

Er schüttelte den Kopf. Er war Mitte Fünfzig, lang und hager mit kurzen grauen Haaren und eisblauen Augen. Er trug einen grünen Laborkittel und darunter Bermuda-Shorts. »Missionary Air hat gerade einen Funkspruch geschickt. Ihre Beech ist kaputt. Sie warten auf ein Ersatzteil aus den Staaten, und es wird einen Monat dauern, bis sie das Ding wieder repariert haben. Unser Pilot sitzt auf Truk fest.«

Die Hohepriesterin warf ihm über die Schulter einen feurigen Blick zu, und augenblicklich spürte er, wie er sich in Schleim verwandelte und dahinschmolz, bis die Evolution so weit zurückgedreht war, daß er nichts weiter darstellte als die niedrigste Form einer Meeresschnecke. Sie brachte so was fertig. Ihr Brüste fühlten sich in seinen Händen an wie kühle Steine in einem Fluß. Er machte einen Schritt rückwärts.

»Es ist alles in Ordnung«, sagte er. »Ich habe ihn benachrichtigt, daß er nach Yap fliegen soll. Dort kann er morgen die *Micro Trader* nehmen, und zwei Tage später ist er hier.«

Sie war nicht im geringsten beeindruckt. »Glaubst du nicht, daß es besser wäre, wenn ich mich erst mal mit ihm treffe, bevor er herkommt? Es hat lange genug gedauert, ihn aufzutreiben.«

Der Medizinmann war bis zum Perlenvorhang zurückgewichen. »Du warst doch diejenige, die keine Typen vom Militär mehr wollte.«

»Weil es beim letzten Mal so gut funktioniert hat. Es ist schon schlimm genug, daß ich von Ninjas umgeben bin. Ich mag das nicht.«

Der Medizinmann konnte nicht glauben, daß jemand es schaffte, so langsam zu gehen und dennoch soviel dabei auszudrücken. Es war schier symphonisch. Er sagte: »Sie sind keine Ninjas. Sie sind nur Wachen. Das alles hier ist bald zu Ende, und du kannst in einem Palast in Frankreich wohnen, wenn du willst.«

Er streckte die Arme aus, in der Erwartung, daß sie ihn umarmen würde, doch sie machte auf ihrem spitzen roten Absatz kehrt und trippelte zu ihrem Schminkspiegel. »Wir reden später über diese Angelegenheit. In einer Stunde ist mein Auftritt.«

Er fühlte sich wie ein dummer Junge und zog sich durch den Perlenvorhang zurück. In der Ferne begann das Haifischvolk mit seinem Gesang, um die Himmlische Priesterin herbeizurufen.

12

Freundliche Ratschläge

Tuck schwitzte sich durch die Zeitlupenwiederholung der Bruchlandung. Das Ende der Landebahn raste mit viel zu hoher Geschwindigkeit auf ihn zu. Meadow Malackovitch prallte gegen verschiedene Konsolen im Cockpit. Jemand auf dem Copilotensitz brüllte ihn an und nannte ihn einen »verdammten Scheißer«. Er drehte sich um, um zu sehen, wer es war, und wurde durch ein Klopfen an der Tür geweckt.

»Mr. Case. Nachricht für Sie.«

»Einen Moment.« Tucker tastete in der Dunkelheit auf dem Boden herum, bis er seine Khakihosen gefunden hatte. Er schüttelte sie, um jedwede Besucher aus dem Reich der Insekten loszuwerden, zog sie an und stolperte zur Tür. Rindi, der rappende Fahrer, stand draußen und hielt ein Stück Papier in der ausgestreckten Hand.

»Das hier für dich gekommen, vom Telecom Center.« Er langte an Tuck vorbei und betätigte den Lichtschalter. Eine nackte Glühbirne leuchtete über dem Schreibtisch auf.

Tuck nahm den Zettel, kramte in seiner Hosentasche nach einem Trinkgeld und brachte einen Dollar zum Vorschein, doch Rindi war schon davongeschlurft.

Das Blatt aus wachsigem Faxpapier war über und über mit fettigen Fingerabdrücken bedeckt. Tuck nahm an, daß es schon Dutzende von Händen begrapscht hatten, bevor es schließlich bei ihm gelandet war. Er faltete das Papier auseinander und las:

An: Tucker Case c/o Paradise Hotel
Von: Dr. Sebastian Curtis
Mr. Case,

ich bedauere zutiefst, daß meine Frau nicht in der Lage sein wird, auf Truk mit Ihnen zusammenzutreffen. Wir haben Ihnen für morgen einen Platz im Flugzeug der Air Micronesia nach Yap reserviert, von wo aus Sie mit dem Versorgungsschiff, der Micro Trader, weiterfahren können nach Alualu. Ihr Flugzeug wird um 11.00 Uhr morgens abfliegen und die Micro Trader um 12.00 mittags auslaufen, so daß es notwendig sein wird, daß Sie sich ein Taxi nehmen, sobald Sie den Zoll passiert haben.

Ich bedaure diese Unannehmlichkeiten und möchte Sie bitten, daß Sie über den Zweck Ihres Besuches der Mannschaft der Micro Trader gegenüber Stillschweigen bewahren – wie auch jedem anderen gegenüber. Es wäre überaus ungünstig, wenn diese Forschungsergebnisse der FAA zugespielt würden, bevor die Untersuchungen abgeschlossen sind. Gerüchte kursieren auf diesen Inseln besonders schnell. Ich freue mich schon darauf, die Besonderheiten dieses speziellen Stamms von Staphylokokken mit Ihnen zu diskutieren.

Mit freundlichen Grüßen
Dr. med. Sebastian Curtis

Staphylokokken? Bakterien? Er wollte mit ihm über Bakterien diskutieren? Tucks Verwirrung hätte nicht größer sein können, wenn die Nachricht in Eskimo abgefaßt gewesen wäre. Er faltete das Papier zusammen und betrachtete erneut die Fingerabdrücke.

Das war es. Er wußte, daß andere Leute die Nachricht lesen würden. Die Geschichte mit den Bazillen war nur ein Köder, um die Eingeborenen zu verwirren. Der Teil über die FAA bezog sich auf Tucks widerrufene Pilotenlizenz. Auf gewisse Weise war es eine kaum verhüllte Drohung, und vielleicht war es ganz nützlich, etwas mehr über diesen Doktor herauszufinden, bevor er sich Hals über Kopf auf den Weg zu einer Insel am Ende der Welt machte. Vielleicht hatte ja dieser Journalist Pardee eine Ahnung.

Tuck zog sich schnell an und ging hinunter zum Empfangspult, wo Rindi saß und einem Transistorradio zuhörte, dessen Lautsprecher den Eindruck machte, als sei er aus Wachspapier. Jemand sang, begleitet von einem Akkordeon, einen Garth-Brooks-Song in nasalem Trukianisch.

»Das klingt wie jemand, der Tiere quält«, sagte Tuck grinsend.

Rindi lächelte nicht. »Sie ausgehen?« Rindi konnte es kaum erwarten, endlich in Tucks Zimmer zu kommen, um sein Gepäck zu durchsuchen.

»Ich muß diesen Reporter finden, Jefferson Pardee.«

Rindi machte den Eindruck, als würde er jeden Moment ausspucken. Er sagte: »Er ist in Yumi Bar, Tag und Nacht. Diese Weg.« Er deutete die Straße zur Stadt hinauf. »Du brauchen Fahrer?«

»Wie weit ist es?«

»Vielleicht zwei Kilometer. Wie lange du weg?« Rindi wollte sich genügend Zeit lassen, damit ihm bloß nichts von Tucks Wertsachen entging.

»Ich weiß nicht. Wird hier irgendwann abgeschlossen? Um Mitternacht oder so?«

»Nein, ich kommen und dich holen, wenn du besoffen.«

»Das schaffe ich schon. Ich werde am Morgen abreisen. Kann ich einen Weckruf haben – um acht Uhr?«

»Nein. Kein Telefon im Zimmer.«

»Wie wär's mit An-die-Tür-Klopfen, bis ich wach bin?«

»Kein Problem.«

»Danke.« Tucker trat zur Tür hinaus, doch die Luft hätte ihn beinahe wieder zurückgeschleudert, so dick war sie. Die Temperatur war auf knapp unter dreißig Grad gefallen, doch es schien, als sei es noch schwüler als zuvor. Alles troff vor Feuchtigkeit. Die Luft war schwer vom Geruch verfaulender Blumen.

Tuck machte sich auf den Weg, und als er die rostige Metallkonstruktion erreicht hatte, an deren Eingang ein handgemaltes Schild mit der Aufschrift Yumi Bar prangte, war er klatschnaß geschwitzt. Der unasphaltierte, staubige Parkplatz war voller japanischer Rostlauben, die kreuz und quer herumstanden. Ein bis auf die Knochen abgemagerter Hund, der aussah wie eine Kreuzung aus einem Dingo und einer Kanalratte und übersät war mit offenen, eiternden Wunden, kauerte im Halbdunkel, das durch die Tür drang, und schaute Tuck mit einem flehenden Blick an, als ob er sich nichts sehnlicher wünschte, als überfahren zu werden. Tucks Magen rebellierte. Er machte einen großen Bogen um den Hund, der seinen Blick wieder senkte und sich ganz auf sein Leiden konzentrierte.

»Hey, Kleiner, du willst doch nicht da rein, oder?«

Tuck schaute auf. Im Dunkel an der Ecke des Gebäudes glomm eine Zigarette. Tuck konnte nichts weiter ausmachen als die Silhouette eines Mannes. Er trug irgendeine Uniform – Tuck erkannte die Umrisse einer Kapitänsmütze. An jedem anderen Ort der Welt hätte Tuck die Stimme in der Dunkelheit ignoriert, aber einerseits war es der amerikanische Akzent, der ihm vertraut vorkam, und andererseits hatte er die Stimme schon mal gehört.

Er sagte: »Ich dachte mir, ich trink mal 'n Bier. Ich suche nach einem Amerikaner namens Pardee.«

Der Kerl in der Dunkelheit stieß eine lange Rauchwolke aus. »Der ist da drin. Aber du gehst da im Moment besser nicht rein. Warte noch ein paar Minuten.«

Tuck wollte gerade fragen, warum, als zwei Männer durch die Tür krachten und vor seinen Füßen im Staub landeten. Es waren beides Insulaner, und sie brüllten sich in einer unverständlichen Sprache gegenseitig an, während sie aufeinander einprügelten und versuchten, sich die Augen auszustechen. Derjenige, der oben lag, hielt ein Buschmesser, eine Art kleine Machete, in der Hand, mit dem er ausholte und auf den Kopf des anderen Mannes einschlug und ihm ein Ohr abtrennte. Blut spritzte in den Staub.

Ein Strom brüllender Eingeborener ergoß sich aus der Bar. Sie schwenkten Bierflaschen und traten nach den Kämpfenden. Der Ohrlose sprang auf und nahm Anlauf, um Buschmesser zu attackieren, der sich nun ebenfalls erhob. Der Ohrlose erwischte ihn mit einem Hechtsprung, und Buschmesser hackte ihm in die Rippen. Ein Pickup voller Polizisten rauschte auf den Parkplatz, und die Menge stob auseinander und zog sich in die Bar zurück, während die beiden Kämpfer sich weiter im Dreck herumwälzten. Sechs Polizisten nahmen um die Kämpfenden herum Aufstellung und schlugen mit ihren Stöcken auf sie ein, bis sie sich nicht mehr bewegten. Die Polizisten warfen die beiden auf die Ladefläche ihres Pickup, kletterten ebenfalls hinauf und fuhren davon.

Tuck stand da wie vom Donner gerührt. Noch nie im Leben hatte er einen derartig plötzlichen Ausbruch von Gewalt in dieser Heftigkeit erlebt. Zehn Sekunden später, und er wäre mittendrin gewesen und hätte keine Chance mehr gehabt, sich rückwärts stolpernd auf den Parkplatz in Sicherheit zu bringen.

»Ich denke, es ist in Ordnung, wenn du jetzt reingehst«, sagte die Stimme aus der Dunkelheit.

Tuck schaute auf, konnte aber nicht einmal mehr die Zigarette glimmen sehen. »Danke«, sagte er. »Sind Sie sicher, daß es in Ordnung ist?«

»Paß auf deinen Arsch auf, Kleiner«, sagte die Stimme, und diesmal schien sie von über ihm zu kommen. Tucker wirbelte herum und verrenkte sich beinahe den Hals, doch er konnte niemanden sehen. Er schüttelte den Kopf, um wieder zu Verstand zu kommen, und betrat die Bar.

Der abgemagerte Hund kam unter einem Lastwagen hervorgekrochen, schnappte sich das abgetrennte Ohr, das noch immer im Staub herumlag, und schleppte sich wieder in den Schatten. »Guter Hund«, sagte die Stimme aus der Dunkelheit. Der Hund knurrte, bereit, seinen Schatz zu verteidigen. Ein junger Mann von vielleicht vierundzwanzig Jahren mit dunklen Haaren und scharfen Zügen trat, gekleidet in einer grauen Fliegeruniform, aus dem Schatten und beugte sich hinunter zu dem Hund, der demütig den Kopf senkte.

Der junge Mann streckte die Hand aus, als wollte er den Hund streicheln, packte ihn am Kopf und brach ihm blitzschnell das Genick. »Na, das ist doch schon viel besser, stimmt's, du Armleuchter?«

Das Innere der Bar war genauso schmuddlig, wie man von draußen erwarten konnte. Gelbe Glühbirnen spendeten gerade mal so viel Licht, daß man sich mit Mühe seinen Weg zwischen besoffenen Insulanern und einem ramponierten Pooltisch hindurchbahnen konnte. Aus einer alten Wurlitzer drangen amerikanische Country-&-Western-Songs, die von den Metallwänden des Schuppens scheppernd zurückgeworfen wurden. Jefferson Pardee saß, seine massige Gestalt eingehüllt in Khaki, an der Bar und schwitzte über seinem Budweiser. Tuck glitt auf den Hocker neben ihm.

Pardee hob den Blick und schaute ihn mit blutunterlaufenen Augen an. »Du hast den ganzen Spaß verpaßt.«

»Nein, ich hab's mitgekriegt. Ich war draußen.«

Pardee gab dem Barmann ein Zeichen: noch zwei Bier. »Ich dachte, ich hätte dir gesagt, daß du nachts keinen Fuß vor die Tür setzen sollst.«

»Ich reise morgen früh ab nach Yap. Und ich muß Ihnen noch ein paar Fragen stellen.«

Pardee grinste wie ein Kind, dem man ein Überraschungsgeschenk gemacht hat. »Stets zu Diensten, Mr. Tucker.«

Tucker überlegte kurz, ob die Informationen, die er brauchte, wirklich so wichtig waren, daß er die Peinlichkeit auf sich nehmen konnte, Pardee von der Bruchlandung zu erzählen. Er zog das zerknitterte Fax aus seiner Tasche und breitete es vor dem Journalisten auf der Bar aus.

Pardee zündete sich eine Zigarette an, während er es durchlas. Als er fertig war, reichte er es Tucker zurück. »Daß Reisepläne geändert werden, ist in dieser Gegend nicht gerade unüblich. Aber was soll der Kram mit den Bakterien? Ich dachte, du bist Pilot?«

Tucker gab Pardee eine Kurzfassung von der Bruchlandung und dem mysteriösen Angebot des Doktors einschließlich Jakes Theorie, daß es sich um Drogenschmuggel handeln könnte. »Ich denke, der

Kram mit den Bakterien soll einfach nur die Leute ablenken, die das Fax in die Hand bekommen.«

»Da hast du wohl recht. Aber um Drogen kann's nicht gehen. Hier in der Gegend werden keine Drogen produziert außer Kava und Betelnüssen, und außer den Insulanern will keiner dieses Zeug haben. Na ja, hier und dort bauen sie ein bißchen Gras an, aber das wird gleich hier von den Möchtegern-Gangstas konsumiert.«

»Möchtegern-Gangstas?« fragte Tuck.

»Ein paar von den Inselbewohnern haben Satellitenfernsehen. Die einzigen Leute, die da aussehen wie sie, sind die Gangsta Rappers. Die alten verfallenen Häuser im Fernsehen sehen aus wie die Häuser hier, mit dem Unterschied, daß die hier neu und verfallen sind. Das ist wie Coca Cola und ein Lächeln und Babynahrung, die ihre Babys nicht verdauen können. Es ist schön verpackter Instantfraß ohne Verfallsdatum, der einfach hier rübergeschickt wird.«

»Wovon zum Teufel reden Sie, Pardee?«

»Die ganze Werbescheiße nehmen die Leute hier ernst. Auch das, wogegen die Amerikaner längst immun sind. Die mikronesische Inselgruppe ist ein einziger großer Kargo-Kult. Die kaufen das Schlechteste, was die amerikanische Kultur zu bieten hat.«

»Wollen Sie sagen, ich bin das Schlechteste, was Amerika zu bieten hat?«

Pardee tätschelte ihm die Schulter und lehnte sich an ihn. Tucker konnte den sauren Bierschweiß riechen, den der dicke Mann verströmte. »Nein, das will ich nicht sagen. Ich weiß nicht, was da draußen auf Alualu vor sich geht. Aber ich bin ziemlich sicher, es ist keine große Sache. Das Böse tendiert dazu, proportional zur Profiterwartung zu wachsen, und da draußen ist nichts, das auch nur einen feuchten Furz wert wäre. Fahr du nur raus auf deine Insel, Kleiner. Und ruf mich irgendwie an, sobald du eine Ahnung hast, was da abläuft. In der Zwischenzeit werde ich ein paar Erkundigungen einziehen.«

Tuck schüttelte dem Journalisten die Hand. »Mach ich.« Er warf etwas Geld auf die Bar und wollte sich schon auf den Weg machen, doch Pardee rief ihn zurück, als er schon an der Tür war.

»Eins noch. Ich hab mich umgehört und dabei erfahren, daß es auf Alualu bewaffnete Männer gibt. Außerdem war hier schon mal ein Pilot, der vor ein paar Monaten hier durchgekommen ist. Sei vorsichtig, Tucker.«

»Und Sie hatten nicht vor, mir das zu sagen?«

»Ich mußte erst sicher sein, daß du nicht dazugehörst.«

13

Aus dem Regen

Tucks erster Gedanke am nächsten Morgen war: *Ich muß meinen Flug erwischen.* Gefolgt von: *Mein Schwanz ist endgültig hin.*

So was kommt vor. Man hat eine »Unpäßlichkeit im Intimbereich« – Hämorrhoiden, Menstruationsbeschwerden, eine geschwollene Prostata, einen Hefepilz, eine Geschlechtskrankheit oder Blasenentzündung – und egal, wie sehr der Verstand versucht, sich der Schwerkraft des Ungemachs zu widersetzen, er wird doch immer wieder zurückgesogen in eine finstere Umlaufbahn, in der die Gedanken sich in einem steten Kreisverkehr nur um eines herum bewegen. Das Leben als solches ist eine Unpäßlichkeit.

Im Inneren von Tucks Kopf spielte sich folgendes ab: *Ich muß einen Flug erwischen. Es brennt beim Pissen wie die Hölle. Ich muß dringend duschen. Die genähten Stellen mal nachschauen. Kein Wasser. Das sieht entzündet aus. Vermutlich Lepra. Ich hasse diese Schuppen. Ich bin sicher, es ist entzündet. Wann geht das Wasser wieder an? Das Ding wird garantiert schwarz und fällt dann ab. Wann hat man schon mal von einem Ort gehört, wo's Satellitenfernsehen gibt, aber kein fließendes Wasser? Ich werde nie wieder fliegen. Ich bin jetzt dreißig Jahre alt und habe keinen Job. Und keinen Schwanz. Wer zum Teufel war dieser Kerl letzte Nacht? Ich rieche wie vergammeltes Hammelfleisch. Vermutlich die Infektion. Wundbrand. Kein fließendes Wasser – das gibt's doch nicht. Ist es denn zu glauben? Ich werde sterben. Sterben. Sterben. Sterben.*

Nicht unbedingt der angenehmste Platz der Welt: das Innere von Tucks Kopf.

Draußen, außerhalb von Tucks Kopf, ging die Dusche an: lauwarmes, braunes Wasser rann in kraftlosen Rinnsalen an seinem Körper herunter; die Leitungen zitterten und röhrten wie ein brünstiger Elch. Die Miniseife, hergestellt aus dem heimischen Kopra, produzierte einen schiefergrauen Schaum und roch nach einer Mischung aus Hibiskus und siechem Hund.

Tuck rieb sich mit einem nahezu durchsichtigen Stück Frotteetuch ohne Frottee ab, schlüpfte in seine Kleider, die angereichert waren mit dem Staub und Schweiß von drei Tagen in den Tropen. Er schulterte seinen Rucksack, bemerkte, daß jemand sich an den Reißverschlüssen der Taschen zu schaffen gemacht hatte, doch es war ihm so egal wie nur irgendwas, und so schleppte er sich hinunter zum Empfangspult.

Rindi saß hinter dem Pult und schlief. Tuck weckte ihn auf, vergewisserte sich, daß der Doktor auch tatsächlich wie versprochen für das Zimmer bezahlt hatte, und trat dann hinaus in die tropische Sonne, um auf Rindi zu warten, der den Wagen holen ging.

Der Weg zum Flughafen schien ewig zu dauern. Rindi überfuhr ein Huhn, stieg aus und kämpfte mit einer alten Frau, die behauptete, es sei ihr Huhn, das er überfahren hatte, woraufhin beide, an je einem Bein des unglücklichen Tieres ziehend, die Grenzen der Belastbarkeit von Geflügelsehnen ausloteten, bevor Rindi einen Kung-Fu-Trick anwendete, der ihm sein Abendessen sicherte, während die alte Frau, einen Hühnerfuß als Andenken in der Hand, im Staub sitzend zurückblieb. (Die alte Frau stammte von der Insel Tonoas, wo ein Medizinmann ehedem magische Hühner herbeigerufen hatte, um einen Hügel für einen Tempel einzuebnen, der den Namen ›Halle der Magischen Hühner‹ tragen sollte.)

Am Flughafen gab Tuck Rindi einen Dollar für die Taxifahrt, was doppelt so viel war wie der reguläre Fahrpreis, und schaffte es, ein bluttriefendes Händeschütteln mit dem aufstrebenden Gangsta zu vermeiden. »Bleib friedlich, Homeboy«, sagte Tuck.

14

Spionage und Intrigen

Yap war sauberer als Truk und heißer, wenn das überhaupt möglich war. Die klapprigen Taxis hatten sogar Funkantennen, an denen man sie identifizieren konnte. Die Straßen waren asphaltiert. Auf dem Flughafen, einem weiteren Blechdach auf Betonstützen, drängten sich die Einheimischen: Männer im Lendenschurz und barbusige Frauen in handgewobenen Wickelröcken. Tuck schnappte sich ein Taxi und sagte dem Fahrer, er solle ihn zum Dock bringen.

Der Fahrer spuckte zum Fenster hinaus und sagte: »Schiff schon weg.«

»Es kann noch nicht weg sein.« Was eben noch wie ein angenehmer Rausch nach vier Martinis im Flugzeug gewirkt hatte, verwandelte sich blitzartig in Kopfschmerzen. »Vielleicht ist es ein anderes Schiff, das ausgelaufen ist.«

Der Fahrer lächelte. Seine Zähne waren schwarz, seine Lippen strahlend rot. »Schiff weg. Du wollen fahren in Stadt?«

»Wieviel?« fragte Tuck, als hätte er eine Wahl.

»Vierzehn Dollar.«

»Vierzehn Dollar? In Truk kostet es nur fünfzig Cents!«

»Okay, fünfzig Cents«, sagte der Fahrer.

»Das ist dein Gegenangebot?« fragte Tuck. Es fiel ihm wieder ein, was Pardee zu dem Thema gesagt hatte, daß die Eingeborenen das Schlechteste absorbierten, was die amerikanische Kultur zu bieten hatte. Hier hatte er eine Gelegenheit zu helfen, wenn auch nur in bescheidenem Maße. »Das ist das hoffnungsloseste Gefeilsche, das mir je untergekommen ist. Wie soll dein Land je aus der dritten Welt herauskommen, wenn ihr dauernd so eine erbärmliche Scheiße baut?«

»Entschuldigung«, sagte der Fahrer. »Ein Dollar.«

»Fünfundsiebzig Cents«, sagte Tuck.

»Du suchen andere Taxi«, sagte der Fahrer, der sich nun bockig stellte, was die Finanzen anlangte.

»Das klingt doch schon viel besser«, sagte Tuck. »Also einen Dollar. Und noch einen oben drauf, wenn du keine Hühner plattfährst.«

Der Fahrer legte den ersten Gang ein und startete den Motor. Sie fuhren mehrere Kilometer durch den Dschungel, bevor sich vor ihnen eine hell erleuchtete, überraschend modern wirkende Stadt mit asphaltierten Straßen ausbreitete. Gelegentlich kamen sie an Häusern aus Blech vorbei, an deren Wänden Räder aus Stein lehnten. Die Räder hatten einen Durchmesser, der von der Größe eines kleinen Reifens bis hin zu zwei Metern reichte, und wiesen außerdem einen verschieden starken Moosbewuchs auf. »Was sind das für Dinger, die aussehen wie Mühlsteine?« fragte Tuck den Fahrer.

»*Fei*«, sagte der Fahrer. »Stein-Geld. Sehr wertvoll.«

»Ach echt? Geld?« Tuck schaute auf ein Stück *Fei*, das in einem Vorgarten stand, an dem sie gerade vorbeifuhren. Es war einen Meter fünfzig hoch und etwas über einen halben Meter dick. »Wie sehen denn eure Münztelefone aus?« fragte Tuck mit einem Grinsen.

Der Fahrer fand das nicht komisch. Er setzte Tuck am Dock ab, das verdächtig schifflos aussah.

Tuck erblickte einen bärtigen, rotgesichtigen weißen Mann, der im Schatten eines Gabelstaplers saß und eine Zigarette rauchte.

»Schön'n Tag«, sagte der Mann. Er war etwa dreißig. Gut in Form. »*Auch vom Stamm?*«

»Häh?« sagte Tuck.

»Also Amerikaner?«

Tuck nickte. »Und selber? Australier?«

»Royal Navy«, sagte der Mann. Er schob sich einen Hut aus dem Nacken und tippte daran. »Leisten Sie mir Gesellschaft?« Er bedeutete Tuck, neben ihm auf dem Beton Platz zu nehmen.

Tuck schleppte seinen Rucksack in den Schatten, ließ ihn fallen und streckte dem Australier die Hand entgegen. »Tucker Case.«

Der Australier ergriff seine Hand und zermalmte sie beinahe. »Commander Brion Frick. Nimm Platz, Kumpel. Du siehst aus, als wärst du seit vierzehn Tagen am Saufen, wenn ich mir die Bemerkung erlauben darf.«

Er reichte Tucker eine Visitenkarte. Sie trug das Siegel der Königlichen Australischen Marine, Fricks Namen, seinen Rang sowie die Bezeichnung NACHRICHTENDIENST MARINE. Tuck schaute den abgerissenen Australier noch einmal an und blickte dann wieder auf die Visitenkarte.

»Nachrichtendienst Marine, hm? Was machst du?«

»Ich bin ein Spion, Kumpel. Du weißt schon, geheimer Kram. Alles ganz gefäääährlich.«

Tuck fragte sich, wie geheim ein Spion sein konnte, dessen Profession auch noch auf seiner Visitenkarte gedruckt stand.

»Spionage, hm?«

»Na ja, im Moment behalten wir die Marine von Yap im Auge und sehen zu, daß alles ruhig bleibt.«

»Yap hat eine Marine?«

»Nur ein Patrouillenboot, und das ist im Moment hinüber. Die Yapianer haben den Dieselmotor mit Benzin betankt. Aber man kann gar nicht zu vorsichtig sein, nur für den Fall, daß die kleinen Arschficker doch auf die Idee kommen, einen Überraschungsangriff zu starten. Das da drüben isses.« Er deutete mit dem Kinn ein Stück weiter den Kai entlang. Tuck erblickte ein verrostetes Boot, das aussah wie eine chinesische Dschunke, an der jemand mit orangefarbener Rostschutzfarbe das Wort YAP in Schablonenschrift aufgetragen hatte, die aber schon wieder abblätterte. Ein halbes Dutzend Yapianer, dünne, lendenschurztragende Männer mit hohen Wangenknochen und Kugelbäuchlein, lümmelte an Deck herum und trank Bier.

Tuck sagte: »Ich denke, ein Angriff wäre in der Tat eine ziemliche Überraschung.«

»Der Job is' nicht so einfach, wie er aussieht. Die Yapianer können einen einlullen und in Sicherheit wiegen. Da liegen sie dann zwei, drei Wochen rum und rühren keinen Finger, und dann, wenn man sich gerade daran gewöhnt hat und die Zügel schleifen läßt, *zack*, schlagen sie zu.«

»Ach so«, sagte Tucker. Soweit er es beurteilen konnte, war der einzige Schaden, den das Patrouillenboot verursachen konnte, der Ausbruch von Tetanus bei der Mannschaft.

Weiter draußen, etwa eine Meile hinter der yapianischen Marine, zeichnete sich eine dünne weiße Linie auf dem Türkis des Meeres ab, wo die Wellen gegen das Riff brandeten. Wolken erhoben sich wie Wattebäusche aus dem Meer und stiegen in hell strahlenden Säulen zum Himmel auf. Tuck suchte den Horizont nach einem Schiff ab.

»Ist die *Micro Trader* schon angekommen?«

»Angekommen und wieder abgefahren«, sagte Frick. »Sie kommt in etwa sechs Wochen wieder.«

»Verdammt«, sagte Tuck. »Das ist doch nicht zu glauben. So eine Scheiße. Ich muß irgendwie nach Alualu.«

»Was willst denn da?«

»Ich bin Pilot. Ich soll für einen Missionar da draußen arbeiten.«

»Die Jungs und ich waren letzte Woche mit dem Patrouillenboot da draußen. Ziemlich gottverlassene Gegend.«

Bei der Erwähnung des Patrouillenboots wurde Tuck hellhörig. Vielleicht konnte er ja damit hinkommen. »Ihr habt ein Patrouillenboot?«

»Vierundzwanzig-Meter-Teil. Ein paar von den Jungs sind jetzt damit draußen – auf Thunfischfang mit dem CIA. Aber nicht drüber reden. Geheim, verstehst du.«

»Was macht der CIA hier draußen?«

Frick zog eine Augenbraue in die Höhe. »Die yapianische Marine im Auge behalten.«

»Ich dachte, das machst du schon.«

»Mach ich ja auch, oder? Und wenn sie zurückkommen, bin ich an der Reihe mit angeln gehen. Is' richtig nett, daß wir Verbündete sind und so. Is' dadurch halb soviel Arbeit. Auch Lust, 'n bißchen Pisse zu schlucken?«

»Wie bitte?« Tuck hatte nicht die geringste Lust, sich auf irgendwelche bizarren Bräuche der Eingeborenen einzulassen..

»Ein paar Biere zu zischen, Kumpel. Wenn du die Yappies im Auge behältst, lauf ich runter zum Laden und hole 'n paar Biere.«

»Hört sich ganz gut an.« Irgendwie mußte Tuck sich um seine Kopfschmerzen kümmern. Außerdem gab es immer noch die Möglichkeit, daß ihn jemand zu der Insel hinfuhr.

Frick setzte Tuck seinen Hut auf. »Nun denn. Kraft der Gewalt, die mir von der Königlichen Australischen Marine verliehen wurde, und so weiter und so fort, ernenne ich dich hiermit zum offiziellen Hilfsagenten bis zum Zeitpunkt meiner Rückkehr. Schwörst du?«
»Was denn schwören?«
»Schwör einfach.«
»Klar.«
»Das war's.« Frick machte sich auf den Weg.
»Was mache ich, wenn sie irgendwas unternehmen?«
»Woher zum Teufel soll ich das wissen?«
Tuck beobachtete die yapianische Marine etwa eine Stunde lang, bis sie alle aufstanden und das Boot verließen. Er war ziemlich sicher, daß dies keinen militärischen Ernstfall darstellte, doch nur für den Fall, daß doch, beschloß er, die Straße hinunterzugehen, um nachzuschauen, was mit Frick los war. Der Rucksack erschien ihm mittlerweile noch schwerer, und er nahm an, daß es die Last der Verantwortung für das australische Volk war, die ihn niederdrückte. (Eine Frau hatte Tuck einmal einen Goldfisch im Glas angeboten, und Tuck hatte mit der Begründung abgelehnt, daß die Verantwortung zu viel für ihn sei und das arme Tier ohnehin sterben würde. Für die Australier empfand er genau das gleiche.)
Die betonierten Straßen von Kolonia waren ausgebleicht von der Sonne und schimmerten weißlich, wenn man von den etwa ein Meter langen roten Spuckestreifen absah, die die betelnußkauenden Eingeborenen hinterlassen hatten. Zu beiden Seiten der Straßen wucherte üppige Dschungelvegetation. Abseits der Straßen sah Tuck Wellblechhütten, Kinder, die im Schlamm spielten, und Frauen, die die heißeste Zeit des Tages damit zubrachten, im Schatten eines Blechdaches auf einer Veranda herumzusitzen und sich gegenseitig die Läuse aus den Haaren zu kämmen. Die Frauen trugen schwarze Wickelröcke mit strahlend bunten Streifen und oben herum nichts. Mit Ausnahme der ganz jungen Mädchen waren sie alle, zumindest nach westlichen Maßstäben, ungeheuer fett, und Tuck hatte das Gefühl, als würde er miterleben, wie seine idealisierte Vorstellung von Inselschönheiten verblaßte und allmählich einer

verlausten, wabbligen Realität Platz machte. Dennoch war da etwas in der sanften Art, wie sie sich pflegten, und der stillen Konzentration der Kinder, das ihn traurig machte, und er fühlte sich ein wenig einsam. Wenn er nur einer Frau über den Weg laufen würde, mit der er reden konnte. Eine westliche Frau – sie mußte ja nicht wissen, daß er ein Eunuch war.

Er ließ den Dschungel hinter sich und trat auf die Hauptstraße des »Geschäftsviertels« von Kolonia. Auf der einen Seite lag ein Yachthafen mit einem Restaurant und einer Bar (so stand zumindest auf dem Schild) und auf der anderen ein zweistöckiges, stuckverziertes Gebäude mit einer kleinen Ladenpassage und Imbißbuden. Darum herum standen im Schatten des modernen Portikus etwa hundert Inselbewohner – in der Hauptsache Frauen, doch es waren auch ein paar Männer mit nacktem Oberkörper und in hellblauem Lendenschurz darunter. Die Insulaner hatten strahlendrote Lippen und Zähne von den Betelnüssen, die sie kauten. Selbst die kleinen Kinder kauten schon die betäubende Frucht und spuckten von Zeit zu Zeit auf die Straße. Tuck mischte sich unter die Menge in der Hoffnung, auf jemanden zu stoßen, den er fragen konnte, wo Frick sich wohl herumtrieb, doch alle vermieden den Blickkontakt mit ihm. Die Frauen und Mädchen kehrten ihm den Rücken zu, und die Männer schauten einfach weg oder taten so, als wären sie vollauf damit beschäftigt, zerstoßene Korallen auf eine zerteilte grüne Betelnuß zu streuen, bevor sie sie in den Mund steckten.

Er betrat einen überraschend modern wirkenden Lebensmittelladen und stellte zu seiner Erleichterung fest, daß die Preise in amerikanischen Dollar ausgezeichnet und die Schilder in Englisch abgefaßt waren. Er nahm sich eine Literflasche Wasser und ging damit zur Kasse, wo eine Frau in einem Lavalava und einem blauen Polyesterkittel den Preis in eine Kasse tippte und ihm die Hand entgegenstreckte, um sein Geld in Empfang zu nehmen.

»Wissen Sie, wo ich Commander Brion Frick finden kann?« fragte Tuck.

Sie nahm sein Geld, schaute hinab in die Geldschublade der Kasse und reichte ihm sein Wechselgeld, ohne ein Wort zu sagen.

Tuck wiederholte seine Frage, und die Frau drehte sich einfach von ihm weg. Schließlich verließ er den Laden mit dem Gedanken: »Die spricht wohl kein Englisch.«

Vor der Tür des Ladens rasselte er mit Frick zusammen. Der Spion hatte einen Sechserpack unter dem Arm, den er krampfhaft festhielt.

»Ich hab dich gesucht«, sagte Tuck. »Die yapianische Marine hat sich verflüchtigt.«

»Du hättest da drin nach mir fragen können. Die wußten, wo ich bin.«

»Hab ich gemacht. Aber die Frau wollte nicht mit mir reden.«

»Darf sie auch nicht«, sagte Frick. »Es gilt als schlechtes Benehmen, mit jemandem Blickkontakt aufzunehmen. Yapianische Frauen dürfen nicht mit Männern reden, außer es handelt sich dabei um einen Verwandten. Wenn ein Mann und eine Frau in der Öffentlichkeit miteinander reden, gelten sie auf der Stelle als verheiratet. Es ist ein Jammer. Schon jemals so viele nackte Möpse gesehen? Ganz schön schwer, an sie ranzukommen, wenn man nicht mit ihnen reden kann.«

Tucker hatte keine Lust, darüber zu sprechen. »Du hast gesagt, du kommst zurück zum Kai.«

Frick war eingeschnappt. »Ich war auf dem Weg. Hätte nie gedacht, daß du deinen Posten verlassen würdest. Ich hoffe, du bist als Pilot besser als als Spion. Läßt die Kerls sich einfach so aus dem Staub machen.«

»Hör zu, Frick, ich muß schnellstens nach Alualu. Kannst du mich in deinem Patrouillenboot hinfahren?«

»Nichts lieber als das, Kumpel, aber wir haben einen Auftrag, sobald die Jungs vom Angeln zurück sind. Wir müssen das yapianische Patrouillenboot nach Darvin schleppen, damit es repariert wird. Vor vierzehn Tagen sind wir nicht zurück.«

»Wäre es nicht vernünftiger, wenn man alles so läßt, wie es ist? Ich meine, wenn man sie im Auge behalten will?«

Der Spion zog eine Augenbraue in die Höhe. »Was für eine Bedrohung stellen sie denn dar, wenn sie nur ein Patrouillenboot haben, das nicht fährt?«

»Haargenau«, sagte Tuck.

»Du hast offensichtlich nicht die geringste Ahnung von arbeitsplatzerhaltenden Maßnahmen. Missionary Air könnte dich rausfliegen, aber soweit ich gehört habe, liegt deren Flugzeug auch 'ne Weile fest. Du kannst versuchen, ein Schlauchboot zu chartern, aber ich bezweifle, daß du jemand findest, der bereit ist, dich mit einem Außenborder vierhundert Kilometer über das offene Meer zu schippern. In Perth gibt's ein paar Typen, die das machen, aber an der Westküste wimmelt's eh nur so von Spinnern. Nimm dir 'n Zimmer und warte ab. Wir fahren dich dann hin, wenn wir zurück sind.«

»Ich weiß nicht, ob ich so lange warten kann.« Tuck erhob sich. »Wo muß ich hin, wenn ich ein Boot chartern will?«

Frick deutete auf einen großen Öltank mit der Aufschrift »Mobil Oil«, der am Ende des Hafens stand. »Versuch's mal mit der Tankstelle. Kann sein, daß du jemand findest, der Geld für Sprit braucht.«

»Danke, Frick. Wirklich vielen Dank.« Tucker schüttelte dem Spion die Hand.

»Halb so wild, Kumpel. Halt die Augen auf da draußen. Der Doktor is 'n ziemliches Arschloch, soweit ich gehört habe.«

»Gut zu wissen.« Er winkte ihm über die Schulter zu, während er zum Rand des Hafens ging. Eine Gruppe von Frauen, die betelnußkauend im Schatten eines Hibiskusbaumes standen, wandten sich von ihm ab und drehten ihm den Rücken zu, als er an ihnen vorbeikam.

Er ging am Ufer entlang und schaute hinab in das trübe grüne Wasser an der Kaimauer. Winzige Fische, die in allen Farben schillerten und sich von irgendwelchen Krabben ernährten, tauchten aus dem Schatten auf und verschwanden wieder. Braune Schlammknurrhähne, deren Augen aus dem Kopf herausragten wie bei Fröschen, krabbelten auf ihren Brustflossen über eine kleine schlickige Sandbank, die sich um die Wurzeln eines Mangrovenbaumes gebildet hatte. Tucker blieb stehen und schaute ihnen zu. Es waren Fische, doch verbrachten sie die meiste Zeit an Land. Es schien gerade so, als hätten sie die Evolution bis zu einem bestimmten Punkt mitgemacht und könnten sich nun einfach nicht dazu durchringen, das Wasser zu verlassen und sich weiterzuentwickeln zu Säugetieren, um schließlich irgendwann einmal dahin zu gelangen, Heimstereoanlagen zu erfinden. Seit sechzig Millionen Jahren hingen sie nun schon auf schlickigen Sandbänken herum, glotzten einander mit Stielaugen an und grinsten ihr dämliches Froschgrinsen, während sie sich in etwa folgendermaßen unterhielten: »Worauf hast du Lust?« »Keine Ahnung. Worauf hast *du* denn Lust?« »Keine Ahnung. Sollen wir vielleicht mal an Land gehen oder doch lieber im Wasser bleiben?« »Weiß nicht. Bleiben wir doch erst mal noch ein bißchen hier im Schlick.«

Tuck hatte vollstes Verständnis. Obwohl er – wäre er ein Schlammknurrhahn gewesen, der ein paar Millionen Jahre im Schlick herumkrauchend zugebracht hatte – seine Geduld verloren und lauthals gemeckert hätte: »Kann mir vielleicht mal jemand ein paar Füße bringen!«, um so die Evolution voranzutreiben.

Er genoß das Überlegenheitsgefühl des Quarterbacks, der am Montag nach dem Spiel gut meckern hat, weil er nicht zum Einsatz gekommen war (und in einer Welt, die in sechs Tagen erschaffen worden war, welcher Tag sollte es da sein, wenn nicht Montag?). Er fühlte sich gerade ein klein wenig klüger und weltgewandter als die Schlammknurrhähne, als ihm aufging, daß er nicht den blassesten Schimmer hatte, was er nun unternehmen sollte. Er konnte versuchen, das Telecom Center zu finden, falls es überhaupt eines gab, und den Doktor von dort aus zu kontaktieren. Aber was sollte er dann machen? Auf Yap herumsitzen und warten, daß die Australier zurückkamen? Vielleicht hatten sie unrecht. Vielleicht gab es ja irgendwo ein Privatflugzeug auf der Insel. Und wie wäre es mit einem Dinghi? Wie schlimm konnte das schon sein? Die See machte einen ziemlich ruhigen Eindruck. Das war's: in See stechen und los.

Oder vielleicht sollte er einfach auf Yap bleiben und eine verständnisvolle Frau suchen, die ihn von seinen Problemen ablenkte und ihn auf andere Gedanken brachte. In der Vergangenheit hatte das immer geklappt – möglich, daß es nicht unbedingt zu positiven Ergebnissen geführt hatte, aber zum Teufel: Mit Frauen fühlte er sich einfach besser. Er verzehrte sich förmlich nach einer Kosmetikberaterin aus dem Hause Mary Jean. Eine dünne, verheiratete Frau, bewaffnet mit einer Strumpfhose und einer kugelsicheren Hochfrisur. Eine süße, schockierte Wiedergeborene, die von ihrem Glauben abfiel, um noch einmal hinabzusteigen in die Abgründe der Sünde, damit er sie daran erinnerte, warum Vergebung etwas so Wundervolles war. Typische Gedankengänge eines Schlammknurrhahns.

Ihm wurde schwindlig vor Hitze und dem Mangel an Gelegenheit, als er sie vor sich am Wasser entlanggehen sah, ihr Rücken ihm zugewandt: eine schlanke Blondine in einem geblümten Kleid mit einem Hüftschwung wie bei der Siegesparade für die heimkehrenden Truppen.

15

Der Navigator

Tuck war verzweifelt. Er saß fest am Ende der Welt, ohne Dach über dem Kopf, ohne jede Möglichkeit wegzukommen, ohne Arbeit, ohne Lebensperspektive oder Freunde; er war verletzt, verwirrt, durstig, von Unpäßlichkeiten geplagt, und heiß war ihm auch. Er sehnte sich verzweifelt nach einem Moment der Befriedigung, wie sie unter Umständen mit der Tatsache einhergehen konnte, daß er auf eine attraktive Frau anziehend wirkte. Unabhängig davon, daß er absolut nichts tun konnte, um anziehend zu wirken.

Was tat sie hier draußen? Wen interessiert's? Was für ein Gang!

Er beschleunigte sein Tempo, ohne sich darum zu kümmern, daß seine Beine und Schultern unter der Last des Rucksacks protestierten, und näherte sich der Blondine bis auf ein paar Schritte.

»Entschuldigen Sie«, rief er.

Sie drehte sich um. Tuck blieb stehen und wich dann einen Schritt zurück. Irgendwas stimmte hier nicht. Und zwar ganz und gar nicht.

»O Baby«, sagte sie, die Hand an die Brust gedrückt, als müßte sie erst mal tief durchatmen. »Du erschrecken kleine Kimi. Warum du so anschleichen?«

Tuck war wie vom Donner gerührt. Sie war keine echte Blondine. Ihre Haut war dunkel, und sie hatte die hohen Wangenknochen und die kantigen Züge eines Filipino. Lange, falsche Wimpern, grellroter Lippenstift, doch Falten im Gesicht, die ein wenig zu hart wirkten. Ein Kiefer, der etwas zu eckig war. Das Kleid spannte über ihrer Brust, aber dort gab es nichts außer Muskeln. Sie trug ein riesengroßes schwarzes Medaillon um den Hals, das aussah, als wäre es aus dem Fell eines Tieres gemacht. Außerdem mußte sie sich dringend rasieren.

»Entschuldigen Sie«, sagte Tuck. »Ich dachte, Sie wären was – ähm, jemand anderes.«

Dann drehte das Medaillon seinen Kopf und schaute ihn an. Unwillkürlich stieß Tuck einen Schrei aus und machte einen Satz zurück. Das Medaillon trug eine winzige straßbesetzte Sonnenbrille. Es kreischte Tucker an. Es war die größte Fledermaus, die Tuck je gesehen hatte, und sie hing mit zusammengefalteten Flügeln kopfunter am Hals der Blondine.

»Das ist eine Fledermaus!«

»Flughund, Baby. Und nur essen Früchte. Du nicht Angst haben. Das Roberto. Er nicht mag Licht. Er dich mögen.« Wieder kreischte Roberto. Er hatte eine Schnauze wie ein Fuchs oder ein kleiner Hund – ein rasierter Spitz mit Flügeln. »Ich Kimi. Wie du heißen, Baby?« Er hielt Tuck seine schlaffe Hand entgegen, damit er sie schüttelte oder vielleicht küßte.

Tuck ergriff zwei Finger und behielt die Fledermaus im Auge. »Tucker Case. Nett, dich kennenzulernen, Kimi.« Er war geschockt. Es war gerade mal dreißig Sekunden her, seit er lüsterne Gedanken in bezug auf einen Kerl gehabt hatte! Einen Kerl, der einen Flughund am Hals trug!

»Du aussehen wie jemand, der Rendezvous sucht. Kimi liebt dich lange Zeit und gut, zwanzig Mäuse. Was immer du brauchst, Kimi kann machen.«

»Nein danke. Ich brauche kein Rendezvous. Was ich brauche, ist ein Boot.«

»Kimi kann Boot besorgen. Du magst es in Boot? Kimi dich nehmen um ganze Welt mit Boot?« Er kicherte und tätschelte Robertos kopfstehenden Kopf. »Das sein lustig, hm?«

Tucker lächelte gequält. »Nein, ich brauche ein Boot und jemanden, der es zu einer Insel da draußen steuern kann.«

»Du brauchst Boot, Kimi kann besorgen Boot. Kimi kann auch steuern.«

»Danke, das ist nett, aber ich muß wirklich...«

Roberto stieß einen Schrei aus. Tucker machte einen Satz rückwärts. Kimi sagte: »Roberto sagen, er wollen Boot fahren mit dich. Wie weit weg ist Insel?«

Tucker konnte nicht glauben, daß er dieses Gespräch überhaupt führte. Er hatte noch gar nicht beschlossen, daß er überhaupt ein Boot nehmen wollte. »Sie heißt Alualu. Sie liegt ungefähr vierhundert Kilometer nördlich von hier.«

»Kein Problem«, sagte Kimi, ohne zu zögern. »Mein Vater war großer Seefahrer. Er mir alles beigebracht. Ich fahre dich zu Insel, und vielleicht wir haben Party auch noch. Du haben Geld?«

Tuck nickte.

»Du warten da drüben in Schatten. Wir gleich zurück.« Kimi wandte sich um und wackelte davon. Tucker versuchte, ihm nicht beim Gehen zuzusehen. Sein Magen rebellierte. Er ging zu einer Gruppe von Palmen, die den Hafen säumten, und setzte sich hin, um zu warten.

Kimi steuerte das sechs Meter lange Skiff aus Fiberglas aus einer Pfahlbautensiedlung heraus, durchquerte den Hafen und legte an einem Deck vor dem Marinarestaurant an. Roberto hatte seine Flügel ausgebreitet und kroch nun wie ein Spinne über Kimis Kopf und wieder zurück auf der Suche nach einem bequemen, lichtgeschützten Platz.

Tucker ging zu dem Dock und betrachtete das Boot. Er schaute über den Hafen hinweg hinaus auf die Stelle, wo die Wellen gegen das Riff schlugen, und betrachtete erneut das Boot. Er war nicht sicher, was er erwartet hatte, aber das hier war es garantiert nicht.

Etwas Größeres, vielleicht ein Kabinen-Cruiser mit zwei Dieselmotoren und einem großen Ruderhaus, auf dessen Dach sich irgendwelche Radargeräte drehten – eine bescheidene, aber gut ausgestattete Bar, vielleicht.

»Ich dir Boot besorgen!« sagte Kimi. »Du mir jetzt geben Geld, ich holen Benzin und schaue Karte an.«

Tucker rührte sich nicht vom Fleck. Der Motor war ein 40-PS-Yamaha-Außenbordmotor. Ein Gummischlauch verlief vom Motor zum Benzintank, der nahezu den gesamten Platz zwischen den beiden Sitzbänken einnahm. Tuck schätzte, daß mindestens vierhundert Liter Sprit da hineinpaßten, wenn nicht sogar mehr. »Bist du sicher, daß das Ding hier so eine große Reichweite hat?«

»Kein Problem. Du mir geben Geld für Benzin. Fünfhundert Dollar.«

»Du bist wohl wahnsinnig!«

»Benzin sehr teuer hier.«

»Du bist wahnsinnig, und die Brille von deiner Fledermaus sitzt schief.«

»Ich muß Mann bezahlen für Boot. Rest ist für Steuermann. Du kaufen Wasser, Taschenlampe und zwei Mango, zwei Papaya für Roberto und zwei Schachteln Pop Tarts für Kimi. Erdbeergeschmack.«

Tucker hatte das Gefühl, daß man versuchte ihn über den Tisch zu ziehen. »Für fünfhundert Dollar kannst du dir deine Pop Tarts und deine Mangos selber kaufen.«

»Okay, bye-bye«, sagte Kimi. »Sag bye-bye zu billige, verschwitzte Amerikaner, Roberto.« Kimi schob Roberto auf seine Schultern und zog an der Schnur, um den Motor zu starten.

Tuck stellte sich vor, wie es wäre, noch weitere zwei Wochen auf Yap festzusitzen. »Nein, warte!« Er öffnete seinen Rucksack und wühlte darin herum.

Kimi würgte den Außenborder ab, drehte sich um und grinste. Er hatte Lippenstift an den Zähnen. »Geld, bitte.«

Tuck reichte ihm ein Bündel Banknoten hinunter. Es paßte ihm zwar nicht, aber er hatte keine andere Wahl. Andererseits war es gerade die Tatsache, daß er keine andere Wahl hatte, die ihm die Entscheidung ein wenig leichter machte. »Brechen wir dann gleich auf?«

»Wir fahren durch Riff bevor dunkel, damit nicht kaputtgehen und ertrinken. Danach besser fahren im Dunkeln. Richten nach Sterne.«

Kaputtgehen? »Sollten wir vorher nicht noch den Wetterbericht einholen?«

Kimi lachte. »Du riechen Sturm? Sehen Sturm am Himmel?«

Tuck schaute sich um. Bis auf ein paar pilzförmige Wolken jenseits des Riffs war der Himmel völlig klar. Das einzige, was er roch, waren tropische Blumen in der Seeluft und ein stinktierähnlicher Geruch, der von seinen Achselhöhlen aufstieg. »Nein.«

»Wir treffen hier in halbe Stunde.« Kimi startete den Motor und tuckerte quer durch den Hafen auf einen großen Tank zu, auf dessen Seite das Mobil-Logo gemalt war.

Tuck ging zu dem Laden, kaufte die Vorräte und fand ein paar Türen weiter das Telecom Center, von wo aus er dem Doktor ein handgeschriebenes Fax schickte, in dem er ihm mitteilte, daß sein neuer Pilot auf dem Weg war.

Er stand schon am Dock und wartete, als Kimi mit dem Skiff zurückkam. Er hatte seine Perücke mit einem roten Chiffontuch festgebunden, und auch Roberto trug einen solchen Schal, nur hatte dieser Löcher an den Seiten für seine Ohren. Seltsamerweise verlieh ihm das Kopftuch in Verbindung mit der Sonnenbrille eine gewisse Ähnlichkeit mit Diana Ross. Aber es heißt ja auch, daß es nur eine begrenzte Anzahl von Gesichtern auf der Welt gibt…

Tucker warf den schweren Rucksack in den Bug des Bootes, stieg dann ein und setzte sich vor den enormen Benzintank. Kimi ließ den Transmissionshebel einrasten, drehte den Gasgriff und manövrierte das Boot zum Hafen hinaus auf das Riff zu.

Kimi steuerte das Skiff aus dem dunkelgrünen Wasser des Hafens in das türkisfarbene Wasser der Passage. Tuck konnte das Riff erkennen – rote und beige Korallen, die nicht einmal einen Meter tief an den Rändern der Passage aufragten. Er beobachtete eine Schar kleiner Fische, die zwischen den Korallenfächern hindurchschossen. Sie wirkten gar nicht wie Lebewesen, sondern wie bunte Streifen, die auftauchten und wieder verschwanden. Ein paar Trompetenfische, lang, schlank und glänzend, als seien sie aus Silber geschmiedet, begleiteten das Boot ein Stück weit, wandten sich dann ab und glitten ins Riff.

Es schaukelte nur einmal leicht, als sie am äußeren Rand des Riffs durch die Dünung steuerten. Kimi gab Vollgas, und das Skiff hob den Bug und glitt über die Kronen der Wellen. Das Boot schaukelte gerade mal zwanzig Zentimeter auf, wobei ein dumpfes Klatschen den Kontrapunkt zum Aufheulen des Motors bildete. Tucker entspannte sich und lehnte sich zurück, während Kimi das Riff umrundete und auf die untergehende Sonne zufuhr, bis sie die Insel so weit hinter sich gelassen hatten, daß sie nach Norden in Richtung Alualu drehen konnten.

Zum ersten Mal seit seiner Bruchlandung hatte Tucker ein gutes Gefühl, hatte das Gefühl, als sei er auf dem Weg zu etwas Besserem. Er hatte eine Entscheidung getroffen und sie in die Tat umgesetzt, und in achtzehn Stunden wäre er bereit, seinen neuen Job anzutreten. Er wäre wieder Pilot, würde gutes Geld verdienen und ein spitzenmäßiges Flugzeug fliegen. Und wenn alles wieder zusammenheilte, würde er auch wieder ein richtiger Mann sein.

Einen halben Kilometer von Yap entfernt, drehte Kimi das Boot soweit herum, daß ihnen die Sonne auf die linke Schulter schien. Tucker schaute zu, wie die Sonne im Meer versank wie eine riesige Blase. Kumuluswolken erhoben sich säulenförmig am Himmel und verwandelten sich in rosa Zuckerwatte, die etwas später, als die Sonne nur noch eine rote Scheibe am Horizont war, granatapfelrot zu leuchten begannen und von Strahlenkränzen gesäumt wurden, als würden Suchscheinwerfer auf den Himmel gerichtet. Das Wasser glänzte wie Neonlicht auf nassem Asphalt, blutbespritzte Pistolenläufe – Farben vom Cover eines Detektivromans, in dem die Helden harte Trinker sind und Schönheit immer trügerisch ist.

Tucker suchte den Himmel nach Wolken ab, die aussahen, als

könnten sie sich zu Gewitterwolken entwickeln, doch wie zum Teufel sollte man von der Meeresoberfläche aus das Seewetter voraussagen?

Just in diesem Augenblick wurde das Boot von einem Wellenkamm in die Höhe gehoben, um es gleich darauf wieder hinunterkrachen zu lassen. Tucker spürte, wie er mit dem Steißbein gegen die Sitzkante prallte, und versuchte sich abzustützen, als er von einer weiteren Woge auf den Boden geworfen wurde und ein plötzlicher Windstoß ihn in eine Gischtwolke hüllte und bis auf die Haut durchnäßte.

16

Und nun der Wetterbericht

Die Hohepriesterin saß auf dem Lanai und schaute zu, wie die Sonne unterging, während sie an ihrem Wodka auf Eis nippte und eine Banane aß. Im Inneren des Hauses piepte die Gegensprechanlage, und sie hielt das Ohr zum offenen Fenster hin.

»Beth, kannst du bitte in mein Büro kommen? Es ist wichtig.« Der Medizinmann war in Panik.

Er ist ständig in Panik, dachte sie, während sie ihren Wodka auf den Bambustisch stellte und die Banane in den Sand schleuderte. Sie trottete über das Deck aus Teakholz, schritt durch die Schwingtür und legte einen ihrer eleganten Finger auf die Sprechtaste der Gegensprechanlage.

»Schon auf dem Weg«, sagte sie.

Sie ging zum rückwärtigen Teil des Hauses – einem strohgedeckten Zwei-Zimmer-Bungalow aus Bambus und Teakholz – und warf im Vorbeigehen einen flüchtigen Blick in den mannshohen Ankleidespiegel. »Scheiße.« Sie war ja nackt, und sie mußte quer durch die Siedlung, um zum Büro des Medizinmanns zu gelangen. Das Leben war um einiges komplizierter geworden, seit sie die Wachen angeheuert hatten.

Sie rauschte ins Schlafzimmer und zog ein übergroßes Sweatshirt mit abgeschnittenen Ärmeln aus ihrem Schrank, schlüpfte in ein paar Sandalen und ging zur Hintertür hinaus. Sie war nicht angezogen im engeren Sinne, aber zumindest gab es für den Medizinmann nichts zu meckern und für die Ninjas nichts zu glotzen.

Die Siedlung bestand aus einem halben Dutzend Gebäuden, die über eine Lichtung von etwas mehr als einem Hektar verteilt herumstanden. Das Gelände war teils mit Korallenkies bedeckt, teils zementiert und von einem vier Meter hohen Maschenzaun umgeben, der oben mit Natodraht zusätzlich gesichert war. An der Frontseite der Siedlung lagen ein Pier und ein schmaler Strand, der zu der einzigen Durchfahrt durch das Riff führte, während an der Rückseite ein neuer Lear-Jet auf einer betonierten Plattform in unmittelbarer Nähe, aber innerhalb des Zaunes stand. Außerhalb der Umzäunung verlief eine Rollbahn, die die Insel der Länge nach teilte. Jenseits der Rollbahn lagen der Dschungel, die Taro-Beete, die Dörfer und die Strände des Haifischvolkes.

Das Büro war ein niedriger Betonbau mit Stahltüren und Solarzellen auf dem Dach, die im Licht der untergehenden Sonne rot leuchteten. Sie nickte dem Wachmann an der Tür zu, der sich nicht rührte, bis sie an ihm vorbei war, und dann versuchte, von der Seite her einen Blick unter ihren Pullover zu werfen. Sie knallte die Tür hinter sich zu.

»Was ist los? Bist du bald fertig mit der Satellitenschüssel? Meine Sendungen fangen gleich an.«

Er wandte sich von dem Computerbildschirm ab, ein Stück zerknittertes Faxpapier in der Hand. »Wir haben einen Idioten angeheuert.«

»Wirst du dich noch genauer äußern, oder soll ich einfach annehmen, daß einer der Ninjas sich besonders hervorgetan hat?«

»Der Pilot, Beth. Er hat die *Micro Trader* auf Yap verpaßt.«

»Scheiße!«

»Es kommt noch schlimmer.« Er hielt ihr das Fax hin. »Das hier ist von ihm. Er hat ein kleines Boot gechartert. Er schreibt, er kommt morgen hier an.«

Voller Verwirrung betrachtete sie das Fax. »Das ist früher, als wenn er das Schiff genommen hätte. Was ist das Problem?«

»Das hier.« Der Medizinmann rollte in seinem Stuhl zurück und deutete auf den Bildschirm, auf dem es aussah wie in einem Mixer voller grüner und schwarzer Farbe.

»Sieht aus wie die grüne und schwarze Farbe in 'nem Mixer«, sagte sie. »Was ist das?«

»Das, meine Liebe, ist Marie.«

»Sebastian, du bist schon zu lange hier draußen. Ich weiß, daß du abstrakte Kunst magst und all so 'n Kram...«

»Das ist ein Satellitenfoto von dem Taifun Marie. Und sie ist ein ziemlicher Brocken.« Er deutete auf einen kleinen Fleck am Rande des Bildschirms. »Das ist Alualu.«

»Also kommt sie hier gar nicht vorbei.«

»Wir kriegen nur die Ausläufer ab. Wir müssen den Jet in den Hangar rollen und alles festzurren, aber allzu schlimm sollte es nicht werden. Das Problem ist, daß das Auge des Taifuns genau dort entlangzieht, wo unser Pilot sich dann gerade aufhält. Ich kann's nicht fassen, daß er in See gestochen ist, ohne sich vorher nach dem Wetter zu erkundigen.«

Beth zuckte mit den Achseln. »Dann müssen wir eben einen neuen Piloten auftreiben. Tucker Case, darf ich vorstellen: Marie.« Sie lächelte, und in ihren Augen lag der Glanz verlöschender Sterne. Zu schade, dachte sie. Mit dem Piloten hätte es ganz schön spaßig werden können.

17

Freunde nicht nur bei Sonnenschein

Tuck war über alle Maßen erstaunt, was der menschliche Körper alles zu leisten vermochte, wenn er an seine Grenzen getrieben wurde: Traktoren hochheben, sich zweihundert Kilometer durch die Tundra schleppen, nachdem man von einem Kodiakbären halb zerfetzt worden ist, sich über Monate von Wasser und Maden ernähren, die man aus Abflußlöchern herauspult – und, in seinem speziellen Fall, zwei Stunden ohne Unterlaß zu kotzen, obwohl man sich zwei Tage lang nichts weiter zugeführt hat als Alkohol und Erdnüsse aus dem Flugzeug. Was da aus ihm herauskam, war schiere Galle, die ihm bitter und sauer zugleich im Rachen brannte, und weil das Boot schaukelte wie ein Bulle beim Rodeo, landete die Hälfte davon auf seinem Hemd. Und selbst wenn sein Magen kurzzeitig Ruhe gab, war ihm keine Erholung vergönnt, denn die Achterbahnfahrt ging weiter, und Gischt schäumte mit ungebremster Wucht. Sein Magen knotete sich zusammen.

Es hatte damit angefangen, daß die Wogen immer höher wurden – zunächst einen Meter, dann drei Meter hoch. Kimi steuerte mit dem Boot direkt darauf zu, als ob er einen Hügel hinauffahren würde. Am Wellenkamm schlug die Schaumkrone über ihnen zusammen, danach folgte eine Schlittenpartie ins Tal, wo sie sich mit der nächsten pechschwarzen Wasserwand konfrontiert sahen. Roberto kletterte unter Kimis Kleid und klammerte sich fest wie ein pelzbewachsener Tumor. Der Seefahrer stieß jedesmal einen Schrei aus, wenn die Gischt über ihn hinwegfegte und Roberto die Krallen an seinen Flügeln in seine Rippen schlug.

»Du festbinden dein Sack! Du binden deine Gürtel an Boot!« rief Kimi.

Tuck fand in seinem Rucksack eine Rolle Nylonseil und ein Taschenmesser, und er band sich und den Rucksack am Vordersitz fest. Dabei bemerkte er, daß der Zwischenraum unter dem Sitz mit festem Styropor ausgestopft war. Das Boot war also – zumindest theoretisch – unsinkbar. Prima, also würde irgend jemand ihre zerschundenen, von Haien abgenagten Leichen irgendwann einmal finden. Er warf Kimi ein Stück Seil zu, der es sich um die Hüfte band.

Als ob jemand ein Düsentriebwerk in Gang gesetzt hätte, frischte der Wind innerhalb eines Augenblicks schlagartig von zehn auf sechzig Knoten in der Stunde auf. Mit jeder Welle ergossen sich eimerweise Wassermassen in das Boot, während der Motor kaum noch zu hören war.

Kimi brüllte Tuck eine Anweisung zu, doch seine Worte wurden vom Wind verschluckt, bis auf eines: »Schöpfen!«

Als sie an einer Welle abwärts rauschten, schaute Tucker sich nach einem Behältnis um, doch das einzige, was er fand, war ein Vier-Liter-Kanister mit Trinkwasser. Er zog das Taschenmesser aus seiner Hose und trennte das obere Ende des Kanisters ab. Das frische Wasser kippte er aus und stützte sich mit den Füßen breitbeinig gegen die Bordwand und mit dem Rücken gegen den Sitz, damit er zwischen den Beinen schaufelnd Wasser schöpfen konnte. Mit jedem Mal erwischte er eine volle Gallone, die er mit dem Wind hinausschleuderte. Er rackerte sich ab, als ginge es um sein Leben, und es dauerte gerade mal eine Minute, bis er kaum noch Luft bekam und ihm alles weh zu tun begann, doch gegen den Sturm kam er nicht an. Das Boot lag nun schon tiefer im Wasser.

Er riskierte einen Blick nach hinten zu Kimi und sah den Seefahrer mit einer Kaffeekanne in der Hand eingeklemmt zwischen dem Rücksitz und dem Benzintank, wie er mit einer Hand Wasser schöpfte und mit der anderen das Steuer hielt. Sein Kopftuch war runtergerutscht und schlang sich nun um seinen Hals, während die Perücke hinter ihm im Wind zappelte. Der Motor lief auf vollen Touren, und Kimi versuchte das Boot gegen die Wellen zu steuern. Wenn auch nur eine sie von der Seite erwischte, würden sie anfangen zu rollen, und das Rollen würde nicht eher enden, als bis der Sturm sie verschlungen hatte.

Tuck verlangsamte seine Geschwindigkeit und versuchte statt dessen einen Rhythmus zu finden, den er auch durchhalten konnte. Es fing an zu regnen, doch die Tropfen schossen nahezu horizontal durch die Luft, und als sie den Kamm der nächsten Welle erreichten, bemerkte Tuck, daß der Himmel zur Hälfte verschwunden war. Sie waren erst am Rande des Sturms. Der Seefahrer schrie ihn an. Die See, der Himmel, das Boot – alles färbte sich schwarz. Eine Sekunde lang kniff er die Augen zusammen, damit er das Salzwasser los wurde, und kaum, daß er die Obsidianwand gesehen hatte, die sich vor dem Bug auftürmte, wurde alles schwarz. Totale Überreizung der Sinne, totale Abstumpfung der Sinne. Er schaute sich nach den

Sternen um, dem Mond, irgend etwas, das irgendwo herausragte oder einen Schatten warf, aber da war nichts außer Wind und Nässe und Kälte und Schmerz. Er zitterte und war kurz davor, sich wie ein Baby zusammenzurollen, um auf den Tod zu warten, doch der Schrei des Seefahrers riß ihn aus seiner Erstarrung.

»Wir brauchen Licht!«

Tuck nahm sich zusammen und kramte in dem vollgepackten Rucksack herum, bis er zwei wasserdichte Taschenlampen in der Hand hielt. *Gott segne dich, Jake Skye.*

Er schlug auf die versiegelten Schalter.

Licht. Genug Licht, um zu sehen, daß Kimi sie parallel zu einer ungeheuren Wasserwand steuerte, die sie unter sich zu begraben drohte. Der Seefahrer riß den Außenbordmotor bis zum Anschlag herum und gab Vollgas. Das kleine Boot schleuderte herum – gerade noch rechtzeitig, um der anrollenden Welle zu begegnen, daran hinaufzurauschen und es über den Kamm zu schaffen. Tucker klammerte sich an das Boot wie ein neugeborenes Äffchen an seine Mutter.

Tuck band die Lampen so an der Ankerrolle am Bug fest, daß eine nach vorn gerichtet war und die andere ins Boot leuchtete. Dann fing er wieder an Wasser zu schöpfen.

Ein wahres Ungetüm von einer Welle erhob sich zehn Meter hoch über sie und krachte auf sie herunter. Als Tuck das Salzwasser aus seinen Augen geblinzelt hatte, stellte er fest, daß nur noch dreißig Zentimeter fehlten, bis das Boot ganz und gar voller Wasser war: Noch eine solche Welle, und der Motor würde absaufen. Und ohne Motor zum Steuern waren sie verloren. Mit Wasserschöpfen war es nicht getan.

Wir werden sterben, dachte er.

Dann war das Getöse des Sturms plötzlich verstummt.

»Nein, das wirst du nicht«, erklang eine Stimme, »du Armleuchter.« Das Tosen des Sturms, die Schreie des Seefahrers – all das war nicht mehr da. Es gab nur die Stimme. »Da in deinem Rucksack ist eine Persenning. Deck damit das Boot ab und mach sie fest, damit ihr nicht noch mehr Wasser faßt. Und dann beweg dich zum Heck zum Schöpfen.«

Nun hatte Tuck ganz klar vor Augen, was zu tun war. Außerhalb der Reling waren Ösen angebracht, an denen er die Leine an den Kanten der Persenning befestigen konnte. Alles, was er tun mußte, war, die Leine um das Boot herumzuziehen und hinten bei Kimi festzuzurren und dabei eine Öffnung zu lassen, die gerade so groß war, daß der Seefahrer steuern und er selbst Wasser schöpfen konnte.

»Hast du's geschnallt, du As?«

Tuck konnte es sehen, und er wußte, daß er es schaffen konnte. »Danke«, sagte er. Woher die Stimme kam, war ihm schnurz. Er nickte. Der Sturm toste wieder über ihm.

Fünf Minuten später war das Boot abgedeckt und hob sich allmählich wieder aus dem Wasser, während Tuck neben dem Navigator saß und Wasser schöpfte.

»Du steuern!« schrie Kimi.

Tucker nahm den Gashebel, als der Seefahrer losließ, und versuchte die Finger seiner zu einer Klaue verkrampften Hand wieder auseinanderzubiegen.

Tuck steuerte das Boot an der Frontseite einer monströsen Welle hinauf, und das Skiff schoß in die Luft. Der Propeller, der nun auf keinen Widerstand mehr stieß, heulte schrill auf, und Tuck nahm Gas zurück, damit der Motor nicht in die Luft flog. Der Bug ragte himmelwärts auf, und wenn Kimi sich nicht im letzten Augenblick an der Reling festgeklammert hätte, wäre er nach hinten über Bord gegangen. Mit voller Wucht prallten sie auf die Wasseroberfläche, und beinahe wäre der Motor untergetaucht. Er begann zu stottern. Tuck gab verzweifelt Gas, um ihn wieder in Gang zu bringen.

Und schon ging es wieder bergauf, einer Welle entgegen, die noch steiler war als die davor. Wenn sie auf dem Kamm von einer Windböe erwischt wurden, würden sie sich überschlagen. Plötzlich fiel Tuck ein Trick aus seiner Jugendzeit als Surfer ein. Der Cutback. Weiterhin gegen den Wind anzusteuern und sich gegen die Wellen vorzuarbeiten war ein Ding der Unmöglichkeit. Auf halbem Weg zum Wellenkamm gab er Vollgas und riß den Motor herum. Es gab ein hustendes Geräusch, wie von einer Katze, die einen Haarbüschel auswürgt, dann röhrte der Motor los, und sie schossen quer zur Frontseite der Welle entlang.

»Was du machen?« rief Kimi.

Tuck gab keine Antwort. Er hielt Ausschau nach der »Tasche«, der Stelle, wo die Frontseite der Welle unverändert bleiben würde. Wenn nur der Motor nicht nachließ und sie nicht langsamer wurden…

Die Welle näherte sich ihnen von hinten und kam ihnen bedrohlich nahe, doch dann waren sie hoch genug, um sich vom Wind mitreißen zu lassen. Sie hatten genug Vortrieb, die Geschwindigkeit haute gerade hin. Das Boot schmiegte sich an die Frontseite der Welle. Sie surften, eine zehn Meter hohe Wasserwand im Rücken, die sie in dem Augenblick zerschmettern würde, wenn Tuck die Ideallinie verlor und aus der Tasche herausrutschte.

Seltsamerweise empfand Tuck ein erhebendes Gefühl dabei. Es war ein kleiner Triumph, vielleicht nur von begrenzter Dauer, aber sie ließen sich vom Sturm treiben, anstatt dagegen anzukämpfen, und er hatte zum ersten Mal seit dem Flugzeugabsturz wieder die Kontrolle über etwas. Er achtete auf den Winkel des Bootes zur Richtung der Welle, regulierte Geschwindigkeit und seitliche Neigung und korrigierte Details, damit sie am Leben blieben. Das schwarze Wasser schien die Lichtkegel der Taschenlampen förmlich zu verschlingen, doch er sah, daß die Welle sich immer steiler neigte und höher aufragte, während sie das Schelf hinaufkroch, an dessen Ende ein hungriges Riff auf sie wartete.

18

Land ahoi

Die Insel war kaum mehr als ein Korallenkrapfen mit Guanoguß. An der breitesten Stelle nicht einmal hundert Meter breit und gerade mal eineinhalb Meter aus dem Meer herausragend, diente sie Vögeln als Rastplatz, Schildkröten als Nistplatz und bot achtundvierzig

Kokospalmen Halt für ihre Wurzeln. Die Blätter und die Kokosnüsse waren vom Wind bereits abgerissen worden, und die sturmgepeitschten Wogen, die sich an dem Riff, das die Insel umgab, brachen, fegten schäumend darüber hinweg, krachten gegen die Stämme und spülten den kostbaren Boden fort. Schwer wie sie waren, wurden einige der Palmen vom Wasser unterspült, und es würde nicht mehr lange dauern, bis sie fortgerissen wurden.

Von den drei Reisenden war Roberto der einzige, der wußte, daß die Insel überhaupt existierte. Als junger Flughund hatte er hier einmal Rast eingelegt, nachdem er Guam auf der Suche nach einer Insel verlassen hatte, wo die Mangos süß schmeckten und die Eingeborenen Fledermäuse nicht für eine Delikatesse hielten. Im Augenblick jedoch war er zu sehr damit beschäftigt, sich in Kimis Kleid zu verstecken, wo er kreischte, sich festklammerte und ganz allgemein versuchte sich warm zu halten. Ansonsten hätte er den Seefahrer darauf hinweisen können, daß der Grund, warum sie an der zunehmend steiler werdenden Stirnseite einer auf mittlerweile achtzehn Meter Höhe angewachsenen Welle dahinglitten, der war, daß sie in nicht allzu ferner Zukunft an dem Riff zerschmettert würden.

Als Tucker Case erkannte, was passierte, befanden sie sich in einer riesigen Röhre aus Wasser und surften im Inneren des Wellentunnels dahin. Die Lichtkegel der Taschenlampen brachen sich im grünen Wasser, wodurch man den Eindruck hatte, als befände man sich im Inneren einer riesigen schäumenden Coca-Cola-Flasche. Tuck gab sich alle Mühe, das Boot auf Kurs zu halten und auf den schmalen schwarzen Kreis zuzusteuern, wo normalerweise der Kronkorken sitzen würde, denn dies war die einzige Stelle, an der sie entkommen konnten. Er hatte Filme über Surfer an der Nordküste Hawaiis gesehen, die durch den Wellentunnel hindurchschossen. Es war zu schaffen. Er klammerte sich selbst dann noch an diese Vorstellung, als die Welle über das Riff rauschte und über ihnen zusammenstürzte.

Das Boot rollte einmal, zweimal, dreimal um die Längsachse, überschlug sich dann und wurde knapp unter der Wasseroberfläche herumgewirbelt, als die Welle über das Eiland fegte. Kimi und Tucker wurden, von ihren Rettungsleinen ans Boot gezurrt, gegen die Stämme der Palmen und den Rumpf des Bootes geschleudert. Tucker wußte nicht mehr, wo oben und unten war, er hatte keine Ahnung, wann er wieder Luft holen konnte, um zu überleben, oder ob er sich die Lungen mit Salzwasser vollpumpen würde, um zu sterben. Er hielt die Luft an, bis er das Gefühl hatte zu platzen, und als er zwischen das Boot und einen Baum geschleudert wurde, gab er allen Widerstand auf.

Robertos Flügelklauen gruben tiefe Schrammen in Kimis Brustkorb, als dieser verzweifelt nach Luft rang. Der Seefahrer war von der Kante des herumwirbelnden Bootes an der Stirn getroffen worden und hatte das Bewußtsein verloren.

Tuck spürte, wie er von dem Boot weggezogen und anschließend einen Augenblick herumgewirbelt wurde, bis sich schließlich die Rettungsleine um seine Hüften festzog. Er konnte die Lampen sehen, die noch immer am Bug des Bootes leuchteten. Wenigstens ein optischer Anhaltspunkt in dem Chaos, das über seine Sinne hereinbrach. Das Boot war an irgend etwas hängengeblieben und zappelte nun daran wie ein Fisch an der Angel. Irgend etwas prallte gegen seine Rippen, und instinktiv tastete er danach und bekam ein Stück von Kimis Kleid zu fassen. Roberto klammerte sich an Kimis Kopf fest und knurrte den Wind an.

Sie waren quer über die Insel gefegt und am anderen Ende wieder heruntergespült worden. Das Boot hatte sich an der letzten Palme verhakt, ansonsten wären sie wieder hinausgerauscht auf die offene See.

Tuck ergriff seine Rettungsleine mit einer Hand und hielt mit dem anderen Arm Kimis Brust umklammert. Langsam arbeitete er sich gegen die reißende Strömung vor, die alles war, was das Riff und die Insel noch von den Wellen übriggelassen hatten, und zog sie zurück zum Boot.

Das Schiff hielt sich, bedingt durch die Styroporfüllung unter den Sitzen und die Luft im Benzintank, knapp über der Wasseroberfläche. Gerade mal fünf Zentimeter ragte das Dollbord noch heraus.

Tuck kletterte hinein, holte einmal tief Luft und hievte dann den leblosen Seefahrer zu sich ins Boot. Roberto krabbelte auf Kimis Kopf, um dem Wasser zu entkommen, und wäre beinahe weggeweht worden. Tucker packte den riesigen Flughund an der Kehle und hob ihn von Kimis Kopf auf seinen eigenen Rücken. Er zuckte zusammen, als Robertos Klauen durch sein Hemd drangen. Dann hängte er den Seefahrer über die Seitenwand des Bootes und begann, das Wasser aus seinen Lungen zu pumpen.

Nach ein paar Sekunden drehte er ihn wieder um und versuchte es mit Mund-zu-Mund-Beatmung, bis Kimi anfing zu husten und einen Schwall Salzwasser ausspie. Tuck hielt ihm den Kopf.

»Geht's wieder?«

Kimi nickte, während er unter Schmerzen seine Lungen mit Luft füllte. Als er wieder zu Atem gekommen war, sagte er: »Roberto?«

Tuck deutete auf das kleine Hundegesicht, das über seine Schulter linste.

Kimi schaffte es zu lächeln. »Roberto! Komm her.« Er nahm die Fledermaus von Tucks Rücken herunter und hielt ihn an seine Brust.

Sie waren in Sicherheit, wenigstens halbwegs – die Insel schützte sie vor den ungeheuren Wogen, und das einzige, was ihnen Probleme bereitete, waren der Wind und der Regen. Die Plane war zwar verschwunden und das Boot voller Wasser, aber es schwamm noch. Wie durch ein Wunder waren die Taschenlampen noch immer festgebunden. Tucker konnte den Baum erkennen, an dem sie sich verfangen hatten. Er ließ sich wieder in den Bug des Bootes fallen, hakte seine Arme zu beiden Seiten über das Dollbord und fiel in einen Zustand erschöpfter Ohnmacht, den man beinahe als Schlaf hätte bezeichnen können.

19

Wasser, Wasser

Bei den ersten Sonnenstrahlen gab die Kokospalme, die sie gerettet hatte, nach und kippte um. Das Boot verlor seinen Halt und wurde mitsamt seinen schlafenden Passagieren von dem ablaufenden Wasser durch eine Spalte im Riff auf das offene Meer hinausgetrieben.

Tuck, der am Bug bis zur Brust im Salzwasser saß, träumte gerade davon, daß er sich in der Wüste verlaufen hatte, als ein fliegender Fisch ihm seitlich an den Kopf klatschte. Aufgeschreckt zuckte er unbewußt hoch, so wie man nach einer Stechmücke schlägt, und er erwischte den Fisch mit seiner Rechten. Er öffnete die Augen. In seinem Geist war er noch immer in der Wüste und stand kurz vor dem Verdursten. Die Tatsache, daß er nun etwas in der Hand hielt, das aussah wie eine Forelle mit Flügeln, erschien ihm wie ein grausamer Witz eines Surrealisten. Er schaute sich um, sah das Boot, sah Kimi zusammengesunken im Heck, sah den Ozean und den Himmel, und das war's dann auch schon – weit und breit kein Land in Sicht.

Er schleuderte den Fisch auf Kimi. Er prallte von der Stirn des Seefahrers ab und fiel ins Wasser. Kimi stieß einen Schrei aus und richtete sich ruckartig auf. Roberto, dem die Sonnenbrille halb vom Gesicht gerutscht war, streckte seinen Kopf zum Ausschnitt von Kimis Kleid heraus und kreischte Tucker an.

»Warum du das machen?« sagte Kimi.

»Prima Navigationsleistung«, sagte Tucker. Dann äffte er Kimis gebrochenes Englisch nach. »Du riechen Sturm? Du sehen Sturm in Himmel?«

»Oh, großer Pilotmeister. Warum du nicht checken Wetter? Nur Amerikaner blöd wie Scheiße versuchen zu fahren vierhundert Kilometer in Außenborder, oder, hä?«

»Du hast gesagt, es wäre kein Problem.«

»Du bezahlen Kimi viele Geld. Kein Problem.«

»Na ja, jetzt ist es jedenfalls ein verficktes Problem, oder etwa nicht?«

Kimi streichelte Roberto den Kopf, um ihn zu beruhigen. »Hör auf mit Rumschreien. Du machen Roberto angst.«

»Roberto ist mir scheißegal. Wir sind mitten auf dem Ozean und kurz davor unterzugehen, und wir haben keinen Motor. Ich würde sagen, wir haben ein Problem.«

Kimi hörte auf, Roberto zu besänftigen, und schaute hoch. »Kein Motor?« Er drehte sich um und betrachtete das motorlose Haltebrett für den Motor. Es trug deutliche Spuren an den Stellen, wo die Zwingen entlanggeschrammt waren, als der Motor bei ihrem Überschlag in der Gischt abgerissen worden war. Kimi drehte sich wieder zu Tuck um und grinste unschuldig wie ein Lamm. »Hoppla.«

»Wir sind tot«, sagte Tuck.

Kimi schaute wieder zu der Stelle, wo der Motor hätte sitzen sollen – einfach nur, um sicher zu sein, daß er noch immer nicht da war. »Ich fragen Mann: ›Motor sein gut fest?‹ Er sagen: ›O ja, Schrauben ganz fest.‹ Ich ihm zahlen gute Geld, und er lügen. Oh, Kimi sein sehr sauer.«

Roberto bellte zustimmend.

»Aufhören!« rief Tucker. Roberto verkroch sich wieder in Kimis Kleid. »Wir müssen das Wasser hier rauskriegen, zumindest einen Teil davon. Wir haben keinen Motor. Wir können nirgendwohin. Wir treiben hilflos herum, wir sind verloren …«

»Am Leben«, unterbrach ihn Kimi. »Ich dich bringen durch Taifun lebendig, und du nur schreien und sagen schlechte Sachen. Ich kündigen. Du suchen neue Seefahrer. Roberto sagen, du fieser, gemeiner, chevyfahrender, milchtrinkender amerikanischer Hundeficker.«

»Ich trinke keine Milch«, sagte Tuck. Ha! Diese Runde ging an ihn.

»Das was er sagen.«

»Roberto redet nicht!«

»Nicht mit dir, Hundeficker. Du nicht …« Kimi brach seine Tirade abrupt ab, ergriff die Kaffeekanne, die mit einer Schnur am

Boot festgemacht war, und fing an Wasser zu schöpfen wie ein Verrückter. »Du recht haben. Wir jetzt Wasser schöpfen.«

»Was?« Tucker blickte auf und sah, daß Kimi mit weit aufgerissenen Augen aufs Meer hinausstarrte. Tuck folgte seinem Blick zu einer Stelle etwa zwanzig Meter vor dem Boot, wo eine dreieckige Flosse sich in den Wellen langsam hin und her bewegte.

»Schnell« rief Kimi. »Er kommen hierher.«

Tucker streckte sich nach seinem Rucksack, wodurch der Bug des Bootes etwa dreißig Zentimeter unter Wasser gedrückt wurde. Noch bevor er sein Gewicht so weit verlagern konnte, daß das Boot wieder ausbalanciert wurde, kam der Hai über das Dollbord und schnappte mit den Kiefern wie eine menschenfressende Puppe.

Tuck erhob sich, um dem gierigen Maul zu entkommen, und der Bug schwappte noch tiefer ins Wasser. Der Hai glitt ins Boot, während Tuck rückwärts über Bord ging.

Die Angst jagte durch seinen ganzen Körper, als ob das Wasser unter Strom gesetzt worden wäre. Tuck wollte sich in alle Richtungen zugleich bewegen. Er strampelte aus Leibeskräften und tauchte etwa in einem Meter Entfernung vom Boot wieder auf, um mitansehen zu müssen, wie der Hai wieder zurück ins Wasser glitt.

»Komm ins Boot!« schrie Kimi. Er stand mit gespreizten Beinen da, um das Boot am Kentern zu hindern.

Tuck strampelte so heftig, daß er sich bis zu den Hüften aus dem Wasser hob. Er stürzte vornüber auf das Boot zu und bekam das Dollbord mit einer Hand zu fassen. Kimi verlagerte sein Gewicht, und Tuck zog sich just in dem Augenblick ins Boot, als irgend etwas gegen seinen Fuß stieß. Er zog seinen Fuß so heftig an, daß er beinahe auf der anderen Seite des Bootes wieder hinausgefallen wäre, und drehte sich gerade noch rechtzeitig herum, um zu sehen, wie der Hai mit seinem Schuh im Maul ins Wasser hinabtauchte.

»Hinter dir!« schrie Kimi.

Ein weiterer Hai tauchte hinter Tuck auf und schnappte nach seinem Rücken. Tuck wirbelte herum und schlug ihm so fest er konnte auf die Schnauze, wobei er sich die Knöchel an der sandpapierartigen Haut des Hais abschürfte. Der Hai glitt davon.

Die Bewegung am Bug bewirkte, daß das Heck untertauchte, und der nächste Angriff galt nun Kimi. Er schleuderte Roberto in die Luft, als der Hai ins Boot kam. Roberto breitete seine Flügel aus und flatterte himmelwärts. Kimi griff nach unten und brachte den Benzinschlauch aus Gummi zum Vorschein.

Tucker hielt verzweifelt Ausschau nach irgend etwas, das sie als Waffe verwenden konnten, bis ihm einfiel, daß er letzte Nacht das Taschenmesser in seine Hose gesteckt hatte. Es war noch immer dort.

Kimi drosch mit dem Gummischlauch auf den Haifisch ein und kroch rückwärts auf den enormen Benzintank, der die gesamte Mitte des Bootes einnahm. Tuck klappte das Messer auf und hechtete zu dem Seefahrer. »Kimi!«

Kimi streckte den Arm nach hinten aus, und Tuck steckte ihm den Griff des Messers in die Hand. Der Hai war mittlerweile mit der Hälfte seines drei Meter langen Körpers im Boot. Er schlug mit dem Schwanz wild hin und her, damit er genügend Schwung bekam, um sich auf den Benzintank hochzuwuchten. Kimi schob sich weiter zurück. Roberto flatterte kreischend in der Luft.

Kimi fand mit dem rechten Fuß Halt an dem Schraubverschluß des Benzintanks und richtete sich auf. Tuck dachte, er würde mit dem Messer auf den Hai einstechen, doch statt dessen schnitt er die Benzinleitung durch und spritzte dem Hai einen Schwall Sprit in sein weit aufgerissenes Maul. Der Hai zappelte wie wild und rutschte seitlich aus dem Boot.

Triumphierend schwenkte Kimi das Messer in der Luft herum. »Hey, du Arschgesicht, jetzt du abhauen. Das nicht schmecken so süß wie Kimi, hä?« Er ließ sich auf den Benzintank zurückfallen und holte tief Luft. »Wir zeigen dem Hai, wer der Boß.«

Tuck sagte: »Kimi, da sind noch mehr.« Und deutete auf eine Gruppe von Flossen, die sich dem Heck näherten.

20

Führertum ist eine Drecksarbeit

Der Sturm war dem Haifischvolk gnädig gewesen. Lediglich hie und da fehlte ein Stück von einem der Strohdächer, eine Kombüse war umgeblasen worden, einige Brotfrüchte und Kokosnüsse waren von den Bäumen gefallen – aber alles in allem nichts, was Elend und Mühsal verursacht hätte. Etwas Meerwasser war in die Taro-Beete geschwappt, aber es blieb nichts anderes übrig, als abzuwarten, um zu sehen, ob es genug gewesen war, um die Saat zu vernichten. Die Menschen des Haifischvolks gingen die Aufräumungsarbeiten in aller Ruhe an. Das meiste wurde von den Frauen erledigt, während die Männer im Schatten des Männerhauses saßen, alkoholischen *Tuba* tranken und so taten, als würden sie schwerwiegende religiöse Angelegenheiten diskutieren. In Wahrheit ging es ihnen darum, sich die heiße Zeit des Tages zu vertreiben und sich zu betrinken, bevor es Zeit für das Abendessen war.

Malink, der Häuptling des Haifischvolkes, stand spät auf. Er erwachte zitternd und voller Angst und überlegte, wie er einen überaus seltsamen Traum deuten sollte. Er rollte von der Grasmatte, die ihm als Bett diente, erhob sich mit knirschenden Gelenken und schlenderte aus der Hütte, um sich am Fuße eines riesigen Brotfruchtbaumes Erleichterung zu verschaffen.

Er war ein kleiner, muskulöser Mann von sechzig Jahren. Sein Haar war buschig und völlig weiß. Seine Haut, ehedem hellbraun wie ein Karamelbonbon, war über die Jahre verbrannt und hatte nun die Farbe einer patinierten Kupfermünze. Wie die meisten Männer des Haifischvolks trug er nichts weiter als einen Lendenschurz aus Baumwolle und einen Kranz aus frischen Blumen in seinem Haar (den hatte eine seiner vier Töchter dort hingetan, während er schlief). Auf seinen linken Brustmuskel war ein Hai tätowiert, auf den rechten ein B-26-Bomber.

Er ging zurück zu seiner Hütte und zog eine stählerne Munitionskiste vom Dachgebälk. Darin lag ein Gürtel aus Nylongewebe mit einem Halfter, in dem ein tragbares Telefon steckte – das Insignium seiner Macht, seine direkte Verbindung zum Medizinmann. Das einzige Mal, daß er es benutzt hatte, war gewesen, als seine Tochter mitten in der Nacht hohes Fieber bekommen hatte. Er hatte den Knopf gedrückt, und der Medizinmann war ins Dorf gekommen und hatte ihr eine Medizin gegeben. In diesem Augenblick hatte er Angst, das Telefon zu benutzen, doch in seinem Traum war ihm gesagt worden, daß er eine Nachricht bestellen mußte.

Malink wäre wesentlich lieber ins Männerhaus gegangen, um ein paar Stunden darüber zu diskutieren, wie er sich entscheiden sollte, doch er brachte es nicht fertig. Er hatte die Nachricht aus seinem Traum auszurichten. Vincent hatte es so gesagt, und Vincent wußte alles.

Als er den Knopf drückte, wünschte er sich, daß er niemals zum Häuptling geboren worden wäre.

Die Hohepriesterin schlief ebenfalls länger, doch bei ihr war es Gewohnheit. Der Medizinmann stupste sie an, und sie zog das Laken über den Kopf.
»Was?«
»Ich habe gerade einen Anruf bekommen – von Malink. Er sagt, Vincent hat ihm eine Botschaft geschickt.«
Schlagartig war die Hohepriesterin hellwach. Sie saß aufrecht in ihrem Bett, und sofort fiel der Blick des Medizinmanns auf ihre nackten Brüste. »Was soll das heißen, Vincent hat ihm eine Botschaft geschickt? Ich hab ihm keine Botschaft gegeben.«
Der Medizinmann schaffte es endlich, ihr ins Gesicht zu schauen. »Er war ganz durcheinander. Er sagte, daß Vincent im Traum zu ihm gekommen ist und ihm gesagt hat – paß gut auf –, er soll mir ausrichten, daß der Pilot am Leben ist und auf dem Weg und daß wir auf ihn warten sollen.«
Sie rieb sich den Schlaf aus den Augen und schüttelte den Kopf. »Ich kapier das nicht. Woher wußte er irgendwas von einem Piloten, der kommen sollte? Hast du irgendwas gesagt?«

»Nein, und du?«

»Spinnst du? Ich bin doch nicht blöde, Sebastian, auch wenn du das vielleicht glaubst.«

»Nun, wie hat er es dann erfahren? Die Wachen wissen nichts. Ich habe nichts davon erzählt.«

»Vielleicht ist es reiner Zufall«, sagte sie. »Vielleicht hat er einfach nur schlecht geträumt wegen dem Sturm. Vincent ist alles, woran er denkt. Die ganze Meute denkt an nichts anderes.«

Der Medizinmann erhob sich und trat vom Bett zurück, wobei er sie voller Mißtrauen musterte. »Zufall oder nicht, mir gefällt das nicht. Ich denke, du solltest eine Audienz für die Haifischmenschen abhalten und ihnen eine direkte Nachricht von Vincent übermitteln. Die ganze Operation steht und fällt damit, daß wir das Sprachrohr von Vincent sind. Wir können nicht zulassen, daß sie auf den Gedanken kommen, sie könnten direkt mit ihm in Kontakt treten.« Er wandte sich um und machte sich daran, das Zimmer zu verlassen.

»Sebastian«, sagte sie, und der Medizinmann blieb stehen und schaute über die Schulter zu ihr zurück. »Was ist mit dem Piloten? Was ist, wenn Malink recht hat und er tatsächlich auf dem Weg hierher ist?«

»Sei doch nicht blöde, Beth. Der einzige Weg, die Schar der Gläubigen unter Kontrolle zu halten, ist der, nicht selbst einer von ihnen zu werden.« Er wandte sich zum Gehen, doch da traf ihn ein Whiskey-Tumbler mit voller Wucht am Hinterkopf. Während er zu Boden sank und sich den Kopf hielt, drehte er sich wieder um.

Die Hohepriesterin stand neben dem Bett. Sie trug nichts weiter als eine feingliedrige goldene Kette um die Hüfte. Ihr Gesicht war eine wutverzerrte animalische Maske. »Wenn du mich jemals wieder blöde nennst, reiß ich dir deine verfickten Eier ab.«

21

Wie der Seefahrer es schaffte, von dort nach hier zu kommen

Beim Anblick der Haie, die das Boot umkreisten, fühlte sich Tucker, als würde er vom Strudel eines gigantischen Badewannenabflusses hinabgezogen in die Tiefe.

»Wir brauchen eine bessere Waffe«, sagt Tuck. Er erinnerte sich an einen Film, in dem Spencer Tracy von seinem kleinen Boot aus mit einem Messer, das an ein Ruder gebunden war, gegen eine Schar von Haien gekämpft hatte. »Haben wir keine Ruder?«

Kimi schaute beleidigt drein. »Was mit *mir* nicht in Ordnung?«

»Keine Luder. *Ruder!*« Tucker vollführte eine Rudererpantomime. »Zum Rudern.«

»Woher ich wissen, was du meinen? Malcolme immer sagen Luder. ›Blöde Luder‹, er sagen. Nein, wir nicht haben Ruder.«

»Schöpfen«, sagte Tuck.

Der Seefahrer begann mit der Kaffeekanne Wasser zu schöpfen, während Tuck sich mit bloßen Händen nach Leibeskräften abmühte.

Eine halbe Stunde später war das Boot nur noch teilweise mit Wasser gefüllt, und die Haie waren weitergezogen, um sich anderswo ihre Mahlzeiten leichter zu verdienen. Tucker ließ sich in den Bug sinken und rang nach Atem. Zwar stand die Sonne noch niedrig am morgendlichen Himmel, aber sie brannte bereits auf seiner Haut. Die Stellen seines Körpers, die nicht mit Seewasser durchtränkt waren, waren klatschnaß vor Schweiß. Er griff in den Rucksack und zog die Ein-Liter-Flasche Mineralwasser hervor, die er am Tag zuvor gekauft hatte. Sie war halb voll, und das war alles, was sie hatten.

Tucker linste hinüber zu dem Seefahrer, der vollauf mit Wasserschöpfen beschäftigt war. Er würde es nie erfahren, wenn Tuck in diesem Augenblick das ganze Wasser trank. Er schraubte den Deckel von der Flasche und nahm einen kleinen Schluck. Nektar der Götter. Kimi immer im Auge behaltend, nahm er einen tiefen Zug aus der Flasche. Er konnte förmlich spüren, wie seine ausgetrockneten Zellen jubilierten.

Während er Wasser schöpfte, sang Kimi Roberto, der sich noch immer an seinem Rücken festklammerte, leise spanische Lieder vor. Jedesmal, wenn er eine hohe Note zu treffen versuchte, brach seine Stimme ab wie zerknittertes Pergament. Seine Mundwinkel waren mit Salzkrusten verklebt.

»Kimi, willst du was zu trinken?« Tucker kroch auf den Benzintank und hielt dem Seefahrer die Flasche hin.

Kimi nahm die Flasche. »Danke«, sagte er. Er wischte den Flaschenhals mit seinem Kleid ab und nahm einen tiefen Schluck. Dann schüttelte er ein wenig Wasser in seine Handfläche und hielt es Roberto hin, der es gierig aufschleckte. Danach reichte er die Flasche an Tucker zurück.

»Du trinken Rest, du größer.«

Tucker nickte und leerte die Flasche. »Wer ist Malcolme?«

»Malcolme mich kaufen von meiner Mutter. Er aus Sydney. Er Zuhälter.»

»Er hat dich gekauft?«

»Ja. Meine Mutter sehr arm in Manila. Sie mich nicht kann füttern. So sie mich verkaufen an Malcolme, wenn ich zwölf Jahre.«

»Was war mit deinem Vater?«

»Er nicht bei uns. Er Seefahrer auf Satawan. Er treffen meine Mutter in Manila, als er Seefahrer auf Thunfischboot. Er sie heiraten und mitnehmen nach Satawan. Sie bleiben für zehn Jahre, aber ihr nicht gefallen. Sie sagen, Frauen sein nur Dreck für Mikronesier. Also sie mich nehmen und wir zurückgehen nach Manila, wenn ich neun Jahre. Dann sie mich verkaufen an Malcolme. Er mir kaufen Kleider, und ich machen viel Geld für ihn. Aber er böse zu mir. Er sagen, ich muß Roberto weggeben, so ich wegrennen, um zu finden meinen Vater, damit er mir fertig zeigen, wie Seefahrer sein. In Yap sie von ihm gehört. Sie sagen, er verschollen auf See vor fünf Jahren.«

»Und er war es, der dir beigebracht hat zu navigieren?« Tucker wußte, daß dies nicht gerade die freundlichste aller Fragen war, die er stellen konnte, doch er hatte absolut keinen Schimmer, was er zu jemandem sagen sollte, den seine Mutter an einen Zuhälter verkauft hatte.

Kimi blieb der Sarkasmus in Tucks Frage verborgen. »Er mir beibringen einiges. Es lange dauern, bis richtiger Seefahrer. Manchmal zwanzig, dreißig Jahre. Du wollen lernen, ich dir zeigen.«

Tucker fiel wieder ein, wie schwierig es gewesen war, für seinen Pilotenschein die westliche Navigation zu erlernen, und dabei hatte man moderne Karten und Instrumente zur Verfügung. Er konnte sich sehr gut vorstellen, daß es Jahre dauerte, bis man gelernt hatte, ausschließlich nach den Sternen – ohne Karten und nur nach dem Gedächtnis – zu navigieren. Er sagte: »Nein, das braucht es nicht. Bei Flugzeugen ist es sowieso anders. Wir haben Maschinen dafür.«

Sie schöpften Wasser, bis die Sonne hoch am Himmel stand. Tuck spürte, wie seine Haut langsam gegrillt wurde. Er fand ein Sonnenschutzmittel in seinem Rucksack und teilte es mit Kimi, aber gegen die Hitze nützte auch das nichts.

»Wir brauchen ein wenig Schatten.« Die Plane war weg. Er durchwühlte den ganzen Rucksack nach etwas, das sie als Sonnenschirm verwenden konnten, aber zum ersten Mal ließ Jake Skyes Wundertüte sie im Stich.

Gegen Mittag verfluchte sich Tuck, daß er die Gallone Trinkwasser während des Sturms ausgekippt hatte. Kimi saß auf dem Boden des Bootes, streichelte Robertos Kopf und murmelte leise mit dem keuchenden Flughund.

Tuck versuchte die Zeit damit herumzubringen, indem er seine Schnittwunden säuberte und die antibiotische Salbe aus Jake Skyes Erste-Hilfe-Kasten auftrug. Er hatte sich abgewandt und zusammengekauert, so daß er sich unbeobachtet genug fühlen konnte, um seinen verletzten Penis zu untersuchen. Er sah, daß er um die Nahtstellen herum entzündet war. Er entwickelte ein Szenario von Wundbrand über Amputation bis zum daraus folgenden Selbstmord, doch dann fiel ihm auf, daß die ganze Situation ja auch ein Gutes hatte – er nämlich längst verdurstet war, bevor die Infektion so weit fortschreiten konnte.

22

Auf der Suche nach Spam

Der Oktopus schoß über den Meeresgrund, hinweg über eine mächtige Koralle und verkroch sich dann in einer kleinen Spalte des Riffs. Sarapul sah seine hellviolette Haut in der Riffspalte pulsieren. Es war hier gerade mal drei Faden tief. Er holte Luft und tauchte, seinen Speer in der Hand, hinab.

Die Gefahr spürend glich der Oktopus seine Farbe dem Rostbraun der Korallen in seiner unmittelbaren Umgebung an und preßte sich fest in die Ritzen seines Verstecks. Sarapul hielt sich mit der linken Hand am Rand der Spalte fest und stieß mit der Rechten den Speer hinein. Kaum daß der Speer einer der Tentakel des Oktopus durchbohrt hatte, färbte dieser sich wie in einem chromatischen Aufschrei grellrot und stieß dann seine Tinte aus, die sich im Wasser ausbreitete wie eine Rauchwolke. Sarapul ließ seinen Speer fallen, um die Tinte wegzuwedeln, bevor er zu einem neuen Stoß ansetzte, doch ihm ging die Luft aus. Er ließ seinen Speer in der Spalte und schoß hinauf zur Wasseroberfläche. Der Oktopus spürte die Gelegenheit und schoß aus der Spalte heraus zu einem neuen Versteck, bevor Sarapul bemerkte, daß er verschwunden war.

Fluchend stieß Sarapul an die Wasseroberfläche. Drei Faden – gerade mal sechs Meter. Und er konnte nicht mal lange genug unten bleiben, um einen Tintenfisch aus seinem Loch zu locken. Als junger Mann war er zwölf Faden tief getaucht. Er konnte länger unter Wasser bleiben als jeder andere aus dem Volk der Haifischmänner. Er war froh, daß niemand in der Nähe war, der ihn gesehen hatte: Ein alter Mann, der sich kaum noch selbst ernähren konnte.

Er setzte seine Maske ab, spuckte hinein und spülte sie mit Seewasser aus. Er schaute aufs Meer hinaus, um zu sehen, ob es irgendein Anzeichen von den Haien gab, von denen es ganze Scharen in den Gewässern vor dem Riff gab. Da draußen war ein Boot. Es trieb eine halbe Meile vor dem Riff dahin. Er setzte seine Maske auf und schaute hinab, damit er ungefähr wußte, wo sein Speer steckte, wenn er nachher wieder zurückkam, um ihn einzusammeln. Dann kraulte er langsam auf das treibende Boot zu.

Als er das Boot erreichte, war er so außer Atem, daß er sich erst einmal für ein paar Minuten an die Seite des Rumpfes klammerte und von den Wellen auf und ab schaukeln ließ, bis er sich erholt hatte. Dann schwamm er vor zum Bug, zog sich hoch und kletterte hinein. Eine riesige schwarze Fledermaus flatterte ihm ins Gesicht und flog dann davon zur Insel. Sarapul stieß einen Fluch aus und sagte ein paar magische Worte, um sich zu schützen. Dann holte er tief Luft und untersuchte die Körper.

Ein Mann und eine Frau – und noch nicht lange tot. Weder stank es besonders, noch waren die Bäuche aufgedunsen. Das Fleisch war also noch frisch. Es war schon gar zu lange her, seit er zum letztenmal den Geschmack von Langschwein auf der Zunge gespürt hatte. Er kniff dem Mann ins Bein, um zu sehen, wie fett er war. Der Mann stöhnte. Er war noch am Leben. Um so besser, dachte Sarapul. Dann kann ich den Toten essen und den anderen frischhalten!

TEIL ZWEI

Die Insel des Haifischvolks

23

Deus ex machina

Die Himmelsgöttin erschien 1944 zum ersten Mal auf der Nase eines B-26-Bombers. Von einem jungen Flieger namens Jack Moses aus ein paar Dosen Lackfarbe hervorgezaubert, lag sie kühl und unnahbar nackt ausgestreckt auf der Aluminiumhaut des Flugzeuges, einen roten hochhackigen Schuh auf der Spitze ihres zierlichen Zehs blancierend – mit einem Lächeln, das Vergnügungen verhieß, die kein weibliches Wesen aus Fleisch und Blut jemals auch nur in Aussicht stellen konnte. In dem Augenblick, als Moses den letzten Pinselstrich an ihren schwarzen Nahtstrümpfen anbrachte, wußte er, daß er hier etwas ganz Besonderes geschaffen hatte, etwas, das Elektrizität und Leben verströmte, und daß es sein Herz brechen würde, wenn sie mit ihr davonflogen zum Pazifik. Er fing mit der Handfläche einen Kuß ein und drückte ihn ihr sanft auf den Po. Dann stieg er die Leiter hinunter, um sein Werk zu begutachten.

Etwa eine Stunde stand er auf dem Rollfeld und tat nichts weiter, als sie voller Verzückung anzuschauen, beseelt von dem Wunsch, sie mit nach Hause zu nehmen oder in ein Museum zu bringen oder sie vom Rumpf des Bombers abzulösen und an die Decke einer Kathedrale zu hängen.

Daß der Major neben ihm stand, bemerkte Jack Moses erst, als der ältere Mann das Wort an ihn richtete.

»Sie ist 'ne Wucht«, sagte der Major. Und obwohl er nicht genau wußte, warum, zog er seinen Hut.

»Nicht wahr«, sagte Moses. »Morgen zischt sie los nach Tinian. Ich wollte, ich könnte mit ihr mitkommen.«

Der Major streckte den Arm aus und drückte Moses die Schulter;

er war ein wenig kurzatmig, und die Himmelsgöttin hatte einiges an Männerphantasien in ihm geweckt. »Zieh ihr was an, mein Sohn. Einen nackten Arsch in der Wochenschau können wir uns nicht erlauben.«

»Jawohl, Sir. Aber obenrum muß ich nichts ändern, oder?«

Der Major lächelte. »Mein Sohn, wenn du obenrum was änderst, lasse ich dich vors Kriegsgericht stellen.«

»Jawohl, Sir.«

Moses salutierte dem Major und kletterte mit seinen Pinseln und seiner roten Lackfarbe wieder auf die Leiter und malte einen Schal, der sich zwischen ihren Beinen hindurchschlängelte.

Eine Woche später, als ein junger Pilot namens Vincent Benedetti seine Crew über die Startbahn führte, um mit der Himmelsgöttin zu ihrem ersten Einsatz zu starten, wandte er sich an seinen Navigator und sagte: »Ich würde einen ganzen Jahressold drangeben, wenn ich dieser Schal sein könnte.«

Ein halbes Jahrhundert später steckte sich Beth Curtis eine rote Schleife ins Haar und schlüpfte dann – vorsichtig, ein Bein nach dem anderen – in ihre glänzenden schwarzen Nahtstrümpfe. Sie stellte sich vor dem Spiegel auf und band sich den roten Schal so um die Hüften, daß die Enden zwischen ihren Beinen herabhingen. Dann stieg sie in ihre roten Pumps, drehte sich noch einmal vor dem Spiegel herum und trat aus ihrem Bungalow hinaus ins Freie. Die Luft war erfüllt vom Getrommel des Haifischvolks, um sie, die Himmelsgöttin, willkommen zu heißen.

Vincent Benedetti und seine Crew flogen zwölf Einsätze mit der Himmelsgöttin und versenkten sechs japanische Schiffe, bevor die Flaksalve eines japanischen Zerstörers ihre Tragflächentanks durchlöcherte und den rechten Motor zerstörte. Aber selbst da noch, als sie sich schwer angeschlagen nach Tinian quälten und eine Wolke aus Rauch und Treibstoff hinter sich herzogen, wußte die Crew der Himmelsgöttin, daß sie über sie wachte. Immerhin hatte ihr Glück sie nicht verlassen. Alles, was sie zu tun brauchten, war, der Himmelsgöttin einen Kuß zuzuhauchen oder ihr den Hintern zu tätscheln, und zum Lohn dafür führte sie sie durch die Schlacht wie ein wütender Racheengel und hielt ihre schützende Hand selbst dann über sie, wenn die anderen Bomber ihres Geschwaders in Flammen stehend ins Meer hinabstürzten. Sie hatte ihnen gezeigt, wo sie ihre Bomben niedergehen lassen mußten, und sie danach sicher durch den Rauch und das Feuer der Flakgeschütze zurück nach Walhalla geleitet. Nach Hause. In Sicherheit.

Über das Intercom tauschten der Copilot und der Navigator Informationen aus: Fluggeschwindigkeit, Spritverbrauch und nun auch Sinkgeschwindigkeit. Wenn sie noch mehr an Vortrieb verloren, würde der Auftrieb abreißen, und so brachte Captain Vinnie die B-26 mit einer Sinkgeschwindigkeit von dreißig Metern pro Minute runter in schöne, dickere Luftschichten. Das Problem war nur: Je tiefer sie flogen, desto schneller verbrannte ihr Treibstoff.

»Ich werd sie auf sechshundert halten«, sagte Captain Vinnie.

Der Navigator führte ein paar schnelle Rechenoperationen durch und erwiderte: »Bei sechshundert fehlen uns noch fünfhundert Kilometer bis zum Stützpunkt, Captain. Ich empfehle, daß wir auf neunhundert bleiben, da ist der Absprung sicherer.«

»Oh, du kleinherzige Arschgeige, schwach ist dein Glaube«, sagte Vincent. »Schau auf deinen Karten nach, ob wir sie irgendwo runterbringen können.«

Der Navigator stellte ihre derzeitige Position fest und schaute in seine Karten, wo ein Fliegenschiß ein Atoll namens Alualu markierte, das etwa vierzig Seemeilen südlich von ihnen lag. Außerdem war es in amerikanischer Hand. Er gab diese Informationen seinem Captain weiter.

»Laut Karte gibt es dort einen Behelfsflugplatz, der aber nicht fertig ist. Wie's aussieht, haben wir die Japaner verjagt, bevor sie damit fertig geworden sind.«

»Gib mir den Kurs.«

»Sir, kann sein, daß da überhaupt nichts ist.«

»Du verfickter Scheißer, sieh mal zum Fenster raus! Siehst du da irgendwas außer Wasser?«

Der Navigator gab ihm den Kurs durch.

Vincent tätschelte die Gashebel und sagte: »Komm schon, Honey. Du bringst uns sicher ans Ziel, und ich baue dir einen Schrein.«

Sarapul war auf dem Weg zum Strand zur Trinkrunde der Männer, als er die Trommeln hörte, die die Himmelsgöttin willkommen hießen. Diese weiße Schlampe kaufte ihm schon wieder den Schneid ab. Den ganzen Nachmittag hatte er darüber nachgegrübelt, was er der Trinkrunde sagen würde: wie notwendig es war, daß das Haifischvolk wieder zu seinen alten Sitten und Gebräuchen zurückkehrte und daß er genau die richtige Zeremonie kannte, damit alle sich wieder damit anfreundeten. Es ging einfach nichts über ein kleines bißchen Kannibalismus, damit die richtige Denkweise wieder Einzug hielt. Aber nun war alles für die Katz. Sie würden sich alle auf dem Flugplatz rumtreiben, trommeln und singen und herummarschieren wie ein Haufen Idioten. Und wenn die Himmelsgöttin schließlich gegangen war und die Männer sich wieder zur Trinkrunde zusammensetzten, würden sie über nichts anderes reden als die wunderbaren Worte von Vincent. Sarapul würde ganz gewiß nicht zu Wort kommen. Er bog auf den Pfad ein, der vom Dorf wegführte, und näherte sich dem Rollfeld. Konnte ja schließlich auch sein, daß die Himmelsgöttin einen guten Kargo verteilte, und er wollte auf seinen Anteil nicht verzichten.

Sarapul war auf ewig aus dem Dorf des Haifischvolks verbannt, seit eines der Enkelkinder des Häuptlings unter mysteriösen Umständen verschwunden und später im Dschungel gefunden worden war – zusammen mit Sarapul, der gerade dabei war, einen Erdofen passend für ein Kind (einen *oom*) zu bauen und diverse wohlriechende Hölzer für ein Feuer einzusammeln. O ja, die Männer duldeten ihn in der allnächtlichen Trinkrunde, und es wurde ihm auch ein Anteil am Fleisch der Haie zugestanden, die die Dorfbewohner erlegten. Außerdem kümmerten sich die Angehörigen seiner Sippe darum, daß er, was die wunderbaren Geschenke betraf, die der Medizinmann und die Himmelsgöttin verteilten, nicht leer ausging.

Doch es war ihm verboten, das Dorf zu betreten, wenn Frauen und Kinder sich dort aufhielten. Er lebte allein in seiner kleinen Hütte am abgelegenen Ende der Insel und wurde von den übrigen Angehörigen des Haifischvolks lediglich als ein Ungeheuer betrachtet, mit dem man kleinen Kindern Angst einjagen konnte, damit sie taten, was man wollte: »Du schwimmst nicht über das Riff hinaus, oder Sarapul schnappt dich und frißt dich auf.« Und genau betrachtet war Kindererschrecken die einzige wahre Freude, die Sarapul noch im Leben geblieben war.

Als er aus dem Dschungel hinaustrat, sah der alte Kannibale die Fackeln an der Stelle, wo die Angehörigen des Haifischvolks im Halbkreis um eine erhöhte Plattform herumstanden. Er blieb bei einer Gruppe von Betelnußpalmen stehen, setzte sich auf den Boden und wartete. Er hörte ein Klicken aus den Lautsprechern, die auf dem Tor quer über die Rollbahn montiert waren, und die Trommeln verstummten. Zwei der japanischen Wachen tauchten aus der Siedlung auf und rollten das Tor zurück, und ein Haß, der seit fünfzig Jahren in ihm schwelte, loderte von neuem in ihm auf. Die Japaner hatten seine Frau und Kinder getötet, und wenn es nur einen Grund gab, die alten Kriegersitten wieder aufleben zu lassen, so war es der, Rache an den Wachen zu nehmen.

Aus den Lautsprechern plärrte Musik: Glenn Millers »String of Pearls«. Die Haifischmenschen wandten sich um zum Tor und fielen auf die Knie. Rote Rauchsäulen stiegen zu beiden Seiten des Tores auf und waberten über das Rollfeld wie schweflige Schlangen. Der Big-Band-Sound in der Lautsprecheranlage wurde abgelöst vom Heulen entfernter Flugzeugpropeller, die immer lauter und lauter dröhnten, bis es schließlich blitzte und krachte und ein Rauchpilz von dreißig Metern Höhe in den Nachthimmel aufstieg.

Halbnackt trat die Himmelsgöttin aus dem Rauch in das Licht des Mondes.

Häuptling Malink drehte sich zu seinem Freund Favo um und sagte: »Spitzenmäßiger *Wumms*.«

»Sehr spitzenmäßiger *Wumms*«, sagte Favo.

»Da ist es!« sagte der Copilot.

Die letzten Tropfen Sprit liefen durch den knatternden Motor der B-26. Vincent brachte ihre Nase nach unten und begann mit dem Sinkflug. »Da gibt's 'ne Landeschneise quer über die Insel. Hoffen wir nur, daß wir sie nicht völlig plattgebombt haben, als die Japsen noch hier waren.«

Seine letzten Worte tönten ungewöhnlich laut, denn just in diesem Augenblick fiel der Motor aus.

»Der Rundflug fällt flach, Jungs. Wir gehen runter. Kann sein, daß es ordentlich wackelt, also haltet euch fest und stellt euch drauf ein, daß es ziemlich feucht wird, wenn's nicht reicht.«

Vincent konnte sehen, daß die Piste an manchen Stellen mit Erde bedeckt war und der Dschungel in Form von Ranken und Strauchwerk bereits wieder seine Finger nach der Schneise ausstreckte.

»Läßt du das Fahrwerk eingezogen?« fragte der Copilot in der Meinung, daß sie größere Chancen hatten zu überleben, wenn das Flugzeug mit dem Bauch über einen Bombenkrater rutschte.

»Fahrwerk ausfahren«, sagte Benedetti im Befehlston. »Wir können sie vielleicht ohne Fahrwerk landen, aber wir kriegen sie nie wieder hoch.«

»Fahrwerk ausgefahren und eingerastet«, sagte der Copilot.

Sie schwebten in etwa drei Meter Höhe über das Riff auf die Insel zu. Mehrere Haifischmänner, die auf dem Riff standen, sprangen ins Wasser und tauchten unter, während das Flugzeug lautlos und unheimlich über sie hinwegglitt wie ein Mantarochen. Benedetti zog die Nase der B-26 ein wenig hoch, so daß er mit dem Heckrad zuerst aufsetzte, und nachdem sie durch ein paar Farnwedel gerauscht waren, begannen sie ihre Schußfahrt auf der Piste aus Korallenkies. Ohne den Umkehrschub der Triebwerke waren die Bremsen an den Rädern Vincents einzige Möglichkeit, den Bomber zum Stehen zu bringen. Zunächst machte er nur sehr sanften Gebrauch davon, doch als ihm einfiel, daß die Ranken, die auf der Landebahn wucherten, eventuell einen Bombenkrater verdeckten, ließ er sämtliches Zartgefühl fahren und vertraute auf rohe Gewalt, so daß die Räder tiefe Furchen in den Kies pflügten und die Luft erfüllt war von einer dicken weißen Staubwolke.

»Brennen wir noch?« fragte Vincent den Copiloten über das Getöse hinweg.

Der Copilot schaute aus dem Fenster. »Ich seh nichts weiter als ein bißchen schwarzen Rauch.«

Der Bomber kam zum Stehen, und die Crew brach in Jubel aus.

»Alle raus hier jetzt!« befahl Vincent. »Kann immer noch sein, daß wir brennen.«

Es gab ein wüstes Durcheinander, als sie aus dem Flugzeug stürzten und sich stolpernd durch die weiße Staubwolke kämpften. Benedetti führte ihre Flucht an. Sie waren schon hundert Meter vom Flugzeug entfernt, als sich einer von ihnen umdrehte.

»Sie sieht ganz okay aus, Captain. Kein Feuer.«

Was folgte, war allgemeiner Jubel und Schulterklopfen, und als sie sich wieder umdrehten, sahen sie eine Gruppe von Eingeborenenkindern. Sie wurde von einem zehnjährigen Jungen angeführt, der mit stolzgeschwellter Brust einen Speer in der Hand hielt.

»Laßt mich das machen«, sagte Vincent zu seiner Crew und kramte in der Tasche seiner Fliegeruniform nach einem Riegel Hershey-Schokolade.

»Hey, Knirps, wie geht's?«

Der Junge mit dem Speer rührte sich nicht von der Stelle und blickte starr auf den Bomber am Boden, während die anderen Kinder die Nerven verloren und wegliefen wie geprügelte Hunde.

»Wir sind Amerikaner«, sagte Vincent. »Freunde. Wir bringen euch viele gute Sachen.« Er hielt dem Jungen mit dem Speer den Schokoladenriegel hin, doch der stand da wie angewurzelt und löste seinen Blick nicht einen Moment von dem Flugzeug.

Vincent probierte es noch einmal. »Hier, Kleiner. Das Zeug schmeckt echt klasse.« Er schmatzte und tat so, als würde er den Schokoriegel essen. »Du verstehen Amerikanisch, Kleiner?«

»Nein«, sagte der Junge. »Ich nicht sprechen Amerikanisch. Ich sprechen Englisch.«

Vincent lachte. »Na ja, ich bin aus New York, Kleiner. Dort sprechen wir nicht viel Englisch. Lauf, und sag deinem Häuptling, Captain Vincent ist hier mit Geschenken für ihn von einem verzauberten Ort ganz weit weg.«

»Wer sie sein?« fragte der Junge und deutete auf das Bild der Himmelsgöttin. »Sie deine Königin?«

»Sie arbeitet für mich, Kleiner. Das ist die Himmelsgöttin. Sie bringt Geschenke für deinen Häuptling.«

»Du sein Häuptling?«

Vincent wußte, daß er hier vorsichtig zu sein hatte. Er hatte von Inselhäuptlingen gehört, die es generell ablehnten, mit irgend jemand anderem als Roosevelt persönlich zu verhandeln, weil er der einzige Amerikaner war, der mit ihnen auf einer Stufe stand.

»Ich bin höher als ein Häuptling«, sagte Vincent. »Ich bin Captain Vinnie Fuckin' Benedetti, Top-Hecht aus Brooklyn, Oberkaiser der Alliierten Streitkräfte, Pilot der magischen Himmelsgöttin, swingender Schwanz der freien Fickwelt und Beschützer der Unschuldigen. Und jetzt bring mich zu deinem Häuptling, Knirps, bevor ich der Himmelsgöttin sage, sie soll dich zu einem Häufchen verfickter Asche verbrennen.«

»Jesus, Cap'n!« rief der Bombenschütze.

Vincent grinste ihn augenzwinkernd über die Schulter hinweg an.

Der Junge neigte seinen Kopf. »Jesus, Cap'n. Ich bin Malink, Häuptling der Haifischmenschen.«

Die Himmelsgöttin trat aus dem Rauch heraus und nahm ihren Platz in der Mitte des Halbkreises der Haifischmenschen ein. Die Frauen blickten starr zu Boden – selbst diejenigen, die ihre Kinder vorwärts schoben, in der Hoffnung, daß sie als nächste auserwählt würden. Die Himmelspriesterin warf die Enden ihres Schals über ihre Schulter, und die Musik aus der Lautsprecheranlage brach abrupt ab. Die Haifischmenschen fielen auf die Knie und warteten auf die Worte aus ihrem Mund, die Worte von Vincent. Es war schon viele Monate her, seit zum letzten Mal jemand auserwählt worden war.

Malink erhob sich und trat auf die Himmelsgöttin mit einer Tasse aus Kokosschale zu, die gefüllt war mit ganz speziellem *Tuba*, den man extra für sie gebraut hatte. Er war von ihrem Anblick in diesem Augenblick genauso hingerissen wie damals, als er sie zum ersten Mal gemalt auf dem Rumpf von Vincents Flugzeug gesehen hatte.

Sie trank die Tasse in einem Zug leer und reichte sie dem Häuptling zurück, der sie mit geneigtem Kopf entgegennahm.

»Schmeckt immer noch wie Scheiße«, sagte sie.

»Schmeckt wie Scheiße«, sangen die Haifischmenschen.

Beth Curtis wandte den Kopf ab, um ein Lächeln sowie einen Rülpser zu unterdrücken. Als sie sich Malink wieder zuwandte, stand ihr der blanke Zorn im Gesicht.

»Wer spricht für Vincent?«

»Die Himmelsgöttin«, antwortete Malink.

»Wer bringt die Worte und Geschenke von Vincent?«

»Die Himmelsgöttin«, wiederholte Malink.

»Und wer bringt die Auserwählten zu Vincent?«

»Die Himmelsgöttin«, sagte Malink erneut und trat einen Schritt zurück. Er hatte sie noch nie so wütend gesehen.

»Und wer sonst, Malink?«

»Niemand sonst.«

»Verdammt richtig, niemand sonst!« fauchte sie so heftig, daß ihr beinahe die Schleife aus ihrem Haar gefallen wäre. »Du hast dem Medizinmann gesagt, daß Vincent im Traum zu dir gekommen ist. Das ist nicht wahr.«

Den Haifischmenschen verschlug es den Atem. Egal, was die Himmelsgöttin oder der Medizinmann auch denken mochten, Malink hatte niemandem aus seinem Volk von dem Traum erzählt. Dennoch war Malink verwirrt. Er *hatte* von Vincent geträumt. »Vincent hat gesagt, daß der Pilot kommen wird. Daß er noch am Leben ist.«

»Vincent spricht nur durch mich.«

»Aber –«

»Keinen Kaffee und keinen Zucker für einen Monat«, sagte die Himmelsgöttin. Sie zog den Schal von ihren Schultern, und wieder erschallte die Musik. Die Haifischmenschen schauten ihr nach, als sie davonging. Es gab eine Explosion auf der Landebahn, und die Himmelsgöttin verschwand im Rauch.

24

Walhalla

Vincent Benedetti saß beim Pokerspielen mit fünf anderen Kerls an einem übergroßen Spieltisch und verteilte die Karten, während er die Geschichte seiner Bruchlandung mit der Himmelsgöttin erzählte, um seine Gegenspieler von seiner nicht ganz astreinen Mischtechnik abzulenken.

»Also der Knirps sagt zu mir, er sagt: ›Ich bin Malink, Häuptling der Haifischmenschen‹, und er klopft sich auf seine Hühnerbrust, als ob ich davon jetzt beeindruckt sein und auf die Knie fallen soll und seinen Ring küssen oder so – nur daß er gar keinen Ring anhat; um genau zu sein, er hat überhaupt nichts an außer einem Lendenschurz und einem kleinen Hut aus Palmwedeln, und so sage ich: ›Es ist mir eine Ehre und ein Vergnügen, Häuptling.‹ Und ich geb ihm einen eins a Hershey-Riegel als Zeichen des Friedens, damit ich sicher sein kann, daß er mich nicht mit seinem Speer durchlöchert. Ich hab zwar 'nen Roscoe in meinem Anzug, aber in Manhattan heißt es immer, es bringt Unglück, wenn man ein Kind abknallt, außer es hat's wirklich verdient, und deswegen probiere ich's lieber auf die diplomatische Tour.

Der Knirps von 'nem Häuptling schnappt sich also die Schokolade, probiert ein Stück, und plötzlich grinst der kleine Satansbraten über beide Ohren, und mit einem Mal geht mir auf, wie dieser Stamm zu seinem Namen gekommen ist – Haifischmenschen also. Bevor ich noch was sagen kann, ruft der Knirps seinen Kumpels irgendwas zu, und die zischen ab in den Dschungel, während ich seinen Speer im Auge behalte und er auf die Himmelsgöttin aufpaßt wie ein Luchs, als ob sie jeden Moment vom Flugzeug runterspringen könnte, um arschwackelnd über die Rollbahn zu tanzen.

Mittlerweile sind wir ziemlich sicher, daß die Himmelsgöttin nicht brennt oder in die Luft fliegen wird, und so geht Sparky zurück und singt seine Mayday-Arie ins Funkgerät, bis ich denke, daß es allmählich sogar dem alten Marconi leid tut, daß er das Ding jemals erfunden hat (noch so ein italienisches Genie von hohem Rang, wie ich hier anmerken möchte, und es wäre unhöflich, wenn irgendwer in diesem Zusammenhang den Namen Mussolini fallenläßt, weil ich in diesem Fall das Spiel leider unterbrechen müßte, um ihm eins auf die Nuß zu geben, danke sehr). Und schließlich meldet sich das Hauptquartier mit der mehr als dringenden Bitte, daß wir endlich aufhören sollen, unsere Position durchzugeben, weil sie sowieso schon jemanden schicken, sobald es geht, falls die Japse uns nicht zuerst finden, wobei sie allerdings Wert legen auf die Feststellung, daß es in diesem Fall eine Ehre war, mit uns gemeinsam gedient zu haben.«

»Ansagen und erhöhen um einen Dollar.«

»Also der Knirps fragt mich, ob ich Japse umbringe. Und ich sage, ich hab so viele Japse abgemurkst, daß ich mich jetzt erst mal hier auf der Insel ausruhe und den Japsen die Gelegenheit gebe, Nachschub herbeizuschaffen, damit ich wieder was zum Umbringen habe, und plötzlich kommt aus dem Dschungel eine ganze Horde von diesen Eingeborenen, meistens ganz alte Kerls, die alle irgendwelche Körbe mit Früchten und Kokosnüssen und getrocknetem Fisch anschleppen, die sie mir zu Füßen legen, nachdem sie sich so oft singenderweise verbeugt haben, daß es für eine ganze Spielzeit am Broadway reichen würde.

Und der Kleine sagt: ›Du mächtiger als Vater Rodriguez. Japse ihn töten.‹ Und jetzt schnalle ich auch, woher der Junge Englisch kann und warum keine jungen Kerls in Sicht sind, weil die Japse bekanntermaßen alle Missionare abmurksen, die sie treffen, und nahezu alle eingeborenen Männer, die körperlich fit sind – soweit sie sie nicht umbringen –, verschleppen, damit sie Flugpisten bauen und Landerampen für ihre Boote und den ganzen anderen Militärkram, den die Japse so brauchen.

›Klar‹, sag ich zu dem Jungen, ›tut mir leid wegen Vater Rodriguez und all den anderen Kerls, die's nicht geschafft haben, aber jetzt ist Vincent da mit der Himmelsgöttin, und ihr braucht euch keine Sorgen mehr zu machen.‹ Dann erkundige ich mich mal, wie's denn mit dem Puppenpanorama auf der Insel aussieht, und der Kleine quatscht irgendwas mit einem von den alten Typen. Der schleppt sich daraufhin davon und kommt zehn Minuten später mit 'ner ganzen Herde von jungen Eingeborenenpuppen, die nix weiter anhaben als 'nen Rock untenrum, und obenrum herrscht ein einziges Busenwackeln, garniert mit Blumen, damit's besser riecht und noch hübscher aussieht.

Ich schwöre beim Grab meiner Mutter (sollte sie dahinscheiden, bevor ich wieder nach Hause komme), daß ich hier mehr braune Kurven vor mir habe als in dreitausend Meter Höhe über dem Missisippi. Und was sich mir darbietet, ist absolut kein unerfreulicher Anblick. Doch sobald ich mir eine von den jungen Puppen rauspicke, mein bestes Tyrone-Power-Grinsen aufsetze und ihr zuzwinkere, fängt sie an loszuheulen, als ob ich ihr das Herz gebrochen hätte, und rennt in den Dschungel – gefolgt von den anderen Schönheiten, bis die Landepiste einmal mehr fest in männlicher Hand ist.

›Was ist Sache?‹ frage ich den Kleinen, und er erklärt mir, daß, weil ich ein Gott bin, die Damen in großer Angst sind, daß ich sie zerstören werde. Und dann fängt der Knirps an selbst loszuheulen, und ich komme mir echt schäbig vor, denn mir geht allmählich auf, daß er mir die ganze Göttermasche voll abgekauft hat, und es steht sechs zu fünf, daß er glaubt, ihm geht's genauso an den Kragen wie den Weibern, weshalb so langsam das ein oder andere nette Wort angebracht ist, damit der Kleine sich nicht völlig in Tränen auflöst und um ihn ganz allgemein zu beruhigen.

Also setz ich mich mit dem Kleinen unter die eine Tragfläche der Himmelsgöttin, und zwischendurch kommt immer mal wieder einer von den alten Knaben vorbei und schleppt 'nen Krug von dem ortsüblichen Fusel an, von dem ich zwar nicht hellauf begeistert bin, weil das Zeug schmeckt wie Streichholzköpfe aufgelöst in Spülwasser, aber wenn man sich erst mal vier oder fünf davon hinter die Binde gekippt hat, läuft die Brühe schon viel besser, und allmählich kommt richtig Stimmung auf, und alle amüsieren sich prächtig (bis auf Sparky, der über die Rollbahn kriecht und sich alles, was er getrunken hat, noch mal anschaut).

Trotzdem denke ich die ganze Zeit, daß der Kleine mir vielleicht nur was vormacht – von wegen daß er der Häuptling ist und so –, bis er mir schließlich erzählt, daß die Japse seinen Vater und seinen älteren Bruder umgebracht haben, um ein Exempel zu statuieren, und daß er halt einfach der nächste in der Rangfolge war, ob es ihm paßt oder nicht. Und jetzt macht er sich halt Sorgen, daß seine Leute nicht genug zu essen haben, weil die Japse fast alle Früchte und Kokosnüsse mitgenommen haben und ihre Kanus zerstört und die Vorräte vernichtet haben, wie zum Beispiel Reis, die der verstorbene Vater Rodriguez besorgt hatte, und mir bricht wirklich das Herz wegen diesem kleinen Jungen, der eigentlich Schlagball spielen und Süßigkeiten klauen sollte und all die anderen Sachen, mit denen sich Kinder so abgeben, anstatt sich Sorgen zu machen um ein ganzes Volk von Untertanen. Also seh ich mir meine Jungs so an, wie sie das ganze Essen wegspachteln, das der Kleine uns bringt, und mir wird das Herz schon mächtig schwer. Also sag ich ihm, er soll sich keine Sorgen machen, weil Vincent und die Himmelsgöttin sich drum kümmern werden, daß seine Leute alles kriegen, was sie brauchen. Und ich geb dem Jungen 'ne Schachtel Luckys und mein Zippo, um das Versprechen zu besiegeln. Dann, sobald Sparky fertig ist mit Reihern, sag ich ihm, daß er sich ans Funkgerät klemmen und einen Freund von mir anfunken soll, der Versorgungsoffizier ist, und ich geb ihm 'ne Liste von Sachen, die er auf das PT-Boot packen soll, das uns abholen kommt.

Na ja, und während der Abend sich so hinzieht, erzählt mir der Kleine die Geschichte, wie die Insel geschaffen wurde von einer Dame, die von Yap auf 'ner Schildkröte übers Meer geritten kam mit 'nem Korb voll Dreck, den sie in den Ozean kippt, und daraus wird dann die Insel. Muß schon 'n ziemlicher Korb gewesen sein – na ja, jedenfalls sagt sie den Kindern, die sie auf der Insel zur Welt bringt (obwohl der Kleine nix davon erzählt, daß sie auch 'n Macker hat), daß sie ihnen kein gutes Riff zum Fischen spendiert, sondern daß sie sich von Haien ernähren müssen. Und obwohl die Leute auf den anderen Inseln alle Angst haben vor Haien, ist es hier so, daß die Haie Angst haben vor den Leuten. ›Und sie werden den Namen Haifischmenschen tragen‹, sagt die Dame mit dem Dreck.

Und ich sage: ›Klar, die kenne ich, die Dame.‹ Daß ich sogar mit ihr zum Pferderennen gehe und sie mir so viel Glück bringt, daß ich den großen Einlauf gewinne mit fünf Riesen Einsatz. Und ich sehe ganz deutlich, daß das mächtigen Eindruck macht auf den Kleinen, obwohl er vermutlich denkt, daß Riesen im Wald leben. Und ich ziehe also ganz schön vom Leder, und nach einer Weile, nachdem wir das ganze Gesöff aus der heimischen Produktion weggeschluckt und fast die ganzen Früchte und den Fisch gegessen haben, ist der Junge der festen Überzeugung, daß ich, wenn schon nicht die Wiederkehr des Erlösers, dann aber zumindest der große Joker an diesem Spieltag bin.

Mittlerweile beschleicht mich das Gefühl, daß ich von einem ernsthaften Verlangen nach weiblicher Gesellschaft geplagt werde, und als ich das dem Kleinen gegenüber erwähne, meint er, daß es vielleicht etwas gibt, das er in dieser Angelegenheit für mich tun kann, weil es nämlich eine Puppe im Dorf gibt, die den Job hat, den unverheirateten Kerls am Ort bei Überdruckproblemen behilflich zu sein (mir fällt augenblicklich eine Mit-oder-ohne-Kostüm-Tänzerin namens Chintzy Bilouski ein, die für mich und einige andere unverheiratete Typen einen ähnlichen Service im Broadway-Distrikt unterhält), und wie es scheint, leidet diese Puppe derzeit an Unterbeschäftigung, weil ja all die unverheirateten Kerls entweder tot oder verschleppt sind. Und der Kleine sagt, er wird der Puppe meinen Fall schildern, wenn ich verspreche, daß sie nicht in Flammen aufgehen wird oder sonstiges Unbill erleiden muß und daß ich kein Wort darüber verliere. Da zwischen mir und Chintzy Bilouski ähnliche Geschäftsbedingungen herrschen (wobei ich in diesem Fall noch 'nen Zehner spare), sage ich dem Kleinen, er soll mir mal den Weg zeigen, was er dann auch tut. Und es dauert nicht lange, da sind wir in einem großen Strohhaus am Strand, das das Jungmännerhaus genannt wird und ganz offensichtlich dafür gedacht ist, viele Besucher zu beherbergen, das derzeit aber nur bewohnt wird von einer Puppe, die alles andere als eine Vogelscheuche ist und augenblicklich daran geht, sich mit allem Eifer und großer Fürsorglichkeit an die Arbeit zu machen, die ihr in letzter Zeit wohl sehr gefehlt hat, wenn ihr versteht, was ich meine.

Also, langer Rede kurzer Sinn, die Jungs und ich machen die nächsten drei Tage nichts weiter als dem Kleinen Geschichten erzählen, Fusel trinken und ins Jungmännerhaus kriechen, bis das PT-Boot aufkreuzt mit ein paar Mechanikern und Schweißern und all den Vorräten, die ich bei meinem Kumpel, dem Versorgungsoffizier, bestellt habe. Die ganzen Inselbewohner stehen Schlange, während ich jede Menge Macheten und Messer und Schokolade und all die anderen Wohltaten von Uncle Sam verteile. Und an dem Abend schmeißen sie eine Riesenparty mir zu Ehren, wo getanzt wird und getrunken und alle einen Heidenspaß haben. Als wir dann aber bereit sind zum Aufbruch, kommt der kleine Häuptling mit ganz verheulten Augen zu mir und fragt mich, warum ich fortgehe und ob ich wiederkomme und was seine Leute denn ohne mich anstellen sollen. Also verspreche ich ihm, daß ich bald wiederkomme mit ganz vielen tollen Sachen, und sage, daß er mir meinen Platz im Jungmännerhaus freihalten soll. Aber bis dahin sollen er und sein Volk jedesmal, wenn sie ein Flugzeug sehen, wissen, daß ich und die Himmelsgöttin auf sie aufpassen.

Sobald wir zurück sind auf dem Stützpunkt, rede ich mit dem Colonel, daß er einen Aufklärungstrupp losschickt, um die Piste für Notfälle zu inspizieren. Keine Bomben. Ich denke mir, sobald die Genehmigung da ist, packen wir die Himmelsgöttin bis oben hin voll mit Medikamenten und Nahrungsmitteln für den Haifischjungen und seine Leute. Und ich hab wirklich vor, die Sache durchzuziehen, weil ich dem Kleinen ja mein Wort gegeben habe und er mir glaubt, aber wie soll ich denn wissen, ob wir nicht bei unserem nächsten Bombeneinsatz in ein Geschwader von Zeros reinrasseln, die die Himmelsgöttin mit ihren Bordkanonen und Maschinengewehren so vollpumpen, daß uns nicht anderes übrigbleibt, als lichterloh brennend abzustürzen und samt und sonders ziemlich mausetot zu sein.«

Der Kerl mit dem Bart räusperte sich und sagte: »Das ist 'ne klasse Geschichte. Vinnie, wir fanden sie auch wirklich prima, das erste Dutzend Mal, wo du sie erzählt hast, aber willst du hier reden, oder willst du Karten spielen?«

»Jetzt mach mal halblang, Jossele, als ob wir uns nicht schon hundertmal durch dein Fisch-und-Brot-Epos durchgegähnt hätten.« Vincent bedachte ihn mit einem Raubtierlächeln. »Und weil du gerade dran bist mit Erhöhen, würde ich dir raten zu passen, weil ich nämlich ein Blatt in der Hand halte, das so heiß ist, daß es gleich in Flammen aufgehen wird wie der sprichwörtliche Dornbusch.«

Der Kerl mit dem Bart hielt seine durchlöcherte Handfläche in die Höhe, um Vincent zum Schweigen zu bringen. »Du hast ein Paar Achten, Vinnie.«

»Ich hasse es, mit dir zu spielen, verdammt noch mal«, sagte Vinnie.

25

Wir bitten die Götter um Antworten, und sie geben uns Fragen

Tucker Case hörte Flügelschlagen über seinem Kopf, und plötzlich hatte er ein vertrautes Gesicht vor sich. Roberto hing kopfunter an den Seilen der Verschnürung um Tuckers Brust. Er hätte nie geglaubt, daß er einmal so froh sein würde, den kleinen Parasiten zu sehen.

»Roberto! Alter Kumpel!« Tuck lächelte die Fledermaus an.

Roberto quiekte und beugte sich vor, um Tucker das Gesicht abzulecken.

Tucker prustete los. Der Flughund roch nach Papaya aus dem Mund.

»Wie wär's, wenn du da hochklettern und die Stricke durchknabbern würdest, kleiner Kerl?«

Roberto schaute ihn fragend an und leckte ihm dann übers ganze Gesicht, Lippen eingeschlossen.

»Bäh! Fledermausspucke!«

Tuck hörte eine schwache Stimme von weiter oben. »Er nicht knabbern Strick. Seine Zähne zu klein«, sagte Kimi.

Roberto flog davon und landete auf Kimis Kopf, wo er sich voller Begeisterung festkrallte und ihn abzulecken begann.

Kimi schwebte etwa einen halben Meter oberhalb von Tucker in einer Entfernung von anderthalb Metern. Es schmerzte zwar im Genick, doch wenn er sich ausstreckte, konnte er sehen, wie der Seefahrer hin und her schwang. »Du bist am Leben!« rief Tucker. »Ich dachte, du wärst tot.«

»Ich sehr durstig. Warum du uns in Baum gehängt?«

»Das war ich nicht. Es war ein alter Kerl von der Insel hier. Ich glaube, er wird uns auffressen.«

»Nein, nein, nein. Keine Kannibalen auf diesen Inseln seit viele Jahre.«

»Gut, dann sag ihm das mal, wenn er zurückkommt.«

Kimi wand sich in seinen Fesseln und begann sich um die eigene Achse zu drehen. »Diese Stricke schmerzen an meine Arme. Jemand hat uns gesteckt in Krabbenfalle.«

»Das hab ich auch schon gemerkt«, sagte Tuck. Er reckte den Hals und sah, wie Kimi eingepackt war. »Vielleicht kann ich mich ja rüberschwingen zu dir und mich an deiner Verpackung festhalten. Wenn ich sie zu fassen kriege, kann ich dich vielleicht losmachen.«

»Guter Plan«, sagte Kimi.

»Yankee-Know-how, Kleiner.«

Als Tuck anfing mit den Armen und Beinen zu schaukeln, spürte er, wie die Verschnürung sich um seine Brust zusammenzog. Es dauerte nicht lange, bis er in weiten elliptischen Bahnen umherschwang, an deren Scheitelpunkt er bis auf dreißig Zentimeter an Kimi herankam, doch die Verschnürung war dann so stramm, daß er kaum noch atmen konnte. Zusätzlich geschwächt von Hunger und Durst, gab er auf. »Ich krieg keine Luft«, keuchte er.

»Aber trotzdem guter Plan«, sagte Kimi. »Dann ich lassen Roberto holen Messer bei Tür von Haus da drüben, und ich dann schneiden Stricke durch. Okay?«

»Roberto kann apportieren?«

»Ja.«

»Warum hast du das nicht früher gesagt?«

»Ich wollen sehen Yankee-Know-how.«

Sarapul versuchte zu seiner Hütte zurückzurennen, doch die Schmerzen in seinen alten Knien ließen nicht mehr zu als einen langsamen Trott. Wenn er sich nur die Kräfte eines oder zweier Feinde einverleiben könnte, vielleicht würde der Schmerz dann ja vergehen und seine Kraft zusammen mit seinem Mut zurückkehren. Was er nun am dringendsten brauchte, war Mut. Doch statt dessen hatte er nur Fragen.

Wie kam es, daß, wenn Malink eine Botschaft von Vincent geträumt hatte, die weiße Hexe sagte, das wäre nicht wahr? Und falls Vincent einen Piloten geschickt hatte, warum wußte die Himmelsgöttin nichts von ihm? Und wenn Vincent keinen Piloten geschickt hatte, wer hing dann in seinem Brotfruchtbaum?

In den alten Tagen hätte Sarapul sich an sein Clan-Tier, die Schildkröte, gewandt, um von ihr Antworten auf seine Fragen zu erhalten. Dann hätte er die Wellen betrachtet und auf den Wind gehorcht, um zu hören, was sie ihm zur Antwort gaben. Danach wäre er vielleicht zum Medizinmann gegangen, damit er sie für ihn deutete. Aber nun war er zu taub und zu blind, um irgendein Zeichen zu erkennen. Und der einzige Medizinmann, den es noch gab, war der weiße Mann, der hinter dem großen Zaun lebte und den Haifischmenschen Medikamente gab: Vincents Medizinmann. Sarapul glaubte nicht an Vincent, genausowenig, wie er an den Gott geglaubt hatte, den Vater Rodriguez an einer Kette um seinen Hals getragen hatte.

Vater Rodriguez hatte gesagt, daß die alten Sitten und Gebräuche – die Tabus und die Totemtiere – Lügen seien und daß der dürre weiße Gott an seinem Kreuz der einzige wahre Gott sei. Sarapul war bereit gewesen, ihm zu glauben, ganz besonders dann, als er jedem ein Stück vom Leib Christi anbot. Doch Christus schmeckte wie getrocknete und zerstampfte Wasserbrotfrucht, und Vater Rodriguez' Versuche, den alten Kannibalen zu bekehren, waren in dem Augenblick endgültig gescheitert, als er erklärte, daß man ins ewige Feuer geworfen würde, wenn man irgend jemand anderen aß außer den brösligen, faden Gott am Kreuz.

Dann kamen die Japaner und schlugen Vater Rodriguez den Kopf ab und warfen seinen Gott an der Kette ins Meer. In diesem Augenblick wußte Sarapul ganz sicher, daß Vater Rodriguez die ganze Zeit gelogen hatte. Die Japaner vergewaltigten und töteten Sarapuls Frau und zwangen seine beiden Söhne zur Arbeit beim Bau der Landepiste, bis sie krank wurden und starben. Er fragte die Schildkröte, warum ihm seine Familie geraubt worden war, und als das Zeichen auftauchte in Gestalt einer Wolke, die die Form eines Aales hatte, erklärte der Medizinmann, der Grund sei, daß die Haifischmenschen die Tabus gebrochen, ihre Totemtiere gegessen und Fische in dem verbotenen Riff gefangen hatten – und dies war die Strafe dafür.

In der nächsten Nacht tötete Sarapul einen japanischen Soldaten und baute einen *Oom*, um ihn zu braten, aber keiner von den Haifischmenschen war bereit, ihm zu helfen. Einige hatten Angst vor dem Gott von Vater Rodriguez, und der Rest hatte Angst vor den Japanern. Sie nahmen die Leiche und verfütterten sie an die Haie, die am Rande des Riffs lebten.

Am Morgen ließen die Japaner den alten Medizinmann und ein Dutzend Kinder antreten und mähten sie mit einem Maschinengewehr nieder. Und Sarapul verlor seinen Verstand.

Dann kamen die amerikanischen Flugzeuge, und es regnete zwei Tage lang Bomben und Feuer vom Himmel. Als der Rauch sich verzog und die Japaner schließlich verschwanden, nahmen sie alle Kokosnüsse und Brotfrüchte von der Insel mit. Eine Woche später erschien Vincent mit der Himmelsgöttin.

Sarapul hatte noch immer die Machete, die der Flieger ihm geschenkt hatte. Es war mehr, als er jemals von Vater Rodriguez bekommen hatte, aber der Kannibale glaubte trotzdem nicht, daß Vincent ein Gott war. Selbst wenn Vincent die Japaner verjagt und den Haifischmenschen Nahrungsmittel mitgebracht und sie so vor dem Verhungern gerettet hatte. Doch Sarapul hatte die alten Götter schon einmal erzürnt, und diesen Fehler würde er nicht wiederholen.

Als der weiße Medizinmann auftauchte, hatte auch er von dem Gott am Kreuz geredet, und die Haifischmenschen nahmen zwar die Lebensmittel an und die Medizin, die er ihnen gab, sie gingen sogar zu seinen Gottesdiensten, doch sie vergaßen niemals Vincent, ihren Retter. Der Gott am Kreuz hatte sie schon einmal im Stich gelassen. Irgendwann bekannte sich dann auch der weiße Medizinmann zu Vincent. Aber Sarapul hielt an den alten Sitten und Gebräuchen fest, selbst dann, als die Himmelsgöttin wiederkehrte mit ihrem roten Schal und den ganzen Explosionen. Es war alles nur Entertainment: Christus war nichts weiter als ein Keks, Vincent nichts weiter als ein Flieger, und er, Sarapul, war ein Kannibale.

Dennoch machte er Malink keine Vorwürfe dafür, daß er ihn aus dem Dorf verbannt hatte oder weil er noch immer an Vincents Versprechungen glaubte. Vincent war der Gott aus Malinks Kindheit, und Malink blieb ihm treu, ebenso wie Sarapul den alten Sitten und Gebräuchen treu blieb. Der Glaube blieb fester, wenn er einem Kind eingepflanzt wurde. Sarapul wußte das. Er war vielleicht verrückt, aber dumm war er nicht.

Bis zu diesem Zeitpunkt hatte ihn der Glaube an Vincent völlig kaltgelassen, doch Malinks Traum verstörte ihn. Er mußte einiges klarstellen, bevor er den Mann in dem Brotfruchtbaum aufaß. Er mußte jetzt sofort mit Malink reden.

Der Kannibale nahm den Pfad, der ins Dorf führte. Er schlich sich zwischen den Häusern hindurch, aus denen das zarte Schnauben schnarchender Kinder durch die Wände aus geflochtenem Stroh wehte wie das Zischen von Schweinefleisch in der Pfanne. Er schlich durch den Rauch erloschener Feuer, auf denen eben erst noch gekocht worden war, vorbei am Jungmännerhaus, und gelangte schließlich zum Strand, wo die Männer im Kreis herum saßen, tranken und leise miteinander redeten, während der Mond ihre Schultern in ein kaltes blaues Licht tauchte. Die Männer ließen sich in ihrer Unterhaltung nicht davon unterbrechen, daß Sarapul sich zu ihrem Kreis gesellte, und ignorierten höflich das Knirschen und Knacken seiner alten Knochen, als er sich in den Sand setzte. Einige der jüngeren Männer, denen in ihrer Kindheit das Schreckgespenst von Sarapul, dem Kannibalen, eingebleut worden war, rückten unauffällig herum, um ihre Messer schnell zur Hand zu haben. Malink begrüßte Sarapul mit einem Kopfnicken, schenkte ihm dann aus dem großen Glaskrug eine Kokosschale voll ein und reichte sie ihm.

»Kein Kaffee oder Zucker für einen Monat«, sagte Malink. »Vincent ist wütend.«

Sarapul leerte die Schale in einem Zug und reichte sie zurück.

»Was ist mit Zigaretten?«

»Der Medizinmann sagt, Zigaretten sind schlecht.«

»Vincent hat Zigaretten geraucht«, insistierte Sarapul. »Er hat dir das Feuerzeug geschenkt.«

Die jungen Männer rutschten bei der vertraulichen Erwähnung von Vincent unruhig auf ihren Plätzen herum. Es irritierte sie, wenn die alten Männer über ihn sprachen wie über eine lebende Person. Malink griff in den langen, flachen Korb, in dem er das Feuerzeug zusammen mit seinen anderen persönlichen Besitztümern aufbewahrte. Er berührte das Zippo, das Vincent ihm geschenkt hatte.

»Zigaretten sind nicht gut für uns«, wiederholte er.

»Dann sollte sie uns Zigaretten geben, um uns zu bestrafen«, beharrte Sarapul.

Malink zog eine Ausgabe des *People*-Magazins aus seinem Korb hervor und lenkte so die Aufmerksamkeit von dem alten Kannibalen ab. Der alte Häuptling riß ein quadratisches Stück aus der Seite mit dem Impressum und reichte es weiter an Abo, einen muskulösen jungen Mann, der sich um die Tabakpflanzung der Haifischmenschen kümmerte.

»Dreh eine«, sagte Malink. Abo streute Tabak aus seinem Korb auf das Papier.

Malink legte die Illustrierte in den Sand und betrachtete blinzelnd die Seiten im Mondlicht. Alle aus dem Kreis beugten sich vor, um die Bilder anzuschauen.

»Oprah ist wieder dünn«, erklärte Malink.

Sarapul schnaubte verächtlich, und die Männer blickten wütend auf, wobei die jüngeren unter ihnen den Blick schnell wieder abwandten, als sie sahen, wer für das Geräusch verantwortlich war. Abo war mittlerweile fertig mit Drehen und hielt Malink die Zigarette hin. Der Häuptling deutete auf Sarapul, und Abo reichte dem alten Kannibalen die Kippe. Dabei streiften sich ihre Hände, und Sarapul blickte dem jungen Mann fest in die Augen, während er sich den Finger leckte, als schmecke er eine süße Soße. Abo wurde von einem Schauder gepackt und zog sich zurück an den äußeren Rand der Runde.

Malink gab Sarapul Feuer mit dem heiligen Zippo und widmete sich dann wieder seiner Illustrierten. »Erst mal ist Schluß mit *People*. Jedenfalls bestimmt so lange, wie die Himmelsgöttin sauer auf uns ist.«

Es erhob sich ein allgemeines Wehklagen, und die Trinkschale wurde erneut gefüllt und herumgereicht.

»Wir sind abgeschnitten von der Welt«, fügte Malink hinzu.

Sarapul zuckte mit den Achseln. »Die ganzen Leute in diesem Buch, sie alle scheißen. Es spielt keine Rolle. Sie sterben. Es spielt keine Rolle. Wenn wir sie alle in ein großes Boot packen und versenken würden, würdest du's erst sechs Monate später mitkriegen, wenn die Himmelsgöttin dir ihre alte Ausgabe gibt, und selbst dann würde es keine Rolle spielen. Das ist doch Blödsinn!«

»Aber sieh doch mal her!« Malink deutete auf das Bild eines Mannes mit unnatürlich großen Ohren: »Dieser Mann hier ist ein König, und er wäre gern ein Tampon. Das hat er wortwörtlich gesagt, hier steht's.«

Sarapul verzog das Gesicht, so daß seine Falten sich übereinander fächerten wie bei einer Jalousie, während er sich überlegte, was genau ein Tampon war. Schließlich sagte er: »Ich war schon mal ein Tampon, damals in den alten Zeiten, bevor du überhaupt geboren warst. Alle Krieger wurden Tampons. Damals war es noch besser.«

»Du bist nie ein Tampon gewesen«, stellte Malink fest, obwohl er nicht ganz sicher war. »Nur ein König kann ein Tampon sein. Und nun, ohne *People*, werden wir nie erfahren, ob es diesem Mann, der so gerne ein Tampon wäre, wirklich gelungen ist. Dies war ein finsterer Tag.«

Der Becher wanderte wieder zu Sarapul, und dieser trank ihn aus, bevor er sagte: »Erzähl mir von deinem Traum.«

»Ich sollte nicht davon reden.« Malink tat so, als sei er in das Magazin vertieft.

Sarapul ließ nicht locker. »Die Himmelsgöttin hat gesagt, daß Vincent dir etwas von einem Piloten erzählt hat. Stimmt das?«

Malink nickte. »Es stimmt. Aber es war nur ein Traum, denn sonst hätte der Medizinmann es ja auch gewußt.«

Sarapul saß in der Klemme. Einerseits hatte er endlich die Chance, den Medizinmann und die weiße Schlampe in Mißkredit zu bringen, andererseits würde er, wenn er Malink von dem Mann in seinem Baum erzählte, die Gelegenheit verspielen, in den lange entbehrten Genuß von Langschwein zu kommen. Allerdings: Er hatte ihn schließlich gefunden, und er war durchaus bereit, das Fleisch mit den anderen zu teilen. »Was wäre, wenn dein Traum doch wahr gewesen ist?«

»Es war nur ein Traum. Vincent spricht nun nur noch durch die Himmelsgöttin zu uns. Sie hat gesprochen.«

»Vincent hat geraucht, und sie sagt, Rauchen ist schlecht. Vincent war ein Feind der Japaner, und sie hat japanische Wachen hinter dem Zaun. Sie lügt.«

Einige der Männer setzten sich aus der Runde ab. Mit einem Kannibalen zu trinken war eine Sache, aber es war etwas ganz anderes, einen Ketzer zu dulden. (Von den zwanzig Männern in der Runde hörten drei der älteren auf den Namen John, vier, die unter dem Regiment von Vater Rodriguez geboren worden waren, hießen Jesus, und drei der jüngeren Männer trugen den Namen Vincent.) Sie waren eine Gruppe, die die Götter ehrte, egal welche Götter in dieser Woche gerade auf dem Programm standen.

»Die Himmelsgöttin lügt nicht«, sagte Malink ruhig. »Sie spricht für Vincent.«

Sarapul drückte die Glut der Zigarette mit seinen ascheverklebten Fingern aus, steckte die Kippe in den Mund und begann grinsend darauf herumzukauen. »Dein Traum war die Wahrheit, Malink. Ich habe den Piloten gesehen. Er ist auf Alualu, und er ist am Leben.«

»Und du bist alt und trinkst zuviel.«

»Ich zeig's euch.« Sarapul sprang auf die Beine, um zu beweisen, daß er nicht betrunken war, und jagte damit den Jüngeren in der Runde einen Heidenschreck ein. »Kommt mit mir«, sagte er.

26

Swing Time

Kimi hatte es geschafft, seine Hände und Füße loszuschneiden, um anschließend festzustellen, daß er das Seil nicht erreichen konnte, das von der Mitte seines Rückens ausging und an dem er aufgehängt war. Nun war er doch gezwungen, Tucks Plan zu folgen und wie ein Pendel hin- und herzuschwingen, bis er dessen Seil zu fassen bekam und ihn losschneiden konnte. Roberto hing derweil mit dem Kopf nach unten an einem Ast in der Nähe und überlegte, warum seine Freunde sich benahmen wie kämpfende Spinnen.

Tucker stellte fest, daß er seinen Kopf nur für einige Sekunden in die Höhe halten konnte, bevor ihm schwindlig wurde, und so beobachtete er den Schatten des Navigators, um abzuschätzen, wie weit er noch weg war. »Einmal noch, Kimi, und dann schnapp dir das Seil.« Er fand zwar die Aussicht, daß er, nachdem er losgeschnitten war, fast zwei Meter tief fallen und mit dem Gesicht voran in dem Korallenkies landen würde, wenig erbaulich, doch hatte er mittlerweile gelernt, die Dinge zu nehmen, wie sie kamen, und gelangte zu der Einsicht, daß er sich auf dem Weg nach unten immer noch darum kümmern konnte.

»Ich höre jemanden«, sagte Kimi, der, am Wendepunkt seines Bogens angekommen, nach Tucks Seil griff, es verfehlte und dem Piloten aus Versehen mit dem Messer über den Schädel strich.

»Auaa! Scheiße. Kimi, paß doch besser auf!« Tuck machte sich schon auf die nächste Attacke gefaßt, doch die blieb aus: Er schaute auf und sah, daß Kimi mitten in seiner Schaukelbewegung gestoppt worden war. Ein rundlicher Eingeborener mit grauen Haaren hatte den Navigator an der Hüfte gepackt und wand ihm das Messer aus der Hand.

Tuck ließ sämtliche Hoffnung fahren. Der alte Kannibale mit der Lederhaut stand inmitten einer Gruppe von zwanzig Männern. Alle schienen darauf zu warten, daß der fette Kerl etwas sagte. Es war nun Zeit für einen letzten Verzweiflungsangriff.

»Paßt mal auf, ihr Wichser, ich werde erwartet. Ich soll Medikamente für einen Arzt fliegen, der ein ziemlich hohes Tier ist, und wenn ihr mir Ärger macht, verreckt ihr alle an Tropenfieber, ohne daß ihr von mir auch nur ein verkacktes Aspirin bekommt.«

Der Eingeborene reichte Kimi an zwei jüngere Männer weiter und betrachtete Tuck. »Du Pilot?« sagte er auf englisch.

»Darauf kannst du Gift nehmen. Und außerdem bin ich krank und voller Erreger und so 'nem Kram, und wenn ihr mich freßt, krepiert ihr alle und geht elend vor die Hunde, und außerdem möchte ich darauf hinweisen, daß ich nicht im entferntesten so schmecke wie Spam.« Tuck war atemlos von seiner Tirade, und allmählich wurde ihm schwarz vor Augen, weil er seinen Kopf so lange nach hinten hielt.

Der Eingeborene sagte etwas in seiner eigenen Sprache, das Tuck als »Schneidet ihn los« deutete, denn einen Augenblick später fiel er vier starken jungen Männern in die Arme, die ihn langsam zu Boden sinken ließen.

Tuckers Arme und Beine brannten, als die Blutzirkulation wieder einsetzte. Er sah den Kreis von Gesichtern im Mondschein über sich, und es gelang ihm, zumindest so viel Luft zu bekommen, daß er wieder reden konnte. »Sobald ich auf den Beinen bin, trete ich euch in den Arsch, daß es kracht. Ihr könnt schon mal umfallen üben, dann seid ihr nachher dran gewöhnt. Die Leichensäcke könnt ihr auch gleich bestellen, denn wenn ich mit euch fertig bin, seht ihr aus wie Schokoladenpudding. Die müssen euch mit Schaufeln vom Boden kratzen – ihr...« Tuck ging die Luft aus, und er wurde ohnmächtig.

Malink sah hinüber zu seinem alten Freund Favo und lächelte. »Exzellente Drohung«, sagte er.

»Ganz exzellente Drohung«, sagte Favo.

Sarapul schob sich zwischen den knienden Männern hindurch. »Er ist tot. Essen wir ihn auf.«

»Das ihm nicht gefallen«, meinte Kimi. »Nicht mal für umsonst.«

Der Medizinmann hörte, wie die Labortür geöffnet wurde, und schaute von seinem Mikroskop auf. Beth kam auf ihn zugerannt und warf sich ihm in die Arme.

»Hast du das gesehen, Bastian? War ich prima oder was?«

Er hielt sie einen Moment fest und roch das Parfüm in ihrem Haar. »Du warst großartig«, sagte er. Als er sie losließ, hatte er zwei rosa Flecken auf seinem Laborkittel, von dem Rouge auf ihren Brustwarzen.

Sie hüpfte durch das Labor wie ein kleines Mädchen. »Malink hat sich fast in die Hose gemacht«, sagte sie. »Na ja, vielleicht nicht in seine Hose, aber du weißt, was ich meine.« Sie blieb stehen und schaute durch das Mikroskop. »Was ist das?«

Er betrachtete die zarte Linie ihrer Muskeln an der Rückseite ihrer Schenkel und stellte Überlegungen darüber an, welche genetischen Anlagen wohl dafür verantwortlich waren, daß ein solcher Körper nur unter Zufuhr von Wodka und Chee-tos seine Form behielt. In letzter Zeit dachte er häufig über Fragen der Genetik nach. »Ich typisiere die letzten Gewebeproben. In ein bis zwei Tagen sollte ich damit fertig sein.«

Sie fragte: »Hat dir ›String of Pearls‹ besser gefallen als ›In the Mood‹?«

Die Hohepriesterin der Unlogik, dachte Sebastian. »Es war perfekt. Du warst perfekt.«

Sie wandte sich von dem Mikroskop ab und rannte um den Tisch herum, die Stirn in Falten gezogen, als würde sie im Kopf eine Gleichung lösen. »Ich hab überlegt, ob wir nicht vielleicht ›Pennsylvania 6-5000‹ bringen sollten. Wir stecken die Ninjas in Zylinder und Fräcke und lassen sie als Chor auftreten. Weißt du, sie könnten mich über die Rollbahn tragen, stehenbleiben und den Chorus rufen. Auf der Aufnahme ist kein Gesang, sie würden nur rufen müssen. Ich meine, wenn wir sie schon hier haben müssen, können sie ja auch was tun.« Sie hörte auf herumzurennen und drehte sich zu ihm um.

Sebastian brauchte einen Moment, bis er merkte, daß es ihr ernst war. »Ich bin nicht sicher, ob das so eine gute Idee ist. Die Haifischmenschen sind mißtrauisch wegen der Nin… – wegen der Wachen. Ich wollte, Akiro hätte auf mich gehört und welche aufgetrieben, die keine Japaner sind. Die ganze Angelegenheit mit Malinks Traum ist ein Zeichen, daß unsere Glaubwürdigkeit dahinschwindet.«

»Das sage ich doch. Wenn wir ihnen zeigen, daß die Himmelsgöttin sie unter Kontrolle hat –«

»Ich halte das nicht für eine gute Idee, Beth.«

Sie wischte den Gedanken mit einer Handbewegung beiseite. »Auch gut. Ich denke, wir reden später noch mal darüber.«

Sebastian wollte sich eigentlich zusammenreißen, bevor er ihre überschwengliche Stimmung zunichte machte, doch er konnte es einfach nicht lassen. »Glaubst du nicht, daß ein ganzer Monat ohne Kaffee und Zucker ein bißchen hart ist?«

»Du kapierst es wirklich nicht, oder? In einer Woche mache ich's wieder rückgängig, Bastian, und sie werden mich dafür lieben. Die Großzügigkeit der Götter: Die Himmelsgöttin hat's genommen, und die Himmelsgöttin hat's gegeben. So funktioniert das. Du steckst ein paar Leute in ein Boot, dann ersäufst du jedes Lebewesen auf dem Planeten – und die Leute auf dem Boot sind gottverdammt dankbar.« Sie warf sich das Ende ihres roten Schals über die Schultern.

»Ich wünschte, du würdest nicht so reden.«

»Du machst die Regeln, und du spielst das Spiel, Bastian. Was ist daran verkehrt?«

Er wandte sich von ihr ab und tat so, als würde er einige Notizen überfliegen. »Ich denke, du hast recht«, sagte er, doch er fühlte, wie der Säurepegel in seinem Magen stieg. Sie nannte es ein Spiel.

Sie trat von hinten an ihn heran, preßte ihre Brüste an seinen Rücken und griff ihm von vorne unter seinen Laborkittel. »Armes Baby. Glaubst du immer noch, daß es richtig war, als du damals deine Beatles-Schallplatten verbrannt hast?«

»Beth, bitte.«

Sie zog den Reißverschluß seiner Khakihose auf und ließ ihre Hand in den Hosenschlitz gleiten. »Tief in deinem Inneren glaubst du, daß John Lennon gekriegt hat, was er verdient, stimmt's, Liebling? Einfach zu sagen, daß er populärer ist als Jesus. Dieser Schwachsinnsbruder namens Chapman war das Werkzeug Gottes, stimmt's?«

Er wirbelte herum und packte sie an den Schultern. »Ja, verdammt noch mal.« Sein Gesicht glühte, er spürte das Pochen der Adern auf seiner Stirn und in seinem Schritt. »Es ist genug, Beth.«

»Nein, ist es nicht.« Sie riß ihm die Hose auf, ließ sich rückwärts auf den Labortisch fallen und zog ihn auf sich drauf. »Komm schon, zeig mir den Zorn des Medizinmanns.«

27

Mädchengeplauder

Sepie wusch dem Piloten die Haare mit zerstoßener Kokosnuß und brackigem Wasser. Seit zwei Tagen kümmerte sie sich schon um den bewußtlosen weißen Mann, und allmählich nervte es sie ganz gehörig. Sie war Liebesdienerin im Jungmännerhaus, und das Waschen und Pflegen eines kranken, stinkenden weißen Mannes stand nicht in ihrer Arbeitsplatzbeschreibung. Das war Frauenarbeit.

Es gibt Legenden auf diesen Inseln, und einige der alten Männer schwören, daß sie wahr sind, wonach die Frauen, die im Jungmännerhaus Dienst tun, zu der geheimen Insel Maluuk gebracht wurden, die nur den allerhöchsten Seefahrern bekannt ist, um sie dort in der Kunst zu unterweisen, wie man einem Mann Vergnügen bereitet.

Nach einer monatelangen Ausbildung mußten sie sich einer Prüfung unterziehen, bevor es ihnen erlaubt wurde, wieder auf ihre Heimatinseln zurückzukehren, um dort die Aufgabe zu übernehmen, die sexuellen Bedürfnisse der Männer im Jungmännerhaus zu befriedigen. Die Prüfung? Die Liebesdienerin wurde hinausgeschickt aufs Meer mit einer reifen braunen Kokosnuß, die sie zwischen den Schenkeln festhielt, und dort trieb sie in der schweren Brandung einen ganzen Gezeitenzyklus lang. Sollte die Kokosnuß zwischen ihren Beinen herausflutschen oder die Liebesdienerin sie mit ihren Händen berühren, so hatte sie die Prüfung nicht bestanden (obwohl es ein wenig Beurteilungsspielraum gab für den Fall, daß sie von Haien angegriffen wurde). Man sagte, daß die Muskeln an den Innenseiten der Schenkel einer Liebesdienerin so stark waren wie Netztaue. Der zweite Teil der Prüfung bestand darin, daß die Liebesdienerin eine zarte Libellenorchidee mit einem geraden Stiel finden und sich vor den Augen ihrer Lehrer darauf niederlassen mußte, bis sie gänzlich in ihr verschwunden war, um sich nach einigen Minuten wieder zu erheben, ohne daß der Stiel gekrümmt oder die Blütenblätter geknickt waren. Die Position der Liebesdienerin genoß hohes Ansehen, ihr wurden von den Inselbewohnern Respekt und Ehre entgegengebracht. Von ihr wurde nicht verlangt, daß sie sich mit Aufgaben wie den Haushalt führen, Kochen oder Weben befaßte, und während die anderen Frauen in den Taro-Feldern schufteten, sobald sie laufen konnten, durfte die Liebesdienerin sich im Schatten ausruhen und ihre Energien für ihre nächtliche Arbeit konservieren. Wenn sie heiratete, dann war sie mit keinerlei Stigma behaftet, und bis ins hohe Alter wurde sie von den anderen Frauen um Rat gefragt, wenn es darum ging, wie sie mit ihren Männern umgehen sollten.

Sepie war jedoch nicht aufgrund irgendwelcher speziellen Fähigkeiten auserwählt worden, noch hatte sie irgendein martialisches Ausbildungslager in Sachen Beischlaf hinter sich gebracht. Sepie war zur Liebesdienerin erklärt worden von dem Moment an, als sie ihre Tage bekommen hatte, als sie aus dem Frauenhaus herausgetreten war und ihren Lavalava eine Idee zu hoch gebunden und ein bißchen zuviel von ihren cappuccinobraunen Beinen gezeigt hatte. Ihre Haut hatte sie mit Kopra eingerieben, bis sie am ganzen Körper glänzte, und ihre Brüste schimmerten wie polierte Teetassen aus Holz. Sie hatte ihre Lippen mit dem Saft zerriebener Beeren angemalt und ihr langes schwarzes Haar mit süßduftenden Jasminblüten aufgepeppt. Sie kicherte kokett in Gegenwart von allen Männern und tanzte bedenklich nahe an dem Tabu vorbei, in der Öffentlichkeit mit ihnen zu sprechen. Sie riskierte Prügel, weil sie sich weigerte, auf die Knie zu fallen, wenn ihre Cousins vorbeigingen, und erledigte ihre Haushaltspflichten mit einer hüftschwingenden Spritzigkeit, die mehr als einen dadurch abgelenkten Inseljungen bei der Ernte von den Brotfruchtbäumen fallen ließ. (Sie brach nicht nur Herzen, sondern auch Knöchel.) Sepie war eine Göre, wie sie im Buche stand, ein faules Mädchen, wie geschaffen zum Nichtstun, ein Naturtalent, wenn es darum ging, Begierden zu wecken und ihre Erfüllung zu verweigern, ein feuchter Traum, der auf Eis lag. Mit fünfzehn war sie ins Jungmännerhaus gezogen und lebte nun seit vier Jahren dort.

Als Malink und die anderen Männer den Flieger und den Mann in dem Kleid zu ihr brachten, wußte sie genau, daß Ärger ins Haus stand.

»Kümmere dich um sie«, sagte Malink. »Füttere sie. Sorg dafür, daß sie zu Kräften kommen.«

Sepie hielt den Kopf gebeugt, während Malink sprach, doch als er ausgeredet hatte, nahm sie ihn an der Hand und führte ihn ins Jungmännerhaus, während sie den anderen Männern bedeutete, daß sie den Flieger und seinen Freund auf den Boden vor dem Haus legen sollten. Die Männer grinsten einander an, denn sie dachten, daß der alte Malink eine Sonderbehandlung von der Liebesdienerin erhalten würde. Und in der Tat, sie nahm ihn ordentlich in die Mangel.

»Warum schaffst du die beiden nicht in dein Haus, Malink? Ich will sie hier nicht haben.«

»Es ist ein Geheimnis. Wenn meine Frau und meine Töchter herausfinden, daß sie da sind, weiß es bald jeder.«

»Ich bin die einzige, die im Jungmännerhaus ein Geheimnis bewahren kann. Schaff sie ins Haus vom alten Sarapul. Da geht niemand hin.«

»Er will sie aufessen.« Malink konnte sich nicht daran erinnern, daß er jemals mit einer Frau hatte streiten müssen, und er war nicht im geringsten darauf vorbereitet.

»Du bist der Häuptling. Sag ihm, er darf nicht. Ich werde nicht für sie kochen. Wenn sie essen, müssen sie scheißen. Und ich werde das nicht saubermachen.«

»Sepie, was wirst du tun, wenn du heiratest und Kinder hast? Dann mußt du haargenau diese Sachen tun. Ich bitte dich als dein Häuptling, diese Sachen zu tun.«

»Nein«, sagte Sepie.

Malink seufzte. »Ich bitte dich, diese Dinge zu tun, weil diese Männer uns von Vincent geschickt worden sind.«

Sepie wußte nicht, was sie sagen sollte. Sie hatte gehört, wie die Himmelsgöttin Malink vor allen Leuten zurechtgewiesen hatte, doch was sie getroffen hatte, war nicht so sehr die Herabsetzung, die darin lag, als vielmehr die Tatsache, daß sie einen Monat lang weder Kaffee noch Zucker bekommen würde.

»Du wirst den Männern sagen, daß sie für die beiden kochen?«

»Ja.«

»Und sie tragen sie zum Strand und waschen sie, wenn sie scheißen?«

»Ich werde es ihnen sagen. Bitte, Sepie.«

Kein Mann hatte je »bitte« zu ihr gesagt. Und der Häuptling schon gar nicht. Frauen standen derartige Höflichkeitsbezeugungen nicht zu. Nun erst ging ihr auf, wie verzweifelt Malink wirklich war.

»Und du wirst Abo sagen, daß er seinen Schwanz waschen soll, wenn er an der Reihe ist.«

»Was hat das damit zu tun?«

»Er stinkt.«

»Ich werd's ihm sagen.«

»Und du wirst Favo sagen, daß er aufhören soll, mir Perlen in den Arsch zu stecken.«

»Das macht Favo?«

»Er sagt, er hat es von den Japanern gelernt.«

»Wirklich? Favo?«

»Ja.«

»Aber er ist doch schon alt, und er hat eine Frau und Enkelkinder.«

»Er sagt, es macht seinen Speer stärker.«

»Ach wirklich? Ich meine, funktioniert das?« Malink hatte kurzfristig vergessen, warum er hier war.

»Mir gefällt es nicht. Es ist schlecht und unsauber.«

»Du redest über meinen alten Freund Favo, stimmt's? Er ist derjenige, von dem du redest?«

»Ich hab ihm gesagt, daß nur Jungmänner hierbleiben dürfen. Aber er sagt, seine Frau versteht ihn nicht. Seine Hände sind wie die Haut von einem Hai.«

»Was für Perlen?«

»Frag ihn«, sagte Sepie.

»Okay«, sagte Malink auf englisch. Dann murmelte er: »Der alte Favo.« Kopfschüttelnd ging er aus dem Jungmännerhaus. »Perlen.«

Sepie schaute ihm nach und wünschte sich, sie hätte ihn um weitere Gefallen gebeten.

Draußen standen die Männer und grinsten, als Malink ins Mondlicht trat. Er zog seinen Lendenschurz etwas höher und wich ihren Blicken aus.

»Bringt sie rein. Ihr müßt für sie kochen und sie saubermachen. Laßt nicht zu, daß die Frau das tut. Es ist zu wichtig, als daß man sie das machen lassen könnte.«

Als die Männer Tuck und Kimi ins Jungmännerhaus trugen, kam Favo zu Malink herübergeschlendert. »Wie war's?«

Malink schaute seinen alten Freund an und bemerkte zum ersten Mal, daß Favo eine lange Kette mit Elfenbeinperlen um den Hals trug. »Ich muß jetzt nach Hause«, sagte Malink.

Sepie war mal wieder dabei, den Holzboden aufzuwischen, wo der Pilot sich eingenäßt hatte, als sie den anderen zum ersten Mal etwas sagen hörte. Die Männer hatten den Filipino in eine Ecke gehockt, wo er herumsaß und Kokosmilch trank oder Fischsuppe, die sie auch dem Piloten einflößte, aber bis auf das gelegentliche Grunzen, wenn er zum Pinkeln hinausging, hatte der Mann seit zwei Tagen keinen Laut von sich gegeben. Sepie hatte gelernt, ihn zu ignorieren. Er roch nicht so übel wie der Pilot, und sein geblümtes Kleid gefiel ihr irgendwie. Sie hatte zu Vincent gebetet, daß er ihr genau so ein Kleid schickte.

»Wo ist Roberto?« fragte der Filipino.

Sepie sprang überrascht auf. Es war weniger, weil er sie angesprochen hatte, als vielmehr wegen der Tatsache, daß er es in ihrer eigenen Sprache getan hatte. Obwohl die Worte abgehackt klangen – so wie bei jemandem aus Iffallik oder Satawan.

»Er ist hier«, sagte sie. »Dein Freund stinkt. Du solltest ihn nach draußen bringen und im Meer waschen.«

»Das ist nicht Roberto. Das ist Tucker. Roberto ist kleiner.«

Kimi kroch zu Tuck hinüber und legte dem Flieger die Hand auf die Stirn. »Er hat schlimmes Fieber. Hast du Medizin?«

»Aspirin«, sagte Sepie. Malink hatte ihr eine Flasche mit Tabletten gegeben, die sie dem Weißen in den Mund bröseln sollte, doch nachdem er bei der ersten Dosis, die sie ihm verabreicht hatte, würgen mußte, hatte sie es bleibenlassen.

»Er ist kränker als Aspirin. Er braucht einen Doktor. Habt ihr einen Doktor?«

»Wir haben den Medizinmann. Er kümmert sich um unsere Medizin. Er war ein Doktor, bevor die Himmelsgöttin kam.«

Kimi schaute sie an. »Welche Insel ist das hier?«

»Alualu.«

»Ha! Wir müssen den Doktor für Tucker holen. Er schuldet mir fünfhundert Dollar.«

Sepies Augen weiteten sich. Kein Wunder, daß er in so einem feinen Kleid herumläuft. Fünfhundert Dollar! Sie sagte: »Der Häuptling sagt, ich darf niemandem von diesem Mann erzählen. Aber jeder weiß, daß er hier ist. Die Jungs betrinken sich, und dann reden sie. Aber ich kann nicht den Doktor holen.«

»Warum kümmerst du dich um ihn? Du bist doch nur ein Mädchen.«

»Ich bin nicht nur ein Mädchen. Ich bin eine Liebesdienerin.«

Kimi schnaubte verächtlich. »Es gibt keine Liebesdienerinnen mehr.«

Sepie warf den Lappen hin, mit dem sie den Boden gewischt hatte. »Was weißt du schon? Du bist ein Mann in einem Kleid. Und ich glaube nicht, daß du fünfhundert Dollar hast.«

»Es war ein schönes Kleid vor dem Taifun«, sagte Kimi. »Bügelfrei. Waschmaschinenfest.«

Sepie nickte, als ob sie wüßte, wovon er redete. »Es ist ein sehr hübsches Kleid. Es gefällt mir.«

»Wirklich?« Kimi betrachtete die zerknitterten Falten um seine Beine. »Es ist bloß ein altes Stück, ich hab's mal in Manila aufgegabelt. Es war ein Sonderangebot. Und dir gefällt es wirklich?«

Sepie verstand nicht. Bei ihrem Volk geboten es die guten Sitten, daß, wenn man den Besitz eines anderen bewunderte, dieser verpflichtet war, einem das Objekt der Bewunderung zu schenken. Wie konnte es sein, daß dieser lächerliche Mann ihre Sprache sprach, aber die Sitten nicht kannte? Und dabei schaute er sie nicht mal so an wie all die anderen Männer.

»Von welcher Insel kommst du?«

»Satawan«, sagte Kimi. »Ich bin ein Seefahrer.«

Sepie prustete verächtlich. »Seefahrer gibt's nicht mehr.«

In diesem Augenblick verfinsterte sich der Eingang, und als sie aufschauten, sahen sie, wie Abo, der Wilde, das Jungmännerhaus betrat. Er war drahtig und muskelbepackt und machte ein permanent mißmutiges Gesicht. Die Seiten seines Kopfes waren ausrasiert und mit Hammerhaien tätowiert. Seine Haare trug er oben auf dem Kopf zusammengeknotet wie die alten Krieger, die sich allerdings auch schon vor hundert Jahren von dieser Mode verabschiedet hatten.

»Ist der Pilot aufgewacht?« knurrte er.

Sepie senkte den Blick und lächelte kokett. Abo war der einzige Junge im Jungmännerhaus, der anscheinend nicht bereit war zu akzeptieren, daß Sepies Aufgaben mit dem Gemeinwohl zu tun hatten. Stets war er eifersüchtig, wütend oder brütete nachdenklich vor sich hin, doch er brachte ihr viele Geschenke, manchmal sogar Ausgaben von *People*, die er aus der Trinkrunde der Männer stahl. Sepie dachte, daß sie ihn vielleicht irgendwann heiraten würde.

»Er ist zu krank für das hier«, sagte Kimi. »Wir müssen ihn zum Doktor bringen.«

»Malink sagt, er muß hierbleiben, bis er wieder gesund ist.«

»Er stirbt«, sagte Kimi.

Abo schaute Sepie an, damit sie ihm bestätigte, was Kimi vorgebracht hatte.

»Nun ja, er riecht ziemlich tot«, sagte sie. Je schneller sie den Piloten zum Medizinmann schickten, desto eher konnte sie wieder wie früher ihre Tage am Strand verbringen und schwimmen und sich pflegen. »Malink wird wütend sein, wenn er stirbt«, fügte sie hinzu, um auf den Ernst der Lage hinzuweisen.

Abo nickte. »Ich werde es ihm sagen.« Er deutete auf Kimi. »Du kommst mit mir.«

Kimi erhob sich und war schon bereit aufzubrechen, als er sich im Eingang noch einmal zu Sepie umdrehte. »Wenn Roberto kommt, sag ihm, ich bin gleich wieder da.«

Sepie zuckte mit den Achseln. »Wer ist Roberto?«

»Er ist ein Flughund. Aus Guam. Man hört das an seinem Akzent.«

»Ach der. Ich glaube, Sarapul hat ihn gegessen«, sagte Sepie beiläufig.

Kimi drehte sich um und rannte schreiend ins Dorf.

Malink blickte von seinem Frühstück auf – ein Bananenblatt gefüllt mit Fisch und Reis – und sah, wie Abo den Korallenpfad zu seinem Haus entlangkam. Beim Anblick des Wilden verzogen sich Malinks Frau und seine Töchter ins Kochhaus.

»Guten Morgen, Häuptling«, sagte Abo.

»Hunger?« erwiderte Malink und schwenkte sein Frühstück.

Abo hatte zwar schon gegessen, aber es wäre unhöflich gewesen abzulehnen. »Ja.«

Malinks Frau streckte den Kopf zum Kochhaus heraus und sah den Häuptling nicken. Eine Sekunde später reichte sie Abo ihr eigenes Frühstück, der ihr dafür weder dankte, noch ihre Gegenwart überhaupt registrierte.

»Der Pilot ist krank«, sagte Abo. »Sehr schlimmes Fieber. Sepie und der Weibsmann sagen, daß er bald sterben wird ohne die Hilfe des Medizinmanns.«

Malink verging schlagartig der Appetit. Er stellte sein Frühstück auf den Boden, und wie aus dem Nichts erschien eine seiner Töchter und brachte es ins Kochhaus, wo sich die Frauen die Reste teilten.

»Und was glaubst du?« fragte Malink.

»Ich glaube, daß er stirbt. Er riecht nach Krankheit. Wie damals, als Tamu vom Hai gebissen wurde und sein Bein ganz schwarz geworden ist.«

Malink rieb sich die Schläfen. Wie sollte er das hier anpacken? Die Himmelsgöttin war schon sauer, weil er bloß von dem Piloten geträumt hatte. Was würde wohl passieren, wenn er plötzlich mit ihm auftauchte?

»Was ist mit dem Weibsmann?«

»Er ist nicht krank, aber er ist verrückt geworden. Er rennt durchs ganze Dorf und sucht nach Sarapul.«

Malink nickte. »Fangt ihn und fesselt ihn. Macht eine Trage und bringt den Piloten zu dem Betelnußbaum an der Landebahn. Laßt ihn dort.«

»Laßt ihn dort?«

»Ja, und zwar schnell. Und bringt die Trage wieder mit zurück. Laßt es so aussehen, als ob er selbst zur Landebahn gelaufen sei. Schickt mir einen Jungen, wenn ihr es erledigt habt. Und jetzt mach dich auf den Weg.«

Abo stellte sein Essen ab und rannte den Pfad hinunter.

Malink ging ins Haus und hievte die Munitionskiste von den

Dachbalken. Darin lag neben dem Mobiltelefon das Zippo, das Vincent ihm geschenkt hatte. Er ließ es aufschnappen, zündete es an und stellte es brennend auf den Boden. »Vincent«, sagte er, »ich bin's, dein Freund Malink. Bitte sag der Himmelsgöttin, daß es nicht meine Schuld ist. Sag ihr, daß du den Piloten geschickt hast. Bitte tu es deinem Freund Malink zuliebe, damit sie nicht wütend wird. Amen.«

Nachdem er sein Gebet beendet hatte, ließ Malink das Feuerzeug zuschnappen. Dann nahm er das Mobiltelefon und ging nach draußen, um darauf zu warten, daß der Junge kam und ihm berichtete, daß alles in Ordnung war.

28

Wählen Sie Ihren eigenen Alptraum

Tucker Case wälzte sich durch einen Fiebertraum, in dessen Verlauf er hinabgestoßen wurde in eine elastisch wogende Masse von Dämonen mit Fledermausflügeln – die über ihm zusammenstürzten, ihn schier erdrückten, bissen und kratzten, bis schließlich inmitten des gigantischen Chaos, das ihn umgab, ein rosa Weichspülervlies am Rande seines Blickfeldes auftauchte, und ihm so bestätigte, daß er in den Wäschetrockner vom Waschsalon der Hölle gestopft worden war. Er taumelte in Richtung Rosa, stieg auf aus der Masse, die noch immer ihre Klauen nach ihm ausstreckte, und wachte keuchend auf – ohne den blassesten Schimmer, wo er überhaupt war.

Das Rosa war das Kleid einer Frau mit herzförmigem Gesicht, die sagte: »Guten Morgen, Mr. Case. Willkommen zurück in dieser Welt.«

Die Stimme eines Mannes: »Nach Ihrer Nachricht und dem Taifun waren wir sicher, daß Sie auf See verlorengegangen wären.« Was zunächst nur eine verschwommene weiße Gestalt mit Kopf gewesen war, verwandelte sich allmählich in einen Laborkittel, in dem ein großer, lächelnder Mann mittleren Alters steckte. Um den Hals hatte er ein Stetoskop hängen.

Der Doktor hatte seinen Arm um die Frau mit dem herzförmigen Gesicht gelegt. Auch sie lächelte engelsgleich – ein fleischgewordenes Schlachtschiff menschlicher Güte. So wie sie da nebeneinanderstanden, sahen sie aus, als kämen sie direkt aus einer Fernsehshow der fünfziger Jahre.

Der Mann sagte: »Ich bin Dr. Sebastian Curtis. Dies, Mr. Case, ist meine Frau Beth.«

Tuck versuchte etwas zu sagen, doch er brachte nicht mehr heraus als ein rauhes Krächzen. Die Frau hielt ihm einen Plastikbecher mit Wasser an den Mund, und er trank. Sein Blick blieb an der Infusion hängen, die in seinen Arm führte.

»Glukose und Antibiotika«, sagte der Doktor. »Sie haben einige Verletzungen, die schlimm entzündet sind. Die Inselbewohner haben sie gefunden. Sie sind ans Riff gespült worden.«

Tucker tastete nach seinen Gliedmaßen, um festzustellen, ob noch alles dran war, und schaute anschließend nach, für den Fall, daß er ein Bein verloren hatte, das nun Phantomschmerzen aussandte. Er hob den Kopf, um seine Hoden zu begutachten, die ihm pochende Schmerzen den Bauch hinaufjagten.

Die Frau drückte ihn sanft zurück auf das Kissen. »Sie kommen schon wieder ganz in Ordnung. Man hat Sie rechtzeitig gefunden, aber was Sie jetzt am dringendsten brauchen, ist Ruhe. Bastian kann Ihnen etwas gegen die Schmerzen geben, falls Sie das wünschen.«

Sie blickte ihren Mann selig lächelnd an, und dieser tätschelte Tucks Arm. »Das braucht Ihnen nicht peinlich zu sein, Mr. Case. Beth ist ausgebildete OP-Schwester. Ich fürchte allerdings, daß der Katheder noch ein paar Tage drinbleiben muß.«

»Da war noch ein anderer Kerl mit mir zusammen«, sagte Tuck. »Ein Filipino – er hat das Boot gesteuert.«

Der Doktor und die Krankenschwester warfen sich einen kurzen Blick zu, und für eine Sekunde rutschte ihnen die »Ozzie-and-Harriet«-Gemütsruhe aus dem Gesicht und verwandelte sich in Panik, doch einen Augenblick später hatten sie sich schon wieder gefangen und waren erneut am Turteln. Tuck war sich nicht einmal sehr sicher, ob er richtig gesehen hatte.

»Ich bedaure, doch die Inselbewohner haben sonst niemanden gefunden. Er muß im Sturm verschollen sein.«

»Aber der Baum. Er hing in dem Baum...«

Sanft legte Beth Curtis ihm einen Finger auf die Lippen. »Es tut mir leid, daß Sie Ihren Freund verloren haben, Mr. Case, aber Sie brauchen jetzt wirklich Ruhe. Ich bringe Ihnen bald etwas zu essen, und dann sehen wir, ob Sie feste Nahrung bei sich behalten können.«

Sie zog ihre Hand von ihm weg und legte ihrem Gatten den Arm um die Hüfte, während dieser eine Injektionsnadel in den Infusionsschlauch schob. »Wir kommen bald zurück und sehen nach Ihnen«, sagte der Doktor.

Tucker schaute ihnen nach, als sie gingen, und es blieb ihm nicht verborgen, daß Beth Curtis trotz all ihrer Unsere-kleine-Farm-Reinheit unter ihrer Schwesterntracht doch eine ganz nette Figur hatte. Einen Augenblick später fühlte er sich mies und schäbig, gerade so, als hätte er der Mutter eines Freundes nachgegeifert. Genauso wie damals, als er so besoffen war, daß er in seinem Übermut Mary Jean Dobbins angebaggert hatte.

Zum Teufel mit fester Nahrung! Gin – und zwar nicht zu knapp, auf Eis in rauhen Mengen –, das wäre genau das richtige. Dazu Tonic, um das Elend zu vertreiben, das er den miesen Träumen verdankte und dem Meer, auf dem Männer hilflos dahintrieben.

Tuck schaute sich in dem Zimmer um. Es war eine kleine Krankenstation. Nur vier Betten, aber die waren makellos sauber, was erstaunlich war, wenn man bedachte, wo man sich befand. An den Wänden standen auf Rollwagen diverse Geräte und Apparate herum, die einen mächtig komplizierten Eindruck machten, gerade so, als bräuchte man sie für schwierige Operationen oder um die Zündung an einem Toyota einzustellen. Er war sicher, daß Jake Skye gewußt hätte, wozu das ganze Zeug gut war. Er dachte wieder an den Lear-Jet und spürte, wie er erneut zu dösen begann.

Der Schlaf näherte sich mit dem Gesicht eines Kannibalen. Er träumte von Beinen, die verdreht wurden, und gelangte schließlich zu den eingeölten Brüsten eines braunhäutigen Mädchens, die über sein Gesicht strichen und nach Kokosnuß und Blumen dufteten. Auf dem Dach kratzte und schabte es, gefolgt von dem Bellen eines Flughundes. Doch Tuck hörte es nicht.

Der Schweinedieb war gefaßt worden, und Jefferson Pardee war gezwungen, einen neuen Aufmacher zu finden. Er saß an seinem Schreibtisch und brütete über den Notizen auf seinem gelben Block in der Hoffnung, daß ihn irgend etwas regelrecht anspringen würde. Doch allzuviel springende Punkte hatte er nicht vor sich. Seine Notizen besagten: »Schweinedieb gefaßt. Was jetzt?«

Man konnte alle Hinweise verfolgen, alles abklopfen und sich sämtliche Fakten von zwei Seiten bestätigen lassen, um anschließend die so gewonnenen Informationen sorgfältig zu strukturieren, bis sie die Form einer umgedrehten Pyramide hatten. Und was dabei herauskam, war: Der Besitzer des Schweines hatte sich betrunken und seine Frau verprügelt, woraufhin diese sein Schwein an den Bewohner einer abgelegenen Insel verkauft und von einem Fähnrich der CAT-Einheit einen gebrauchten Elektroschocker erstanden hatte. Als ihr Gatte das nächste Mal handgreiflich wurde, fand ihn kurz darauf eine Gruppe von japanischen Touristen im Straßenstaub – zuckend wie ein Streifen Frühstücksspeck in der Bratpfanne. Da sie ihn fälschlicherweise für einen Folklorekünstler hielten, spendeten die Touristen ihm freudig Beifall, machten Fotos voneinander, wie sie neben dem elektrifizierten Mann standen, und gaben seiner Frau fünf Dollar. Der ganze Schwindel flog auf, als die Polizei die Schweinediebin vor dem Continental Hotel aufgriff, als sie von den Touristen einen Dollar pro Nase kassierte, damit sie zusehen durften, wie sie aus dem schlaffen Körper ihres Mannes noch ein paar Zuckungen herauskitzelte. Der Elektroschocker wurde konfisziert, doch es wurde keine Anzeige erhoben, da ein Freiwilliger des Peace Corps den Ehemann für unverletzt erklärte, obwohl er gelegentlich daran erinnert werden mußte, wie er hieß, wo er wohnte und wie viele Kinder er hatte.

Das Mysterium war gelöst, und der *Truk Star* hatte keinen Aufmacher mehr. Jefferson Pardee war ein einziges Häufchen Elend. Es würde ihm nichts anderes übrigbleiben, als sein Büro zu verlassen, um eine neue Story aufzutun oder sich, wie er es schon gar zu häufig getan hatte, einfach eine aus den Fingern zu saugen. Die *Micro Spirit* lag im Hafen. Vielleicht würde er runtergehen zum Dock und zusehen, ob er der Mannschaft irgendwelche Neuigkeiten aus der Nase ziehen konnte. Er steckte seinen Presseausweis in das Hutband seines Crocodile-Dundee-Hutes und watschelte zur Tür hinaus und die staubige Straße entlang zum Pier, wo Insulaner mit Muskeln, dick wie Ankertaue und hart wie Stahl, dabei waren, Zweihundert-Liter-Fässer in Frachtnetze zu laden und in die Ladeluken der *Micro Spirit* hinüberzuhieven.

Die *Micro Spirit* und die *Micro Trader* waren Schwesterschiffe: kleine Frachter, die zwischen den Inseln Mikronesiens umherkreuzten und sowohl Frachtgut als auch Passagiere von und zu den äußeren Inseln brachten. Kabinen gab es nur für den Captain und die Mannschaft – Passagiere reisten und schliefen an Deck.

Pardee winkte dem Ersten Maat zu. Er war ein stark tätowierter Tongalese, der betelnußkauend an der Reling stand und klebrige rote Schweifkometen über Bord spuckte.

»Ahoi!« rief Pardee. »Darf ich an Bord kommen?«

Der Maat schüttelte den Kopf. »Nicht bevor wir fertig mit Einladen von Düsentreibstoff hier. Ich komm runter. Wie geht's, Spürnase?«

Auf den Spitznamen »Spürnase« hatte Pardee die Mannschaft der *Micro Spirit* eines Abends beim Saufen in der Yumi-Bar selbst gebracht. Nun schaute er zu, wie der Maat über die Bugreling sprang und sich wie ein Affe an einer der Leinen zum Dock hinunterhangelte. Es schien ihn nicht mehr Mühe zu kosten, als wenn er eine Treppe hinuntergestiegen wäre. Bei diesem Anblick bedauerte Pardee wieder einmal, daß er so fett war.

Der Maat kam auf Pardee zugeschlendert und begrüßte ihn mit einem schraubstockartigen Händedruck. »Schön, dich zu sehen.«

»Gleichfalls«, sagte Pardee. »Wo kommt ihr her?«

»Wir bringen Häuptlinge aus Wolei zu Konferenz. Holen Thunfisch und Kopra ab. Wie immer.«

Pardee schaute zurück zu den Matrosen, die die Fässer einluden. »Hast du eben Düsentreibstoff gesagt? Ich dachte, die Mobil-Tanker kümmern sich um den Treibstoff für Continental.« Continental war die einzige größere Fluglinie, die Mikronesien in ihrem Flugplan hatte.

»Die Mobil-Tanker nicht fahren nach Alualu. Keine Lagune, kein Hafen. Wir fahren nach Ulithi, dann bringen Sonderlieferung Treibstoff zu Doktor auf Alualu.«

Diese Nachricht mußte Pardee erst einmal verdauen. »Ich dachte, die *Micro Trader* bedient Yap und die Palau-Staaten. Weshalb fahrt ihr den ganzen Weg dorthin?«

»Wie ich sagen, Spezialauftrag. In Moen Düsentreibstoff, wir hier in Moen, Doktor will Düsentreibstoff schnell, also wir fahren. Ich finden gut. Ich nie gewesen auf Alualu, und ich kennen Mädchen auf Ulithi.«

Pardee konnte sich ein Lächeln nicht verkneifen. Das hier war noch mal eine ganz andere Geschichte. Nichts Weltbewegendes, aber wenn die *Trader* und die *Spirit* ihre Routen tauschten, dann war das allemal eine Zeitungsnotiz wert. Da war aber noch mehr – diese Fässer mit Flugzeugtreibstoff, die Gerüchte über bewaffnete Wachposten und die zwei Piloten, die auf dem Weg zum Niemands-Eiland auf Truk Station gemacht hatten – dahinter steckte etwas, das sich zu einer Story machen ließ. Die Frage, die sich Pardee stellte, war nur: Wollte er der Sache auf den Grund gehen? Konnte er der Sache auf den Grund gehen?

»Wann brecht ihr auf?« fragte er den Maat.

»Morgen früh. Wir uns zusammen betrinken in Yumi-Bar. Meine Jungs dich heimtragen, wenn du wollen. Hey!« Der Maat lachte.

Pardee fühlte sich elend. Das war es, was er in ihren Augen darstellte: einen versoffenen fetten, weißen Mann, den sie nach Hause schleppten, um anschließend Geschichten über ihn zu erzählen.

»Ich kann heute abend nicht trinken gehen. Ich fahre morgen früh mit euch raus. Ich muß mich noch fertig machen.«

Der Maat holte den Betelnußklumpen aus seinem Mund und schleuderte ihn ins Wasser, wo augenblicklich ein Schwarm kleiner gelber Fische aufstieg, um daran zu knabbern. Der Maat schaute Pardee mißtrauisch an. »Du wollen weg von Truk?«

»So wild ist es auch wieder nicht. Ich bin schon mehr als einmal wegen einer Story von der Insel weg.«

»Nicht in zehn Jahre, wo ich an Bord von *Spirit*.«

»Habt ihr noch Platz für einen Passagier oder nicht?«

»Wir immer haben Platz. Du wissen, du schlafen an Deck?«

Allmählich wurde Pardee etwas mulmig. Er brauchte dringend ein Bier. »Ich mach so was nicht zum ersten Mal.«

Der Maat schüttelte den Kopf, als hätte er Wasser im Ohr. Er lachte. »Okay, wir auslaufen um sechs Uhr früh. Du kommen zum Dock um fünf.«

»Wann kommt ihr wieder hierher zurück?«

»Ein Monat. Du können fliegen, wenn du nicht wollen zurückkommen mit uns.«

»Ein Monat?« Er mußte jemanden auftreiben, der sich um die Zeitung kümmerte, während er fort war. Oder vielleicht auch nicht. Würde irgend jemand seine Abwesenheit überhaupt bemerken?

Pardee sagte: »Wir sehen uns morgen früh. Besauft euch nicht zu heftig.«

»Du auch«, sagte der Maat.

Pardee schleppte sich das Dock entlang und spürte bei jedem Schritt die Last seiner hundertdreißig Kilo. Als er endlich auf der Straße anlangte, war er schweißgebadet und wünschte sich nichts sehnlicher, als in einer dunklen, klimatisierten Bar zu sitzen. Er schüttelte dieses Verlangen ab und marschierte weiter in Richtung auf die Katholische High-School, um die Nonnen zu fragen, ob sie unter ihren Schülern nicht irgendein helles Köpfchen hatten, das sich für die Dauer seiner Abwesenheit um die Zeitung kümmern konnte.

Er würde es durchziehen, verdammt noch mal. Er würde um Punkt fünf am Dock stehen, und wenn es sein mußte, würde er dafür die ganze Nacht wach bleiben und durchsaufen.

29

Sicher und wohlbehalten im Schoß der Medizin

»Wie fühlen Sie sich heute?« Sebastian Curtis zog das Laken bis hinunter zu Tucks Knien und lüftete sein Nachthemd. Tucker zuckte zusammen, als der Arzt den Katheder berührte. »Besser«, sagte Tuck. »Das Ding brennt allerdings fürchterlich.«

»Es heilt.« Der Doktor betastete die Lymphknoten in Tuckers Hodenbereich. Er hatte kalte Hände, und Tucker fröstelte unter seinen Berührungen. »Die Entzündung klingt ab. Ist das während der Bruchlandung passiert?«

»Ich bin rückwärts auf ein paar Hebel gefallen, als ich versucht habe, einen Passagier aus dem Flugzeug zu schaffen.«

»Die Nutte?« fragte der Doktor, ohne von seiner Arbeit aufzublicken.

Tuck hätte sich am liebsten die Decke über den Kopf gezogen. Statt dessen sagte er: »Ich nehme nicht an, daß es einen großen Unterschied machen würde, wenn ich sagte, daß ich keine Ahnung hatte, daß sie eine Nutte war.«

Sebastian Curtis hob den Blick und lächelte; seine Augen waren hellgrau mit kleinen orangefarbenen Sprenkeln. Mit seinem grauen Haar und seiner sonnengebräunten Haut wäre er auch gut als ein General im Ruhestand durchgegangen – Rommel beispielsweise. »Was mich betrifft, so mache ich mir weniger darum Sorgen, was die Dame in dem Flugzeug getan hat, als um die Tatsache, daß Sie getrunken hatten. Das ist bei uns hier ein Ding der Unmöglichkeit, Mr. Case. Es kann sein, daß Sie von einem Augenblick zum nächsten starten müssen, und folglich ist es unmöglich, daß Sie Alkohol oder andere Rauschmittel konsumieren. Aber ich denke nicht, daß dies ein Problem für Sie darstellt.«

»Nein. Absolut nicht«, sagte Tuck, doch er fühlte sich, als hätte ihn jemand mit einem Sandsack geschlagen. Seit dem Augenblick, da er das Bewußtsein wiedererlangt hatte, hatte er sich nichts sehnlicher gewünscht als einen Drink. »Aber, Doc, wo wir nun schon zusammenarbeiten, nennen Sie mich vielleicht einfach Tucker.«

»Also gut, Tucker«, sagte Curtis. »Und Sie können mich Dr. Curtis nennen.« Wieder lächelte er.

»Klasse. Und wie heißt Ihre Frau?«

»Mrs. Curtis.«

»Natürlich.«

Der Doktor beendete die Untersuchung und zog Tuckers Laken wieder hinauf zu dessen Hüfte. »In ein paar Tagen sollten Sie wieder auf den Beinen sein. Wir verlegen Sie schon heute nachmittag in Ihren Bungalow. Ich denke, daß Sie dort alles finden, was Sie brauchen, und wenn Sie darüber hinaus noch etwas benötigen sollten, so lassen Sie es uns wissen.«

Einen Gin mit Tonic, dachte Tucker. »Ich würde gern in Erfahrung bringen, was mit dem Kerl passiert ist, der das Boot gesteuert hat.«

»Wie ich Ihnen schon sagte, haben die Inselbewohner nur Sie und ein paar Trümmer Ihres Bootes gefunden.« In seiner Stimme lag etwas Endgültiges, dem sich ziemlich deutlich entnehmen ließ, daß er keinerlei Lust hatte, über Kimi oder das Boot weitere Worte zu verlieren.

Tuck ließ nicht locker. Respekt vor Autoritäten war noch nie seine Stärke gewesen. »Ich denke, ich werde mal rumfragen, wenn ich hier raus bin. Vielleicht ist er an einer anderen Ecke der Insel an Land gespült worden. Ich weiß aber noch, daß ein alter Kannibale uns beide in einen Baum gehängt hatte.«

Tuck sah, wie sich die Züge des Doktors für einen Augenblick verfinsterten, als würde ein Schatten über sein Gesicht huschen. Doch einen Moment später war sein professionelles Lächeln wieder zurückgekehrt. »Mr. Case, auf diesen Inseln gibt es keine Kannibalen mehr, und zwar seit etwa hundert Jahren. Darüber hinaus möchte ich Sie bitten, das Gelände der Siedlung nicht zu verlassen, solange Sie hier sind. Sie haben Zugang zum Strand, und es gibt hier jede Menge Platz, aber Sie werden nicht mit den Eingeborenen in Kontakt treten.«

»Warum, ich meine, wo sie mich doch gerettet haben?«

»Die Haifischmenschen sind eine in sich geschlossene Gesellschaft. Wir versuchen, ihre Sozialsphäre soweit wie möglich unangetastet zu lassen, außer da, wo es im Interesse unserer Arbeit unerläßlich ist.«

»Die Haifischmenschen? Warum Haifischmenschen?«

»Das erkläre ich Ihnen, wenn es Ihnen bessergeht. Im Augenblick brauchen Sie in erster Linie Ruhe.« Der Doktor nahm eine Spritze aus einem Metallschrank an der Wand und füllte sie mit einer klaren Flüssigkeit aus einer Phiole auf, um sie anschließend in Tuckers Infusion zu injizieren. »Wann glauben Sie, daß Sie wieder fliegen können?«

Tuck fühlte sich, als wäre ein Gazeschleier über sein Bewußtsein geworfen worden. Der ganze Raum verschwamm vor seinen Augen. »Solange Sie mir das Zeug da geben, kann's noch dauern. Wow, was war denn das? Hey, Sie sind doch 'n Arzt. Glauben Sie, wir schmecken wie Spam?«

Eigentlich wollte er noch eine Frage stellen, aber irgendwie schien es nicht mehr so wichtig.

Der Medizinmann kam in den Bungalow der Himmelsgöttin gestürmt, riß sich den OP-Kittel vom Leib und schleuderte ihn in die Ecke. Er ging zur Kochecke, öffnete den Kühlschrank, zog eine eisüberzogene Flasche Absolut heraus und goß sich einen dreifachen Wodka in ein Wasserglas, das in der feuchten Luft augenblicklich beschlug und zu dampfen begann wie Trockeneis. »Malink hat gelogen«, sagte er. Dann kippte er den Wodka zur Hälfte hinunter und griff sich an die Schläfen, als die Eiseskälte sein Gehirn traf wie ein Schlag.

Die Himmelsgöttin blickte von ihrer Zeitschrift auf. »Etwas gestreßt, mein Liebling?« Sie lag ausgestreckt auf ihrem Lanai. Bis auf einen breitkrempigen Strohhut war sie nackt. Ihre helle Haut schimmerte perlweiß im Sonnenlicht.

Der Medizinmann gesellte sich zu ihr und ließ sich, eine Hand noch immer an die Schläfe gepreßt, auf eine Liege fallen. »Case sagt, daß da noch ein Mann mit ihm auf der Insel war. Er sagt, ein alter Kannibale hat sie beide an einem Baum aufgehängt.«

»Ich hab gehört, wie er das erzählt hat«, sagte die Himmelsgöttin. »Liegt das am Delirium?«

»Ich glaube nicht. Ich glaube, Malink hat gelogen. Sie haben den Steuermann des Bootes gefunden und uns nichts davon erzählt.«

Sie setzte sich neben ihn auf die Liege und nahm ihm das Glas mit Wodka aus der Hand. »Dann schick einfach die Ninjas raus zu einer Suchaktion. Du bezahlst sie. Also können sie auch was für ihr Geld tun.«

»Das kommt nicht in Frage, das weißt du selbst.«

»Na ja, dann geh eben selbst. Oder laß Malink die Sache erledigen. Sag ihm, du weißt, daß da noch ein anderer Mann war und daß er ihn herschaffen soll, und zwar zack-zack.«

»Beth, ich glaube, sie entgleiten uns. Vor einem Monat hätte Malink es noch nicht gewagt, mich anzulügen. Es ist dieser Traum. Er träumt, daß Vincent ihnen einen Piloten schickt, dann erzählst du ihnen, daß das nicht stimmt, und plötzlich wird ein Pilot am Riff angespült.«

Die Hohepriesterin trank den Wodka aus und reichte ihm das leere Glas zurück. »Klar doch, die beste Religion geht den Bach runter, wenn einem plötzlich ein echter Gott ins Handwerk pfuscht.«

»Ich wollte, du würdest nicht so reden.«

»Also, was wirst du tun? Nachdem du nachgeschenkt hast, meine ich.«

Der Medizinmann hob den Blick, als ob er jetzt erst mitbekommen hätte, daß sie überhaupt da war. »Beth, was tust du hier draußen? Die Hohepriesterin hat nicht braungebrannt zu sein.«

Sie griff unter die Liege und brachte eine Plastikflasche mit Sonnenlotion zum Vorschein. »Lichtschutzfaktor 90. Reg dich nicht auf, Bastian, mit dem Zeug bleibt man schneeweiß, selbst wenn in der Nähe eine Atombombe hochgeht. Hast du Lust, mich einzureiben?« Sie schob den Hut in den Nacken, so daß er den Raubtierblick in ihren Augen besser sehen konnte.

»Beth, bitte. Ich stehe kurz vor einer Krise.«

»Es ist keine Krise. Es ist doch offensichtlich, warum die Haifischmenschen ungeduldig werden.«

»Ach ja?«

»Niemand ist auserwählt worden – und das schon seit über zwei Monaten, Bastian.«

Er schüttelte den Kopf.

»Case ist noch nicht in der Lage zu fliegen.«

»Dann sieh zu, daß er bald soweit ist.«

30

Modediktate

Kimi saß unter einer Kokospalme vor dem Jungmännerhaus und brütete vor sich hin. Sein geblümtes Kleid war er los, statt dessen trug er einen blauen *Thu*, wie der lange sarongartige Lendenschurz genannt wurde, den die Haifischmänner trugen. Verschwunden waren auch seine blonde Perücke, seine High Heels und sein bester Freund Roberto, den er seit dem Tag im Kannibalenbaum nicht mehr gesehen hatte. Nun schien es, als hätte er auch keinen Schlafplatz mehr. Sepie hatte ihn rausgeworfen.

Diese trat nun aus dem Jungmännerhaus. Sie trug Kimis geblümtes Kleid und starrte ihn an. Auf dem Pfad aus Korallenkies blieb sie stehen. »Ich bin kein Affe«, sagte sie. Sie hob einen Stein vom Boden auf, schleuderte ihn nach Kimi und verfehlte nur knapp seinen Kopf.

Kimi machte schleunigst, daß er hinter dem Baumstamm in Deckung ging, von wo aus er nun hervorlinste. »Ich hab nicht gesagt, du bist ein Affe. Ich hab gesagt, daß du bald aussiehst wie einer, wenn du dir nicht die Beine rasierst.«

Ein Stein schoß so dicht an seinem Gesicht vorbei, daß er den Luftzug spüren konnte. Ihre Treffgenauigkeit nahm mit jedem Wurf zu. »Du hast keine Ahnung!« rief sie. »Du bist nur ein Weibsmann.«

Kimi grub einen Stein aus dem Boden zu seinen Füßen und

schleuderte ihn nach ihr, aber er war nur halbherzig bei der Sache, und so verfehlte er sie um anderthalb Meter. Auf englisch sagte er zu ihr: »Du bist nur lausige Luder mit große Mund.« Er hoffte, daß dieses verbale Geschütz eher ins Ziel treffen würde. Es waren die letzten Worte von Malcolme gewesen, seinem Zuhälter in Manila. Rückblickend erschien Malcomes letzter Fehler eher als eine Fehlleistung seines Gedächtnisses. Er hatte einfach vergessen, daß das zu stark geschminkte kleine Mädchen, das mit einer Machete in der Hand vor ihm stand, in Wirklichkeit ein sehniger junger Mann war, in dessen Gedächtnis der Zorn über die Hunderte von Malen brannte, die er verprügelt worden war.

»Ich nicht haben Läuse«, hatte Kimi zu Malcolme gesagt, dessen ungläubiger Blick selbst dann nicht aus seinen Augen gewichen war, als sein Kopf schon in die Ecke des Hotelzimmers rollte, wo eine Ratte hervorgeschossen kam und an seinem verkürzten Hals leckte.

»Ich nicht haben Läuse«, sagte Sepie auf englisch und unterstrich ihre Aussage, indem sie einen Korallenklumpen in Richtung Kimi schleuderte.

»Ich weiß«, sagte Kimi. »Tut mir leid, daß ich das gesagt habe.« Mit gesenktem Kopf trottete er über den Strand davon.

Sepie stand vor dem Jungmännerhaus und schaute ihm nach. Sie war völlig entwaffnet. Noch nie hatte ein Mann sich bei ihr für irgendwas entschuldigt.

Kimi hatte nicht die Absicht gehabt, ihre Gefühle zu verletzen. Aber man brauchte ein dickes Fell, wenn man mit einer Freundin Schönheitstips austauschen wollte. Sepie besaß eine natürliche Schönheit, doch von Mode hatte sie keine Ahnung. Was für einen Zweck hatte es, ein hübsches Kleid anzuziehen, wenn man Beine hatte wie ein Affe und einem Haarbüschel unter den Achseln herunterhingen wie Fledermäuse?

Fledermäuse. Kimi vermißte Roberto.

Die Männer des Haifischvolks weigerten sich, mit ihm zu reden, und die Frauen ignorierten ihn – mit Ausnahme von Sepie, die nun sauer auf ihn war – Tucker war ans andere Ende der Insel gebracht worden. Kimi fühlte sich einsam. Und als er so den Strand entlangging, vorbei an Kindern, die mit einem zahmen Fregattvogel spielten, und vorbei an den Männern, die im Schatten eines leeren Bootshauses herumgammelten, verwandelte sich seine Einsamkeit in Zorn und Wut. Er ging den Strand hinauf und nahm einen Pfad zurück ins Dorf, um Ausschau nach einer Waffe zu halten. Es war an der Zeit, dem alten Kannibalen einen Besuch abzustatten.

Vor jedem Haus ragte in der Nähe der Kombüse eine Eisenspitze aus dem Boden – in den meisten Fällen die Spitze einer Picke, die in den Boden gerammt worden war, um Kokosnüsse darauf zu spalten. Kimi blieb bei einem der Häuser stehen und zerrte an der Eisenspitze, doch sie ließ sich nicht bewegen. Er schlich zwischen den Häusern hindurch, die nun am frühen Morgen leerstanden, da die Frauen auf dem Taro-Feld arbeiteten und die Männer im Schatten herumdösten. Er warf einen Blick in die Kombüse von einem der Häuser, und dort, neben dem Kochtopf, an dem noch die Kruste des Reisfrühstücks klebte, fand er ein langes Küchenmesser. Er schaute sich nach allen Richtungen um, damit er sicher sein konnte, daß niemand ihn beobachtete, und huschte schnell hinein in den Anbau, wo er sich das Messer schnappte und in seinen *Thu* steckte, so daß nur der Griff hinten aus dem Bund herausragte.

Zehn Minuten später kauerte er versteckt zwischen riesigen Farnsträuchern und beobachtete den alten Kannibalen, wie er die Fasern von Kokosnußschalen auf seinen ledrigen Schenkeln zu einem Seil zusammenrollte. Er saß mit dem Rücken an eine Palme gelehnt, die Beine ausgestreckt, und zog Fasern, die er vorher in einem Korb eingeweicht hatte, aus ebendiesem und wog sie in der Hand, um so die richtige Menge abzuschätzen, die er dem Seil hinzufügen mußte, das neben ihm zusammengerollt auf dem Boden lag und immer länger wurde. Von Zeit zu Zeit hielt er mit seiner Tätigkeit inne und trank aus einem Krug mit einer milchigen Flüssigkeit, von der Kimi annahm, daß es sich dabei um alkoholischen Tuba handelte. Wenn er betrunken war, um so besser.

Im Schutz der Riesenfarne und Elefantenohren schlich Kimi um das Haus herum, immer darauf bedacht, den Korallenkies nicht aufzuwirbeln, der knirschte wie zerbrochenes Glas, wenn man seine Füße nicht vorsichtig darauf setzte.

Sobald er hinter dem alten Mann war, zog er das Messer hinter seinem Rücken hervor und schlich langsam vorwärts, um den Mann zu töten, der seinen Freund verspeist hatte.

Vom Fenster seiner neuen Unterkunft aus schaute Tucker zu, wie die japanischen Wachen die Siedlung mit Palmwedeln und abgebrochenen Ästen auf den Armen durchstreiften – die Hinterlassenschaft des Taifuns –, die sie dann auf einer freien Fläche ausbreiteten, um sie in der Sonne trocknen zu lassen. Ihre Kleidung erinnerte an ein Sondereinsatzkommando der Polizei – schwarze Overalls, Baseballmützen und Fallschirmspringerstiefel –, und wenn er die Augen zusammenkniff, wirkten sie wie riesige Ameisen, die den Bau saubermachten. Von Zeit zu Zeit warf einer der Wachen einen Blick in Richtung seines Bungalows und wandte sich rasch wieder ab, wenn er Tucker in seinem Schlafanzug am Fenster stehen sah. Er hatte es aufgegeben, ihnen zuzuwinken, nachdem er in der ersten Stunde komplett ignoriert worden war.

Seit vier Tagen war er nun in dem Ein-Zimmer-Bungalow, doch heute fühlte er sich zum ersten Mal kräftig genug, um aufzustehen und ein wenig weiter umherzulaufen als bis ins Badezimmer, das, wie er mit einiger Überraschung feststellte, mit fließend warmem und kaltem Wasser, einer Toilette mit Wasserspülung und einer Duschkabine aus galvanisiertem Metall ausgestattet war. Die Wände des Bungalows bestanden aus Gras, das fest auf einen massiven Rahmen aus Teakholz und Mahagonibalken geflochten war; der Boden bestand aus unbehandeltem Teak, das lediglich abgeschliffen war und rosa schimmerte; die Rattanmöbel waren mit bunten Kissen und Polstern versehen. Ein Ventilator drehte sich träge an der Decke über dem Doppelbett mit einem Baldachin aus Moskitonetz. Die Fenster auf der einen Seite des Raums boten einen Blick auf die Siedlung und den Hangar, während man von der anderen Seite aus durch einen Palmenhain hindurch aufs Meer blickte. Er konnte einige kleine Bungalows erkennen, die in der Nähe des Strands standen, dann war da noch ein kleines Dock sowie der Blocksteinbau, in dem das Krankenhaus untergebracht war, dessen Blechdach von Antennen, Solarzellen und einer mächtigen Satellitenschüssel beherrscht wurde.

Tuck trat vom Fenster zurück und setzte sich auf die Rattancouch. Er war nur ein paar Minuten auf den Beinen gewesen, und schon fühlte er sich völlig erschöpft. Er wog nun zwanzig Pfund weniger als zum Zeitpunkt seiner Abreise aus Houston, und auf seinem gesamten Körper gab es nicht eine einzige Stelle, die größer gewesen wäre als eine CD-Hülle, auf der nicht ein Pflaster oder ein Verband oder ähnliches klebte. Der Doc hatte ihm erzählt, daß die Schnittwunden auf seiner Kopfhaut, seinen Armen und Beinen an etwa hundert Stellen genäht worden waren, und wenn er sich nun im Spiegel betrachtete, so stellte er fest, daß er aussah wie die menschliche Version des räudigen Straßenköters, den er auf Truk gesehen hatte. Seine blauen Augen lagen eingesunken wie trübe Eiswürfel in den braunen Kratern seiner Augenhöhlen, und seine Wangen waren eingefallen wie bei einer mumifizierten Moorleiche. Seine Haar war von der Sonne schlohweiß ausgebleicht und wucherte wie trockene Strohbüschel aus seinem Schädel, der übersät war mit kahlen rosa Stellen, wo der Doktor ihn rasiert hatte, um ihn wieder zusammenzuflicken. Er tröstete sich mit der Tatsache, daß es auf der Insel keine Frauen gab, die ihn sehen konnten – jedenfalls keine richtigen Frauen. Die Frau des Doktors, die mehrmals am Tag vorbeikam, um ihm Essen zu bringen und seine Verbände zu wechseln, wirkte roboterhaft wie eine Kreuzung aus einer Stepford- und einer Barbiepuppe; sie hatte die geschlechtslose Geschmeidigkeit eines Mannequins, gepaart mit der Persönlichkeit aus einem Waschmittelwerbespot der Eisenhower-Ära. Im Vergleich zu ihr erschienen die zugeknöpften Kosmetikberaterinnen aus Tuckers Vergangenheit wie ein Stamm nymphomanischer Kopfjägerinnen, deren Interesse allerdings tieferen Regionen der menschlichen Anatomie galt.

Es klopfte kurz an der Tür, und gleich darauf kam Beth Curtis hereingerauscht, auf dem Arm ein Tablett mit Tellern voller Pfannkuchen und frischem Obst. »Mr. Case, Sie sind ja auf. Fühlen Sie sich heute schon besser?«

Sie stellte das Tablett auf den Couchtisch vor ihm und trat zurück. Heute trug sie Khakihosen mit Bügelfalten und eine weiße Bluse mit Schulterpolstern. Ihre Haare waren zurückgekämmt und wurden von einer großen schwarzen Schleife in ihrem Nacken gehalten. Sie sah aus, als wäre sie geradewegs aus einem Safari-Film mit Stewart Granger herausspaziert.

»Ja, es geht mir besser«, sagte Tuck. »Aber ich bin schon wieder völlig erledigt, dabei bin ich bloß zum Fenster gelaufen.«

»Ihr Körper kämpft noch gegen die Infektion an. Der Doktor wird Ihnen demnächst ein paar Antibiotika geben. Im Augenblick müssen Sie erst mal was essen.« Sie setzte sich auf den Sessel ihm gegenüber.

Tuck trennte mit der Gabel ein Eckchen aus dem Stapel Pfannkuchen und spießte es zusammen mit einem Stück Papaya auf. Nachdem er den ersten Bissen verdrückt hatte, merkte er, wie hungrig er war, und machte sich über die Pfannkuchen her wie ein ausgehungerter Wolf.

Beth Curtis lächelte. »Haben Sie schon mal einen Blick in die Handbücher für das Flugzeug geworfen?«

Tuck nickte mit vollem Mund. Sie hatte ihm die Bedienungsanleitungen vor zwei Tagen dagelassen. Er hatte sie zwar nur überflogen, doch er wußte, daß er das Ding fliegen konnte. Er schluckte und sagte: »Für Mary Jean bin ich eine Lear 25 geflogen. Die hier ist ein bißchen schneller und hat eine größere Reichweite, aber ansonsten gibt's kaum Unterschiede. Sollte kein Problem sein.«

»Oh, gut«, sagte sie und zauberte wieder ihr Plastiklächeln aufs Gesicht. »Wann sind Sie soweit, daß Sie fliegen können?«

Tucker legte seine Gabel hin. »Mrs. Curtis, ich will ja nicht unhöflich sein, aber was zum Teufel ist hier los?«

»Inwiefern, Mr. Case?«

»Na ja, erstens insofern, als noch ein Mann bei mir war, als ich auf die Insel kam. Ich war zwar krank, aber ich hatte keine Halluzinationen. Ein alter Eingeborener hatte uns in einem Baum aufgehängt, und ein paar andere haben uns wieder abgeschnitten. Was ist mit meinem Freund passiert?«

Sie rutschte in dem Sessel herum, daß das Geflecht zu knacken begann wie eine Ratte, der die Knochen gebrochen wurden. »Mein Mann hat Ihnen gesagt, was die Inselbewohner uns erzählt haben, Mr. Case. Die Eingeborenen leben auf der anderen Seite der Insel. Sie haben ihre eigene Gesellschaft, ihr eigenes Oberhaupt und ihre eigenen Gesetze. Wir versuchen, uns um ihre medizinischen Belange zu kümmern und ein paar Schäfchen zur christlichen Herde zu geleiten, aber ansonsten führen sie ihr eigenes Leben. Ich werde sie fragen, was Ihren Freund angeht. Wenn ich irgendwas herausfinde, lasse ich es Sie wissen.« Sie erhob sich und strich sich die Hosenbeine glatt.

»Dafür wäre ich Ihnen sehr verbunden«, sagte Tuck. »Ich habe versprochen, dafür zu sorgen, daß er wieder zurückkommt nach Yap, und außerdem schulde ich ihm noch Geld. Die Eingeborenen haben nicht zufällig meinen Rucksack gefunden, oder? Da war nämlich mein Geld drin.«

Sie schüttelte den Kopf. »Alles, was Sie hatten, waren die Kleider, die Sie am Leib trugen. Und die haben wir verbrannt. Glücklicherweise haben Sie und Sebastian in etwa die gleiche Größe. Und jetzt entschuldigen Sie mich bitte, Mr. Case. Ich habe zu tun. Sebastian wird demnächst mit Ihrer Medizin kommen. Ich bin froh, daß es Ihnen bessergeht.« Sie drehte sich um und trat zur Tür hinaus ins gleißende Sonnenlicht.

Tucker stand da und schaute ihr nach, wie sie die Siedlung durchquerte. Die japanischen Wachen hielten mit der Arbeit inne und warfen ihr anzügliche Blicke zu. Sie wirbelte herum und wartete, die Hände in die Hüften gestützt, bis einer nach dem anderen den Mut verlor und sie sich verschüchtert wieder an die Arbeit machten. Es schien nicht so, als ob ihnen die Situation peinlich gewesen wäre, sondern vielmehr, als hätten sie Angst, daß ihr Blick sie zu Eis erstarren lassen könnte. Tuck machte sich wieder an seine halb aufgegessenen Pfannkuchen, und als er von einem Zittern geschüttelt wurde, dachte er, daß es wohl am Fieber liegen mußte.

Eine halbe Stunde später betrat der Doktor den Bungalow. Tucker hatte es sich auf der Couch bequem gemacht und war gerade dabei einzuschlafen. So ging das schon die ganze Zeit, seit sie ihn in den Bungalow verlegt hatten: Sie ließen ihn nicht aus denAugen – es verging kaum eine Stunde, ohne daß einer der beiden bei ihm hereinschaute, um ihm Essen oder seine Medikamente zu bringen, seine Laken zu wechseln, das Fieber zu messen, ihm zu helfen, aufs Klo zu gehen, oder einfach nur, um ihm die Stirn abzuwischen. Konnte sein, daß sie wirklich nur um ihn besorgt waren und sich um ihn kümmerten, aber es wirkte so, als wollten sie ihn überwachen.

Sebastian Curtis zog eine verschlossene Injektionsspritze aus der Tasche seines Kittels, als er das Zimmer durchquerte.

Tuck stöhnte. »Schon wieder?«

»Sie kommen sich mittlerweile bestimmt vor wie ein Nadelkissen, Mr. Case. Sie müssen sich umdrehen.«

Tuck drehte sich um, und der Doktor verpaßte ihm die Spritze.

»Es geht nur so oder über die Infusion. Die Infektion ist zwar auf dem Rückzug, aber wir wollen nicht, daß sie sich wieder festsetzt.«

Tuck rieb sich den Hintern und setzte sich auf. Bevor er auch nur ein Wort sagen konnte, hatte der Doktor ihm auch schon ein digitales Thermometer in den Mund geschoben.

»Beth hat mir erzählt, daß Sie sich Sorgen machen wegen Ihres Freundes, mit dem zusammen Sie, wie Sie sagen, auf die Insel gekommen sind?«

Tuck nickte.

»Ich werde mich darum kümmern, das verspreche ich Ihnen. In der Zwischenzeit – und wenn Ihnen danach ist – würden Beth und ich uns freuen, wenn Sie uns zum Abendessen Gesellschaft leisten würden. Damit wir einander ein bißchen besser kennenlernen. Und Sie erfahren, was auf Sie zukommt.« Er zog das Thermometer aus Tucks Mund und las es ab, doch er machte keine Bemerkung dazu. »Wär's Ihnen heute abend recht?«

»Prima«, sagte Tuck. »Aber...«

»Fein. Wir essen um sieben. Ich sage Beth, daß sie Ihnen ein paar Kleidungsstücke vorbeibringen soll. Es tut mir leid, daß Sie mit meinen Sachen vorliebnehmen müssen, aber im Augenblick läßt sich das nicht besser regeln.« Er machte Anstalten zu gehen.

»Doc?«

Sebastian drehte sich um. »Ja, bitte.«

»Sie sind jetzt schon wie lange hier draußen, dreißig Jahre?«

Der Doktor erstarrte. »Achtundzwanzig. Warum?«

»Nun ja, Mrs. Curtis sieht nicht aus wie…«

»Stimmt, Beth ist ein wenig jünger als ich. Aber darüber und alles andere können wir uns beim Essen unterhalten. Sie sollten sich erst mal ausruhen und die Antibiotika wirken lassen. Sie müssen gesund werden, Mr. Case. Ich brauche Sie, denn wir müssen unbedingt eine Partie Golf spielen.«

»Golf?«

»Sie spielen doch, oder?«

Tuck brauchte einen Augenblick, um sich auf den abrupten Themenwechsel einzustellen, und sagte dann: »Sie spielen hier Golf?«

»Ich bin schließlich *Arzt*, Mr. Case. Und selbst hier im Pazifik hat die Woche einen Mittwoch.« Dann lächelte er und verließ den Bungalow.

31

Rache: süß und kalorienarm

Sarapul zwirbelte die letzten Fasern in sein Seil und zog sein Messer, um das ausgefranste Ende zurechtzutrimmen. Es war ein gutes Messer, made in Germany, mit einer biegsamen Klinge, die sich hervorragend dafür eignete, Fische zu filetieren oder hauchdünne Streifen aus der Rinde der Kokospalmen zu schneiden, um so den *Tuba* am Laufen zu halten. Er hatte das Messer nun schon seit zehn Jahren, und er bewahrte es stets blankpoliert und gewetzt auf einem Stück gelblichem Schweineleder auf. Die Klinge schimmerte bläulich, als er das Messer aufhob, und er sah das Antlitz der Rache, das sich im blanken Metall spiegelte.

Ohne sich umzudrehen, sagte er: »Die Jungen werden dich töten.«

Kimi, das Messer fest umklammert, um dem Alten die Kehle durchzuschneiden, erstarrte mitten in der Bewegung. »Du hast meinen Freund gefressen.«

Sarapul hielt sein Messer mit der Klinge nach unten, so daß er sich gleichzeitig umdrehen und Kimi aufschlitzen konnte, doch seine Knochen waren träge. Der Filipino würde ihn töten, bevor er sich auch nur halb herumgedreht hatte. »Dein Freund ist bei dem Medizinmann und der Schlampe von Vincent. Malink hat ihn weggeschafft.«

»Nicht *der* Freund. Roberto. Die Fledermaus.«

»Fledermäuse sind tabu. Wir essen keine Fledermäuse auf Alualu.«

Kimi senkte das Messer um ein paar Zentimeter. »Angeblich eßt ihr auch keine Leute, aber du tust das trotzdem.«

»Nicht, wenn ich sie kenne. Jetzt komm schon her, damit ich dich sehen kann. Ich bin alt, und ich kann den Kopf nicht mehr so weit herumdrehen.«

Kimi ging im Halbkreis um einen Baum herum und kauerte sich sprungbereit dem alten Mann gegenüber hin.

Sarapul sagte: »Du wolltest mich töten.«

»Wenn du Roberto gegessen hättest, schon.«

»Das gefällt mir. Niemand tötet heute noch jemanden. O ja, die Jungen reden davon, daß sie dich töten, aber ich glaube, Malink wird es ihnen ausreden.«

Kimi räusperte sich. »Hättest du mich gefressen, wenn sie mich umgebracht hätten?«

»Den Vorschlag hat jemand aus der Trinkrunde gemacht. Ich weiß aber nicht mehr, wer.«

»Und woher weiß ich dann, daß du Roberto nicht gefressen hast?«

»Schau mich doch an, Kleiner. Ich bin vielleicht hundert Jahre alt. Manchmal gehe ich zum Strand, um zu pinkeln, und die Gezeiten wechseln schneller, als ich mein Wasser lassen kann. Wie soll ich eine Fledermaus fangen?«

Kimi setzte sich auf den Boden und ließ sein Messer auf den Kies fallen. »Irgendwas ist Roberto passiert. Er ist weggeflogen.«

»Vielleicht hat er ein Fledermausweibchen gefunden«, sagte Sarapul. »Vielleicht kommt er wieder zurück. Willst du was trinken?« Der alte Kannibale hielt ihm seinen Krug mit *Tuba* entgegen, und Kimi beugte sich kurz vor, schnappte ihn und begab sich schnell wieder außerhalb der Reichweite des Messers.

Er trank einen Schluck und verzog das Gesicht. »Warum wollen sie mich töten?«

»Sie sagen, du bist ein Weibsmann, und deinetwegen vergißt Sepie ihre Pflichten als Liebesdienerin. Und sie mögen dich nicht. Aber mach dir keine Sorgen, niemand bringt heutzutage noch irgend jemanden um. Es ist nur besoffenes Gerede.«

Kimi ließ den Kopf hängen. »Sepie hat mich aus dem Jungmännerhaus rausgeworfen. Sie ist sauer auf mich. Ich weiß nicht, wo ich bleiben soll.«

Sarapul nickte mitfühlend, doch er sagte nichts. Er selbst lebte schon so lange im Exil, daß er sich an die Entfremdung gewöhnt hatte, aber er erinnerte sich noch sehr gut daran, wie er sich gefühlt hatte, als er von Malink verbannt worden war.

»Du sprichst unsere Sprache ziemlich gut«, sagte Sarapul.

»Mein Vater kam aus Satawan. Er war ein großer Seefahrer. Er hat es mir beigebracht.«

»Du bist ein Seefahrer?« In den alten Zeiten rangierten die Seefahrer noch über den Häuptlingen, sie standen nur eine Stufe unter den Göttern. Als er noch ein Junge war, hatte Sarapul die Seefahrer von Alualu verehrt wie Helden. Der lang ausgeträumte Traum seiner Kindheit tauchte wieder auf, und er erinnerte sich daran, wie er von ihnen gelernt hatte, als sie Sternbilder in den Sand malten und am Wasser standen und ihm Vorträge über die Gezeiten, Strömungen und Winde hielten. Es war sein größter Wunsch, selbst Seefahrer zu werden, und er hatte mit der Ausbildung begonnen, denn in dem starren Kastensystem der yapianischen Inseln war dies der einzige Weg für einen Mann, um aufzusteigen. Aber dann war der eine Seefahrer an einem Fieber gestorben und der andere in einem Kampf getötet worden, bevor er die Gelegenheit gehabt hatte, sein Wissen weiterzugeben. Die Seefahrer und die Krieger waren nun

Geister, die der Vergangenheit angehörten. Wenn dieser Weibsmann ein Seefahrer war, dann waren die Jungen nur elende Pisser, wenn sie davon redeten, ihn zu töten. Sarapul fühlte sich durchströmt von Energie wie schon seit Jahren nicht mehr.

»Ich kann dir was zeigen«, sagte Sarapul. Er versuchte aus dem Schneidersitz aufzustehen, doch er schaffte es nicht und plumpste wieder auf den Boden. Kimi packte einen seiner knochigen Arme und half ihm auf. »Komm mit«, sagte Sarapul.

Der alte Mann führte Kimi den Pfad entlang zum Strand und blieb an der Wasserlinie stehen. Er begann zu singen. Seine Stimme klang wie ein vertrocknetes Palmblatt im Wind. Er schwang die Arme im Bogen herum und schleuderte sie dem Himmel entgegen, so daß man glauben konnte, seine Brust würde augenblicklich aufspringen wie eine verfaulte Brotfrucht. Und plötzlich kam Wind auf.

Er griff in den Sand, hob ihn auf und warf ihn in den Wind. Dann klatschte er in die Hände und fing wieder an zu singen, bis die Palmen über ihnen im Wind schaukelten. Dann hörte er auf.

»Jetzt warten wir«, sagte er. Er deutete aufs Meer hinaus. »Schau dorthin.«

Am Horizont erhob sich eine Dunstsäule aus dem Ozean und wallte schwarz und silbern schimmernd auf, bis sie zu einer gewaltigen Gewitterwolke angewachsen war. Sarapul klatschte erneut in die Hände, und ein Blitz zuckte aus der Wolke wie ein weißer Sprung in einer Vase aus blauem Glas. Augenblicklich folgte ein ohrenbetäubender Donnerschlag, der noch volle zehn Sekunden nachhallte.

Sarapul drehte sich zu Kimi um, der mit aufgerissenem Mund dastand und auf die Gewitterwolke starrte. »Machst du das?«

Zitternd schüttelte Kimi seine Verblüffung ab. »Nein, das habe ich nie gelernt. Mein Vater hat gesagt, er könne den Donner herbeirufen, aber ich habe ihn nie dabei gesehen.«

Sarapul grinste. »Schon jemals einen Kerl gefressen?«

Kimi schüttelte den Kopf. »Nein.«

»Schmeckt wie Spam«, sagte Sarapul.

»Das hab ich schon gehört.«

»Ich kann dir zeigen, wie man den Donner herbeiruft. Mit den Sternen kenne ich mich allerdings nicht aus.«

»Ich kenne mich mit den Sternen aus«, sagte Kimi.

»Dann hol deine Sachen«, sagte Sarapul.

32

Die Missionarsstellung

Die Wachen kamen bei Sonnenuntergang, um Tucker abzuholen, gerade als er dabei war, sich die Hose und das Baumwollhemd anzuziehen, das der Doktor ihm dagelassen hatte. Die Sachen des Doktors waren ihm mindestens drei Größen zu groß, doch bei den ganzen Verbänden, die Tucker am Leib hatte, war dies ein wahrer Segen. Seine eigenen Turnschuhe waren Tucker noch geblieben, und die streifte er nun über seine nackten Füße. Er bat die Wachen zu warten, und so blieben sie steif und schweigend wie aus Stein gehauen im Türrahmen stehen.

»Hey, Jungs, sprecht ihr Englisch?«

Die Wachen gaben keine Antwort, doch sie ließen ihn nicht aus den Augen.

»Japaner, was? Bin nie in Japan gewesen, aber ich hab mal gehört, ein Big Mac kostet zwölf Dollar bei euch.«

Er wartete auf eine Antwort, doch ohne Erfolg. Die Japaner standen reglos und schweigend da, während kleine Schweißperlen durch ihre Bürstenhaarschnitte hindurchschimmerten.

»Ihr müßt mich entschuldigen, Jungs, ich würde ja zu gerne mit euch Quasselstrippen weiterquatschen, aber ich muß zum Essen mit dem Doc und seiner Frau.«

Tuck humpelte auf die Wachen zu und hielt seine Ellbogen ausgebreitet, damit sie ihn unterhaken. »Sollen wir los?«

Die Wachen drehten sich um und führten ihn durch die Siedlung zu einem der Bungalows am Strand. Dort blieben die Wachen am Fuß der Treppe zur Veranda stehen. Tuck kramte in seinen Hosentaschen.« Tut mir leid, aber ich hab kein Kleingeld. Laßt euch am Empfang ein paar Yen geben und sagt Bescheid, daß sie's mir auf die Rechnung setzen sollen.«

In einem cremefarbenen Anzug trat der Doktor durch die Schwingtür, in der Hand ein hohes Glas mit einem Cocktail auf zerstoßenem Eis garniert mit Mangostückchen. »Mr. Case, Sie sehen viel besser aus. Wie fühlen Sie sich?«

»Mir fehlt nichts, was sich mit einem von denen da nicht kurieren ließe.«

Sebastian Curtis verzog das Gesicht. »Das wird leider nicht gehen. Sie sollten keinen Alkohol trinken wegen der Antibiotika, die Sie von mir bekommen.«

Tucker spürte, wie sich sein Gedärm verknotete. »Ach, einer wird doch nicht schaden, oder?«

»Leider doch. Aber ich mache Ihnen einen ohne Alkohol. Kommen Sie rein. Beth ist gerade dabei, ein wunderbares Grouper-Filet mit Ingwersauce zu kochen.«

Tucker trat durch die Schwingtür und stellte fest, daß der Bungalow im großen und ganzen genauso eingerichtet war wie der seine, mit dem Unterschied, daß dieser hier viel größer war. Es gab eine Kochnische, wo Beth mit einem hölzernen Löffel in irgend etwas herumrührte. Sie schaute von ihrer Arbeit auf und lächelte. »Mr. Case, gerade rechtzeitig. Ich brauche jemanden, der diese Sauce probiert.« Sie trug ein cremefarbenes Joan-Crawford-Kostüm mit Schulterpolstern, die vermutlich auch einem Footballspieler gute Dienste geleistet hätten, und gelbbraune Pumps. Das Kleid war original vierziger Jahre, doch Tuck hatte lange genug mit Mary Jean zu tun gehabt, um zu wissen, daß sie für die Schuhe mindestens fünfhundert Dollar hingeblättert hatte. Missionarsarbeit war offenbar ein profitables Geschäft.

Sie hielt Tuck eine Hand unters Kinn, während sie ihm den Löffel reichte. Die Sauce hatte einen süßen, zitronigen Geschmack mit einer pikanten Note. »Schmeckt gut«, sagte er. »Wirklich lecker.«

»Schwindeln Sie mich nicht an, Mr. Case, Sie werden sie essen müssen.«

»Nein, es schmeckt mir wirklich.«

»Na gut, um so besser. Das Essen ist in einer halben Stunde fertig. Warum nehmt ihr Männer nicht eure Drinks mit auf die Veranda und laßt das Mädchen in Ruhe zaubern.«

Sebastian reichte Tuck ein eisbeschlagenes Glas mit einer orangefarbenen Flüssigkeit und Mangogarnitur. »Wollen wir?« fragte er und ging Tuck voran ins Freie.

Sie standen am Geländer und betrachteten den Mond, der sich im Meer spiegelte.

»Wäre es Ihnen bequemer, wenn Sie sich setzten, Mr. Case?« fragte der Doktor.

»Nein, das geht schon. Aber bitte nennen Sie mich Tuck. Jedesmal, wenn mich jemand öfter als dreimal Mr. Case nennt, habe ich den Eindruck, ich sei bei einem Vorstellungsgespräch.«

Der Doktor lachte. »Das können wir natürlich nicht zulassen. Nicht bei dem Geld, das Sie hier verdienen werden. Das übrigens steuerfrei ist, solange Sie es nicht in die USA bringen.«

Tuck blickte einen Moment lang starr hinaus aufs Meer und überlegte, wann es wohl an der Zeit wäre, diesem geschenkten Gaul eine eingehende Untersuchung seines Gebisses angedeihen zu lassen. Auf dieser Insel gab es so viel Geld, daß es förmlich zum Himmel stank.

Die Ausrüstung, das Flugzeug, die Kleider von Beth Curtis. Nach den Ausführungen von Jake Skye hatte Tuck sich ausgemalt, daß er einem schwitzenden Doktor gegenüberstehen würde, der mit Drogen handelte, eine Walther PPK am Gürtel trug und eine Kokshure zur Frau hatte. Doch diese beiden sahen aus, als wären sie geradewegs von einem Kaffeekränzchen einer wohlhabenden Kirchengemeinde eingeflogen. Und trotzdem war er sich sicher, daß sie ihn anlogen. Sie hatten die Japaner als ihre »Angestellten« bezeichnet, doch er hatte einen von ihnen gesehen, wie er hinter dem Hangar mit einer Uzi herumgelaufen war. Er hatte fest vor, danach zu fragen, doch als er sich umdrehte, um den Doktor damit zu konfrontieren, hörte er ein leises Bellen vom Ende der Terrasse und sah einen großen Flughund, der von der Kante des Blechdaches herunterhing. Roberto.

Der Doktor sagte: »Tucker, was das Trinken angeht…«
Tuck löste seinen Blick von dem Flughund. Der Doktor hatte ihn gesehen. »Was soll mit dem Trinken sein?«
»Sie wissen, daß wir die Berichte über Ihren – wie soll ich mich ausdrücken?«
»Bruchlandung.«
»Ja, über Ihre Bruchlandung. Wir haben die Berichte gelesen, und ich fürchte, wie ich Ihnen schon gesagt habe, daß wir es nicht dulden können, wenn Sie trinken, solange Sie hier arbeiten. Es kann sein, daß Sie ganz kurzfristig zu einem Flug aufbrechen müssen, und da können wir nicht riskieren, daß Sie nicht einsatzbereit sind.«
»Das war eine absolute Ausnahmesituation«, log Tuck. »Ich trinke wirklich nicht sonderlich viel.«
»Eine kurzfristige Fehleinschätzung der Situation, ich verstehe. Und ich weiß, daß es ein wenig drakonisch erscheinen mag, aber solange Sie nicht trinken und die Siedlung nicht verlassen, ist alles in bester Ordnung.«
»Klar, Sir, kein Problem.« Über die Schulter des Doktors hinweg betrachtete Tuck den Flughund. Roberto hatte seine Flügel ausgebreitet und drehte sich in der Meeresbrise wie ein kopfstehender Wetterhahn. Tuck versuchte ihn hinter dem Rücken des Doktors wegzuscheuchen.
»Ich weiß, daß dies alles sehr einengend wirken muß, doch ich arbeite nun schon seit so langer Zeit mit den Haifischmenschen, um zu wissen, daß sie auf den Kontakt mit Fremden sehr sensibel reagieren.«
»Die Haifischmenschen? Sie sagten, daß Sie mir das erklären wollten.«
»Sie jagen Haie. Die meisten Eingeborenen auf den Inseln Mikronesiens essen keinen Hai. Um genau zu sein, ist es tabu. Aber die Fische im Riff hier weisen eine hohe Konzentration an Neutrotoxinen auf, so daß die Eingeborenen sich auf Haifisch als Nahrungsquelle verlegt haben. Normalerweise würde man annehmen, daß Haifische, weil sie in der Nahrungskette weiter oben stehen, eine höhere Konzentration des Toxins aufweisen, oder nicht?«

»Müßte man annehmen«, sagte Tucker, der keinen Schimmer hatte, wovon der Doktor redete.

»Tun sie aber nicht. Es ist so, als hätten sie irgend etwas in ihrem Organismus, das das Toxin neutralisiert. Ich habe in meiner Freizeit einige Forschungen zu diesem Thema angestellt.«

»Ich hab im Kabelfernsehen jede Menge Filme über Haie gesehen. Andauernd heißt es, wie harmlos die Viecher sind, aber das ist alles Quatsch. Die Hälfte der Stiche, mit denen Sie mich wieder zusammengeflickt haben, habe ich Haien zu verdanken.«

»Vielleicht haben die kein Kabelfernsehen«, sagte der Doktor.

Voller Erstaunen wandte sich Tuck zu ihm um. »War das etwa ein Witz aus Ihrem Munde, Doc?«

Der Doktor schaute ein wenig belämmert drein. »Ich sehe mal nach, was das Essen macht. Ich bin gleich zurück.« Er wandte sich um und ging ins Haus.

Tucker hetzte zum Ende der Veranda, wo Roberto vom Dach hing. »Huschhusch, verschwinde.«

Roberto stieß ein trillerpfeifenartiges Geräusch aus und schnappte mit der Klaue seines Flügels nach Tuckers Drink.

»Okay, du kannst die Mango haben, aber dann mußt du verschwinden.« Tucker hielt ihm die Mangoscheibe hin, und der Flughund schnappte sie mit der Flügelkralle und schlang sie hinunter.

»Und jetzt verschwinde«, sagte Tucker. »Such Kimi. Huschhusch.«

Roberto verdrehte den Kopf und sagte: »Sei vorsichtig mit diesen Leuten da, Tuck, wenn du ihnen zu sehr auf den Pelz rückst, ziehen sie dir den Stecker raus, und du bist verratzt. Halt einfach nur die Augen offen.«

Mit steifen Beinen, wie ein Zombie beim Squaredance, wankte Tucker ein paar Schritte weg von Roberto. Der Flughund hatte gesprochen. Zwar nur ganz leise und mit einer hohen, rauhen Stimme, als ob Topo Gigio unter die Kettenraucher gegangen wäre, doch nichtsdestotrotz klar und eindeutig zu verstehen. »Du hast nicht gesprochen«, sagte Tucker.

»Okay«, sagte Roberto. »Danke für die Mango.«

Roberto flog davon. Bei jedem Flügelschlag hörte es sich an, als ob jemand ein Kartenspiel aus Leder mischte. Tucker ging rückwärts durch die Flügeltür und plumpste auf einen geflochtenen Thronsessel.

»Nehmen Sie doch hier Platz«, sagte Beth Curtis, die ein Tablett zum Tisch trug. »Das Essen ist fertig.«

»Was für Drogen haben Sie mir eigentlich gegeben, Doc?«

»Breitbandantibiotika und Schmerzmittel. Warum?«

»Kann's sein, daß die Halluzinationen hervorrufen?«

»Nur wenn Sie dagegen allergisch sind, und das würden wir mittlerweile wissen. Warum?«

»Ach, nur so.«

Beth Curtis kam zu ihm und tätschelte seine Schulter. Ihre Fingernägel, fiel Tucker auf, waren makellos. »Sie hatten Fieber, als man Sie hergebracht hat. Das kann schon mal Alpträume verursachen. Ich bin sicher, nach einem ordentlichen Essen werden Sie sich viel besser fühlen.«

Sie half ihm auf und geleitete ihn zum Tisch, der gedeckt war mit einem weißen Tischtuch und schwarzen Servietten aus Leinen, die um eine Kristallschale mit Orchideenzweigen arrangiert waren. Angerichtet auf einem Tablett mit geviertelten Bananen lag ein ganzer Grouper, dessen Augen ein wenig trocken, aber nichtsdestotrotz klar und vorwurfsvoll wirkten.

Tuck sagte: »Wenn das Ding anfängt zu reden, will ich ein Beruhigungsmittel haben – und zwar gleich.«

»Ach, Mr. Case.« Beth Curtis rollte mit den Augen und lachte, während sie am Tisch Platz nahmen.

Tuck könnte förmlich spüren, wie sein Körper die Nahrung aufsog. Er erzählte ihnen die Geschichte seiner Reise zu der Insel, wobei er den Gefahrenaspekt so weit in den Vordergrund stellte, daß seine Verletzungen, Kimi und sein verzweifeltes Verlangen nach Alkohol in den Hintergrund traten. Roberto erwähnte er überhaupt nicht. Bis Tucker in seinen Erzählungen bei dem Taifun angelangt war, hatten seine Gastgeber bereits ihre zweite Flasche Weißwein entkorkt und einen Gutteil davon getrunken. Die Wangen von

Beth Curtis waren gerötet, und mit glänzenden Augen sog sie begierig jedes von Tucks Worten auf.

Tuck hatte ernsthaft vorgehabt, sie nach Kimi zu fragen und was ihre kryptischen Botschaften zu bedeuten hatten oder die Bedingungen, zu denen er eingestellt worden war – und vor allem, woher das ganze verdammte Geld kam. Doch statt dessen ließ er für Beth Curtis seinen Charme und Witz spielen, und als er gegen Mitternacht den Bungalow verließ, war er ziemlich angetan von sich und der Frau des Doktors.

Seine Gastgeber standen Arm in Arm an der Tür, als die Wachen Tucker zurück in seine Unterkunft geleiteten. Auf halbem Weg drehte er sich noch einmal um und winkte ihnen zu, gerade so, als sei er derjenige, der zwei Flaschen Wein getrunken hatte.

»Was glaubst du?« fragte der Medizinmann seine Frau.

»Nicht das geringste Problem«, sagte sie mit einem Paradelächeln in Tucks Richtung.

»Ich hätte wirklich energischeren Widerstand gegen unsere Bedingungen von ihm erwartet.«

»Als ob er in einer Position wäre, wo er die Wahl hat. Der Mann hat nichts, ist nichts, und wenn er die Illusion zerstört, die wir ihm bieten, muß er sich selbst gegenübertreten.«

»Sein Blick, wenn er dich ansieht – als wärst du eine jungfräuliche seligmachende Vestalin. Das gefällt mir ganz und gar nicht.«

»Das hab ich schon im Griff. Sieh du lieber zu, daß unser Fliegerbürschchen seinen Job machen kann.«

»Es dauert allenfalls noch eine Woche, bis er wieder fliegen kann. Aber er hat schon wieder von diesem Seefahrer angefangen, als wir draußen waren.«

»Wenn der wirklich hier ist, siehst du besser zu, daß du ihn findest.«

»Ich werde heute nacht noch mit Malink reden. Die *Micro Spirit* ist übermorgen fällig, und wenn wir den Navigator finden, können wir ihn mit dem Schiff zurückschicken.«

»Je nachdem, was er gesehen hat«, sagte sie.

»Genau, je nachdem, was er weiß.«

Als Tucker Case seinen Bungalow betrat, war er rundum glücklich und zufrieden. Jemand hatte in seiner Abwesenheit das Licht eingeschaltet und das Bett gemacht. »Was soll das, kein Pfefferminzbonbon auf dem Kissen?« Er zog ein Paar von den Pyjamahosen des Doktors an und schnappte sich einen Spionageroman aus dem Stapel Taschenbücher, den irgend jemand auf dem Couchtisch aufgetürmt hatte.

Die hatten einen Fernseher. Im Bungalow der Curtis' war ein Fernseher gewesen. Er mußte sie bitten, ihm auch einen hinzustellen. Nein, verdammt, er mußte verlangen, daß sie ihm einen Fernseher hinstellten. Was sagte Mary Jean immer? »Du kannst den ganzen Tag verkaufen, aber solange du kein Geld verlangst, hast du keinen Verkauf getätigt.« Gutes Essen, gutes Geld und ein klasse Flugzeug zum Fliegen – wo gab's denn so was? Er hatte einen absoluten Volltreffer gelandet. Ich bin der Phönix, der sich aus der Asche erhebt. Das Comeback-Kid. Ich bin so gut wie die Goldjungs vom US-Eishockeyteam bei der Olympiade 1980. Ich bin das verfickte Walroß, coo-coo ka-choo.

Er ging ins Bad, um sich die Zähne zu putzen. Und da sah er sich plötzlich im Spiegel. Augenblicklich sank seine Stimmung in den Keller. Ich werde nie wieder bumsen, solange ich lebe. Ich hätte weiterbohren sollen wegen Kimi. Ich hab noch nicht mal gefragt, was ich überhaupt durch die Gegend fliegen soll. Ich bin ein Wurm ohne eine Spur von Rückgrat. Ich bin Abschaum. Ich bin die *Hindenberg*, Michael Milken, Richard Nixon. Ich sehe Gespenster und sprechende Fledermäuse, und ich sitze fest auf einer Insel, wo das einzige weibliche Wesen Mutter Teresa aussehen läßt wie eine beinamputierte Steptänzerin in einer Leprakolonie. Ich bin die Personifikation des Scheiterns, fleischgewordene Dämlichkeit, gepaart mit himmelschreiendem Idiotentum. Ich bin der schwärenüberwucherte Pin-up-Boy von Wundbrandhausen. Der geisteskranke, arbeitslose Busfahrer des Todeslagerkartells.

Ohne sich die Zähne zu putzen, ging Tuck zu Bett.

33

Auf der Jagd nach dem Knüller

Die Eingeborenen lagen schlafend Seite an Seite oder quer übereinander auf dem Deck der *Micro Spirit* zusammengepfercht. Hier und da kam ein *Thu* oder ein *Lavalava* zwischen der gelatinösen Masse aus braunem Fleisch zum Vorschein und bildete einen Farbtupfer, so daß er Anblick, der sich einem bot, wirkte, als wäre eine Schachtel Pralinen in der Sonne geschmolzen und ihre Füllung herausgequollen. Mitten in diesem Durcheinander lag Jefferson Pardee, der jedes Rollen und Stampfen des Schiffes mitmachte. Wann immer das Schiff sich nach Steuerbord neigte, fand er sich unter drei schlafenden Kindern wieder, während bei Bewegungen zur Backbordseite hin eine dickleibige Eingeborenengroßmutter sich an ihn schmiegte. Mittlerweile war schon dreimal jemand mit ascheverschmierten Füßen auf ihn getreten, einmal davon in den Unterleib, und außerdem war er ziemlich sicher, daß er spürte, wie Läuse auf seiner Kopfhaut herumkrochen.

Außerstande zu schlafen erhob er sich, und augenblicklich füllte die amöbenartige Masse um ihn herum die so entstandene Lücke. Der Mond war dreiviertelvoll und stand hoch am Himmel, so daß Pardee genug sehen konnte, um sich seinen Weg zur Reling zu bahnen, wobei er lediglich einmal auf eine Frau trat und damit eine blumenreiche Kanonade von Verwünschungen durch zwei Männer auslöste. Einmal an der Reling angelangt, wehte ihm der warme Wind um die Nase und vertrieb den widerlich süßen Geruch von Schweiß und den Gestank ranziger Nüsse, der aus den mit Kopra gefüllten Ladeluken quoll. Das Spiegelbild des Mondes auf der schwarzen Meeresoberfläche zitterte wie ein Tropfen Quecksilber. Ein Schwarm Delphine tummelte sich in der Bugwelle des Schiffes wie eine Horde grauer Geister.

Pardee atmete ein paarmal tief durch, pinkelte über die Bordkante und zog eine Zigarette aus der Brusttasche seines Hemdes. Er zündete sie mit einem Einwegfeuerzeug an und stieß unter großem Seufzen eine lange Rauchsäule aus. Nach dreißig Jahren in den Tropen hatte er, den Mangel an Komfort und Bequemlichkeit betreffend, eine gewisse Toleranz entwickelt. Was ihn in diesem Augenblick schier verrückt machte, war der Ausbruch aus seinem gewohnten Trott. Wäre er in Truk gewesen, hätte er sich jetzt mit einem Handtuch den Geruch von abgestandenem Bier und die Ausdünstungen einer glitschigen Reitpartie mit einer Ein-Dollar-Nutte abgerubbelt und anschließend die letzten Vorbereitungen getroffen, um über einer Mencken-Ausgabe im Luftstrom seines kleinen Airconditioners einzudämmern. Kein Gedanke an den nächsten Tag oder an den, der gerade hinter ihm lag, denn ein Tag war hier wie jeder andere. Alles, was er wollte, war ein kühler, wolkenverhangener Schlaf, damit er, wenn auch nur für einen Moment, das Gefühl hatte, er sei wieder der Junge aus dem Mittelwesten. Auf der Suche nach Abenteuern, ausgelaugt und erschöpft von Leidenschaft und Furcht – und nicht der alte fette Sack, der niedergedrückt wurde von unendlicher Langeweile.

Und hier, in der salzigen Luft im Schein des Mondes, während er einer Story nachspürte, die sich auch als bloßes Gerücht entpuppen konnte, spürte er, wie der Pilz in seinen Lungen wucherte, wie sein Rücken schmerzte, wie schwer auf seinem Herzen das Gewicht von zehntausend Bieren, einer halben Million Zigaretten und dreißig Jahren Fisch lastete, der in Kokosöl gebraten war. Und nichts davon – absolut nichts – wog so schwer wie die Möglichkeit zerstobener Hoffnungen. Warum hatte er sich eingelassen auf eine Zukunft und die Möglichkeit des Scheiterns, wenn er, was das Scheitern anging, sowieso nicht die geringsten Probleme hatte?

»Du nicht schlafen können?« fragte der Maat.

Pardee hatte gar nicht gehört, wie der drahtige Seemann an die Reling getreten war. Er trank eine große Dose Budweiser, was gegen die Vorschriften war, und beim Anblick der Dose wurde Pardee von einem gierigen Verlangen durchzuckt, als hätte er einen Wurm in der Brust.

»Hast du noch so eine?«

Der Maat griff tief hinab in die Tasche seiner Shorts, brachte ein weiteres Bier zum Vorschein und reichte es Pardee. Es war zwar warm, doch Pardee knackte die Dose und schüttete die Hälfte des Biers hinunter.

»Wie lange dauert's noch bis Alualu?« fragte er.

»Drei, vielleicht vier Stunden. Sonnenaufgang. Wir dich absetzen an Nordseite von Insel, du schwimmen.«

»Was?« Pardee schaute hinab auf die schwarzen Wellen und blickte dann wieder den Maat an.

»Der Doktor niemand auf die Insel lassen, außer wenn Fracht bringen. Du müssen schwimmen und an Land gehen auf andere Seite von Insel. Gerade mal achthundert Meter, vielleicht weniger.«

»Und wie komme ich wieder zurück aufs Schiff?«

»Captain sagen, er fahren Bogen um Insel, wenn wir abfahren. Captain sagen, wir warten halbe Stunde. Du wieder rausschwimmen. Wir dich aufsammeln.«

»Könnt ihr kein Boot schicken?«

»Nix Boot. Einzige Lücke in Riff auf Südseite, wo wir Ladung löschen. Wir haben viele Fässer mit Treibstoff und Kisten. Wir sieben, vielleicht acht Stunden brauchen.«

Pardee hatte tausendmal gesehen, wie die Spirit im Hafen von Truk angekommen war; jedesmal war sie von Kanus und Außenbordern voller aufgeregter Eingeborener umgeben gewesen. »Vielleicht kann ich einen von den Haifischmenschen dazu bringen, daß er mich im Boot mitnimmt.« Er hatte nicht die geringste Lust darauf, sich in dieses Wasser zu stürzen, und die Vorstellung, achthundert Meter schwimmen zu müssen, gefiel ihm ganz und gar nicht. Er war sich nicht sicher, ob er es schaffen würde.

»Haifischmenschen nicht haben Boote. Sie nie verlassen Insel.«

»Keine Boote?« Pardee war erstaunt. Auf einer dieser Inseln zu leben und kein Boot zu haben, war in etwa das gleiche, als wenn man in Los Angeles wohnte und kein Auto hatte. So was gab es einfach nicht; es war ein Ding der Unmöglichkeit.

Der Maat klopfte Pardee auf die breite Schulter. »Du werden schaffen. Ich haben Maske und Flossen für dich.«

»Was ist mit Haien?«
»Haie haben Angst in dieser Gegend. Auf meisten Inseln Menschen haben Angst vor Haien. Auf Alualu Haie haben Angst vor Menschen.«
»Bist du da sicher?«
»Nein.«
»Na prima. Hast du noch ein Bier?«
Drei Stunden später lag die Sonne über dem Horizont wie ein silbernes Tablett, und Pardee ließ sich von dem Maat die Schwimmflossen mit Klebeband an den Füßen festmachen. An Deck wimmelte es von aufgeregten Eingeborenen, die Reisbällchen mit Taropaste aßen, Zigaretten rauchten, über die Reling kackten und den Laden des Schiffes umlagerten, um Coca-Cola, Planter's Cheese Balls, australisches Corned Beef und natürlich Spam zu kaufen. Eine kleine Gruppe hatte sich versammelt, um zuzuschauen, wie der weiße Mann sich bereit machte, schwimmen zu gehen. Pardee stand in seinen Boxershorts an Deck – bis auf seine Unterarme und das Gesicht, die aussahen, als wären sie in rote Holzfarbe getaucht worden, weiß wie eine Made. Der Maat stopfte Pardees Kleider und seinen Notizblock in einen Müllsack, den er ihm anschließend übergab, bevor er sich daranmachte, den Reporter mit wasserfester Sonnenmilch einzureiben, was in etwa der Aufgabe gleichkam, ein Nilpferd einzufetten. Pardee knurrte eine Schar Kinder an, die kichernd herumstanden und daraufhin schreiend davonrannten.

Pardee hörte, wie die mächtigen Schiffsschrauben zum Stehen kamen, und der Maat löste eine Kette an der Reling. »Springen«, sagte er.

Pardee schaute hinab in das kristallklare Wasser fast fünfzehn Meter unter ihm. »Du hast doch wohl nicht mehr alle Tassen im Schrank. Habt ihr keine Leiter?«

»Du nicht können runterklettern Leiter mit Flossen an.«
»Ich nehme die Flossen ab, bis ich im Wasser bin.«
»Nein. Riemen kaputt. Du müssen springen.«
Pardee schüttelte den Kopf, und die Fleischwülste auf seinen

Schultern und seinem Rücken schwabbelten im gleichen Rhythmus. »Auf keinen Fall.«

Plötzlich kamen die Kinder, die Pardee zuvor erschreckt hatte, um die Brücke herumgerannt wie eine Horde quiekender Ferkel. Zwei der Jungs brachen aus der Formation aus und schossen auf den Reporter zu, der sich just in dem Augenblick umdrehte, als er spürte, wie vier kleine braune Hände gegen seinen Rücken stießen.

Pardee sah den Himmel, dann das Wasser, dann wieder den Himmel und die Insel Alualu, die flach auf dem Ozean lag wie ein mieses grünes Toupet, bis der Aufprall auf dem Wasser ihm schließlich den Atem raubte, ihm die Maske vom Gesicht riß und das Salzwasser in seine Nebenhöhlen drang und seine Nase zu bluten anfing.

Bevor er überhaupt wußte, wo die Wasseroberfläche sich befand, hörte er schon die Schiffsschrauben der *Micro Spirit* knirschen, die mit Volldampf ihre Fahrt wieder aufnahm.

Malink wurde von zwei aufgeregten Jungen wach gerüttelt. »Das Schiff ist da, und der Medizinmann ist auf dem Weg hierher!« Der alte Häuptling richtete sich auf und rieb sich, auf seiner Matte aus Gras sitzend, den Schlaf aus den Augen. Er schlief auf der Veranda seines Hauses, die Teil des steinernen Fundaments war, das nun schon seit über achthundert Jahren existierte. Malink erhob sich mit knackenden Gelenken und ging zu der Staude roter Bananen, die vom Dach der Veranda hing, um zwei Stück davon abzureißen und jedem der Jungen eine in die Hand zu drücken.

»Wo habt ihr den Medizinmann gesehen?«

»Er kommt über Vincents Landebahn.«

»Brave Jungs. Jetzt geht schön frühstücken.«

Malink ging zu einem Farnstrauch hinter seinem Haus, zog seinen *Thu* zur Seite und wartete darauf, daß er endlich pinkeln konnte. Es schien so, als würde es jeden Tag länger dauern, bis es endlich soweit war. Der Medizinmann hatte Malink erzählt, daß er das Prostata-Monster verärgert hatte und die einzige Möglichkeit, es wieder gnädig zu stimmen, darin bestand, aufzuhören Kaffee und *Tuba* zu trinken und statt dessen die bittere Wurzel der Sägenpalmette zu essen.

Malink hatte fast zwei volle Tage lang diese Ratschläge beherzigt, bevor er aufgegeben hatte, weil es gar zu mühselig war, wach zu werden ohne Kaffee, einzuschlafen ohne *Tuba*, und weil er von Sägenpalmette Bauchschmerzen bekam und ihm die ganze Zeit der Kopf weh tat. Dann mußte das Prostata-Monster eben weiter wütend bleiben. Der Medizinmann hatte auch nicht immer recht.

Er beendete sein Geschäft und rückte seinen *Thu* zurecht, wobei er eine donnernde Kanonade erschallen ließ, bevor er wieder zu seinem Stammplatz auf der Veranda zurückkehrte, um sich seine Zigaretten zu holen. Die Frauen hatten ein Feuer angefacht, um Kaffee zu kochen, und aus dem rostigen Wellblechanbau, der als Küche diente, waberte der Rauch brennender Kokosschalen und hing als blauer Nebel unter dem Baldachin der Kokospalmen, Brotfrucht- und Mahagonibäume.

Malink zündete sich eine Zigarette an, und als er wieder aufblickte, sah er den Medizinmann den Korallenpfad entlangkommen. Sein weißer Laborkittel stach förmlich aus dem Grün und Braun des Dorfes heraus.

»*Saswitch*« (Guten Morgen), sagte Malink. Der Medizinmann sprach ihre Sprache.

»*Saswitch*, Malink«, sagte der Medizinmann. Beim Klang seiner Stimme rannten Malinks Frau und seine Töchter aus der Küche und verschwanden irgendwo in dem Gewirr der Wege des Dorfes.

»Kaffee?« fragte Malink auf englisch.

»Nein, Malink, dafür ist heute keine Zeit.«

Malink verzog das Gesicht. Etwas zu trinken oder zu essen abzulehnen, wenn es einem angeboten wurde, war ein Zeichen von Unhöflichkeit, das sich selbst der Medizinmann nicht erlauben durfte.

»Dann wir trinken einen Schluck Tang. Du wollen Tang? Weltraumfahrer es auch trinken.«

Der Medizinmann schüttelte seinen Kopf. »Malink, da war noch ein anderer Mann zusammen mit dem Piloten, den ihr gefunden habt. Ich muß ihn finden.«

Malink blickte zu Boden. »Ich nicht sehen andere Mann.« Der Medizinmann machte keinen sonderlich wütenden Eindruck, dennoch war es Malink unangenehm, ihn anzulügen. Er wollte Vincent nicht verärgern.

»Ich werde niemanden bestrafen, wenn ihm irgendwas zugestoßen ist – für den Fall, daß er verletzt wurde oder er ertrunken ist. Aber ich muß wissen, wo er ist. Vincent hat mich gebeten, ihn zu finden, Malink.«

Malink konnte förmlich spüren, wie sich die Blicke des Medizinmanns in seine Schädeldecke bohrten. »Vielleicht ich sehen andere Mann. Ich werde fragen im Männerhaus. Wie er aussehen?«

»Du weißt, wie er aussieht. Ich muß ihn finden, und zwar jetzt. Die Himmelsgöttin wird euch auch wieder Kaffee und Zucker geben, wenn ihr ihn heute noch auftreibt.«

Malink erhob sich. »Komm. Wir ihn finden.« Er führte den Medizinmann durch das Dorf, das einen völlig verlassenen Eindruck machte, wenn man von einer Handvoll Hühner und Hunde absah, doch Malink blieben die Augen nicht verborgen, die hinter den Eingängen der Hütten auf ihn gerichtet waren. Wie sollte er das hier erklären, wenn sie ihn nachher fragten, warum der Medizinmann ins Dorf gekommen war? Sie ließen das Dorf hinter sich, passierten die verlassene Kirche und den Friedhof, wo dicke Korallenklumpen die Erde beschwerten, damit die Körper der Toten in der Regenzeit nicht an die Oberfläche gespült wurden, und nahmen dann den zugewucherten Pfad, der zu Sarapuls kleiner Hütte führte.

Der alte Kannibale saß vor dem Eingang und wetzte seine Machete.

Malink drehte sich zu dem Medizinmann um und flüsterte: »Er manchmal schlechtes Benehmen. Er sehr alt. Du nicht böse sein.«

Der Medizinmann nickte.

»*Saswitch*, Sarapul. Der Medizinmann will mit dir reden.«

Sarapul schaute auf und starrte die beiden an. In seinem Haar steckten rote Hühnerfedern, und von einer Schnur über seinem Kopf hingen zwei abgetrennte Hühnerfüße. »Die Medizinmänner sind alle tot«, sagte Sarapul. »Der da ist nur ein weißer Doktor.«

Malink schaute den Medizinmann entschuldigend an und wandte sich wieder an Sarapul. »Er will den Mann sehen, den du zusammen mit dem Piloten gefunden hast.«

Sarapul strich mit dem Daumen über die Klinge seiner Machete. »Ich hab keine Ahnung, was mit ihm passiert ist. Vielleicht ist er schwimmen gegangen, und ein Hai hat ihn erwischt. Vielleicht hat ihn jemand gegessen.«

Sebastian Curtis machte einen Schritt vorwärts. »Es wird ihm nichts passieren«, sagte er. »Wir werden ihn mit dem Schiff zurückschicken.«

»Ich will zum Schiff«, sagte Sarapul. »Ich will mir Sachen kaufen. Warum können wir nicht zum Schiff?«

»Darum geht es jetzt überhaupt nicht, alter Mann. Vincent will, daß dieser Mann gefunden wird, und wenn er tot ist, muß ich das wissen.«

»Vincent ist tot.«

Der Medizinmann ging in die Knie, bis er dem alten Kannibalen Auge in Auge gegenüberkauerte. »Du hast die Wachmänner in der Siedlung gesehen, Sarapul. Wenn der Mann in einer Stunde nicht am Tor ist, sorge ich dafür, daß die Wachmänner die ganze Insel auf den Kopf stellen, bis sie ihn gefunden haben.«

Sarapul grinste. »Die Japaner? Gut. Schick sie hierher.«

Er schwang die Machete vor dem Gesicht des Medizinmanns herum. »Ich habe ein Geschenk für sie.«

Curtis erhob sich. »Eine Stunde.« Er drehte sich um und ging davon.

Malink trottete ihm hinterher. »Vielleicht er haben recht. Vielleicht der Mann ertrunken oder so.«

»Sieh zu, daß du ihn findest, Malink. Was ich über die Wachmänner gesagt habe, ist mein Ernst. Ich will diesen Mann in einer Stunde.«

»Er ist weg«, sagte Sarapul. »Du kannst rauskommen.«

Kimi ließ sich aus dem Gebälk von Sarapuls Hütte fallen. »Wovon redet er da – welche Wachmänner?«

»Ha!« rief Sarapul. »Der hat doch keine Ahnung. Der hat noch nicht mal gemerkt, daß ich das hier hatte.« Sarapul griff unter sich und brachte ein geköpftes Huhn zum Vorschein, auf dem er die ganze Zeit über gesessen hatte. »Der ist kein Medizinmann.«

»Er hat gesagt, es gibt Wachmänner«, sagte Kimi.

Sarapul legte sein Huhn auf den Boden. »Wenn du Angst hast, ist es besser, du gehst.«

»Ich muß Roberto finden.«

»Sollen ihre Wachmänner ruhig kommen«, sagte Sarapul und fuchtelte mit seiner Machete herum. »Die werden genauso sterben wie das Huhn hier.«

Kimi wich vor dem alten Kannibalen zurück, der aussah, als würde ihm jeden Moment der Schaum vor den Mund treten. »Wir sind doch Freunde, oder?«

»Mach ein Feuer«, sagte Sarapul. »Ich will mein Huhn essen.«

34

Gefährliches Wasser

Jefferson Pardee gab sich verzweifelte Mühe, nicht auszusehen wie eine Meeresschildkröte. Er schaffte es schließlich, an die Oberfläche zu gelangen, Luft zu holen und seine Maske aufzusetzen. Das Blut aus seiner Nase schwappte darin herum wie Brandy in einem Schwenker. Nachdem er den Müllsack mit seinen Sachen darin geortet und ihn unter seinen Bauch geklemmt hatte wie ein Schwimmkissen, war sein Hauptanliegen, unter allen Umständen jegliche Ähnlichkeit mit einer Meeresschildkröte zu vermeiden. Für die Haie, die in den warmen Pazifikgewässern vor Alualu lebten, waren Meeresschildkröten gleichbedeutend mit Nahrung. Nicht daß tatsächlich die Gefahr bestanden hätte, daß der eine oder andere Hai jenem speziellen Irrtum erlegen wäre. Denn selbst ein geistig arg strapazierter Hai wäre nie auf die Idee gekommen, daß Meeresschildkröten Boxershorts trugen, die mit fliegenden Schweinen bedruckt waren, oder einen endlosen Schwall von Obszönitäten ausstießen, wenn sie nicht gerade kettenrauchermäßig nach Luft japsten. Dennoch rochen zwei harmlose Riffhaie Blut im Wasser und glitten heran, um die Quelle des Geruchs zu erkunden und sich anschließend wieder davonzumachen, wobei sie tiefstes Bedauern empfanden angesichts der Tatsache, daß sie es in den gesamten hundertzwanzig Millionen Jahren ihrer Existenz auf dem Planeten Erde nicht geschafft hatten, ein Organ zum Lachen zu entwickeln.

Es herrschte kaum Brandung, und außerdem war Ebbe, so daß, wenn man Pardees Wasserverdrängung in Rechnung stellte, diesem die Schwimmerei nicht hätte sonderlich schwerfallen sollen. Beim Anblick der unter ihm herumstreichenden schwarzen Schatten allerdings verfiel sein Herz in ein markerschütterndes Getrommel, das erst dann aufhörte, als er bereits mit seinen Knien über das Riff schrammte. Der Plastiksack hatte sich in dem Fächer einer Koralle verfangen und Pardees Vorwärtsdrang lange genug gestoppt, um ihn erkennen zu lassen, daß das Wasser hier auf dem Riff gerade mal einen halben Meter tief war. Er wirbelte herum und setzte sich auf die Korallen, ohne sich darum zu kümmern, daß sie ihm in den Hintern schnitten. Verzweifelt japsend rang er nach Luft, und um ihn herum bildeten sich ringförmige Wellen. Pardee setzte die Tauchermaske ab, ohne darauf zu achten, daß ihm das Blut über das Gesicht und die Brust lief, um schließlich eine rostrote Wolke im Wasser zu bilden. Aus dem Riff stiegen kleine blaue und gelbe Fische auf, die auf der Suche nach etwas Eßbarem um ihn herumschwammen und an seiner Haut knabberten. Es war, als ob eine Schar kleiner Kinder ihn zu kitzeln versuchte.

Er schaute sich zum Strand um. Dieser war etwa zweihundert Meter entfernt. Hier auf der Innenseite des Riffs war die Gefahr, auf Haie zu stoßen, minimal – jedenfalls war sie so gering, daß er erst mal sitzen blieb und sich ein Weilchen ausruhte. Er schaute zu, wie sich die Wellen um ihn herum sanft brachen und ihm den Rücken hinaufschwappten, und plötzlich fiel ihm zu seinem Entsetzen ein, daß ihm in ein paar Stunden dieselbe Prozedur noch einmal bevorstand – und dann womöglich auch noch gegen die auflaufende Flut mitsamt den dazugehörigen Wellen. Er mußte jemanden mit einem Boot finden, klarer Fall.

Es vergingen zehn Minuten, bis sein Herzschlag sich einigermaßen beruhigt hatte und er seinen Mut soweit zusammengenommen hatte, daß er es wagen konnte, auch noch die letzte Etappe schwimmend hinter sich zu bringen. Er nahm eine Gruppe von Kokospalmen ins Visier, die an einem kleinen Stück Strand standen, und glitt über das Riff auf die Insel zu, wobei er nur sacht mit den Flossen schlug und das Wasser permanent nach Anzeichen von irgendwelchen Haien absuchte. Doch abgesehen von einem kurzen Moment des Entsetzens, als plötzlich ohne jede Vorwarnung ein Mantarochen mit einer Spannweite von über zwei Metern herangeschossen kam und unter ihm vorbeischwebte, bereitete ihm diese letzte Schwimmetappe keine Probleme. Wenn Mantarochen schon so harmlos sind, wie immer behauptet wird, dann sollten sie gefälligst auch harmloser aussehen, dachte Pardee. Die Scheißviecher sehen aus wie Dracula unter Wasser.

Er saß gerade am Rande der auslaufenden Wellen am Strand und versuchte, das Klebeband zu lösen, mit dem die Schwimmflossen festgemacht waren, als er hinter sich ein scharfes metallisches Klicken hörte. Er drehte sich um und sah zwei Männer in Schwarz, die jeweils eine Uzi auf seinen Kopf gerichtet hielten. »*Konichi-wa*«, sagte er. »Hat einer von euch vielleicht 'ne trockene Zigarette? Wie's aussieht, ist mein Müllsack geplatzt.«

Ein Siebener Eisen, dachte Tuck. Nach all diesen Jahren brauche ich plötzlich ein Siebener Eisen.

Tucker Case spielte nicht Golf. Er hatte es ein einziges Mal probiert, doch obwohl es ihm einigen Spaß gemacht hatte, sich dabei zu betrinken und den kleinen Elektrowagen in den See zu fahren, hatte er nicht begriffen, was daran so Besonderes sein sollte. Es schien – und er hatte sich durchaus eingehend mit der Materie beschäftigt, denn sein Vater war ein begeisterter Golfer gewesen –, als ob es sich dabei um nichts weiter handelte als um einen Haufen reicher weißer Idioten, die in Deppenklamotten auf einem lächerlich großen Rasen herumliefen und mit verbogenen Schlägern auf lächerlich kleine weiße Bälle eindroschen. Wenn die Grüns jeweils an einem Ende einer Bahn gelegen hätten und es darum gegangen wäre, daß jeweils vier Spieler ihr eigenes Grün gegen eine gegnerische Mannschaft verteidigten, beziehungsweise versuchen mußten, deren Grün zu erobern und dabei dem Risiko ausgesetzt waren, von einem Ball oder einem Schläger getroffen zu werden – dann wäre es ein ganz nettes Spiel gewesen. Oder wenn es darum gegangen wäre, die achtzehn Löcher möglichst schnell abzuhaken, und nicht mit so wenig Schlägen wie möglich, und zu diesem Zweck die kleinen Wägelchen mit ein paar heißen Motoren ausgestattet gewesen wären, das wäre ein Sport nach seinem Geschmack gewesen. (Vielleicht hätte man ja auch diese *Ben-Hur*-mäßigen Fleischwölfe an die Räder montieren und es ausdrücklich erlauben können, den Gegner zu Hackfleisch zu machen.) Aber so wie sich Golf in seiner traditionellen Form darstellte, konnte Tuck ihm nie etwas abgewinnen. Seltsam, daß er just in diesem Augenblick nichts so sehnlich herbeiwünschte wie ein Siebener Eisen – oder vielleicht eine Schrotflinte.

Bereits vor Sonnenaufgang war Tuck aufgewacht – und zwar äußert unsanft und seitdem jeden Schlafes beraubt durch etwa acht Millionen Hähne, die nun, da es mittlerweile zehn Uhr war, noch immer nicht die geringsten Anstalten machten, endlich den Schnabel zu halten. Was für ein Vergnügen, das schmatzende Geräusch eines Siebener Eisens in einem Büschel roter Federn zu vernehmen, das Wohlgefühl beim Aufprall eines sorgsam ausbalancierten Metallwerkzeugs auf Geflügelfleisch (das augenblicklich verstummt und außerdem als Entschädigung für die eigenen Bemühungen und erlittenes Ungemach auch noch weichgeklopft wird). Er sah sich, wie er durch einen Käfig voller Hähne schritt, sein Siebener Eisen schwingend wie der Sensenmann im Auftrag des Colonel Kentucky. Meine lieben gefiederten Freunde, willkommen im Todeslager von Tucker Case! In Kürze werden euch die Klöten zermatscht, seid bitte so nett, und macht euch schon mal fertig.

Tucker Case war alles andere als ein Morgenmensch.

Er kam zu dem Entschluß, daß er den Viechern noch fünf Minuten geben würde, um dann zum Doc zu rauschen und sich ein Siebener Eisen zu leihen. Als er fünf Minuten später gerade aus dem Haus gehen wollte, klopfte Beth Curtis an die Tür und trat ein, ohne eine Einladung abzuwarten. Sie trug eine blaue Wegwerfmontur für den OP und ein Haarnetz, außerdem keinerlei Make-up, und auch von ihrem leeren Hausfrauenlächeln war nichts zu sehen.

»Mr. Case, Sie müssen in zwei Stunden bereit sein zu fliegen. Schaffen Sie das?«

»Ähm, klar. Glaube ich zumindest. Wo geht's denn hin?«

»Japan. Die genauen Koordinaten sind bereits in den Bordcomputer des Flugzeugs einprogrammiert. Was ich von Ihnen verlange, ist, daß Sie die Maschine auftanken und startklar machen, damit wir losfliegen können.«

Tucker hatte das Gefühl, als sei dies nicht im geringsten die Person, mit der er die ganze letzte Woche lang zu tun gehabt hatte. Die sanfte Weiblichkeit war völlig verflogen, statt dessen hatte er knallharte Geschäftsmäßigkeit vor sich.

»Ich bin bisher noch nicht dazu gekommen, mich mit den Instrumenten vertraut zu machen.«

»Sie haben den Job doch angenommen, oder? Können Sie das Ding fliegen?«

Tuck nickte.

»Dann seien Sie in zwei Stunden soweit.« Sie machte auf dem Absatz kehrt und marschierte in Richtung Krankenhaus. Tuck wollte ihr schon folgen, doch dann bemerkte er bei einem Blick zwischen die Bäume hindurch, daß sich unten am Strand etwas bewegte: Männer luden Treibstoffässer von einem langen Beiboot auf den Pier. Er sah einen weißen Frachter, der außerhalb des Riffes vor Anker lag.

»Mrs. Curtis!« rief er.

Sie drehte sich um und schaute ihn an wie ein lästiges Insekt. »Ja, Mr. Case.«

»Das Schiff da. Sie haben mir nichts von einem Schiff gesagt.«

»Das ist für Sie ohne Belang. Die bringen lediglich diverse Vorräte. Und jetzt machen Sie bitte das Flugzeug startklar.«

»Aber wenn Sie Vorräte geliefert bekommen, warum müssen wir dann…?«

»Mr. Case«, blaffte sie ihn an, »kümmern Sie sich um Ihre Arbeit. Der Doktor braucht mich.« Sie riß die Tür zum Krankenhaus auf und trat hinein.

»Fragen Sie ihn, ob er mir sein Siebener Eisen leihen kann«, sagte Tuck kleinlaut.

Schlurfenden Schrittes ging Tuck zurück zu seinem Bungalow. Er hatte gerade mal ein paar Sekunden in der prallen Sonne gestanden, und schon bekam er solche Kopfschmerzen, daß er befürchtete, jeden Augenblick ohnmächtig zu werden. Er würde wieder fliegen. Ihm war schlecht und schwindlig, er halluzinierte von sprechenden Fledermäusen, und gerade jetzt sollte er das einzige tun, worin er jemals gut gewesen war. Er hatte die Hosen gestrichen voll.

Es war fünfzig Jahre her, seit zum letzten Mal Männer mit Gewehren in die Hütten der Haifischmenschen eingedrungen waren. Während die vier Wachleute von Haus zu Haus gingen, schritt Malink die Pfade ab, die durch das Dorf führten, und trug sein drahtloses Telefon spazieren, damit seine Leute sehen konnten, daß er alles unter Kontrolle hatte. Seit dem Zeitpunkt, als die vier Japaner ins Dorf gekommen waren, hatte er immer wieder versucht, den Medizinmann anzurufen, doch stets hatte er nur den Anrufbeantworter erreicht. Also hatte er allen gesagt, daß sie in ihre Häuser gehen und den Wachen keinen Widerstand leisten sollten, und hätte man nicht hie und da ein verängstigtes Kind schluchzen hören, man hätte glatt den Eindruck gewinnen können, das Dorf sei verlassen. Malink hörte, wie die Wachen die Haufen von Kokoshülsen niedertrampelten, die in den Kochhütten als Brennmaterial aufgestapelt waren.

Plötzlich stand Favo neben ihm. Jener Favo, der während des Krieges gesehen hatte, wie die Japaner auf der Insel eingefallen waren, und der das Gemetzel miterlebt hatte. »Warum läßt Vincent das zu?«

Malink wußte auch keine Antwort. An diesem Morgen hatte er

das Zippo angezündet und Vincent um Rat gefragt. »Es ist der Wille des Medizinmannes, also ist es auch Vincents Wille. Sie wollen den Weibsmann.«

»Wir sollten kämpfen«, sagte Favo. »Wir sollten die Wachen umbringen.«

»Mit Speeren gegen Maschinengewehre, Favo? Sollen unsere Kinder etwa auch ohne Väter aufwachsen, genauso wie wir? Nein. Die werden den Weibsmann finden, und dann gehen sie wieder.«

»Der Weibsmann lebt doch jetzt bei Sarapul. Hast du ihnen das erzählt?«

»Hab ich. Ich habe den Medizinmann zu ihm geführt.«

Die Wachen traten aus der alten Kirche und kamen in einer Reihe den knirschenden Pfad entlang auf Malink und Favo zu. Die alten Männer rührten sich nicht vom Fleck, so daß die Wachen durch einen Farnstrauch trampeln mußten, um an ihnen vorbeizukommen. Favo stieß einen Fluch aus, doch es war zu lange her, seit er zum letzten Mal Japanisch gesprochen hatte, und außerdem eignete sich diese Sprache ohnehin nicht sonderlich zum Fluchen. Alles, was er zustande brachte, war die Bemerkung, daß ihre Lastwagenreifen nach Sardinen stanken, und dafür erntete er keinerlei Reaktion.

»Spitzenfluch«, sagte Malink in der Hoffnung, zur Verbesserung der Laune seines Freundes beizutragen.

»Ich muß noch dran feilen. Englisch ist einfach besser geeignet zum Fluchen.«

»Die haben Maschinengewehre, Favo.«

»Blöde Scheißer«, sagte Favo.

»Amen«, sagte Malink und bekreuzigte sich im Zeichen des B-26-Bombers.

Die beiden alten Männer trotteten den Wachen hinterher, folgten ihnen von Haus zu Haus und warteten draußen, damit die Dorfbewohner sie sehen konnten, wenn sie aus ihren Häusern gescheucht wurden.

Was die Wachen anging, so waren sie völlig gefrustet von dem ganzen Aufstand, den sie hier veranstalteten. Sie hatten sich darauf gefreut, ein paar Türen einzutreten, um nun feststellen zu müssen, daß die Haifischmenschen überhaupt keine Türen hatten. Es gab auch keine Betten, die man umschmeißen konnte, keine Hinterzimmer, in die man hätte hineinstürmen können, keine Schränke, mit anderen Worten nichts, wo ein Mann sich hätte verstecken können, ohne bereits bei der oberflächlichsten Durchsuchung sofort aufzufallen. Und zu allem Überdruß hatte der Doktor ihnen auch noch befohlen, daß niemand verletzt werden durfte. Sie wollten auf gar keinen Fall einen Fehler machen. Mochten sie auch noch so martialisch wirken mit ihrem militärischen Gehabe, im Grunde genommen waren sie nichts als ein Haufen Versager. Nummer eins war Wachmann in einem Atomkraftwerk gewesen, bis man ihn wegen Drogenkonsums gefeuert hatte; zwei andere waren Brüder, die aus dem Polizei-Department von Tokio ausgeschlossen worden waren, weil sie Bestechungsgelder von den Yakuza angenommen hatten, und der vierte stammte aus Okinawa, wo er als Jiu-Jitsu-Lehrer gearbeitet hatte, bis er einen deutschen Touristen in einer Bar totgeprügelt hatte, weil dieser sich beim Karaoke zu sehr danebenbenommen hatte. Die vier waren angeheuert worden von einem Mann, der ihnen schwarze Uniformen verpaßt und ihnen unmißverständlich zu verstehen gegeben hatte, daß dies ihre letzte Chance war. Sie hatten zwei Möglichkeiten zur Auswahl: Erfolg und Reichtum oder Tod. Folglich nahmen sie ihren Job ziemlich ernst.

»Vielleicht steckt er in den Bäumen«, sagte Favo auf japanisch. »Seht mal in den Bäumen nach!«

Ohne stehenzubleiben blickten die Wachen nach oben zu den Bäumen, mit dem Resultat, daß sie ineinanderrasselten. Über ihren Köpfen ertönte das Geflatter von Flügeln, und dem Mann aus Okinawa klatschte eine Ladung Fledermausschiß auf die Stirn. Er zog den Abzug seiner Uzi, und augenblicklich war die Luft erfüllt vom dröhnenden Stakkato der Geschosse vom Kaliber Neun Millimeter, die das Laubwerk zerrissen. Als das Magazin leer war, segelten Palmwedel auf den Boden um sie herum. Verängstigte Kinder vergruben ihre Gesichter in den Armen ihrer Mütter und weinten. Favon, der neben seinem Freund am Boden lag und die Arme über den Kopf geschlagen hatte, kicherte wie eine asthmageplagte Hyäne.

Zwischen den Wachen kam es zu einem kurzen Handgemenge, denn sie wußten nicht genau, was nun zu tun war – sollten sie ihren Kollegen entwaffnen oder ebenfalls den Abzug durchziehen und ein Massaker veranstalten? Und plötzlich, während das Heulen, das Kichern und das Handgemenge in vollem Gange war und die Schüsse noch in aller Ohren klingelten, erhob sich das helle Lachen eines Mädchens. Die Wachen schauten auf. Sepie stand im Eingang des Jungmännerhauses. Sie trug nichts weiter als einen Slip, den sie vor kurzem einem Seefahrer mit einem Hang zum Transvestitentum abgeluchst hatte. »Hey, Matrosen«, sagte sie und probierte bei dieser Gelegenheit gleich noch einen Spruch, den sie ebenfalls von Kimi hatte, »wollt ihr 'n bißchen Spaß?« Die Wachen verstanden zwar nicht, was sie sagte, doch sie kapierten sehr wohl, was sie meinte.

»Geh rein, Mädchen«, schimpfte Malink. Frauen war es nicht erlaubt, ihre Schenkel in der Öffentlichkeit zu zeigen, dies galt selbst für die Liebesdienerinnen. Weder beim Schwimmen noch beim Baden, noch beim Scheißen am Strand. Schlichtweg niemals.

»Geh wieder rein«, sagte Favo. »Wenn die weg sind, kriegst du eine Tracht Prügel.«

»Prügel hab ich schon oft genug gekriegt«, sagte Sepie. »Jetzt werde ich reich.«

»Sag du's ihr«, sagte Favo zu Malink.

Malink zuckte mit den Achseln. Seine Autorität als Häuptling funktionierte nur so lange, wie sein Volk ihm aus freien Stücken gehorchte. Um sich des Respekts seiner Untertanen zu versichern, mußte er herausfinden, was sie wollten, um ihnen dann zu befehlen, genau das zu tun. Nun ergriff er die härteste Maßnahme, die er, was Strafe anging, überhaupt kannte. »Sepie, du darfst zehn Tage nicht mal einen Fuß ins Meer setzen.«

Sepie drehte sich um und wackelte ihm mit dem Hintern zu, bevor sie im Jungmännerhaus verschwand. Völlig verdattert hörten die Wachen mit ihrem Handgemenge auf und bewegten sich zögerlich in Richtung Eingang, wobei sie sich gegenseitig ratlos anschauten, um vom jeweils anderen die Erlaubnis einzuholen hineinzustürmen.

»Das ist alles nur deine Schuld«, sagte Malink zu Favo. »Du hättest erst gar nicht damit anfangen sollen, ihr Sachen zu schenken.«

»Ich hab ihr nichts geschenkt«, sagte Favo.

»Du hast ihr Sachen geschenkt, damit« – und an dieser Stelle riß Malink sich zusammen, um zu vermeiden, daß er einen Freund verlor –, »damit sie dir Gefälligkeiten erweist.«

35

Freie Presse, mein Arsch

In der Ecke eines fensterlosen Raumes aus Betonblocksteinen saß Jefferson Pardee auf einem Bürostuhl aus Metall. Der Wachmann stand an der eisernen Tür, seine Maschinenpistole auf Pardees haarige Brust gerichtet. Der Reporter bemühte sich zwar darum, so zu wirken wie die verletzte Unschuld, doch in Wirklichkeit hatte er eine Heidenangst. Er spürte, wie ihm das Herz in der Kehle pochte und der kalte Schweiß in Strömen den Rücken hinunterlief. Er hatte zwar versucht, mit den Wachen zu reden, doch entweder sprachen sie kein Englisch, oder sie gaben es zumindest vor, und so hatte er seine Versuche irgendwann eingestellt.

Er hörte, wie der schwere Eisenriegel an der Tür zurückgeschoben wurde, und rechnete schon damit, daß nun der andere Wachmann zurückkommen würde, doch statt dessen betrat eine Frau in OP-Klamotten den Raum. Ihre Augen hatten die gleiche Farbe wie ihr blauer Kittel, und trotz der drückenden Hitze schien es, als würde sie frieren.

»Endlich«, sagte Jefferson Pardee. »Hier liegt irgendein Irrtum vor.« Er streckte seine Hand aus und hoffte, daß nicht zu sehen war, wie sehr er zitterte, doch augenblicklich hob der Wachmann seine Uzi. »Ich bin Jefferson Pardee vom *Truk Star*.«

Sie nickte dem Wachmann zu, und dieser verließ den Raum. Ihre

Stimme klang freundlich, doch sie zeigte nicht die Spur eines Lächelns.

»Ich bin Beth Curtis. Mein Mann leitet die Klinik auf dieser Insel.« Sie machte keinerlei Anstalten, ihm die Hand zu geben. »Ich bedauere, daß man Sie so behandelt hat, Mr. Pardee, aber die gesamte Insel steht unter Quarantäne. Wir versuchen den Kontakt mit der Außenwelt zu beschränken, soweit es geht, bis wir die Epidemie besser unter Kontrolle haben.«

»Was für eine Epidemie? Davon habe ich noch gar nichts gehört.«

»Enzephalitis. Und zwar verursacht durch einen seltenen Erreger, der sich durch die Luft verbreitet und hochgradig ansteckend ist. Wir lassen niemanden von der Insel, der damit in Kontakt getreten sein könnte.«

Jefferson Pardee stieß einen tiefen Seufzer der Erleichterung aus. Das war also die große Story. Natürlich würde er versprechen, niemandem gegenüber auch nur ein Sterbenswörtchen darüber zu verlieren, aber das *Time Magazine* würde ihm eine Geschichte dieses Kalibers aus den Händen reißen. Allerdings würde er den Teil auslassen, wo er in seinen mit fliegenden Schweinen bedruckten Boxershorts gefangengenommen worden war. »Und die Wachen?«

»Weltgesundheitsorganisation. Die hat uns außerdem ein Flugzeug und Laboreinrichtungen zur Verfügung gestellt, wie Sie bestimmt schon gesehen haben.«

Er hatte jede Menge Laboreinrichtungen gesehen, als man ihn durch das kleine Krankenhaus geführt hatte, aber das Flugzeug kannte er nur vom Hörensagen. Er beschloß, weitere Fakten in Erfahrung zu bringen. »Sie haben einen Lear-Jet, stimmt das?«

»Ja.« Wie es schien, war sie reichlich verblüfft über seine Bemerkung. »Woher wissen Sie das?«

»Ich habe so meine Quellen«, sagte Pardee und wünschte sich, er wäre Brillenträger, damit er sie nun abnehmen und einen bedeutungsschweren Eindruck machen konnte.

»Da bin ich mir ganz sicher. Informationen verbreiten sich

manchmal wie Viren, und die einzige Möglichkeit ihnen beizukommen, ist, sie bis zu ihrem Ursprung zurückzuverfolgen. Wer hat Ihnen von der Lear erzählt?«

Pardee hatte nicht die Absicht, sich melken zu lassen, ohne dafür etwas zu bekommen. »Wie lange wissen Sie schon von dieser Enzephalitis?«

Nun bemerkte Pardee zum ersten Mal, daß Beth Curtis die ganze Zeit, seit sie miteinander sprachen, ihre rechte Hand hinter ihrem Rücken gehalten hatte. Es fiel ihm just in dem Augenblick auf, als ihre Hand zum Vorschein kam, und er sah, daß sie eine Injektionsspritze darin hielt. »Mr. Pardee, diese Spritze enthält ein Serum, das mein Gatte und ich im Auftrag der Weltgesundheitsorganisation entwickelt haben. Durch Ihr eigenmächtiges Eindringen auf Alualu haben Sie sich einem tödlichen Virus ausgesetzt, der das Nervensystem angreift. Der Impfstoff ist allem Anschein nach selbst nach der Ansteckung noch wirksam, jedoch nur, wenn er innerhalb weniger Stunden verabreicht wird. Ich möchte Ihnen diesen Impfstoff wirklich gerne verabreichen, doch wenn Sie weiterhin darauf bestehen, dieses Katz-und-Maus-Spielchen zu spielen, kann ich Ihnen nicht garantieren, daß Sie von dieser Krankheit verschont bleiben und dann einen grausamen und schmerzhaften Tod erleiden. So, und nachdem das nun gesagt ist, noch einmal: Wer hat Ihnen von dem Jet erzählt?«

Pardee spürte, wie ihm erneut der Schweiß ausbrach. Sie war weder laut geworden, noch hatte auch nur ein Anflug von Zorn oder Wut in ihrer Stimme gelegen, und dennoch fühlte er sich, als würde sie ihm ein Messer an die Kehle halten. Also gut, dann halt zur Hölle mit dem tapferen Journalisten. Mit dem, was sie ihm bis jetzt erzählt hatte, konnte er immer noch einigen Staub aufwirbeln. »Ich habe mit dem Piloten gesprochen, der vor einigen Monaten in Truk Zwischenstation gemacht hat.«

»Vor ein paar Monaten? Nicht erst vor kurzem?«

»Nein, er hat erzählt, daß er für ein paar Missionare auf Alualu einen Jet fliegen soll. Also bin ich rausgefahren, um mehr in Erfahrung zu bringen.«

»Und weiter haben Sie nichts gehört? Nur, daß wir einen Jet haben?«

»Genau. Es ist ziemlich ungewöhnlich, daß ein Missionskrankenhaus das Geld für einen Jet hat, meinen Sie nicht auch?«

Sie lächelte. »Nun, das mag wohl stimmen. Wie wollten Sie denn wieder wegkommen von der Insel, nachdem Sie Ihre Story in der Tasche hatten?«

»Die *Micro Spirit* sollte mich auf der anderen Seite der Insel wieder einsammeln. Und das war's schon. Ich war bloß neugierig. Hängt mit meinem Beruf zusammen.«

»Wer weiß, daß Sie hier sind, abgesehen von der Mannschaft der *Spirit*?«

Pardee dachte über ihre Frage nach; was wäre wohl die beste Antwort? Natürlich war kaum anzunehmen, daß sie ihn an einer fürchterlichen Krankheit zugrunde gehen ließ, aber andererseits war er ja wohl auch kaum so dämlich, daß er hier rauskam, ohne jemandem davon Bescheid zu geben, oder? »Die Leute beim *Star*, die für mich arbeiten, und ein Freund von mir bei AP, den ich wegen einiger Hintergrundinformationen angerufen habe, bevor ich mich auf den Weg gemacht habe.«

»Oh, das ist gut«, sagte sie immer noch lächelnd. Pardee war sehr zufrieden mit sich selbst – er konnte gar nicht anders, denn es war lange her, seit ihm zum letzten Mal eine schöne Frau ihre Aufmerksamkeit geschenkt hatte, ganz zu schweigen von Anerkennung.

Sie zog die Plastikhülle von der Nadel. »Nun denn, bevor ich Ihnen die Spritze gebe, noch ein paar medizinische Fragen, okay?«

»Klar, schießen Sie los.«

»Sie rauchen und trinken exzessiv, korrekt?«

»Von Zeit zu Zeit fröne ich diesen Lastern. Das bringt ebenfalls der Beruf so mit sich.«

»Ich verstehe«, sagte sie. »Und haben Sie jemals einen Aids-Test durchführen lassen?«

»Vor einem Monat. Was das angeht, bin ich blitzsauber.« Das war die Wahrheit. Der Grund, warum er sich dem Test unterzogen hatte, war ein seltsamer Ausschlag auf seinem Bauch gewesen, der sich dann aber als Krätze entpuppte. Der Sanitäter von der Navy hatte ihm eine Salbe gegeben, die die Sache in wenigen Tagen zum Verschwinden brachte.

»Hatten Sie jemals Hepatitis, Krebs oder eine Nierenerkrankung?«

»Fehlanzeige.«

»Und in Ihrer Familie? Gibt es da Fälle von Nierenleiden oder Krebs?«

»Nicht daß ich wüßte, aber ich habe seit fünfundzwanzig Jahren mit niemandem aus meiner Familie gesprochen.«

Just darüber schien sie besonders erfreut. »Sie sind nicht verheiratet? Keine Kinder?«

»Nein.«

»Sehr gut«, sagte sie. Sie stieß ihm die Nadel in die Schulter und drückte den Kolben durch.

»Autsch. Hey, Sie hätten mich ruhig warnen können. Außerdem, muß man die Stelle nicht vorher mit Alkohol abwischen oder so?«

Sie schritt zur Tür und lächelte erneut. »Ich glaube nicht, daß es zu einer Infektion kommt, die ein Problem darstellen könnte, Mr. Pardee. Und jetzt verfallen Sie nicht in Panik, aber in ein oder zwei Minuten werden Sie einschlafen. Ich kann es einfach nicht fassen, daß Sie mir die Geschichte mit der Enzephalitis abgekauft haben. Das Leben in den Tropen läßt die Leute verblöden, glauben Sie nicht auch?«

Sie verschwamm allmählich, und die Linien des Raumes begannen sich zu heben und zu senken, als ob das ganze Gebäude atmen würde. »Was war in...?« Seine Zunge war zu schwer und träge, er brachte die Worte einfach nicht mehr heraus.

»Sie haben keinen Mitarbeiterstab, und Sie haben auch niemanden bei AP angerufen, Mr. Pardee. Das war eine dumme Lüge. Als Todesursache müssen wir wohl ›Selbstüberschätzung‹ eintragen.«

Pardee versuchte aufzustehen, doch seine Beine wollten ihm nicht gehorchen. Er rutschte von seinem Stuhl, die Beine nach vorne abgespreizt.

Beth Curtis beugte sich über ihn, zog eine Schnute und redete mit ihm wie mit einem Kleinkind. »Sind die kleinen Beinilie ganz Wackelpudding?« Sie richtete sich auf und stemmte ihre Hände in die Hüften. Pardee erschien ihr Gesicht wie der Mond hinter vorbeiziehenden Wolken.

Sie sagte: »Sie denken vermutlich, daß es ungemein grausam von mir ist, einen Sterbenden zu verarschen, aber Sie müssen wissen, daß Sie jetzt noch gar nicht sterben werden. In Bälde zwar, aber jetzt noch nicht.«

Pardee versuchte eine Frage herauszubringen, doch das Zimmer schien sich plötzlich zu verflüssigen und über ihm zusammenzustürzen wie eine schwarze Woge.

Sebastian Curtis schritt das Dock entlang, wo die Mannschaft der *Micro Spirit* gerade dabei war, Treibstoffässer von einem Beiboot zu laden. Er trug seinen weißen Laborkittel über seinem Paar Bermuda-Shorts und einem Hawaii-Hemd. Um seinen Hals hing ein Stethoskop, als sei es ein Medaillon, das ihm Macht verlieh.

Der Erste Maat der *Micro Spirit*, der colatrinkenderweise das Entladen überwachte, sprang auf das Dock, um den Doktor zu begrüßen. »Guten Morgen.«

»Guten Morgen«, sagte Curtis. »Haben Sie hier das Kommando?«

»Ich bin der Erste Maat.«

Curtis musterte den tätowierten Tongalesen. »Mr. Pardee wird eine Weile bei uns bleiben. Er hat mich gebeten, Ihnen auszurichten, daß Sie nicht auf ihn warten sollen.«

»Das macht Ihnen nichts aus?« fragte der Maat. Es kam ihm seltsam vor, nachdem Pardee sich solche Mühe gegeben hatte, unbemerkt auf die Insel zu gelangen.

»Nein, natürlich nicht. Wir haben Mr. Pardee sogar angeboten, ihn nach Hawaii zu fliegen, sobald er mit seiner Arbeit hier fertig ist.«

Der Maat hatte noch nie gehört, daß Pardees Namen in einem Satz genannt worden wäre, in dem auch das Wort »Arbeit« vorkam. Es paßte irgendwie überhaupt nicht zusammen. Andererseits hatte er einen Job zu erledigen, und der Doktor zahlte die doppelte Frachtrate für diese Fässer. Er sagte: »Wird er für die Fahrt bezahlen?«

Curtis lächelte und zog ein Bündel Geldscheine aus der Tasche seiner Shorts. »Selbstverständlich. Er hat mich gebeten, Ihnen das Geld zu geben. Wieviel macht es?«

»Die einfache Fahrt von Truk hierher macht dreihundert.«

Der Doktor zählte einen Stapel Zwanziger ab und reichte sie dem Maat. »Hier sind sechshundert. Mr. Pardee hat mich gebeten, für Hin- und Rückfahrt zu bezahlen, denn ursprünglich hatte er es ja so ausgemacht.«

Der Maat starrte auf das Bündel Banknoten. Er kannte Jefferson Pardee nun schon seit zehn Jahren und hatte nie gehört, daß er jemals auch nur ein Bier spendiert hätte. Und nun gab er ihm dreihundert Dollar extra? Dreihundert Dollar, von denen die Schiffahrtsgesellschaft und der Kapitän nichts wußten. »Okay«, sagte er und schnappte sich das Geld, bevor die Mannschaft es sehen konnte. »Okay«, sagte er noch mal.

Er würde die ganze Mannschaft besoffen machen, und sie würden anstoßen auf die Großzügigkeit von Jefferson Pardee.

36

Rückkehr zum Himmel

Die Lear 45 war die normale Managerausführung mit Sitzen in gedämpften Blau- und Grautönen, die einander gegenüberstanden, und kleinen Arbeitstischen dazwischen. Aus irgendeinem Grund hatte Tucker etwas mehr aus dem Rahmen Fallendes erwartet: leuchtende Rummelplatzfarben und einen Affen in Stewardessenmontur oder so was. Vielleicht auch nackte Metallwände, um möglichst viel Frachtgut transportieren zu können. Oder Edelstahl und Email und komplizierteste medizinische Gerätschaften mit allen Schikanen. Aber Fehlanzeige. Das hier war nichts weiter als die stinknormale Standardausführung – die Familienkutsche sozusagen – eines Jets, für den man schlappe vier Millionen Dollar hinblätterte.

Er glitt auf den Pilotensitz, und ein Adrenalinschub rauschte durch seinen Körper, als ob dieser die Bruchlandung mit der pinkfarbenen Gulfstream noch einmal durchlebte. Am liebsten hätte er sich aus dem Staub gemacht, doch er zwang sich sitzen zu bleiben und ließ den Adrenalinschub sich soweit setzen, bis davon nur noch eine leichte Übelkeit übrig war. Dann ging er die Checkliste für die Startvorbereitungen durch. Alles schien normal; die Instrumente und Schalter waren dort, wo sie hingehörten. Er schaltete den Strom für die Anzeigen an, doch nichts geschah: keine Lämpchen, keine LEDs, nichts.

Er spürte, wie ein Ruck durch das Flugzeug ging, als jemand die Bordtreppe heraufkam, und ehe er sich's versah, streckte einer der Wachmänner den Arm um ihn herum und steckte einen zylindrischen Schlüssel in einen Schlitz auf der Instrumentenkonsole. Der Wachmann drehte den Schlüssel mehrmals, und mit einem leisen Brummen erwachte das Cockpit zum Leben.

»Das Ding hier hat einen Hauptschalter, mit dem man den Saft abdrehen kann?« fragte Tuck den Wachmann.

Der Wachmann zog den Schlüssel wieder ab und verließ wortlos das Flugzeug.

»War nett, mit dir zu plaudern«, sagte Tuck. Er hatte noch nie ein Flugzeug mit einem Zündschloß gesehen, und er war sicher, daß dies nicht zur Serienausstattung gehörte. Warum? Wer sollte ein Düsenflugzeug stehlen? Wer konnte so was? Ich zum Beispiel. Da haben wir's. Der Doktor hatte ein Zündschloß einbauen lassen, um ihn daran zu hindern, daß er noch mal so eine Nummer abzog wie in Seattle. Der Mistkerl von einem Missionar traute ihm nicht über den Weg!

Tuck checkte den Navigationscomputer. Er war, wie Beth Curtis ihm gesagt hatte, auf einen Landeplatz in Südjapan programmiert. Er schaute zu, wie die LEDs des Computers sich einschalteten und dabei anzeigten, daß die Verbindung zu den Satelliten hergestellt wurde, die notwendig waren, um die genaue Position des Flugzeugs festzustellen. Als drei der Anzeigen aufleuchteten, erschienen der Längen- und Breitengrad seiner derzeitigen Position auf dem Bildschirm, und nachdem der Kontakt zu einem vierten Satelliten hergestellt war, hatte er auch seine derzeitige Höhe: zweieinhalb Meter über dem Meeresspiegel. Er dachte an Kimi, der sich beim Navigieren an den Sternen orientierte, und seine Schuldgefühle versetzten ihm einen Stich, weil er sich nicht mehr Mühe gegeben hatte, ihn zu finden. Doch er nahm sich vor, auf eigene Faust nach dem Seefahrer zu suchen, sobald er wieder zurück auf Alualu war.

Punkt für Punkt ging er seine Checkliste durch und legte die Kippschalter für den Autostart der Triebwerke um. Während die doppelten Turbinen aufheulten und warmliefen, spürte Tuck, wie seine Panik verflog, als wäre sie ein Geist, der von einem Exorzisten vertrieben wurde. Hier war er am rechten Platz, hier gehörte er hin und tat das, was er am besten konnte. Zum ersten Mal seit Wochen hatte er das Gefühl, einen klaren Kopf zu haben.

Er schob die Regler bis zum Anschlag hin und her und schaute zum Fenster hinaus, um festzustellen, ob die Landeklappen und Leitwerke sich ebenfalls bewegten. Beth Curtis kam durch die Siedlung auf das Flugzeug zu. Jedenfalls nahm er an, daß es Beth Curtis war. Sie trug ein strenges dunkles Kostüm, wie für die Chefetage eines Konzerns, in Kombination mit Nylonstrümpfen und hochhackigen Pumps. Ihr Haar war zurückgekämmt und zu einem strammen Knoten zusammengebunden. Dazu trug sie eine Pilotenbrille mit Goldrahmen. In der einen Hand hatte sie eine kleine Kühlbox aus Plastik und in der anderen einen Aktenkoffer. Sie sah aus wie eine von Mary Jeans Killeranwältinnen. Ihre dritte Identität in ebenso vielen Tagen.

Sie stieg ins Flugzeug, und der Wachmann klappte hinter ihr die Luke zu. Nachdem sie den Aktenkoffer und die Kühlbox im Gepäckfach verstaut hatte, trat sie ins Cockpit und schnallte sich auf dem Copilotensitz fest.

»Irgendwelche Probleme?« fragte sie.
»Sie sehen gut aus, Mrs. Curtis.«
»Danke, Mr. Case. Sind wir soweit?«

»Tuck. Sie können Tuck zu mir sagen. Würden Sie mir einen Gefallen tun und zum Fenster rausschauen, ob sich die Landeklappen und die Ruder bewegen, wenn ich die Regler bediene?«

»Funktioniert prima. Geht's jetzt los?«

Tuck löste die Bremsen und rollte hinaus auf die Startbahn. »Ich muß mir auch eine Sonnenbrille besorgen, wenn wir in Japan sind.«

»Ich bring Ihnen eine mit. Sie werden das Flugzeug nicht verlassen.«

»Werd ich nicht?«

»Wir halten uns nur ein paar Minuten auf und fliegen dann gleich wieder zurück.«

»Hören Sie, Mrs. Curtis, ich weiß, daß Sie mich aufgrund der Umstände, die zu meiner Abwesenheit hier geführt haben, für einen Totalversager halten, aber eigentlich bin ich wirklich gut in meinem Job. Sie müssen mich nicht behandeln wie ein Kind.«

Sie schaute ihn an und nahm ihre Sonnenbrille ab. Tuck wünschte, er hätte ebenfalls eine Sonnenbrille, um sie genauso schwungvoll abzusetzen.

Sie sagte: »Mr. Case, in diesem Augenblick lege ich mein Leben in Ihre Hände. Können Sie mir sagen, was ich noch tun soll, um Ihnen mein Vertrauen zu beweisen?«

Darauf wußte Tuck keine Antwort. »Sie haben wohl recht. Entschuldigung. Aber Sie könnten etwas weniger geheimnisvoll tun in bezug darauf, was hier abläuft. Ich weiß, daß wir keinen Nachschub oder Ausrüstung durch die Gegend fliegen – jedenfalls nicht mit diesem Flugzeug und nicht bei dem Gehalt, das Sie mir zahlen.«

»Wenn Sie es wirklich wissen wollen, kann ich es Ihnen sagen. Aber wenn ich es Ihnen sage, werde ich Sie umbringen müssen.«

Tuck blickte von seinen Instrumenten auf, um ihr ins Gesicht zu sehen. Sie grinste ein dämlich-breites Grinsen, so daß sich kleine Falten um ihre Augenwinkel bildeten.

Er schaute wieder auf seine Instrumente. »Dann werd ich jetzt mal starten. Okay?«

»Und dabei habe ich Ihnen noch nicht mal gezeigt, wie man sich auf unserer kleinen Insel am besten die Zeit vertreiben kann.«

Tuck konzentrierte sich auf die Anzeigen und die Startbahn. »Für welche Kirche arbeitet Ihr Mann?«
»Für die Methodisten.«
»Darüber müssen Sie mir mehr erzählen.«
»Was soll man darüber erzählen? Die Methodisten rocken wie der Teufel!« rief sie und kicherte wie ein kleines Mädchen, während Tuck die Nase des Flugzeuges hochzog in Richtung Himmel.

Malink kam erst spät zur allabendlichen Trinkrunde – in der Hoffnung, daß mittlerweile alle soweit betrunken waren, daß sie vergessen hatten, was sich den ganzen Tag über abgespielt hatte. Er selbst hatte den Großteil des Nachmittags bei Favo zu Hause verbracht, weil er es nicht gewagt hatte, seiner Frau und seinen Töchtern unter die Augen zu treten. Doch nun, da die Sonne schon eine Weile im Ozean kochte, wußte er, daß seine Anwesenheit in der Trinkrunde der Männer unbedingt erforderlich war, weil er sich ansonsten damit herumschlagen mußte, daß *tuba*-geschwängerte Theorien und Gerüchte eine Eigendynamik entwickelten und Realität wurden. Er glitt unauffällig auf einen freien Platz im Sand, obwohl einige der jüngeren Männer zusammenrückten und ihm Platz machten, so daß er auf einem Baumstamm hätte sitzen können mit dem Rücken an einen Baum gelehnt. Dann warf er eine Packung Benson & Hedges in die Mitte der Runde, und Favo verteilte die Zigaretten unter den Männern. Manche zündeten sich sofort eine an, andere brachen sie auseinander, um sie zusammen mit Betelnuß zu kauen, und wieder andere steckten sie sich für später hinters Ohr. Doch insgesamt war diese Ablenkung nur von kurzer Dauer, und einer der Johns, einer der Älteren, fragte: »Also, warum hat uns Vincent die Japaner auf den Hals gehetzt?«

Malink wischte die Bemerkung mit einer Handbewegung beiseite, denn schließlich trank er gerade aus der Kokosschale, wobei er ein großes Brimborium um das Wohlbehagen veranstaltete, das ihm dieser erste Schluck bereitete, bevor er die Schale weiterreichte an Abo, der nachschenkte. Dann zögerte er die Antwort noch weiter hinaus, indem er sich mit dem Zippo eine der Bensons anzündete und sich dabei große Mühe gab, daß auch bloß jeder das Feuerzeug sah und sich daran erinnerte, was es damit auf sich hatte, um schließlich nach einem langen Zug an seiner Zigarette zu sagen: »Ich hab keine Scheißahnung.« Dies sagte er auf englisch, denn Englisch war einfach die beste Sprache zum Fluchen.

»Es ist nicht gut«, sagte John.

»Sie sind zum Jungmännerhaus gegangen«, sagte Abo, der sich wie üblich aufregte. »Sie haben die Schenkel unserer Mispel gesehen.«

»Wir sollten sie umbringen«, sagte einer der jüngeren Männer, der nach Vincent benannt war.

»Und sie aufessen!« fügte jemand hinzu – und es war, als ob die Luft aus der Trinkrunde herausgesaugt worden wäre, bevor diese sich zu einem Lynchmob aufplustern konnte.

Alle wandten sich um und sahen Sarapul, der aus dem Schatten trat. Dieses eine Mal war Malink wirklich froh, ihn zu sehen. Der alte Kannibale wirkte wie ausgewechselt, sein Gang war voller Schwung und Elan, und er machte den Eindruck, als sei er mit einem Mal jünger und stärker als zuvor.

»Ich brauche eine Axt«, sagte Sarapul. Die Männer in der Runde, die im Besitz einer solchen waren, betrachteten den Sand oder musterten ihre Fingernägel.

»Wozu?« fragte Malink.

»Das kann ich dir nicht sagen, es ist ein Geheimnis.«

»Du hast doch nicht etwa vor, auf Kopfjagd zu gehen?« sagte Malink. »Dein Menschenfresser-Gerede lassen wir uns gerade noch gefallen, aber wenn's um Kopfjägerei geht, ist Schluß. Solange ich Häuptling bin, gibt's keine Kopfjagden!«

Es erhob sich ein allgemeines Grunzen, das Zustimmung zu den Äußerungen Malinks zum Ausdruck bringen sollte. Und dieser war froh, daß sich ihm die Gelegenheit geboten hatte, seine Führungsrolle in einer Art und Weise zu festigen, die von niemandem in Zweifel gezogen werden konnte. Ein Anthropologe war vor längerer Zeit einmal auf die Insel gekommen und hatte ihm ein Buch über Kopfjäger geschenkt. Malink fühlte sich sehr kosmopolitisch, wann immer sich ihm die Gelegenheit bot, über dieses Thema zu diskutieren.

Sarapul hingegen war verwirrt. Er hatte niemals das Kopfjägerbuch gelesen, ebensowenig wie irgendein anderes Buch, aber er besaß eine Comic-Ausgabe des *Graf von Monte Christo*, die ein Matrose ihm in jenen Tagen gegeben hatte, als es den Haifischmenschen noch nicht verboten war, zu den vorbeikommenden Schiffen hinauszuschwimmen. Kimi mußte ihm jeden Abend daraus vorlesen. Was Sarapul daran besonders gefiel, war der Aspekt von Rache und Mord, der sich durch die gesamte Geschichte zog.

Sarapul sagte: »Was ist Kopfjägerei überhaupt? Ich will einfach nur einen Baum fällen!«

»Bäumefällen ist tabu«, sagte einer der jüngeren Männer.

»Ich werde einen besonderen Dispens einholen«, sagte Sarapul und benutzte dabei einen Ausdruck, den er von Vater Rodriguez gelernt hatte.

Malink schüttelte den Kopf. »Das haben wir nicht mehr. So was gab's nur, als wir noch katholisch waren.«

»Ich brauche eine Axt«, sagte Sarapul, gerade so, als wäre es das beste, noch mal von vorne anzufangen. »Und ich brauche die Erlaubnis des großen Häuptlings, um einen Baum zu fällen.«

Malink kratzte sich an einem Mückenstich und betrachtete seine Füße. Es stimmte, daß er die Erlaubnis erteilen konnte, ein Tabu zu brechen, und außerdem hatte Sarapul das Interesse der Trinkrunde in andere Bahnen gelenkt, als sie gerade drauf und dran gewesen waren, über ihn herzufallen. »Du hast die Erlaubnis, einen einzigen Baum zu fällen, aber nur auf deiner Seite der Insel, und außerdem mußt du ihn mir vorher zeigen. Also, wer hat eine Axt?«

Jeder wußte ganz genau, wer eine Axt hatte, aber keiner meldete sich freiwillig. Malink pickte einen der jungen Vincents heraus. »Du gehst deine Axt holen.« Dann fragte er Sarapul: »Warum mußt du einen Baum fällen?«

Sarapul überlegte kurz, ob er mit der Wahrheit herausrücken sollte, und faßte dann den Entschluß, daß eine glaubhafte Lüge die bessere Variante war. »Mein Haus bricht zusammen, weil der Weibsmann dauernd im Gebälk herumklettert.«

Das war nun gerade die falsche Antwort in Gegenwart einer Gruppe von Männern, deren Häuser erst vor Stunden auf den Kopf gestellt worden waren. Malink vergrub den Kopf in den Händen.

Der schwerste Teil der Landung bestand für Tuck darin, sich nach vollbrachter Tat soweit zusammenzureißen, daß er nicht aus dem Sitz aufsprang und sich von der Frau an seiner Seite feiern ließ. Es war astrein. Er war wieder da. Zum Teufel mit den Geistern, den sprechenden Fledermäusen, dem dreistündigen Flug neben einer Frau, die als Vorbild für eine Barbie mit multipler Persönlichkeit hätte dienen können. *Sie ist elegant und modisch, und sie ist der Grund, warum Ken keine Genitalien hat! Amüsiert euch damit, aber vergeßt nie, euer scharfes Teil zu verstecken!* All das war jetzt egal. Er war wieder ein Pilot.

Sie waren irgendwo in Südjapan auf einem kleinen Flugplatz, vermutlich einer privaten Landepiste, die keinen Tower hatte und auch nur ein paar Hangars. Tuck hatte, um dorthin zu gelangen, nichts weiter tun müssen, als sich von dem Navigationscomputer leiten zu lassen, in den, wie er unterwegs feststellte, lediglich zwei Koordinaten einprogrammiert waren: Alualu und diese Landepiste.

»Was passiert, wenn wir ein Problem haben und unsere Route ändern müssen?« hatte er Beth gefragt.

»Machen Sie sich darüber keine Sorgen«, hatte ihre Antwort gelautet. Den größten Teil der Flugzeit hatte sie ihn über die Navigationsinstrumente ausgequetscht, gerade so, als ob sie sich soweit damit vertraut machen wollte, daß sie in der Lage war, den Kurs selbständig zu überprüfen. Er hatte sich ihr gefügt, obwohl ihm das ganze Gespräch gegen den Strich ging.

Auf dem Rollfeld stand ein weiterer Lear-Jet, der seine Triebwerke warmlaufen ließ, und Beth Curtis wies Tuck an, neben ihn zu rollen. Als die Maschine mit einem Ruck zum Stehen kam und er Vorbereitungen treffen wollte, um die Aggregate abzuschalten, nahm sie ihren Aktenkoffer und die Kühlbox aus dem Gepäckfach und wandte sich zu ihm um. »Bleiben Sie hier. Wir starten in ein paar Minuten.«

»Ohne Ladung an Bord zu nehmen?«

»Mr. Case, seien Sie so nett und machen Sie einfach nur das Flugzeug startklar. Ich bin gleich wieder zurück.«

Zwei Männer in blauen Overalls überquerten das Rollfeld und öffneten die Luke für sie. Tuck beobachtete durch das Fenster, wie sie einem dritten Japaner, der einen weißen Laborkittel trug, die Kühlbox reichte und ihm einen Ordner übergab, den sie aus ihrem Aktenkoffer zog. Nach einer kurzen gegenseitigen Verbeugung kam sie mit Trippelschritten wieder zurück zum Lear-Jet. Einer der Männer in den Overalls trug ihr einen Pappkarton hinterher ins Flugzeug, den er auf einem Passagiersitz festschnallte.

»*Domo*«, sagte Beth Curtis.

Er machte eine hastige Verbeugung, verließ das Flugzeug und verriegelte die Luke. Sie verstaute den Aktenkoffer wieder im Gepäckfach über den Sitzen und ließ sich auf dem Copilotensitz nieder.

»Also los.«

»Das war's?«

»Das war's. Los jetzt.«

»Wir sollten die Tanks nachfüllen, wo wir schon mal hier sind.«

»Ich verstehe, daß Sie deswegen ein bißchen nervös sind, Mr. Case, aber wir haben genügend Sprit für den Rückflug.«

»Eine Kiste. Sonst nehmen wir nichts mit?«

»Eine Kiste.«

»Was ist da drin?«

»Es ist eine Kiste 78er Bordeaux. Sebastian liebt ihn. Und jetzt los.«

»Aber ich muß mal aufs Klo. Ich dachte...«

»Verkneifen Sie's sich«, sagte Beth Curtis.

»Miststück.«

»Genau. Und jetzt kümmern Sie sich vielleicht besser um Ihre Checkliste, oder?«

37

Bomben und Bestechung

Angefangen hatte das Jucken etwa eine Woche nach seinem ersten Flug. Es begann mit seiner Kopfhaut, und nach einigen Tagen, als die Wunden an seinen Armen, den Beinen und seinem Geschlechtsteil verheilten, hätte sich Tucker am liebsten die Haut vom Leib gekratzt, damit es endlich aufhörte. Es wäre eher erträglich gewesen, wenn es irgendeine Ablenkung gegeben hätte, etwas, das er hätte tun können, außer in seinem Bungalow herumzusitzen und darauf zu warten, daß er zu einem Flug gerufen wurde. Aber mittlerweile kam der Doktor nur noch einmal am Tag vorbei, und Beth Curtis hatte er nicht mehr gesehen, seit sie gelandet waren. Er las Spionageromane und hörte einen Country-&-Western-Sender aus Guam, bis er glaubte, daß er sich auch noch die restlichen Haare ausraufen würde, wenn er noch eine einzige klagende Steelguitar zu hören bekam. Manchmal lag er – konfrontiert mit dem komatösen Zustand seines Geschlechtsteils – unter seinem Moskitonetz und versuchte sich all die Frauen einzeln vor Augen zu führen, die er je gehabt hatte, gefolgt von all jenen, die er jemals begehrt hatte – eingeschlossen Schauspielerinnen, Models und berühmte Gestalten der Geschichte. (Wobei ihn das Doppel Kleopatra/Marilyn Monroe in warmem Pudding beinahe eine Stunde lang abzulenken vermochte.) Zweimal täglich bereitete er sich eine warme Mahlzeit zu. Der Doktor hatte ihm eine Kochplatte bringen und die Speisekammer mit Konservendosen vollstellen lassen, und gelegentlich kam einer der Wachmänner vorbei und brachte ein Paket Obst oder frischen Fisch. Den größten Teil des Tages allerdings juckte es Tuck.

Er versuchte Sebastian Curtis in eine Konversation zu verwickeln, aber es gab nur wenige Themen, zu denen der Missionar sich nicht ausweichend äußerte, und in den meisten Fällen fiel ihm ein, daß er noch dringende Aufgaben in der Klinik zu erledigen hatte. Wenn er Fragen stellte in bezug auf Kimi oder das Wachpersonal und das Fehlen von Frachtladungen, erntete er ebenso ausweichende Halbantworten und Schweigen wie auf seine Fragen nach der Frau des Doktors, seinem persönlichen Werdegang, den Inselbewohnern und dem Kontakt zur Außenwelt.

Er bat den Doktor um etwas Cortison, einen Fernseher und darum, seinen Computer benutzen zu dürfen, um Jake Skye eine Nachricht zukommen zu lassen. Curtis lehnte zwar nicht ausdrücklich ab, doch am Ende stand Tuck mit leeren Händen da, wenn man von dem guten Rat absah, doch mal schwimmen zu gehen und nicht zu vergessen, daß er einen Haufen Geld mit dem Lesen von Spionageromanen und dem Kratzen an seinen Narben verdiente. Was Tuck wollte, waren ein Steak, eine Frau (obwohl er noch immer nicht wußte, ob er mit ihr mehr anstellen konnte, als sich mit ihr zu unterhalten) und eine eisgekühlte Flasche Wodka. Der Doktor gab ihm ein Paar Schwimmflossen, eine Tauchermaske mit Schnorchel und eine Flasche wasserfeste Sonnenmilch.

Als Tuck eines Morgens eine Stunde lang versucht hatte, seinem Glied Leben einzuhauchen, indem er sich vorstellte, wie er Mrs. Nelson, seine Lehrerin aus der fünften Klasse, in Frischhaltefolie einwickelte, und erleben mußte, wie seine Phantasie dadurch den Bach runterging, daß besagte Mrs. Nelson sich nicht von ihrer Behauptung abbringen ließ, er habe doch keine Tinte im Füller, schnappte er sich seine Tauchausrüstung und machte sich auf den Weg zum Strand.

Zwei der Wachen folgten ihm in gewissem Abstand. Sie waren ständig präsent. Wenn er aus dem Fenster schaute. Wenn er einen Spaziergang machen wollte. Wenn er die Lear überprüfen wollte. Immer klebten sie an ihm wie ein Paar Schatten in Stereo. Und nun standen sie da und schauten auf ihn hinab, während er seine Flossen anzog.

»Warum zieht ihr euch nicht ein paar Badehosen an und kommt mit? Die Strampelanzüge da sind doch bestimmt ziemlich unbequem.« Es war nicht das erste Mal, daß er mit ihnen zu reden versuchte, und es war auch nicht das erste Mal, daß er ignoriert wurde. Sie standen einfach nur da und schwiegen wie meditierende

Mönche. Tuck hatte noch nicht herausfinden können, ob sie auch nur ein Wort Englisch verstanden.

»Okay, dann mache ich jetzt mal meine Cousteau-Nummer, aber nachher feiern wir 'n bißchen zusammen mit rohem Fisch und Karaoke?« Er zwinkerte ihnen zu.

Keine Reaktion.

»Dann laßt uns halt Karten spielen, und ihr erzählt mir davon, wie es ist, wenn ihr Kerls euch gegenseitig Haikus rezitiert, während ihr euch jede Nacht gegenseitig einen blast.« Tuck dachte, das müßte reichen, aber immer noch erntete er keinerlei Reaktion.

Auf seinem Weg zum Wasser sagte Tuck: »Ich hab gehört, die japanische Flagge soll eine gebrauchte Monatsbinde darstellen. Stimmt das?« Er warf einen Blick zurück über die Schulter, um zu sehen, ob sich jetzt vielleicht etwas tat, und in diesem Augenblick blieb er mit der einen Schwimmflosse an einem Felsen hängen. Einen Augenblick später lag er mit dem Gesicht nach unten auf dem Strand und spuckte Sand, während die Wachen lachten.

»Arschloch«, hörte er einen von ihnen sagen, und einen Augenblick später war er wieder auf den Beinen und baute sich vor den Japanern auf wie eine riesige, tollwütige Ente.

»Verpißt euch, ihr Idioten!«

Der Wachmann, der zuvor gesprochen hatte, rührte sich nicht vom Fleck, doch sein Kollege machte ein paar Schritte rückwärts. Er sah ziemlich verloren aus ohne seine Uzi.

»Was ist los, keine Maschinenpistole? Seid ihr kleinen Scheißer so beschäftigt gewesen, mir auf die Pelle zu rücken, daß ihr euer Spielzeug vergessen habt?« Um seinen Worten Nachdruck zu verleihen, stieß Tuck dem Wachmann mit dem Zeigefinger gegen die Brust.

Der Wachmann packte Tucks Finger, bog ihn zurück und zog ihm die Füße unter dem Körper weg. Er zog eine Glock Neun-Millimeter aus seinem Gürtel hervor und preßte Tuck die Mündung der Pistole an die Stirn, daß seine Haut weiß anlief. Der andere Wachmann blaffte etwas auf japanisch, machte dann einen Schritt vorwärts und trat Tuck in den Bauch. Tuck rollte sich zu einer Kugel zusammen, hielt instinktiv einen Arm vor das Gesicht und den anderen an die Seite gepreßt, um seine Nieren zu schützen. Er wartete auf den nächsten Schlag. Doch es kam keiner. Als er aufschaute, waren die Wachen auf dem Weg zurück in die Siedlung.

Daß sie ihn nun endlich in Ruhe ließen, war zwar das von ihm erwünschte Ergebnis, doch der Weg dahin war steiniger gewesen, als er erwartet hatte. Tuck bewegte seinen Finger, um sicherzugehen, daß er nicht gebrochen war, und untersuchte dann den Stiefelabdruck unterhalb seines Brustkorbs. Dann brach sich sein Zorn Bahn, und seine Phantasie begann mit dem Schmieden von Racheplänen. Am leichtesten wäre es gewesen, dem Doktor von allem zu erzählen, aber Tuck war wie alle Männer konditioniert in der Ablehnung zweier Reaktionen: Man heult nicht, und man petzt nicht. Nein, es mußte etwas sein, das subtil war und elegant und schmerzhaft und vor allem erniedrigend.

Beflügelt von neuer Energie – adrenalinbefeuerte Rachegelüste –, hechtete er ins Wasser. Er paddelte an der Innenseite des Riffs entlang und betrachtete die Seeanemonen, die in der Strömung pulsierten, während kleine Fische in Neonfarben zwischen den Korallen hin und her schossen wie leuchtende Pfeile. Der Ozean war so warm wie Badewasser, und nachdem er ein paar Minuten das Gesicht unter Wasser gehalten hatte, fühlte er sich völlig losgelöst von seinem Körper, und das Spiel der Farben unter ihm wurde undurchschaubar und bedeutungslos. Das einzige, was ihn an seine menschliche Natur erinnerte, waren das Geräusch seines Atems, der durch den Schnorchel rauschte, und die bildhaften Vorstellungen kalter Rache in seinem Geist.

Er schaute an einer zerklüfteten Kante des Riffs hinab und sah einen mächtigen Schatten, der am Meeresgrund entlangglitt, doch bevor er sich überlegen konnte, ob er nun kämpfen oder in Panik verfallen sollte, erkannte er, daß es sich um den Schatten einer Loggerhead-Schildkröte handelte, die durch das Wasser schwebte wie der Engel eines Sauriers. Die Schildkröte umkreiste ihn und kam Tucker dabei so nahe, daß er sehen konnte, wie das silberdollargroße Auge des Wesens zuckte, als es ihn betrachtete. »Du gehörst nicht hierher«, sagte es. Und jener Teil von Tuck, der im Salzwasser seine Mutter gefunden zu haben glaubte, rebellierte, und er fühlte sich verletzlich und fehl am Platz, und ihm war kalt, und er hatte ein wenig den Eindruck, als habe er sich danebenbenommen – gerade so, als ob er bei einem Dinner mit Krawattenzwang erst beim Dessert festgestellt hätte, daß er im Pyjama gekommen war. Es war Zeit zu gehen.

Er hob den Kopf aus dem Wasser, nahm den Maschenzaun ins Visier, der bis zum Strand reichte, und kraulte langsam auf das Ufer zu. Allmählich wurde das Wasser niedriger, und als er sich das Knie an einem Felsbrocken anschlug, erhob er sich und watete durch die Brandung, was mit Flossen an den Füßen nicht ganz einfach war, weil das zerklüftete Wasser ihn immer wieder seewärts zog. Endlich aus dem Wasser heraus, ließ er sich in den Sand fallen und zog sich die Schwimmflossen aus. Ohne sich umzublicken schleuderte er sie hinter sich auf den Strand, und er hatte kaum einmal Atem geholt, als eine ohrenbetäubende Explosion ihn in die Höhe hob und ihn drei Meter weit durch die Luft schleuderte, bis er völlig verdutzt und atemlos wieder landete, während Klumpen feuchten Sands und Fetzen seiner Schwimmflosse auf ihn herunterrieselten.

Tucker kam zum Eingang der Klinik hereingestürmt, und hinter ihm breitete sich eine Spur von Sand und Wasser auf dem Betonfußboden aus. »Minen! Sie haben verfickte Landminen an Ihrem verfickten Strand eingebuddelt?«

Sebastian Curtis saß an einem Computer-Terminal. Er schaltete hastig den Bildschirm aus und wirbelte in seinem Stuhl herum. »Ich habe die Explosion gehört, aber es wäre nicht das erste Mal, daß Vögel oder Schildkröten eine ausgelöst hätten. Ist jemand verletzt worden?«

»Wenn man davon absieht, daß ich den Rest meines Lebens einen Pfeifton im Ohr haben werde und mein Schließmuskel sich erst wieder entspannt, wenn ich ein paar Jahre tot bin, nein, niemand ist verletzt worden. Was ich wissen will, ist, warum haben Sie Minen am Strand?«

»Beruhigen Sie sich, Mr. Case. Bitte, setzen Sie sich.« Der Doktor deutete auf einen Klappstuhl aus Metall. »Bitte.« Er machte einen traurigen Eindruck, absolut nicht verbissen oder fanatisch, wie man es bei einem Mann erwartet hätte, der einen tropischen Strand vermint. »Ich nehme an, es gibt ein paar Dinge, die Sie besser wissen sollten. Zunächst einmal habe ich hier etwas für Sie.« Er zog eine Schublade unterhalb der Tastatur auf, nahm einen Scheck heraus und reichte ihn Tuck.

Tuckers Wut legte sich ein wenig, als er den Betrag las. »Zehn Riesen? Wofür denn das?«

»Nennen Sie es eine Einstandsprämie. Beth hat erzählt, daß Sie Ihre Sache sehr gut gemacht haben.«

Tucker ließ den Scheck zwischen seinen Fingern hin- und hergleiten, wischte dann den Sand ab und betrachtete ihn erneut. Wenn er auch nur eine Spur von Selbstachtung besessen hätte, hätte er ihn dem Doktor ins Gesicht geschleudert. Hatte er aber nicht, war ja klar. »Das ist wirklich großartig, Doc. Zehn Riesen dafür, daß ich eine Kiste Wein abgeholt habe. Ich will gar nicht erst fragen, was in der Kühlbox war, die sie dem Kerl gegeben hat, aber ich wäre vor ein paar Minuten da unten am Strand fast umgekommen.«

»Ich bedaure das zutiefst. Um die ganze Insel herum liegt noch eine Menge japanischer Munition. Die Gegend am Ende des Zauns war früher ein Minenfeld. Die Angestellten und die Eingeborenen wissen, daß man sich da besser fernhält.«

»Nun ja, das hätten Sie mir gegenüber ja vielleicht auch mal erwähnen können.«

»Ich wollte Sie nicht beunruhigen. Ich habe zwei Männer vom Personal angewiesen, ein Auge auf Sie zu werfen und Sie von dieser Gegend fernzuhalten. Ich werde mich noch mal mit ihnen unterhalten.«

»Das ist nicht mehr nötig, ich habe mich selbst mit ihnen unterhalten. Und allmählich geht es mir auf die Nerven, daß sie mich die ganze Zeit bewachen.«

»Es dient nur Ihrer eigenen Sicherheit, wie Sie nun wohl auch einsehen werden.«

»Ich bin kein kleines Kind, und ich will auch nicht so behandelt werden. Ich will gehen, wohin ich will, wann ich will, und ich will nicht von einem Haufen Ninjas überwacht werden.«

Der Doktor saß mit einem Mal kerzengerade auf seinem Stuhl. »Warum benutzen Sie den Begriff Ninjas? Wer hat Ihnen gegenüber diesen Ausdruck für meine Mitarbeiter gebraucht?«

»Sehen Sie sie doch nur mal an. Es sind Japaner, sie tragen schwarze Klamotten, und sie treiben Kampfsport – zum Teufel, das einzige, was den Jungs fehlt, sind T-Shirts, auf denen steht: ›Frag mich was über die Ninjas‹. Ich nenne sie Ninjas, weil sie haargenau so aussehen. Krankenpfleger sind's jedenfalls garantiert keine.«

»Nein, sind sie auch nicht«, sagte Sebastian. »Aber ich fürchte, sie sind ein notwendiges Übel, gegen das ich im übrigen auch nicht viel tun kann.«

»Warum nicht? Es ist doch Ihre Insel?«

»Diese Insel gehört den Haifischmenschen. Und selbst die Klinik gehört nicht mir, Mr. Case. Außerdem werden wir – ich bin mir ganz sicher, daß Sie das mittlerweile ebenfalls erraten haben – auch nicht über den Missionsfonds der Methodisten finanziert.«

»Ja, so was habe ich mir auch schon überlegt.«

»Wir haben einige sehr mächtige Sponsoren in der japanischen Finanzwelt, und diese bestehen nun einmal darauf, daß wir ein kleines Kontingent an Sicherheitskräften hier auf der Insel haben, wenn wir an den Fördergeldern weiter interessiert sind.«

»Fördergelder für was, Doc?«

»Forschung.«

Tuck lachte. »Klar, das hier ist ja auch die absolut passende Umgebung für Forschung. Wieso sollte man sich mit irgendwelchen sterilen High-Tech-Labors in Tokio rumschlagen, wenn man seine Forschung und Entwicklung auch hier, irgendwo am Arsch des Pazifiks, betreiben kann. Jetzt aber mal im Ernst: Was geht hier wirklich ab?«

Der Doktor deutete auf den Scheck, den Tucker in der Hand hielt. »Wenn ich es Ihnen sage, Mr. Case, dann ist das hier der letzte Scheck, den Sie jemals sehen werden. Sie können sich entscheiden. Wenn Sie hier arbeiten wollen, müssen Sie sich damit abfinden, daß Verschiedenes im dunkeln bleibt. Da gibt es keine Kompromisse. Es dreht sich um Forschung, und die ist geheim, und die Leute, die dafür bezahlen, möchten, daß es so bleibt, ansonsten hätten sie nicht die Wachen engagiert oder mich in die Lage versetzt, Ihnen ein derartiges Gehalt zu zahlen.« Er strich sich seine grauen Haare zurück und schaute Tucker starr in die Augen – in seinem Blick lag nichts Drohendes und keinerlei Herausforderung, es war der Blick eines Arztes, der um das Wohlergehen seines Patienten besorgt ist. »Wollen Sie immer noch wissen, was wir hier tun?«

Tuck betrachtete den Scheck, warf einen Blick auf den Doktor und betrachtete erneut den Scheck. Wenn er gedeckt war, war dies die größte Geldsumme, die er je in seinem Leben besessen hatte. Er sagte: »Ich will nur, daß mir die Wachen ein bißchen von der Pelle rücken, damit ich auch mal Luft holen kann.«

Der Doktor lächelte. »Das läßt sich, glaube ich, machen. Aber Sie müssen mir Ihr Wort geben, daß Sie nicht versuchen werden, das Gelände zu verlassen.«

»Wohin sollte ich denn gehen? Ich habe diese Insel aus der Luft gesehen, wissen Sie noch? Ich glaube nicht, daß ich viel versäume.«

»Es geht mir nur um Ihre eigene Sicherheit.«

»Natürlich«, sagte Tucker und gab sich alle Mühe, möglichst ehrlich zu klingen. »Aber ich brauche einen Fernseher. Das Rumsitzen in meinem Zimmer macht mich ganz krank im Hirn. Wenn ich noch einen einzigen Spionageroman lese, kriege ich eine Lizenz für 'ne Doppel-Null. Ihr habt doch 'nen Fernseher, und ich weiß, daß ihr auch 'ne Satelliten-Schüssel habt. Ich will 'nen Fernseher.«

Wieder lächelte der Doktor. »Sie können unseren haben. Ich bin sicher, Beth wird nichts dagegen haben.«

»Du hast ihm *was* gegeben?« Die Hohepriesterin schaute von ihrer Ausgabe des *Us*-Magazins auf. Sie war in einen weißen Seidenkimono gehüllt, dessen Gürtel nicht zugebunden war und der nun in Kaskaden an ihr hinabglitt, bis der Stuhl, auf dem sie saß, aussah, als ragte er aus einem schillernden Teich heraus. Ihr Haar hatte sie mit Eßstäbchen aus Ebenholz hochgesteckt, die mit Drachen aus Elfenbein verziert waren.

Der Medizinmann stand in der Tür zu ihrem Gemach. Eben noch war er ziemlich stolz auf sich gewesen, bis ihn der Ton in ihrer Stimme getroffen hatte wie ein Eispickel in den Nacken.

»Deinen Fernseher, aber es ist nur vorübergehend. Ich sorge dafür, daß gleich beim nächsten Flug ein neuer Fernseher auf dem Flugplatz bereitgestellt wird.«

»Und wann ist das?«

»Sobald ich eine neue Bestellung in Arbeit habe. Ich verspreche es dir, Beth.«

»Und das heißt, daß ich zu allem Überfluß auch noch eine Vorstellung geben muß ohne meine Serien. Sebastian, ich brauche diese Serien, um mein Gefühlsgedächtnis zu trainieren Wie kannst du von mir erwarten, daß ich eine Göttin spiele, wenn ich mein emotionales Moment nicht finde?«

»Vielleicht schaffst du es ja dieses eine Mal mit Emotionen, die nicht per Satellit eingespeist werden.«

Sie ließ ihre Zeitschrift fallen, biß sich auf die Lippen und wandte ihren Blick in eine Ecke des Zimmers, als ob sie ernsthaft darüber nachdächte. »In Ordnung. Gib ihm den Fernseher.«

»Ich habe ihm außerdem noch zehntausend Dollar gegeben.«

Ihre Augen zogen sich zu schmalen Schlitzen zusammen. »Und was kriegt er, wenn er sich das nächste Mal aufplustert – eine Nacht mit der Himmelsgöttin?«

»Wenn ich ihn so weit runterhandeln kann«, sagte der Medizinmann. Dann wandte er sich um und ging, still vor sich hin lächelnd, aus dem Zimmer.

38

Sitten der Eingeborenen

Tucker Case verbrachte die folgende Woche damit, die Siedlung zu beobachten und sich einen Reim darauf zu machen, was hier vor sich ging. Der Doktor hatte ihm wie versprochen den Fernseher gebracht und ihm sogar ein Siebener Eisen ausgeliehen, aber seitdem hatte Tucker ihn nur aus der Ferne zu Gesicht bekommen, wenn er zwischen der Klinik und einem der kleinen Bungalows am anderen Ende des Strandes hin- und herpendelte. Die Wachen beobachteten ihn weiterhin, doch sie hielten stets einigen Abstand, wenn er schwimmen ging oder einen Vernichtungsfeldzug gegen die Hähne unternahm. Von Beth Curtis war nichts zu sehen.

Falls der Doktor wirklich irgendwelche Forschungsarbeiten betrieb, so gab es keinerlei Hinweis darauf, um was es sich handelte. Tuck versuchte mehrfach, unangemeldet in der Klinik vorbeizuschauen, doch entweder war die Tür verschlossen, oder es reagierte niemand auf sein Klopfen.

Die Langeweile legte sich bleischwer auf Tuck. Es war, als würden nasse Decken auf ihn getürmt, bis er zu ersticken glaubte. In der Vergangenheit hatte er Langeweile stets mit Alkohol und Frauen bekämpft, und der Ärger, der aus dieser Kombination resultierte, hatte ihm die Tage verkürzt. Doch hier hatte er nichts außer Spionageromanen und asiatischen Fernsehkoch-Shows (der Doktor hatte sich geweigert, ihm die Satellitenschüssel anzuschließen), und obwohl er sehr erfreut darüber war, daß er mittlerweile seinen Erfahrungsschatz um neun verschiedene Arten der Zubereitung von Beagles erweitert hatte, war er immer noch unzufrieden. Er mußte runter von dem Gelände, und wenn es auch nur aus dem einzigen Grund war, daß sie ihm gesagt hatten, das dürfe er nicht.

Glücklicherweise hatte sich Tuck im Lauf der Jahre ein enzyklopädisches Wissen über Filme zum Thema Frauen-hinter-Gittern zugelegt, so daß ihm nun ein Füllhorn an Fluchtstrategien zur Verfügung stand. Selbstredend waren etliche davon nicht auf seine Situation anwendbar – so verwarf er augenblicklich die Idee, die dicke lesbische Oberschwester zu verführen, zumal die Vortäuschung menstrueller Krämpfe ihn ohnehin nicht weiter gebracht hätte als in die Klinik mit einer Mydol-Infusion. Doch so seltsam es schien, just in dem Augenblick, als er die völlig überflüssige Szene in der Dusche nachlebte, trat sein Plan ihm glasklar vor Augen: glitschig vor Seifenschaum, silikonverstärkt und völlig losgelöst von Zeit, Schwerkraft und natürlichen Proportionen...

Der Abfluß der Dusche lag direkt über dem Korallenkies darunter. Er konnte es genau sehen: Da unten war der Boden – und eine kleine Einsiedlerkrabbe, die sich eilig davonmachte, um dem Seifenwasser zu entkommen. Er hatte zwar einiges an Gewicht verloren, aber so viel, daß er durch den Abfluß hätte gleiten können, war es nun doch noch nicht. Andererseits war das Duschbecken nichts weiter als eine Schale aus galvanisiertem Metall. Er beugte sich hinab, umklammerte die Kante des Duschbeckens und versuchte es anzuheben. Es ließ sich zwar nicht herauslösen, aber es bewegte sich. Es brauchte nichts weiter als ein bißchen Zeit und ein wenig Geduld, und er hätte es herausgelöst. Planung und Geduld. Dies waren die Schlüssel zu einer erfolgreichen Flucht.

Das hieß also, daß er aus dem Bungalow herauskam, ohne gesehen zu werden. Das nächste Hindernis war der Zaun.

Tuck hatte schon recht frühzeitig herausgefunden, daß der Zaun um die Siedlung unter Strom stand. Er war auf einen Hahn gestoßen, der im Draht festhing und eine recht zackige Version des Funky Chicken lieferte, während seine Federn versengt wurden und Funken aus seinem geerdeten Fuß schossen. So zufriedenstellend diese Entdeckung auch sein mochte, sie bedeutete andererseits, daß es kein Entkommen über den Zaun gab, zumal das Tor zum Landeplatz mit einer dicken Kette und einem massiven Vorhängeschloß gesichert war. Die einzige Möglichkeit, auf die andere Seite des Zauns zu gelangen, war, ihn zu umgehen, und die einzige Möglichkeit dazu bot sich am Strand. Sicher, er konnte weiter hinausschwimmen und erst später wieder an Land gehen, aber wie weit reichte das Minenfeld? Um dies herauszufinden, begann er Steine mit seinem Siebener Eisen in das Minenfeld zu schlagen – unter dem Vorwand, an seinem Swing zu arbeiten. Er schuf auf diese Weise eine beeindruckende Kraterlandschaft und jagte den Wachen mehrfach einen gehörigen Schrecken ein, bis er schließlich herausfand, daß das Ende des Minenfelds etwa fünfzig Meter weiter den Strand entlang lag. Er beschloß, es zu riskieren.

Auf dem Rückweg zu seinem Bungalow hob er eine Kokosnuß auf und stieg dann ins Bett, um darauf zu warten, daß es dunkel wurde.

Nachdem die Sonne untergegangen war und der Mond sich dreiviertelvoll am Himmel erhoben hatte, wartete Tuck darauf, daß der Wachmann noch einmal durchs Fenster schauen würde, um sich, sobald er ihn knirschend davongehen hörte, daranzumachen, seinen Doppelgänger zusammenzubasteln (diesen Trick hatte er aus *Fallende Finger: Blondinen mit Lepra hinter Gittern – Teil 2*). Zwei Kissen und die Kokosnuß als Kopf machten einen ganz ordentlichen Eindruck, zumal, wenn man das Ganze nur im Schein des Mondes und zusätzlich verschleiert durch das Moskitonetz zu Gesicht bekam. Er glitt aus dem Bett und kroch unter dem Fenster hindurch zum Bad, wo er seine Flossen, die Taucherbrille und eine Kerze deponiert hatte.

Er stopfte ein Handtuch unter die Tür, damit kein Licht nach draußen drang, dann entzündete er die Kerze und begann damit, das metallene Duschbecken aus seinem Rahmen zu lösen. Nachdem er fünf Minuten daran herumgerüttelt hatte, wobei er einmal eine kurze Pause einlegte, als er den Wachmann draußen vorbeiknirschen hörte, hebelte er das Becken aus seiner Verankerung und lehnte es seitlich an die Wand.

Tuck blies die Kerze aus und ließ sich einen Meter hinab auf den kiesbedeckten Boden. Dann langte er noch einmal hinauf und zog seine Tauchermaske und die Flossen durch die Öffnung. Der Korallenkies fühlte sich unter seinen Fußsohlen an wie zerbrochenes Glas, doch er beschloß, daß es besser war, den Schmerz auszuhalten, als zu riskieren, daß er mit seinen Schuhen zuviel Lärm machte. Tuck hörte, daß der Wachmann erneut vorbeikam, und er ließ sich auf den Boden fallen, von wo aus er unter dem Bungalow hindurch das Gelände hinter dem Haus überblicken konnte.

Der Wachmann stapfte die Treppenstufen hinauf und blieb kurz stehen, um einen Blick durch das Fenster zu werfen. Dann ging er, zufrieden darüber, daß Tuck schlief, quer durch die Siedlung und setzte sich auf einen Klappstuhl vor der Unterkunft des Wachpersonals.

Tuck schaute sich um und kroch dann aus seinem Versteck heraus zu einer Gruppe von Kokospalmen, wo er erst einmal verschnaufte und sich seine weitere Route zum Strand überlegte. Zwischen seinem Bungalow und der Klinik lag eine Strecke von zirka fünfzig Metern, wo er kaum Deckung hatte, wenn man von ein paar Palmen absah. Sicher, er konnte sich von Stamm zu Stamm vorarbeiten, doch wenn der Wachmann gerade in dem Augenblick zufällig in seine Richtung schaute, war er erledigt.

Eine Eidechse huschte den Baumstamm hinauf, an den Tuck sich lehnte, und er spürte, wie sein Herzschlag für einen Augenblick ins Stocken geriet. Was dachte er sich eigentlich? Hier draußen konnte es Skorpione geben und im Meer Barrakudas und Haie und alles mögliche fiese Getier. Und was erwartete ihn auf der anderen Seite des Zauns? Noch mehr Sand und Skorpione und möglicherweise feindselige Eingeborene. Er blieb, wo er war, und überlegte sich, wie einfach es sein würde, durch die Dusche wieder zurück ins Haus zu klettern und sich ins Bett zu legen, als just in diesem Augenblick am anderen Ende der Siedlung ein Feuerzeug aufflammte und er das Gesicht des Wachmanns orange aufleuchten sah, als dieser sich eine Zigarette anzündete. Ohne zu überlegen sprintete Tuck zur Rückseite der Klinik – in der Hoffnung, daß die Flamme den Wachmann so lange blenden würde, wie er brauchte, um die fünfzig Meter hinter sich zu bringen.

Auf halbem Wege rutschte ihm eine der Flossen aus der Hand, und Tuck ließ sich zu Boden fallen und schaute sich um. Der Wachmann saß friedlich rauchend da und betrachtete die blauen Rauchwolken im Mondlicht.

Tuck schnappte sich seine Schwimmflosse und robbte die letzten zehn Meter zur Klinik. Der Kies grub sich in seine Ellbogen, und am liebsten hätte er laut aufgeschrien, aber er beherrschte sich. Ein Einsiedlerkrebs kroch ihm den Rücken hinauf, und, beschleunigt durch die Stromstöße, die durch seinen Körper jagten, erhielt Tuck einen Extraschub, der ihn in Deckung brachte.

Die Wache blickte nicht auf. Tuck erhob sich, wischte sich ab und setzte seinen Weg zum Strand fort.

Eine leichte Brise rauschte durch die Palmwedel, und Tuck hörte das Krachen der Brandung draußen am Riff, doch am Strand waren die Wellen nur kniehoch. Die Flossen in der Hand watete er ins Meer. Als er bis zur Hüfte im Wasser stand, krümmte er sich zusammen und streifte sie über. Dann paddelte er in Rückenlage davon, den Blick immer auf den Strand gerichtet.

In den beiden Bungalows der Curtis' brannte Licht. Er sah Beth Curtis, die hinter den Fenstern auf und ab ging. Allem Anschein nach war sie nackt, doch aus der Entfernung konnte er es nicht mit Sicherheit sagen. Er riß sich von ihrem Anblick los und schwamm hinaus hinter die Brandungslinie und dann weiter parallel zum Strand.

Das größte Problem bestand darin, nicht an das zu denken, was sich wohl unterhalb der dunklen Wasseroberfläche herumtreiben mochte; ansonsten bereitete es ihm keine große Mühe, sich bis auf Höhe des Zauns vorzuarbeiten. Er schwamm noch etwas hundert Meter über den Zaun hinaus und dann wieder zurück zum Strand. Als er mit dem Arm einen Felsbrocken streifte, zog er die Flossen wieder aus. Mit zusammengebissenen Zähnen setzte er die Füße auf den Boden, in der Erwartung, auf einen Seeigel oder Rochen zu treten. Er fluchte, weil er seine Turnschuhe nicht mitgenommen hatte.

Er schleppte sich zum Strand und hörte plötzlich ein Rascheln in den Bäumen. Als Tuck aufblickte, sah er etwas Buntes im Mondlicht aufschimmern. Er rannte den Strand hinauf, hechtete hinter einen Baumstamm, der irgendwann einmal von der Flut angespült worden war, und spähte dahinter hervor, während Krabben knisternd um ihn herumkrabbelten.

Gerade mal zehn Meter entfernt von der Stelle, wo Tuck lag, tauchte sie zwischen den Bäumen auf. Sie trug einen lila Lavalava, den sie löste und in den Sand fallen ließ.

Tuck hörte auf zu atmen. Sie ging in kaum einem Meter Abstand an ihm vorbei, ihr eingeölter Körper schimmerte im Mondlicht, und ihr langes schwarzes Haar wehte in der Brise. Er riskierte es, den Kopf zu heben, und schaute ihr zu, wie sie bis zu den Knien ins Wasser watete und sich die Schenkel und den Hintern bespritzte, um sich zu waschen.

Er hatte seit dem Zeitpunkt, als er aus Houston abgehauen war, immer wieder Bilder vor Augen gehabt, wie das Leben auf einer tropischen Insel wohl sein würde. Diese Bilder waren begraben worden unter Schnitt- und Schürfwunden, Taifunen und schwüler Hitze, Haien und rätselhaften Missionaren. Das hier war der Grund, warum er hergekommen war: ein nacktes Mädchen, das sich seine mokkafarbenen Schenkel an einem warmen Strand im Mondlicht wusch.

Er spürte, wie unter ihm etwas zuckte, und wäre beinahe aufgesprungen, weil er dachte, daß er auf irgendeinem Viehzeug lag, doch dann fiel ihm auf, daß dieses Zucken von innen kam. Es war so lange her, seit er zum letzten Mal die Anzeichen einer Erektion gespürt hatte, daß er es im ersten Augenblick gar nicht erkannt hatte. Beinahe hätte er laut aufgelacht. Es funktionierte also immer noch. Er war immer noch ein Mann. Zum Teufel, er war weit mehr als einfach nur ein Mann, er war Tucker Case, der Geheimagent, und zum ersten Mal seit Monaten hatte er eine Latte.

Das Mädchen kam aus dem Wasser, und Tuck duckte sich, als sie an ihm vorbeiging. Dann beobachtete er sie, wie sie den Lavalava um ihre Hüften schlang und zwischen den Bäumen verschwand. Er wartete, bis sie weg war, und schlich ihr hinterher in den Wald, hocherfreut über das Spannen in seiner Hose.

Malink, der gerade dabei war, den Männern der Trinkrunde *Tuba* nachzuschenken, hob den Blick und sah Sepie, die vom Dorf her auf ihn zukam. Das war eine Provokation skandalösen Ausmaßes. Frauen durften sich nicht einmal in der Nähe der Trinkrunde aufhalten; dies war ein Ort, der einzig und allein den Männern vorbehalten war.

»Sepie, geh nach Hause!« brüllte Malink. »Du hast hier nichts verloren.«

Ohne auf ihn zu hören, setzte Sepie mit schwingenden Hüften ihren Weg fort. Einige der verheirateten jungen Männer schauten weg und bedauerten, daß sie diese Nacht nicht im Jungmännerhaus verbringen durften. »Da ist ein weißer Mann, der mich verfolgt.«

Malink stand auf. »Was redest du da für einen Unfug. Geh nach Hause, oder du kriegst noch eine Woche Ozeanverbot!« Es fiel ihm auf, daß die Spitzen ihrer Haare naß waren und ihr Tropfen an den Beinen herunterliefen. So schnell also hatte sie sich über ihre Strafe dafür hinweggesetzt, daß sie mit den japanischen Wachen geredet hatte.

»Auch gut«, sagte Sepie. »Mir ist es egal, ob ein weißer Mann durch den Busch schleicht. Ich dachte nur, dich würde es vielleicht interessieren.«

Sie warf ihr Haar zurück, als sie kehrtmachte und wieder den Strand hinaufging. Als sie an dem Baum vorbeikam, hinter dem Tuck sich versteckt hatte, sagte sie auf englisch: »Fetter, lauter Kerl ist Häuptling. Du gehen und mit ihm reden. Er dir sagen, wer ich bin.« Und dann ging sie erhobenen Hauptes weiter, ohne sich auch nur einmal umzublicken.

Tucker spürte, wie er rot anlief und sein Selbstwertgefühl gleichzeitig mit der Schwellung in seiner Hose in sich zusammensackte. Kalt erwischt. Sie hatte die ganze Zeit über gewußt, daß er da war. Ein wahrer Spitzenagent war er, der von Glück sagen konnte, wenn er es wieder zurück zur Siedlung schaffte, ohne geschnappt zu werden.

Er sah zu, wie die Männer am Strand eine Schale herumreichten, aus der sie alle tranken, und so wie sie sich benahmen, waren einige von ihnen offensichtlich ziemlich betrunken. Er erinnerte sich, wie Jefferson Pardee ihn davor gewarnt hatte, mit diesen Leuten zu trinken, in denen noch immer die alten Krieger schlummerten, doch eigentlich machten diese hier einen eher harmlosen Eindruck, ja, sie sahen mit Lendenschurz und ihren Haifischtätowierungen sogar ein wenig albern aus. Einer der jungen Männer streckte die Hand aus, um die Schale von dem alten Knaben in Empfang zu nehmen, der immer wieder nachschenkte, und er kippte vornüber mit dem Gesicht in den Sand. Damit war alles klar. Tuck kam hinter seinem Baum hervor und ging auf die Trinkrunde zu. Es war vermutlich nicht Gin Tonic, der aus diesen Krügen ausgeschenkt wurde, doch was auch immer es sein mochte, es machte einen definitiv hackebreit. Und hackebreit war im Augenblick genau das, wonach ihm der Sinn stand.

»Jambo«, sagte Tuck. Diese Begrüßung hatte er einmal in einem Tarzan-Film gehört.

Die gesamte Gruppe schaute auf. Einer der Männer stieß sogar einen kurzen Schrei aus. Der dicke alte Knabe stand auf; in seinen Augen loderte ein Feuer, das sich jedoch abkühlte, als Tuck aus dem Schatten trat.

Mary Jean hatte immer gesagt: »Ob Senator oder Türsteher spielt keine Rolle, niemand ist immun gegen ein warmes Lächeln und einen festen Händedruck.«

Tuck streckte die Hand aus und lächelte. »Tucker Case, freut mich, Ihre Bekanntschaft zu machen.«

Malink ließ es zu, daß der weiße Mann ihm die Hand schüttelte. Und unter den staunenden Blicken der übrigen Männer sagte Malink: »Du siehst besser aus als beim letzten Mal, als ich dich gesehen habe. Der Medizinmann hat dich geheilt.«

Tuck hingegen visierte zielstrebig die Zehn-Liter-Krüge in der Mitte der Runde an, die mit einer milchigen Flüssigkeit gefüllt waren. »Klar, mir geht's spitzenmäßig. Wie sieht's aus, könnt ihr Jungs vielleicht einen Schluck von dem Dschungelsaft da entbehren?«

»Setz dich«, sagte Malink und bedeutete den jungen Männern, daß sie zusammenrücken sollten, damit Tuck auf einem der Baumstämme sitzen konnte. Tuck setzte sich, und Favo reichte ihm die aus einer Kokosnuß gefertigte Trinkschale. Tuck kippte den Inhalt in einem Zug hinunter und wurde augenblicklich von einem Würgereiz gepackt, den er nur mühsam unterdrücken konnte. Das Gebräu schmeckte nach Schwefel, Zucker und einer Prise Ammoniak, aber es gab keinen Zweifel, daß es Alkohol enthielt, der mit seiner wohlbekannten Wärme Tucks Körper durchströmte, noch bevor sich der Schauder über den Geschmack gelegt hatte.

»Gut. Sehr gut.« Tuck lächelte kopfnickend in die Runde. Die Haifischmänner lächelten und nickten zurück.

Malink setzte sich neben ihn. »Wir dachten, du sein gestorben.«
»Ich auch. Wie wär's mit noch einem?«
Malink schaute betreten drein. »Die Schale muß einmal rumgehen.«
»Auch gut. Prima. Macht mal hin, Jungs«, sagte Tuck lächelnd und nickte mit dem Kopf wie ein Irrer.
»Wie du herkommen?« fragte Malink.
»Ein bißchen rumspaziert, ein bißchen geschwommen. Ich wollte mal raus. Ein paar Leute treffen. Du weißt schon, die örtlichen Sitten und Gebräuche kennenlernen. In der Klinik wird's einem ziemlich langweilig auf Dauer.«
Malink runzelte die Stirn. »Du bist Pilot. Wir dich sehen, wie du Flugzeug fliegst.«
»Das bin ich.«
»Vincent sagte, daß du kommst.«
»Wer ist Vincent?«
Die übrigen Männer, die sich im Flüsterton miteinander unterhalten hatten, verstummten. Niemand schenkte mehr nach, und niemand trank. Alle warteten darauf, was Malink antworten würde.
»Vincent ist auch Pilot. Er kommen vor langer Zeit und bringen Kargo. Er schicken Himmelsgöttin, bis er zurückkommen. Du sie sehen bei Medizinmann. Sie hat gelbe Haare wie deine.«
Tuck nickte, als ob er verstehen würde, was der Häuptling da redete. Im Augenblick wollte er nur eines: daß die Trinkschale endlich ihre Runde hinter sich brachte und wieder bei ihm landete. »Klar, natürlich. Ich habe sie gesehen. Sie ist die Frau vom Doktor.«
Abo, der zwar betrunken, aber ausnahmsweise nicht wütend war, lachte und sagte: »Sie ist die Frau von niemand, du Armleuchter. Sie ist die Himmelsgöttin.«
Tuck erstarrte. Eine Bruchlandung und eine sprechende Fledermaus erhoben sich wie Dämonen aus der Finsternis und machten seinen aufkeimenden Rausch zunichte.

Malink schaute ihn entschuldigend an. »Er ist jung und betrunken und blöde. Du nicht Armleuchter.«

»Woher habt ihr das?« fragte Tuck. »Woher habt ihr den Ausdruck ›Armleuchter‹?«

»Vincent das sagen. Wir das alle sagen.«

»Vincent? Wie sieht dieser Vincent aus?«

Die jungen Männer schauten alle zu Favo und Malink. Favo sprach als erster: »Er ist Amerikaner. Haben dunkle Haare wie wir, aber seine Nase spitz. Jung. Vielleicht so alt wie du.«

»Und er ist Pilot? Was trägt er für Kleider?«

»Er tragen grauen Anzug. Manchmal eine Jacke mit Pelz hier.« Favo fuhr mit den Händen am Kragen einer imaginären Jacke entlang.

»Eine Bomberjacke.«

Malink lächelte. »Ja, die Himmelsgöttin ist ein Bomber.«

Tuck riß einem der Johns die Schale aus der Hand, kippte den Inhalt hinunter und reichte sie zurück. »Tut mir leid, dringender Notfall.« Er schaute Malink an. »Und dieser Vincent hat gesagt, ich würde kommen?«

Malink nickte. »Er mir sagen im Traum. Und dann Sarapul finden dich und deinen Freund auf dem Riff.«

»Mein Freund? Ist er hier irgendwo?«

»Wir ihn jetzt nicht mehr sehen. Er gehen fort und wohnt bei Sarapul auf andere Seite von Insel.«

»Bringt mich zu ihm.«

»Jetzt wir trinken *Tuba*. Gehen am Morgen?«

»Ich muß vor dem Morgen wieder zurück sein. Außerdem dürft ihr niemandem erzählen, daß ich hier war.«

»Einen noch«, sagte Malink. »Der *Tuba* ist gut heute nacht.«

»Okay, einen noch«, sagte Tuck.

39

Showtime

Die Himmelsgöttin rollte sich in ihrem Bett herum und versetzte der Gegensprechanlage einen Schlag, als sei sie ein vorlautes Stiefkind.
»Ich bin am Schlafen«, sagte sie.
»Reiß dich zusammen, Beth. Wir haben eine Bestellung, die in sechs Stunden in Japan sein muß.«
»Warum können sich diese Wichser nie zu einer halbwegs zivilisierten Tageszeit melden?«
»Wir garantieren frische Ware. Die müssen wir liefern.«
»Fang jetzt bloß nicht an, dir so was wie Humor zuzulegen, Sebastian. Ich könnte glatt sterben vor Schreck. Wer ist der Auserwählte?«
»Sepie, weiblich, neunzehn, fünfundfünfzig Kilo.«
»Ich kenne sie«, sagte die Himmelsgöttin. »Was ist mit unserem Piloten?«
»Ich setzte zwei Mann aus unserem Stab auf ihn an, um sicherzugehen, daß er in seinem Bungalow bleibt.«
»Er wird es trotzdem hören können. Bist du sicher, daß du ihn nicht ruhigstellen willst?«
»Benutz doch mal deinen Kopf, Beth. Er muß noch fliegen. Wir werden uns mit kleineren Explosionen begnügen. Vielleicht schläft er ja einfach weiter.«
Mittlerweile war sie hellwach und spürte die Erregung und Nervosität angesichts ihres bevorstehenden Auftritts.
»In zwanzig Minuten bin ich soweit. Die Ninjas sollen schon mal die Musik anwerfen.«

Tuck hielt Favo im Schwitzkasten und versetzte dem alten Mann zärtlich Kopfnüsse. »Ich liebe diesen Mistkerl. Der Mistkerl hier ist einfach der beste. Ihr Mistkerle, ich liebe euch alle!«
Malink hatte zuvor noch nie jemanden Kopfnüsse verteilen

sehen und wunderte sich, warum dieses bizarre Ritual noch nie auf den Partyfotos im *People*-Magazin aufgetaucht war. Er war einigermaßen stolz darauf, daß er mit den Gebräuchen der Weißen vertraut war, doch dieser war ihm neu. Favo allerdings schien das Ritual bei weitem nicht soviel Freude zu bereiten wie Tuck. Der *Tuba* war mittlerweile ausgetrunken. Vielleicht war es an der Zeit, seinen Freund zu retten.

»Jetzt wir gehen und suchen den Weibsmann«, sagte Malink.

Tuck hob den Blick. Er hielt immer noch Favo umklammert, dem allmählich die Augen ein wenig aus dem Schädel quollen. »In Ordnung«, lallte der Pilot.

Malink führte sie ins Dorf. Er pflegte ohnehin keinen allzu aufrechten Gang, doch nun bewegte er sich auch noch auf wackligen O-Beinen, während ein Dutzend Haifischmänner und Tucker hinter ihm herstolperten. Als sie am Jungmännerhaus vorbeikamen und den Pfad einschlugen, der zu Sarapuls Haus führte, fing die Musik an: Die Klänge einer Big Band mit beschwingten Rhythmen hallten durch den Dschungel. Die Haifischmenschen blieben abrupt stehen, und als die Musik für einen Augenblick aussetzte, riefen sie: »Pennsylvania 6-5000!« Dann setzte die Musik wieder ein.

»Was ist das?« fragte Tucker.

Frauen und Kinder kamen schlaftrunken aus den Häusern, schlugen sich in die Büsche, um zu pinkeln, und rieben sich ihre steifen Rücken. Malink sagte: »Die Himmelsgöttin ist auf dem Weg hierher.«

»Wer?« Tuck ließ nun endlich Favo los, den er die ganze Zeit an seinem Kopf hinter sich hergezogen hatte. Der alte Mann keuchte, dann grinste er und setzte sich mit gespreizten Beinen auf den Boden.

»Wir müssen los«, sagte Malink. »Du solltest jetzt zurückgehen.«

Wieder setzte die Musik aus, und Malink rief zusammen mit den übrigen Haifischmännern: »Pennsylvania 6-5000!«

»Geh jetzt«, befahl Malink, nun wieder ganz und gar Häuptling. »Die Himmelsgöttin kommt. Wir müssen uns fertig machen.« Er wandte sich um und schritt zurück ins Dorf. Die anderen Haifischmänner gingen ihrer Wege, bis Tucker ganz alleine auf dem Pfad stand.

Er hörte, wie sich das Geräusch von großen Propellerflugzeugen mit den Big-Band-Klängen vermischte. Die Haifischmenschen strömten aus ihren Hütten auf die Wege, die zur Landebahn führten. Sekunden später war das Dorf völlig verlassen. Tuck wankte zurück zum Strand, wo er seine Tauchermaske und die Schwimmflossen zurückgelassen hatte. Als er über die Baumstämme der Trinkrunde stieg, ereignete sich eine Explosion, und einen Moment lang dachte er, daß er schon wieder auf eine Landmine gestoßen war, doch dann fiel ihm auf, daß das Geräusch aus Richtung der Landebahn gekommen war.

Weil er nicht sicher war, ob er zurückfinden würde, wenn er den Weg durch das Dorf nahm, beschloß Tucker, am Strand entlang zur Siedlung zu laufen. Kaum daß er etwa hundert Meter hinter sich gebracht hatte, sah er etwas Weißes im Sand liegen und bückte sich, um es aufzuheben. Es war ein länglicher Spiralblock. Der Mond stand hoch am Himmel, und so konnte er den Namen lesen, der mit dickem Filzstift auf dem Deckel geschrieben stand: JEFFERSON PARDEE.

Gewandet in einen grünen OP-Kittel, verscheuchte Beth Curtis die Wachen vor Tucks Tür und klopfte. Sie wartete ein paar Sekunden und klopfte erneut, bevor sie ins Haus trat. Alles, was sie unter dem Moskitonetz erkennen konnte, war eine schlafende Gestalt.

»Case, aufstehen. Wir müssen losfliegen.«

Die Gestalt bewegte nicht nicht. »Case?« Sie zog das Netz zur Seite und berührte die schlafende Gestalt. Eine grüne Kokosnuß rollte aus dem Bett und plumpste vor ihren Füßen auf den Boden. »Sie schlafen mit einer Kokosnuß? Sie elende Witzfigur.«

Sie machte einen Satz rückwärts, als ein völlig zerschlagener Tucker aufstöhnte. »Was?«

»Aufwachen. Wir fliegen in einer halben Stunde.«

Tuck rollte sich herum und blinzelte aus katervernebelten Augen hinaus in die Welt. Es war kurz nach Sonnenaufgang, und überall auf der Insel legten die Hähne los. Das Zimmer war nur schwach erleuchtet.

»Wie spät ist es?«

»Zeit aufzubrechen. Machen Sie das Flugzeug fertig.« Beth Curtis ging hinaus.

Tuck rollte sich aus dem Bett und kroch ins Badezimmer, wo er unter lautem Fanfarengetöse seinen Mageninhalt in einem Schwall in die Kloschüssel schwappen ließ.

40

Unfreundlicher Himmel

Tuck ließ die Triebwerke anlaufen und behielt dabei die Wachen im Augen, die um den Lear-Jet herumwuselten. Jedesmal, wenn einer von ihnen an der Nase der Maschine vorbeikam, schaltete er das Radar ein und lachte vor sich hin. Die Energie der Mikrowellen war nicht so stark, daß die Wachen davon in ihrer eigenen Haut gekocht worden wären, wie Tucker sich ausmalte. Aber er konnte mit einigem Recht davon ausgehen, daß sie niemals Kinder haben würden oder er unter Umständen die Saat für ein paar erlesene Tumore säte, die nun in ihren Eingeweiden zu wuchern begannen. In Houston hatte einmal jemand vom Flughafenpersonal den Fehler begangen, mit einer Ladung Neonlampen unter dem Arm, die für den Hangar bestimmt waren, vor Mary Jeans Jet vorbeizulaufen, und bei dieser Gelegenheit hatte Jake Skye Tucker einen kleinen Trick gezeigt.

»Paß mal auf«, hatte Jake gesagt. Dann schaltete er das Radar ein, und unter dem Bombardement der Mikrowellen hatten die Leuchtstofflampen im Arm des Mannes angefangen aufzuleuchten. Der arme Kerl hatte die Lampen in die Luft geschleudert und war, einen Haufen Glassplitter und weißes Pulver zurücklassend, vom Flugplatz gerannt. Es war das zweitcoolste Ding, das Tucker je zu Gesicht bekommen hatte, übertroffen nur von dem Anblick eines Porsche, dessen Eigentümer unbedingt auf dem Rollfeld hatte parken müssen, woraufhin sie dem Wagen mit dem Düsentriebwerk der Gulfstream eine Sandstrahlbehandlung angedeihen ließen und den Lack abschmirgelten. Tucker wartete nur darauf, daß eine der Wachen hinter den Triebwerken herumlaufen würde, doch da kam auch schon Beth Curtis an Bord.

Sie trug ihr Busineßkostüm und hatte wieder den Aktenkoffer und die Kühlbox dabei, doch dieses Mal setzte sie sich nach hinten auf einen der Passagiersitze und schlief ein, noch bevor sie abhoben. Tuck nutzte die Gelegenheit und gönnte sich ein paar Züge aus der Sauerstoffflasche für Notfälle, um seinen Kater einigermaßen in den Griff zu bekommen.

Als sie achthundert Kilometer weit draußen über dem Pazifik waren, warf Tuck einen vorsichtigen Blick ins Passagierabteil, um nachzusehen, ob Beth Curtis noch immer schlief. Als er sich dessen versichert hatte, überprüfte er die Treibstoffanzeigen, drückte den Steuerknüppel nach vorne und brachte den Lear-Jet auf eine Flughöhe von dreißig Metern.

Mit etwa achthundert Stundenkilometern gerade mal dreißig Meter über dem Wasser dahinzurauschen hatte genau den Effekt, den Tucker sich erhoffte. Er war ekstatisch und völlig gepackt von einem Adrenalinrausch, der seinen Kater zurück ins Mittelalter katapultierte. Er brachte die Maschine noch weitere fünfzehn Meter runter und lachte laut auf, als die salzige Gischt die Windschutzscheibe einschäumte.

Es war ein sonniger Tag mit klarer Sicht, und nur ein paar dünne Wolkensäulen stiegen hie und da aus dem Wasser auf. Tuck rauschte unter ihnen oder mitten durch sie hindurch, als seien sie feindliche Geister. Dann tauchte ein Fleck am Horizont auf, den Tuck eine Sekunde später als Schiff identifizierte, woraufhin er das Flugzeug auf sechzig Meter hochzog. Plötzlich erhob sich etwas vom Deck des Schiffes in die Luft. Es war ein Helikopter, der aufstieg, um sich auf die Suche nach Thunfischschwärmen zu machen, die er dem Schiff zutreiben konnte. Tuck zerrte am Steuerknüppel, doch der Helikopter kreuzte bei seinem Aufstieg genau seine Flugbahn. Tuck hatte nicht mal Zeit, das Funkgerät einzustellen, um den Hubschrauberpiloten zu warnen. Er riß den Lear-Jet herum und beschrieb eine scharfe Kurve, während er die Maschine gleichzeitig hochzog und so dicht an dem Hubschrauber vorbeizischte, daß er sehen konnte, wie der Pilot ihn mit schreckensstarren Augen anglotzte. Tuck sah die Männer an Deck des Schiffes, die mit geballten Fäusten in der Luft herumfuchtelten.

»Hiiii-haaaww!« rief er (eine schlechte Angewohnheit, die er sich irgendwann in den Bars von Texas zugelegt hatte, aber andererseits war dies ja wohl auch ein cowboymäßiger Ritt durch die Lüfte, und zwar volle Kanne, oder?). Er brachte den Flieger wieder auf Kurs in einer Höhe von sechzig Metern, was zwar immer noch gefährlich niedrig war und viermal soviel Sprit verbrauchte wie in normaler Flughöhe, doch zum Teufel, irgendwie mußte man doch seinen Spaß haben. Schließlich war nicht er es, der den Sprit bezahlte, und in der Zeit, als er für Mary Jean arbeitete, hatte es nicht viele Gelegenheiten zum Tiefflug gegeben. Die Leute konnten sich vielleicht nicht immer an die Nummern am Rumpf der Maschine erinnern, um sie der Flugaufsicht mitzuteilen, aber einen rosa Jet, der so dicht über dem Boden flog, daß einem die Suppe kalt wurde vom Luftzug, vergaß man nicht so schnell.

»Was zum Teufel war das?« Beth Curtis stand plötzlich in der Tür zum Cockpit. »Warum fliegen wir so tief?«

Tuck wurde von einer Panik erfaßt, als wäre er beim Rauchen auf der Jungentoilette erwischt worden, aber er konnte einfach nicht schnell genug denken, um mit einer glaubwürdigen Lüge aufzuwarten. Er sagte: »Sie haben nicht eher gesurft, bevor Sie nicht in einem Lear-Jet gesurft sind.«

Zu seiner eigenen Verblüffung erwiderte Beth Curtis: »Cool!« Und schnallte sich dann auf dem Sitz des Copiloten an.

Tuck grinste und drückte die Maschine auf eine Höhe von fünfzehn Metern. Beth Curtis klatschte in die Hände wie ein aufgeregtes Kleinkind. »Das ist ja super!«

»Allzulange können wir das nicht machen. Verbrennt zuviel Sprit.«

»Aber schon noch ein bißchen, okay?«

Tuck lächelte. »Vielleicht noch fünf Minuten. Weiter oben schnappen wir uns dann einen Rückenwind, und das spart wieder Zeit und Sprit.«

»War es das, was Sie gemacht haben in der Nacht, als Sie die Bruchlandung hingelegt haben?«

Tuck zuckte zusammen. »Nein.«

»In dem Fall könnte ich es nämlich voll und ganz verstehen. Was für ein Kick!« Sie streckte den Arm aus und knetete ihm liebevoll die Schulter. »Das ist einfach spitzenmäßig. Wie konnten Sie es zulassen, daß ich das verschlafe?«

»Auf dem Rückweg können wir noch ein bißchen surfen«, sagte Tuck. Und damit lösten sich seine Vorsätze in Luft auf. Er hatte vorgehabt, sie nach der Musik zu fragen und den Explosionen in der letzten Nacht. Er hatte vorgehabt, sie zu fragen, was es mit Jefferson Pardees Notizblock auf sich hatte, der in seiner Gesäßtasche steckte, doch er wollte diese Stimmung nicht zerstören. Es war so lange her, seit er zum letzten Mal die Aufmerksamkeit einer schönen Frau genossen hatte, daß er sich dieser Situation hingab wie ein zugedröhnter Junkie.

»Ich bedauere«, sagte sie, »aber Sie müssen hier warten.« Beth Curtis nahm ihren Aktenkoffer und die Kühlbox aus dem Passagierabteil und traf sich mit den Japanern in dunklen Anzügen auf dem Rollfeld. Nicht weit entfernt stand ein weiterer Lear-Jet mit warmlaufenden Triebwerken sowie zwei Arbeitern in Overalls neben einem großen Pappkarton.

Tuck sah zu, wie Beth Curtis dem einen Anzug die Kühlbox reichte, der damit zu der wartenden Lear rannte. Innerhalb von Sekunden wurde die Tür zugezogen, und die Maschine rollte hinaus auf die Startbahn. Der andere Anzug reichte ihr einen dicken gelben Umschlag, den sie in ihren Aktenkoffer steckte. Danach machte sie auf dem Absatz kehrt und lief zurück zum Flugzeug. Sie trat ins Cockpit und stellte ihren Aktenkoffer hinter den Copilotensitz. »Ich bin gleich zurück, dauert höchstens zehn Minuten. Ich muß nur aufpassen, daß die Typen meinen Fernseher in einem Stück an Bord schaffen.«

»Fernseher?«

»80-Zentimeter-Trinitron-Bildschirm«, sagte sie lächelnd. »Als Ersatz für den, den Sie jetzt haben.«

»Ich will auch einen 80-Zentimeter-Trinitron«, sagte Tuck, doch sie hatte ihm schon den Rücken zugekehrt und war bereits zur Tür hinaus.

Er schaute aus dem Fenster, um sich zu vergewissern, daß sie mit dem Fernseher beschäftigt war, und zog dann den Aktenkoffer hinter dem Sitz hervor. Er drückte auf die Verschlüsse und stellte zu seiner Überraschung fest, daß sie nicht verschlossen waren. Er zog den Umschlag heraus. Darunter lag eine kleine automatische Pistole. Er konnte sie nehmen, aber was dann? Sie Beth Curtis vor die Nase halten, bis sie ihm beichtete, was sie und der Doktor veranstalteten? Und was war das überhaupt? Forschung? Es gab kein Gesetz, das das verbot. Er ließ die Waffe unberührt und öffnete den Umschlag.

Er war nicht sicher, was er erwartet hatte: Forschungsberichte, Inhaberschuldverschreibungen, Aktien, Bargeld – irgendwas, das etwas Licht auf dieses ganze geheimnisvolle Getue werfen würde. Was er statt dessen fand, waren vier Ausgaben von *People* und vier von *Us*. Beth Curtis schmuggelte amerikanischen Schwachsinn aus Japan heraus, und das war's auch schon.

Er legte den Umschlag wieder in den Aktenkoffer und stellte ihn hinter den Sitz. Dann zog er Jefferson Pardees Notizbuch aus seiner Tasche. Vielleicht stand darin ja irgend etwas, aus dem er schließen konnte, wie das Notizbuch an einen Strand gelangt war, der über tausend Kilometer von dem Ort entfernt lag, an dem sein Besitzer sich eigentlich hätte aufhalten sollen.

Er blätterte die Seiten durch. Sie waren vollgekritzelt mit Telefonnummern, Daten und ein paar Notizen, doch die einzigen Einträge, mit denen er etwas anfangen konnte, waren sein eigener Name, der von Sebastian Curtis und seiner Frau und das Wort »Lear-Jet« gefolgt von »Warum? Wie? Wer hat dafür gezahlt?« und

»Den anderen Piloten suchen«. Offensichtlich stellte sich Pardee die gleichen Fragen, die auch Tuck durchs Hirn schwirrten, aber was sollte diese Geschichte mit dem anderen Piloten? War Pardee nach Alualu gekommen, um nach Antworten zu suchen? Und wenn er es getan hatte, wo war er jetzt?

»Was ist das?« fragte Beth Curtis, als sie zur Tür des Cockpits hereinkam.

Tuck klappte schnell das Notizbuch zu und stopfte es in seine Gesäßtasche. »Ein paar Notizen zum Flug. Früher mußte ich immer ein Logbuch führen für die FAA. Vermutlich schiere Gewohnheit, daß ich das Ding mitgebracht habe.« Mittendrin in seiner Lüge wurde er von Panik erfaßt. Wenn sie ihn fragte, wo er das Notizbuch überhaupt herhatte, war er ein toter Mann. Vielleicht war es sowieso besser, sie hier in Japan zur Rede zu stellen – wo er wenigstens wußte, wo die Pistole war.

Sie sagte: »Ich wußte gar nicht, daß Fliegerei auch Papierkram mit sich bringt.«

»Mehr, als Sie ahnen«, sagte Tuck. »Ich muß mich immer noch damit vertraut machen, wie diese Maschine hier reagiert. Da schreibe ich mir halt Sachen auf, die ich mir besser merken sollte. Sie wissen schon, Steigflugraten, Abgasdruck der Triebwerke, Spritverbrauch pro Stunde in bezug auf die Flughöhe – all so 'n Zeug eben.« Genau, dachte er, mach sie mit irgendeinem Scheiß in Fachchinesisch platt.

»Oh«, sagte sie und wirkte auf Tuck ganz unbeteiligt, bis sie zu ihrem Aktenkoffer griff.

Tuck hielt den Atem an. Er dachte, daß jeden Moment die Pistole zum Vorschein kommen würde. Doch sie nahm eine Ausgabe von *People* heraus, legte sie auf ihren Schoß und begann darin herumzublättern. Sie schaute nicht eher wieder von ihrer Zeitschrift auf, bis sie schon weit draußen über dem Pazifik waren.

»Wissen Sie, wir haben Sie in der letzten Zeit nicht allzu häufig zu Gesicht bekommen. Vielleicht sollten Sie heute abend einfach zu unserem Haus kommen und mit Sebastian und mir zu Abend essen.« Wieder war sie ganz die Hausfrau aus den Fünfzigern.

Tuck hatte über Pardees Notizbuch nachgegrübelt und darüber, wo er es gefunden hatte. Er wollte gleich heute nacht wieder zurück ins Dorf. Wenn Pardee nach Alualu gekommen war, dann wußte der alte Häuptling vielleicht etwas davon.

»Ich bin ein wenig müde. Wir sind ziemlich früh los heute morgen. Ich denke mal, ich mache mir vielleicht noch eine Kleinigkeit bei mir zu Hause und gehe dann früh ins Bett.«

Sie gähnte. »Dann vielleicht morgen abend. Gegen sieben. Vielleicht können wir ja meinen neuen Fernseher ausprobieren.«

»Das wär prima«, sagte Tuck. »Es gibt sowieso ein paar Sachen, über die ich mit Ihnen und dem Doc gerne reden würde.«

»Fein«, sagte sie. »Ich denke, wir sollten mehr Zeit miteinander verbringen. Und jetzt erklären Sie mir, was all diese Anzeigen zu bedeuten haben.«

41

Was ist eine Niere?

Privatsphäre ist ein rarer Luxus auf einer kleinen Insel, und Geheimnisse lasten schwer auf denjenigen, die sie mit sich herumschleppen. Auf Malinks Schultern lasteten zu viele Geheimnisse, und allmählich war er es leid. Er wünschte sich sehnlichst, daß er seine Geheimnisse in der Trinkrunde offenbaren könnte, damit der Kokosnußtelegraph sie von einem Ende der Insel zum anderen trug und er wieder unbeschwert seiner Wege gehen konnte. Aber das würde nicht passieren. Die Geheimnisse liefen ihm förmlich hinterher. Selbst der alte Kannibale hatte eines für ihn auf Lager.

Zusammen mit Sarapul und Kimi stand er vor einem großen Brotfruchtbaum, der nicht ganz dreißig Meter hoch war und einen Stamm hatte, den man mit beiden Armen nicht umfassen konnte. Kimi hatte eine Axt geschultert und wartete, wie Malinks Urteil ausfiel.

»Warum so groß?« fragte Malink. »Dieser Baum wird uns viele Brotfrüchte bringen.«

»Das ist der Baum«, sagte Sarapul. »Der Seefahrer hat ihn auserwählt.«

Kimi sagte: »Wir pflanzen zehn neue Bäume an seiner Stelle, aber der hier muß es sein.«

»Warum braucht ihr so einen großen Baum?«

»Das darf ich dir nicht sagen«, erwiderte Sarapul.

»Du wirst es mir sagen, oder ihr dürft den Baum nicht fällen.«

»Wenn ich es dir sage, versprichst du dann, daß du es niemandem weitererzählst?«

Malink stieß einen Seufzer aus. Noch ein Geheimnis mehr. »Ich werde es niemandem erzählen.«

»Komm mit. Wir zeigen es dir.«

Sarapul führte Malink und Kimi durch den Dschungel zu einer mit Unterholz überwucherten Stelle, an der getrocknete Palmblätter aufgetürmt waren. Malink lehnte sich an einen Baum, während der alte Kannibale die Palmwedel entfernte und den Bug eines Kanus zum Vorschein brachte. Es war kein gewöhnliches Kanu, sondern ein zwölf Meter langes Teil zum Segeln. Von der Sorte hatte Malink keines mehr gesehen, seit er ein kleiner Junge gewesen war.

»Dafür brauchen wir den Baum«, sagte Sarapul. »Ich habe es hier viele Jahre lang versteckt, aber der Rumpf ist verfault, und wir müssen es reparieren.«

Beim Anblick des großen Auges, das auf den Bug des Bootes aufgemalt war, fühlte Malink ein Kribbeln in seinem Bauch. Etwas aus einer Zeit, die noch länger zurücklag, als er sich erinnern konnte, einer Zeit, als sein Volk über Tausende von Kilometern in solchen Kanus gesegelt war, nur geleitet von dem Auge des Kanus und dem Wissen der großen Seefahrer. Verlorene Künste, die durch die Erinnerung daran Trauer hervorriefen. Er schüttelte den Kopf. »Niemand weiß mehr, wie man ein Segelkanu baut, Sarapul. Du bist so alt, daß du dich gar nicht mehr daran erinnern kannst, was du alles vergessen hast.«

»Er kann es reparieren«, sagte Sarapul und deutete auf Kimi.

Kimi grinste. »Mein Vater hat es mir beigebracht. Er war ein großer Seefahrer aus Satawan.«

Malink zog eine seiner buschigen Augenbrauen in die Höhe. »Hast du da auch unsere Sprache gelernt?«

»Ich kann es reparieren. Und ich kann damit segeln.«

»Er bringt es mir bei«, sagte Sarapul.

Malink spürte, wie sich das Kribbeln in seinem Bauch zu schierer Erregung auswuchs. Das hier war etwas, das in ihm ein Gefühl wachrief, wie er es seit der Ankunft von Vincent nicht mehr empfunden hatte. Dies war ein Geheimnis, das ihn eher aufrichtete, als es auf ihm lastete, doch die Würde seines Amtes als Häuptling verbot ihm, lauthals aufzuschreien vor Freude.

»Du darfst den Baum fällen, aber nur unter einer Bedingung.«

»Du darfst niemandem etwas davon erzählen«, sagte Sarapul.

»Ich werde niemandem davon erzählen. Aber wenn das Kanu wieder repariert ist, mußt du einen von den Jungen zum Seefahrer ausbilden.« Er schaute Kimi fragend an. »Wirst du das tun?«

Kimi nickte.

»Du kannst deinen Baum haben, alter Mann«, sagte Malink. »Ich werde niemandem davon erzählen.« Er drehte sich um und ging, trotz seiner O-Beine leichtfüßig schlendernd, den Weg hinab.

Kimi rief ihm nach: »Ich habe gehört, mein Freund, der Pilot, war gestern nacht im Dorf.«

Malink wandte sich um. Der Kokosnußtelegraph reichte offensichtlich bis in den hintersten Winkel der Insel. »Er hat nach dir gefragt. Und er hat gesagt, daß er wiederkommen wird.«

«Hatte er eine Fledermaus dabei?«

»Nein, eine Fledermaus hatte er nicht dabei«, sagte Malink. »Komm doch zur Trinkrunde heute nacht. Vielleicht kommt er auch.«

»Ich kann nicht«, sagte Kimi. »Die Jungs aus dem Jungmännerhaus hassen mich.«

»Sie hassen den Weibsmann«, sagte Malink, »nicht den Seefahrer. Du kommst.«

Nachdem er sich ein nahrhaftes Abendessen, bestehend aus Dosenpfirsichen und Pulverkaffee, gegönnt hatte, überprüfte Tuck die Position der Wachen, löschte das Licht und baute sein kokosköpfiges Double unter dem Moskitonetz zusammen. Obwohl es erst das zweite Mal war, kam es ihm vor wie eine Routineaktivität. Keine Spur mehr von der Nervosität und Panik der vergangenen Nacht, als er unter dem Fenster hindurch zum Badezimmer kroch und das Duschbecken aus Metall hochklappte.

Er stieg durch die Öffnung hinab und wollte gerade nach seinen Flossen und der Tauchermaske greifen, als er ein Klopfen an der Tür hörte. Er erstarrte vor Schreck.

Er hörte, wie die Tür geöffnet wurde und Beth Curtis nach ihm rief: »Mr. Case, schlafen Sie schon?«

Sie durfte auf keinen Fall die Attrappe in seinem Bett zu Gesicht bekommen. »Ich bin im Bad, einen Augenblick.«

Er packte den Rand der Aussparung für das Duschbecken und hievte sich mit einem Ruck zurück ins Badezimmer. Die Metallwanne kippte um und fiel über die Öffnung. Es klang, als würde der Blechmann aus dem Film *Der Zauberer von Oz* versuchen, sich aus einer Mülltonne zu befreien.

Er hörte, wie Beth Curtis auf die Badezimmertür zukam. »Ist mit Ihnen alles in Ordnung?«

»Alles prima«, sagte Tuck. »Mir ist nur die Seife runtergefallen.« Er schnappte sich ein Stück Seife vom Waschbecken und legte es ins Duschbecken. Dann riß er die Badezimmertür auf.

Vor ihm stand Beth Curtis in einem langen Kimono aus roter Seide, der bis zum Nabel offenstand, so daß sich darunter eine schmale Schlucht nackten weißen Fleisches offenbarte. Was immer Tuck sagen wollte, er hatte es vergessen.

»Sebastian hat mich gebeten, Ihnen das hier zu bringen.« Sie hielt ihm einen Scheck hin. Tuck riß seinen Blick von ihrem Dekolleté los und nahm den Scheck.

»Fünftausend Dollar! Mrs. Curtis, das ist wirklich mehr, als ich je verlangt habe.«

»Sie haben es sich verdient. Es war wirklich süß von Ihnen, daß Sie sich die Zeit genommen haben, mir die ganzen Instrumente zu erklären.« Sie beugte sich vor und küßte ihn auf die Stirn, wobei sie ihre warmen Lippen ein klein wenig zu lange auf seine Haut drückte. Tuck sah vor seinem geistigen Auge, wie ihre Zunge hervorschnellte, sich durch seinen Schädel bohrte und das Lustzentrum in seinem Gehirn abschleckte. Er roch den schweren Moschusgeruch ihres Parfums, und seine Augen blickten genau auf ihre Brüste, die sich ihm in voller Pracht darboten, während sie sich vornüberbeugte. Ihm war, als blickte er in den Lichtbogen eines Schweißgeräts, und er glaubte, dieses himmlische Bild würde noch stundenlang vor seinen Augen herumspuken. Ein gähnender Abgrund völliger Stille tat sich auf und zerrte seine Aufmerksamkeit wieder zurück ins Zimmer.

»Das ist sehr großzügig«, sagte er. »Aber es hätte noch Zeit gehabt. Ist ja nicht so, daß ich viel Gelegenheit hätte, es auszugeben.«

»Ich weiß. Aber ich wollte Ihnen einfach noch einmal meinen Dank aussprechen. Persönlich. Ohne daß Sebastian in der Nähe ist. Und ich dachte, Sie könnten mir vielleicht noch ein paar Feinheiten der Fliegerei erklären. Es ist ja so aufregend.«

Ohnehin kein Mann fester Vorsätze und eisenharter Prinzipien, bewirkte die Kombination aus optischen und olfaktorischen Reizen gepaart mit Schmeichelei, daß Tucks innerer Autopilot sich einschaltete und ihn zielstrebig in Richtung der Verlockungen steuerte. Doch ein Blick über ihre Schulter hinweg auf das Bett genügte, um den Mechanismus abzuschalten. Jegliches sexuelle Verlangen wurde zunichte gemacht vom Anblick der Attrappe, die ihren Kokosnußkopf schüttelte. Er schaute sie an und blickte ihr in die Augen – und zwar nur in die Augen. »Vielleicht lieber morgen«, sagte er. »Ich bin völlig erledigt. Ich wollte mich nur noch mal duschen und dann ins Bett gehen.«

Für den Bruchteil einer Sekunde verschwand das Kleinmädchenlächeln von ihrem Schmollmund, und ihre Lippen zogen sich zu einer dünnen roten Linie zusammen. Doch dann kam das Lächeln wieder zum Vorschein, und Tuck fragte sich, ob er sich den Wechsel nicht vielleicht nur eingebildet hatte.

»Nun denn, dann morgen«, sagte sie und zog den Kimono zusammen, als sei ihr in diesem Augenblick erst aufgefallen, daß er aufgegangen war. »Wir sehen Sie dann um sieben.« Sie wandte sich zur Tür und warf Tuck beim Hinausgehen ein Paradelächeln zu, wieder einmal ganz der Liebling der Eisenhower-Ära.

Als er sicher sein konnte, daß sie weit genug weg war, lief Tuck zum Bett und nahm die grüne Kokosnuß in die Hand. »Was zum Teufel sollte denn das gerade?«

Die Kokosnuß gab keine Antwort. »Fein«, sagte Tuck und legte die Kokosnuß wieder an Ort und Stelle. »Ich bin nicht im geringsten beeindruckt. Das läßt mich alles völlig kalt und ungerührt. Wahnsinn gehört zu meinem Geschäft.« Doch selbst in dem Augenblick, da er dies sagte, in dem Bestreben, seine Halluzination abzutun als eine Warnung der Vernunft, war er hin- und hergerissen zwischen dem Verlangen nach Alkohol und dem Verlangen nach einer Frau. Und beides zerrte an seinen Eingeweiden wie mit rostigen Angelhaken. Also schaltete er das Licht aus und folgte seinem Verlangen durch die Luke im Boden seines Badezimmers hinaus auf die vom Mondschein erleuchtete See.

Vierzig Minuten später nahm er Platz in der Runde der Haifischmenschen. Häuptling Malink erhob sich und begrüßte ihn mit einem krachenden Schlag auf den Rücken. »Schön, dich zu sehen. Was macht dein Prachtstück?«

»Wächst und gedeiht, daß es eine wahre Freude ist«, kam Tucks automatische Antwort auf diese unter Truckern und Cowboys typische Frage, wobei er sich allerdings wunderte, woher der Häuptling sie wohl kannte. »Aber ich fühle mich ein bißchen ausgetrocknet.«

Ein dicker junger Mann namens Vincent war an diesem Abend mit dem Einschenken betraut, und mit einem Lächeln reichte er nun Tucker die Kokosschale. Tuck nippte zunächst nur und kämpfte gegen den Würgereiz an, der sich beim ersten Schluck immer einstellte, um schließlich doch einen tiefen Zug von dem Kokoslikör hinunterzukippen und die Zähne fest zusammenzubeißen, damit er auch unten blieb.

Die älteren Männer in der Runde schienen in rechter Feierlaune. Sie plapperten in ihrer Eingeborenensprache fröhlich durcheinander, während die jüngeren Männer auf Tuck den gegenteiligen Eindruck machten. Sie saßen da mit griesgrämigen Mienen und gruben ihre Zehen in den Sand wie kleine Jungs, die schmollten.

»Warum seid ihr so mies drauf, Jungs? Hat jemand euren Hund abgestochen?«

»Nein«, sagte Malink, der die Frage nicht ganz verstanden hatte. »Heute wir essen Schildkröte.«

Tuck konnte sich des Eindrucks nicht erwehren, daß, wenn einem der Hund abgestochen wurde, dies hier offensichtlich etwas anderes bedeutete als in Texas.

Malink bemerkte Tucks Verwirrung. »Sie sind traurig, weil die Himmelsgöttin die Liebesdienerin aus ihrem Haus erwählt hat, und sie wird wegbleiben viele Tage.«

»Liebesdienerin?«

»Das Mädchen, dem du letzte Nacht nachgegangen bist, ist die Liebesdienerin aus dem Jungmännerhaus.«

»Oh, tut mir leid, das zu hören, Jungs«, sagte Tuck, ohne sich anmerken zu lassen, daß er nicht den blassesten Schimmer hatte, was mit Liebesdienerin gemeint war oder was es bedeutete, auserwählt zu sein. Er nahm an, daß es irgendwas mit dem prämenstruellen Syndrom zu tun hatte. Vielleicht war es ja so, daß sie die Frauen, wenn sie schräg draufkamen von den Krämpfen, die ihnen von der alten Himmelstante verpaßt wurden, in eine spezielle Hütte für die »Auserwählten« schafften, bis sie sich wieder abgeregt hatten. Er wartete, bis die Schale wieder zu ihm kam, bevor er das Thema erneut anschnitt. »Also diese Himmelsgöttin hat sie auserwählt, hm? Schöne Scheiße. Habt ihr's mal mit Schokolade probiert? Damit kriegt man sie manchmal wieder rum.«

»Wir ihr geben Spezial-Tuba, wenn sie kommt«, sagte Malink.

»Schmeckt wie Scheiße«, riefen einige der Männer im Chor.

Abo, der Wilde, sagte: »Ich bin auserwählt, und jetzt ist Sepie auserwählt. Ich werde sie heiraten.«

Bei der Mehrzahl der jüngeren Männer stieß diese Ankündigung nicht gerade auf Begeisterung.

»Mach mal halblang«, sagte Tuck. »Deine Einstellung ist ja ganz löblich, aber du bist nie im Leben auserwählt.«

»Bin ich doch«, beharrte Abo. »Sieh her.« Er wandte der Gruppe seinen Rücken zu und strich mit dem Finger über eine lange rosige Narbe, die diagonal zu seinen Rippen verlief. »Die Himmelsgöttin hat mich für Vincent auserwählt, als die Brotfrucht reif war.«

Tuck starrte auf die Narbe. Er war wie vor den Kopf geschlagen und hoffte, daß das, was er nun dachte, genauso abwegig war wie seine PMS-Theorie. »Die Himmelsgöttin? War das die Musik letzte Nacht? Und der ganze Krach?«

»Ja«, sagte Malink, »Vincent bringt sie in seinem Flugzeug. Wir es niemals sehen, aber wir hören es.«

»Und wenn jemand auserwählt wird, fliegt dann jedesmal der Lear-Jet am nächsten Tag los?«

Malink nickte. »Für lange Zeit niemand war auserwählt. Bis Vincent dich geschickt hat, um das weiße Flugzeug zu fliegen. Wir haben gedacht, Vincent ist zornig auf uns.«

Tuck schaute Abo an, der einen zufriedenen Eindruck machte, nun, da sein Häuptling ihn unterstützte. »Wohin geht man, wenn man auserwählt wird?«

»Man geht in das weiße Haus, wo der Medizinmann wohnt. Dort gibt es viele Maschinen.«

»Und was dann? Was passiert in dem weißen Haus?«

»Das ist Geheimnis.«

Tuck sprang von seinem Platz und sah Abo eindringlich an. »Was passiert da?«

Abo bekam es offensichtlich mit der Angst zu tun und wandte sich ab. Tuck warf einen Blick in die Runde. »Wer ist noch auserwählt worden?«

Der dicke Junge, der nachgeschenkt hatte, drehte sich um, so daß Tucker die Narbe auf seinem Rücken sehen konnte.

»Wie heißt du, Kleiner?«

»Vincent.«

»Das hätte ich wissen sollen. Vincent, was passiert in dem weißen Haus?«

Der junge Vincent schüttelte den Kopf. Tuck wandte sich an Malink. »Was passiert da?«

Malink schüttelte den Kopf. »Ich weiß nicht. Ich bin nie auserwählt worden.«

Eine vertraute Stimme rief aus der Dunkelheit. »Sie machen sie schlafen.«

Alle wandten sich um und sahen Kimi, der den Pfad vom Dorf entlangkam. Der alte Kannibale trottete mit knirschenden Gelenken hinter ihm her.

Abo blaffte Kimi in seiner Eingeborenensprache an, und Kimi bellte etwas in der gleichen Sprache zurück. Tuck mußte die Sprache nicht verstehen, um mitzubekommen, daß Kimi dem Wilden geraten hatte, sich zu verpissen.

»Kimi, bist du in Ordnung?« Tuck erkannte den Seefahrer kaum wieder. Er trug einen blauen Lendenschurz wie die Haifischmenschen, und es schien, als habe er einiges an Muskeln zugelegt. Tuck freute sich von ganzem Herzen, ihn wiederzusehen. Der Seefahrer rannte auf ihn zu und schlang seine Arme um den Piloten. Ohne groß nachzudenken erwiderte Tuck die Umarmung.

Einige der jungen Männer waren aufgestanden und betrachteten Kimi. Einer der Krüge mit *Tuba* war umgestoßen worden, doch es schien niemanden zu kümmern, daß der Schnaps im Sand versickerte.

»Kimi, weißt du, was hier vor sich geht?«

»Eine schöne Frau mit gelben Haaren. Sie kommen aus dem Zaun und nehmen Mädchen weg. Sie werden sie schlafen machen, und wenn sie aufwachen, sie wird haben einen Schnitt hier.« Er strich mit dem Finger über die Rippen auf seinem Rücken.

»Nein!« schrie Abo. Er machte einen Satz über Malink hinweg, der immer noch am Boden kauerte, um Kimi an die Gurgel zu gehen. Ohne nachzudenken schnellte Tuck herum und erwischte Abo mit einem satten Schwinger an der Kinnspitze. Abo wurden die Füße unter dem Körper weggerissen, und er landete auf dem Rücken. Tuck rieb sich die Knöchel. Abo versuchte wieder auf die Beine zu kommen, und Malink brüllte zwei von den jungen Vincents irgendwelche Befehle zu. Widerwillig hielten sie ihren Freund fest. »Vincent hat den Piloten geschickt«, erinnerte sie Malink.

Tuck wandte sich wieder an Kimi. »Was passiert dann?«

»Du mir schulden fünfhundert Dollar.«

»Die kriegst du. Was passiert dann?«

»Die Auserwählten müssen bleiben in Bett für viele Tage. Sie haben Schläuche stecken in sich, und sie haben große Schmerzen. Dann sie kommen zurück.«

»Das ist alles?«

»Ja«, sagte Kimi.

Nun erhob sich Malink und wandte sich an Kimi. »Woher weißt du das?«

Kimi zuckte mit den Achseln. »Sepie mir erzählt.«

Malink drehte sich zu Abo um, der keinen Widerstand mehr leistete und ihn nun schreckensbleich anschaute. »Sie hat gesagt, sie erzählt es nicht weiter. Der Weibsmann hat einen Fluch über sie gesprochen.«

Tuck stand da und rieb sich die Knöchel. Er schaute sich die tropische Operette an und fühlte sich, als hätte jemand gerade das Licht eingeschaltet und ihn dabei erwischt, wie er es einer madenzerfressenen Leiche französisch besorgte. Die Kühlbox, die OP-Kittel, die Flüge nach kurzer Vorankündigung, der zweite Jet, der in Japan immer schon auf dem Rollfeld wartete, die Geheimniskrämerei, das Geld. Wie hatte er nur so scheißdämlich sein können?

Malink schüttelte gerade einen verbalen Jauchekübel über Abo aus, der den Eindruck machte, als ob er jeden Moment in Tränen ausbrechen würde.

»Ihr blöden Wichser!« brüllte Tuck.

Malink verstummte.

»Sie verkauft eure Nieren. Der Doc nimmt euch die Nieren raus und verkauft sie nach Japan.«

Diese Eröffnung hatte nicht die Wirkung, die Tuck erwartet hatte. Im Gegenteil, es machte den Eindruck, als sei er der einzige, den die Sache überhaupt kümmerte.

»Hört ihr, was ich sage?«

Malink schaute ein wenig betreten drein. »Was ist eine Niere?«

TEIL DREI

Der Engel der Kokosnuß

42

Bettgenossen

Kurz vor Sonnenaufgang kroch Tuck durch den Boden der Dusche wie eine heimwehgeplagte Kakerlake und krabbelte vom Badezimmer zu seinem Bett und unter das Moskitonetz. Es gab eine Menge Dinge zu tun – wichtige Dinge, Dinge von Bedeutung, Dinge, die vielleicht sogar gefährlich waren, aber er hatte keine Ahnung, worum es sich dabei handelte, und er war zu müde, um sich in diesem Augenblick darüber Gedanken zu machen. Er hatte es versucht, er hatte sich wirklich alle Mühe gegeben, die Haifischmenschen davon zu überzeugen, daß der Doktor und seine Frau schreckliche Sachen mit ihnen anstellten, aber die Inselbewohner hatten immer wieder das gleiche erwidert: »Vincent will es so. Vincent wird sich um uns kümmern.«

Zur Hölle mit ihnen, dachte Tuck. Diese verdammten Idioten und Schwachsinnsbrüder verdienen es nicht besser.

Er rollte sich herum und schob seinen kokosköpfigen Doppelgänger zur Seite. Der Doppelgänger stieß zurück.

Wie von der Tarantel gestochen, sprang Tuck aus dem Bett, verfing sich in dem Moskitonetz und rutschte mit dem Hintern rückwärts wie ein Mann, der sich vor einer Schlange in Sicherheit bringen will.

Der Doppelgänger richtete sich auf.

Im trüben Licht der Morgendämmerung konnte Tuck sein Gesicht nicht erkennen. Durch das Moskitonetz sah er nichts weiter als eine Silhouette, einen Schatten. Und der Schatten trug eine Pilotenmütze.

»Glaub bloß nicht, daß ich nicht genau weiß, was du denkst. Ich wette nämlich sechs zu fünf, daß ich es weiß.« Der Akzent schien irgendwie aus einem Bowery-Boys-Film zu stammen, und Tuck erkannte die Stimme. Sie hatte in seinem Kopf herumgespukt, er hatte sie bei einer sprechenden Fledermaus vernommen, und er hatte sie zweimal bei einem jungen Flieger gehört.

»Wirklich?«

»Klar, du denkst: ›Hey, ich war nie scharf drauf, einen anderen Kerl in meinem Bett zu finden, aber wenn's sich nicht vermeiden läßt, dann sollte es schon genau dieser Kerl hier sein.‹ Stimmt's?«

»Das war's nicht, was ich gedacht habe.«

»Dann hättest du auf die Wette eingehen sollen, du Armleuchter.«

»Wer bist du?«

Der Flieger zog das Moskitonetz zur Seite und warf einen Gegenstand quer durchs Zimmer. Tuck zuckte zusammen, als er mit einem dumpfen Pochen neben ihm auf dem Boden landete.

»Heb's auf.«

Tuck konnte nichts weiter erkennen als einen glänzenden Gegenstand neben seinem Knie. Er hob ihn auf, und es fühlte sich an wie ein Feuerzeug.

»Lies, was draufsteht«, sagte der Schatten.

»Ich kann nicht. Es ist zu dunkel.«

»Weißt du was? Ich hab mal einen Kerl gesehen, den hat 'ne Kugel knapp überm Ohr erwischt. Die Docs haben 'ne Edelstahlplatte zurechtgehämmert und sie ihm in die Birne geschraubt und ihm so das Leben gerettet. Allerdings hat der Kerl von dem Tag an nichts anderes mehr gemacht, als im Kreis rumzulaufen, an seiner Birne zu zerren und den ›Row‹-Teil von ›Row, Row, Row Your Boat‹ zu singen. Sie mußten ihm Topflappen an den Händen festkleben, damit er sich nicht wundreiben konnte. Ich will nicht sagen, daß der Kerl keinen Spaß hatte, aber es war nicht allzu amüsant, sich mit ihm zu unterhalten, wenn du verstehst, was ich meine.«

»Das war eine wunderschöne Geschichte«, sagte Tuck. »Warum?«

»Weil der Kerl mit der Stahlplatte in seiner Birne, an der er dauernd rumzerrte, während er ›row, row, row‹ abnudelte, ein Genie war, verglichen mit dir. Mach das verdammte Feuerzeug an, du Armleuchter.«

»Oh«, sagte Tuck, klappte das Feuerzeug auf und ließ es aufflammen. Im Licht der Flamme konnte er die Gravierung erkennen: VINCENT BENEDETTI, CAPTAIN U.S.A.F.

Tuck blickte wieder zurück zu dem Flieger, der immer noch von Schatten umhüllt war, obwohl der Rest des Raumes sich allmählich aufzuhellen begann. »Du bist Vincent?«

Der Schatten verneigte sich ein wenig. »Nicht ganz, wie er leibt und lebt, aber ansonsten zu Ihren Diensten, Sie Arsch.«

»Du bist Malinks Vincent?«

»Genau der. Ich hab dem Häuptling das Original von dem Feuerzeug geschenkt.«

»Das hättest du auch einfach sagen können, ohne dich so verdammt dramatisch aufzuführen.« Tuck war froh, daß er ein wenig betrunken war. Er hatte keine Angst. So seltsam es scheinen mochte, er fühlte sich vollkommen in Sicherheit. Dieser Kerl – dieses Ding, dieser Geist – hatte ihm mehr oder weniger das Leben gerettet – und zwar zwei-, wenn nicht sogar dreimal.

»Ich habe Verpflichtungen, Kleiner, und du auch.«

»Verpflichtungen?« Nun bekam es Tuck doch mit der Angst zu tun.

»Genau, und deshalb wirst du, wenn du nachher ausgeschlafen hast, nicht zum Doktor ins Büro reinstürmen und verlangen, daß er die Tatsachen auf den Tisch legt. Geh einfach nur 'ne Runde schwimmen. Kühl dich ein bißchen ab.«

»Schwimmen gehen?«

»Genau, du schwimmst über das Riff hinaus und dann fünfhundert Meter weit daran entlang, und zwar in die entgegengesetzte Richtung, in der das Dorf liegt. Paß aber auf die Haie draußen vor dem Riff auf.«

»Warum?«

»Da taucht mitten in der Nacht ein Kerl aus dem Nichts auf, der dir irgendwelches mystisches Zeug erzählt, und du fragst, warum?«

»Klar. Warum?«

»Weil ich es sage«, sagte Vincent.

»Das hat mein Vater auch immer gesagt. Bist du der Geist von meinem Vater?«

Der Schatten schlug sich mit der Hand gegen die Stirn. »Sprich mir nach – und mach keine Faxen – eins, zwei, drei und ›Row, row, row, row, row‹...« Und mit diesem Singsang wurde seine Gestalt immer undeutlicher.

»Warte mal«, sagte Tuck. »Da gibt's noch mehr, das ich wissen muß.«

»Holzauge, sei wachsam. Du weißt nicht annähernd soviel, wie du glaubst.«

»Aber...«

»Du bist mir was schuldig.«

Zwei bewaffnete Ninjas folgten Tuck zum Wasser. Er betrachtete sie in der Hoffnung, irgendwelche sichtbaren Folgen des Bombardements mit Radarstrahlen zu erkennen, doch andererseits hatte er keinerlei Vorstellung, wie diese Anzeichen aussehen würden. Würden sie sich sichtbar aufblähen und explodieren, wenn man sie nicht mit der Gabel anstach, damit der Druck aus ihrem Inneren entweichen konnte? Das wäre cool. Vielleicht würden sie auch am Strand einschlafen, und wenn sie wieder aufwachten, wären sie zu hundertfacher Größe angewachsen und ganz versessen darauf, sich mit Godzilla herumzuprügeln, während in den brennenden Trümmern zu ihren Füßen winzige Leute herumstolperten, deren Mundbewegungen nicht das geringste zu tun hätten mit dem, was sie sagten? (So was passierte in japanischen Filmen doch andauernd, oder?) Viel zu gut für diese Säcke.

Er zog die Schwimmflossen an und verbeugte sich in ihre Richtung, als er rückwärts ins Wasser ging. »Mögen eure Eier zu Rosinen schrumpfen«, sagte er, ein Lächeln auf den Lippen.

Sie erwiderten seine Verbeugung, jedoch mehr aus einem Reflex heraus als aus Respekt.

Über das Riff hinaus und dann fünfhundert Meter daran entlang: Die Ninjas würden ausrasten. Er war noch nie über das Riff ins offene Meer geschwommen. Innerhalb des Riffs war das Wasser klar und aquamarinblau. Man konnte stets den Grund sehen, und die Fische schienen, wenn schon nicht freundlich, so doch zumindest nicht gefährlich zu sein. Auf der zum Ozean liegenden Seite des Riffs, hinter der Brandungslinie, hingegen war das Wasser kobaltblau. So tief und undurchdringlich wie der Nachthimmel. Die farbenfrohen Fische des Riffs mußten auf die Jäger aus den blauen Tiefen wirken wie M & Ms, dachte Tuck. Der äußere Rand des Riffs ist der Teller mit Süßigkeiten für die Monster.

Er paddelte gemächlich auf das Riff zu und ließ sich von dem leichten Seegang schaukeln, während er die bunten Glieder der Nahrungskette bei ihrem Treiben am Meeresgrund beobachtete. Ein Triggerfisch, der mit seiner bräunlichen Färbung besser in die Wüste gepaßt hätte, ließ sich die Beine einer Krabbe schmecken, während eine Gruppe kleinerer Fische um ihn herumwuselte und versuchte, die im Wasser treibenden Reste aufzuschnappen. Tuck hob den Kopf und schaute sich nach der einzigen sichtbaren Lücke im Riff um. Es war ein tiefblauer Kanal, auf den er nun zuschwamm. Er mußte an dieser Stelle das Riff durchqueren und die fünfhundert Meter draußen daran entlangschwimmen, weil ihn andernfalls die Brandung auf die Korallen schleudern würde, wenn er versuchte, das Riff schwimmend zu überqueren.

Er hielt den Kopf wieder unter Wasser und paddelte durch den Kanal, bis der Boden unter ihm verschwand. Als er die Brandungslinie hinter sich gelassen hatte, wandte er sich nach rechts und schwamm parallel zum Riff weiter. Es war, als ob man am Rande eines Canyons im All herumtrieb. Er konnte sehen, wie das Riff fünfzig Meter tief nach unten abfiel und schließlich in einem blauen Nebel verschwand. Er suchte sich Orientierungspunkte am Riff, um zu sehen, wie schnell er vorwärts kam, und ließ seinen Blick von einer Koralle zu einer Seeanemone weiterwandern und von dort zu einer Fächerkoralle und einem Aal, der seinen Kopf aus einer Felsspalte streckte – gerade so, als wenn er von einem Stein zum nächsten hüpfen würde, um einen Bach zu überqueren. Denn zu seiner Linken gab es keinerlei Anhaltspunkte, nichts außer blauer Leere, und wenn er in diese Richtung sah, fühlte er sich wie ein Kind, das in der sicheren Erwartung des Schrecklichen aus dem Fenster schaut, so daß jede Gestalt, jede Bewegung und jeder Wechsel des Lichts zum schieren Horror wird. Er sah neben sich etwas aufblitzen und wirbelte herum, nur um festzustellen, daß es ein harmloser Papageienfisch war, der an einer Koralle knabberte. Er zog an seinem Schnorchel, ohne zu bedenken, daß dieser nicht mehr aus dem Wasser ragte, und wurde von einem Hustenanfall geschüttelt.

Er mußte sich eine volle Minute reglos auf der Wasseroberfläche treiben lassen, bevor er wieder normal atmen konnte. Dann paddelte er weiter am Riff entlang, dieses Mal jedoch beseelt von einem festen Glauben: Was auch immer, wer auch immer dieser Vincent sein mochte, er hatte Tuck das Leben gerettet, und er wußte Bescheid. Er würde sich kaum die ganze Mühe gemacht haben, damit Tuck nun von Barrakudas aufgefressen wurde.

Tuck gab es auf, anhand von irgendwelchen Orientierungspunkten am Riff festzustellen, wie weit er gekommen war. Die einzige Möglichkeit, das herauszufinden, wäre, weiter hinauszuschwimmen, um über die Brandung hinweg den Strand anzuvisieren, aber was sich oberhalb des Wasserspiegels befand, war ohnehin nicht von Bedeutung. Dies war eine fremde Welt, und er war ein ungebetener Gast.

Dann blitzte erneut etwas auf, doch diesmal kämpfte er gegen seine Panik an. Dort unten, in etwa zehn Meter Tiefe, blinkte etwas im Sonnenlicht. Und daneben befand sich noch etwas anderes, das mit dem Seegang hin und her wehte. Er verharrte eine Sekunde, holte tief Luft, tauchte unter und stieß in dem Augenblick hinab in die Tiefe, als er erkannte, was es war, das da blinkte: Eine Kette aus Metallkügelchen mit einem Satz Hundemarken, wie sie Soldaten trugen. Er schoß zurück an die Oberfläche und paddelte auf der Stelle, um wieder zu Atem zu kommen. Dann las er die Hundemarke: SOMMERS, JAMES W. James Sommers war der Marke zufolge Presbyterianer. Irgendwie wollte es Tuck nicht ganz einleuchten, daß die tausend Meter Schwimmerei einzig und allein dazu gedient haben sollte, nur um ein Paar Hundemarken zu finden, aber da unten war ja noch dieser Fetzen Stoff, den Tuck bisher noch nicht hatte näher betrachten können.

Er stopfte die Hundemarken in die Innentasche seiner Badehose und tauchte noch einmal hinab. Mit kräftigen Flossenschlägen näherte er sich dem Stoffetzen, wobei er sich mit einer Hand die Nase zuhielt und die Backen aufblies, um den Druck auf seine Ohren auszugleichen. Mittlerweile war er so tief, daß die Luft in seinen Lungen ihn nach oben zog, weg von seiner Beute. Es war ein Stück bedruckter Baumwolle. Er griff danach, doch es rutschte ihm aus der Hand. Er zog erneut daran, doch der Stoffetzen war eingeklemmt in einer Riffspalte. Er zerrte mit aller Gewalt, und plötzlich löste sich der Stoffetzen, und etwas Weißes kam dahinter zum Vorschein. Völlig außer Atem schoß er an die Oberfläche und untersuchte den Stoffetzen. Fliegende Schweine. Na prima. Er hatte sein Leben riskiert für ein Paar presbyterianische Hundemarken und ein Stück Stoff mit fliegenden Schweinen.

Er unternahm noch einen weiteren Tauchgang und sah, was es gewesen war, das in der Riffspalte klemmte: Der Beckenknochen eines Menschen. Was immer sonst noch dagewesen sein mochte, nun war es weg, doch dieser Knochen hatte sich verklemmt und war fein säuberlich abgenagt worden. Jemand, der mit fliegenden Schweinen bedruckte Boxershorts trug, war zu einem Glied der Nahrungskette geworden.

Die Strecke zurück zum Kanal kam Tuck länger vor als der Hinweg, und er ließ sich Zeit, denn er hatte ganz vergessen, sich vor dem zu fürchten, was eventuell in der blauen Unendlichkeit hinter ihm lauern mochte. Die wahre Gefahr drohte ihm an der Küste.

Und wie äußerte man bei einem gemütlichen Abendessen die Ansicht, daß es sich bei den Arbeitgebern um Mörder handelte, die anderen Menschen die Organe stahlen? »Holzauge, sei wachsam«, hatte Vincent gesagt. Und bis jetzt schien es, als wüßte er ziemlich genau, wovon er redete.

43

Laß die Puppen kochen

»Oh, treten Sie ein, Mr. Case. Sebastian ist draußen auf dem Lanai.« Die Hohepriesterin trug einen weißen Hosenanzug aus Rohseide mit weiten Beinen und tiefem Ausschnitt, dazu eine Perlenkette mit passenden Ohrringen. Ihr Haar war mit einer weißen Seidenschleife zurückgebunden, und sie schwebte vor ihm dahin wie der Geist der guten Haushaltsführung. »Was halten Sie von Pazifik-Hummer?«

»Mag ich«, sagte Tuck und suchte nach irgendeinem Anzeichen dafür, daß sie wußte, daß er im Bilde war. Ihren Besuch in seinem Bungalow am Abend zuvor erwähnte sie mit keinem Wort. Auch sonst gab es keinerlei Anzeichen, daß sie ihm gegenüber irgendeinen Verdacht hegte. Tuck sagte: »Es kommt mir ein bißchen unfair vor, daß ich mit leeren Händen zum Abendessen auftauche. Vielleicht sollte ich Sie und den Doc mal zu mir einladen.«

»Oh, Sie kochen auch, Mr. Case?«

»Das ein oder andere. Meine Spezialität ist schwarzgebratener Pez.«

»Ist das ein Cajun-Gericht?«

»Ich hab's aus Texas, um ehrlich zu sein.«

»Also Tex-Mex-Küche.«

»Na ja, mit 'ner Flasche Tequila schmeckt's schon besser.«

Sie lachte das höfliche Lachen einer Gastgeberin und sagte: »Kann ich Ihnen etwas zu trinken anbieten?«

»Meinen Sie einen Drink oder einfach nur Flüssigkeit?«

»Es tut mir leid. Ich weiß, daß Sie sich bevormundet fühlen, aber verstehen Sie bitte, daß Sie unter Umständen schon bald wieder fliegen müssen.«

Vor ihr auf der Arbeitsplatte stand ein großes Glas Weißwein. Tuck schaute es an und sagte: »Aber Alkohol am Operationstisch ist wohl kein Problem, stimmt's?« Das war sehr subtil, dachte Tuck. Äußerst elegant. Ich bin ein toter Mann.

Ihre Augen zogen sich zu Schlitzen zusammen, ohne daß das höfliche Lächeln von ihren Lippen verschwand. »Sebastian«, rief sie, »du kommst vielleicht besser herein, Liebling. Ich glaube, Mr. Case hat ein Anliegen, das er mit uns besprechen möchte.«

Sebastian Curtis trat durch die Tür zur Veranda. Seine hochgewachsene, würdevolle Gestalt, die zurückgebürsteten grauen Haare, die sich von seinem braunen Teint abhoben – auf Tuck wirkte er wie irgendein beliebiger Manager, dem man in einem Yachtclub begegnete. Vielleicht auch wie ein männliches Fotomodell im Ruhestand oder ein Shakespeare-Darsteller, der endlich die jungen Prinzen und Liebhaber hinter sich gelassen hat und nun gereift genug ist, um Julius Caesar, König Lear oder, was angemessener wäre, Prospero zu spielen, den verbannten Hexenmeister aus *Der Sturm*.

Tuck, noch immer in seiner geliehenen, zu weiten Kleidung mit hochgerollten Ärmeln und Hosenbeinen, fühlte sich wie ein Bettler. Er hatte einige Mühe, sich seinen gerechten Zorn zu bewahren, der ohnehin kein allzu vertrautes Element in seiner Gefühlspalette darstellte.

Sebastian Curtis sagte: »Mr. Case. Nett, Sie zu sehen. Beth und ich haben uns gerade erst darüber unterhalten, wie zufrieden wir mit Ihrer Arbeit sind. Ich bin sicher, diese Flüge aus dem Stand sind eine ziemlich mühsame Angelegenheit.«

»Mr. Case hat gerade den Vorschlag gemacht, daß wir unseren Alkoholkonsum im Auge behalten«, sagte Beth Curtis. »Nur für den Fall, daß wir eine Notoperation durchführen müssen.«

Das joviale Gebaren fiel von dem Doktor ab wie ein Schleier. »Um welche Art von chirurgischen Eingriffen könnte es sich Ihrer Ansicht nach wohl handeln?«

Tuck starrte auf den Boden. Er hätte die Angelegenheit vorher etwas gründlicher durchdenken sollen. Er tastete nach den Hundemarken in seiner Tasche. Er hatte vorgehabt, sie auf den Tisch zu schleudern und eine Erklärung zu verlangen. Was war mit dem Skelett passiert, dem Besitzer der Marken? Und wo er schon mal dabei war, was würde mit Tucker Case passieren, wenn er ihnen das ins Gesicht sagte? Wie meinte Mary Jean so schön: »Bei Verhandlungen muß man sich stets ein Schlupfloch offenhalten. Dann kann man später wieder zurückkehren.«

Mach langsam, ermahnte sie Tuck. Er sagte: »Doc, ich mache mir Sorgen wegen der Flüge. Ich sollte wissen, was wir an Bord haben, für den Fall, daß wir von den Behörden aufgehalten werden. Was ist in der Kühlbox?«

»Aber ich habe es Ihnen doch bereits gesagt: Proben von Forschungsarbeiten.«

»Was für eine Sorte Proben?« Es war nun an der Zeit, eine Karte auszuspielen. »Ich werde nicht eher wieder fliegen, als bis ich es weiß.«

Sebastian Curtis warf seiner Frau einen kurzen Blick zu und schaute dann wieder Tucker an. »Vielleicht sollten wir uns hinsetzen und in Ruhe unterhalten.« Er zog für Tucker einen Stuhl zurück. »Bitte sehr.« Tucker setzte sich. Der Doktor wiederholte die Prozedur für seine Frau und setzte sich dann neben sie, Tucker gegenüber, an den Tisch.

»Ich bin jetzt seit achtundzwanzig Jahren auf Alualu, Mr. Case.«

»Was hat das damit zu tun, was…?«

Curtis erhob seine Hand. »Hören Sie mir zu, bis ich fertig bin. Wenn Sie Antworten wollen, dann müssen Sie sie in dem Zusammenhang akzeptieren, den ich für nötig erachte.«

»Okay.«

»Meine Familie hatte kein Geld für eine medizinische Ausbildung, und so habe ich ein Stipendium der Methodistischen Mission angenommen, das an die Bedingung geknüpft war, daß ich nach meinem Abschluß dorthin gehen würde, wo sie mich hinschickten. Sie schickten mich hierher. Ich war ganz und gar überzeugt von mir selbst und erfüllt vom Geist des Herrn. Ich würde Gott und die Heilkunst zu den Heiden des Pazifiks bringen. Es war seit dem Zweiten Weltkrieg kein christlicher Missionar mehr auf der Insel gewesen, und man hatte mich gewarnt, daß vermutlich noch katholische Einflüsse wirksam sein würden, doch die Methodisten haben ziemlich liberale Auffassungen, wenn es darum geht, das Wort Gottes zu verbreiten. Ein methodistischer Missionar arbeitet mit der Kultur, die er vorfindet. Ich aber habe hier keine katholische Bevölkerung vorgefunden. Was ich vorfand, war eine Bevölkerung, die einen amerikanischen Piloten und seinen Bomber verehrte.«

»Einen Kargo-Kult«, sagte Tuck in der Hoffnung, daß er die Dinge damit ein wenig voranbringen würde.

»Dann wissen Sie, was es damit auf sich hat. Genau, ein Kargo-Kult. Und zwar der stärkste, von dem ich je gehört hatte. Zu meinem Glück basierte er nicht auf dem Haß auf Weiße wie bei den Kargo-Kulten in Neuguinea. Sie liebten Amerikaner und alles, was aus Amerika kam. Sie nahmen meine Medizin, die Werkzeuge, die ich ihnen mitbrachte, Nahrungsmittel, Lesestoff, alles, was ich ihnen anbot – mit Ausnahme, natürlich, vom Wort Gottes. Und ich war gut zu ihnen. Der Gesundheitszustand der Eingeborenen auf dieser Insel war besser als auf jeder anderen im Pazifik. Zum Teil deswegen, weil sie so isoliert leben, daß sie von ansteckenden Krankheiten verschont blieben, aber einen gewissen Anteil daran habe sicher auch ich.«

»Deswegen lassen Sie sie also nicht aufs Schiff, wann immer es anlegt?«

»Nein – nun ja, das ist einer der Gründe, aber in der Hauptsache wollte ich sie fernhalten von dem Laden an Bord.«

»Warum?«

»Weil der Laden ihnen Dinge bot, die ich ihnen nicht geben konnte, und weil im Laden nur Geld als Zahlungsmittel akzeptiert wird. Geld wurde zu einer Art Ikone in ihrer Religion. Eines Abends hörte ich Trommeln im Dorf, und als ich dort hinkam, fand ich die Frauen um ein Feuer kauernd mit hölzernen Schalen in der Hand, an deren Boden sich ein paar Münzen befanden. Sie waren am ganzen Körper eingeölt und wiegten ihre Köpfe wie in Trance. Und während die Trommeln erklangen, traten die Männer mit Masken, die aussahen wie die Gesichter auf amerikanischem Geld, von hinten an die Frauen heran und kopulierten mit ihnen, während sie sangen. Es war eine Fruchtbarkeitszeremonie, in der Absicht, daß sich dadurch das Geld in den Schalen vermehren würde und sie sich Waren aus dem Laden des Schiffes kaufen könnten.«

»Na ja, hört sich immerhin besser an, als sich 'ne Arbeit zu suchen«, sagte Tuck.

Curtis konnte den Humor dieser Bemerkung offensichtlich nicht erkennen. »Indem ich ihnen den Kontakt mit dem Schiff verbot, dachte ich, ich könnte den Kargo-Kult zum Absterben bringen, aber es funktionierte nicht. Ich konnte von Jesus reden, von den Wundern, die er vollbracht hatte, und davon, wie er sie erretten würde, und sie fragten mich, ob ich ihn je gesehen hätte. Denn ihren Erlöser hatten sie leibhaftig gesehen. Ihr Pilot hatte sie vor den Japanern gerettet. Jesus hatte ihnen nur befohlen, ihre Sitten und Tabus aufzugeben. Da konnte das Christentum nicht mithalten. Ich versuchte es trotzdem. Ich kümmerte mich um sie nach Leibeskräften. Doch nach fünf Jahren schickte die Methodistenmission eine Gruppe von Offiziellen, die feststellen sollten, welche Fortschritte ich gemacht hatte. Sie strichen mir die Mittel und wollten mich wieder zurück nach Hause schicken, doch ich hatte den Entschluß gefaßt, zu bleiben und mein Bestes zu versuchen – auch ohne ihre Unterstützung.«

»Er hatte einfach nur Angst wegzugehen«, sagte Beth Curtis.

Sebastian Curtis schaute seine Frau an, als wollte er ihr eine runterhauen. »Das ist nicht wahr, Beth.«

»Aber klar doch. Du hast jahrelang keinen Fuß von dieser Insel gesetzt. Du hattest total vergessen, wie es ist, mit wirklichen Menschen zusammenzuleben.«

»Das hier sind wirkliche Menschen.«

Es war zwar recht amüsant mit anzusehen, wie die Illusion vom perfekten Ehepaar sich vor seinen Augen in Rauch auflöste, aber Tuck gebot dem Treiben dennoch Einhalt. »Ein Lear-Jet und Elektronik im Wert von mehreren Millionen Dollar. Sieht aus, als wären Sie auch ohne finanzielle Zuwendungen ganz gut über die Runden gekommen, Doc.«

»Es tut mir leid.« Und er sah so aus, als wäre es wirklich so. »Ich versuchte, mit den Erlösen über die Runden zu kommen, die die Inselbewohner aus dem Verkauf von Kopra erzielten, doch es war nicht genug. Ich verlor einen meiner Patienten, einen kleinen Jungen, weil ich nicht die Mittel hatte, ihn zu einem Krankenhaus fliegen zu lassen, wo er die Hilfe bekommen hätte, die er brauchte. Ich verstärkte meine Bemühungen, die Eingeborenen zu bekehren, in der Hoffnung, daß es mir gelingen würde, die Unterstützung einer anderen Missionsgesellschaft zu erhalten, doch wie soll man ankommen gegen einen Heiland, mit dem die Menschen von Angesicht zu Angesicht gesprochen haben?«

Tuck erwiderte nichts. Nachdem er selbst mit dem »Messias« gesprochen hatte, war er ebenfalls bekehrt.

Sebastian Curtis leerte sein Glas in einem Zug und fuhr fort: »Ich verschickte Briefe an Kirchen, Stiftungen und Firmen auf der ganzen Welt. Dann landete eines Tages ein Flugzeug draußen auf dem Flugplatz, und einige japanische Geschäftsleute stiegen aus. Sie wollten die Klinik zwar nicht aus schierer Nächstenliebe unterstützen, doch wenn ich jeden gesunden Inselbewohner dazu brachte, alle zwei Wochen Blut zu spenden, wollten sie mir weiterhelfen. Und so kam alle zwei Wochen ein Flugzeug und holte hundertfünfzig Liter Blut ab. Und ich bekam fünfzig US-Dollar pro Liter.«

»Wie haben Sie die Eingeborenen dazu überredet? Ich habe auch schon mal Blut gespendet; allzu angenehm ist das nicht.«

»Die Japaner kamen mit einem Flugzeug, wie Sie sich vielleicht erinnern. Flugzeuge spielen in der Religion dieses Volkes eine wichtige Rolle.«

»Man muß mit den Wölfen heulen, stimmt's?«

»Sie brachten den Eingeborenen in dem Flugzeug jedesmal irgendwas mit. Macheten, Reis, Kochtöpfe. Ich bekam all die Medikamente, die ich brauchte, und war in der Lage, die Materialien kommen zu lassen, die ich brauchte, um den Großteil dieser Siedlung anzulegen.«

Beth Curtis erhob sich von ihrem Platz. »So gerne ich auch zuhöre, aber ich glaube, wir sollten etwas essen. Bitte entschuldigen Sie mich.« Sie ging hinüber zum Küchentresen, wo ein großer Topf mit Wasser auf dem Herd stand, das nun kochte. Sie griff in eine Holzkiste am Boden und brachte zwei lebende Hummer zum Vorschein, die sie jeweils in einer Hand hielt. Die riesigen Meereskrabbler strampelten mit den Beinen und schwenkten ihre Fühler auf der Suche nach Nahrung. Beth Curtis hielt sie über den Topf und bewegte sie wie Puppen. »O Steve, du hast uns ein Zimmer mit Doppelbadewanne besorgt. Und ein heißes Bad hast du auch schon eingelassen. Wie wundervoll«, ließ sie den linken Hummer sagen.

»Ja, ich bin sehr romantisch«, sagte sie mit einer tieferen Stimme und schüttelte den Riesenkäfer zu den Worten: »Laß uns reingehen, ich fühle mich ein bißchen verspannt.«

»Oh, du bist so wundervoll.« Dann ließ sie die Hummer in das kochende Wasser fallen.

Ein hoher Kreischton kam aus dem Topf, und Beth Curtis beugte sich hinab zu der Holzkiste, um sich ein weiteres Opfer zu schnappen.

»Beth, bitte«, sagte der Doktor.

»Ich versuche nur, dem Ganzen eine heitere Note zu geben, Bastian. Sei jetzt still.«

Sie hielt Hummer Nummer drei über den Topf, schaute hinüber zu Tucker und begann ihren Vortrag: »Das ist jetzt der durchgeknallte Doktor, der spricht. Es gibt immer einen durchgeknallten, megalomanischen Doktor. Das gehört einfach dazu.«

Sebastian Curtis erhob sich. »Beth, hör auf!«

Sie verfiel in einen deutschen Akzent. »Sie sehen, Mr. Bond, ein Mann, der zuviel Zeit auf einer einsamen Insel verbringt, verändert sich mit der Zeit. Er verliert seinen Glauben. Er fängt an zu überlegen, wie er sein Los verbessern kann. Meine Partner in Japan kamen zu mir mit einem Vorschlag. Sie würden mich nach San Francisco schicken, um meine Kenntnisse auf dem Gebiet der Organtransplantation zu verbessern. Ich sollte nicht länger Blut verkaufen und nur ein Taschengeld dafür kassieren. Sie würden mir detaillierte Bestellungen für Nieren zukommen lassen, und ich würde sie innerhalb von Stunden liefern – für eine schlappe halbe Million Dollar pro Stück. In San Francisco traf ich eine Frau, eine schöne, gutaussehende Frau.« Einen Moment lang fiel Beth aus der Rolle, grinste und verbeugte sich, um anschließend wieder den Hummer zu terrorisieren. »Ich brachte sie hierher, und sie war es, die den Plan entwickelte, wie man die Eingeborenen dazu bringen konnte, sich freiwillig ihre Organe entfernen zu lassen. Sie war nicht nur schön, sondern auch schlichtweg genial, und sie war eine ausgebildete OP-Schwester. Sie setzte ihren üppigen Charme ein« – und bei diesen Worten hielt sie den Hummer so, daß er eine gute Aussicht auf ihr Dekolleté hatte –, »und die Wilden waren mehr als glücklich, eine Niere spenden zu dürfen. In der Zwischenzeit häufte ich mehr Reichtümer an, als ich mir in meinen kühnsten Träumen jemals ausgemalt habe, und was Sie betrifft, Mr. Bond, für Sie ist es nun Zeit zu sterben.« Sie ließ den Hummer in den Topf fallen und schüttelte sich unter diabolischem Gelächter. Plötzlich hielt sie inne und sagte: »Das Essen ist in zehn Minuten fertig. Salat, Mr. Case?«

Tuck war unfähig, einen klaren Gedanken zu fassen. Irgendwo in diesem kleinen Puppenspiel der Verdammten war das Eingeständnis, daß sie Menschen die Organe rausschnitten und sie verkauften wie Frischfleisch – eine Tatsache, die die Frau des Doktors nicht nur mit keinerlei Bedauern, sondern sogar mit Vergnügen zu erfüllen schien. Sebastian Curtis hingegen hatte den Kopf auf die Tischplatte gelegt, und als er ihn wieder hob, brachte er es nicht fertig, Tucker in die Augen zu schauen. Es verging eine Minute betretenen Schweigens, während der Beth Curtis darauf zu warten schien, daß jemand »Zugabe« rief, und der gute Doktor bemüht war, seine Gedanken zu sortieren.

»Was ich Sie bitten möchte zu verstehen, Mr. Case, ist, daß wir uns niemals in diesem Maße um die Menschen hier hätten kümmern können, ohne die Mittel, die wir dafür erhielten, was wir hier tun. Sie müßten ohne jede moderne medizinische Versorgung auskommen.«

Wieder überlegte Tuck und wog ab, was er ausplaudern konnte und womit er besser hinter dem Berg hielt. Er wollte die beiden nicht wissen lassen, daß er alles über die Haifischmenschen wußte, und wie Vincent ihm geraten hatte, war es wohl besser, wenn er mehr über die Hundemarken und Pardees Notizbuch in Erfahrung brachte. Dem Doktor ging die Situation offensichtlich ziemlich an die Nieren, und Mrs. Curtis – nun ja, Mrs. Curtis war einfach zum

Fürchten, verdammt noch mal. Also immer mit kühlem Kopf an die Sache rangehen. Sie hatten ihn kommen lassen, weil sie dachten, er wäre genauso schräg drauf wie sie selber, und es wäre unklug gewesen, sein Image zu ruinieren.

»Ich verstehe«, sagte Tuck. »Ich wollte, Sie hätten von vornherein mit offenen Karten gespielt, aber jetzt verstehe ich die ganze Geheimniskrämerei. Was ich wissen will, ist allerdings folgendes: Warum darf ich nicht trinken, wo ihr beide es andauernd tut? Ich meine, wenn ihr zwei schwere Operationen durchführt, wenn ihr schon halb hinüber seid, werd ich ja wohl einen Jet fliegen können.«

Beth sagte: »Wir wollten Ihnen bei Ihrem Suchtproblem helfen. Wir dachten, wenn Sie nicht mit anderen Trinkern konfrontiert sind, würden Sie garantiert rückfällig, wenn Sie wieder nach Hause zurückkommen.«

»Oh, das war sehr aufmerksam von Ihnen«, sagte Tuck. »Aber wann genau werde ich wieder zurückkönnen nach Hause?«

»Wenn wir unsere Arbeit beendet haben«, sagte sie.

Der Doktor nickte. »Genau, das wollten wir Ihnen auch sagen, aber wir wollten, daß Sie sich zunächst an die Arbeitsweise hier gewöhnen. Wir wollten erst mal sehen, ob Sie dem Job gewachsen sind. Wir werden mit den Operationen so lange weitermachen, bis wir hundert Millionen Dollar zusammenhaben, die wir dann im Namen der Inselbewohner anlegen. Die Zinsen werden ausreichen, um eine Fortführung unserer Arbeit zu garantieren und die Versorgung der Haifischmenschen sicherzustellen, solange sie hier leben.«

Tuck lachte. »Aber sicher. Und Sie behalten keinen Pfennig für sich. Denn Sie tun das alles aus Gnade und Barmherzigkeit.«

»Nein, wir werden die Insel unter Umständen auch verlassen, aber es wird genug Geld dasein, damit jemand anderer die Klinik weiterführen und Nahrungsmittel und alles, was man sonst so braucht, per Schiff anliefern lassen kann. Außerdem ist da noch Ihr Bonus.«

»Ich höre«, sagte Tuck. »Reden Sie weiter.«

»Das Flugzeug.«

Tuck zog eine Augenbraue in die Höhe. »Das Flugzeug?«

»Wenn Sie bleiben, bis unsere Arbeit abgeschlossen ist, werden wir das Flugzeug Ihnen übertragen, plus Ihr Gehalt und die übrigen Sondervergütungen, die Sie bis dahin angesammelt haben. Sie können sich an jedem Platz der Welt niederlassen und eine eigene Charterfirma aufmachen, wenn Sie wollen, oder das Flugzeug verkaufen und sorgenfrei leben bis ans Ende Ihrer Tage.«

Tuck schüttelte den Kopf. Was er bisher gehört hatte, war schon verrückt genug, doch das setzte allem die Krone auf, zumal der Doktor es wirklich ernst zu meinen schien. Vielleicht hatte es damit zu tun, daß es etwas war, was man sein ganzes Leben lang zu hören hoffte, während man sich gleichzeitig immer wieder einredet, daß es nie passieren wird. Diese Leute hier wollten ihm einen Lear-Jet schenken.

Er wollte es nicht sagen, er kämpfte dagegen an und wand sich innerlich, bis er schließlich doch fragte: »Warum?«

»Weil wir es ohne Sie nicht schaffen und Sie außerdem nie wieder eine solche Chance bekommen werden. Außerdem würden wir lieber Sie behalten, als noch einmal einen Piloten zu suchen und noch mehr Zeit zu verlieren.«

»Was ist, wenn ich nein sage?«

»Dann, das werden Sie verstehen, müßten wir Sie bitten zu gehen, wobei Sie natürlich das Geld behalten können, das Sie bisher verdient haben.«

»Und ich kann einfach gehen?«

»Aber selbstverständlich. Wie Sie wissen, sind Sie nicht unser erster Pilot. Ihr Vorgänger wollte weiterziehen. Allerdings haben wir ihm auch nicht dieses Angebot gemacht, das wir Ihnen machen.«

»Wie hieß denn Ihr erster Pilot?«

Der Doktor warf seiner Frau einen kurzen Blick zu. Sie sagte: »Giordano, er war Italiener. Warum?«

»Die Fliegergemeinde ist so groß nun auch wieder nicht, und da dachte ich, ich kenne ihn vielleicht.«

»Und, kennen Sie ihn?« fragte sie, doch in ihrer Stimme lag zuviel Aufrichtigkeit, so daß Tuck sich keine Sekunde darüber im unklaren war, daß sie die Antwort schon im voraus wußte.

»Nein.«

Sebastian Curtis räusperte sich und zwang sich zu einem Lächeln. »Also, was halten Sie davon? Wie würde es Ihnen gefallen, Besitzer eines eigenen Lear-Jets zu sein, Mr. Case?«

Tuck saß da und starrte auf die offene Weinflasche. Er überlegte, was er sagen könnte. Welche Antwort sie nicht nur gerne hören würden, sondern was er antworten mußte, wenn er diese Insel jemals wieder lebend verlassen wollte. Er streckte dem Doktor die Hand entgegen, damit dieser einschlug. »Ich denke, Sie haben einen Piloten. Dann trinken wir mal aufs Geschäft.«

Im Schlafzimmer ertönte ein Summer, und der Doktor und seine Frau tauschten Blicke aus. »Ich kümmere mich drum«, sagte Beth Curtis. Sie stand auf und legte ihre Serviette auf den Tisch.

»Entschuldigen Sie mich, Mr. Case, aber wir haben eine Patientin in der Klinik, die meine Aufmerksamkeit beansprucht.« Und wie ein Peitschenschlag änderte sich plötzlich ihre Stimmung von offiziöser Korrektheit zu sarkastischer Bösartigkeit. »Die drückt so oft auf die Klingel, daß man meinen könnte, sie hätte den Knopf an ihrem Kitzler.« Sebastian Curtis schaute Tuck an und zuckte entschuldigend mit den Achseln.

44

Das perfekte Ehepaar – enttarnt

Wieder in seinem Bungalow, spielte sich ein Widerstreit im immer noch nüchternen Hirn von Tucker Case ab.

Ich bin Abschaum. Ich hätte ihnen sagen müssen, daß sie sich ihr Angebot in den Arsch schieben sollen.
Aber dann hätten sie dich vielleicht umgebracht.
Klar, aber zumindest hätte ich dann noch meine Integrität.
Deine was? Hör auf zu spinnen.
Aber ich bin Abschaum.

Und wenn schon. Wär nicht das erste Mal. Aber ein Lear-Jet hat dir noch nie gehört.
Glaubst du wirklich, daß sie dir den Jet schenken?
Könnte schon sein. Es sind schon seltsamere Dinge passiert. Aber ich sollte irgendwas unternehmen in dieser Sache.
Warum? Du hast doch noch nie was unternommen.
Na ja, vielleicht ist es jetzt an der Zeit dafür.
Quatsch. Nimm den Jet.
Ich bin Abschaum.
Prima, schön, du bist Abschaum. Aber immerhin reicher Abschaum. Damit kann ich leben.

Die Hundemarken und Jefferson Pardees Notizbuch lagen auf dem Couchtisch, als wollten sie jeden Moment eine weitere Salve von Selbstzweifeln und Verdammnis abfeuern. Tuck ließ sich auf die Rattancouch sinken und schaltete den Fernseher ein, um dem Lärm in seinem Schädel zu entkommen. Bei einem Kickboxkampf auf den Philippinen prügelten ein paar dünne asiatische Kerle sich gegenseitig den Rotz aus dem Schädel. Auf dem malaysischen Kanal zeigten sie, wie man einen Schnauzer filetiert. Die Kochsendung erinnerte ihn an Operationen, und bei Operationen mußte er daran denken, daß ein wunderschönes junges Mädchen von dieser Insel in der Klinik lag und sich von den Folgen einer schweren Operation erholte, die völlig überflüssig gewesen war und die er hätte verhindern können. Also definitiv Kickboxen.

Er war gerade dabei, sich in den Rhythmus der Gewalt einzuklinken, als die Fledermaus durch das Fenster hereinkam und eine atemberaubend schwungvolle Landung an einem der Dachbalken des Bungalows vollführte. Für einen Augenblick stockte Tuck der Atem bei dem Gedanken, daß ein wildes Tier in sein Haus eingedrungen war, doch dann sah er die Sonnenbrille. Roberto verlangsamte seine Schaukelgeschwindigkeit, bis er nur noch leicht hin und her schwang – mit dem Kopf nach unten hängend allerdings.

Tuck stieß einen Seufzer aus. »Bitte, sei heute nacht nichts weiter als ein Flughund mit Sonnenbrille. Bitte.«

Dankenswerterweise sagte der Flughund kein Wort. Die Sonnenbrille begann allerdings von seiner Nase zu rutschen.

»Wie kannst du mit dem Ding nur fliegen?« dachte Tuck laut nach.

»Is' 'ne Pilotenbrille.«

»Ach so, na klar«, sagte Tuck. Der Flughund hatte sich in der Tat von seiner straßbesetzten Brille verabschiedet und sich eine Pilotenbrille zugelegt, aber wenn man erst einmal anfängt, einen sprechenden Flughund zu akzeptieren, dann ist es nur noch ein kleiner Schritt zu einem sprechenden Flughund mit einem erlesenen Brillensortiment.

Roberto ließ den Dachbalken los und breitete seine Schwingen erst im letzten Moment aus, bevor er auf dem Boden aufschlug. Zwei Flügelschläge später saß er auf dem Couchtisch. Doch so behende er in der Luft gewirkt hatte, so unbeholfen schien er nun, da er über den Tisch kroch wie eine fette Spinne. Mit der Klaue an seinem Flügel bearbeitete er die Seiten von Jefferson Pardees Notizblock, bis es in der Mitte aufgeschlagen war. Dann erhob er sich wieder in die Luft und flog zum Fenster hinaus.

Tuck nahm das Notizbuch zur Hand und las, was Pardee geschrieben hatte. Diese Seite hatte er beim letzten Mal, als er das Notizbuch durchgesehen hatte, überblättert, denn sie war mit der vorherigen Seite zusammengeklebt gewesen. Erst als der Flughund mit seiner Klaue daran herumgescharrt hatte, war sie zum Vorschein gekommen. Es war eine Liste von Hinweisen, die Pardee für die Geschichte, der er nachging, zusammengestellt hatte. Der zweite Eintrag lautete: »Was ist aus dem ersten Piloten geworden, James Sommers? Einwanderungsbehörde auf Yap und Guam anrufen.« Tuck blätterte das Notizbuch durch, um nachzusehen, ob es noch etwas gab, das er übersehen hatte. Hatte Pardee es herausgefunden? Natürlich. Er hatte es herausgefunden und war Sommers dahin gefolgt, wo er zum letzten Mal von jemandem gesehen worden war. Aber wo war Pardee? Sein Notizbuch war ja wohl kaum ohne ihn auf die Insel gelangt.

Tuck ging das Notizbuch noch dreimal genau durch. Es enthielt einige ausländische Namen mitsamt Telefonnummern. Dann noch etwas, das aussah wie eine Packliste für eine Reise und einige Hintergrundinformationen über Sebastian Curtis. Außerdem: »Herausfinden, was es mit den bewaffneten Japanern auf sich hat.« Das Wort »Lear-Jet« war dreimal unterstrichen. Nichts weiter. Die Notizen schienen unstrukturiert, eine Ansammlung von Fakten, Namen, Orten und Daten. Daten? Tuck blätterte das Notizbuch ein weiteres Mal durch. Auf der dritten Seite stand ein einziger Eintrag in Druckbuchstaben: »Alualu, 9. September.«

Tuck rannte zu dem Nachtschränkchen neben seinem Bett und zog den Kalender aus der Schublade, den die Curtis' ihm gebracht hatten. Er zählte die Tage bis zum neunten rückwärts und versuchte, den einzelnen Tagen bestimmte Ereignisse zuzuordnen. Das Schiff war am neunten eingetroffen, und am zehnten hatte er seinen ersten Flug erledigt. Es war möglich, daß Jefferson Pardee in der Klinik lag und sich wunderte, wo seine Niere abgeblieben war. Wenn das der Fall war, mußte Tuck ihn unbedingt sehen.

Tuck schaute in seinem Schrank nach, ob es darin irgendwas Dunkles gab, das er hätte anziehen können. Das hier würde etwas anderes werden, als sich hinaus zum Dorf zu schleichen. Es gab keine Gebäude zwischen den Quartieren der Wachen und der Klinik. Keine Bäume, nichts weiter als fünfundsiebzig Meter offenes Gelände. Die Dunkelheit war seine einzige Deckung.

Es war ein Taucheranzug für tropische Gewässer – Neopren von zwei Millimeter Dicke –, und er war zwei Nummern zu groß, doch es war das einzige im ganzen Schrank, das nicht khakifarben oder weiß war. Es hatte knapp über fünfundzwanzig Grad bei einer Luftfeuchtigkeit von neunzig Prozent, und so war Tuck schon schwindlig vor Hitze, bevor er überhaupt dazu gekommen war, die Haube aufzusetzen. Er stieg unter die kalte Dusche, bis er klatschnaß war, dann streifte er die Haube über seinen Kopf und ließ sich durch das Loch im Boden hinunter auf den nassen Kies.

In Filmen schleichen Spione – Navy Seals, Spezialeinheiten, Sprengstoffexperten – immer in ihren Taucheranzügen durch die

Dunkelheit. Warum, so fragte sich Tuck, machen die beim Rumschleichen nie solche quietschenden Schwappgeräusche, die sich anhören, als würde man Erdbeeren zermantschen. Liegt vermutlich am Spezialtraining. Jedenfalls kam's nie vor, daß James Bond mal sagte: »Offengestanden, Q, ich würde die lasergesteuerten Manschettenknopfraketen jederzeit gegen einen Taucheranzug tauschen, in dem ich mich nicht fühle wie in einem verdammten Sack voller Katzenkotze.« Denn haargenau so fühlte sich Tuck, als er an der seitlichen Wand der Klinik entlangschwappte und einen Blick um die Ecke des Gebäudes über das Gelände auf den diensthabenden Wachmann warf, der genau in seine Richtung zu schauen schien.

Tuck zog den Kopf zurück. Was er brauchte, war ein Ablenkungsmanöver, andernfalls würde er es niemals ungesehen bis zur Tür der Klinik schaffen. Der Mond stand hell am klaren Himmel, und der weiße Kies auf dem Gelände reflektierte so viel Licht, daß man dabei hätte lesen können.

Er hörte, wie der Wachmann etwas rief, und Tuck glaubte schon, daß man ihn entdeckt hätte. Er preßte sich gegen die Wand. Dann hörte er weitere japanische Stimmen vom anderen Ende der Siedlung, jedoch keine Schritte. Er riskierte erneut einen Blick. Der Wachmann fuchtelte mit der Hand in Richtung Himmel und rieb sich über den Kopf. Zwei weitere Wachen waren bei ihm und lachten über den Wachhabenden. Das schien den ersten noch wütender zu machen, und er stieß wütende Flüche in Richtung Himmel aus, während er mit seiner Hand etwas von der Uniform abwischte. Die anderen Wachen führten ihn ins Haus, damit er sich abregte und sich saubermachen konnte.

Tuck hörte ein Kläffen, das vom Himmel kam, und als er hochblickte, sah er die Silhouette eines riesigen Flughundes vor der Mondsichel. Roberto hatte eine Guanosalve aus der Luft ins Ziel gebracht, und Tucker hatte sein Ablenkungsmanöver.

Er glitt um die Ecke und an der Vorderseite des Gebäudes entlang, packte den Türgriff und drehte ihn um. Es war nicht abgeschlossen. Tuck hatte schon damit gerechnet, daß Beth Curtis, der die andauernde Klingelei ohnehin auf die Nerven ging, zumal sie eine ganze Menge Wein getrunken hatte, es irgendwann leid war, die Tür immer wieder von neuem abzuschließen, nur um sie kurz darauf wieder aufzuschließen. Wie pflegte Mary Jean immer zu sagen: »Ladies, wenn Sie Ihren Job machen und davon ausgehen, daß alle anderen vor Inkompetenz strotzen, werden Sie selten eine Enttäuschung erleben.« Amen, dachte Tuck.

Unter Schwapp- und Schlürfgeräuschen betrat er den äußeren Bereich der Klinik, der dunkel war, bis auf das rotäugige Starren der Lämpchen von einem halben Dutzend Maschinen und den wabernden Lichtschimmer vom Bildschirmschoner eines Computers. An den würde er sich nachher heranmachen, im Augenblick war er eher daran interessiert, was oder vielmehr wer sich in dem Krankenzimmer befand, das zwei Türen weiter gelegen war.

Im Licht weiterer LED-Augen stapfte er durch den Untersuchungs-/OP-Raum und schob sich durch den Vorhang zur Krankenstation. Nur ein Bett war von einem Patienten belegt, oder zumindest sah es aus wie ein Patient. Das einzige Licht war der grüne Schimmer eines Monitors, mit dem die Herztätigkeit überwacht wurde und der lautlos in regelmäßigem Rhythmus aufblinkte. Der Ton war abgeschaltet. Wer auch immer in diesem Bett liegen mochte, war mit Gewißheit groß genug, um Jefferson Pardee sein zu können. Oberhalb des Patienten hingen zwei Infusionen. Vermutlich Schmerzmittel nach einer derart schweren Operation, dachte Tuck.

Er näherte sich dem Bett und sagte im Flüsterton: »Pst, Pardee.«

Der Fleischkloß unter dem Laken bewegte sich und gab ein Stöhnen von sich, das ganz und gar unmaskulin klang. »Pardee, ich bin's, Tucker Case. Erinnern Sie sich?«

Das Laken wurde zurückgeschlagen, und Tucker sah ein hageres männliches Gesicht im grünlichen Schimmer des Monitors. »Kimi?«

»Hi, Tucker.« Kimi schaute hinunter zu der zweiten Person, die sich unter dem Laken verbarg. »Du dich erinnern an Tucker? Es ihm gehen jetzt viel besser.«

Das hübsche Eingeborenenmädchen sagte: »Ich kümmere mich um dich, wenn du krank. Du stinken ganz schlimm.«

Tuck machte einen Schritt vorwärts. »Kimi, was machst du hier?«

»Na ja, sie mögen schöne Sache, und ich mögen schöne Sache. Sie genug haben von viele Männer und ich auch. Wir viel gemeinsam haben.«

»Er ist der beste Mann«, fügte Sepie hinzu und lächelte Kimi voller Bewunderung an.

Kimi leitete das Lächeln weiter an Tuck. »Wenn du mal Frau gewesen, du wissen, wie machen eine Frau glücklich.«

Tucks anfängliche Überraschung legte sich, und statt dessen konnte er förmlich riechen, wie sich sein Traum von der Inselschönheit in Rauch auflöste und zu Asche verbrannte. Es war ihm gar nicht aufgefallen, wie oft er bereits an dieses Mädchen gedacht hatte. Denn sie war es ja immerhin gewesen, die seine Männlichkeit wieder zum Leben erweckt hatte. Irgendwie jedenfalls.

»Du recht haben«, sagte Kimi. »Frauen sind besser. Ich bin jetzt lesbisch.«

»Du solltest das hier lieber bleibenlassen. Das Mädchen hat eine schwere Operation hinter sich.«

»Oh, wir nichts machen, nur küssen. Sie viele Schmerz. Aber das hier helfen.« Kimi hielt seinen Arm in die Höhe. Darin steckte ein Infusionsschlauch. »Du wollen probieren? Einfach stecken in Arm und drücken Knopf. Es dir machen sehr schönes Gefühl.«

»Das ist für sie, Kimi. Du solltest das nicht nehmen.«

»Wir teilen«, sagte Sepie.

»Ja, wir teilen«, sagte Kimi.

»Ich freue mich wirklich sehr für euch. Wie zum Teufel bist du hier reingekommen?«

»So wie du rauskommen. Ich schwimmen um Minen herum und komme her, um zu sehen Sepie. Kein Problem.«

»Du willst doch nicht, daß sie dich schnappen. Du mußt jetzt weg von hier. Und zwar sofort.«

»Noch einmal drücken.« Sepie hielt den Schalter in der Hand, bereit, Kimi eine weitere Ladung Morphin zu verpassen.

Tuck riß ihr den Schalter aus der Hand. »Nein. Mach dich sofort auf den Weg. Woher hast du überhaupt von den Minen gewußt?«

»Ich habe andere Freund. Sarapul. Ich ihm zeigen, wie Seefahrer werden. Er auch wissen viele Sachen. Er sein Kannibale.«

»Du bist ein lesbischer Kannibale?«

»Ich noch lernen. Wieso du haben Gummianzug? Du pervers?«

»Nur zur Tarnung. Paß auf, Kimi, hast du einen dicken weißen Kerl gesehen? Einen Amerikaner?«

»Nein, aber Sarapul ihn sehen. Er sehen Wachen, wie sie ihn wegschaffen von Strand. Er nicht hier?«

»Nein. Ich habe sein Notizbuch gefunden. Ich bin ihm auf Truk begegnet.«

»Sarapul sagen, Wachen ihn bringen zu Medizinmann. Er sagen, es sein sehr komisch, weil weißer Mann tragen Schweine mit Flügeln.«

Tuck spürte, wie sich ein Taubheitsgefühl über sein ganzes Gesicht ausbreitete. Alles, was von Pardee übriggeblieben war, war ein abgenagter Hüftknochen, der in einer Riffspalte festklemmte und in ein Paar mit fliegenden Schweinen bedruckte Boxershorts gehüllt war. Ach so, außerdem existierte vielleicht noch die übliche Niere im Körper von irgendeinem Japaner weiter. Eine Niere, die er »gespendet« hatte. War der fette Mann während des Eingriffs auf dem Operationstisch gestorben? Oder hatte man ihn vorsätzlich so tief eingeschläfert, daß er ohnehin nie mehr aufgewacht wäre?

Tuck wurde von der Einsicht befallen, daß es wichtiger denn je war, in den Computer des Doktors einzudringen. Er packte Kimi am Arm und zog die Infusionsnadel aus seiner Vene. Der Seefahrer leistete keinen Widerstand. Er schien es gar nicht zu bemerken.

»Kimi, sieh zu, daß du das wieder in Sepies Arm steckst, und dann komm mit.«

»Okay Boß.«

Tuck warf einen Blick auf das Mädchen, das nun offensichtlich angesteckt war von der Panik, die in seiner Stimme mitschwang. Ihre Augen waren glasig von dem Morphin, aber dennoch weit aufgerissen. »Tu mir einen Gefallen und klingele nicht gleich nach dem Doktor, wenn wir hier raus sind. Der Schalter hier gibt dir nur eine bestimmte Menge Morphin, und Kimi hat welches von deinem aufgebraucht. Auch wenn's anfängt weh zu tun, mußt du noch warten, okay?«

Sie nickte. Kimi kroch aus dem Bett und wäre beinahe hingefallen. Tucker packte ihn am Arm und hielt ihn aufrecht.

»Ich bin auserwählt«, sagte Sepie. »Wenn Vincent kommt, er wird mir geben viele hübsche Sachen.«

Tuck strich ihr das Haar zurück. »Das wird er. Aber jetzt schläfst du erst mal. Und danke dafür, daß du dich um mich gekümmert hast, als ich krank war.«

Kimi küßte das Mädchen, doch nach einer Minute zog Tuck ihn weg und führte ihn durch den Operationssaal zu dem Büroraum der Klinik. Im Schein des Computerbildschirms sagte Tuck: »Kimi, der Doktor und seine Frau bringen Leute um.«

»Nein, das ist nicht wahr. Sie geschickt von Vincent. Sepie sagen, Vincent kommen von Himmel, um zu bringen ihre Volk viele gute Sachen. Sie sehr arme Leute.«

»Nein, Kimi, es sind schlechte Menschen. Wie Malcolme. Sie nutzen Sepies Volk aus. Sie tun nur so, als würden sie für einen Gott arbeiten.«

»Woher du wissen? Du nicht glauben an Gott.«

Tuck packte den Jungen an den Schultern. Er war nicht länger sauer oder genervt, sondern hatte einfach nur Angst, und zum ersten Mal in seinem Leben hatte er nicht nur Angst um sich selbst. »Kimmi, schaffst du's, um die Minen herum zurückzuschwimmen?«

»Ich glaube.«

»Du mußt zurück zur anderen Seite der Insel. Und du darfst nicht wieder herkommen. Wenn die Wachen dich finden, bringen sie dich um, da bin ich ziemlich sicher.«

»Du wollen Sepie nur für dich selbst. Sie mir sagen, du ihr gefolgt.«

»Ich werde nach ihr sehen und treffe dich dann morgen abend in der Trinkrunde und sage dir, wie's ihr geht. Ich werde sie nicht anrühren, das verspreche ich. Okay?«

»Okay.« Kimi stand an die Wand gelehnt neben der Tür.

Tuck musterte ihn einen Augenblick und überlegte, wie sehr Kimi neben der Spur war. Zur anderen Seite der Insel zu schwimmen war nicht so problematisch. Tuck hatte es schon sturzbesoffen geschafft, aber er hatte eine Taucherbrille, einen Schnorchel und Flossen dabeigehabt. »Bist du sicher, daß du schwimmen kannst?«

Kimi nickte, und Tuck zog die Tür einen Spalt weit auf. Der Mond war am Himmel weitergewandert, und so lag die Vorderseite der Klinik nun im Schatten. Der Wachmann auf der gegenüberliegenden Seite des Geländes las eine Zeitschrift im Schein einer Taschenlampe. »Sobald du draußen bist, geh nach links hinter das Gebäude.« Der Seefahrer trat hinaus, glitt an der Mauer entlang und bog um die Ecke. Tuck hörte, wie er über etwas stolperte und im Fallen leise einen philippinischen Fluch ausstieß.

»Scheiße«, sagte Tuck zu sich selbst. Er warf einen kurzen Blick auf den Computer. Das würde warten müssen. Er glitt zur Tür hinaus, zog sie leise hinter sich zu und folgte dem Seefahrer zur Rückseite des Gebäudes. Er hörte, wie die Wache auf der anderen Seite des Geländes etwas rief, und in diesem Moment traf Tuck zum ersten Mal in seinem Leben eine klare Entscheidung. Er packte den Seefahrer unter den Armen und rannte los.

45

Geständnisse beim T

Tucker Case träumte von Maschinengewehrsalven und wirbelte herum, als die Kugeln seinen Rücken zerfetzten. Er fiel vornüber in den Staub, sein Mund füllte sich mit Sand, und er erstickte, während das Leben gleichzeitig aus tausend klaffenden Wunden aus ihm heraussickerte. Dennoch wollten die Gewehre nicht verstummen, und das Mündungsfeuer dröhnte wie ein purpurfarbener Paukensturm, wie eine unnachgiebige Faust an einer klapprigen Tür.

»Laßt mich endlich sterben!« schrie Tucker, doch das Kissen erstickte seine Stimme.

Es war in der Tat eine unnachgiebige Faust an einer klapprigen Tür. »Mr. Case, aufgestanden und angetreten«, rief Sebastian Curtis gut gelaunt. »Noch zehn Minuten bis zum ersten T.«

Tuck wälzte sich herum, verfing sich im Moskitonetz und riß es aus der Halterung an der Zimmerdecke. Er trug noch immer seinen Taucheranzug, und das feine Netzgewebe klebte daran fest wie ein Spinnennetz. Als er die Tür erreicht hatte, sah er aus wie ein schwer angeschlagener Geist, den man gerade aus dem Spind von Davy Jones herausgelassen hatte.

»Was gibt's? Ich kann nicht fliegen. Ich kann noch nicht mal laufen. Verschwinden Sie.« Tuck war nun mal kein Morgenmensch.

Sebastian Curtis stand in der Tür und strahlte von einem Ohr zum anderen. »Es ist Mittwoch«, sagte er. »Ich dachte, Sie wollten vielleicht ein paar Löcher spielen.«

Mit blutunterlaufenen Augen schaute Tuck den Doktor durch mehrere Lagen Moskitonetz an. Hinter dem Doktor stand, ohne die übliche Maschinenpistole, einer der Wachmänner, mit einer Golftasche über der Schulter. »Golf?« fragte Tuck. »Sie wollen Golf spielen?«

»Hier auf Alualu ist es nicht ganz so wie anderswo, Mr. Case. Nicht ganz unkompliziert, aber Sie haben ja schon trainiert in der Zwischenzeit, oder?«

»Hören Sie, Doc, ich habe letzte Nacht nicht besonders gut geschlafen...«

»Könnte an dem Taucheranzug liegen, wenn ich das bemerken darf. Hier in den Tropen sind atmungsaktive Gewebe angebrachter. Baumwolle ist am besten.«

Tuck kam allmählich wieder zu sich, und er stellte fest, daß er dabei einen immensen Haß auf den Doktor entwickelte. »Sieht ganz so aus, als wäre einer von uns zum Stich gekommen letzte Nacht, und ich glaube, wir wissen beide, wer das war.«

Curtis senkte den Blick und lächelte beschämt. Es schien ihm in der Tat peinlich zu sein. Tuck konnte sich keinen Reim darauf machen. Es schien dem Doc keinerlei Probleme zu bereiten, Menschen umzubringen oder ihnen die Organe zu stehlen – oder beides –, aber er errötete, wenn man erwähnte, daß er Sex mit seiner Frau gehabt hatte. Tuck starrte ihn an.

Curtis sagte: »Sie ziehen sich besser um. Das erste T liegt vor dem Hangar. Ich gehe schon mal vor und übe ein paar Abschläge, während Sie sich anziehen.«

»Machen Sie nur«, sagte Tuck und knallte die Tür zu.

Zwanzig Minuten später gesellte sich Tuck, die Haare noch naß vom Duschen, zu Curtis und dem Wachmann auf dem Platz vor dem Hangar. Nach drei Nächten fast ohne Schlaf fühlte er sich allmählich doch etwas mitgenommen. Außerdem tat ihm der Rücken weh, weil er Kimi quer über das Gelände gezerrt und ihn im Schlepptau um das Minenfeld gezogen hatte. Der Wachmann hatte es nicht mehr geschafft, sie einzuholen, und so war er am Rande des Wassers stehengeblieben und hatte ihnen, seine Maschinenpistole schwenkend, hinterhergebrüllt, bis sie verschwunden waren.

»Wir werden einen Satz Schläger teilen müssen«, sagte Curtis. »Aber jetzt, wo Sie sich entschlossen haben zu bleiben, können wir ja vielleicht noch einen weiteren Satz bestellen.«

»Klasse«, sagte Tucker. Er war nicht ganz sicher, aber er glaubte, daß der Wachmann derjenige war, der sie in der Nacht bis zum Strand verfolgt hatte. Tuck grinste ihn höhnisch an. Der Wachmann schaute weg. Treffer, das war der Kerl.

»Das ist Mato. Er ist heute unser Caddie.«

Der Wachmann machte eine leichte Verbeugung. Tuck hob seinen Mittelfinger zum Gruß. Falls der Doktor die Geste überhaupt bemerkt hatte, ließ er sie jedenfalls unkommentiert. Er legte den Ball auf ein quadratisches Stück Kunstrasen, das eine gummibeschichtete Unterseite hatte. »Wir müssen von dem Ding hier abschlagen. Zumindest so lange, bis jemand einen kiestauglichen Wedge erfindet.« Er lachte über seinen eigenen Witz.

Tuck rang sich ein Lächeln ab.

»Die Haifischmenschen haben die ganze Insel vor Hunderten von Jahren mit Kies bedeckt. Dadurch konnten sie verhindern, daß der Mutterboden von den Taifunen weggespült wurde. Die erste Bahn hat einen scharfen Knick nach links. Die Fahne steht etwa hundert Meter hinter den Unterkünften der Mitarbeiter.«

»Doc, jetzt wo wir uns einig sind, können wir sie da nicht einfach die Wachen nennen?«

»Völlig in Ordnung, Mr. Case. Wollen Sie den Vortritt?«

»Nennen Sie mich Tuck. Nein, danke, fangen Sie ruhig an.«

Curtis führte einen ziemlich verzogenen Schlag aus, und der Ball segelte in hohem Bogen am Quartier der Wachmannschaft vorbei und landete außer Sichtweite in einer Gruppe von Palmen hinter dem Gebäude.

»Ich muß zugeben, daß ich ein wenig im Vorteil bin. Ich habe den Kurs so angelegt, daß er meiner Schwungtechnik entgegenkommt. Die meisten Bahnen haben einen scharfen Knick nach links.«

Tuck nickte, als wüßte er Bescheid, was der Doktor da redete. Dann nahm er dem Doktor den Schläger aus der Hand und schlug seinen Ball ab. Er setzte den Schlag im wahrsten Sinne des Wortes in den Sand, und der Ball blieb gerade mal fünfzig Meter weit vor ihnen liegen. »Oh, Pech gehabt. Möchten Sie einen McGuffin?«

»Ach, lecken Sie mich mal, Doc«, sagte Tuck und machte sich auf den Weg zu seinem Ball.

»Na, dann wohl nicht.«

Die Fahnen waren Bambusstäbe, die in den Boden gerammt waren, und die Löcher waren Coladosen, deren obere Hälfte abgeschnitten war. Dies hatte den Vorteil, daß Tuck beim Putten die Gelegenheit hatte, Mato, der die Fahne hielt, mehrfach mit voller Wucht gegen die Schienbeine zu schießen. Weniger schön war die Tatsache, daß Curtis, nun da er in Tuck einen Mitverschwörer sah, eine zusehends vertraulichere Art entwickelte.

»Beth ist schon 'ne Klassefrau, oder? Habe ich Ihnen erzählt, wie wir uns kennengelernt haben?«

»Ja.«

»Ich war bei einem Symposium über Transplantationen in San Francisco. Beth ist eine prima Krankenschwester, die beste, die ich je in einem OP erlebt habe, aber als ich ihr begegnet bin, hat sie nicht als Schwester gearbeitet.«
»Oh, prima«, sagte Tuck.
Anscheinend wartete Curtis darauf, daß Tucker ihn danach fragen würde. Tucker hingegen wartete darauf, daß der Wachmann ihn verpetzte, weil er sich in der Nacht zuvor vom Gelände geschlichen hatte.
»Sie war Tänzerin in North Beach. Eine exotische Tanzvorführung.«
»Ach, kein Scheiß«, sagte Tuck.
»Schockiert Sie das?« Curtis wünschte sich offensichtlich nichts sehnlicher, als daß Tuck schockiert war.
»Nein.«
»Sie war unglaublich. Ich habe noch nie so eine unglaubliche Frau gesehen. Bis heute.«
»Andererseits sind Sie ja auch schon seit achtundzwanzig Jahren Missionar auf einer abgelegenen Insel«, sagte Tuck.
Curtis nahm einen Schläger für den nächsten Schlag: das Siebener Eisen. »Was ist das?«
»Sieht aus wie Blut und Federn«, sagte Tuck.
Curtis reichte Mato den Schläger, damit der ihn saubermachte. »Beth hat einen Tanz mit einem Katheter und einem Stethoskop vollführt. Es war atemberaubend.«
»Das ist nichts Außergewöhnliches«, sagte Tuck. »Sie drücken einem mit dem Katheter die Luft ab und benutzen das Stethoskop, um aufzupassen, daß man nicht über den Jordan geht, wenn man zappelt wie ein Fisch auf dem Trockenen.«
»Ach wirklich?« sagte Curtis. »Sie haben Frauen gesehen, die das machen?«
Tuck gab sich alle Mühe, auszusehen wie ein aufrechter junger Mann. »Ob ich das gesehen habe? Sind Ihnen die Würgemale an meinem Hals nicht aufgefallen, als Sie mich untersucht haben?«
»Oh, ich verstehe«, sagte Curtis. »Jedenfalls, ich hatte etwas Der-

artiges noch nie gesehen. Sie...« Irgendwie schien Curtis aus dem Konzept geraten zu sein. »Der Taucheranzug heute morgen. Hatte das mit Sex zu tun? Ich meine damit, die meisten Leute würden das doch unbequem finden.«

»Nein, ich versuche nur, ein wenig abzunehmen.«

Curtis blickte ihn ernst an. »Ich weiß nicht, ob das so eine gute Idee ist. Sie sind noch immer ziemlich dürr von den Strapazen Ihrer Irrfahrt hierher.«

»Ich will mich runterschaffen auf vier Kilo«, sagte Tuck. »Drüben in den Staaten ist gerade ein Gandhi-Revival im Gange, und Typen, die aussehen, als würden sie gleich verhungern, müssen sich die Weiber mit 'nem Stock vom Leib halten. Das Ganze hat angefangen mit weiblichen Models, aber mittlerweile hat es auch die Männer erfaßt.«

Curtis schaute peinlich berührt drein. »Ich bin wohl nicht mehr ganz auf dem neuesten Stand. Beth versucht auf dem laufenden zu bleiben, darüber, was in den Staaten passiert, aber hier draußen scheint es irgendwie irrelevant. Ich denke, ich bin froh, wenn das alles hier vorüber ist und wir die Insel verlassen können.«

»Warum gehen Sie denn nicht einfach? Sie sind Arzt. Sie könnten eine Praxis in den Staaten aufmachen und auch ohne all dies hier ein Vermögen machen.«

Curtis warf einen kurzen Blick in Richtung des Wachmanns und sah dann wieder Tuck an. »Ein Vermögen, kann sein, aber kein Vermögen wie das, das wir im Augenblick anhäufen. Ich bin zu alt, um wieder von vorn anzufangen, und zwar ganz unten.«

»Sie haben achtundzwanzig Jahre Erfahrung. Sie haben selbst gesagt, daß der Gesundheitsstandard der Menschen, um die Sie sich gekümmert haben, höher war als irgendwo sonst im Pazifik. Sie müßten nicht noch mal ganz von vorn anfangen.«

»Doch, das müßte ich. Mr. Case – Tuck –, ich bin zwar Arzt, aber kein sonderlich guter.«

Tuck war in seinem Leben einer Menge Ärzte über den Weg gelaufen, doch es war kein einziger darunter gewesen, der es je über sich gebracht hatte zuzugeben, daß er von irgend etwas keine

Ahnung hatte. Unter Fluglehrern war es ein Standardwitz, daß Ärzte die schlechtesten Schüler abgaben. »Sie halten sich für Götter. Unsere Aufgabe ist es, ihnen beizubringen, daß auch sie sterblich sind. Nur Piloten sind Götter.«

Dieser Kerl hier wirkte so jämmerlich, daß Tuck sich krampfhaft in Erinnerung rufen mußte, daß der gute Doktor ein Mörder war, der mindestens zwei Menschen auf dem Gewissen hatte. Er schaute zu, wie Curtis mit dem blutbefleckten Siebener Eisen den Ball über hundert Meter weit bis auf weniger als zehn Meter an die Fahne heranbrachte, die in einem kleinen Rasenstück unweit des Strands steckte.

Tuck machte sich auf die Suche nach seinem Ball. Er hatte mit dem Neuner Eisen lediglich einen schmatzenden Aufsetzer zustande gebracht, und der Ball war zwischen den Wurzeln eines Stelzenbaums gelandet, einer merkwürdigen Baumgattung, deren knorrige Wurzeln sich einen Meter hoch über den Boden erhoben und den Baum so aussehen ließen, als würde er jeden Moment aus eigener Kraft davonschreiten. Tuck hoffte, daß er es tun würde.

Der Caddie folgte Tuck, und als sie außer Hörweite des Doktors waren, wandte Tuck sich an den stoischen Japaner: »Du kannst es ihm nicht sagen, oder?«

Der Wachmann tat so, als würde er nicht verstehen, aber Tuck merkte, daß er, wenn auch nur am Tonfall, durchaus mitbekam, was er sagte. »Ihr könnt es ihm nicht sagen, und ihr könnt mich verdammt noch mal nicht abknallen, stimmt's? Ihr habt den letzten Piloten umgebracht und euch damit bis zum Hals in die Scheiße geritten, stimmt's? Deswegen lauft ihr mir hinterher wie eine Herde Entenküken, richtig?« Es war zwar nur eine vage Vermutung, die Tuck da vorbrachte, aber es war die einzig logische Erklärung.

Mato schaute sich nach dem Doktor um.

»Nein«, sagte Tuck. »Der Doktor weiß nicht, daß ich Bescheid weiß. Und wir werden es ihm auch nicht sagen, oder doch? Wenn du mich verstehst, schüttel einfach nur den Kopf.«

Der Wachmann schüttelte den Kopf.

»Okay, also machen wir einen Deal. Ich lasse es so aussehen, als würdet ihr euren Job machen, und wenn ich euch einen Wink gebe, verschwindet ihr. Ist das klar? Ich will, daß ihr mir vom Hals bleibt. Und das wirst du auch deinen Kumpels ausrichten, okay?«

Der Wachmann nickte.

»Sprichst du überhaupt kein Englisch?«

»*Hai.* Kleine wenig.«

»Du und deine Kumpels, ihr habt den Piloten umgebracht, stimmt's?«

»El velsuchen, Flugzeug zu stehlen.« Mato sah aus, als würden allein schon die Worte ihm physischen Schmerz bereiten.

Tuck nickte. Er spürte, wie die Hitze in sein Gesicht stieg. Am liebsten hätte er den Wachmann mit einem Faustschlag zu Boden geschickt, wo er auf ihm herumgetrampelt wäre, bis nur noch Matsch von ihm übrig war. »Und ihr habt Pardee umgebracht, den fetten Amerikaner.«

Mato schüttelte den Kopf. »Nein, das wil nicht walen.«

»Verarsch mich nicht!«

»Nein, wil... wil...« Er suchte nach dem passenden Wort.

»Wil ihn gefangennehmen, abel nicht schießen.«

»Und wo habt ihr ihn hingebracht? In die Klinik?«

Der Wachmann schüttelte heftig den Kopf, nicht um Tuckers Frage zu verneinen, sondern um ihm zu verstehen zu geben, daß er das nicht sagen durfte.

»Was ist mit dem fetten Mann passiert?«

»El stelben. Hospital. Wil ihn blingen in Wassel.«

»Ihr habt seine Leiche zum Rand des Riffs gebracht, damit die Haie ihn fressen?«

Der Wachmann nickte.

»Und der Pilot. Habt ihr ihn zur selben Stelle gebracht?«

Wieder ein Kopfnicken.

»Was ist denn los? Schlagen Sie jetzt oder nicht?« Tuck und der Wachmann schauten sich um wie zwei Jungen, die auf dem Schulhof beim Austauschen dreckiger Flüche erwischt worden waren. Curtis war den Fairway zurückgekommen und nun gerade noch fünfzig Meter von ihnen entfernt.

Tuck deutete auf seinen Ball. »Kato sagt, ich darf den hier nicht verschieben, um ihn wegzuschlagen. Ich laß mir ja meinetwegen einen Strafpunkt aufbrummen, aber zum Teufel, Doktor, bei uns in Texas gibt's keine Mutantenbäume wie den hier. Das ist ja unnatürlich.«

Curtis warf einen Seitenblick auf Tucks Ball und dann auf Mato. »Er darf ihn verschieben. Ohne Strafpunkt. Sie sind hier Gast, Mr. Case. Und da kann man mit den Regeln ruhig ein wenig laxer umgehen.« Curtis lächelte nicht. Mit einem Mal schien er sein Golfspiel sehr ernst zu nehmen.

»Wir sind jetzt Partner, Doc«, sagte Tuck. »Nennen Sie mich Tuck.«

46

Bohnen und Sukkubus

Tucks zweiter Partner tauchte noch am selben Abend in seinem Bungalow auf, als Tuck gerade vor einem Teller Bohnen mit Speck saß. Sie machte sich nicht die Mühe anzuklopfen, seinen Namen zu rufen oder sich wenigstens höflich zu räuspern, um ihn wissen zu lassen, daß sie da war. Gerade noch vertieft in das Studium eines gelatinösen weißen Würfels, der einer auf Kohlenstoff basierenden Lebensform entstammte und in einer trüben Pfütze aus verkochtem Gemüse und Tomatenstoße trieb, wurde Tucker von einem Moment zum anderen jäh aus seinen Überlegungen gerissen, als die Tür sich öffnete und sie plötzlich im Zimmer stand, angetan mit nichts weiter als einem roten Schal und pailettenbesetzten Pumps. Tuck ließ seinen Löffel fallen. Zwei halbverspeiste Bohnen tröpfelten aus seinem offenen Mund und ließen eine geiferdurchsetzte Soßenspur auf seiner Hemdbrust zurück.

Sie stampfte einmal mit dem Absatz auf wie eine Flamencotänzerin, und Tuck blickte den Schockwellen nach, die im Gefolge der Erschütterung durch ihren Körper liefen und schließlich in ihren

Brüsten zur Ruhe kamen. Schwungvoll breitete sie ihre Arme aus, stellte sich in Pose und sagte: »Die Himmelsgöttin ist angekommen.«

»Allerdings«, sagte Tuck mit dem verklärten Blick eines frisch konvertierten Moonie. Er hatte so etwas wie sie schon mal gesehen – entweder auf dem Kühler eines Rolls-Royce oder auf einem Bowlingpokal –, doch in Fleisch und Blut wirkte das Bild, das sich ihm bot, wesentlich unmittelbarer, geradezu ehrfurchtgebietend.

Sie vollführte eine Pirouette, und die Enden des Schals wirbelten herum wie Rauchfahnen, die ihren Körper umschmeichelten. »Was denkst du?«

»Ah-ha«, sagte Tuck und nickte.

»Komm her.«

Tuck erhob sich und schlurfte apathisch auf sie zu wie ein Zombie, der magisch angezogen wird vom Geruch lebenden Fleisches. Sein Hirn stellte die Arbeit ein, seine gesamte Lebensenergie verlagerte sich in einen anderen Teil seines Körpers und steuerte ihn quer durch das Zimmer, bis er knapp zwei Zentimeter vor ihr stand. Es war nicht das erste Mal, daß ihm so was passierte, aber bei früheren Gelegenheiten hatte er die Fähigkeit zu sprechen und einen Großteil seiner Motorik unter Kontrolle behalten.

»Was ist los mit dir?« fragte sie. »Sind die Schrauben im Hals zu fest angezogen?«

»Ich hab eine Ganzkörpererektion.«

Sie packte ihn vorne am Hemd und schob ihn quer durch den Raum zurück zum Bett, drückte ihn hinab und zog ihm die Hosen bis zu den Knien herunter. Einen Augenblick später landete sie mit gespreizten Beinen auf ihm. Er streckte die Hände nach ihren Brüsten aus, doch sie packte ihn bei den Handgelenken.

»Nein, du vermasselst mir nur mein Make-up.«

Und da erst bemerkte er – ähnlich wie das Opfer eines Verkehrsunfalls unter Umständen einen Schmetterling am Kühlergrill des Busses bemerkt, der ihn gerade überrollt –, daß ihre Brustwarzen eine unnatürlich rosa Färbung hatten, die von Schminke herrührte.

Er versuchte sich aufzurichten, doch sie stieß ihn zurück auf die

Matratze, packte ihn an seiner empfindlichsten Stelle, nicht ohne ihn einen ihrer rotlackierten Fingernägel spüren zu lassen, bis er sich krümmte, und führte ihn in sich ein. Er streckte die Hände nach ihren Hüften aus, um sie zu sich heranzuziehen, doch alles, was er sich damit einhandelte, war, daß sie ihm auf die Finger schlug. Und sie fickte ihn – mit der mechanischen Präzision einer Maschine, in einer einzigen selbstschmierenden Pumpenbewegung, die nicht enden zu wollen schien und sich unerbittlich wiederholte – bis aus ihrer Kehle ein Keuchen drang, das sich anhörte wie das Zischen einer Hydraulik, und sie ihr Kreuz durchbog, sich aufbäumte, noch einmal ruckte wie bei einer Fehlzündung, kurz nachdieselte und schließlich von ihm herunterstieg. Im Verlauf all dessen war Tucker irgendwann gekommen, und sie hatte ihn exakt einmal angeschaut.

»Wir fliegen in drei bis vier Stunden. Stell dich drauf ein.«

»Okay.« Sollte er irgendwas sagen? War dies nicht ein Anzeichen für eine gewisse Veränderung, die eigentlich gewürdigt werden sollte?

»Ich will, daß du mir zuschaust, aber du darfst dich nicht gehenlassen. Warte noch ein paar Minuten und geh dann zum Hangar, aber stell dich so hin, daß du einen Blick auf die Landebahn hast. Es wird eine super Vorstellung. Theater macht alles möglich, mußt du wissen. Frag mal die Katholiken. Die haben das Mittelalter doch nur dadurch überlebt, daß sie auf prächtigen Bühnen, die mit den Pennies der Armen erbaut waren, Shows abgezogen haben in einer Sprache, die niemand verstanden hat. Das ist das Problem mit der Religion heutzutage. Kein Theater.«

Dies war wohl ihre Art zu kuscheln. »Show?«

»Das Erscheinen der Himmelsgöttin«, sagte sie, als redete sie mit einer Scheibe Toast. Sie ging zur Tür, machte halt und schaute über ihre Schulter. Beinahe so, als sei ihr noch etwas eingefallen, sagte sie: »Tucker.« Und als er den Blick hob, warf sie ihm eine Kußhand zu. Und schon war sie zur Tür hinaus, und er hörte sie rufen: »Musik abfahren!«

Die Musik einer Big Band dröhnte über die Insel, und Tucker

wurde am ganzen Körper von einem Schauder geschüttelt, gerade so, als sei ein kalter Geist aus den Vierzigern im Jitterbug über seine Wirbelsäule getanzt.

47

Schwerer Diebstahl hoch in den Lüften

Die Haifischmenschen wollten gerade den zweiten Krug *Tuba* anbrechen, als die Musik einsetzte. Plötzlich waren alle Augen auf Malink gerichtet. Warum hatte er ihnen nicht gesagt, daß die Himmelsgöttin erscheinen würde?

Malink dachte kurz nach und grinste schließlich, als hätte er es schon die ganze Zeit über gewußt. »Ich wollte euch überraschen«, sagte er. Warum hatte der Medizinmann ihn nicht informiert? War er noch immer wütend, weil Malink ihm nicht wie gefordert den Weibsmann geliefert hatte? Konnte es sein, daß Vincent selbst wegen irgendwas wütend auf Malink war? Malinks Leute waren jedenfalls garantiert wütend auf ihn, weil er ihnen nicht die Zeit gelassen hatte, sich mit ihren Trommeln und Bambusgewehren als Vincents Armee auszustaffieren. Ganz zu schweigen von den Frauen, die Kokosnüsse kacken würden, weil sie keine Zeit hatten, sich einzuölen, ihre Gesichter zu bemalen und ihre Feiertagsröcke aus Gras anzuziehen.

Als Malink zum Flugplatz trottete, versuchte er sich eine Erklärung zurechtzubasteln, die jedermann zufriedenstellen würde. Als ob das Amt des Häuptlings nicht ohnehin schon schwierig genug gewesen wäre, wenn man morgens keinen Kaffee trank – er litt schon seit zwei Wochen unter Kopfschmerzen infolge von Koffeinentzug –, nun bereitete ihm auch noch seine Rolle als religiöser Führer Probleme. Einer Religion vorzustehen war ein ziemlicher Brocken Arbeit, wenn die Götter einem plötzlich ins Handwerk pfuschten und einem die schönsten Prophezeiungen vermasselten. Und was war, wenn er eine Erklärung zustande brachte und die Himmelsgöttin irgend etwas sagen würde, das in krassem Widerspruch zu ihm stand? Angeblich war sie die Stimme von Vincent, doch diese Stimme hatte in letzter Zeit ziemlich wütend geklungen, und so wagte er es nicht, sie um Hilfe zu bitten, wie er es in der Vergangenheit schon getan hatte. Jedenfalls nicht in Anwesenheit seiner Leute.

Er trat aus dem Dschungel, gerade noch rechtzeitig, um die blitzenden Explosionen zu sehen. Die Himmelsgöttin trat aus dem Rauch, und an ihrem Gang konnte Malink selbst auf eine Entfernung von hundert Metern erkennen, daß sie guter Laune war. Erleichtert atmete er auf. Sie hatte ihnen Zeitschriften mitgebracht. Wenn seine Leute glücklich und zufrieden waren mit dem, was sie sagte, konnte er sich wieder damit rausreden, es sei »der Wille Vincents« gewesen, daß er ihnen nicht Bescheid gesagt hatte.

Nie im Leben hätte er den wahren Grund dafür auch nur ahnen können, warum der Medizinmann ihn nicht auf das Erscheinen der Himmelsgöttin vorbereitet hatte: Zu dem Zeitpunkt, zu dem er normalerweise bei Malink anrief, um ihn zu warnen, hatte der Medizinmann durchs Fenster den Ritt der Himmelsgöttin auf Tucker Case mit angesehen.

Tucker wartete fünf Minuten, bevor er seine Hose anzog und zur Tür des Bungalows hinausglitt, wo er Sebastian Curtis beinahe umgerannt hätte. Der Doktor, der normalerweise so cool wirkte, war schweißgebadet und stierte an Tuck vorbei in Richtung Klinik. »Mr. Case, ich dachte, Sie machen das Flugzeug startklar. Hat Beth Ihnen gesagt, daß Sie fliegen müssen?«

Tuck mußte sich zusammenreißen, um nicht wegzurennen. Er hatte noch nicht genug Zeit gehabt, um irgendwelche Reuegefühle zu entwickeln, weil er mit der Frau des Doktors geschlafen hatte. Außerdem war Reumütigkeit ohnehin nicht seine Stärke. »Ich war gerade auf dem Weg, um die Startvorbereitungen zu treffen. Es dauert nicht allzulange.«

Der Doktor vermied es, Tucker anzuschauen. »Entschuldigen Sie, wenn ich etwas abgelenkt wirke, aber ich muß in ein paar Minuten eine schwere Operation durchführen. Sie sollten sich Beths kleine Show ansehen.«

»Deswegen die Musik und die Explosionen?«

»Auf diese Weise gewinnen wir unsere Spender. Ich bin sicher, Beth wird Ihnen noch ihre Theorie darüber, wie Religion und Theater zusammenhängen, erklären. Aber jetzt entschuldigen Sie mich bitte.« Er schob sich an Tucker vorbei und starrte auf seine Schuhe, während er zur Klinik ging.

»Und Sie sehen sich das Ganze nicht mit an?« sagte Tuck.

»Danke, nein. Ich finde es ekelerregend.«

»Oh«, sagte Tuck. »Dann gehe ich jetzt mal los und mache die Lear startklar. War ein prima Spiel heute, Doc.«

»Ja«, sagte Curtis. Dann ging er weiter mit steifen Armen in Richtung Klinik, seine Fäuste so fest zusammengeballt, daß Tuck sehen konnte, wie sie zitterten.

Die Wachen standen am Rand des Hangars herum. Mato schaute einmal kurz auf und blickte Tuck gerade mal so lange in die Augen, daß dieser sehen konnte, wie nervös er war. Tuck wünschte sich, er hätte ihn gefragt, ob die anderen Wachen Englisch sprachen.

»*Konichi-wa*, Motherfuckers«, sagte Tuck, sein linguistisches Potential voll ausschöpfend.

Die Wachen zeigten keine Reaktion. Bis auf Matos waren aller Augen auf Beth Curtis gerichtet, die zu Benny Goodmans »Sing, Sing, Sing« über das Rollfeld tanzte. Einer der Wachmänner drückte auf einen Knopf, und die Musik verstummte in dem Augenblick, als Beth Curtis eine kleine hölzerne Plattform auf der abgelegenen Seite des Rollfelds hinaufstieg. Nun, da die Lautsprecher schwiegen, konnte Tuck die Trommeln der Haifischmenschen hören. Einige von ihnen marschierten in Formationen und hielten rot bemalte Bambusstäbe in den Händen, die Gewehre darstellen sollten. Beth Curtis hob die Hände in die Höhe, eine Ausgabe von *People* in jeder Hand, und die Trommeln verstummten.

Tuck konnte nicht verstehen, was sie sagte, aber er sah, wie sie mit den Armen in der Luft herumfuchtelte wie ein Wanderprediger in eigener Sache, während die Menschenmenge mitschwang, zusammenzuckte und ihr förmlich an den Lippen hing. Irgendwann machte sie eine Pause und reichte Malink die Zeitschriften hinab, der sie in Empfang nahm und sich mit gesenktem Haupt rückwärts von der Tribüne entfernte.

Tuck fand die Vorstellung nicht im geringsten ekelerregend, aber höchst merkwürdig war es denn doch. Warum all dieser Aufwand und die Umstände? Mit sechs Leuten mit Maschinenpistolen kann man sich so ziemlich jede Niere krallen, die man haben will.

Er mußte nachdenken, und außerdem hatte er keine Lust zu sehen, wen sie auswählte. Wer immer es auch sein mochte, sein Gesicht würde ihm während des gesamten Fluges nach Japan und zurück nicht mehr aus dem Kopf gehen. Er lief in den Hangar, ließ die Einstiegsluke der Lear herunter, kletterte in das unbeleuchtete Flugzeug und legte sich im Mittelgang zwischen den Sitzreihen auf den Boden. Er konnte weder die Himmelsgöttin hören noch die Eingeborenen mit ihren *Ooohs* und *Aaaahs*. Und hier, zwischen Stahl, Glas, Plastik und Polstersesseln, fühlte er sich zu Hause. Hier hörte er nur die Geräusche aus seinem eigenen Kopf; hier in diesem Lear-Jet, der sein Eigentum war, blieb die ganze Verdrehtheit draußen. Hätte ihm nicht der Schlüssel gefehlt, er hätte sich den Flieger in diesem Augenblick unter den Nagel gerissen.

Mit einem Tritt gegen den Oberschenkel, der viel fester war als notwendig, weckte der Wachmann Tuck auf. Als er hochblickte, erkannte Tuck den Wachmann, der ihn am Strand zusammengeschlagen hatte. Er hatte eine Narbe an der Stirn, die als unbehaarter Streifen bis hinauf auf seine Kopfhaut reichte, und Tuck hatte ihm schon den Namen Stripe verpaßt, nach dem fiesen kleinen Monster aus dem Film *Gremlins*. Tuck war stinksauer, er kochte vor Wut, und nur der Anblick der Uzi bewahrte ihn davor, sich eine erneute Tracht Prügel einzufangen.

Den Schlüssel in der Hand schwenkend, marschierte der Wachmann zum Hauptschalter der Lear. Es ging los. Tuck humpelte zum Cockpit und schnallte sich auf dem Pilotensitz an. Stripe steckte den Schlüssel in die Instrumentenkonsole, drehte ihn herum und trat zurück, um Tuck zuzusehen, wie dieser die Triebwerke in Gang setzte.

Die übrigen Ninjas zogen den Lear mit einem großen T-Träger, der am Bugrad der Maschine befestigt war, aus dem Hangar heraus. Als sie sicher draußen angelangt waren, ließ Tucker die Triebwerke warmlaufen, während Stripe, die Uzi quer vor der Brust, sich nicht von der Stelle rührte.

Tuck machte eine große Show daraus, die einzelnen Punkte der Checkliste abzuhaken und die Schalter und Anzeigeninstrumente zu überprüfen. Schließlich verzog er das Gesicht und klickte ein paarmal am Schalter für das Radar. Er drehte den Kopf und wandte sich an Stripe: »Geh mal nach vorne, zur Nase, da stimmt irgendwas nicht.«

Der Wachmann schüttelte den Kopf. Tuck wiederholte seine Anweisung in Zeichensprache, und diesmal nickte Stripe. Durch das Fenster winkte er einen der anderen Wachen heran und bedeutete ihm, an Bord zu kommen. Offensichtlich wollten sie Tuck keine Sekunde unbewacht im Flugzeug lassen, solange der Zündschlüssel steckte. Stripe überließ seinen Wachposten dem anderen Ninja und tauchte schließlich am Bug des Flugzeugs auf. Tuck bedeutete ihm, daß er näher an die Nase herangehen sollte. Stripe tat, wie ihm geheißen. Tuck schaltete das Radar ein. »Und hier ein süßer Gehirntumor, nur für dich, du Hurensohn.« Es schien fast, als würde Stripe die Energie der Mikrowellen spüren können, jedenfalls machte er einen Satz zurück. Tuck grinste und gab ihm ein Zeichen, daß alles okay war. »Ich hoffe bloß, deine kleinen Eier kochen«, sagte er laut. Der Wachmann hinter ihm schien zwar nicht zu verstehen, was Tuck sagte, doch er stieß ihn mit dem Lauf der Uzi an und deutete damit nach draußen. In ihrem dunklen Armani kam Beth Curtis über das Gelände, in der einen Hand den Aktenkoffer, in der anderen die Kühlbox.

Sie stieg ins Flugzeug und nickte dem Wachmann zu. Anstatt zu gehen, setzte er sich auf einen der Passagiersitze. Beth selbst schnallte sich auf dem Copilotensitz an.

»Bringen wir ihn zu seinem Landurlaub?« fragte Tuck.

»Nein. Er fliegt heute abend einfach nur so mit.«
»Ach so.« Tuck beschleunigte die Triebwerke und ließ den Lear-Jet langsam zur Startbahn rollen.

Beth Curtis schwieg, bis sie ihre Reiseflughöhe erreicht hatten und auf Japan zuschwebten. Tuck unterließ es, den Autopiloten einzuschalten, und brachte die Maschine ganz vorsichtig, allenfalls ein Grad pro Minute, auf Kurs nach Westen.

»Also, wie hat's dir gefallen?«

»Ziemlich beeindruckend, aber ich kapier's nicht. Warum zieht ihr so eine Show ab, um jemanden in ein Krankenhaus zu kriegen und zu operieren? Wieso schickt ihr nicht einfach die Wachen raus?«

»Wir nehmen ihnen die Nieren nicht ab, Tucker. Sie geben sie uns freiwillig.«

Tuck wollte nicht damit herausrücken, was er von Sepie und Malink über die »Auserwählten« erfahren hatte. Also sagte er: »Wem geben sie sie? Einer nackten weißen Frau?«

Sie lachte, griff zu ihrem Aktenkoffer und zog ein 18 × 24 Zentimeter großes Farbfoto heraus. »Der Himmelsgöttin.« Sie hielt das Foto so, daß Tuck es sehen konnte. Er mußte von Hand steuern. Wenn er den Autopiloten einschaltete, wäre das Flugzeug umgeschwenkt auf Kurs nach Japan, denn ein anderes Ziel war im Computer nicht einprogrammiert. Das Foto war zwar alt, aber dennoch farbig. Es zeigte einen Flieger, der neben einem B-26-Bomber stand. Auf dem Rumpf des Bombers war eine kurvenreiche nackte Frau aufgemalt, und darunter prangte die Aufschrift HIMMELSGÖTTIN. Es hätte glatt ein Gemälde von Beth Curtis sein können, so wie sie aussah, als sie in Tucks Bungalow aufgetaucht war. Den Flieger erkannte er ebenfalls wieder. Es war der Geisterpilot, der ihm die ganze Zeit über den Weg gelaufen war. Er spürte, wie ihm die Röte ins Gesicht stieg, doch er versuchte sich nichts anmerken zu lassen. »Und wer ist das?«

»Der Flieger ist ein Kerl namens Vincent Benedetti«, erklärte Beth. »Der Name des Flugzeugs war Himmelsgöttin. Die ganzen Bomber im Zweiten Weltkrieg hatten solche Gemälde an der Nase. Wir haben das Bild in einer Bibliothek in San Francisco gefunden.«

»Schön und gut, aber was hat das mit unserem Unternehmen zu tun? Du putzt dich raus wie das Bild auf einem Flugzeug.«

»Nein, ich *bin* die Himmelsgöttin.«

»Tut mir leid, Beth, aber ich kapier's immer noch nicht.«

»Das hier ist der Pilot, den die Haifischmenschen verehren. Der Kargo-Kult, von dem Bastian dir erzählt hat.«

Tuck nickte und versuchte einen überraschten Eindruck zu machen, während er möglichst unauffällig den Kurs im Auge behielt. Wenn seine Berechnungen stimmten, waren sie in etwa einer Viertelstunde über Guam, wo amerikanische Militärflugzeuge sie zur Landung zwingen würden. Die Air Force konnte es gar nicht leiden, wenn man mit Privatjets durch ihren Luftraum kreuzte.

»Die Eingeborenen von Alualu verehren diesen Vincent«, sagte Beth. »Ich bin Vincents Sprachrohr. Sie kommen zu mir, wenn wir die Musik abspielen, und ich gebe ihnen alles. Als Gegenleistung erwähle ich einen von ihnen und verleihe ihm die Ehre, das Zeichen Vincents zu tragen, was natürlich nichts weiter ist als die Operationsnarbe.«

»Aber wie gesagt, ihr habt bewaffnete Wachen. Warum nehmt ihr euch nicht einfach, was ihr wollt?«

Sie schaute ihn an, als sei sie entsetzt darüber, daß er eine solche Frage überhaupt stellte. »Und mich aus dem Showbineß zurückziehen?« Dann lächelte sie, streckte den Arm aus und griff ihm in den Schritt.

»Als ich Sebastian in San Francisco begegnet bin, war er besoffen und hat mit Geld nur so um sich geschmissen. So würdevoll und gelehrt er im einen Augenblick war, so naiv war er im nächsten. Wie ein kleines Kind. Er hat mir von dem Kargo-Kult erzählt, und meine Idee war es, das Ganze nicht nur aufzuziehen, um die Klinik zu finanzieren, sondern um haufenweise Geld zu scheffeln und stinkreich zu werden. Wir mußten die Leute bei Laune halten, wenn wir das Ganze im großen Stil durchziehen wollten.«

»Also hast du dir das Ganze ausgedacht?«

»Deswegen bin ich hier.«

»Aber Sebastian hat erzählt, du wärst eine« – beinahe hätte Tuck

»Stripperin« gesagt, doch im letzten Moment kriegte er die Kurve – »OP-Schwester.«
»War ich auch. Na und? Hat mir das irgendwas gebracht? Respekt oder Macht? Nein. Für die Ärzte war ich einfach nur ein Stück Arsch, das mit chirurgischen Instrumenten umgehen und einen Patienten zumachen konnte, wenn sie dringend rausmußten zum Golfplatz. Hat Sebastian dir erzählt, daß ich Stripperin war?«
»Er hat so was beiläufig mal erwähnt.«
»Na ja, ich war's jedenfalls. Und ich war klasse.«
»Das kann ich mir vorstellen«, sagte Tuck. Ein paar Minuten würde es noch dauern, bis eine F-16 bei ihnen auftauchte.
Sie lächelte. »Auf die ganze Krankenschwesternarie ist geschissen. Für die Männer war ich nur ein Stück Fleisch, und da dachte ich mir, ich spiele einfach mit bei dem Spiel. Ich ging auf die dreißig zu, und die ganzen Frauen in meinem Alter, die keinen abgekriegt hatten, liefen rum mit einem Blick in den Augen, daß man förmlich hören konnte, wie die biologische Uhr in ihnen tickte. Es war wie bei dem Krokodil in *Peter Pan*. Wenn man mich behandelte wie ein Stück Fleisch, dann wollte ich dafür auch Geld sehen. Und das ist auch passiert. Es war zwar nicht genug, aber immerhin ein Haufen mehr, als ich als Krankenschwester verdient hätte.«
»Erzähl doch«, sagte Tucker. Er konnte sich nicht erinnern, jemals die Formulierung »erzähl doch« gebraucht zu haben, und es kam ihm reichlich seltsam vor, als er es sich selbst sagen hörte.
Sie schaute aus dem Fenster, als würde sie irgendwelchen Träumen nachhängen. Plötzlich, ohne den Blick vom Fenster zu wenden, sagte sie: »Was ist das für eine Insel?«
Tuck fuhr zusammen. »Keine Ahnung.«
Sie seufzte. »Inseln sind einfach faszinierend.«
»Das sage ich auch immer.«
Mit einem Mal schien es, als würde sie aus einer Trance erwachen, und sie schaute auf die Instrumentenkonsole. Tuck tat so, als würde er sich ganz aufs Fliegen konzentrieren. Er warf einen kurzen Blick auf Beth Curtis. Ihr Mund war nur noch ein schmaler Strich.

Sie griff in ihren Aktenkoffer und zog die Walther-Automatik heraus.

»Wozu ist das?« fragte Tuck.

»Bring uns wieder auf Kurs.«

»Ich bin auf Kurs.«

»Sofort!«

»Aber ich bin auf Kurs. Da, sieh nach.« Er deutete auf den Navigationscomputer, der noch immer die Koordinaten der Landepiste in Japan anzeigte, obwohl der Autopilot nicht eingeschaltet war.

»Nein, das bist du nicht.« Sie deutete auf den Kompaß. »Du bist mindestens neunzig Grad ab vom Kurs. Jetzt dreh sofort in Richtung Japan, oder du fängst dir 'ne Kugel ein.«

Tuck hatte es satt. »Prima. Und du fliegst dann die Maschine? Es ist ein kleiner Unterschied, ob man einen Kompaß lesen oder landen kann.«

»Ich habe ja auch nicht gesagt, daß ich dich umbringe. Ich bin ziemlich gut mit dem Ding hier. Du kannst auch mit einem Hoden noch fliegen. Aber das wäre doch schade für uns beide. Jetzt bring die Maschine auf Kurs.«

Tuck schaltete den Autopiloten ein und saß schweigend da, während der Lear-Jet auf Kurs nach Japan einschwenkte.

»Sebastian hat gesagt, daß du was in der Art versuchen würdest«, sagte sie. »Ich hab ihm geantwortet, daß ich dich schon im Griff habe. Stimmt doch, oder? Ich hab dich im Griff.«

Eine Minute lang sagte Tuck gar nichts, sondern grübelte darüber nach, wie er so dämlich hatte sein können, die Effizienz des Militärs dermaßen zu überschätzen. Schließlich sagte er: »Du bist eine ruch- und reuelose, diabolische, fiese Schlampe.«

»Und?«

»Das ist alles.«

»Da bin ich aber schwer beeindruckt. Ruch- und reuelos hat mehr als zwei Silben. Ich hab einen guten Einfluß auf dich.«

»Fick dich.«

»Das wirst du noch«, sagte sie.

48

Zu viele Gewehre

Als sie wieder in der Trinkrunde zusammensaßen, schlug Malink ehrfürchtig die neue Ausgabe von *People* auf und las im Schein der Kerosinlampe, während die anderen Männer zusammenrückten, um einen Blick auf die Bilder zu erhaschen.

»Cher ist die am schlechtesten angezogene Frau«, verkündete Malink.

»Viel zu dünn«, sagte Favo. »Ich mag Lady Di.«

Malink zuckte zusammen. Auf dem Bild trug Lady Di eine Perlenkette – offensichtlich war das der Grund, weshalb Favo sie so schätzte. Malink blätterte um.

»›*Celestine Raptors of Madison County*‹ ist der erfolgreichste Film im Land«, las Malink vor.

»Ich will einen Film ansehen«, sagte Favo. »Du mußt der Himmelsgöttin sagen, daß Vincent einen Film mitbringen soll.«

»Viele Filme«, sagte Abo.

»Und viele leckere, leichte und schmackhafte Snacks mit Nutra-Sweet – eingetragenes Warenzeichen«, fügte er auf englisch hinzu. »Vincent wird viele Snacks bringen.«

Malink kam gerade zu der bewegenden Geschichte über einen tausend Kilo schweren Mann, der mit einem Gabelstapler aus seinem Haus geschafft worden war und sich auf schlanke siebenhundert heruntergehungert hatte, als plötzlich das Rattern einer Maschinenpistole über die Insel dröhnte. Malink legte die Zeitschrift auf den Boden und hielt seine Hand in die Höhe, um den Männern Ruhe zu gebieten. Sie saßen da und warteten, und plötzlich gab es einen weiteren Feuerstoß. Ein paar Sekunden später hörten sie Schreie und Rufe, und als sie den Strand hinunterschauten, sahen sie Sarapul, der, so schnell ihn seine dünnen Beine trugen, auf sie zugerannt kam.

»Kommt und helft!« rief er. »Sie haben den Seefahrer erschossen.«

Die Uzi wurde ihm mit solcher Gewalt in die Seite gedrückt, daß Tuck dachte, seine Rippen würden jeden Moment auseinanderbrechen. Der Wachmann kauerte hinter ihm in der Kabinentür zum Cockpit, während draußen auf dem Rollfeld Beth Curtis die übliche Übergabezeremonie mit der Kühlbox und dem gelben Briefumschlag vollzog. Sie schien wesentlich bessere Laune zu haben, als sie wieder auf dem Copilotensitz Platz nahm.

»Nach Hause, James.«

Tuck nickte mit dem Kopf in Richtung Passagierkabine, wo der Wachmann sich wieder hinsetzte. »Ihr wolltet wohl kein Risiko eingehen, daß ich einfach losfliege, während du nicht im Flugzeug bist.«

»Seh ich aus, als wär ich bescheuert?« sagte sie und zeigte ein selbstzufriedenes Lächeln.

»Nein, eigentlich nicht.« Tuck brachte die Triebwerke auf Touren und steuerte den Lear-Jet zurück auf die Startbahn.

Wieder streckte Beth Curtis den Arm aus und griff ihm mit sanftem Druck in den Schritt. Dann setzte sie die Kopfhörer auf, damit sie über das Getöse der Triebwerke hinweg mit ihm reden konnte, während sie abhoben. »Paß auf, ich weiß, daß das alles nicht einfach für dich ist. Vertrauen aufzubauen ist eine Sache, die einem manchmal schwerfällt, und du kennst mich noch nicht lange genug, um dazu in der Lage zu sein.«

Tuck dachte: »Es wäre ein bißchen einfacher, wenn du nicht alle fünf Minuten die Persönlichkeit wechseln würdest.«

»Vertrau mir, Tucker. Was wir tun, ist nichts, womit wir den Menschen auf Alualu Schaden zufügen. In Indien gibt es Leute, die ihre Organe verkaufen für eine Summe, von der sie sich nicht mal einen gebrauchten Toyota kaufen können. Mit dem, was wir tun, können wir sicherstellen, daß für das Wohl dieser Leute bis in alle Ewigkeit gesorgt ist – und für unser eigenes in der Zwischenzeit auch.«

»Wenn es Leute gibt, die ihre Organe so billig verkaufen, wie kommt es dann, daß ihr soviel Geld kassiert?«

»Weil wir auf Bestellung arbeiten können. Bei Transplantationen spielt nicht einzig und allein die Blutgruppe eine Rolle. Sicher, wenn es schnell gehen muß – und normalerweise muß es das –, kann man es mit einem Organ probieren, bei dem nur die Blutgruppe übereinstimmt, aber es gibt vier weitere Faktoren bei der Kategorisierung von Gewebe. Wenn die ebenfalls übereinstimmen, dann sind die Chancen größer, daß das Organ nicht abgestoßen wird. Sebastian hat eine Datenbank von den Gewebetypen sämtlicher Eingeborenen auf der Insel. Wenn die Notwendigkeit besteht, kommt die Bestellung per Satellit, und wir gleichen sie mit unserer Datenbank ab. Wenn wir das Gewünschte haben, ruft die Himmelsgöttin die Auserwählten zu sich.«

»Müssen die Leute nicht zur gleichen Rasse gehören?«

»Das ist von Nutzen, aber es scheint, als hätten die Leute auf Alualu ein genetisches Muster, das dem der Japaner sehr ähnlich ist.«

»Sie sehen aber gar nicht japanisch aus. Woher wißt ihr das?«

»Um genau zu sein, hat es ein Anthropologe herausgefunden, der lange vor mir auf der Insel gewesen ist. Er hat die Sprache und die genetischen Anlagen der Inselbewohner studiert, um herauszufinden, woher sie ursprünglich stammen. Und es hat sich herausgestellt, daß es sowohl linguistische wie auch genetische Verbindungen zu Japan gibt. Diese wurden zwar dadurch verwischt, daß sie sich mit Eingeborenen aus Neuguinea vermischt haben, aber die Übereinstimmung ist immer noch ziemlich groß.«

»Und da habt ihr einfach den Nierenmannversand aufgemacht und angefangen, Geld zu scheffeln.«

»Wenn man von der Narbe absieht, ist ihr Leben genauso wie früher, Tucker. Wir haben noch nie einen Patienten verloren wegen Murks im OP oder einer Infektion.«

Kugeln, dachte Tuck, sind aber was anderes. Dennoch gab es nichts, was er tun konnte, um die beiden aufzuhalten, und wenn er schon zum Nichtstun verdammt war, dann waren ein prima Gehalt und ein eigener Jet eine ziemlich gute Entschädigung dafür. Er hatte den größten Teil seines Lebens mit Nichtstun verbracht. War es so übel, dafür bezahlt zu werden, was er am besten konnte?

Er sagte: »Sie nehmen davon keinen Schaden. Also auch nicht langfristig?«

»Die andere Niere steigert ihre Leistung, und sie merken davon überhaupt nichts.«

»Trotzdem ist mir die ganze Nummer mit der Himmelsgöttin immer noch schleierhaft.«

Sie seufzte. »Wenn man die Kontrolle über die Religion hat, hat man die Kontrolle über die Menschen. Sebastian hat versucht, den Haifischmenschen das Christentum nahezubringen – und vor ihm schon die Katholiken –, aber gegen einen Gott, den die Leute leibhaftig gesehen haben, kommt man nicht an. Und was ist die Lösung? Man muß selbst ein Gott werden.«

»Aber ich dachte, Vincent wäre der Gott.«

»Ja, der auch, aber er schafft über die Himmelsgöttin wundervolles Kargo herbei. Außerdem ist es gut, um die Langeweile zu vertreiben. Auf einer kleinen Insel kann Langeweile tödlich sein. Das hast du ja selbst schon gemerkt.«

Tuck nickte. Mittlerweile war es allerdings nicht mehr so schlimm. Die Angst, ermordet zu werden, hatte einiges dazu beigetragen, seine Langeweile zu vertreiben.

Beth Curtis beugte sich zu ihm herüber und küßte ihn sanft auf die Schläfe. »Du und ich, wir können etwas gegen die Langeweile tun. Das ist einer der Gründe, warum ich dich auserwählt habe.«

»*Du* hast mich auserwählt?« Er konnte nicht anders, er mußte einfach an ihren nackten Körper denken, der wie ein Walzwerk auf ihm gewütet hatte.

»Natürlich habe ich dich auserwählt. Ich bin schließlich die Himmelsgöttin, oder?«

»Ich bin nicht ganz sicher, ob du es warst«, sagte Tuck und dachte an den Geisterpiloten.

Sie stieß sich von ihm weg und sah ihn an, als hätte er den Verstand verloren.

49

Kannibalen am Krankenbett

Tuck verschlief den Großteil des Tages, und als er aufwachte, machte er sich eine Tasse Kaffee und nahm sich einen Spionageroman vor. Er betrachtete die Wörter, und seine Augen wanderten eine halbe Stunde über die Seiten, doch als er das Buch zur Seite legte, hatte er nicht die geringste Ahnung, was er gelesen hatte. Der Gedanke daran, daß Beth Curtis vor seiner Tür stehen könnte, brachte ihn ganz durcheinander. Wann immer er die knirschenden Schritte der Wachen auf dem Gelände hörte, ging Tuck zum Fenster, um nachzusehen, ob sie es war. Am hellichten Tage würde sie doch wohl kaum hier auftauchen, oder doch?

Er hatte Kimi versprochen, daß er nachschauen würde, wie es Sepie ging, und ihn in der Trinkrunde der Männer treffen würde, doch mittlerweile war er mit seinem Versprechen schon einen Tag über die Zeit. Was würde passieren, wenn Beth Curtis zu seinem Bungalow kam und er nicht da war? Sie konnte es wohl kaum dem Doc erzählen, oder doch? Womit konnte sie ihre Anwesenheit hier rechtfertigen? Mittlerweile hatte Tuck den Eindruck gewonnen, daß es nicht der Doc war, der hier die Fäden in der Hand hielt. Er war in erster Linie ein hochqualifizierter Handlanger – ebenso wie Tuck selbst.

Tuck betrachtete wieder die Seiten seines Spionageromans, schaute ein wenig Fernsehen aus Malaysia (heute warfen sie mit Speeren auf Kokosnüsse, die auf Pfosten steckten, während am unteren Bildrand die asiatischen Börsenkurse auf bunten Streifen vorbeiflimmerten) und wartete darauf, daß die Nacht hereinbrach. Als es so dunkel war, daß er das Gesicht des Wachmanns auf der gegenüberliegenden Seite der Siedlung nicht mehr erkennen konnte, reckte und streckte er sich unter lautem Gähnen vor dem Fenster und machte das Licht aus. Dann baute er seinen Doppelgänger zusammen und glitt durch den Boden der Dusche hinaus in die Dunkelheit.

Er folgte seiner üblichen Route, bis er hinter der Klinik war, und tastete sich behutsam an der abgelegenen Seite des Gebäudes vor, bis er um die Ecke blicken konnte. Keine drei Meter entfernt stand eine Wache an der Tür. Er duckte sich und zog sich ein Stück weit zurück. Keine Chance, heute nacht in die Klinik zu gelangen. Er konnte warten oder versuchen, die Wache einzuschüchtern, nun, da er wußte, daß sie Angst hatten, ihn zu erschießen. Allerdings konnte er nicht ganz sicher sein, ob sie *alle* Angst hatten, ihn zu erschießen. Was war, wenn Mato der einzige war?

Er schlich sich an der seitlichen Wand des Gebäudes zurück und durch die Gruppe von Kokospalmen zum Strand. Die Schwimmstrecke war für ihn zur Routine geworden, gerade so, als würde er zum Briefkasten gehen. Keine fünf Minuten später hatte er das Minenfeld hinter sich gelassen. Als er die Strandbiegung umrundet hatte, sah er ein Licht und Gestalten, die sich darum bewegten. Die Haifischmenschen hatten eine Kerosinlampe zur Trinkrunde mitgebracht. Wie zivilisiert.

Während einige der Männer ihn stumm begrüßten, als er sich in die Runde einreihte, saß der alte Häuptling schweigend da und starrte auf den Sand zwischen seinen Füßen. Neben ihm lag ein Stapel Zeitschriften.

»Was ist los, Jungs?«

Ein Anflug von Panik breitete sich in der Runde aus, bis Abo schließlich den Kopf hob und sagte: »Die Wachen haben deinen Freund erschossen.«

Tuck wartete, doch Abo wandte seinen Blick ab. Tuck sprang auf und baute sich vor Malink auf. »Häuptling, ist das wahr, was er sagt? Haben sie Kimi wirklich erschossen? Ist er tot?«

»Nicht tot«, sagte Malink und schüttelte den Kopf. »Sehr schlimm verletzt.«

»Bring mich zu ihm.«

»Er ist in Sarapuls Haus.«

»Klar. Ich schau später im Stadtplan nach, wo das ist. Also bring mich jetzt endlich zu ihm.«

Der alte Malink schüttelte den Kopf. »Er wird sterben.«

»An welcher Stelle haben sie ihn getroffen?«

»Im Wasser, beim Minenfeld.«

»Nein, ihr Penner. An welcher Stelle des Körpers.«

Malink hielt die Hand an die Seite: »Ich sage: ›Bringt ihn zum Medizinmann‹, aber Sarapul sagen: ›Medizinmann ihn erschießen.‹« Nun schaute Malink Tucker zum ersten Mal in die Augen. Sein großes braunes Gesicht war übersät mit Sorgenfalten. »Vincent dich schicken. Was ich machen?«

Tuck spürte, wie peinlich dem alten Mann die Situation war. Gerade hatte er vor seinem Stamm zugegeben, daß er ratlos war. Der Gesichtsverlust nagte an ihm wie eine hungrige Strandkrabbe.

Tuck sagte: »Vincent ist sehr zufrieden mit deiner Entscheidung, Malink. Und jetzt bring mich zu ihm, ich muß Kimi unbedingt sehen.«

Einer der jungen Vincents erhob sich. Im Bewußtsein seiner eigenen Tapferkeit sagte er: »Ich werde dich hinbringen.«

Tuck packte ihn an der Schulter. »Du bist ein guter Mann. Geh voraus.«

Einen Augenblick schien es, als habe der junge Vincent vergessen zu atmen. Es war so, als hätte Tuck seine Schulter mit dem Schwert berührt und ihm einen Platz in der Tafelrunde zugewiesen. Schließlich nahm er sich zusammen und rannte los in den Dschungel. Tuck folgte ihm in dichtem Abstand, wobei er ein paarmal beinahe von Ästen guillotiniert worden wäre, unter denen der junge Vincent einfach hindurchgelaufen war. Außerdem schnitt ihm der Korallenkies beim Laufen in die Fußsohlen.

Als sie den Dschungel hinter sich gelassen hatten, konnte Tuck sehen, daß in Sarapuls Hütte Licht schien. Die Hütte selbst kannte er noch von seinem Tag im Kannibalenbaum. Er wandte sich an den jungen Vincent, der vor Angst schlotterte. Es war, als hätte er einen Drachen gejagt und nun den Fehler gemacht stehenzubleiben, um darüber nachzudenken, was er eigentlich tat.

»Kimi ist bei dem Kannibalen?«

Der junge Vincent nickte heftig, während er von einem Fuß auf den anderen trippelte, als ob er sich gleich in die Hosen pinkeln würde.

»Mach schon«, sagte Tuck. »Geh zurück und sag Malink, daß er herkommen soll. Und trink erst mal einen, du kannst es brauchen.«
Vincent nickte und machte sich davon.
Vorsichtig schlich sich Tuck zur Tür, bis er den alten Kannibalen sehen konnte, der über Kimi gebeugt am Boden kauerte und versuchte, ihm aus einer Kokosschale Flüssigkeit einzuflößen.
»Hey«, sagte Tuck. »Wie geht's ihm?«
Sarapul schaute sich um und bedeutete Tuck hereinzukommen. Tuck machte sich klein, um durch die niedrige Tür hindurchzupassen, doch innen ragte das Haus bis zu einer Spitze in Höhe von fünf Metern auf. Tuck kniete sich neben Kimi. Der Seefahrer hatte die Augen geschlossen, und selbst im orangefarbenen Schimmer von Sarapuls Lampe sah er bleich aus. Er war nicht zugedeckt, lediglich ein breiter Verband war um seine Körpermitte gewickelt.
»Hast du das gemacht?« fragte Tuck.
Der alte Kannibale nickte. »Sie ihn schießen im Wasser. Ich ihn herausziehen.«
»Wie oft?«
Sarapul hielt einen langen knorrigen Finger in die Höhe.
»Auf beiden Seiten? Ist die Kugel durchgegangen?« Tuck deutete mit seinen Fingern auf beide Seiten seiner Hüfte.
»Ja«, sagte Sarapul.
»Laß mich mal sehen.«
Der alte Kannibale nickte und wickelte Kimis Verband ab. Tuck rollte den Seefahrer sachte auf die Seite. Kimi stöhnte, doch er wachte nicht auf. Die Kugel hatte ihn etwa fünf Zentimeter oberhalb der Hüfte erwischt, etwa zweieinhalb Zentimeter vom Rand des Bauches entfernt. Es war ein glatter Durchschuß. Die Eintrittswunde hatte den Durchmesser eines Bleistifts, und die Austrittswunde war etwa so groß wie ein Kronkorken. Was Tuck erstaunte, war die Tatsache, daß Kimi nicht verblutet war. Der alte Kannibale hatte gute Arbeit geleistet.
»Bring ihn nicht zum Medizinmann«, sagte Sarapul. »Der Medizinmann wird ihn töten. Er ist der einzige Seefahrer«, flehte der alte Kannibale, obwohl er sich alle Mühe gab, möglichst wild zu er-

scheinen. Doch ein Schluchzer verriet ihn. »Er ist mein einziger Freund.«

Tuck betrachtete die Wunde, um dem Alten die Gelegenheit zu geben, sich wieder zu fangen. Soweit er sich erinnerte, lagen in dieser Gegend keine lebenswichtigen Organe. Die Wunde mußte allerdings genäht werden. Tuck wußte nicht genau, ob sein Magen das mitmachen würde, aber Sarapul hatte einfach recht. Zu Curtis konnte er Kimi unmöglich bringen.

»Habt ihr irgendwas, das ihr benutzt, um Schmerzen abzutöten?«

Der Kannibale sah ihn fragend an.

Tuck kniff ihn, und er schnappte nach Luft. »Schmerzen. Habt ihr irgendwas, damit die Schmerzen aufhören?«

»Ja. Mach das nicht wieder.«

»Nein. Für Kimi.«

Sarapul nickte und ging hinaus in die Dunkelheit. Einige Sekunden später kehrte er mit einem Einmachglas zurück, das zur Hälfte mit einer milchig-weißen Flüssigkeit gefüllt war. »*Kava*«, sagte er. »Macht dich nicht autsch.«

Tuck schraubte den Deckel ab, und ein Geruch wie von gekochtem Kohl strömte ihm entgegen und schlug auf seine Geruchsnerven. Er hielt den Atem an, nahm einen kräftigen Zug von dem Gebräu, kämpfte gegen den Brechreiz an und schluckte. Sein Mund wurde augenblicklich taub. »Wow, damit müßte es klappen. Ich brauche eine Nadel und Faden und heißes Wasser. Und Alkohol oder Peroxyd, falls du welches hast.«

Sarapul nickte. »Ich habe Neospirin auf ihn getan.«

»Du kennst dich damit aus. Warum mache ich das dann?«

Sarapul zuckte mit den Achseln und ging aus dem Haus. Wie's aussah, war das einzige, was er wirklich im Haus aufbewahrte, sein knochiger alter Arsch.

Kimi stöhnte, und Tucker rollte ihn herum. Flatternd schlug der Seefahrer die Augen auf.

»Boß, dieser Hundeficker hat auf mich geschossen.«

»Curtis. Der etwas ältere weiße Kerl?«

»Nein. Japanischer Hundeficker.« Kimi strich sich mit dem

Zeigefinger über die Kopfhaut, und Tucker wußte genau, wen er meinte.

»Was hast du gemacht, Kimi? Ich hab dir doch gesagt, daß ich nach Sepie schauen würde und mich dann mit dir treffe.« Tuck stellte fest, daß seine Glieder von einer wohligen Taubheit befallen wurden. Dieses Kava-Zeug war genau das richtige.

»Du nicht gekommen. Ich mir Sorgen machen um sie.«

»Ich mußte fliegen.«

»Sarapul sagen, diese Leute sehr böse. Du solltest hierherkommen und hier leben, Boß.«

»Sei still. Trink das hier.« Er hielt Kimi das Glas an die Lippen, so daß er trinken konnte. Der Seefahrer nahm einen Schluck, und Tuck gönnte ihm eine kleine Pause, bevor er ihm eine weitere Dosis einflößte.

»Diese Zeug ganz furchtbar«, sagte Kimi.

»Ich werde dich jetzt gleich zusammenflicken.«

Die Augen des Seefahrers weiteten sich vor Schreck. Er nahm Tuck das Glas aus der Hand und trank gierig, bis Tuck es ihm aus den Händen riß. »Es wird schon nicht so schlimm werden.«

»Nicht für dich.«

Tuck grinste. »Hast du noch nichts davon gehört? Ich bin hierher geschickt von Vincent.«

»Sarapul das sagen. Er sagen, er nicht glauben an Vincent, bis wir hierherkommen. Nun er glauben.«

»Wirklich?«

Sarapul kam mit einem Arm voll Schachteln und Flaschen zur Tür herein. »Ich das nicht sagen. Dieser Hundeficker lügt.«

Tuck schüttelte den Kopf. »Ihr zwei seid wie geschaffen füreinander.«

Sarapul stellte ein Nähset und eine Flasche Peroxyd auf den Boden, beugte sich dann über den Navigator und sah Tuck fragend an. »Kriegst du ihn wieder hin?«

Tuck grinste und kniff den alten Kannibalen in die Wange. »Hmm, lecker«, sagte Tuck.

»Tut mir leid«, sagte Sarapul.

»Ich werd ihn wieder hinkriegen«, sagte Tuck und bat schweigend darum, daß Vincent ihm helfen möge.

»Ich kann meine Arme nicht spüren«, sagte Kimi. »Meine Beine, wo sind meine Beine. Ich sterbe.«

Sarapul schaute zu Tuck hinüber. »Gut«, sagte er. »Mehr *Kava*.« Tuck nahm das Glas, das mittlerweile nur noch zu einem Viertel gefüllt war. »Das Zeug ist spitzenmäßig.«

»Ich sterbe«, sagte Kimi.

Tuck rollte Kimi auf die Seite. »Kimi, hab ich dir erzählt, daß ich Roberto gesehen habe?«

»Siehst du, ich hab ihn nicht gefressen«, erklärte Sarapul.

»Wo?« fragte Kimi.

»Er ist zu meinem Haus gekommen. Er hat mit mir gesprochen.«

»Du lügen. Er nur sprechen Filipino.«

»Er kann jetzt auch Englisch. Spürst du es?«

»Spüren, was? Ich sterben?«

»Gut«, sagte Tuck während er den ersten Stich anbrachte.

»Was Roberto sagen? Er sauer auf mich?«

»Nein, er sagt, du stirbst.«

»Ich sterben, ich sterben«, jammerte Kimi.

»War nur 'n Witz. Das hat er gar nicht gesagt. Er hat gesagt, du wirst wahrscheinlich sterben.« Tuck unterhielt sich weiter mit Kimi, und es dauerte nicht lange, da war der Seefahrer so überzeugt von seinem bevorstehenden Tod, daß er gar nicht mitbekam, daß Tucker Case, autodidaktischer Stümper, der er war, seine Wunden vollständig genäht und verbunden hatte.

50

Don Quichotte auf dem Minigolfplatz

Er schlief und träumte, daß er flog, allerdings nicht in einem Flugzeug. Er rauschte über den warmen Pazifik, bis unter ihm eine Herde Buckelwale auftauchte. Er schwirrte näher heran, und einer der

Wale stieß aus dem Wasser, zwinkerte ihm mit seinem Auge von der Größe eines Fußballs zu und sagte: »You da man.« Dann lächelte der Wal und blies Tuckers Traum geradewegs zur Hölle, denn Tuck wußte zwar, daß er in der Tat »da man« war, und es machte ihm auch nichts aus, daran erinnert zu werden, aber er wußte auch, daß Wale nicht lächelten, und es war dieser Bruch in der Logik, der mehr als alles andere dem Traum das Rückgrat brach. Er wachte auf. In seinem Bungalow lief Musik.

»Tanz mit mir, Tucker«, sagte sie. »Tanz mit mir im Mondschein.«

Die sanften, gedämpften Bläser der »Moonlight Serenade« erfüllten den Raum. Sie kamen von einem Ghettoblaster, der auf seinem Couchtisch stand. Beth Curtis, gewandet in eine pailettenbesetzte Abendrobe und hochhackige Sandaletten, tanzte mit einem imaginären Partner durch den Raum. »O bitte, tanz mit mir, Tucker. Bitte.«

Sie glitt hinüber zum Bett und streckte ihre Hand nach ihm aus. Er gab ihr den Kopf des Kokosnußmannes, rollte sich herum und zog sich die Decke über den Kopf. »Geh weg. Ich bin müde, und du hast nicht mehr alle Tassen im Schrank.«

Sie ließ sich aufs Bett plumpsen. »Du alter Drückeberger.« Dann fügte sie schmollend hinzu: »Nie hast du Lust auf Romantik.«

Tuck tat so, als würde er schlafen. Und zwar ziemlich überzeugend, wie er glaubte.

»Ich hab Champagner und Kerzen mitgebracht. Und ich habe Kekse gebacken.«

Genau so sehe ich aus, wenn ich schlafe, dachte Tuck. Haargenau so benehme ich mich dann.

»Ich hab einen Joint aus grünen Skunkweedblüten gerollt; der ist so groß wie dein Schwanz.«

»Ich hoffe, du hast jemanden, der dir beim Tragen hilft«, sagte er, den Kopf immer noch unter dem Laken.

»Ich hab ihn an der Innenseite meiner Schenkel zusammengerollt, genauso wie die Frauen in Kuba Zigarren rollen.«

»Erzähl mir bloß nicht, wie du die Blättchen angefeuchtet hast.«

Sie klatschte ihm auf den Hintern. »Komm schon, tanz mit mir!« Er rollte sich herum und streckte den Kopf unter der Decke hervor. »Du wirst also nicht gehen, stimmt's?«

»Nicht, bis du mit mir getanzt und Champagner getrunken hast.«

Tuck warf einen Blick auf seine Uhr. »Es ist fünf Uhr morgens.«

»Hast du noch nie getanzt bis zum Morgengrauen?«

»Nicht in der Vertikalen.«

»Oh, du böser kleiner Junge.« Mittlerweile wirkte sie so frivol, als müßte schon mindestens ein Völkermord passieren, um sie erröten zu lassen. »Moonlight Serenade« verklang, und es folgte ein langsames, schmalziges Stück, das Tuck nicht kannte.

»Das hier ist so ein guter Song. Laß uns tanzen.« Sie sank in Ohnmacht. Sie wurde tatsächlich ohnmächtig. Bei ihr, so bemerkte Tuck, wirkte es allerdings eher wie ein keuchender Asthmaanfall in Zeitlupe. Ein Hahn krähte, und siebentausendsechshundertzweiundfünfzig Hähne antworteten ihm.

»Beth, es ist schon Morgen. Bitte geh jetzt nach Hause.«

»Dann wirst du nicht mit mir tanzen?«

»Nein.«

»Na schön. Dann lassen wir das Tanzen eben ausfallen, aber du sollst wissen, daß ich sehr enttäuscht von dir bin.« Sie erhob sich vom Bett, zog sich die Abendrobe über den Kopf und ließ sie auf den Boden fallen. Die Pailetten raschelten wie eine sterbende Klapperschlange. Darunter trug sie nichts weiter als ein Paar Strümpfe.

Tuck sagte: »Ich glaube, das ist keine so gute Idee.« Aber in seiner Stimme lag keinerlei Überzeugungskraft, und sie drückte ihn zurück aufs Bett.

Tuck starrte an die Decke. Sein Arm war unter ihrem Hals eingeklemmt, und seine Lippen wiederholten immer wieder ein stilles Mantra: »Das war das letzte Mal, daß ich ihn dem verrückten Weib reingesteckt habe. Das war das letzte Mal –« Oh, Mann, wie oft hatte er das jetzt schon aufgesagt? Vielleicht wendete sich ja allmählich alles zum Besseren. In der Vergangenheit hatte er immer gesagt: »Ich werde mich nicht besaufen und ihn dem verrückten Weib reinstecken.« Dieses Mal war er einfach nur müde gewesen.

Er versuchte, seinen Arm unter ihrem Kopf herauszuwinden, und verlegte sich schließlich auf den alten »Kuscheltrick«. Er rollte sich zu ihr und drückte sie kurz an sich. Sie reagierte mit einem schläfrigen Stöhnen und versuchte ihn zu küssen, wobei sie für einen Moment den Kopf hob und er sich befreien konnte. Der Trick funktionierte bei menschenmordenden Schlampengöttinnen genausogut wie bei den Damen aus dem Stall von Mary Jean. Ja, sogar besser, denn Beth hatte bei weitem nicht so viel Spray in ihrem Haar, und das ist etwas, das sich wirklich bremsend auf einen auswirken kann. Gott, bin ich gut.

Er rollte sich aus dem Bett und kroch ins Bad. Während er pinkelte, sang er leise vor sich hin: »Yo, das war das letzte Mal, daß ich ihn dem verrückten Weib reingesteckt habe.« Mittlerweile war es zu einer Art Rap geworden, und so fühlte er sich ziemlich hip, obwohl der übliche Selbstekel natürlich dennoch an ihm nagte. Beim Anblick seiner Narben mußte er an Kimi denken, und plötzlich wurde er vom Zorn gepackt. Er watschelte zurück zum Bett und rüttelte die schlafende Ikone wach. »Aufstehen, Beth. Geh nach Hause.«

Und da klopfte es an der Tür. »Mr. Case, T-Time in fünf Minuten.«

Tuck preßte Beth die Hand auf den Mund, zog sie am Kopf in die Höhe und verfrachtete sie mit einem einzigen Schwung ins Badezimmer, wo er sie losließ und die Tür zumachte. Fred Astaire, wäre er je Terrorist gewesen, wäre angesichts dieses Schwungs vor Neid erblaßt.

Tuck schnappte sich seine Hose vom Boden, denn dort ließ er sie meistens liegen, zog sie an und öffnete die Tür. Vor ihm stand Sebastian Curtis, einen Driver über der Schulter. »Sie ziehen sich besser ein Hemd an, Mr. Case. Man fängt sich schnell einen Sonnenbrand ein, selbst so früh am Tag.«

»Stimmt«, sagte Tuck und schaute auf den Caddie. Heute war es Stripe, der die Schläger schleppte. Der Wachmann grinste ihn höhnisch an. Tuck grinste zurück. Ebenso wie Mato trug auch Stripe bei der Ausübung seiner Pflichten als Caddie keine Waffe. Na, dann spielen wir mal eine Runde zu Ehren des Seefahrers, dachte Tuck und zwinkerte Stripe zu.

»Ich bin gleich soweit.« Tuck schloß die Tür und ging ins Badezimmer, um Beth zu sagen, daß sie warten sollte, bis er gegangen war, bevor sie den Bungalow verließ, doch als er die Tür aufmachte, war sie verschwunden.

»Wußten Sie, daß neunzig Prozent aller gefährdeten Arten auf Inseln existieren?« fragte der Doktor.

»Nöö«, sagte Tuck. Er hob seinen Ball auf, legte ihn auf die gummibeschichtete Matte und wandte sich an Stripe. »Hey, Doofmann, gib mir 'n Fünfer Eisen.«

Sie waren mittlerweile am vierten Loch angelangt und hatten in einer Stunde bereits einmal das gesamte Gelände kreuz und quer hinter sich gebracht bei ihrer Imitation eines Golfspiels. Tuck holte aus, und der Ball rutschte fünfzig Meter weit über den Kies. »Kopf hoch, Hosenscheißer«, sagte Tuck, als er Stripe den Schläger zuwarf.

»Inseln sind so etwas wie die Schnellkochtöpfe der Evolution. Neue Arten tauchen schneller auf und sterben früher wieder aus. Mit Religionen ist es das gleiche.«

»Kein Scheiß, Doc?« Sie hatten noch fünfzig Meter vor sich, bis sie zu der Stelle kamen, wo Sebastians Ball nach seinem ersten Schlag gelandet war. Tuck hatte bereits drei Schläge hinter sich.

»Die Ereignisse, die den Kargo-Kulten zugrunde liegen, sind die gleichen wie bei den großen Religionen: eine Periode der Unterdrückung, das Auftauchen eines Messias, eine neue Ordnung, das Inaussichtstellen einer Zeit endlosen Friedens und Wohlstands. Aber anstatt sich über Jahrhunderte zu entwickeln, wie beim Christentum oder beim Buddhismus, dauert das Ganze hier nur ein paar Jahre. Es ist faszinierend, gerade so, als ob man sehen könnte, wie sich die Zeiger einer Uhr bewegen und man ein Teil des Ganzen ist.«

»Da sind Sie ja bestimmt immer völlig aus dem Häuschen, wenn die Uhr auf Sommerzeit umgestellt wird.«

»Das war nur eine Metapher, Mr. Case.«

»Nennen Sie mich Tuck.« Sie waren bei Tucks Ball angelangt, und er legte ihn wieder auf die Matte aus Kunstrasen. »Hey, Rotznase, gib mir den Driver.«

Sebastian räusperte sich. »Für mich sieht das eher nach einem Neuner Eisen aus. Sie haben doch nur noch fünfzig Meter bis zur Fahne.«

»Vertrauen Sie mir, Doc. Für den Schlag hier brauche ich einen Driver.«

Stripe kicherte und reichte ihm den Driver. Tuck sah ihn sich genau an. Es war eines von diesen Modellen mit den großen Köpfen aus Aluminiumlegierung, die in den Staaten neuerdings so beliebt waren. Ganz aus Metall. Tuck grinste Stripe an. »Also, Doc, ich glaube, Sie haben die ganze Methodistenkacke den Gulli runtergejagt, weil Sie zusehen wollen, wie sich die Zeiger der Uhr drehen.« Tuck brachte sich in Positur und machte einen Probeschwung. Der Schläger zischte durch die Luft.

»Haben Sie jemals an etwas geglaubt, Mr. Case?«

Tuck schwang den Schläger noch einmal zur Probe. »Ich? An was geglaubt? Nöö.«

»Nicht einmal an Ihre eigenen Fähigkeiten?«

»Nöö.« Tuck zog eine ziemliche Show ab, als er sich erneut in Positur stellte und die Hüften lockerte.

»Dann sollten Sie keine Witze darüber machen.«

»Stimmt«, sagte Tuck. Er konzentrierte sich und legte sein ganzes Gewicht in den Schläger, doch anstatt den Ball zu treffen, schwang er ihn seitlich wie einen Baseballschläger und traf mit dem dicken Ende Stripes Kiefer, der mit einem brechreizerregenden schmatzenden Geräusch zertrümmert wurde. Dem Wachmann wurden die Beine unter dem Körper weggerissen, und er landete krachend auf dem Korallenkies.

»Herrgott!« kreischte Sebastian. Er griff nach dem Schläger und wand ihn Tuck aus der Hand. »Was zum Teufel machen Sie da?«

Tuck gab keine Antwort. Er beugte sich über den Wachmann, bis er nur noch wenige Zentimeter von seinem Gesicht entfernt war, und flüsterte: »Achtung, Motherfucker.«

Eine Sekunde später hörte er ein metallisches Klicken, und der Wachmann, der an der Fahne gestanden hatte, preßte ihm seine Uzi ans Ohr.

Sebastian Curtis beugte sich über Stripe und zog ihm die Augenlider hoch, um zu sehen, ob sich seine Pupillen zusammenzogen. »Bring Mr. Case zu seinem Bungalow, und bleib bei ihm. Schick mir zwei Leute mit einer Bahre, und such nach Beth. Sag ihr, sie –« Plötzlich merkte Curtis, daß der Wachmann nur ein Drittel dessen mitbekam, was er sagte. »Bring meine Frau her.«

»Doc, über die Sache mit dem Glauben müssen wir uns noch mal unterhalten«, sagte Tuck.

51

Wo Verlierer gedeihen

Der Medizinmann hetzte auf dem Lanai hin und her. »Wir müssen uns einen neuen Piloten suchen, Beth. Wir können nicht zulassen, daß er sich derart aufführt und damit auch noch durchkommt.«

Die Hohepriesterin gähnte. Sie fläzte auf dem geflochtenen Thronsessel und trug nichts weiter als ein Handtuch, das sie sich auf Verlangen des Medizinmanns um den Leib geschlungen und oberhalb der Brüste zusammengeknotet hatte. Er hatte gesagt, daß er nachdenken müßte. »Hast du ihn gefragt, warum er's getan hat?«

»Natürlich habe ich ihn gefragt. Er sagte, er wollte ein bißchen Leben in die Partie bringen.«

»Das hat ja wohl funktioniert, oder?«

»Das ist nicht komisch, Beth. Wir werden mit dem Kerl noch Ärger kriegen.«

Die Hohepriesterin erhob sich und legte ihre Arme um den Medizinmann. »Du mußt ein klein wenig Vertrauen in mich haben«, sagte sie. »Ich weiß, wie ich mit Tucker Case umspringen muß.« Sie hatte keine Lust auf diese Konversation. Jedenfalls nicht zu diesem

Zeitpunkt. Sie hatte dem Medizinmann nichts davon erzählt, daß Tuck vom Kurs abgewichen war, denn sie hatte eigene Pläne, was den blonden Piloten betraf.

Der Medizinmann machte sich von ihr los und lehnte sich an das Geländer. »Was ist, wenn es mir nicht gefällt, wie du mit ihm umspringst?«

»Und was bitte, soll das heißen?«

Wieder trat sie auf ihn zu, doch diesmal löste sie das Handtuch, so daß es zu Boden fiel, als sie in seinen Armen ankam. Ihre Brustwarzen strichen über die Vorderseite seines Hemdes. »Bastian, wenn das, was heute passiert ist, irgend etwas beweist, dann doch nur die Tatsache, daß Tucker Case nichts weiter ist als ein Höhlenmensch. Er stellt keine Bedrohung für dich dar. Finesse ist es, was auf mich anziehend wirkt, und nicht rohe Gewalt. Auf rohe Gewalt reagiert er mit roher Gewalt. Deswegen hat er auf Yamata eingedroschen. Wenn man so einen Kerl mit sanfter Hand führt, ist er absolut hilflos.«

Sebastian Curtis wandte sich von ihr ab. »Ich werde jedenfalls nicht die Wachen vor seinem Haus abziehen. Zumindest nicht in der nächsten Zeit.«

»Mach du nur, was du für das beste hältst, aber es ist nicht unbedingt eine gute Politik, sich jemanden zum Feind zu machen, auf dessen Dienste man angewiesen ist. Was ist denn dabei, wenn er die Ninjas haßt? Ich hasse die Ninjas. Du haßt sie. Aber wir brauchen sie, und wir brauchen einen Piloten. Es ist nicht sehr wahrscheinlich, daß wir beim nächsten Mal wieder soviel Glück haben.«

»Glück? Der Mann ist ein abolut verkommenes Subjekt.«

»Tucker Case ist ein Verlierer. Verlierer gedeihen am besten auf Inseln, wo es keine Konkurrenz für sie gibt. Das hast du mir beigebracht.« Vielleicht half es ja, ihm zu schmeicheln, wenn ihre Verführungskünste offensichtlich versagten.

»Hab ich das?«

Sie zog den Reißverschluß seiner Hose auf. »Aber sicher. Dein Vortrag darüber, daß neunzig Prozent der bedrohten Arten auf Inseln leben. Das liegt doch nur daran, daß sie schon lange ausgestorben wären, wenn sie sich einem wirklichen Daseinskampf hätten stellen müssen. Verlierer. Wie Tucker Case.«

»Ich habe über einzigartige Ökosysteme gesprochen – wie die Galapagosinseln, wo die Evolution beschleunigt wird. Und die Art, wie Religionen Fuß fassen.«

»Wo ist der Unterschied?«

Er zerrte ihre Hand aus seiner Hose und stieß sie weg. »Und was sind wir demzufolge, Beth? Was sind wir dann?«

Die Himmelsgöttin mußte an allen Fronten Niederlagen einstecken. Hier war irgendein Element im Spiel, über das sie keine Kontrolle hatte, irgendeine unbekannte Variable, die dem Medizinmann auf die Stimmung schlug. Wenn Sex und Schmeichelei nicht funktionieren, was dann? Ah, Teamgeist. »Wir sind die Stärkeren, Bastian. Wir sind demzufolge die überlegene Rasse.«

Er schaute sie ratlos an.

Jetzt ganz vorsichtig, dachte sie. Und du kriegst ihn rum. Langsam schritt sie zurück zu ihrem Thronsessel und ließ sich geziert darauf nieder, bis sie plötzlich ihre Beine hochschleuderte und auf die Armlehnen legte, so daß sie mit gespreizten Beinen vor ihm saß. »Und jetzt die Quizfrage, Sebastian, es dreht sich um die Evolution: Warum weiß nach all den Jahren, bei all den Fossilien, die der Forschung zur Verfügung stehen, immer noch niemand genau, was mit den Dinosauriern passiert ist? Laß dir Zeit mit der Antwort. Denk erst mal nach.« Sie fummelte an ihrer linken Brustwarze herum, während sie wartete, und schließlich trat ein strahlendes Lächeln auf sein Gesicht. Seine Zähne sahen wirklich blendend aus. Eines mußte sie anerkennen: Mit der Zahnpflege nahm er es trotz all der Jahre auf der Insel noch immer sehr genau.

»Keine Zeugen«, sagte er schließlich.

»Wir haben einen Gewinner. Aber um genauer zu sein, keine überlebenden Zeugen. Verlierer können nur so lange gedeihen, bis eine überlegene Art auftaucht. Selbst auf einer Insel.«

Ein Schatten von Besorgnis huschte über sein Gesicht. »Aber die Dinosaurier haben sechzig Millionen Jahre lang die Erde beherrscht. Da kann man kaum von Verlierern sprechen.«

Konnte er sich noch umständlicher anstellen? »Paß mal auf, Darwin, Dinosaurier werden hier heute nacht definitiv nicht flachgelegt. Also such dir deine Mannschaft zusammen.«

52

Don't Know Much About History

Tuck stocherte die Innereien aus einem Filzstift heraus und kappte das Ende mit einem Küchenmesser. Auf diese Art und Weise kam er schließlich zu einem perfekten Blasrohr. Im Nachttisch an seinem Bett fand er ein Blatt Schreibpapier, und so setzte er sich auf seine Weidencouch, von wo aus er einen guten diagonalen Blick auf die Wachen hatte, die vor seiner Tür postiert waren. Er biß ein Stück von dem Papier ab, kaute darauf herum, bis es schön durchgeweicht war und formte ein Kügelchen daraus. Dieses steckte er in den Filzstift und blies hinein. Die Kugel segelte durch das Fenster und flog im Bogen an den Wachen vorbei, ohne Schaden anzurichten.

Zuviel Feuchtigkeit. Die nächste Kugel knetete er vor dem Laden zwischen den Fingern und schoß damit dem Wachmann, der am nächsten stand, ins Genick. Dieser wischte sich über den Nacken, als ob er ein Insekt wegscheuchen wollte, zeigte aber ansonsten keinerlei Reaktion.

Mehr Feuchtigkeit.

Tuck hatte seine tödliche Zielgenauigkeit im Umgang mit dem Kugel-Blasrohr in Zeiten erworben, als er eigentlich Algebra hätte lernen sollen. Und im Gegensatz zu den Ausführungen seines Lehrers hatte er in seinem späteren Leben nie wieder irgendwelche Kenntnisse in Algebra gebraucht, wohingegen die Beherrschung des Kugel-Blasrohrs ihm nun überaus zupaß kam, obwohl diese Fähigkeiten in keinem Zeugnis vermerkt waren, im Gegensatz zu seinem angeblichen Scheitern in Algebra.

Die dritte Kugel traf den Wachmann an der Schläfe und blieb dort kleben. Er drehte sich um und stieß wütende Flüche auf japanisch aus. Tuck hatte bereits einen Nachfolger vorgekaut und schoß dem Wachmann die Kugel gegen den Hals. Die Wache fuchtelte mit der Uzi herum.

»Mach schon, Fickschwanz. Knall mich ab«, sagte Tuck, und seine Augen funkelten. »Und dann erklär schön dem Doc, daß du den Piloten wegen 'ner Spuckekugel erschossen hast.« Er biß ein weiteres Stück Papier ab und kaute darauf herum, während der Wachmann ihn wütend anstarrte.

Die rostigen Sturmklappen über den Fenstern wurden nur mit einer einzigen Holzstrebe offengehalten. Der Wachmann schlug die Strebe weg, und mit einem Scheppern fiel die Klappe herunter.

Tucker ging zum nächsten Fenster. Er lehnte sich hinaus und feuerte. Es gab ein Klatschen auf der Stirn des zweiten Wachmanns, gefolgt von einer weiteren Strebe, die weggerissen wurde, und einer weiteren scheppernden Sturmklappe.

Nur noch ein Fenster. Das jedoch einen Schuß über acht Meter erforderte. Tucker streckte den Kopf nach draußen und pustete. Ein Spinnennetz aus Spuckefäden folgte dem Geschoß auf seinem Flug über den Lanai. Es traf den ersten Wachmann vorn an seinem Hemd, und er kam, die Uzi im Anschlag, auf Tuck zugerannt. Dieser duckte sich schnell, und dann fiel auch schon die letzte Klappe.

Tuck hörte, wie die Wachen jede einzelne Klappe verriegelten.

Auftrag ausgeführt.

In Gegenwart der Wachen, die alle zwei Minuten zum Fenster hereinschauten, hätte er es nie geschafft, mit seinem Kokosnuß-Double die Rollen zu tauschen. Außerdem wäre selbst das Mondlicht noch zu hell gewesen, um unbemerkt ins Badezimmer zu kommen. Die Fenster zu schließen kam nicht in Frage. Dadurch hätte er sich nur verdächtig gemacht.

»Gute Nacht, Jungs. Ich leg mich hin.« Das Pusterohr im Anschlag, stand er da und wartete, doch die Sturmklappen blieben geschlossen. Rasch schaltete er das Licht aus und kroch ins Bett, wo er den Kokosnuß-Mann zusammenbaute. Dann wartete er, bis er die Wachen miteinander reden hörte und den Rauch ihrer Zigaretten roch, um sich sogleich auf Zehenspitzen ins Bad zu schleichen und seine Flucht in Angriff zu nehmen.

Er hatte beinahe erwartet, daß die Duschwanne nun festgenagelt war. Schließlich hatte Beth Curtis diesen Ausgang am Morgen benutzt. Aber vielleicht war sie nicht auf die Idee gekommen, daß er den Trick kannte. Nein, sie hatte nicht alle Tassen im Schrank, aber dämlich war sie nicht. Sie wußte, daß er es wußte. Sie wußte sogar, daß er wußte, daß sie es wußte. Und warum hatte sie Sebastian nichts davon erzählt? Und von dem kleinen Umweg über Guam hatte sie ihm auch nichts erzählt – oder vielleicht doch? Sebastian hatte diesmal jedenfalls noch keinen dicken Scheck herübergereicht, wie nach den letzten Flügen. Tuck notierte sich im Geiste, den Doc nach dem Scheck zu fragen, sobald sie das nächste Mal auf dem Golfplatz waren.

Nun schnappte er sich erst mal seine Flossen und die Maske und machte sich auf den Weg zum Strand. Bevor er ins Wasser stieg, zog er ein Röhrchen mit Pillen aus seiner Tasche – Antibiotika, die er noch übrig hatte aus der Zeit seiner Schwanzfäulnis – und versicherte sich, daß der Deckel fest zugeschraubt war. Dies war vielleicht die einzige Möglichkeit, Kimi mit Medikamenten zu versorgen.

Er schwamm um das Minenfeld herum, durchquerte ohne Zwischenstopp das Dorf und schlug den Pfad zu Sarapuls Haus ein. Vor den Häusern saßen noch immer Frauen und Kinder herum: die Frauen im Schein von Kerosinlaternen bei der Arbeit an kleinen Webstühlen und die Kinder, die schweigend spielten oder die letzten Reste ihres Abendessens von Bananenblättern aßen. Nur die kleinsten Kinder schauten Tucker im Vorbeigehen an. Die Frauen wandten sich ab, fest entschlossen, so schien es, jeglichen Augenkontakt mit dem seltsamen Amerikaner zu vermeiden. Tuck dachte: So muß es in New York ausgesehen haben vor der Ankunft des weißen Mannes. Und mit diesem Gedanken im Kopf blickte er starr geradeaus auf einen Punkt vier Meter vor seinen Füßen und ignorierte sie seinerseits. Es war besser so. Er wußte nie, wann er das nächste Mal ihre Körperteile nach Japan fliegen mußte.

Er kam auf dem Pfad gut voran, und bald schon sah er Sarapuls

Haus. Er trat auf die Lichtung und sah, daß der alte Kannibale zusammen mit Kimi an einem Feuer saß und die beiden an irgend etwas arbeiteten. Wie es schien, nähten sie.

»Kimi«, sagte Tuck, »du solltest noch nicht aufstehen.«

Kimi schaute von seiner Arbeit auf. Über Sarapuls und seine Beine war ein riesiges Stück blaues Nylon ausgebreitet. »Ich fühlen besser. Du mich zusammengeflickt, Boß.«

Tuck reichte ihm die Pillen. »Nimm davon jetzt gleich und dann zwei pro Tag, bis sie alle sind.«

»Sarapul mir geben *Kava*. Es machen, daß Schmerz aufhören.«

»Die hier sind nicht gegen Schmerzen. Sie sind gegen Infektionen. Also nimm sie, okay?«

»Okay, Boß. Du wollen helfen?«

»Was macht ihr beiden da?«

»Ich dir zeigen.« Kimi wollte aufstehen, und sein Gesicht verzerrte sich vor Schmerz.

Sarapul drückte ihn sanft wieder zu Boden. »Ich werde zeigen.« Der alte Kannibale schnappte sich die Kerosinlaterne und bedeutete Tuck, daß er ihm in den Dschungel folgen sollte.

Tuck warf einen Blick zurück zu Kimi. »Du nimmst diese Pillen. Und beweg dich nicht zuviel. Ich bin nicht sicher, wie gut die Nähte halten. In dir war ein ziemlich großes Loch.«

»Okay, Boß.«

Sarapul verschwand im Dschungel. Tuck eilte hinter ihm her und hätte ihn beinahe umgerannt, als er aus einer Gruppe von Bananenstauden auf eine Freifläche herauskam, die mit Stelzenbäumen, Mangroven und Palmen bewachsen war. Nach ungefähr fünfzig Metern blieb Sarapul stehen. Es war nicht mehr weit zum Strand. Er stand neben etwas, das aussah wie ein umgestürzter Baum, doch als Tucker näher kam, sah er, daß es sich um ein langes Segelkanu handelte. Sarapul grinste Tuck an. Im Schein der Laterne wirkte er wie ein Dämon aus der dunklen Vergangenheit der Insel. »Der *Palu* – der Seefahrer – er machen. Ich helfe.« Sarapul schwenkte die Laterne an der gesamten Länge des Kanus vorbei. Tuck sah, daß das eine Dollbord dunkel glänzte, so alt war es, während das andere erst vor kurzem zurechtgehauen worden war und hellgelb leuchtete. Er roch den Duft von frischer Holzpolitur.

Das Boot hatte einen Ausleger von der Größe eines normalen Kanus und eine Plattform auf den Verbindungsstreben. Für ein Kanu war es eine riesige Konstruktion, und den Rumpf von Hand mit einfachen Werkzeugen aus einem einzigen Stück Holz zurechtzuhauen erforderte eine unglaubliche Menge Arbeit, ganz zu schweigen von handwerklichen Fähigkeiten.

»Kimi hat das gemacht? Das haut mich um.«

Sarapul nickte. Seine Augen glänzten im Schein der Laterne. »Dieses Boot kaputt schon vor der Zeit von Vincent. Kimi ist ein großer Seefahrer.«

»Wirklich?« Tuck hatte seine Zweifel, besonders wenn er an den Sturm dachte, aber andererseits, wie Kimi gesagt hatte: Sie hatten den Sturm in einer Nußschale überlebt. Und diese handwerklichen Fähigkeiten hier waren kein Zufall; dies hier war ein Kunstwerk. »Und ihr beiden näht jetzt also ein Segel für das hier.«

»Wir bald fertig. Dann der *Palu* wird mir zeigen, wie man segelt. Die Haifischmenschen werden fahren wieder hinaus aufs Meer.«

»Woher habt ihr das Nylon für das Segel? Ich schätze nicht, daß Dr. Curtis das hier für so 'ne tolle Idee hält.«

Sarapul kletterte in das Kanu, kramte unter einem Stapel Paddel und Seilen herum, allesamt handgerollt aus Kokosfasern, bis er schließlich eine zerknüllte Masse aus Nylongurten, Velcro und Plastikschnallen zum Vorschein brachte, an denen noch ein paar Fetzen Nylon hingen.

»Mein Seesack. Ihr habt meinen Seesack genommen?«

»Und Zelt, was drin war.«

»Habt ihr noch den anderen Kram, der da drin war? Da waren auch ein paar Pillen dabei, die Kimi helfen würden.«

Sarapul nickte. Er führte Tuck zurück durch den Dschungel zu seinem Haus. Kimi war nach drinnen gegangen und hatte sich hingelegt.

»Boß, mir geht's nicht so gut.«

»Warte einen Moment. Kann sein, daß ich noch mehr Medizin

habe.« Im Grunde genommen hatte Tuck sich gar nicht darum gekümmert, was Jake Skye ihm alles in seinen Seesack gepackt hatte.

Sarapul hievte einen Korb aus Kokosfasern von einem der Dachbalken und reichte ihn Tucker. Darin fand Tucker die Antibiotika, nach denen er suchte, und außerdem Schmerzmittel und Aspirin. Selbst das, was von seinem Geld noch übrig war, lag in dem Korb. Sämtliche Pillen waren noch trocken. Tuck stellte eine Ration zusammen und reichte sie dem Seefahrer. »Nimm die, wenn du Schmerzen hast, und diese hier genau wie die anderen zweimal am Tag, okay?«

»Du guter Doktor, Boß.«

»Du hast klasse Arbeit geleistet an dem Boot.«

Kimi wirkte besorgt. »Du nicht sagen Medizinmann oder Vincents weißer Nutte.«

»Nein, ich werde ihnen nichts sagen.«

Nun schien Kimi wieder etwas ruhiger zu atmen. »Roberto kommen heute. Er sagen, du mußt sehen Kanu. Aber er sagen, du nicht dürfen erzählen Medizinmann.«

»Roberto hat dir das gesagt?«

»Er jetzt reden komisch«, sagte Kimi. »Wie du, irgendwie. Auf amerikanisch. Er mir sagen, Sepie ist okay. Sie bald kommen nach Hause.«

»Ich kam nicht in die Klinik rein, um zu sehen, wie's ihr geht. Vor der Klinik stand eine Wache.«

»Hundeficker«, sagte Kimi.

Dann erzählte Tucker Kimi von der Golfpartie und schaute mit an, wie der alte Kannibale Kimi festhielt, als dieser zu lachen anfing und sich gleich darauf unter Schmerzen zusammenkrümmte. »Ich jetzt besser schlafen, Boß. Du kommen zurück. Ich gehen mit dir segeln.«

»Du hast's erfaßt.« Tuck duckte sich unter der Tür hindurch und wartete vor dem Haus, bis Sarapul mit der Laterne in der Hand herauskam. »Du weißt, welche Pillen du ihm geben mußt?«

Sarapul nickte. Tuck machte sich auf den Weg in Richtung Dorf, doch gerade mal eine Minute später blieb er stehen, als er hörte, daß der alte Kannibale hinter ihm hergerannt kam.

»Hey, Pilot! Vincent hat dich zu uns geschickt, hmm?«
»Ich weiß nicht.«
»Du sagst Vincent, daß ich dich nicht essen wollte. Okay?«
Tuck lächelte. »Das nächste Mal, wenn ich komme, versuche ich 'ne Portion Spam rauszuschmuggeln.«
Sarapul erwiderte sein Lächeln.

Als er bei der Trinkrunde anlangte, schaute Tuck auf die Uhr. Er wollte nicht länger als zwei Stunden wegbleiben. Es bestand zwar kaum die Gefahr, daß man ihn aufweckte und zu einem Flug rief – jedenfalls nicht ohne daß vorher der Auftritt der Himmelsgöttin stattfand und er dadurch gewarnt worden wäre. Aber Beth Curtis konnte jederzeit in seinem Bungalow auftauchen. Komisch, er dachte nie an die Himmelsgöttin und Beth Curtis als an ein und dieselbe Person.

Im Schein der Kerosinlaterne trugen die Haifischmenschen eine neue Schicht roter Farbe auf ihre Bambusgewehre auf. Sie rückten auf den Baumstämmen zusammen, und Tuck setzte sich neben Malink. Ohne ein Wort reichte der junge Mann, der mit dem Einschenken betraut war, Tuck eine Schale. Er trank sie aus und gab sie zurück.

»Was hat's mit den Gewehren auf sich?« fragte Tuck den Häuptling.

»Vincents Armee«, sagte Malink. »Vincent sagte, wir müssen immer bereit sein, zu kämpfen gegen die Feinde der Vereinigten Staaten von Amerika.«

»Oh«, sagte Tuck. »Und warum gerade rot?«

Malink schaute Tuck an, als sei er etwas, in das er gerade hineingetreten war. »Es ist die Farbe von Vincents Bruder.«

»Ach ja?« Tuck kapierte nicht.

»Vincents Bruder, Santa Claus. Rot ist seine Farbe. Das mußt du wissen.«

Tuck konnte nicht anders. Seine Kinnlade klappte herunter. »Santa Claus ist Vincents Bruder?«

»Ja, Santa Claus bringt exzellentes Kargo für alle, aber nur einmal im Jahr. Er kommt in einem Schlitten über den Schnee. Du weißt doch, oder?«

»Stimmt. Aber ich verstehe die Verbindung nicht.«

Malink sah ihn an, als wäre sein Blick alles, was er tun konnte, um Tuck nicht zu verraten, wie unglaublich dicht er dran war. »Na ja, wir haben keinen Schnee. Also wird Vincent kommen in einem Flugzeug. Nicht nur einmal im Jahr. Wenn Vincent kommt, er wird bringen Kargo jeden Tag. Mehr als er uns durch die Himmelsgöttin gibt. Mehr als Santa Claus.«

»Und das hat Vincent dir erzählt? Daß er der Bruder von Santa ist?«

Malink nickte. »Sein dünner Bruder, er sagen. Also machen wir Gewehre rot.« Malink wartete auf ein Zeichen, daß Tuck es kapierte. Tuck gab kein solches von sich. »Selbst Vater Rodriguez kennt Santa Claus«, beharrte Malink.

»Okay«, sagte Tuck, »wie wär's, wenn ihr die Tasse mal 'n bißchen schneller rumgehen laßt, Jungs?«

»Vincent wird bringen richtige Gewehre, wenn er kommen. Wir müssen immer bereit sein zu kämpfen«, sagte Malink.

»Und gegen wen?« fragte Tuck. »Hat euch schon jemals jemand angegriffen?«

»Einmal«, sagte Malink. »Als ich ein kleiner Junge war, kam ein Haufen Kerle aus Neuguinea mit Kanu. Wir nicht mögen diese Typen. Wir gehen in unsere Kanus, um sie zu töten.«

»Und was ist passiert?«

»Es wurde dunkel.«

»Und?«

»Wir fahren nach Hause. Diese Kerle aus Neuguinea ziemlich viel Glück, daß niemand von uns im Dunkeln konnte navigieren.«

»Kein *Palu*?« fragte Tuck und benutzte das Eingeborenenwort für Seefahrer.

»Japaner sie töten. Kein *Palu* übrig, außer vielleicht einer.«

»Ist das der Grund, warum du Kimi nicht zum Medizinmann bringen lassen wolltest?«

Malink nickte, doch seine Stirn war sorgenzerfurcht. »Ich überlege, wenn Vincent dich schicken, wieso Medizinmann nicht wissen, daß du hier? Und wieso du nicht kennen Santa Claus?«

Tuck bemerkte, daß die Männer aufgehört hatten, ihre Gewehre zu bemalen und sich zu unterhalten, damit sie seine Antwort mitbekamen. Es ging jetzt um mehr als nur darum, ob er hier weiterhin etwas zu trinken bekam. Er erzählte ihnen, was sie hören wollten. »Vincent hat mich angerufen im Land der gepanzerten Beutelratten, damit ich zur Insel der Haifischmenschen komme. Ich bin ein Flieger, genau wie Vincent ein Flieger war. Er erzählt mir nicht alles, und er erzählt dem Medizinmann nicht alles. Vincent ist manchmal unergründlich, aber wir müssen auf sein Urteil vertrauen.«

Malink lächelte. »Trinken wir auf diesen Flieger. Und dann gehen wir schlafen.« Und zu Tuck gewandt, sagte er: »Morgen ist die Jagd.«

53

Wie die Haifischmenschen zu ihrem Namen kamen

Als es an diesem Morgen kurz nach Sonnenaufgang an seiner Tür klopfte, machte sich Tuck darauf gefaßt, dem lächelnden Gesicht von Sebastian Curtis gegenüberzustehen, der hochvergnügt war über die Aussicht, dem Piloten bei einer weiteren Partie Kiesgolf Dresche zu verpassen. Als er die Tür öffnete, stand dort jedoch Beth Curtis in einem langärmligen Baumwollkleid und mit einem riesigen Sonnenhut mit einer Krempe, die ihr über das Gesicht fiel wie ein Lampenschirm.

Tuck trug ein Paar Boxershorts, die der Doc ihm vermacht hatte und in denen sich seine Morgenlatte deutlicher abzeichnete, als ihm recht war. Seltsam, vor einem Monat noch wäre er bereit gewesen, seine Seele zu verkaufen für dieses physiologische Phänomen, und heute war es ihm peinlich.

»Guten Morgen«, sagte er. »Ich hatte eigentlich den Doc erwartet.«

»Oh, hattet ihr beide was vor?«

»Nein, einfach nur... ach egal. Willst du reinkommen auf einen Kaffee?« Er deutete auf die kleine Kochnische.

»Warum machst du dir nicht einfach eine Tasse und nimmst sie mit? Ich muß dir was zeigen.«

»Sicher. Dauert nur einen Moment.«

Sie wartete an der Tür, während er einen Topf mit Wasser auf den Herd stellte, sich rasch anzog und die Haare kämmte, um dann das Wasser über das Kaffeepulver zu gießen und eine Portion Kaffeeweißer einzurühren. »Ich bin soweit. Was gibt's?«

»Ich will dir etwas auf der anderen Seite der Insel zeigen.«

»Außerhalb der Siedlung?«

»In der Nähe des Dorfes. Ich glaube, du wirst deinen Spaß daran haben.«

Seine Kaffeetasse mit beiden Händen haltend, ging Tuck mit ihr durch die Morgensonne. Nirgendwo war etwas von den Wachen zu sehen. Das breite Tor zum Rollfeld stand weit offen.

»Wo sind die Ninjas?«

»Du nennst sie auch so? Das ist lustig.« Sie lachte, aber weil ihr Gesicht von der Hutkrempe verdeckt war, ließ sich nicht beurteilen, ob es aufrichtig gemeint war.

Sie legte ihm die Hand auf den Arm und ließ sich von ihm über die Rollbahn führen wie eine viktorianische Lady unter Geleitschutz.

»Vermißt du manchmal deine Familie?« fragte sie, während sie dahinschritten.

Tuck war überrascht. Das hatte er nicht erwartet. »Meine Familie? Nein. Wir sind unter nicht allzu freundlichen Umständen auseinandergegangen. Ich habe den Kontakt zu ihnen verloren, lange bevor ich hierherkam.«

»Das tut mir leid. Wirklich. Macht dir das zu schaffen?«

Tuck dachte, sie würde Witze machen. »Außer meiner Mutter und meinem Onkel habe ich keine Familie. Die beiden haben geheiratet, nachdem mein Vater ums Leben gekommen war. Ich war darüber nicht sehr erfreut.«

»Du machst Witze. Ich dachte, das machen sie nur in West Virginia. Du bist doch aus Kalifornien?«

»Sie hat den Bruder meines Vaters geheiratet, nicht ihren eigenen. Trotzdem vermisse ich sie nicht.«

»Und was ist mit deinen Freunden?«

Tuck dachte eine Sekunde nach. Seit seiner letzten Begegnung mit Jake Skye hatte sich einiges in seinem Leben verändert. In gewisser Weise hatte er begonnen, Verantwortung zu übernehmen. Er arbeitete auf eigene Faust, ohne Netz und doppelten Boden. Manchmal hätte er Jake gerne davon erzählt. »Ja, meine Freunde vermisse ich manchmal.«

»Ich auch, Tucker. Ich möchte dein Freund sein.«

»Du hast Sebastian.«

»Ja, das stimmt. Ich habe ihn, oder?«

Schweigend gingen sie weiter, bis sie zum Dorf kamen, das gänzlich verlassen dalag, wenn man von ein paar Hunden und viel zu vielen Hähnen absah. »Wo sind die alle?« Tuck rief sich in Erinnerung, daß er sich nicht anmerken lassen durfte, wie vertraut er mit alldem hier war. »Wohnen hier die Eingeborenen?«

»Sie sind alle am Strand. Heute ist der Tag der Jagd.«

»Der Jagd?«

»Du wirst schon sehen. Es ist eine Überraschung.«

Als sie am Jungmännerhaus vorbeikamen, linste Tuck kurz durch die Tür. Er sah jemand im Inneren des Hauses schlafen. Beth ging voraus auf den Weg zum Strand, und Tucker schaute noch einmal zurück. Sepie stand am Eingang und trug nichts weiter als einen Verband um ihre Rippen. Sie winkte, und Tuck lächelte kurz, bevor er sich wieder abwandte. Sie würden ihn verraten. Beim geringsten Hinweis, daß sie ihn erkannten, war er am Arsch.

Die Frauen, Kinder und viele der alten Männer standen in einer Reihe am Strand. Die meisten der Frauen und Kinder hatte Tuck noch nie zu Gesicht bekommen. Es mußten etwa dreihundert Leute sein, die sich hier versammelt hatten. Das einzige vertraute Gesicht war Favo, der alte Mann aus der Trinkrunde, der sich, als er Tuck sah, nicht anmerken ließ, daß er ihn kannte. Die jungen Männer waren draußen im Wasser und standen bis zu den Knien in der Brandung auf dem Riff. Es war Ebbe, und jeder der Männer hielt einen anderthalb Meter langen Stab, an dessen einem Ende ein Seil festgebunden war. An Schnüren um die Hüften trugen sie lange Messer.

»Fischen sie?« fragte Tuck.

»Schau einfach nur zu«, sagte Beth. »Dann siehst du, wie die Haifischmenschen zu ihrem Namen gekommen sind.«

Tuck sah Malink, der zusammen mit vier anderen Männern aus dem Dschungel kam. Jeder von ihnen trug einen großen Kübel.

»Sie machen diese Kübel aus den Netzbojen der großen Fangschiffe«, erklärte Beth Curtis. »Das Plastik ist fester als alles, was sie selbst herstellen könnten.«

»Was ist da drin?« Tuck schaute zu, wie jeder der Männer mit einem Kübel auf dem Kopf hinausschwamm zum Riff.

»Hühner- und Schweineblut.«

Zwei Männer halfen Malink, auf das Riff zu klettern, und nahmen ihm den Kübel ab. Malink blickte hinaus auf die See und sagte etwas in seiner Muttersprache. Dann drehte er sich zu den Leuten am Strand um, als wollte er sagen: »Fertig.«

Der Häuptling rief den Männern ein Kommando zu, und sie kippten die Blutkübel ins Wasser. Es dauerte nicht lange, bis die Brandung um sie herum scharlachrot war und eine Blutwolke hinaus aufs Meer trieb.

»Ist das nicht gefährlich?« fragte Tuck.

»Natürlich. Es ist heller Wahnsinn.«

Interessante Wortwahl. Tuck war überrascht, daß niemand von den Inselbewohnern Beths Anwesenheit zu registrieren schien oder deswegen einen großen Aufstand machte. »Warum machen sie kein Riesentamtam deinetwegen?«

»Das ist ihnen verboten, wenn ich so angezogen bin wie jetzt. Es ist eine Vorschrift. Manchmal brauche auch ich meine Privatsphäre.«

»Klarer Fall«, sagte Tuck.

Ungefähr zwanzig Meter vor dem Riff tauchte eine Flosse auf. Jemand rief etwas, und Tuck erkannte Abo an seinem Haarknoten im Stil der alten Krieger. Malink nickte, und Abo hechtete ins Wasser und schwamm auf den Hai zu. Er war noch keine zehn Meter weit gekommen, da nahm die Flosse auch schon Kurs auf ihn.

Weitere Flossen tauchten auf, und auf Malinks Kopfnicken hin sprangen weitere junge Männer mit ihren Stöcken in die Fluten.

»Scheiße, das ist doch Selbstmord«, sagte Tuck und beobachtete, wie der erste Hai Abo attackierte, woraufhin dieser ihm auswich wie ein Stierkämpfer.

»Du mußt sie aufhalten.« Tuck konnte sich nicht erinnern, jemals solch eine Panik für ein anderes menschliches Wesen empfunden zu haben.

Beth Curtis drückte seinen Arm. »Die wissen, was sie tun.«

Der Hai beschrieb einen Bogen und kam erneut auf Abo zugeschossen, doch dieses Mal wich der junge Krieger ihm nicht aus. Er rammte dem Hai seinen Stock in den Rachen, als wäre es die Gebißstange eines Zügels, schwang sich auf den Rücken des Hais, schlang das Seil um seine Brustflosse und machte es am anderen Ende des Stockes wieder fest, so daß er nicht mehr herauskam. Das Wasser um Abo und den Hai, der sich wand und mit den Flossen schlug, schien zu kochen, aber Abo blieb oben. Und indem er den Stock zurückzerrte wie eine Hantelstange, hinderte er den Hai am Tauchen und steuerte ihn in das seichte Wasser auf dem Riff, wo die anderen Männer bereits mit gezückten Messern warteten.

Unter den Leuten am Strand erhob sich ein Sturm der Begeisterung, als Abo den Hai den Schlächtern überantwortete und die Arme triumphierend hochriß. Die Männer auf dem Riff schlitzten dem Hai den Bauch auf und schnitten einen großen Klumpen Leber heraus, den sie Abo reichten. Er schlug seine Zähne hinein, biß einen Fetzen heraus und schluckte ihn hinunter, während ihm das Blut über die Brust hinunterlief.

Es dauerte nicht lange, bis auch andere junge Männer Haie auf das Riff steuerten, während es im Wasser dahinter vor Flossen nur so wimmelte. Die rote Wolke dehnte sich aus, während die Haie bluteten und starben und so noch mehr ihrer Artgenossen anlockten. Die ausgeweideten Haie wurden an den Strand gebracht, wo die Frauen mit dem Schlachten weitermachten und den Kindern Stücke von rohem Fleisch gaben oder dreieckige Zähne aus den Gebissen herausbrachen, um sie kleinen Jungen als Trophäen zu schenken.

Einer der Männer schaffte es sogar, sich einem riesigen Hammerhai auf den Rücken zu stellen, während er ihn zum Riff steuerte, und er hätte sich beinahe an der Rückenflosse kastriert, als er umfiel. Aber der Hai schaffte es nicht zu entkommen und starb auf dem Riff wie die anderen.

Es dauerte eine halbe Stunde, und die Haifischjagd war vorüber. Über einen Kilometer in alle Richtungen war das Meer rot vom Blut, und der Strand war übersät mit mehr als hundert toten Haien: Schwarzspitzenhaie, Weißspitzenhaie, Hammerhaie, Blauhaie und Makos. Einige der tödlichsten Meereskreaturen waren aus dem Meer gefischt worden wie ein Netz voller Guppys im Aquarium. Und keiner der Haifischmenschen war dabei verletzt worden, obwohl Tuck feststellte, das einige an den Innenseiten ihrer Schenkel bluteten, wo sie sich während ihres Rittes die Beine an der rauhen Haut der Haie aufgeschürft hatten. Die Haifischmenschen waren völlig ekstatisch, und es gab keinen, der nicht blutüberströmt gewesen wäre.

Tuck konnte es nicht fassen. Solchen Mut und ein solches Gemetzel hatte er noch nie gesehen. Es lief ihm kalt den Rücken hinunter, wenn er daran dachte, wie oft er bei Nacht in diesen Gewässern geschwommen war.

Malink kam den Strand herauf und zog einen Leopardenhai an den Kiemen hinter sich her. Von seinem Buddha-Bauch troff Blut. Er blickte zu Tucker auf und riskierte ein Lächeln.

»Das ist der Häuptling«, sagte Beth Curtis. »Er ist eigentlich zu alt für die Jagd, aber er weigert sich, am Strand zu bleiben.«

»Kommt es vor, daß die Haie einen von ihnen erwischen?«

»Manchmal. Gewöhnlich aber nur Bißwunden. Es ist noch niemand umgekommen, seit ich auf der Insel bin.«

Jedenfalls nicht bei der Haifischjagd, dachte Tuck. Ein junges Mädchen, das seiner Mutter geholfen hatte, linste verlegen über den Kadaver eines mächtigen Hammerhais und kam dann auf Tucker zugerannt. Sie berührte ihn kurz am Knie, bevor sie sich schnell wieder zu ihrer Mutter zurückzog, wo sie in Sicherheit war.

»Das ist seltsam«, sagte Beth Curtis. »Normalerweise gehen die Mädchen und Frauen hier weißen Männern aus dem Weg. Selbst wenn sie zu Sebastian kommen, reden sie mit ihm über einen Bruder oder den Ehemann – und er spricht ihre Sprache.«

Tuck erwiderte nichts. Er betrachtete noch immer den Rücken des jungen Mädchens. Sie hatte eine dicke Narbe, die am Brustbein anfing und wie ein aufgemaltes Lächeln unter ihrem Arm hindurch bis zu der Stelle an der Wirbelsäule verlief, wo normalerweise die Niere saß. Tuck war kotzübel.

»Ich denke, ich habe genug gesehen, Beth. Können wir jetzt gehen?«

»Kannst du kein Blut sehen?«

»So was in der Richtung.«

Als sie auf dem Rückweg wieder durch das Dorf kamen, bemerkte Tuck eine Frau, die mit einem kleinen Jungen vor einer Kochhütte saß. Die Mutter hielt den Jungen im Arm und sang ihm leise etwas vor, während sie ihn hin und her schaukelte. Der Junge hatte Mullverband auf beiden Augen. Tucker ging auf die Frau zu, und sie zog das Kind an ihre Brust.

Beth Curtis packte Tucker am Arm und versuchte ihn wegzuziehen. Tuck schüttelte sie ab.

»Was fehlt ihm denn?« fragte Tuck.

Die Frau rutschte über den Kies von ihm weg.

»Tucker!« rief Beth Curtis. »Laß sie in Ruhe, du machst ihr angst.«

»Es ist schon in Ordnung«, flüsterte Tuck der Frau zu. »Ich bin der Pilot. Vincent hat mich geschickt.«

Die Frau schien sich zu beruhigen, und obwohl sie die Augen vor Verwunderung weit aufriß, brachte sie ein kleines Lächeln zustande.

Tuck streckte die Hand aus und berührte den Kopf des Kindes.
»Was fehlt ihm denn?«

Die Frau hielt ihm den Jungen entgegen wie zur Taufe. »Er ist auserwählt«, sagte sie und schaute hinüber zur Himmelsgöttin, damit sie es bestätigte.

Tuck richtete sich auf und ging rückwärts von ihr weg. Er wagte es nicht, Beth anzuschauen, aus Furcht, er könnte sie auf der Stelle erwürgen. Statt dessen sagte er ganz ruhig und beiläufig, obwohl es ihn seine ganze Kraft kostete, nicht zu zittern: »Wir gehen besser zurück.« Auf dem Weg vom Dorf zur Siedlung ging er voraus.

54

Tucker wird verkauft

Die Hohepriesterin schleuderte den Strohhut durch das Zimmer und zerrte dann an dem hochgeknöpften Kragen ihres weißen Kleides. Sie verlor ihn. Und das haßte sie mehr als alles andere: den Verlust von Kontrolle.

Sie riß ihr Kleid vorne auf und wurschtelte sich heraus.

Dann rauschte sie durch das Zimmer, das Kleid noch immer an einem Fuß hinter sich herziehend, und holte eine Flasche Wodka aus dem Gefrierfach. Sie füllte einen Tumbler und trank das Glas zur Hälfte aus, während sie die Flasche noch in der Hand hielt. Dann füllte sie das Glas erneut, wobei ihre Schläfen vor Kälte pochten. Mit dem Glas und der Flasche in der Hand ging sie zu einem Sessel vor dem Fernseher, setzte sich hin und schaltete ihn an. Nichts weiter als Schnee und weißes Rauschen. Sebastian hatte die Satellitenschüssel in Gebrauch. Sie schleuderte die Wodkaflasche in Richtung Bildschirm, doch sie verfehlte ihn und krachte gegen das Gehäuse, von dem ein Stück Plastik absprang.

»Scheiße!« Sie schaltete das Intercom neben ihrem Stuhl ein. »Bastian! Verdammt!«

»Ja, meine Süße?« Seine Stimme war voll schmieriger Gelassenheit.

»Was machst du Arsch? Ich will fernsehen.«

»Ich bin sofort fertig, Liebling.«

»Wir müssen uns unterhalten.« Sie kippte sich einen weiteren Schluck Wodka hinter die Binde.

»Das stimmt. Ich bin gleich da.«

»Und bring 'ne Flasche Wodka von dir zu Hause mit.«

»Wie du wünschst.«

Zehn Minuten später betrat der Medizinmann ihren Bungalow, ganz das Abbild des patrizischen Arztes. Er reichte ihr den Wodka und nahm ihr gegenüber Platz. »Gießt du mir bitte auch einen ein, Liebling?«

Ehe sie sich sammeln konnte, war sie auch schon aufgestanden und hatte ihm ein Glas aus der Küche geholt. Sie reichte es ihm zusammen mit der Flasche.

»Dein Kleid ist zerrissen, Liebes.«

»Was du nicht sagst.«

»Sieht nicht schlecht aus«, sagte der Medizinmann, »obwohl ich es vorgezogen hätte, es dir eigenhändig vom Leib zu reißen.«

»Nicht jetzt. Ich denke, wir haben Ärger.«

Der Medizinmann lächelte. »Hatten wir. Aber ab heute nacht haben unsere Probleme ein Ende. Übrigens, wie war dein Spaziergang heute morgen?«

»Ich hab Case mitgenommen zur Haifischjagd. Ich dachte, das würde ihn davor bewahren, daß er den Inselkoller kriegt – mal was anderes, um die Langeweile zu bekämpfen.«

»Im Gegensatz dazu, ihn zu ficken.«

Sie ließ sich nicht die geringste Überraschung anmerken. Nicht, nachdem er eine Falle wie diese ausgelegt hatte. »Nein, zusätzlich dazu, ihn zu ficken. Es war ein Fehler.«

»Die Haifischjagd oder das Ficken?«

Sie schnaubte vor Wut. »Die Haifischjagd. Das Ficken war prima. Er hat den Jungen gesehen, dessen Hornhäute wir geerntet haben.«

»Na und?«

»Er ist ausgerastet. Ich hätte nicht zulassen dürfen, daß er die Leute und die Prozedur in Verbindung miteinander bringt.«

»Aber ich dachte, du hast ihn im Griff?«

Für ihren Geschmack genoß er die Situation viel zu sehr. »Komm mir nicht auf die süffisante Tour, Bastian. Was willst du tun, ihn ins Hinterzimmer der Klinik einsperren? Wir brauchen ihn.«
»Nein. Ich habe einen neuen Piloten angeheuert. Einen Japaner.«
»Ich dachte, wir wären uns einig, daß...«
»Es hat mit Amerikanern doch nicht funktioniert. Er fängt heute nacht an.«
»Wie das?«
»Du wirst ihn abholen. Die Firma hat mir zugesichert, daß er der Beste ist und keine Fragen stellen wird.«
»Ich soll ihn abholen?«
»Wir haben eine Herz-Lungen-Bestellung. Du und Mr. Case müßt sie abliefern.«
»Das kann ich nicht, Bastian. Ich kann heute nacht keine Vorstellung liefern und eine Herz-Lungen-Bestellung erledigen. Ich bin zu sehr durch den Wind.«
»Du brauchst weder das eine noch das andere zu tun, Liebes. Wir müssen die Operation gar nicht durchführen. Wir verdienen zwar nicht so gut daran, aber wir müssen ja auch nur den Spender abliefern.«
»Und wie soll das mit dem Auserwählen funktionieren?«
»Das hast du schon erledigt. Du hast es getan, als du mit unserem unerschrockenen Mr. Case ins Bett gestiegen bist. Der Herz-Lungen-Spender ist Mr. Case.«

Tuck brauchte einen Drink. Er durchsuchte den Bungalow in der Hoffnung, daß jemand irgendwann einmal eine Flasche Vanille-Extrakt oder ein Aftershave vergessen hatte, das zu einer Scheibe Mango paßte. Mangos hatte er zwar zur Genüge, aber es ließ sich nichts aufstöbern, das Äthylalkohol enthielt. Es würde noch Stunden dauern, bis er im Schutz der Dunkelheit zur Trinkrunde fliehen konnte, wo er vorhatte, sich bis zur Unterkante zuzuschütten, falls er es überhaupt fertigbrachte, auch nur einem der Haifischmenschen in die Augen zu sehen und seinen Mageninhalt drinzubehalten. *Tut mir leid, Kumpels. Ich mußte nur was gegen die Schuldgefühle tun, daß ein Kind seine Augen verloren hat, damit ich mein eigenes Flugzeug bekomme.*

Er versuchte sich mit Lesen abzulenken, aber die unverrückbaren moralischen Grundsätze der literarischen Spione waren lediglich dazu angetan, daß er sich noch schlimmer fühlte. Das Fernsehen war auch keine Hilfe: irgendein balinesisches Puppentheater und ein philippinisches Nachrichten-Special darüber, wie klasse es doch war, für drei Dollar am Tag amerikanische Halbleiter herzustellen. Er schlug auf die Fernbedienung und schleuderte sie durchs Zimmer.

Seine Frustration entlud sich in einer Salve von Flüchen und Verwünschungen, gefolgt von der Aufforderung: »Also gut, Mr. Geisterpilot, wo zur Hölle bist du jetzt?«

In diesem Augenblick klopfte es an der Tür.

»War nur Spaß«, sagte Tucker. »Ich hab nur Spaß gemacht.«

»Tucker, kann ich reinkommen?« fragte Beth Curtis.

»Es ist offen.« Es war immer offen. Es war kein Schloß an der Tür.

Als sie hereinkam, sah er nicht hin aus Angst davor, daß sie ihn wie das Haupt der Medusa in Stein verwandeln könnte – oder zumindest den Teil von ihm, der vom Gewissen unbeleckt blieb. Sie trat von hinten an ihn heran und begann die Muskeln in seinen Schultern zu kneten. Er schaute sich noch immer nicht um und hatte keine Ahnung, ob sie nackt war oder ein Clownskostüm trug.

»Du bist erregt. Das verstehe ich. Aber es ist nicht so, wie du denkst.«

»Da gibt es doch wohl nicht viel Raum für Mißverständnisse.«

»Wirklich nicht? Was wäre, wenn ich dir sagen würde, daß der Junge von Geburt an blind war. Seine Hornhäute waren gesund, aber er litt seit seiner Geburt an einer Atrophie der Sehnerven.«

»Da geht's mir gleich viel besser, danke schön. Das Kind hat seine Augen nicht gebraucht, also haben wir sie ihm rausgerissen.«

Er spürte, wie sie ihre Fingernägel in die Muskeln an seinen Schultern grub. »Rausgerissen ist kaum der richtige Ausdruck dafür. Es ist eine sehr komplizierte Operation, bei der man überaus behutsam vorgehen muß. Und weil wir sie durchgeführt haben, ist ein anderes Kind in der Lage, wieder zu sehen. Diesen Aspekt unserer Tätigkeit hast du anscheinend bisher ganz außer acht gelassen. Jedesmal, wenn wir eine Niere abliefern, retten wir auch ein Leben.«

Sie hatte recht. Daran hatte er nicht gedacht. »Ich fliege ja nur das Flugzeug«, sagte er.

»Und nimmst das Geld. Du könntest den gleichen Job drüben in den Staaten haben. Du könntest für Life Flight die Organe von Unfallopfern durch die Gegend fliegen und das Resultat wäre das gleiche, wenn man davon absieht, daß du dort nicht mal soviel verdienen würdest, wie du hier an Steuern zahlen müßtest. Stimmt's?«

Nein, nicht ganz, dachte er. Drüben in den Staaten konnte er ohne Fluglizenz vielleicht gerade mal einen Drachen fliegen. »Kann gut sein«, sagte er. »Aber ihr hättet mir sagen können, was ihr hier macht.«

»Und zusehen, wie du dir bei achthundert Kilometern pro Stunde den Kopf über das kleine blinde Kind zerbrichst? Nein, lieber nicht.« Sie beugte sich vor und küßte ihn sanft auf sein Ohrläppchen. »Ich bin kein Ungeheuer, Tuck. Ich war auch mal ein kleines Mädchen, mit einer Mutter und einem Vater und einer Katze namens Mohrenkopf. Ich marschiere nicht los und raube kleinen Kindern das Augenlicht.«

Schließlich drehte er sich doch in seinem Sessel herum und schaute ihr ins Gesicht. Er war froh zu sehen, daß sie eines ihrer konservativen Donna-Reed-Kostüme trug. »Was ist mit dir passiert, Beth? Wie kam's, daß aus dem kleinen ›Hey, Mohrenkopf‹-Mädchen die menschenmordende Nuttengöttin des Haifischvolks geworden ist?« Schon im nächsten Moment bereute er, daß er das ausgesprochen hatte. Nicht, weil es nicht wahr gewesen wäre, sondern weil er dadurch die Tatsache enthüllt hatte, daß er Bescheid wußte. Er machte sich darauf gefaßt, daß sie explodieren würde.

Sie ging zur Couch und setzte sich ihm gegenüber. Dann zog sie die Beine an und rollte sich zusammen, legte das Gesicht gegen die Kissen und verdeckte ihre Augen. Er sagte kein Wort. Er schaute einfach nur zu, wie ihr Körper von lautlosen Schluchzern geschüttelt wurde. Er hoffte, daß es nicht nur Show war. Er hoffte, daß sie so beleidigt war, daß sie seine Mordanklage für schiere Übertreibung hielt.

Fünf Minuten vergingen, bevor sie den Blick wieder hob. Ihre Augen waren gerötet und irgendwie hatte sie es auch geschafft, sich Mascara über die eine Wange zu schmieren. »Es ist deine Schuld«, sagte sie.

Tuck nickte und versuchte jeden Anflug eines Lächelns zu unterdrücken. Sie spielte schon wieder eine neue Rolle, doch das unschuldige Opfer brachte sie nicht annähernd so gut wie die große Verführungskünstlerin. Er sagte: »Entschuldige, Beth, ich war nicht ganz bei Trost.«

Dies schien sie zu überraschen, und so fiel sie aus der Rolle. Ganz offensichtlich war er ihr auf den Leim gegangen, ganz so, wie sie es sich ausgemalt hatte, während sie so tat, als würde sie weinen. Sie brauchte eine Sekunde, um sich zu sammeln, und dann war sie wieder am Ball. »Es ist deine Schuld. Alles, was ich wollte, war ein Freund, nicht ein Liebhaber. Die Männer sind alle gleich.«

»Dann hast du den letzten Newsletter noch gar nicht bekommen: ›Alle Männer sind Schweine.‹ Die nächste Ausgabe heißt: ›Wasser ist naß.‹ Laß dir das nicht entgehen.«

Wieder fiel sie aus der Rolle. »Was sagst du da?«

»Du bist vielleicht irgendwann mal ein Opfer gewesen, aber das ist jetzt nur noch eine ferne Erinnerung, die du benutzt, um eine Erklärung für das zu haben, was du jetzt veranstaltest. Du benutzt Männer, weil du dazu in der Lage bist. Ich kann mir allerdings nicht vorstellen, was in San Francisco passiert ist. Eine Frau, die aussieht wie du, sollte doch in der Lage sein, sich auf eine leichtere Art ans große Geld zu ficken. Der Doc muß schwer verlockend auf dich gewirkt haben.«

»Und du etwa nicht?«

Tuck hatte das Gefühl, als hätte ihm jemand eine Spritze mit Wahrheitsserum verpaßt, das nun seinen Geist erleuchtete, allerdings nicht mit Offenbarungen und Einsichten über Beth Curtis. Er selbst war es, der plötzlich angeleuchtet wurde.

»Klar. Wird wohl so gewesen sein, daß ich 'ne Verlockung war. Na und? Hast du auch nur eine Sekunde daran gedacht, daß du vielleicht versuchen könntest, nicht mit mir ins Bett zu gehen?«

»Mit Ausnahme von dem Moment, als ich festgestellt habe, daß du dir beinahe die Eier abgerissen hast, nein, nicht einen Moment lang.« Sie knirschte mit den Zähnen.

»Und was glaubst du, wie schwer das war, was du dir da aufgeladen hast? Es ist nicht so, daß du mich korrumpiert hättest oder so. Ich treibe das gleiche Spielchen doch schon seit Jahren. Ich kenne dich, Beth. Ich bin du.«

»Du weißt gar nichts.« Es war offensichtlich, daß sie sich zusammenreißen mußte, um nicht zu schreien, und Tuck sah, wie ihr das Blut ins Gesicht stieg.

Er ließ nicht locker. »Freud sagt, ich bin so, wie ich bin, weil ich als Kind nie liebgedrückt wurde. Was hast du für eine Entschuldigung?«

»Versuch nicht süffisant zu sein. Ich könnte dich in diesem Augenblick haben, wenn ich wollte.« Und gerade so, als wollte sie beweisen, wie recht sie hatte, stellte sie ihre Füße auf jeweils eine Kante des Couchtisches und begann sich ihren Rock hochzuziehen. Darunter trug sie ein Paar weiße Strümpfe und sonst nichts.

»Kein Interesse«, sagte Tuck. »Schon mal dagewesen, alles schon gemacht.«

»Du bist so durchschaubar«, sagte sie. Sie kroch über den Tisch und streckte sich träge wie eine Katze, während sie ihre Hände an den Innenseiten seiner Schenkel hinaufgleiten ließ. Als ihre Hände seine Gürtelschnalle erreicht hatten, war ihr Gesicht so dicht vor seinem, daß sich ihre Nasen beinahe berührten. Tuck bemerkte, daß ihr Atem nach Alkohol roch. Ihre Zunge schoß hervor und berührte seine Lippen. Er schaute ihr einfach nur in die Augen. Sie waren blau und kristallklar wie seine eigenen. Sie machte ihm nichts vor, und indem er dies erkannte, erkannte Tuck, daß auch er niemals jemandem etwas vorgemacht hatte. Jede Dame aus Mary Jeans Gefolgschaft, jede Blondine aus irgendeiner Bar, jede Sekretärin, jede Stewardeß und jedes Mädchen aus irgendeinem Lebensmittelladen – sie alle hatten gewußt, was auf sie zukam, und sie hatten ihn kommen lassen.

Beth öffnete den Reißverschluß seiner Hose und nahm ihn in die Hand. Ihre Gesichter waren noch immer nur Millimeter voneinander entfernt, ihre Augen aufeinander fixiert. »Dein Panzer scheint eine Schwachstelle zu haben, du harter Kerl.«

»Nöö«, sagte Tuck.

Sie glitt zu Boden und nahm ihn in den Mund. Tuck unterdrückte ein Keuchen. Er sah zu, wie ihr Kopf sich auf ihm bewegte. Um zu vermeiden, daß er sie berührte, umklammerte er die Sessellehnen so fest, daß das Weidengeflecht ächzte, als würde es bestraft.

»Das ist ein ziemlich überzeugendes Argument«, sagte die männliche Stimme. Tuck schaute auf und sah Vincent auf der Couch sitzen, und zwar genau auf dem Platz, wo vor einer Minute noch Beth gesessen hatte.

»Jesus!« sagte Tuck. Beth stieß ein gedämpftes Stöhnen aus und grub ihre Fingernägel in sein Hinterteil.

»Falsch!« sagte Vincent. »Aber spiel bloß nie Karten mit dem Kerl.« Der Flieger rauchte eine Zigarette, aber Tuck konnte sie nicht riechen. »Oh, mach dir keine Sorgen. Sie kann mich nicht hören. Und sehen kann sie mich auch nicht. Aber es macht ja auch nicht den Eindruck, als würde sie herschauen.«

Tuck schüttelte nur den Kopf und stieß sich von den Armlehnen des Sessels ab. Beth wertete seine Bewegung als Enthusiasmus und hörte einen Augenblick auf, um an ihm hochzusehen. Tuck begegnete ihrem Blick mit Augen so groß wie Golfbälle. Sie lächelte. Ihr Lippenstift war ein wenig abgenutzt, ein Speichelfaden troff von ihren Lippen. »Genieß es einfach. Du hast verloren. Hier ist der Ort, wo Verlierer gedeihen.« Sie leckte sich die Lippen und ging wieder an die Arbeit.

»Die Dame hat zumindest einen Standpunkt«, sagte Vincent. »Ich wette drei zu eins, daß sie dich dahin kriegt, genauso zu denken wie sie. Was meinst du?«

»Nein.« Tuck wischte den Flieger weg und schloß die Augen.

»O doch«, sagte Beth, als ob sie in ein Mikrophon sprechen würde.

Vincent schnippte seine Kippe aus dem Fenster. »Ich lenke dich doch nicht etwa ab, oder? Ich wollte nur mal vorbeischauen, um der Dame verbal 'n bißchen unter die Arme zu greifen, wo sie im Augenblick ja nicht für sich selber sprechen kann.«

Das hier war der schlimmste Fall von rotierendem Bett, den Tuck jemals erlebt hatte – und dann auch noch in einem Sessel. Sexualhöhenangst.

»Klar«, fuhr Vincent fort. »Das hier entwickelt sich so langsam zu einer religiösen Erfahrung, stimmt's? Man hält sich an das, was man kennt, richtig? Wenn du ihr das Ruder überläßt, brauchst du keine Entscheidungen zu treffen und dir hinterher nicht die geringsten Sorgen zu machen. Sorgenfrei bis ans Ende der Welt. Da hast du mein Wort drauf. Obwohl, wenn ich du wäre, würde ich ihre Geschichte mal überprüfen, nur um sicher zu sein. Vielleicht mal einen Blick in den Computer vom Doc werfen.«

Beth arbeitete mit Mund und Händen, als ob sie Wasser auf ein Feuer in ihrem Inneren pumpte, das sie mit jeder Sekunde mehr verzehrte. Tuck hörte, wie sein Atem sich zu einem Keuchen steigerte und der Weidensessel quietschte und ächzte und über den Holzboden rutschte. Er half ihr nun, wollte nur dieses Feuer löschen, und darüber hinaus existierte gar nichts.

»Denk drüber nach«, sagte Vincent. »Du wirst schon das Richtige tun. Du schuldest mir was, denk dran.« Damit verblaßte er und verschwand.

»Was soll das heißen?« fragte Tuck, doch dann stöhnte er, bog seinen Rücken durch und kam so heftig, daß er dachte, er würde ohnmächtig werden, doch sie machte weiter und weiter, bis er die Intensität nicht mehr ertrug und sie von sich wegstoßen mußte. Sie landete auf dem Boden zu seinen Füßen und sah aus wie eine wütende Katze.

»Du gehörst mir«, sagte sie schwer atmend. Ihr Kostüm war noch bis zur Taille hochgeschoben. »Wir sind Freunde.«

Es kam heraus wie ein Befehl, aber Tuck hörte einen Unterton der Verzweiflung aus all dem Keuchen und dem Zorn heraus, und er spürte ein quälendes Zerren in seiner Brust, einen Schmerz, wie er ihn noch nie zuvor gefühlt hatte. »Ich kenne dich, Beth. Ich bin du«, sagte er erneut. Aber jetzt nicht mehr, dachte er und sagte: »Ja, wir sind Freunde.«

Sie lächelte wie ein kleines Mädchen, das ein Pony zum Geburtstag geschenkt bekommen hatte. »Ich wußte es«, sagte sie. Sie stand auf, zog sich ihren Rock herunter und strich ihn glatt. Dann beugte sie sich vor und küßte ihn auf eine Augenbraue.

Sie sagte: »Ich sehe dich in ein paar Stunden. Wir fliegen um neun los. Ich muß mich um Sebastian kümmern.«

Tuck zog sich den Reißverschluß seiner Hose zu. »Und dich für die Vorstellung fertig machen?« fragte er.

»Nein, diesmal holen wir nur Ausrüstung ab.«

Tuck nickte. »Beth, war der kleine Junge wirklich von Geburt an blind?«

»Aber sicher«, sagte sie und schaute beleidigt. Sie war überzeugender als die Himmelsgöttin.

»Dann kümmere du dich um Sebastian«, sagte Tuck.

Nachdem sie gegangen war, blickte Tuck zur Zimmerdecke und sagte: »Vincent, ich kauf dir deinen Scheiß nicht ab. Wenn du mir helfen willst, prima. Aber wenn nicht, dann pfusch mir nicht in meinen Kram rein.«

55

Achten Sie nicht auf den Mann hinter dem Computer

Tuck ging ins Badezimmer, wusch sich das Gesicht und kämmte seine Haare. Eingehend betrachtete er sein Gesicht im Spiegel und suchte nach jenem furchterregenden Glitzern, das er in Beth Curtis' Augen gesehen hatte. Er war nicht sie. Er war nicht so gerissen wie sie, aber er war auch nicht so durchgeknallt. Er krümmte sich zusammen bei der Erkenntnis, daß er den Großteil seines Erwachsenenlebens damit verbracht hatte, ein Idiot zu sein oder ein Schlappschwanz oder manchmal beides zusammen. Und es war eine Ironie von nicht gerade kleinen Ausmaßen, daß ihm die Verkündigung dieser Wahrheit ausgerechnet im Verlauf eines Blow Jobs widerfahren war. Vincent, was auch immer er sein mochte, hatte von Anfang an irgendein Spiel mit ihm getrieben. Er hatte Lügen und Wahrheit vermischt, ihm nur geholfen, um ihn in den Schlamassel zu reiten. Es gab niemanden, der ihm aus der Patsche half, und wenn er herausfinden wollte, was wirklich mit ihm passieren sollte, mußte er in den Computer kommen.

Der beste Zeitpunkt, um sich in die Klinik zu schleichen, war genau jetzt, am hellichten Tag. Er hatte die Wachen den ganzen Tag noch nicht gesehen, und Beth »kümmerte sich um Sebastian«. Wenn er erwischt wurde, würde er einfach sagen, daß er sich die Wettervorhersage für den Flug heute nacht einholen wollte. Wenn der Doc in der ganzen Welt Faxe und E-Mails herumschicken konnte, dann hatte er garantiert auch Zugang zu Wetterdiensten. Es spielte aber auch keine Rolle; er glaubte nicht, daß es ihm große Mühe bereiten würde, den Doc zu überzeugen, daß er einfach nur blöde war. Sein ganzes Leben war er nichts anderes gewesen, da mußte diese Tarnung jetzt einfach funktionieren.

Er schnappte sich Papier und Bleistift von seinem Nachttisch und steckte beides in seine Gesäßtasche. Wenn er schon mal da war, konnte er auch gleich versuchen, die Koordinaten von Okinawa herauszubekommen. Wenn er es schaffte, sie heimlich in den Navigationscomputer einzugeben, konnte er unter Umständen das Militär dazu bringen, den Jet dort zur Landung zu zwingen. Er hatte nicht den Hauch einer Chance dorthin zu kommen, wenn er sich auf seine eigenen Navigationskünste verließ.

Er blieb auf dem Lanai stehen und warf einen Seitenblick auf die Unterkunft der Wachen, um sicherzugehen, daß niemand hinter der Tür lauerte und seinen Bungalow beobachtete. Zufrieden ging er zur Klinik und drückte vorsichtig die Türklinke herunter. Sie war nicht verschlossen.

Erneut warf er einen prüfenden Blick über das Gelände, sah nichts und glitt durch die Tür. Sogleich schlug ihm der Klang von Stimmen entgegen, die aus dem Hinterzimmer drangen. Männerstimmen, die japanisch sprachen. Auf Zehenspitzen schlich er sich zu der Tür, die zum Operationszimmer führte, und öffnete sie einen winzigen Spalt. Die Tür am anderen Ende des Raums stand offen, und er sah, daß sämtliche Ninjas um eines der Krankenbetten herumsaßen und Karten spielten. Stripe hatte Besuchstag. Sachte drückte Tuck die Tür zu und ging zum Computer.

Es hatte eine Zeit gegeben, da war Tucks Verhältnis zu Computern von einer solchen Ignoranz geprägt gewesen, daß er dachte, ein Mouse Pad sei eine Damenbinde aus dem Disney-Konzern, doch das war, bevor er Jake Skye getroffen hatte. Jake hatte ihm gezeigt, wie man an Wetterkarten und Tabellen herankam oder wie man seine Routen am Computer ausarbeiten konnte. Im Verlauf dessen hatte Tuck auch das gelernt, was Jake für die wichtigste Fähigkeit im Umgang mit Computern erachtete: wie man sich in den Kram anderer Leute hackte.

Die drei CRT-Monitore waren angeschaltet: zwei davon mit grüner Schrift auf schwarzem Grund, der dritte war ein Farbbildschirm. Tuck konzentrierte sich auf den Farbmonitor. Er machte einen freundlicheren Eindruck, und außerdem vermittelte der Bildschirmschoner Tuck ein Gefühl der Vertrautheit. Es war eine Diashow mit Delphinen. Er bewegte die Maus, und die vertraute Windowsoberfläche erschien. Im hinteren Zimmer wurde plötzlich gelacht, und Tuck hätte die Maus beinahe über die Schreibtischkante gejagt. Mußte ein gutes Blatt gewesen sein.

Er hatte erwartet, obskure medizinische Programme zu sehen, etwas, aus dem er niemals schlau werden würde, aber so wie es aussah, benutzte der Doc das gleiche Zeug wie jedermann in den Staaten. Tuck klickte auf das Datenbank-Icon, und das Programmfenster breitete sich über den Bildschirm aus. Er öffnete ein File-Menue; es gab nur zwei. Eines hieß AUSRÜSTUNG, das andere GT. Gewebetypen? Er klickte es an. Es erschien das Dialogfeld KENNWORT EINGEBEN. »Scheiße.«

Jake hatte ihm immer gesagt, daß die Kennwörter, die die Leute benutzen, auf der Hand liegen, wenn man die Leute kennt. Etwas, das sie nicht vergessen würden. Versetz dich an ihre Stelle, und du kriegst das Kennwort raus. Aber laß nie die Möglichkeit außer acht, daß es auf einem Post-It geschrieben am Computer klebt. Tuck suchte nach Post-Its, die irgendwo herumklebten, öffnete dann die Schreibtischschubladen und durchwühlte die Papiere nach irgend etwas, das aussah wie ein Kennwort. Er schob den Stuhl zurück und schaute unter dem Schreibtisch nach. Treffer! Zwei lange Zahlen, die auf einen Streifen Klebeband geschrieben waren, der am Boden einer Schublade angebracht war. Er zog Papier und Bleistift hervor und schrieb sie ab. Dann gab er die erste Zahl in das Kennwortfeld ein.

<Ungültiges Kennwort>, war die Antwort.

Tuck tippte die zweite Nummer ein.

<Ungültiges Kennwort>

Such nach dem, was auf der Hand liegt. Tuck tippte Himmelsgöttin.

<Ungültiges Kennwort>

Die Wachen lachten im anderen Zimmer. Tuck tippte Vincent.

<Ungültiges Kennwort>

Doktor

<Ungültiges Kennwort>

Es war irgendwas, woran der Doc denken würde, wenn er hier herumsaß. Etwas, das ihm durch den Kopf ging.

Tuck tippte Beth.

<Ungültiges Kennwort>

Beths Titten

Halt. Es war der Doc, der dachte. Er tippte Beths Brüste.

Der Ordner öffnete sich, und auf dem Bildschirm erschien eine Liste von Namen auf der linken Seite, gefolgt von Zeilen und Spalten voller Zahlen und Buchstaben. All die Namen, die Tuck sah, waren die von Eingeborenen. Am oberen Ende waren die Bezeichnungen für die Spalten, die wohl die Gewebetypen und Blutgruppen angaben und daneben die Überschriften Niere, Leber, Herz, Lunge, Leber, Hornhaut und Pankreas. Herrgott, das hier war eine Inventarliste! Und die Kategorien Leber, Herz, Lunge, Leber und Pankreas überzeugten ihn ein für allemal, daß keine wohltätigen Absichten hinter den Plänen der Curtis' steckten. Sie waren dabei, die Haifischmenschen auf dem Fleischmarkt zu verhökern, bis das Dorf menschenleer war.

Tuck tippe SEPIE in das FINDEN-Feld. Ein X stand in jeder der Organspalten mit Ausnahme von Niere. Dort waren ein E sowie ein Datum eingetragen. E? Entfernt. Es war das Datum, an dem sie die Niere entfernt hatten.

Er tippte PARDEE, JEFFERSON. Kein X in irgendeiner Kategorie, jedoch zwei E's unter Herz und Lunge. Klar, daß die anderen Organe nicht markiert waren. Sie waren den Haien gespendet worden und nicht länger verfügbar. Es gab keinen Eintrag unter SOMMERS, JAMES. Auch das machte Sinn, denn wie sollten sie die Organe nach Japan schaffen ohne Pilot? Tuck wünschte, er hätte den Namen des kleinen blinden Jungen. Er konnte sich nicht die Zeit nehmen, dreihundert Namen herunterzuscrollen, um nach fehlenden Hornhäuten zu suchen. Er tippte CASE, TUCKER . Zwei E's in den Kategorien Herz und Lunge. Das Datum war das heutige.

»Ihr Wichser«, sagte er. Im Hinterzimmer waren Schritte zu hören, und er stand so rasch auf, daß der Stuhl zurückrollte und gegen einen Aktenschrank am anderen Ende des Büros krachte. Die Datenbank war noch immer auf dem Bildschirm. Tuck streckte den Arm aus und drückte auf den Einschaltknopf des Monitors. Er erlosch in dem Augenblick, als Mato durch die Tür kam.

»Was macht ihr Typen hier?« fragte Tuck energisch.

Mato blieb stehen. Er schien verwirrt. Das Rumbrüllen war doch eigentlich seine Sache.

»Wir fliegen heute abend«, sagte Tuck. »Habt ihr das Flugzeug aufgetankt?«

Mato schüttelte den Kopf. »Dann macht mal los. Ich hab mich schon gefragt, wo ihr seid.«

Mato sah ihn nur an.

»Los jetzt!« rief Tuck. »Sofort!«

Mato schlich sich gerade zur Tür, wobei ihm ganz offensichtlich nicht wohl bei dem Gedanken war, Tucker in der Klinik allein zu lassen. Ein anderer Wachmann kam ins Büro, und als Mato aufschaute, schnappte sich Tucker den Bleistift und den Zettel vom Schreibtisch. Er ließ den Bleistift fallen, und als er sich hinunterbeugte, um ihn aufzuheben, drückte er auf den Power-Schalter des Computers. Der Computer würde neu starten, wenn er wieder angeschaltet wurde, und der Doktor würde lediglich wissen, daß jemand ihn ausgeschaltet hatte. Niemals würde er Verdacht schöpfen, daß jemand in der Organspender-Datei herumgeschnüffelt hatte.

»Also los jetzt, Jungs.«

Tuck schob sich an Mato vorbei zur Tür des Büros hinaus und steckte den Zettel im Vorbeigehen in seine Tasche.

Tuck veranstaltete einen ziemlichen Aufstand bei den Startvorbereitungen für den Lear-Jet. Er verlangte dreimal, daß der Wachmann mit dem Zündschlüssel den Jet anließ, damit er das Flugzeug überprüfen konnte. Der Wachmann kaufte Tuck sein Getue nicht ab und ging kichernd davon. Tuck schaute unter der Instrumentenkonsole nach. Vielleicht gab es eine einfache Möglichkeit, den Schalter kurzzuschließen. Bei dem Computer hatte er ja auch Glück gehabt. Jedoch waren der Schalter und alle Drähte, die damit verbunden waren, mit einer Abdeckung aus Stahl versehen. Einen Schweißbrenner konnte er wohl kaum benutzen, und offengestanden hatte er auch keine Ahnung, welcher Draht wozu gut war. Unter Umständen war es noch nicht einmal ein einfacher Schalter, sondern ein Relais, das zu einem anderen Schalter führte. Es gab keine Möglichkeit, das Ding zu überbrücken.

Er verließ den Hangar und ging zurück zu seinem Bungalow. Wenn er keine andere Möglichkeit fand, die Insel zu verlassen, würden ihm gegen Mitternacht ein paar Lungen und ein Herz fehlen. Beth würde mindestens eine Wache mitnehmen, unter diesen Umständen vielleicht sogar zwei. Und er hatte nicht den geringsten Zweifel, daß sie ihm in die Eier schießen und ihn zwingen würde, nach Japan zu fliegen. Es mußte einen anderen Weg geben. Mit einem Boot zum Beispiel. Kimis Boot. Fuhren diese Jungs in solchen Kanus nicht Tausende von Kilometern über den Pazifik? Was konnte der Doc schon machen? Er war so bedacht darauf gewesen, die Insel abzuriegeln, daß die Wachen noch nicht einmal ein Boot hatten, mit dem sie ihn verfolgen konnten.

Tuck zog seine Shorts an und trug seine Flossen und die Maske ins Bad. Er knotete die Beine seiner Hose am unteren Ende zu und stopfte diverse Ausrüstungsgegenstände hinein. Ein Hemd, eine leichte Jacke, Desinfektionsmittel, Sonnenmilch und ein kurzes Küchenmesser. Er fand ein Glas mit Zucker in der Küche, kippte den Zucker in den Ausguß und füllte das Glas mit Streichhölzern und Pflastern. Als er es gerade versiegeln wollte, sah er den Zettel, den er im Büro der Klinik beschrieben hatte, aus seiner Hosentasche herausschauen und steckte auch ihn noch mit in das Glas. Er packte ein Paar Turnschuhe als oberste Lage in seinen Hosensack und zog den Koppelgürtel so fest zu, wie es irgend ging. Er konnte sich die Hosenbeine beim Schwimmen um den Hals legen, ohne daß sie ihn behinderten. Zwar würde der Stoff naß und schwer werden, doch bis dahin wäre er längst auf der anderen Seite des Minenfelds. In Tucks Augen war er schon halb am Ziel, sobald er das Minenfeld hinter sich gelassen hatte. Von da an mußte er nichts weiter tun, als den alten Kannibalen zu überzeugen, daß er ihm sein Kanu überließ und ihm genug Essen und Wasser gab, damit er irgendwo hinkam. Und Kimi, damit er navigierte. Wo zum Teufel konnten sie hin? Yap? Guam?

Eins nach dem anderen. Immer Schritt für Schritt. Zuerst mußte er raus aus der Siedlung. Er schaute nach, wo die Wachen waren. Als er sich aus dem Fenster lehnte, sah er drei – nein, vier – von ihnen beim Hangar. Er wartete. Er hatte noch nie versucht, seine Schwimmstrecke hinter sich zu bringen, solange es noch hell war. Im Wasser konnten sie ihn selbst von der Rollbahn aus noch sehen. Er konnte nichts tun als hoffen, daß sie in eine andere Richtung schauten.

Die Wachen rollten Fässer in den Hangar, wo der Sprit von Hand in den Lear-Jet gepumpt wurde. Zwei Mann pro Faß, macht vier in der Siedlung, Bingo. Einer mußte im Hangar stehen und sich an der Handpumpe abrackern. Und Stripe war in der Klinik. Showtime!

Tuck ging ins Bad, hob die Falltür, warf den Hosensack und sein Schwimmzeug durch die Öffnung und kletterte hinterher.

Er überlegte, ob er lieber schleichen oder rennen sollte, ob es besser war, unsichtbar zu bleiben, oder ob er auf Geschwindigkeit setzen sollte. Er entschied sich für die Taktik einer neugeborenen Schildkröte: zusehen, daß er ins Wasser kam, so schnell es eben ging. Die einzigen Leute, die ihn eventuell sehen konnten, waren Beth und der Doc, und die waren vermutlich gerade dabei, ihre Betten zusammenzurücken und die Ozzie-und-Harriet-Haut-auf-Haut-Schweiß-Patsch-Nummer abzuziehen. Oder was ihnen sonst noch für krankes Zeug in den Sinn kam. Er hoffte, es war schmerzhaft.

Er explodierte förmlich und rannte um sein Leben. Die Korallensplitter schnitten in seine Fußsohlen, und die Farne schlugen gegen seine Gelenke, aber er konzentrierte sich nur auf den Strand. Als er an der Klinik vorbeikam, glaubte er, am Rande seines Blickfelds eine Bewegung wahrzunehmen, doch er drehte sich nicht um. Er war Carl Lewis, Michael Johnson und Edwin Moses (mit dem Unterschied, daß er weiß war und langsam), und eine einzige Drehung des Kopfes konnte dazu führen, daß er aus dem Tritt kam und das Rennen verlor – und, Junge, dieser Strand scheint ein ziemliches Stück weiter weg zu sein, wenn man rennt, als wenn man sich hinschleicht. Er wäre beinahe gestolpert, als er plötzlich Sand unter den Füßen hatte, doch es gelang ihm, einigermaßen kontrolliert vorwärts zu taumeln, bis er mit dem Gesicht im zehn Zentimeter tiefen Wasser landete. Das Schildkrötenbaby hatte es bis zum Wasser geschafft, doch nun lauerten im Meer ganz neue Gefahren auf ihn, nicht zuletzt die Tatsache, daß er versuchen mußte, mit einem Paar vollgestopfter Khakihosen um den Hals zu schwimmen.

Er machte ein paar Züge, zog dann seine Flossen an und nahm die Strecke in Angriff.

Er war stinkwütend. Und zwar seit dem Moment, als er die Stimme des Piloten in der Klinik gehört hatte. Und er hatte gegen den Nebel, den die Schmerzmittel verursachten, und den Druck in seinem

Kopf angekämpft, um ihn zu schnappen. Yamata beobachtete, wie der Pilot ins Wasser taumelte, bevor er versuchte, die anderen zu rufen. Von seinem Rufen kam kaum mehr als ein Grunzen aus seinem verdrahteten Kiefer, und seine zerschmetterten Nebenhöhlen verhinderten, daß allzuviel Ton durch die Nase nach draußen drang. Seine Waffe war im Quartier der Wachmannschaft, seine Kollegen waren im Hangar, und sein verhaßter Feind machte sich aus dem Staub. Er beschloß, seine Waffe zu holen. Die anderen würden den Piloten eventuell lebend schnappen wollen.

56

Flucht

Kimi versuchte den Donner heraufzubeschwören, doch er hatte absolut kein Glück. Eine halbe Stunde hatte er nun schon gesungen und seine Arme geschwungen, und trotzdem war kein einziges Wölkchen am Himmel zu sehen.

»Du hältst deine Arme nicht richtig«, sagte Sarapul. Er lag unter einer Palme, kaute Betelnuß und übte konstruktive Kritik an dem Seefahrer. Sepie lag in der Nähe und schaute zu.

»Mache ich doch«, sagte Kimi. »Ich halte sie genauso wie du.«

»Vielleicht funktioniert es nicht bei Filipinos.«

»Es liegt daran, daß ich angeschossen bin«, sagte Kimi. »Wenn ich nicht angeschossen wäre, würde ich es hinkriegen.«

Sarapul ließ seinen Blick über den Horizont schweifen. Noch nicht einmal ein Vogel. »Genau, daran liegt's. Du bist angeschossen.« Er spuckte einen roten Strahl Betelnußsaft aus. »Und du hältst deine Arme nicht richtig.«

Kimi fing wieder an zu singen und schwang seine Arme.

»Hey!« sagte Sarapul.

»Was? Hast du's donnern gehört? Ich wußte, daß ich es schaffe.«

»Nein. Sei still. Jemand ruft nach dir.«

Kimi lauschte. Es rief ihn wirklich jemand, und die Rufe kamen näher. Er humpelte den Strand entlang in die Richtung, aus der die Stimme kam, und sah Tucker Case, der um die Biegung herumrannte.

»Hey, Boß, was du machen draußen mitten am Tag? Der Medizinmann wird sein sauer wie verrückt auf dich.«

Tuck war außer Atem. »Er ist sauer und verrückt. Ich brauche dein Boot, Kimi. Und ich brauche dich zum Navigieren.«

»Nicht sein Schiff«, sagte Sarapul. »Mein Schiff.«

»Der Doc bringt mich um, wenn ich nicht von der Insel verschwinde. Kann ich dein Boot haben?«

Der alte Kannibale schwieg einen Moment und dachte nach.

»Wo du hingehen?«

»Keine Ahnung, Guam, Yap, irgendwohin.«

»Kann ich mitkommen?«

»Klar, ja doch, wenn ich dein Boot benutzen darf.«

»Okay, wir fahren los fünf Tage. Stimmt's, Kimi?«

Kimi schaute Tuck an. »Ist nicht gut zu segeln vor fünf Tage.«

»Ich muß aber jetzt weg, Kimi. Sofort.«

»Kann Sepie mitkommen?«

Sepie machte überrascht einen Schritt rückwärts. »Du willst mich mitnehmen? Frauen segeln nicht.«

»Du kommst mit«, sagte Kimi. »Okay, Boß?« sagte er zu Tuck.

Tuck nickte. »Wie du willst, Sepie, geh los und sag Malink, daß ich alle Leute brauche, damit sie Kokosnüsse herschaffen. Viele Kokosnüsse zum Trinken, ohne die Fasern drum herum. Außerdem Bananen, Mangos, Papayas und getrockneten Fisch, wenn er welchen hat.«

»Es gibt viel Haifischfleisch«, sagte Sepie.

»Ich brauche es jetzt gleich, Sepie. Geh los und sag Malink, daß Vincent es verlangt.«

Sarapul fing an, das Gestrüpp, das vor dem Segelkanu wucherte, abzuhacken und so eine Bahn zum Wasser freizumachen. »Leg Palmblätter auf Boden, um Boot drüber zu rutschen«, sagte er zu Tuck. Tuck begann lange Palmwedel zu sammeln und legte damit eine Bahn aus, die bis zum Wasser führte.

»Kimi, kannst du mir die Sachen aus meinem Rucksack bringen? Da sind Sachen dabei, die wir gebrauchen könnten.«
»Was ist mit Roberto?«
»Ruf ihn, aber geh die Sachen holen. Und das Geld auch.«
»Okay. Boß.«
Zehn Minuten später schaute Tuck auf und sah Malink, der eine Gruppe von Haifischmenschen durch den Dschungel führte. Alle trugen Körbe mit Essen und abgeschälten grünen Kokosnüssen.
»Du verläßt uns?«
»Ja, Häuptling, ich muß weg.«
»Du nimmst unser Schiff und unseren Seefahrer mit?«
»Und unsere Liebesdienerin«, fügte Abo hinzu, der hinter Malink stand.
»Ich muß weg von hier, Malink. Der Medizinmann und die Himmelsgöttin wollen mich töten.«
»Aber Vincent dich schicken. Wie kann sie dich verletzen?«
»Sie glauben nicht wirklich an Vincent. Sie benutzen ihn nur, damit ihr die Auserwählten herausrückt. Malink, sie werden bald auch anfangen, deine Leute zu töten.«
»Sie nicht töten die Auserwählten. Auserwählte sind für Vincent.«
»Nein. Ich habe es euch schon mal gesagt. Sie nehmen eure Organe raus und verkaufen sie, damit sie in andere Menschen reingesteckt werden.«
»Man nicht kann stecken Niere von eine Mann in andere Mann.«
»Das stand im *People*-Magazin. Hast du nicht gesehen? Demi Moore, Melanie Griffith, Mariel Hemmingway, die alle. Hast du nicht gelesen davon?«
Plötzlich fiel es ihm wieder ein, und Malink strahlte über das ganze Gesicht. »Busen-Job!«
»Genau«, sagte Tuck. »Woher glaubst du, kriegen die diese Busen?«
«O nein.«
»Doch.«

»Er spricht Wahrheit«, sagte Malink zu den Insulanern. »Es war in *People*. Packt das Essen ins Boot.«

Er nahm Tuck beiseite. »Du wirst kommen zurück?«

»Ich werde es versuchen.«

»Und den Seefahrer wieder mitbringen.«

»Ich werde es versuchen, Malink. Wirklich.«

»Du versuchen.«

»Ebbe«, rief Kimi. »Wir jetzt gehen.«

Die Mitte des Kanus war vollgepackt mit Kokosnüssen, Früchten und Haifischfleisch, das in Bananenblätter eingewickelt war. Kimi wies die Männer an, sich an beiden Seiten des Kanus aufzustellen und es über die Bahn aus Palmblättern ins Wasser zu schieben. Als es zu Wasser gelassen war, hob Tuck zunächst Sepie hinein, bevor er selbst einstieg. Kimi stand auf der Auslegerplattform und war dabei, das Segel zu hissen. Es hatte die Form eines Tortilla-Chips, der auf der Kante stand und am oberen Ende angebissen war. Tuck erkannte die Stücke seines Rucksacks, die in das Nylon-Patchwork eingenäht waren.

»Wo ist Sarapul?« fragte Kimi.

»Hier!« Der alte Kannibale kam aus dem Dschungel gerannt. Auf Tuck wirkte er so kraftvoll wie nie zu vor. Er war zurückgegangen, um seinen Speer zu holen, einen langen Stab aus Mahagoni mit einer obskur gezackten Metallspitze, die aussah wie mit Widerhaken besetzt. Tuck packte den alten Mann am Unterarm und zog ihn aus der Brandung hinein in das Kanu.

Das Kanu war nun schon fünfzig Meter von der Küste entfernt. Sarapul übernahm das lange Ruder am Heck und steuerte auf den Kanal zu, während Kimi auf der Auslegerplattform stand und das Segel bediente.

Staunend standen die Haifischmenschen am Strand. Ein paar winkten; Malink wirkte ein wenig traurig, und Abo wurde von Liebeskummer geplagt.

»Danke!« rief Tuck über die Wellen hinweg. »Danke, Malink!«

»Du wirst zurückkommen«, sagte Malink, und es war keine Frage.

Tuck drehte sich um und schaute hinaus auf die See; dann warf er noch einmal einen Blick zurück zum Strand, wo die Haifischmenschen jetzt zum Abschied ins Wasser wateten. Hinter ihnen erschien ein dunkler Schatten, der aus dem Dschungel trat.

Es gab weder einen Warnschuß, noch eine Aufforderung stehenzubleiben. Stripe ging vor bis zum Strand und eröffnete mit seiner Uzi das Feuer. Tuck drückte Sepies Kopf unter den Rand des Dollbords, just als eine Kugelsalve eine splitternde Naht im Holz hinterließ. Kimi schrie auf, und Tuck schaute sich um und sah, wie eine Reihe roter Geysire aus seinem Rücken hervorbrach. Eine Sekunde lang klammerte sich Kimi an eine der Leinen und stürzte dann ins Meer.

Ein weiterer Schrei – diesmal war es Sarapul. Das markerschütternde Kreischen eines rasenden Luchses, und der alte Mann ging seitwärts über Bord. Der Geschoßhagel hatte aufgehört, und Tuck riskierte es, kurz den Kopf zu heben. Er sah, wie Stripe ein neues Magazin in die Uzi rammte, während er gleichzeitig dem Kanu hinterherwatete. Die Haifischmenschen waren aus dem Wasser in den Dschungel geflohen, oder sie kauerten am Strand, unfähig sich zu bewegen.

Wegen dem unvertäuten Segel war das Kanu herumgeschwenkt und wurde nun von dem ablaufenden Wasser auf das Riff zugetrieben. Sie würden den Kanal nur um knapp einen Meter verfehlen, aber sie würden ihn verfehlen und auf dem Riff auf Grund laufen. Tuck streckte den Arm aus, um das Steuerruder zu ergreifen, als Stripe einen weiteren Feuerstoß aus der Uzi in seine Richtung schickte. Auf eine Entfernung von hundert Metern war die Streuung ziemlich groß, doch Tuck hörte, wie zwei Kugeln mit einem dumpfen Geräusch seitlich in den Rumpf des Kanus schlugen.

Das normalerweise kristallklare Wasser vor der Küste war trübe von Sand und Schlamm, den die Haifischmenschen bei ihrer Flucht aufgewirbelt hatten, und so konnte Stripe den dunklen Umriß nicht sehen, der sich durch das Wasser auf ihn zubewegte. Er stellte seine Uzi auf Halbautomatik und klappte den Schaft aus, um sorgfältig zu zielen.

Tuck stand mittlerweile aufrecht und lehnte sich mit aller Kraft gegen das Steuerruder, um das Kanu herumzuziehen und durch den Kanal zu steuern. Der Ausleger schrammte über das Riff, als das Kanu mit der Breitseite voran auf den Kanal zutrieb.

Stripe hatte die Stelle zwischen Tucks Schulterblättern im Visier. Er hielt den Atem an, ließ ihn heraus und drückte den Abzug.

Mit dem Speer voran schoß Sarapul aus dem Wasser wie ein rasender Schwertfisch. Die Metallspitze drang unterhalb von Stripes Kinn ein und trat an der Schädeldecke wieder heraus, der fiese Widerhaken behangen mit Knochen und Hirnmasse. Stripe kippte nach hinten, und im Fallen leerte er sein Magazin in den Himmel.

Das Kanu glitt durch den Kanal hinaus auf das offene Meer. Draußen am Horizont erschien eine kleine Wolke und sandte einen quecksilbrigen Blitzstrahl ins Meer, dem ein paar Sekunden später Kimis Donner folgte.

57

Westwärts mit der Fledermaus

Der Medizinmann stand am Strand und betrachtete den rücklings am Boden liegenden Körper von Yamata. Der Speer ragte noch immer aus dem Schädel des Wachmanns.

»Wie ist das passiert?« fragte der Medizinmann.

Malink schaute auf seine Füße. Der Medizinmann wirkte eher überrascht als zornig. Ein Tag war vergangen, seit Sarapul Stripe getötet hatte, und Malink hatte voller Angst darauf gewartet, daß der Medizinmann nach ihm suchen würde. Die anderen Wachen hatten das Dorf auf der Suche nach Tuck auseinandergenommen, und Malink hatte gestanden, daß der Pilot die Insel in einem alten Kanu verlassen hatte, doch was den Aufenthaltsort des Wachmanns betraf, hatte Malink behauptet, keine Ahnung zu haben. Sarapul hatte recht gehabt. Sie hätten die Leiche einfach über das Riff schleifen sollen, damit die Haie sie auffraßen. Dies war allerdings erst der zweite Vorschlag gewesen, den Sarapul die Entsorgung der Leiche betreffend gemacht hatte.

»Sieht aus wie Unfall«, sagte Malink. »Vielleicht er rennen und fallen auf seinen Speer.«

»Ich will den Mann, der das getan hat, Malink.«

»Er ist tot.«

»Der Filipino hat das getan?«

Malink nickte. Die anderen Wachen hatten Kimis Leiche im Dorf gefunden, wo die Haifischmenschen sie für das Begräbnis vorbereitet hatten.

»Das glaube ich nicht. Der Filipino ist von vier Kugeln im Rücken getroffen worden. Wer immer das hier getan hat, war sehr stark. Du mußt mir jetzt die Wahrheit sagen, oder Vincent wird sehr zornig werden.«

Malink hatte keine Angst vor Vincents Groll. Erst jetzt erkannte er, daß sie all den Groll, den sein Volk von Vincent zu spüren bekam, dem Medizinmann und der Himmelsgöttin zu verdanken hatten. Er fürchtete sich vor der Himmelsgöttin.

»Der Amerikaner das hier getan, bevor er wegfahren in Kanu. Die Wache erschießen Weibsmann, und der Amerikaner töten Wache.«

»Warum hast du mir das nicht früher erzählt?«

»Ich habe Angst, Vincent wird zornig sein.«

»Woher hatten sie ein Kanu? Keiner von den Haifischmenschen weiß, wie man ein Kanu baut.«

»Es war der Weibsmann. Er wissen, wie. Er bauen mit Sarapul.«

Der Medizinmann ballte seine Fäuste. »Und Sarapul ist ebenfalls weg.«

Malink nickte. »Er segeln weg.«

»Weißt du, wohin sie fahren?«

Malink schüttelte den Kopf. »Nein, Sarapul ist Verbannter. Wir nicht reden mit ihm.«

»Wo ist die Waffe der Wache?«

Malink zuckte mit den Achseln.

Der Medizinmann drehte ihm den Rücken zu und ging den

Strand hinauf. »Sorg dafür, daß deine Leute diesen Mann begraben, Malink. Und laß die anderen Wachen ihn nicht sehen. Und seid bereit. Die Himmelsgöttin wird euch bald besuchen.«

Sarapul kroch zwischen einigen Farnsträuchern in der Nähe hervor und stellte sich neben Malink, um dem Medizinmann hinterherzuschauen. »Wir hätten den Kerl hier essen sollen«, sagte er und gab Yamatas Leiche einen Tritt.

»Das hier ist ganz schlecht«, sagte Malink.

»Er hat meinen Freund getötet.« Sarapul versetzte der Leiche einen weiteren Tritt.

»Die Himmelsgöttin wird sehr zornig werden.« Malink spürte wieder einmal die Bürde seines Amtes.

Der alte Kannibale zuckte mit den Achseln. »Kann ich meinen Speer zurückhaben?«

Tuck wußte, daß es eine Möglichkeit gab, die Zeiger einer Uhr in Verbindung mit dem Lauf der Sonne zu benutzen, um seine Position zu bestimmen. Doch da er eine Digitaluhr trug, hätte es ihm auch nichts genutzt, wenn er die Methode gekannt hätte, was aber nicht der Fall war. Er riet einfach, daß Guam in westlicher Richtung lag, und so steuerte er auf die untergehende Sonne zu, verbrachte die Nacht mit Raten und korrigierte seinen Kurs, indem er dafür sorgte, daß sie bei Sonnenaufgang die Sonne im Rücken hatten.

Segeln konnte er. Das war unerläßliches Grundwissen für ein Kind wohlhabender Eltern, das in San Diego aufgewachsen war. Navigation nach den Sternen war ihm jedoch ein völliges Mysterium. Sepie war überhaupt keine Hilfe. Selbst wenn sie irgend etwas wußte, so hatte sie doch kein Wort gesagt, seit Kimi erschossen worden war. Tuck zwang sie, die Milch von zwei grünen Kokosnüssen zu trinken, aber ansonsten lag sie jetzt schon seit vierundzwanzig Stunden reglos im Bug des Bootes.

Tuck schaute nun bereits auf seinen zweiten Sonnenuntergang auf See. Er korrigierte den Kurs und stellte fest, daß sie den größten Teil des Tages vermutlich nordwärts gefahren waren. Wie weit, konnte er nicht einmal raten. Also steuerte er nach Südwesten, bis die Sonne auf dem Wasser lag wie ein glühender Teller, in der Hoffnung, auf diese Weise einiges von dem Schaden wiedergutzumachen.

Er wünschte sich von ganzem Herzen, daß Sepie zu ihm käme. Er brauchte etwas Schlaf, und er brauchte Ablenkung von seinen eigenen Gedanken. Den Gedanken an die Himmelsgöttin, an den Medizinmann und an seinen toten Freund Kimi. Der Navigator hatte sich zwar manchmal etwas zickig aufgeführt, aber im Grunde war er in Ordnung gewesen. Tuck, der in relativem Wohlstand aufgewachsen war, konnte sich nicht vorstellen, wie er das Leben ausgehalten hätte, das Kimi hatte führen müssen. Und der Seefahrer hatte niemals aufgegeben. Er hatte Mut bewiesen, im Leben wie im Tod. Und er wäre noch immer am Leben, wenn er Tucker Case nie begegnet wäre.

»Verfickte Scheiße«, murmelte Tucker. Er wischte sich mit dem Ärmel über die Augen und blinzelte in die Wellen, die wie Gewehrläufe schimmerten.

Im Mast flatterte etwas, und Tuck korrigierte das Ruder, um am Wind zu bleiben. Das Segel blähte sich wieder auf, doch das Flattern ging noch eine Sekunde weiter, bevor es aufhörte.

Roberto erwischte die Wantenleine, die am Ausleger festgemacht war, und landete kopfunter herumbaumelnd mit Blick auf das Heck des Boots.

Hätte ein Engel in seiner Wantenleine gebaumelt, Tuck hätte nicht glücklicher sein können.

»Roberto?«

»Ja«, sagte der Flughund. Er sprach mit seiner eigenen Stimme und nicht mit der von Vincent. Mit philippinischem Akzent statt Manhattan-Slang.

Tuck wäre beinahe in hysterisches Gelächter ausgebrochen. Seine Stimmungen schlugen nun so rasch und mit solcher Vehemenz um, daß er von der Angst gepackt wurde, mit seinem Verstand könnte es den Bach runtergehen. »Ohne deine Sonnenbrille hab ich dich gar nicht erkannt.«

»Ich nicht mögen Licht«, sagte Roberto.

Tuck schaute hinüber zu Sepie, die noch immer im Bug lag. »Schau mal, Sepie, Roberto ist da.« Das Mädchen rührte sich nicht.

»Du bist sehr traurig wegen Kimi«, sagte Roberto.

»Ja«, erwiderte Tuck. »Ich bin traurig.«

»Er dir sagen, er großer Seefahrer, und du ihm nicht glauben.«

Tuck schaute weg. Fledermäuse hatten irgend etwas an sich, das die Scham mit dem Faktor zehn multiplizierte.

»Du fährst in die falsche Richtung«, sagte der Flughund. »Fahr dahin.« Er deutete mit der Klaue. Der Wind fing sich in seinem Flügel und hätte ihn beinahe um die Leine herumgewirbelt. Er hielt sich mit der anderen Flügelklaue fest und deutete erneut. »Ich meine diese Richtung.«

»Du willst mich verscheißern«, sagte Tuck.

»Diese Richtung.«

»Das ist Norden. Ich fahre nach Guam. Nach Westen.«

»Das ist Westen. Ich bin auf Guam geboren.«

»Du bist ein Flughund.«

»Hast du jemals einen Flughund gesehen, der sich verirrt hat?«

»Nein, aber ich hab auch noch nie einen sprechenden Flughund gesehen.«

»Siehst du?« meinte Roberto, als ob damit alles gesagt wäre. »Diese Richtung.«

Wenn alle Beweise vorliegen – man alle Fakten mit allem abgeglichen hat, was man weiß – und man immer noch planlos umherirrt, ist der Punkt erreicht, an dem man sich von seinem Glauben leiten lassen muß. Tuck steuerte in die Richtung, in die Roberto deutete.

Nur wenige Minuten später sah er sich Vincent gegenüber, der auf einem Haufen Kokosnüsse in der Mitte des Kanus saß. »Nicht dumm, auf den Flughund zu hören«, sagte Vincent. »Ich dachte, du solltest vielleicht wissen, daß die Haifischmenschen demnächst ein paar Leitern bauen.«

»Na, das ist ja mal eine nützliche Information«, erwiderte Tuck.

»Das wird sie noch sein«, sagte Vincent und verschwand.

58

Malinks Lied

»Der neue Pilot wird morgen eingeflogen«, sagte Sebastian Curtis. »Ich habe ihnen gesagt, daß Tucker nicht fliegen wollte und deswegen eliminiert werden mußte. Sie waren nicht sehr glücklich darüber, das Herz und die Lunge zu verlieren.«

Beth Curtis saß an ihrem Schminktisch und legte das Augenmake-up für ihren Auftritt als Himmelsgöttin auf. Der rote Schal hing über der Rückenlehne ihres Stuhls. »Hast du die Datenbank überprüft? Vielleicht können wir ihnen einen anderen Satz Organe mitgeben. Ich kann den Auserwählten heute nacht herauspicken, und wir halten ihn in der Klinik bis morgen früh fest.«

»Der Kunde ist bereits gestorben«, sagte Curtis.

»Oh, dann muß er wohl wirklich krank gewesen sein«, sagte sie lachend. Es war ein Mädchenlachen voller Musik.

Sebastian liebte ihr Lachen. Er lächelte ihrem Spiegelbild über die Schulter hinweg zu. »Ich bin froh, da du dir wegen Tucker Case keine Gedanken machst. Ich verstehe es jetzt, Beth. Ich war eifersüchtig.«

»Tucker wer? Oh, du meinst Tucker-Case-verstorben-auf-See? Bastian, Liebling, was ich getan habe, habe ich für uns getan. Ich dachte, daß ich ihn dadurch unter Kontrolle halten könnte. Schreib es einfach ab, als einen kleinen Fehltritt, den einem das Leben so beschert. Außerdem, wenn er bis jetzt noch nicht tot ist, wird er's spätestens in zwei Tagen sein.«

»Immerhin hat er's über das offene Meer hierher geschafft. Durch einen Taifun.«

»Und mit einem Navigator. Denk dran, ich habe gesehen, wie er geflogen ist. Er ist tot. Vermutlich sitzt gerade in diesem Augenblick der alte Kannibale über seinen Knochen und nagt das letzte bißchen Fleisch ab.« Sie überprüfte ihren Lippenstift und zwinkerte ihm im Spiegel zu. »Showtime, Liebling.«

Malink trottete durch den Dschungel. Seine Schultern schmerzten unter der Last des Proviantkorbs, den er schleppte. Er hatte jeden Tag Essen zu Sarapuls Versteck gebracht. Es lag nicht daran, daß er seinen Leuten nicht vertraut hätte, aber er wollte einfach niemanden mit einem solch schwerwiegenden Geheimnis belasten. Die letzten von ihnen, die Sarapul zu Gesicht bekommen hatten, hatten gesehen, wie er, am ganzen Körper blutüberströmt, keuchend im Sand gelegen hatte. Malink hatte erzählt, der alte Kannibale sei tot, und er hätte seinen Körper den Haien übergeben. Ein Häuptling mußte viele Geheimnisse mit sich herumtragen und sein Volk manchmal auch anlügen, um ihm Leid zu ersparen.

Nach dem dritten Tag war Malink bereit, den Kannibalen wieder in sein Haus auf der abgelegenen Seite der Insel zurückkehren zu lassen. Die Wachen hatten ihre Suchaktion mittlerweile eingestellt, und der Medizinmann hatte aufgehört, Fragen zu stellen. Vielleicht würde ja alles wieder wie früher werden, aber vielleicht wäre das gar nicht richtig. Obwohl er es eigentlich nicht wollte, glaubte Malink dem Piloten. Die Himmelsgöttin und der Medizinmann würden seinem Volk Leid zufügen. Er war zu alt für all dies. Er war zu alt zu kämpfen. Und wie sollte man gegen Maschinenpistolen kämpfen mit nichts weiter als Speeren und Macheten?

Er blieb an einem mächtigen Mahagonibaum stehen und stellte den Proviantkorb ab, um zu verschnaufen. Er sah Rauch, der in dünnen Fäden über die Farne strich, und schaute in die Richtung, aus der er kam. Irgend jemand war dort drüben, verborgen hinter den Blättern einer Taro-Pflanzung, die so groß waren wie Elefantenohren.

Etwas raschelte, und Malink kauerte sich hin.

»Du hast doch nicht etwa Schiß, Knirps?«

Malink erkannte die Stimme aus den Tagen seiner Kindheit, und er hatte keine Angst. Aber er wußte auch, daß er das nicht extra sagen mußte. »Ich bin kein Knirps mehr, ich bin jetzt ein alter Mann.«

Vincent kam lässig hinter der Taro-Pflanzung hervorgeschlendert. Seine Fliegeruniform und die Bomberjacke sahen haargenau so aus, wie Malink sie in Erinnerung behalten hatte. »Du wirst immer 'n Knirps bleiben, Kleiner. Hast du immer noch das Feuerzeug, das ich dir geschenkt hab?«

Malink nickte.

»Das Zippo war mein Glücksbringer. Ich hätt's mal besser behalten sollen. Scheiß drauf, Schnee von gestern.« Vincent machte eine wegwerfende Handbewegung, eine Zigarette zwischen den Fingern. »Paß auf, ich will, daß ihr ein paar Leitern baut. Du weißt, was eine Leiter ist, richtig?«

»Ja«, sagte Malink.

»Klar weißt du das, so 'n schlauer Bursche wie du. Also, was ich von euch will, ist, daß ihr – sagen wir mal – vier Leitern baut. Und zwar stabil und leicht. Nehmt am besten Bambus dafür. Schnallst du das, Kleiner?«

Malink nickte. Er grinste über beide Ohren. Vincent fuhr fort:

»Du quasselst mir glatt das Ohr ab, Kleiner. Also jedenfalls, ich will, daß ihr diese Leitern baut, weil ich nämlich große Pläne mit dir und den Haifischmenschen habe. Riesengroße Pläne, Kleiner. Immens riesengroße Pläne. Ich rede hier von fundamentalen Oberarschplänen, die ich mit euch habe. Klar?«

Malink nickte.

»Gut, dann baut die Leitern und wartet auf weitere Anweisungen.« Der Flieger schritt rückwärts in die Taro-Pflanzung.

»Du hast gesagt, du würdest zurückkommen«, sagte Malink. »Du hast gesagt, du würdest zurückkommen und Kargo mitbringen.«

»Du siehst nicht aus, als hätte man dich kurzgehalten, Kleiner. Du hast dein Kargo doch haufenweise gekriegt.«

»Du hast gesagt, du würdest zurückkommen.«

Vincent hob beide Hände. »Was soll der Scheiß? Sind wir hier bei der Post? Komm mir nicht auf die schräge Tour, Kleiner. Ich brauch dich.« Der Pilot fing an sich zu verflüchtigen, er wurde so durchscheinend wie der Rauch seiner Zigarette.

Malink trat einen Schritt vor. »Die Himmelsgöttin wird uns Befehle geben?«

»Die Himmelsgöttin hat's vor fünfzig Jahren zerbröselt, Kleiner.

Diese Dame, die auf meiner Landebahn mit dem Arsch rumwackelt, ist 'ne Lusche.«

»Lusche?«

»Fauler Zauber, das ist sie, Kleiner. Sieht prachtvoll aus und ist im Bett garantiert 'ne Prachtnummer, aber sie zockt euch ab.«

»Sie ist nicht die Himmelsgöttin?«

»Nein, aber sieh zu, daß sie nicht sauer wird.« Mit diesen Worten löste sich der Pilot gänzlich in nichts auf.

Malink lehnte sich an den Mahagonibaum und blickte durch den Blätterbaldachin zum Himmel. Er spürte ein Kribbeln auf der Haut, und sein Atem ging ruhig und frei. Die Schmerzen in seinen Knien hatten sich verflüchtigt. Er fühlte sich leicht und stark und erfüllt, und jeder Ruf eines Vogels, jedes Rascheln in den Blättern des Waldes oder jedes Krachen einer Welle erschien ihm als Teil eines großen, wundervollen Liedes.

59

Ruft die Kavallerie

Sie hatten Guam ebenso verfehlt wie Saipan (in der Nacht daran vorbeigesegelt). Des weiteren sämtliche Inseln der nördlichen Marianengruppe (mangelnde Sicht infolge Nebels) sowie Johnston Island und sämtliche Schiffe auf hoher See (kein spezieller Grund, einfach nur so dran vorbeigefahren). Die Sonnenmilch war ihnen am siebten Tag ausgegangen. Ihr Trinkvorrat an Kokosnüssen war am vierzehnten Tag zu Ende gewesen.

Sie hatten immer noch etwas Haifischfleisch, das getrocknet und geräuchert war, aber ohne Wasser bekam Tuck davon nicht einen einzigen Bissen herunter. Und zu trinken hatten sie nun schon einen ganzen Tag nichts mehr.

Sie waren drei Tage auf See gewesen, bevor Sepie aus ihrem katatonischen Zustand erwacht war. Und nachdem sie einen Tag lang nur geschluchzt und geweint hatte, fing sie an zu reden.

»Ich vermisse ihn«, sagte sie. »Er mir zuhören. Er mich mögen, auch wenn ich böse zu ihm.«

»Ich auch. Ich hab ihn auch manchmal fies behandelt. Er war ein guter Kerl. Ein guter Freund.«

»Er dich lieben sehr viel«, sagte Sepie. Und wieder fing sie an zu weinen.

Tuck blickte zu Boden und verbarg sein Gesicht, damit sie seine Augen nicht sehen konnte. »Es tut mir leid, Sepie. Ich weiß, daß du ihn geliebt hast. Ich hatte nicht vor, ihn in Gefahr zu bringen. Ich hatte nicht vor, *dich* in Gefahr zu bringen.«

Sie kroch an sein Ende des Kanus und legte sich in seine Arme. Er hielt sie lange fest und wiegte sie, bis sie aufhörte zu weinen. Er sagte: »Du wirst sehen, es wird schon wieder.«

»Kimi sagen, eines Tages er würde mit mir nach Amerika segeln. Wirst du mich mitnehmen?«

»Sicher. Es wird dir dort gefallen.«

»Erzähl mir«, sagte sie.

Sie fragte Tuck Löcher in den Bauch über alles, was mit Amerika zu tun hatte, vom Fernsehen bis zu Tampons. Tuck lernte etliches über Männer – wie simpel sie waren und wie einfach zu manipulieren, wie gut eine Frau sich in ihrer Gegenwart fühlte, wenn sie nett zu ihr waren, und wie sehr sie eine Frau verletzten konnten, indem sie starben. Das Mitteilen von Dingen, mit denen sie sich auskannten, gab ihnen das Gefühl von Klugheit, und indem sie abwechselnd die Aufgabe übernahmen, das Boot zu steuern, verliehen sie sich gegenseitig das Gefühl von Sicherheit. Es war leichter, in dieser kleinen Welt an Bord eines Kanus zu leben, als sich der endlosen Leere des Ozeans zu stellen. Sepie ging dazu über, sich an Tucks Brust zu kuscheln, um zu schlafen, während er steuerte. Und zweimal schlief Tuck in ihren Armen ein, und das Boot trieb über Stunden steuerlos dahin. Tuck ließ sich davon nicht irritieren. Er hatte sich damit abgefunden, daß sie sterben würden. Es erschien ihm nun so leicht, daß er sich fragte, warum er sich überhaupt so eine Mühe gegeben hatte, dem Tod auf der Insel zu entkommen.

Roberto hatte seit der ersten Nacht nicht mehr gesprochen. Er hing an seiner Leine und deutete mit der Klaue seines Flügels in eine bestimmte Richtung, wann immer Tuck ihn anrief. Als Tuck noch Berechnungen anstellte, mutmaßte er, daß sie sich mit einer Durchschnittsgeschwindigkeit von fünf Knoten bewegten. Bei fünf Knoten und vierundzwanzig Stunden am Tag, mal vierzehn Tage, so rechnete er sich aus, müßten sie eine Strecke von über dreitausend Kilometern zurückgelegt haben. Folglich müßten sie seinen Berechnungen zufolge eigentlich durch die Innenstadt von Sacramento segeln. Doch seine Berechnungen waren keinen Deut besser als seine Navigationsfähigkeiten.

Am fünfzehnten Tag erhob sich Roberto in die Lüfte, und Tuck schaute ihm nach, bis er nichts weiter war, als ein Pünktchen am Horizont, bevor er schließlich ganz verschwand. Tuck machte ihm keinen Vorwurf. Er fügte sich in seinen eigenen Tod, aber er wollte nicht zusehen, wie Sepie vor ihm starb. Bei Sonnenuntergang band er das Steuerruder los, nahm Sepie in die Arme und legte sich am Boden des Bootes nieder, um zu warten.

Später, irgendwann – er wußte nicht, wieviel Zeit vergangen war, aber es war noch immer dunkel –, wachte er mit einem heiseren Schrei auf, als ein Röhrchen Mascara vom Himmel auf seine Brust fiel. Sepie richtete sich auf und schnappte sich das Röhrchen, das auf den Boden des Bootes gerollt war.

»Um dich hübsch zu machen«, sagte sie, wobei sich ihre Stimme bei dem Wort »hübsch« überschlug.

Tuck war zu desorientiert, um zu erkennen, was sie da in der Hand hielt. Er nahm es ihr ab und betrachtete es mit blinzelnden Augen. »Das ist Mascara.«

»Roberto«, sagte Sepie.

Tuck suchte den Himmel ab, doch er konnte den Flughund nirgendwo sehen. Es wurde allmählich hell. »Du bringst uns Mascara? Wir kommen um vor Durst, und du bringst uns Mascara?«

»Kimi ihm beibringen«, sagte Sepie.

Tuck hätte nie geglaubt, daß er noch Energie genug für einen Wutausbruch gehabt hätte, doch er kam dessen ungeachtet. »Du...«

Sepie legte ihm einen Finger auf die Lippen. »Hör mal.«

Tuck horchte. Er hörte nichts. »Was?«
»Brandung.«
Tuck horchte. Er hörte es. Er hörte außerdem noch etwas anderes, ein rhythmisches Plätschern im Wasser, das gar nicht weit weg war von ihrem Kanu. Er schaute in die Richtung, aus der das Geräusch kam, und sah, daß sich etwas über die Wasseroberfläche auf sie zubewegte.
»Aloha!« tönte es aus der Dunkelheit, und dann tauchte ein weißer Mann mittleren Alters in einem Hochseekajak auf. »Ich bin wohl nicht der einzige, der gern frühmorgens rausfährt«, sagte er.

Während ihrer ersten Nacht im Waikiki Beach Hyatt Regency drückte Sepie die Toilettenspülung achtundsiebzigmal und konsumierte Waren aus der Minibar im Wert von zweihundertvierzig Dollar (fünf Pepsi Cola und eine Schachtel Schokorosinen).
»Man macht hier rein, und es geht einfach weg?«
»Ja.«
»In diese Schüssel?« Sie deutete darauf.
»Ja.«
»Man macht einfach?«
»Ja.«
»Und man drückt das Ding hier?«
»Ja.«
»Und es geht weg?«
»Ganz genau.«
»Wohin?«
»Ins nächste Zimmer.« Abwasser – sie hatten sich nicht über Abwässer unterhalten.
»Und die drücken darauf, und es geht weg?«
»Paß auf, Sepie, hier drüben ist ein Fernseher. Du drückst da drauf, und es wechselt das Bild.«
Tuck konnte nicht sicher sein, weil sie nie Sex miteinander gehabt hatten und weil sie ihm erzählt hatte, daß sie einem Mann alles vormachen konnte, aber er hatte fast den Eindruck, als hätte sie in diesem Augenblick einen Orgasmus gehabt.

Er rang ihr das Versprechen ab, das Zimmer nicht zu verlassen, und ließ sie, fröhlich Toiletten spülend und Kanäle wechselnd, im Zimmer zurück, während er zur Polizei ging.

Der wachhabende Beamte am Empfangspult des Polizeireviers von Honolulu begegnete Tucker mit Geduld, Höflichkeit und der angemessenen Aufmerksamkeit – bis zu dem Zeitpunkt, als Tuck sagte: »Hören Sie, ich weiß, ich sehe ein bißchen aus, wie durch den Wolf gedreht, aber ich war zwei Wochen lang in einem Kanu auf hoher See.« Bei diesem Satz hob der Sergeant die Hand, um Tucker zu bedeuten, daß nun er an der Reihe war mit Reden.

»Sie sind zwei Wochen auf See gewesen?«

»Ja, ich bin mit einem Boot entkommen.«

»Also, wie lange ist es nun her, seit diese angeblichen Morde sich ereignet haben?«

»Etwa einen Monat, vielleicht auch länger.«

»Und Sie sind erst jetzt dazu gekommen, sie anzuzeigen?«

»Ich hab's Ihnen doch erklärt. Ich saß auf Alualu fest. Ich bin in einem Segelkanu entkommen.«

»Dann«, fuhr der Sergeant fort, »ist Alualu keine Straße in Honolulu.«

»Nein, es ist eine Insel in Mikronesien.«

»Dann kann ich Ihnen leider nicht helfen, Sir. Das liegt außerhalb unseres Zuständigkeitsbereichs.«

»Na ja, und wer kann mir helfen?«

»Versuchen Sie's beim FBI.«

Während der Taxifahrt zu den Büros des FBI änderte Tuck seine taktische Marschrichtung. Er würde sich bedeckt halten und erst dann zu seinem Sermon ansetzen, wenn er die erste Hürde an der Frontlinie passiert hatte. Die Empfangsdame war eine zierliche Asiatin von etwa vierzig, deren prononcierter Aussprache man anhörte, daß Englisch nicht ihre Muttersprache war.

»Ich bin sicher, daß ich Ihnen helfen kann, wenn Sie mir einfach nur sagen, worum es sich bei dem handelt, das Sie zu Protokoll geben möchten.«

»Das kann ich nicht. Ich muß mit einem Agenten reden. Ich fühle mich so lange nicht sicher, solange ich nicht mit einem echten Agenten geredet habe.«

Sie machte einen eingeschnappten Eindruck, und ihr Tonfall wurde noch förmlicher. »Vielleicht können Sie mir sagen, um welche Art von Verbrechen es sich handelt.«

Tuck dachte einen Augenblick nach. Was war es, worum sich das FBI im Fernsehen immer kümmerte? Al Capone, der Ku-Klux-Klan, Banküberfälle, und ... »Kidnapping«, sagte er. »Es handelt sich um einen Fall von Kidnapping.«

»Und wer wurde gekidnappt? Haben Sie bei den örtlichen Polizeibehörden eine Vermißtenanzeige aufgegeben?«

Tuck schüttelte den Kopf, doch er gab nicht nach. »Das werde ich nur einem Agenten erzählen.«

Die Empfangsdame griff zum Telefon und wählte eine Nummer. Sie drehte sich von Tucker weg und deckte ihren Mund mit der Hand ab, während sie in die Sprechmuschel sprach. Schließlich legte sie auf und meinte: »Es wird gleich ein Agent kommen. Er ist schon auf dem Weg.«

»Danke«, sagte Tucker.

Ein paar Minuten später ging eine Tür auf, und ein dunkelhaariger Kerl, der aussah wie eine bewegliche Schaufensterpuppe aus einer Fensterinstallation bei Brooks Brothers, betrat den Empfangsraum und streckte Tucker die Hand entgegen. »Mr. Case, ich bin Special Agent Tom Myers. Würden Sie bitte in mein Büro mitkommen?«

Tuck schüttelte ihm die Hand und folgte ihm durch die Tür und dann einen Flur entlang vorbei an einer Reihe völlig identischer Büros von drei mal vier Meter Größe mit identischen Metallschreibtischen, auf denen identische Fotos von identischen Familien in identischen Billigrahmen standen. Myers bedeutete Tuck, sich zu setzen, und nahm selbst hinter seinem Schreibtisch Platz.

»Also, Rose hat mir erzählt, daß Sie einen Fall von Kidnapping melden wollen?« Special Agent Myers knöpfte sich den obersten Knopf seines Hemdes auf.

»Dürfen Sie das?« fragte Tuck.

»Zwangloser Freitag«, meinte der Special Agent.

»Oh«, sagte Tuck. »Also ja. Kidnapping, mehrfacher Mord und Diebstahl und Verkauf von menschlichen Organen zum Zwecke der Transplantation.«

Myers zeigte keinerlei Reaktion. »Reden Sie weiter.«

Und Tuck tat wie ihm geheißen. Er begann mit dem Angebot für den Job auf Alualu und endete mit seiner Ankunft auf Hawaii, wobei er die Tatsache ausließ, daß er mit Mary Jeans Jet eine Bruchlandung gebaut hatte, weswegen ihm die Pilotenlizenz entzogen worden und Anzeige gegen ihn erstattet worden war. Außerdem verlor er kein Wort über Kargo-Kulte, Kannibalen, Transvestiten, Geisterpiloten, sprechende Flughunde und Verletzungen im Genitalbereich. Als er geendet hatte, glaubte er, daß die bereinigte Version eigentlich ziemlich glaubhaft klingen mußte.

Während der halben Stunde, in der Tuck redete, wechselte Special Agent Myers weder seine Sitzposition noch seinen Gesichtsausdruck. Tuck glaubte allerdings, daß er gesehen hatte, wie er einmal mit den Augen blinzelte. Schließlich lehnte sich Special Agent Myers in seinem Stuhl zurück (erneute Zwanglosigkeit), legte die Finger an seine Schläfen und sagte: »Lassen Sie mich etwas fragen.«

»Sicher«, sagte Tuck.

»Sind Sie der Tucker Case, der vor ein paar Monaten besoffen in Seattle einen rosa Jet zu Schrott geflogen hat?«

Am liebsten hätte Tucker ihm eine runtergehauen. »Ja, aber das hat mit dieser Angelegenheit nicht das geringste zu tun.«

»Das glaube ich aber doch, Mr. Case. Ich denke, daß das erhebliche Auswirkungen auf die Glaubwürdigkeit einer ohnehin schon unglaubwürdigen Geschichte hat. Ich denke, Sie sollten mein Büro verlassen und zusehen, daß Sie Ordnung in Ihr Leben bringen.«

»Was ich Ihnen erzählt habe, ist die Wahrheit«, sagte Tuck, der gegen eine aufkommende Panik ankämpfte und sich alle Mühe gab, ruhig zu bleiben. »Warum sollte ich mir eine solche Geschichte ausdenken? Wie Sie sehr richtig bemerkt haben, habe ich genügend damit zu tun, mein Leben wieder ins Lot zu bringen. Ich bin doch nicht so blöde, mir zu allem anderen auch noch eine Anklage wegen Irreführung der Justiz einzuhandeln. Wenn Sie mich verhaften müssen, dann tun Sie es. Aber tun Sie etwas gegen das, was auf dieser Insel da draußen passiert, oder es werden noch eine Menge mehr Leute sterben.«

»Selbst wenn ich Ihre Geschichte glauben würde, was sollte ich Ihrer Ansicht nach tun?«

Jetzt riß Tuck endgültig der Geduldsfaden. »›Special Agent‹. Heißt das, Sie sind von der Sonderschule mit dem Bus zur Akademie gekarrt worden?«

»Ich war Klassenbester.« Empörung kam auf.

»Dann handeln Sie entsprechend.«

»Was wollen Sie, Mr. Case?«

Tuck sprang von seinem Stuhl auf und beugte sich über den Schreibtisch. Special Agent Myers rollte in seinem Stuhl zurück.

»Ich will, daß Sie sie aufhalten. Ich will verdeckte Aktionen und tödliche Technologie. Ich will Navy SEALS und Heckenschützen und Spione und intelligente lasergesteuerte Tarnkappendinger mit allem drum und dran. Ich will eine Strategie der Nadelstiche mit chirurgischer Präzision und Satellitenüberwachung und einen ganzen verkackten Haufen von allem möglichen Tom-Clancy-Brimborium, das Sie auffahren können. Ich will Jack Ryan, James Bond und ein halbes Dutzend Scheißer wie Jean Claude Van Damme, die durch ihr eigenes Arschloch springen können und einem dabei das Herz rausreißen, ohne daß es aufhört zu schlagen. Verdammt noch mal, Special Agent Myers, ich will, daß was passiert! Action! Was hier abgeht, ist üble Scheiße.«

»Setzen Sie sich, Mr. Case.«

Tuck setzte sich. Er hatte sein Pulver verschossen. »Passen Sie auf, ich ergebe mich. Verhaften Sie mich, werfen Sie mich in den Knast, und verprügeln Sie mich mit einem Gummischlauch. Machen Sie, was Sie wollen, aber stoppen Sie das, was da unten vorgeht.«

Special Agent Myers lächelte. »Ich glaube Ihnen kein einziges Wort von dem, was Sie mir erzählt haben. Aber selbst wenn ich es täte, selbst wenn ich Beweise hätte für das, was Sie behaupten, könnte ich noch immer nichts tun. Das FBI kann nur einschreiten, soweit es sich um Angelegenheiten innerhalb der USA handelt.«

»Dann sagen Sie mir jemanden, der für internationale Angelegenheiten zuständig ist.«

»Die CIA ist lediglich befaßt mit Fragen der nationalen Sicherheit, und offengestanden, ich würde mich nicht der Peinlichkeit aussetzen, die anzurufen.«

»Dann scheißen Sie doch drauf. Lochen Sie mich ein.« Tuck streckte die Arme aus, um sich Handschellen anlegen zu lassen.

»Gehen Sie zurück in Ihr Hotel und ruhen Sie sich aus, Mr. Case. Es liegen keinerlei Anzeigen oder Haftbefehle gegen Sie vor, die eine Verhaftung rechtfertigen würden.«

»Es liegt nichts vor?« Tuck fühlte sich wie nach einem Schlag in die Magengrube.

»Ich habe es im Computer nachgeprüft, bevor ich Sie hier hereingebeten habe.« Myers erhob sich. »Ich bringe Sie jetzt hinaus.«

Nach einer weiteren Taxifahrt und einer erneuten Kurzfassung seiner Geschichte wurde Tucker auch aus der japanischen Botschaft hinauskomplimentiert. Er fand eine Telefonzelle, und es dauerte nicht lange, bis sowohl die amerikanische Ärztekammer als auch der methodistische Missionsrat mitten in seinem Anruf aufgelegt hatten. Er fand Sepie zusammengerollt auf dem Doppelbett ihres Hotelzimmers. Der Fernseher dröhnte im Badezimmer vor sich hin, und auf dem Boden lagen drei kleine Flaschen Wodka aus der Minibar. Tuck zog in Erwägung, sich ebenfalls über die Minibar herzumachen, doch als er den Kühlschrank öffnete, griff er zu Grapefruitsaft anstelle von Gin. Sich vollaufen zu lassen würde ihm diesmal kein Stück weiterhelfen, und außerdem würde bei dem Tempo, das sie vorlegten, das Bargeld, das er anstelle einer Kreditkarte an der Rezeption hinterlegt hatte – das Geld, das Sarapul in seinem Rucksack gefunden hatte –, gerade mal noch zwei Tage reichen.

Er setzte sich auf das Bett und strich Sepie übers Haar. Sie hatte Mascara aufgelegt, während er weg war, und es schwerstens vermasselt. Seltsam, als sie ins Hotel hereinkam, trug sie eines von Tuckers

Hemden – es war das erste Mal, daß sie oben herum etwas trug – und wirkte wie ein kleines Mädchen, und nun lag sie mit Make-up im Gesicht auf dem Bett und schlief ihren Rausch aus. Tuck hatte das Gefühl, daß es in Amerika für sie beide nicht leicht werden würde. Er küßte sie auf die Stirn, und sie stöhnte und rollte sich herum. »Parfüm morgen«, sagte sie. »Du kaufst mir welches, okay.«

»Okay«, sagte Tuck. »Eine Frau, die gut riecht, ist eine Frau, die sich gut fühlt.« Dieser Satz ratterte durch seine Gehirngänge. Er schnappte sich das Telefon und wählte die Nummer der Auskunft. Als die Vermittlung antwortete, sagte er: »Houston, Vorwahl 713...«

60

Währenddessen, zu Hause auf der Ranch

Mary Jean saß hinter einem Schreibtisch, der ganz und gar aus Rosenquarz mit eingelegtem Goldimitat bestand, und schaute zum Fenster hinaus auf die Skyline von Houston. Ein brauner Dunstschleier hatte sich mittlerweile bis zu ihrem Büro im fünfzigsten Stock erhoben, als Folge der Abgase, die eine Million Automobile in Richtung Stratosphäre pusteten und die sich nun um die Stadt legten wie eine fette rostrote Katze auf der Suche nach einem Platz für ein Nickerchen. Bei dem Anblick wurde sie sauer wie 'n Cowboy in Hosen aus Stacheldraht, aber natürlich auch nicht so sauer, daß sie ihre GM- und Exxon-Aktien verkauft hätte. Blue Chips waren Blue Chips, und schließlich war es das Ölgeschäft, das den großen Staat Texas zu dem gemacht hatte, was er war.

Die Gegensprechanlage piepte, und Mary Jean drückte die Freisprechtaste, allerdings nicht, weil sie die Hände freihaben mußte, um zu arbeiten, sondern weil zum einen der Telefonhörer ihre Frisur ruinierte und zum anderen, weil ihre Ohrclips ständig gegen den Hörer klapperten und dabei störende Geräusche produzierten. Es hatte eine Zeit gegeben – vor Prozac –, da war Mary Jean ein halbes

Jahr lang der festen Überzeugung gewesen, daß das FBI ihr Telefon abhörte. Irgendwann stellte sie dann fest, daß es ihre vierundzwanzigkarätigen Rubinohrringe waren, die gegen den Hörer klapperten.

»Ja, Melanie?«

»Tucker Case ist am Telefon, Mary Jean. Er ruft schon den ganzen Tag an. Ich hab versucht, ihn abzuwimmeln, aber er sagt, es würden Menschen sterben, wenn Sie nicht mit ihm reden.«

»Hört er sich besoffen an?«

»Nein, Ma'am. Er klingt ziemlich ernst.«

Mary Jean holte tief Luft und betrachtete den Monet an der Wand gegenüber. Gekauft für zwanzig Millionen Dollar, schnöderweise als Kosten für Büroeinrichtung deklariert, per Gutachten auf den doppelten Wert hochgejubelt, einem Museum vermacht und zu diesem Betrag als Stiftung abgeschrieben, ohne daß die Wertsteigerung jemals steuerlich geltend gemacht werden konnte, würde es dort drüben hängen, bis es am Tag ihres Todes ins Museum wandern würde. Außerdem paßte es zur Couch.

»Stell ihn durch«, sagte sie.

»Mary Jean, hier ist Tucker.«

«Gerade hab ich an dich gedacht. Wie geht's dir, Süßer?«

»Mary Jean, ich bin stocknüchtern, und es ist absolut notwendig, daß du mir zuhörst.«

»Schieß los, Tucker. Ich hab mehr Ohren als ein Maisfeld im Juni.«

»Erstens, ich weiß, daß gegen mich niemals Anklage erhoben wurde, und ich mache dir keinen Vorwurf, daß du mich aus dem Weg haben wolltest. Aber im Augenblick kann ich wirklich Hilfe gebrauchen.«

Mary Jean wurde bleich. »Kannst du einen Augenblick dranbleiben, mein Lieber? Danke.« Sie drückte auf die Haltetaste und dann auf die Gegensprechanlage. »Melanie, Liebes, bitte sei so gut und bring mir zwei Valium 5 und ein kleines Glas Saft. Danke.« Ein Klicken, und sie hatte wieder Tuck am Apparat. »Also red weiter, Schatzi.«

Und Tuck redete, fünfzehn Minuten lang. Als er fertig war, sagte Mary Jean: »Also das ist wirklich nicht richtig. Das ist einfach furchtbar.«

»Ganz genau, das ist es, Mary Jean.«

»So was können wir nicht zulassen«, sagte sie. »Du gibst jetzt Melanie deine Nummer. Ich sehe, was ich tun kann.«

»Mary Jean, ich bin dir wirklich dankbar. Wenn ich irgend jemand anderen wüßte, an den ich mich wenden könnte, dann hätte ich es getan.«

»Um damit meine Gefühle zu verletzen? Nein, das würdest du nicht tun. Tucker Case, seit vierzig Jahren verkaufe ich die Macht des Wandels und der Veränderung. Also, wenn ich nicht an die Macht der Läuterung glauben würde, dann würde ich mich der irreführenden Werbung schuldig machen, oder? Du bleibst, wo du bist, und hältst dich gerade, klar? Bis dann.«

Sie drückte die Gegensprechanlage. »Melanie, verbinde mich mit Jake Skye. Danke, Liebes.«

61

Aloha mit Schmackes

Tuck stand am Gate des Ankunftsterminals inmitten einer Gruppe mit Baströcken und Sarongs bekleideter haiwaiianischer Studenten, die mit Blumenkränzen behängt waren, welche sie den Touristen um den Hals legten, die durch den Tunnel aus der 747 kamen. Tuck erspähte Jake Skye, schon bevor er aus dem Tunnel trat, denn erstens war er einen Kopf größer als die meisten Touristen und zweitens einer der wenigen, die bereits vor ihrer Ankunft hier sonnengebräunt waren. Tuck winkte ihm zu, und Jake gab ihm durch ein Kopfnicken zu verstehen, daß er ihn gesehen hatte. Grinsend trat er aus dem Tunnel, die Hand ausgestreckt zur Begrüßung.

Tuck lächelte und verpaßte ihm einen Schwinger am Kinn, so daß Jake in eine Gruppe von Pseudohulamädchen geschleudert wurde. Er entschuldigte sich bei den Mädchen und rieb sich das Kinn, als er sich wieder an Tuck wandte.

»Sind wir jetzt quitt?«

»Glaub schon«, sagte Tucker. Er wußte, daß Jake sich nie bei ihm dafür entschuldigt hätte, ihn für Geld aus dem Weg geräumt zu haben.

Jake reihte sich neben Tuck ein, und gemeinsam schritten sie durch den Terminal. »Den Schlag hab ich gar nicht kommen sehen. Du hast dich verändert, Kumpel.«

»Kann schon sein«, sagte Tuck. »Danke, daß du gekommen bist.«

»Ich bin nur hier, um dich nach Hause zu bringen.« Jake zückte zwei Umschläge mit Flugtickets aus seiner Brusttasche. »Mary Jean sagt, du kannst deine neue Freundin mitbringen.«

»Ich werde nicht nach Hause fliegen, Jake.«

»Wirst du nicht?«

»Nein. Ich brauche deine Hilfe, aber ich werde nicht zurückfliegen nach Houston.«

»Es gibt eine Zwischenlandung in San Francisco. Da kannst du auch aussteigen.«

»Nein, es gibt ein paar Dinge, die ich erledigen muß.«

»Spendier mir einen Drink.« Jake bog ab und betrat eine Freiluft-Cocktail-Bar, in der sich, umrahmt von einer Fülle von Orchideen, ein sieben Meter hoher Wasserfall auf schwarze Lavabrocken ergoß. »Einfach cool, dieser Flughafen«, sagte Jake und zog sich einen Hocker an die Bar. »Hast du je daran gedacht, wie's wäre, in den Tropen zu leben?«

Tuck wirbelte auf seinem Hocker herum, und Jake hob die Hände als Zeichen der Kapitulation.

»War nur 'n Witz. Also gut, worum geht's?«

Diesmal erzählte Tuck die Geschichte, ohne bestimmte Details auszulassen, und man mußte es Jake zugute halten, daß er Tuck am Ende nicht für verrückt erklärte. »Also schön, und was willst du jetzt machen?«

»Na ja, zuerst, dachte ich, könntest du dich in den Computer von diesem Doc reinhacken und die Datenbank löschen. Dadurch würde der ganze Prozeß erst mal verlangsamt, weil er ja die Gewebetypen wieder neu feststellen muß.«

Jake schüttelte seinen Kopf. »Das ist leider nicht drin, Kumpel. Selbst wenn ich wollte.«

»Warum nicht? Ich hab doch das Kennwort.«

Jake kippte den Rest seines dritten Mai Tai. »Er hängt an einem Satellitenverbundnetz. Die Verbindung funktioniert nur dann in zwei Richtungen, wenn er das auch will. Da komme ich nicht rein. Darüber hinaus habe ich strikte Handlungsparameter. Ich soll herkommen, dich abholen und nach Hause bringen. Punkt.«

Tuck zog einen Zettel aus seiner Gesäßtasche und faltete ihn auseinander. »Ich hab das hier. Vielleicht hilft uns das weiter.«

Jake schüttelte den Kopf, doch er hielt plötzlich inne, als er die Zahlen sah, die auf dem Zettel standen. »Woher hast du diese Nummern?«

»Sie waren an der Unterseite einer Schreibtischschublade in der Klinik von Curtis.«

»Das sind keine Computercodes, Tuck. Siehst du die Buchstaben am Ende? BSI. Weißt du, was das ist?«

Tuck schüttelte den Kopf.

»Banc Suisse Italiano. Das sind die Nummern von Bankkonten in der Schweiz.« Jake versuchte sich den Zettel zu schnappen, doch Tuck zog ihn außerhalb seiner Reichweite.

»Bist du bereit, deine Handlungsparameter etwas weiter zu fassen?« fragte Tuck.

Jake blickte starr auf den Zettel in Tucks Hand. »Wieviel?«

»Die Hälfte.«

Jake kratzte sich seinen Dreitagebart. »Wieviel haben die noch mal pro Niere kassiert?«

»'ne halbe Million.«

Jake zuckte zusammen. Dann legte er Tuck die Hand auf die Schulter und sagte: »Also, was hat dir in etwa vorgeschwebt, Partner?«

»Ich will die Haifischmenschen von der Insel schaffen.«

»Wie viele? Dreihundert und 'n paar Zerquetschte? Besorg dir 'n Schiff.«

»Ich will, daß es schneller über die Bühne geht. Ich will sie ausfliegen.«

Jake lächelte. Die Maschinerie war in Gang gesetzt. »Dafür brauchst du einen großen Flieger: eine 747 oder eine L-1011. Ist die Landebahn auf der Insel lang genug für 'n Vogel von der Größe?«

»Können wir was in der Größe an Land ziehen?«

»Nicht auf legalem Weg«, sagte Jake.

»Der legale Weg ist mir schnurz. Mir geht's um die Logistik.«

Jake erhob sich. »Ich werde das Ding nicht fliegen. Ich besorge dir ein Flugzeug, und ich kriege die Hälfte. Abgemacht?«

»Ich gebe dir eine der beiden Kontonummern, sobald wir den Flieger haben. Es ist dein Risiko, ob Geld drauf ist oder nicht. Wenn ich's nicht schaffe und das Geld ist auf meinem Konto, hast du Pech gehabt.«

Jake dachte darüber nach und nickte schließlich. »Damit kann ich leben. Geh'n wir mal los und schauen den großen Flugzeugen beim Starten zu.«

Tuck war fasziniert von der Art, wie Jakes Verstand funktionierte. Von der Sekunde an, da er akzeptiert hatte, daß sie eine 747 stehlen mußten, wurde eben dies zu einem Problem, und wenn es um das Lösen von Problemen ging, war Jake Skye einfach unschlagbar. Sie standen auf einem Rundgang, von dem aus man das Rollfeld überblickte, und sahen zu, wie die Jumbo-Jets zum Terminal gerollt kamen.

»Das beste daran, eine 747 zu stehlen, ist«, sagte Jake, »daß niemand damit rechnet, daß irgend jemand tatsächlich verrückt genug wäre, so was zu tun.«

»Ich dachte, so was passiert andauernd. Im Nahen Osten ist es doch fast schon so was wie ein Sport, oder?«

»Das ist Hijacking, nicht Diebstahl. Bei einer Flugzeugentführung muß man sich auch den Piloten krallen.« Jake deutete auf eine Reihe von Flugzeugen, die mit fahrbaren Rampen am Terminal angedockt waren. »Die Dinger dort drüben? Die kannst du gleich vergessen«, sagte er.

»Warum?«

»Weil sie gerade reingekommen sind und entweder kaum noch Sprit haben oder gerade aufgetankt werden, um wieder zu starten. Und außerdem ist meistens noch die Crew an Bord, wenn man es überhaupt schafft reinzukommen.« Er deutete auf einige Flugzeuge, die bei den Hangars am anderen Ende des Flughafens geparkt waren. »Das sind die Babies für uns. Sie sind aufgetankt, aber es ist niemand an Bord, weder eine Crew noch Passagiere. Nach Mitternacht geht hier kein Flug mehr ab – außer FedEx. Das ist der Vorteil bei einem Ferienflughafen. Niemand will mitten in der Nacht abfliegen oder ankommen.«

Die Flugzeuge standen nicht ganz einen Kilometer entfernt. »Das ist aber ein ziemliches Stück zu laufen. Die sehen uns doch vom Tower aus und rufen das Wachpersonal. Außerdem müßten wir eine Rampe ranfahren, um überhaupt reinzukommen.«

»Nein, müssen wir nicht. Es gibt eine Notausstiegsluke für die Piloten im Dach über dem Cockpit.«

»Das ist vier Stockwerke hoch. Und wie sollen wir da raufkommen?«

»Runterkommen«, sagte Jake.

»Runter?«

»Das Problem besteht darin, die Luke zu entriegeln. Das geht nur von innen.«

»Mir ist der Teil mit dem ›Runter‹ immer noch nicht ganz klar«, sagte Tuck. Was er wußte, war, daß er sich zu irgendeinem Zeitpunkt oben auf einer 747 wiederfinden würde, und Höhen machten ihn nervös.

»Darum kümmere ich mich schon«, sagte Jake. Dann schnippte er mit den Fingern, als hätte sich soeben aus der Luft eine Lösung seines Problems materialisiert. »Da hab ich die Lösung doch genau vor mir. Wieso zerbreche ich mir überhaupt den Kopf? Wo ich doch mit dem Meister schlechthin zusammenarbeite.«

Tuck blickte sich in der Auffassung um, daß Jake von jemand anderem sprach. »Redest du von mir? Ich hab doch keine Ahnung von nix.«

»Falsch gedacht, Tuck. Du irrst dich. Für diesen Teil des Plans brauchen wir die Hilfe einer Stewardeß. Jetzt komm, wir holen meine Tasche. Ich hab ein paar Extraklamotten, die kannst du anziehen.«

»Was ist verkehrt an diesen Sachen?« fragte Tuck. Er trug noch immer die Kleidung von Sebastian Curtis, die ihm zu groß war und in der Zwischenzeit auch noch ziemlich gelitten hatte.

»Als wenn du das fragen müßtest.«

Jake brachte eine Stunde damit zu, Flugpläne zu studieren und sich mit den Angestellten an den Schaltern der verschiedenen Fluggesellschaften zu unterhalten. Tuck nutzte die Gelegenheit und rief im Hotel an, um zu hören, wie Sepie zurechtkam. Beim zweiten Klingeln nahm sie ab. »Hallo, wieviel kostet eine Waschmaschine mit eingebautem Trockner?«

»Was?«

»Maytag-Waschmaschine mit eingebautem Trockner und Minikorb plus Knitterschutz. Wieviel?«

»Keine Ahnung. Vielleicht einen Tausender. Bist du in Ordnung?«

Sie legte den Hörer hin, und er hörte, wie sie dem Fernseher zurief: »Ein Tausender! Ein Tausender! Du blöder Armleuchter! O nein.« Sie nahm den Hörer wieder auf. »Du falsch. Kostet elf neunundneunzig, unverbindlicher Richtpreis. Du verlieren.«

»Du schaust ›Der Preis ist heiß‹?«

»Sie schenken einem Sachen, wenn du wissen wieviel. Sehr schwierig.«

»Brauchst du irgendwas?« fragte Tuck. »Ich kann den Zimmerservice von hier aus anrufen und dir was zum Essen raufbringen lassen.«

»Parfüm und Lippenstift«, sagte Sepie.

»Das muß noch warten. Ich bin bald zurück, okay?«

»Okay. Tuck?«

»Was ist, Sepie?«

»Was ist eine Waschmaschine mit eingebautem Trockner?«

»Das erkläre ich dir später. Ich muß jetzt los.«

Sie legte auf, ohne sich zu verabschieden. Offensichtlich erstreckte sich ihre Faszination für Toilettenspülungen und das Fernsehen nicht auf Telefone. Tuck fand Jake, der sich mit dem Mädchen am Schalter von United Airlines unterhielt, die ganz offensichtlich dem Charme des Piloten erlegen war, der aussah, als könnte er ebensogut in einer Grungeband spielen. Als er Tuck sah, verabschiedete sich Jake.

»Ich hab ein Flugzeug für uns gefunden. Und ich weiß die Einsatzpläne der Crew. Wir haben einen Zeitkorridor von zehn Minuten, um zu Gate 38 zu kommen, und dort bringst du dann deine Magie zum Einsatz.«

Der Plan sah vor, daß Tuck sich eine Stewardeß herauspickte, die aus dem Flugzeug kam, sie kennenlernte und überredete, zurück ins Flugzeug zu gehen, wo er die Notausstiegsluke im Cockpit entriegelte, bevor das Flugzeug gereinigt und vom Terminal weggerollt wurde. Sie warteten am Tunnel von Gate 38. Die Passagiere waren schon lange von Bord gegangen, ebenso wie die Piloten.

»Denk dran, du hast es auf eine Häßliche abgesehen«, sagte Jake.

»Ich weiß«, sagte Tuck. Er hatte ein paar Sachen von Jake angezogen, die ihm wenigstens paßten, auch wenn er jetzt aussah wie der Gitarrist einer Grungeband aus Seattle.

»Und alt, wenn so was zu haben ist.«

»Ich weiß«, sagte Tuck.

»Du hast es auf eine Frau abgesehen, die noch nicht mal in einer Männerkolonie einen abkriegen würde.«

»Ich weiß«, sagte Tuck. »Tu mir einen Gefallen und verzieh dich endlich. Es ist eine Zeitlang her, seit ich's hier zum letzten Mal gemacht habe.«

»Das ist doch wie Fahrrad fahren, Kumpel.«

Die erste Stewardeß, die aus dem Tunnel kam, war eine hübsche Blondine Mitte Zwanzig. »Durchlassen«, sagte Jake.

Als nächstes kam ein Mann und danach eine hochgewachsene Schwarze, die ebensogut ein entlaufenes Model hätte sein können.

»Die machen uns hier fertig«, sagte Jake. »Wie wär's mit dem Kerl. Bis jetzt war der noch unsere beste Chance.«

»Geh scheißen, Jake.«

»War ja nur 'ne Idee.«

Sie warteten fünf weitere Minuten, bis eine müde aussehende Frau in den Fünfzigern aus dem Tunnel kam, die ihre Tasche hinter sich herschleifte.

»Halt dich ran, Deckhengst«, sagte Jake und versetzte Tucker einen leichten Stoß.

Tuck rempelte zurück, ohne seinen Blick von der Frau abzuwenden. »Ich kann das nicht, Jake.«

»Was?« Jake packte Tuck am Handgelenk und tat so, als würde er ihm den Puls fühlen.

Tuck riß sich los. »Ich bring's nicht fertig.«

»Versuch nicht, mich zu verscheißern, Kumpel. Sie geht uns durch die Lappen. Das ist doch dein Ding.«

»Nicht mehr, Jake. Nicht mehr.«

»Dann ist es halt meins, verdammt.« Jake riß sich das Flanellhemd herunter, das er über seinem schwarzen T-Shirt trug, und warf es Tuck zu. »Fahr zurück in dein Hotel, und warte auf meinen Anruf. In welchem Zimmer wohnst du?«

»Zwölfhundertdreißig.«

Jake schob die Ärmel des T-Shirts hoch, damit seine Bizeps besser zur Geltung kamen, und eilte der mittelalterlichen Stewardeß hinterher.

Tuck ging nach draußen und stieg in den Zubringerbus des Hyatt Regency. Während der Fahrt zurück zum Hotel ging ihm auf, daß er nicht die geringste Ahnung hatte, wie er jemandem eine Waschmaschine mit eingebautem Trockner erklären sollte, der bis vor zwei Tagen noch nie Schuhe oder ein Hemd getragen hatte. Er beschloß, es mit Magie zu versuchen.

62

Wie Spione mit der Präzision eines Uhrwerks

Malink fand den alten Kannibalen auf einer kleinen Lichtung, als er gerade dabei war, gegen einen jungen Bananenbaum zu pinkeln.
»Ich hab dir was zum Essen mitgebracht.« Malink stellte den Korb ab und setzte sich unter einen Baum. Sarapul schien sich bei seinem Geschäft ordentlich Zeit zu lassen.

»Manchmal ist es schwer«, sagte Malink.

»Manchmal geht es überhaupt nicht«, sagte Sarapul. »Es tut weh.« Er wurde von einem Schauder gepackt und wandte sich um. Grinsend strich er seinen *Thu* glatt. »Aber nicht heute.« Er setzte sich neben Malink und zog ein Stück Fisch aus dem Korb.

»Ich habe die Musik letzte Nacht gehört«, sagte Sarapul. »Die weiße Schlampe kommt jetzt immer öfter.« Er bot Malink ein Stück von dem Fisch an, und der Häuptling nahm es.

»In nur zehn Tagen sind drei auserwählt worden. Ich denke, sie werden irgendwann nicht mehr zurückkommen. Vincent sagt, sie ist nicht die Himmelsgöttin. Der Pilot hat gesagt, sie wird uns töten.«

»Dann müssen wir kämpfen.«

»Mit Messern gegen Gewehre? Erinnerst du dich noch an den Krieg?«

»Ich erinnere mich. Komm.« Er erhob sich und führte Malink durch das Unterholz zu einem hohlen Baumstamm. Er griff hinein und zog ein längliches Bündel heraus, das in eingeölte Haifischhaut eingewickelt war. »Ein Mann muß sich die Kraft seines Feindes einverleiben. Wenn er ihn nicht essen kann, um sich so seine Kraft anzueignen, muß er seine Waffe nehmen.«

Sarapul wickelte das Bündel aus und brachte einen antiken japanischen Karabiner aus dem Zweiten Weltkrieg zum Vorschein. Offensichtlich hatte er diesen Platz des öfteren besucht, denn das Gewehr war bedeckt mit einer dünnen Schicht Fischtran und glänzte wie neu. »Ich habe ihm den Kopf abgeschnitten und mir sein Gewehr genommen.«

Malink erinnerte sich an die Vergeltung der Japaner, nachdem einer ihrer Soldaten verschwunden war. »Du hast das getan? Du warst das?«

»Es ist lange her«, sagte Sarapul. Er faßte wieder in das Bündel und zog drei glänzende Patronen heraus. »Aber ich habe die hier aufgehoben.«

»Sie haben Maschinenpistolen«, sagte Malink.

»Die Schlampe aber nicht.«

Der Anruf kam kurz nach Mitternacht. Tuck hatte geschlafen, seit seiner Rückkehr ins Hotel. Er hatte sich Toilettenpapier in die Ohren gesteckt, damit er den Fernseher nicht hörte und Sepie, die auf das Gerät einredete.

»Nimm dir 'n Taxi zur Luftfahrtsektion am Flughafen«, sagte Jake. »Der Hangar, zu dem du hinmußt, hat an der Seite die Aufschrift Island Adventures.«

Tuck kletterte aus dem Bett und schaltete den Fernseher aus.

»Hey«, sagte Sepie. Sie saß im Schneidersitz etwa dreißig Zentimeter vom Bildschirm entfernt. Tuck ging in die Hocke und nahm ihr Gesicht in beide Hände. »Morgen um sechs nimmst du die Tickets und gehst nach unten. Sag dem Mann an der Rezeption, daß du zum Flughafen möchtest. Der Bus bringt dich dahin.«

»Das weiß ich«, sagte sie.

»Hör mir einfach zu. Ein großer Mann mit langen Haaren wird dort warten.«

»Richtig. Jake«, sagte Sepie. »Das weiß ich.«

»Wenn er nicht da ist, geh zu einem der Männer mit den blauen Mützen, und sag ihm, daß du Hilfe brauchst, um an Bord deines Flugzeuges zu kommen. Er wird dir helfen. Wenn du in Houston ankommst, gehst du in den Flughafen und rufst diese Nummer an. Sag der Frau, die rangeht, ich hätte dir gesagt, du sollst anrufen. Sie wird dir helfen.«

»Und du wirst bald kommen und mich abholen, richtig?«

»Ich werd's versuchen.«

»Was ist mit Roberto?«

Sie hatten den Flughund seit dem Mascarabombardement nicht mehr gesehen. »Roberto kommt schon zurecht. Er wird hier leben, aber ich muß jetzt los.« Er küßte sie auf die Stirn, und bevor er sich losreißen konnte, schlang sie die Arme um seinen Hals und küßte ihn so fest auf die Lippen, daß er dachte, sie würden aufspringen.

»Du wirst kommen und mich holen.«

»Das werde ich.«

Er stand auf und ging zur Tür hinaus. Ein paar Sekunden später hörte er Sepie, die ihm durch den Hotelflur hinterherrief: »Hey!«

Tuck drehte sich um.

»Wieso hast du nicht versucht, mit mir zu schlafen?«

»Das werde ich.«

»Okay«, sagte sie und ging zurück ins Zimmer.

Jake wartete am Island-Adventures-Hangar. Ein Hughes-500-Helikopter, dessen Türen abmontiert waren, stand auf dem Landeplatz neben dem Hangar. »Ich hab das Ding für eine Stunde gemietet. Wenn ich die Tour vermaßle, schulden wir Mary Jean fünf Riesen für die Kaution.«

Tuck betrachtete den Helikopter, der auf dem Landeplatz stand und wirkte wie eine riesige schwarze Libelle. Mit einem Mal überkam ihn ein äußerst schlechtes Gefühl. »Du verlangst doch nicht etwa, daß ich das tue, wovon ich glaube, daß du es von mir verlangst, oder?«

»Ich gehe mit der Kufe genau über die Luke. Du steigst einfach nur von einem Flugzeug auf das andere. Völlig problemlos. Es ist garantiert nicht halb so schlimm, wie das, was ich durchstehen mußte, um die Luke aufzukriegen.«

Tuck wollte protestieren, doch Jake ging bereits zum Helikopter. Tuck stieg ein und setzte sich den Kopfhörer auf. Jake bediente die Kippschalter, und die Turbine heulte los. Einige Sekunden später begannen sich die Rotorblätter zu drehen.

Tuck schaltete das Mikrophon an seinem Kopfhörer ein, damit Jake ihn über den Lärm des Rotors hinweg hören konnte. »Du kommst doch nie im Leben am Tower vorbei.«

»Wäre nicht das erste Mal«, sagte Jake. »Ich mußte mal 'nen Jet Ranger wiederbeschaffen, den so 'n Kerl nicht bezahlt hatte.«

»Die erteilen dir doch nie die Starterlaubnis.«

»Es ist doch kein Betrieb. Außerdem, was glaubst du? Meinst du, du bekommst 'ne Starterlaubnis? Captain Midnight's Rock 'n' Roll-Expreß ist von jetzt an nicht zu stoppen, Großer.«

Jake zog an dem Kombihebel neben seinem Sitz, und der Hubschrauber erhob sich in die Luft. Es dauerte nur Sekunden, bis Tuck über Funk das Gekeife des Towers vernahm, der sie davor warnte, ohne Starterlaubnis abzuheben. Jake stieg mit dem Helikopter gerade mal so weit auf, daß er das Dach des Hangars knapp unter sich ließ, und flog dann in weitem Bogen um den Flughafen herum. Dann fing er selbst an hektisch zu quasseln.

»Honolulu Tower, hier ist Helikopter One. Ich nähere mich von Westen der Landebahn zwei. Ich habe ein Problem mit meinem Heckrotor. Bitte um Erlaubnis notzulanden.«

Der Tower antwortete: »Helikopter One, sind Sie nicht gerade ohne Starterlaubnis gestartet?«

»Negativ, Tower. Ich komme aus Maui. Bitte um Notlandeerlaubnis.«

Natürlich, dachte Tuck. Bei seinem Bogen hatte Jake die Positionslichter ausgeschaltet gelassen und das Radar unterflogen. Die da oben im Tower hatten keine Ahnung, ob es sich um denselben Helikopter handelte, der gerade eben gestartet war.

Jake ließ den Helikopter horizontal um die eigene Achse kreisen, wobei er sich gleichzeitig mit jeder Drehung den Flugzeugen bei den Hangars näherte und Tuck kurz davor war zu kotzen. Plötzlich stoppte Jake die Drehbewegung für eine Sekunde und nickte in Richtung einer United 747. »Das ist dein Baby. Schnall dich ab und mach dich bereit. Die werden nie vermuten, daß du da drin bist. Steig ein, und warte zwei Stunden, bis du dein Taxi in Gang setzt. Ich will nicht, daß sie den Helikopter mit dem Jet in Verbindung bringen. Ach ja, wie willst du eigentlich die Eingeborenen an Bord schaffen?«

»Sie haben Leitern«, sagte Tuck. »Hoffe ich wenigstens.« Er hängte seinen Kopfhörer hinter den Sitz und löste seinen Sicherheitsgurt genau in dem Augenblick, als Jake den Hubschrauber wieder rotieren ließ. Tuck konnte sich gerade noch an seinem Sitz festklammern, um zu vermeiden, daß er durch die offene Tür nach draußen geschleudert wurde. Was aussah wie ein außer Kontrolle geratenes Flugobjekt, war eigentlich ein ziemlich elementares Manöver mit dem Namen Pedaldrehung, doch dieses Wissen trug nicht im geringsten dazu bei, daß sich Tuck wohler fühlte, während er zusah, wie sich das Rollfeld unter ihm drehte.

Jake zog den Helikopter gerade noch rechtzeitig hoch, um zu vermeiden, daß sie gegen das Seitenleitwerk der 747 prallten, brachte ihn dann in eine stabile Flugposition und schob sich so an dem gigantischen Rumpf des Jumbo-Jets entlang vorwärts. Das Leitwerk würde dem Tower die Sicht verstellen. »Bist du soweit?« rief er.

Tuck antwortete mit einem heftigen Kopfschütteln. Er konnte den Spalt der Luke sehen, durch die er einsteigen sollte. Er stieg auf die Kufe. Jake brachte den Helikopter runter, bis die Kufe die Oberseite des Jets berührte. »Jetzt!«

Tuck stieg von der Kufe auf das Flugzeug und duckte sich instinktiv, um vor den Rotorblättern des Hubschraubers in Deckung zu gehen. Er schaute zurück zu Jake, zuckte mit den Achseln und rief: »War überhaupt nicht schwer!«

»Hab ich doch gesagt!« rief Jake. Er schwenkte mit dem Helikopter zum Himmel hinauf und schwebte zurück zum Startplatz von Island Adventures.

Tuck ging in die Knie, grub seine Finger in die Dichtung um die Luke und zog sie auf. Er sprang in das dunkle Flugzeug, verriegelte die Luke und setzte sich auf den Pilotensitz, um sich mit den Anzeigen und Instrumenten vertraut zu machen. Er schaltete den Navigationscomputer ein, programmierte die Koordinaten von Alualu, die er auswendig kannte, und zog dann einen Zettel aus seiner Tasche, auf dem er die Position seines zweiten Zielorts notiert hatte.

Er setzte einen Kopfhörer auf und schaltete den Funk ein. Die Frequenz des Towers von Honolulu war bereits eingestellt, und Tuck hörte, wie Jake sich seitens der Flugaufsicht die Gardinenpredigt des Jahrhunderts anhören mußte, doch es wurde mit keinem Wort erwähnt, daß irgendwer auf das Dach eines United-Jets gesprungen war. Er hatte gerade den Kopfhörer abgesetzt, um in Ruhe abzuwarten, als er ein kratzendes Geräusch von außerhalb der Luke hörte. Er öffnete sie, und Roberto fiel ihm entgegen.

63

Schluß mit lustig

Die Himmelsgöttin war besoffen. In den letzten zehn Tagen hatten sie und der Medizinmann zwei Millionen Dollar gemacht, und sie konnte sich nicht einmal ein Paar Schuhe kaufen. Der neue Pilot, Nomura, war ein schwer tätowierter, schweigsamer Mistsack, der marginal Englisch sprach und sie anschaute, als würde er sie jeden Moment vergewaltigen, allerdings nicht aus Lust an der Gewalt, sondern nur, um ihr zu zeigen, wo ihr Platz war. Seit seiner Ankunft wurden auch die Ninjas immer unverschämter und machten Witze auf japanisch, über die sie in heiseres Gelächter verfielen, sobald sie ihnen den Rücken zuwandte. Selbst die Haifischmenschen schienen ihre Furcht vor ihr zu verlieren. Das letzte Mal, als sie erschienen war, hatten sie die Kinder im Dorf gelassen. Und so saß die Himmelsgöttin nun in einem zerrissenen T-Shirt und Jogginghosen vor dem Fernseher und war besoffen.

Die Gegensprechanlage piepte, und es war ihr egal. Wenn das Ding nicht mit Batterien funktioniert hätte, hätte sie den Stecker rausgezogen. Statt dessen warf sie es durch die Schiebetür der Veranda, und das Gerät piepte noch zwei Minuten weiter, bevor es verstummte. Das nächste Mal, daß sie das Gerät sah, war, als Sebastian damit in der Tür stand und es in der Hand hielt wie ein Staatsanwalt, der den Geschworenen eine Mordwaffe präsentiert.

»Ich nehme an, du findest das komisch.«

»Nicht besonders. Wenn's gegen deinen Schädel geknallt wäre, dann wär's komisch.«

»Wir haben eine Bestellung, Beth. Eine Niere.«

»Oh, prima. Ich bin gerade in Topform, um bei einer Operation zu assistieren. Machen wir doch beide Nieren und geben dem Käufer einen Bonus. Was meinst du?« Sie trank ihren Wodka in einem Zug aus.

Sebastian ergriff die leere Absolut-Flasche auf dem Tisch. »Das funktioniert so nicht, Beth. Du kannst in diesem Zustand nicht als Himmelsgöttin auftreten.« Er schien mehr verängstigt als verärgert.

»Du hast vollkommen recht, Bastian. Die Göttin hat sich eine Nacht freigenommen.«

Sebastian hetzte vor ihr auf und ab und rieb sich dabei das Kinn. »Wir könnten Zeit schinden. Wir könnten dir eine Ladung Sauerstoff und ein paar Amphetamine verpassen, und in einer Stunde könntest du soweit sein.«

Sie lachte. »Und mir diesen Rausch ruinieren? Keine Lust. Sag ihnen, sie sollen diesmal eine andere Quelle anzapfen.«

Er schüttelte den Kopf. »Ich glaube nicht, daß ich das kann. Nomura hat mit ihnen telefoniert. Er hat gesagt, wir könnten in sechs Stunden liefern.«

Sie zischte ihn an: »Nomura ist eine verfickte Drecksau. Er hat zu tun, was wir sagen. Das hier ist unser Unternehmen.«

»Da bin ich mir nicht mehr so sicher, Beth. Ich möchte ihm wirklich nicht sagen, daß es nicht klappt. Bitte nimm eine Dusche und mach dir einen Kaffee. Ich bin gleich wieder da und bringe die Sauerstoffflasche mit.«

»Nein, Bastian«, wimmerte sie. »Ich hab keine Lust, sechs Stunden mit diesem Arschloch im Flugzeug zu sitzen.«

»Das wirst du auch nicht müssen, Beth. Sie haben verlangt, daß wir ihn dieses Mal allein losschicken.«

Sie richtete sich auf. »Allein? Und wer paßt auf ihn auf?« Plötzlich fühlte sie sich stocknüchtern.

»Es braucht niemand auf ihn aufzupassen, Beth. Er arbeitet für die, erinnerst du dich? Du hattest recht. Es war ein Fehler, uns von denen einen Piloten stellen zu lassen.«

Eine Stunde und vierzig Minuten nachdem er durch die Luke eingestiegen war, begann Tuck damit, die 747 in Gang zu setzen. Er hatte zwar noch nie eine so große Maschine geflogen – oder irgendeine, die auch nur annähernd so groß gewesen wäre –, aber er hatte zwanzig Stunden in einem Flugsimulator in Dallas absolviert und nur zwei Unfälle gebaut. Alle Flugzeuge fliegen sich gleich, sagte er sich und startete das erste Triebwerk. Nachdem dieses einmal auf Touren war, hatte er genügend Saft, um auch die anderen drei zu starten. Er setzte den Kopfhörer auf und schaute zu dem seitlichen Fenster hinaus, um sich zu versichern, daß er genügend Platz hatte, um das Flugzeug umzudrehen und zur Startbahn zu rollen. Sobald er sich in Bewegung setzte, erhob sich ein Wortschwall aus dem Tower, der ihn zunächst aufforderte, sich zu identifizieren, und ihm dann die Anweisung gab stehenzubleiben. Roberto, der neben Tuck von den Sicherheitsgurten am Sitz des Ersten Offiziers herunterhing, bellte zweimal und stieß ein hochfrequentes Kreischen aus.

»Du kochst mit Gas, Kumpel«, kam es über Funk. Jake war offensichtlich nahe genug, um den Jet sehen zu können.

»Wo bist du, Jake?«

»Außer Reichweite, Kumpel, aber danke, daß du meinen Namen über Funk in die Gegend hinausposaunst. Ich dachte nur, du solltest vielleicht wissen, daß du am Zielort siebzehnhundert Meter Startbahn brauchst, um das Ding vom Boden zu kriegen – und zwar mit Klappen auf bis zum Anschlag. Also spar deinen Sprit jetzt, solange du welchen hast. Außerdem sagst du denen besser, was du vorhast, es sei denn, du hast 'ne Unfallversicherung für das Ding.«

Tuck schaltete das Mikrophon über den Knopf am Steuerknüppel ein. »Honolulu Tower, hier ist United Flight One mit der Bitte um sofortige Starterlaubnis für einen Notstart auf Startbahn zwei.«

»So was wie Notstart gibt's überhaupt nicht«, sagte der Mann im Kontrollturm. Tuck hörte ihm an, daß er kurz vorm Durchdrehen war.

»Also gut, Tower, ich starte von Bahn zwei, und wenn ihr irgendwas habt, das da auch lang will, dann würde ich sagen, daß ihr sehr wohl einen Notfall habt, oder?«

Der Kerl im Tower war kurz davor zu schreien. »Negativ. Starterlaubnis verweigert, United Jet. Kehren Sie zurück zum Terminal. Wir haben keinen Flugplan für einen United Flight One.«

»Tower, United Flight One verlangt, daß du ganz ruhig bleibst und dich aufführst wie ein Profi. Alles freimachen bis zehntausend. Ich starte jetzt.«

»Negativ, negativ. Identifizieren Sie sich...«

»Hier spricht Captain Roberto T. Fruitbat und meldet sich ab, Honolulu Tower.« Tuck schaltete das Funkgerät aus, schob die Gashebel nach vorne und beobachtete die Strahldruckanzeigen. Als er sah, daß sie achtzig Prozent der maximalen Schubkraft anzeigten, löste er die Fahrgestellbremsen, und achtzigtausend Kilo Flugzeug rollten die Startbahn hinunter und erhoben sich in den Himmel.

In dreitausend Meter Höhe schwenkte er ein auf Kurs nach Alualu.

Die Kampfflugzeuge stießen etwa hundertsechzig Kilometer nördlich von Guam zu ihm. Offensichtlich hatte man mittlerweile herausgefunden, daß bei United Airlines kein Captain Fruitbat beschäftigt war. Eine der F-18 kam dicht heran, und Tuck winkte ihm zu. Der Pilot signalisierte Tuck, daß er seinen Kopfhörer aufsetzen solle. Warum nicht?

Tuck vermutete, daß sie über eine ganze Reihe von Frequenzen senden würden. »Yo, Morgen, die Herren«, sagte Tuck.

»United 747, ändern Sie Ihren Kurs, und landen Sie auf dem Flughafen von Guam, oder wir zwingen Sie zur Landung.«

Tuck schaute aus dem Fenster auf die Luft-Luft-Raketen vom Typ Sidewinder, die drohend unter den Tragflächen des Kampfflugzeuges hingen. »Und wie genau beabsichtigen Sie das zu tun, Gentlemen?«

»Ich wiederhole, ändern Sie Ihren Kurs und landen Sie unverzüglich auf dem Flughafen Guam, oder wir zwingen Sie zur Landung.«

»Das wäre ganz reizend«, sagte Tuck. »Dann machen Sie mal und zwingen mich und meine hundertfünfzehn Passagiere zur Landung.« Tuck ließ den Mikrophonknopf los und wandte sich an Roberto: »Okay, du gehst nach hinten und tust so, als wärst du hunderfünfzehn Leute.«

Wie Tuck sich ausgerechnet hatte, gingen die Kampfflugzeuge auf Abstand, um weitere Instruktionen abzuwarten. Ein amerikanisches Passagierflugzeug würden sie auf keinen Fall ohne ausdrücklichen Befehl abschießen, egal ob es gestohlen war oder nicht. Er war der festen Überzeugung, daß sein Hauptvorteil darin bestand, daß weder die Flugaufsicht noch United Airlines die Möglichkeit in Betracht zogen, daß jemand in der Lage war, eine 747 zu stehlen. So was gab es einfach nicht. Andererseits war es nett, daß sie ihm eine Eskorte mitgaben. Er drückte ein paar Knöpfe, und der Navigationscomputer sagte ihm, daß er nur noch eine halbe Stunde von Alualu entfernt war. Er begann mit dem Sinkflug.

Er überprüfte die Position der Kampfflugzeuge und drückte den Mikrophonknopf. »Hier ist das UFO, ich rufe die F-18s.«

»Schießen Sie los, United.«

»Hört ihr alle beide zu?«

»Reden Sie.«

Tuck verfiel in einen fiesen kindlichen Singsang: »Nänänä, ihr kriegt mich nicht.« Dann arretierte er den Sprechknopf und ließ eine Version von »Fly Me to the Moon« vom Stapel, die jenseits aller Tonarten lag.

Malink, ich hoffe bloß, du hast diese Leitern gebaut, dachte er.

Malink wurde früh am Morgen geweckt, als der Jet des Doktors startete. Er war gerade auf dem Weg zum Strand, um seine morgendliche Verrichtung hinter sich zu bringen, als Vincent ihm erschien.

»Morgen, Knirps«, sagte der Flieger.

Malink blieb wie angewurzelt auf dem Pfad stehen und rang nach Luft. »Vincent. Ich habe die Leitern gebaut.«

»Gut gemacht, Kleiner. Und jetzt ruf alle zusammen – und wenn ich sage ›alle‹, dann meine ich alle – und sag ihnen, sie sollen zur Landebahn gehen. Nehmt die Leitern mit. Ich schicke euch ein Flugzeug.«

Malink schüttelte den Kopf. »Du schickst Kargo?«

Vincent lachte. »Nein, Kleiner, ich bringe die Haifischmenschen zu ihrem Kargo. Die Leitern braucht ihr, um ins Flugzeug zu kommen. Hab keine Angst. Ruf einfach nur alle zusammen.«

»Die Himmelsgöttin hat drei, die auserwählt wurden. Einer ist gerade erst wieder zurück im Dorf.«

Vincent schaute betreten zu Boden. »Es tut mir leid, Kleiner. Ihr müßt sie hierlassen. Und jetzt geh. Du hast nicht viel Zeit. Ich sehe dich wieder.« Und damit verschwand er.

64

Befreiung

Beth und Sebastian Curtis waren gerade dabei, das Operationszimmer zu reinigen und die Instrumente zu sterilisieren, als sie den Jet erstmals hörten.

»Das hört sich an, als wäre es ziemlich tief«, sagte Sebastian beiläufig.

Dann rauschten die Kampfflugzeuge, die der 747 vorausflogen, über die Insel.

»Was zum Teufel war das?« fragte Beth. Sie ließ eine Schale mit Instrumenten fallen und eilte zur Tür.

»Vermutlich nur irgendwelche militärischen Übungen, Beth«, rief Sebastian ihr nach. »Kein Grund, sich Sorgen zu machen.« Er war froh, daß ihm jemand beim Saubermachen half, und wollte ungern wieder darauf verzichten. Gewöhnlich saß sie zu diesem Zeitpunkt im Flugzeug nach Japan.

»Bastian, komm mal her!« rief sie. »Irgendwas ist da los!«

Sebastian stopfte das letzte der OP-Tücher in den Wäschesack aus Leinen und eilte nach draußen. Der Lärm von Düsentriebwerken schien aus allen Richtungen zu kommen.

Draußen fand er Beth, die auf eine Gruppe von Kokospalmen starrte. Die Wachen standen vor ihrem Quartier und blickten in die gleiche Richtung. »Sieh mal.« Beth deutete nach Norden.

»Was? Ich sehe nichts...« Und dann sah er, daß sich hinter den Palmen etwas bewegte und eine 747 in einem entschieden zu flachen Winkel auf die Insel zukam.

»Sie landet«, sagte Beth.

Sebastians Aufmerkamkeit wurde auf etwas gerichtet, das sich am Rande seines Blickfeldes abspielte. Er schaute über die Landebahn. Die Haifischmenschen kamen aus dem Dschungel. Und zwar alle.

Aus der 747 sah der Flugplatz wesentlich kleiner aus, als er ihn in Erinnerung hatte. Um sicherzugehen, daß die Landebahn ausreichte, wollte Tuck so früh wie möglich aufsetzen. Er fuhr sämtliche Landeklappen aus und überprüfte seine Sinkgeschwindigkeit. Die Haifischmenschen strömten auf das Flugzeug zu. Einige der Männer trugen lange Leitern.

In dem Augenblick, als alle sechzehn Räder den Boden berührten, riß Tuck mit voller Wucht an den Hebeln, um den Schub der Triebwerke umzukehren, was ein lautes Kreischen zur Folge hatte. Gleichzeitig bediente er die Fahrwerksbremse und sah zu, wie die Temperaturanzeiger der Bremsen in den roten Bereich schossen, während der Jet mit zweihundertdreißig Stundenkilometern auf den Ozean am anderen Ende der Landebahn zuschoß.

»Hast du die Leitern gesehen?« fragte Roberto, und nun war es wieder Vincents Stimme, die aus ihm sprach. »Ich hab's dir gesagt, du verdammter Armleuchter. Ich hab gesagt, sie würden Leitern bauen.«

»Du mußt mitkommen«, sagte Malink. Er kauerte am Rande des Dschungels, wo der alte Kannibale sich versteckt hatte. »Vincent sagt, wir müssen alle weg von hier.«

Sarapul schaute zu, wie der große Jet langsam am Ende der Landebahn umdrehte. »Nein, ich bin zu alt. Mein Zuhause ist hier, und da, wo ihr hingeht, will man mich sowieso nicht.«

»Wir wissen nicht, wohin wir gehen.«

»Dein Volk hat schon hier nichts mit mir zu tun haben wollen. Warum sollte das an dem neuen Ort anders sein? Ich bleibe hier.«

Malink schaute zur Landebahn. »Ich muß jetzt los.«

Sarapul winkte ihm zum Abschied mit seiner knochigen Hand. »Na los. Geh schon.«

Malink rannte hinaus auf die unbewaldete Fläche und rief den Männern mit den Leitern Befehle zu. Die Haifischmenschen strömten auf die Landebahn und umringten die 747 wie Termiten ihre Königin.

Beth Curtis sah, wie die erste Tür des Jets geöffnet wurde und erkannte Tuck sofort wieder. Eine lange Leiter wurde gegen das Flugzeug gekippt, und die Haifischmenschen begannen mit dem Aufstieg.

»Er will sie von hier wegbringen!« kreischte sie.

Sebastian Curtis stand da wie gelähmt.

Beth brüllte die Wachen an: »Haltet sie auf, ihr Idioten!«

Auch die Wachen waren bei der Landung des Jets erstarrt, doch ihr Harpyiengeschrei riß sie aus ihrer Erstarrung. Sie sprinteten zu ihrer Unterkunft und kamen Sekunden später mit ihren Uzis zurück und rannten zum Flugplatz. Kreischend wie eine gefolterte Sirene, rannte Beth Curtis ihnen hinterher.

Alle sechs Türen der 747 waren nun offen, und die Haifischmenschen ergossen sich über die Leitern. Mütter trugen ihre Kinder, und die kräftigen Männer stützten die Alten.

Die Wachen sammelten sich hinter Mato, während dieser versuchte, das Tor aufzuschließen. Er fummelte mit dem Schlüssel im Schloß herum, schaffte es schließlich und zog die Kette zwischen den Stäben des Tores heraus.

Beth Curtis erreichte den Zaun und krallte sich an den Maschen wie mit Klauen fest, während sie zusehen mußte, wie ihr Vermögen in das Flugzeug drängte. »Schießt schon!« kreischte sie. »Knallt diesen Hurensohn endlich ab!«

Die Wachen hatten keine Ahnung, wen sie meinte, doch den Schießbefehl verstanden sie. Der erste, der das Tor passierte, nahm Aufstellung und richtete seine Uzi auf eine Gruppe von Eingeborenen, die am Fuß der Leiter darauf warteten, hochklettern zu können. Da war ein fetter Kerl, der aussah, als würde er Befehle geben. Die Wache zielte auf die Mitte seines Rückens.

Eine Kugel erwischte den Wachmann in der Brust und riß ihn rückwärts zu Boden. Seine Uzi schepperte über die Landebahn. Die anderen Wachen strömten herbei und schauten sich um, woher der Schuß gekommen war.

»Knallt sie alle ab, ihr feigen Wichser!« schrie Beth Curtis. »Schießt endlich!«

Die Wachen duckten sich, um kein zu gutes Ziel abzugeben, während sie den Rand des Dschungels nach verdächtigen Bewegungen absuchten.

Plötzlich dröhnte es, und als die Wachen die Köpfe hoben, sahen sie die Kampfflugzeuge im Tiefflug über die Landepiste rauschen. Damit war für sie alles klar. Sie rannten zur Siedlung, um dort in Deckung zu gehen, während Beth Curtis hinter ihnen herbrüllte.

Sie rannte zu dem toten Wachmann, hob seine Uzi auf und richtete sie auf die 747. Ein Schuß wurde im Dschungel abgefeuert, und die Kugel prallte vom Beton zu ihren Füßen ab. Sie drehte sich um, richtete die Uzi auf die Bäume und drückte den Abzug. Ein Fauchen erhob sich, das drei Sekunden lang dauerte, währenddessen sie vom Rückschlag der Waffe seitlich herumgerissen wurde und die Kugeln ein Muster in das Blattwerk des Dschungels frästen wie ein Pürierstab mit Fernbedienung. Schließlich schaffte sie es, die Waffe herumzureißen und das Flugzeug anzuvisieren, doch das Magazin war leer.

Sie schleuderte die Maschinenpistole zu Boden und stand zitternd da, als die letzte Leiter vom Flugzeug weggestoßen und die Türen zugezogen wurden.

65

Hinab ins Gelobte Land

Malink kam zu Tuck herauf auf das Pilotendeck und versuchte den Sicherheitsgurt vom Sitz des Flugoffiziers um seinen Bauch zu bekommen. In diesem Moment löste Tuck die Fahrwerksbremsen, und der Jet rollte los. Die beiden Kampfflugzeuge rauschten über sie hinweg. Der Pilot der einen Maschine warnte Tuck, einen Startversuch zu unternehmen.

»Ihr habt mich zur Landung gezwungen«, sprach Tuck in das Mikrophon an seinem Kopfhörer. »Was wollt ihr denn noch alles von mir?«

Er schob die Schubkraftregler auf volle Kraft. Die Startbahn war entweder lang genug oder nicht. Das einzige, was sicher war, war die Tatsache, daß es dann, wenn er es merkte, zu spät sein würde, um anzuhalten. Sie würden im Meer landen oder zum Himmel aufsteigen, und das war's.

Die Startklappen waren für maximalen Auftrieb ausgefahren, wodurch er dreimal soviel Sprit verbrauchte wie bei einem regulären Start, aber mit diesem Problem konnte er sich immer noch herumschlagen, wenn sie erst mal in der Luft waren. Er sah hinaus auf den Ozean vor ihnen, dann auf den Tacho, dann wieder auf den Ozean und wartete darauf, daß der Tacho jenen Punkt erreichte, an dem er die Maschine hochziehen konnte. Sie hatten etwas weniger als die vorgeschriebene Geschwindigkeit drauf, als das Ende der Rollbahn außer Sicht geriet und er das Flugzeug hochzog.

Die Räder am Heck der großen Maschine strichen durch das Wasser, als sie sich in die Luft erhob. Tuck hörte etwas, von dem er hoffte, es sei der Jubel, der aus der Passagierkabine drang, doch es bestand sehr wohl die Möglichkeit, daß sich in diesen Schreien das schiere Entsetzen Bahn brach. Er war soeben mit dreihundertzweiunddreißig Menschen an Bord gestartet, die noch nie in ihrem

Leben geflogen waren. Tuck dachte an Sepie, die vor zwei Stunden zu ihrem ersten Flug aufgebrochen war.

»Wohin fliegen wir?« fragte Malink.

Er war bemüht, die Fassung zu bewahren, doch als Tuck ihn anschaute, sah er, daß die Augen des Häuptlings so groß waren wie Untertassen.

»Zu einem Land namens Costa Rica«, sagte Tuck. »Schon mal davon gehört?«

Malink schüttelte den Kopf. »Vincent sagt dir, du sollst uns dort hinbringen.«

»Nein, das war eigentlich meine Idee.«

»Es gibt viel Kargo in Costa Rica?«

»Kann ich nicht sagen, aber das Klima ist angenehm, und es gibt kein Auslieferungsabkommen.«

»Das ist gut«, sagte Malink, obwohl er auch nicht den Schimmer einer Ahnung hatte, was ein Auslieferungsabkommen war.

Tuck bewunderte den alten Häuptling. Er war hier, weil sein Gott es ihm befohlen hatte. Er hatte gerade eine Entscheidung getroffen, die die Geschichte seines ganzen Volkes umkrempeln würde, und die einzige Grundlage seiner Entscheidung war sein Glaube gewesen.

Tuck schaltete den Autopiloten ein und kletterte von seinem Sitz. »Ich gehe mal nach hinten und sehe nach, ob alle angeschnallt sind. Faß bitte nichts an.«

Wieder weiteten sich Malinks Augen. »Und wer fliegt das Flugzeug?«

Tuck zwinkerte ihm zu. »Ich weiß nicht.« Dann drehte er sich um und ging die Treppe hinunter, um nach seinen Passagieren zu sehen.

An den Grenzen seiner Leistungsfähigkeit angelangt und nicht gerade wenig verängstigt, schlich sich Sebastian Curtis an seine Frau heran, die einen Tobsuchtsanfall hatte, und verpaßte ihr eine Valiuminjektion in den Oberschenkel. Sie drehte sich um und verpaßte ihm einen satten Schlag gegen das Kinn, bevor sie sich allmählich beruhigte. Er packte sie an den Schultern und schob sie rückwärts auf den Bürostuhl vor dem Computer.

»Mach dir keine Sorgen«, sagte er. »Nomura ist mit dem Lear-Jet auf dem Weg hierher. Bevor auch nur irgendwer herkommt, sind wir schon lange über alle Berge.«

»Wie hat er das geschafft?« Ihre Stimme klang kraftlos, und sie verschluckte die Endsilben.

»Ich weiß nicht. Ich bin erstaunt, daß er überhaupt noch am Leben ist. Aber mach dir keine Sorgen, wir sind fein raus. Wir haben Geld in Hülle und Fülle – zwar nicht soviel wie erhofft, aber wenn wir aufpassen...«

»Es hat sich gegen mich erhoben«, sagte sie. »Mein Volk...« Sie sprach den Satz nicht zu Ende.

Sebastian strich ihr übers Haar. Die Tür zur Klinik wurde geöffnet, und Mato kam herein, seine Uzi in der Hand. »Telefon«, sagte er.

»Nein«, sagte Sebastian. »Ich habe schon mit Japan telefoniert. Der Lear-Jet ist auf dem Weg. Und jetzt möchten wir ungestört sein.«

Mato schnippte den Sicherungshebel seiner Uzi zurück und sagte etwas auf japanisch. Sebastian rührte sich nicht. Mato stieß ihm den Lauf der Waffe in die Rippen. »Telefon«, sagte er.

Sebastian ergriff den Hörer, der mit dem Satelliten verbunden war, und reichte ihn weiter.

»Raus«, sagte Mato.

Sebastian half Beth auf die Beine. »Komm. Wir müssen tun, was er sagt.«

Beth ließ sich von ihm aufhelfen und deutete dann mit dem Finger auf Mato. »Deinen Weihnachtszuschlag kannst du dir abschminken, Ninja-Boy. Das war's.«

Sebastian zerrte sie durch die Tür und stützte sie auf dem Weg durch die Siedlung zu ihrem Bungalow. Dort angekommen legte er sie aufs Bett. Ihr die OP-Klamotten auszuziehen war ähnlich beschwerlich wie bei einer Plüschpuppe. Sie brabbelte die ganze Zeit unzusammenhängendes Zeug, doch sie wehrte sich nicht. Als er aus dem Zimmer gehen wollte, standen zwei der Wachen in der Tür und grinsten. Einer der beiden bedeutete Sebastian zu verschwinden. Der andere starrte gierig auf das Bett.

»Nein«, sagte Sebastian. Er trat in die Tür und schob ihre Waffen zur Seite. Synchron machten die Wachen einen Schritt rückwärts und hoben ihre Uzis. Sebastian trat ihnen entgegen. Sie machten einen weiteren Schritt zurück. Er war gut dreißig Zentimeter größer als die beiden Wachen.

»Raus hier«, sagte er und trat einen weiteren Schritt nach vorn. Sie wichen zurück. »Raus. Verschwindet. Oder wollt ihr all eure Finger verlieren?« Er hatte die magischen Worte gefunden. Die Leute, für die diese Wachen arbeiteten, waren berüchtigt dafür, daß sie die Fingerkuppen derjenigen sammelten, die ihnen nicht gehorchten. Die Wachen schauten einander an und gingen dann rückwärts zur Vordertür hinaus ins Freie. Einer der beiden stieß einen japanischen Fluch aus. Curtis sah, wie hinter ihnen Mato aus der Klinik kam. Er marschierte auf Beths Bungalow zu. Er stampfte mit den Füßen auf beim Gehen, sein Kiefer mahlte, und die Uzi hielt er im Anschlag. Sebastian schloß die Tür, verriegelte sie und rannte ins Schlafzimmer.

»Komm schon, Beth. Steh auf. Wir müssen hier raus.« Sie war zwar noch bei Bewußtsein, doch unfähig, ihre Bewegungen zu koordinieren. Er hob sie hoch, hievte sie über die Schulter wie ein Feuerwehrmann und ging durch die Schiebetüren hinaus auf den Lanai und von dort aus über die Treppe zum Strand.

Das warme Wasser schien eine belebende Wirkung auf sie zu haben, und er brachte sie dazu, wenigstens mit den Füßen zu paddeln, während sie zusammen um das Minenfeld herumschwammen.

Die Kampfflugzeuge drehten nach einer Stunde ab, und die 747 wurde von einer B-52 übernommen, die ihnen nicht von der Seite wich, bis sie in Reichweite der Kampfflugzeuge auf dem amerikanischen Kontinent waren, wo zwei F-16 sich ihnen anschlossen. Wahrscheinlich aus Panama, vermutete Tuck. Was dachten die eigentlich, daß sie damit erreichen konnten? Eine 747 war nicht gerade der Typ Flugzeug, mit dem man irgendwo im Dschungel abtaucht, um sich dann aus dem Staub zu machen. Tuck konnte sich überhaupt kein Flugzeug vorstellen, mit dem man so was fertigbrachte. Jedenfalls hatte er nicht vor, im Dschungel abzutauchen – ebensowenig wie im Wasser. Trotz seiner Bedenken würde der Sprit locker bis Costa Rica reichen. Das Flugzeug war bei weitem nicht voll besetzt, und sie hatten kaum Gepäck, Vorräte und Ausrüstung an Bord. Seine einzige Sorge war nun, was mit ihm passieren würde, sobald sie gelandet waren. Es stimmte, Costa Rica hatte kein Auslieferungsabkommen mit den Vereinigten Staaten, aber was er getan hatte, war ein Akt von internationalem Terrorismus. Er wäre vielleicht besser bedient gewesen, wenn er nach Hawaii geflogen wäre und sein Glück mit dem FBI versucht hätte, als zu riskieren, in einem mittelamerikanischen Gefängnis zu verrotten. Dennoch, irgend etwas in seinem Inneren sagte ihm, daß er genau hierhin fliegen sollte. Er hatte keine Ahnung, warum er ausgerechnet Costa Rica ausgesucht hatte, aber genausowenig wußte er, wie er auf die Idee verfallen war, ein Flugzeug zu stehlen und nach Alualu zurückzufliegen.

Als er an der Küste mit dem Sinkflug auf den Flughafen Palmar begann, drehte die B-52 nach Norden ab und war bald verschwunden. Das Funkgerät hatte Tuck schon vor Stunden ausgeschaltet, nachdem er es einfach leid gewesen war, sich von den Militärpiloten die immer gleichen Drohungen und Befehle anzuhören. Sosehr er es haßte, die Behörden vorzuwarnen, schaltete er das Funkgerät nun doch wieder ein, um dem Tower von Palmar seine Ankunft anzukündigen. Eine Kollision in der Luft wäre noch schlimmer als ein costaricanisches Gefängnis. Vor allem dann, wenn seiner Seele bei ihrem Ritt in die Hölle dreihundertzweiunddreißig Menschenleben im Nacken saßen.

Er funkte den Tower an, setzte dann seinen Kopfhörer ab und lehnte sich zurück, um sich zu entspannen in der Überzeugung, daß er das Richtige getan hatte. Irgendwie würde er es arrangieren, daß Sepie die Hälfte des Geldes aus den Schweizer Bankkonten erhielt. Er stellte sie sich in einem großen Haus mit einem Schlafzimmer und zweiundsiebzig Badezimmern vor, die jeweils mit einem Fernseher ausgestattet waren. Es würde ihr gutgehen.

Malink, der nach unten gegangen war, um seine Leute zu beruhigen, kam die Treppe herauf und setzte sich auf den Sitz des Flugoffiziers. »Wir gehen runter?« fragte er.

»Es wird dir gefallen«, sagte Tuck. »Das Wasser ist genauso wie auf Alualu. Es gibt Strände und Dschungel genauso wie zu Hause.«

Mittlerweile konnten sie die Küste, die sich in der Ferne von Norden nach Süden erstreckte, mit dem Regenwald sehen, der sich von den Stränden hinaufzog bis ins Gebirge. »Diese Insel viel größer als Alualu.«

»Es ist keine Insel.« Tuck fiel plötzlich ein, daß Malink noch nie weiter gegangen war als knapp zwei Kilometer, bevor er wieder kehrtmachen mußte. »Deinen Leuten wird es hier gutgehen.«

»Gibt es hier Haie?«

»Jede Menge«, sagte Tuck.

Malink nickte. »Meinem Volk wird es gutgehen.« Dann schwieg er für eine Minute, bevor er fragte: »Wirst du mit uns kommen?«

»Ich glaube nicht, Häuptling. Ich werde mich mit 'ner Menge Ärger rumschlagen müssen, sobald wir gelandet sind.«

»Aber hat Vincent dir nicht gesagt, daß du das hier tun sollst?«

»Irgendwie schon. Warum?«

Malink lehnte sich zurück und lächelte selbstzufrieden. »Dir wird es auch gutgehen.«

Plötzlich ertönte ein Alarmklingeln im Cockpit, und Tuck ließ seinen Blick über die Instrumente wandern, um festzustellen, was nicht stimmte. Das rote Warnlämpchen für Luftkollisionen blinkte, und Tuck suchte den Himmel nach einem anderen Flugzeug ab. Als er keines sehen konnte, setzte er den Kopfhörer auf in der Hoffnung, daß der Tower in Palmar ihm vielleicht sagen konnte, was los war.

Bevor er noch das Mikrophon einschalten konnte, hörte er jemanden sagen: »Schätzchen, ich will einen Besen fressen, wenn dir der Gestank nicht hinterherweht wie 'nem Mistwagen im Sommer.« Da war er wieder, der vertraute texanische Singsang, vielleicht der süßeste Klang, der ihm je zu Ohren gekommen war.

»Mary Jean«, sagte Tuck. »Wo bist du?«

»Wenn du zum Fenster rausschaust, bei elf Uhr.«

Tuck blickte nach oben und sah eine brandneue rosa Gulfstream, die parallel zu ihm flog.

»Wenn du deinen Kopfhörer aufgehabt hättest, wüßtest du schon seit 'ner Viertelstunde, daß ich da bin.«

»Was *machst* du hier?«

»Jake hat mich aus Hawaii angerufen und mir erzählt, was du vorhattest. Wir haben uns einen kleinen Plan zusammengeschustert. Dieses eine Mal zieh ich deinen Arsch noch aus dem Feuer, Tucker Case, aber du bist mir was schuldig.«

»Tja, das hab ich doch schon mal gehört.«

»Weißt du noch die Adresse der Firma in Houston? Die Nummer?«

»Klar.«

»Dann stell die als Frequenz ein, und ich kläre dich über alles auf. Es ziemt sich nicht für eine Lady, ihre Privatangelegenheiten auf der gleichen Frequenz zu diskutieren, die auch der Tower benutzt.«

Sie lagen auf dem Boden im Dschungel unweit des Rollfelds, als der Lear-Jet landete. Sebastian ließ Beth im Schatten der Bananenblätter schlafen und kroch zu einer Stelle, von der aus er besser sehen konnte. Der Jet rollte auf das Tor zu und blieb stehen, ohne die Triebwerke auszuschalten. Die Wachen kamen aus den verschiedenen Gebäuden und strömten nun auf das Flugzeug zu. In der Nähe des Tores hatten sie Seesäcke aufgestapelt.

»Was ist da los?« Beth kam von hinten angekrochen. Die Wirkung des Valiums ließ mittlerweile offensichtlich nach.

»Ich denke, sie verziehen sich.«

»Aber nicht ohne uns. Das geht nicht. Ich bin die Himmelsgöttin, und ich werde das nicht erlauben.« Sie machte sich daran aufzustehen, aber Sebastian zerrte sie wieder nach unten.

»Sie wollten uns umbringen, Beth. Du warst ziemlich hinüber.«

»Richtig. Und wenn du mir jemals wieder Drogen verpaßt –«

»Du hast sie ja nicht alle«, sagte er.

Sie holte aus, um ihm ins Gesicht zu schlagen, doch er packte ihre Hand. »Reiß dich zusammen, Beth. Ich sage dir, sie bringen uns um, wenn sie uns finden. Kapierst du das?«

»Sie sind Dreckschweine. Ich werde nicht...«

Plötzlich gab es auf der anderen Seite der Rollbahn eine Explosion, und als sie sich umdrehten, sahen sie einen Feuerpilz, der sich an der Stelle erhob, wo eben noch die Klinik gestanden hatte.

Die Wachen waren in den Jet eingestiegen, und Nomura rollte ans Ende der Startbahn.

Die Quartiere der Wachmannschaft gingen als nächstes in Flammen auf, danach der Hangar, wo die Treibstoffässer explodierten und eine Stichflamme hundertfünfzig Meter hoch in den Himmel schoß.

»Woher haben die den Sprengstoff?« fragte Beth. »Wußtest du, daß sie Sprengstoff haben?«

»Sie vernichten alle Beweise«, sagte Sebastian. »Auf Befehl aus Japan, da bin ich ganz sicher.«

Der Lear-Jet begann gerade mit dem Startvorgang, als Sebstians Bungalow in die Luft flog wie eine Splittergranate, gefolgt von Tucks alter Unterkunft und Beths Bungalow. Auf der ganzen Insel regnete es Feuer.

»Meine Schuhe! Da drin waren all meine Schuhe. Ihr verdammten Schweine!« Beth riß sich von Sebastian los und rannte hinaus auf die Rollbahn, gerade in dem Augenblick, als der Lear-Jet vorbeiraste.

»Ihr verkommenen Wichser!«

Die Himmelsgöttin stand mitten auf der Rollbahn und brüllte sich heiser, während der Lear-Jet in den Wolken verschwand.

66

Wenn sie sie doch bei Alamo gehabt hätten

Mary Jean brachte die Gulfstream gleich hinter der 747 herunter. Tuck rollte nach der Landung mit knapp hundertdreißig Stundenkilometern vom Terminal weg, wo es von Polizeijeeps und Männern in Kampfanzügen nur so wimmelte, und, wie er sah, auch ein halbes Dutzend Kamerawagen von diversen Nachrichtensendern herumstand.

»Meine Damen und Herren, willkommen in Costa Rica. Die Außentemperatur beträgt dreißig Grad, und es ist sonnenklar, daß die Dinge von jetzt an unangenehm werden. Ich hoffe, daß alle bereit sind.«

Die Polizeijeeps kamen über das Rollfeld auf die beiden Flugzeuge zugerast. Mary Jean wendete die Gulfstream, so daß sie wieder in Richtung Startbahn stand.

Tuck wandte sich an Malink. »Wo ist Roberto?«

Malink deutete nach oben. Roberto hing am Griff der Notausstiegsluke. Daneben war eine federgedämpfte Kabelwinde an der Decke festgeschraubt. »Mary Jean, alles klar soweit?«

»Schätzchen, halt dich ran, solang noch Zeit ist. Wir haben in ein Hornissennest gestoßen.«

Tuck schnappte sich Roberto und stopfte ihn in sein Hemd. »Bleib da«, sagte er. Dann öffnete er die Luke und schaute noch einmal zurück zu Malink. »Ich muß jetzt los.«

Malink nahm Tuck in seine massigen Arme und drückte ihn, bis der Flughund zu schreien begann. »Du wirst zurückkommen.«

»Wenn du das sagst, Häuptling.« Tuck schaltete die Bordsprechanlage ein und griff zu seinem Kopfhörer. »Los jetzt!« sagte er und kroch zur Luke hinaus.

Die sechs Türen der 747 sprangen alle gleichzeitig auf, und die Notrutschen bliesen sich auf und klatschten zu Boden, als sei der Jet ein riesiges Insekt, dem plötzlich Beine wuchsen. Die Haifischmenschen ergossen sich über die Notrutschen, und Mary Jean brachte die Gulfstream auf Touren, um zu starten.

Tuck kletterte auf das Dach und griff noch einmal durch die Luke nach der Nylonschlinge, die an der gefederten Kabelwinde festgemacht war.

Die Polizeijeeps hielten zu beiden Seiten der zwei Flugzeuge an; Männer mit Gewehren stellten sich dahinter auf und versuchten auszumachen, worauf sie eventuell schießen mußten. Die Haifischmenschen rotteten sich zwischen den beiden Flugzeugen zusammen und bildeten einen menschlichen Korridor. Tuck atmete einmal tief durch und sprang vom Dach des Jumbo-Jets. Die abgefederte Kabelwinde tat genau das, wofür Boeing sie konstruiert hatte. Sie ließ den Piloten aus einer Höhe von drei Stockwerken sicher zum Boden hinab. Dort angekommen rannte Tuck durch den Korridor der Haifischmenschen und sprang in die offene Tür der Gulfstream. »Weg hier!« schrie er.

Die Haifischmenschen wichen zurück, Mary Jean löste die Fahrwerksbremsen, und der Jet schoß vorwärts. Tuck knallte die Tür zu und erreichte gerade in dem Augenblick das Cockpit, als ein Jeep mit Vollgas über die Rollbahn schleuderte und sich bei dem Versuch, dem Jet auszuweichen, überschlug.

»Laß dich mit mir nicht auf Mutproben ein, du Rotznase«, sagte Mary Jean grimmig. »Ich hab James Dean persönlich gekannt.«

»Glaubst du, die lassen dich mit dem Ding in die Luft?«

»Soll'n sie doch mal probieren, mich aufzuhalten. Das würd ich gern mal sehen.«

Die Polizeijeeps stoben förmlich auseinander, als der Jet auf die Startbahn zuraste. Trotz all der Gewehre schien niemand daran interessiert, auch nur einen einzigen Schuß abzufeuern. Tuck schaute zurück und sah, wie die Haifischmenschen winkten, als Mary Jean die Startbahn entlangschoß.

Als sie in der Luft waren, sagte sie: »Tucker Case, wenn du dich schon mal änderst, Junge, Junge, dann machst du wirklich keine halben Sachen, stimmt's?«

Tuck lachte. «Hast du wirklich James Dean gekannt?«

»Hat sich gut angehört, oder?« Sie drehte sich zu ihm um. Wie nicht anders zu erwarten, war ihr Make-up hundertprozentig auf ihr Kostüm und den Kopfhörer der Gulfstream abgestimmt. Plötzlich stieß sie einen kurzen Schrei aus. »Tucker, in deinem Hemd sitzt ein Ungeziefer.«

»Das ist Roberto«, sagte Tuck. »Er nicht mögen Licht.«

»Schätzchen, wenn ich so ein Gesicht hätte, dann würd ich auch trübe und lichtlose Umgebungen vorziehen. Erinnere mich daran, daß ich deinem Freund eine Probepackung von unserer neuen Antifaltencreme gebe.«

»Was war das eben eigentlich für ein Aufstand?« fragte Tuck.

»Heldentum, mein Sohn. Ich habe dir am Telefon gesagt, daß ich an die Erlösung glaube, und ich dachte, es ist Zeit, daß ich danach handle, was ich predige. Haben die wirklich die Organe von diesen armen Heiden verkauft?«

»Entschuldige bitte, Mary Jean, ich bin dir wirklich dankbar für die Rettungsaktion, aber versuch nicht, mich zu verscheißern. Die Bullen hätten jederzeit die Reifen von dem Jet hier plattschießen können, und wir wären immer noch am Boden.«

Sie lächelte ein wissendes Lächeln mit einem Hauch von Verschmitztheit. Die Mona Lisa mit einer blonden Perücke.

»Man muß den Medien was bieten, mein Sohn. Du würdest staunen, wie weit man in der dritten Welt kommt, wenn man die richtigen Stellen schmiert. Und wenn ich die Publicity bezahlen müßte, die das eben eingebracht hat, würden die Gewinne von diesem Jahr nicht reichen. Du wirst mir die Schmiergelder natürlich erstatten. Jake sagt, daß du dazu in der Lage bist. Die Jungs von der Steuer machen immer so 'n säuerliches Gesicht, wenn man versucht Schmiergelder abzusetzen. Obwohl wir's in dem Fall ja mal mit Werbekosten versuchen könnten. Also vergiß es, du schuldest mir nichts.«

»Dann war das der einzige Grund? Publicity?«

»Ich hab mich dir gegenüber schäbig verhalten, Tucker. Nicht, daß du's nicht verdient gehabt hättest, aber ich hatte kein gutes Gefühl dabei. Ich hab dich immer irgendwie als mein kleines schwarzes

Schaf betrachtet. Kommt daher, daß ich aus 'ner Rancherfamilie stamme.«

Tucker lächelte.

»Egal. Wo fliegen wir hin?«

»Ich hab da so 'n kleinen Flecken auf den Cayman Islands. Jake wird sich dort mit uns treffen. Er hat deine kleine Freundin dabei.«

67

Rückkehr zum Kannibalenbaum

Die Himmelsgöttin erwachte mit einem schrecklichen Schmerz in ihrem Kopf. Sie konnte weder Arme noch Beine fühlen, und irgend etwas schnitt ihr zwischen den Brüsten ins Fleisch. Sie und der Medizinmann hatten zwei Wochen lang in dem verlassenen Dorf gelebt.

Das letzte, woran sie sich erinnerte, war, daß der Medizinmann in die Dunkelheit hinausgegangen war und sie ein dumpfes *Wapp* gehört hatte. Als er auf ihr Rufen nicht geantwortet hatte, war sie losgegangen, um ihn zu suchen.

Sie öffnete die Augen und blinzelte, um deutlicher sehen zu können. Die Welt schien sich zu drehen, und für eine Sekunde war alles, was sie sehen konnte, ein grüner Schleier, bei dem es sich um den Dschungel handelte. Dann wurde schlagartig alles deutlich. Sie hing zwei Meter über dem Boden am Ende eines Seils aus Kokosfasern und drehte sich langsam um die eigene Achse. Die Verschnürung grub sich in das Fleisch zwischen ihren Brüsten und schnitt die Blutzirkulation in ihren Gliedmaßen ab. Sie hob den Kopf und sah einen steinalten Eingeborenen, der mit einem länglichen Erdofen beschäftigt war, aus dem zu beiden Enden Rauch hervorquoll. Unweit davon war die Kleidung des Medizinmanns aufgehäuft.

Der alte Eingeborene hob den Blick und kam auf dürren Beinen auf sie zugeschlendert. In seinem Haar steckten Hühnerfedern, und seine Augen hatten einen rheumatischen gelben Schleier.

Grinsend bleckte er die Zähne, die aussahen, als seien sie spitz zugefeilt worden, und streckte dann die Hand aus und kniff sie in die Wange. »Jammjamm«, sagte er.

Epilog

Befördert durch den Einfluß von Mary Jean Dobbins, die in der Hauptstadt eine Fabrik eröffnete, und den Erwerb einer großen Landfläche durch einen anonymen Käufer wurden die Haifischmenschen als Bürger Costa Ricas anerkannt und ihr Land zum Nationalreservat erklärt. Malink blieb noch viele Jahre Häuptling, und als er zu alt wurde, um die Verantwortung seines Amtes länger tragen zu können, bestimmte er – da er keine Söhne hatte – Abo zu seinem Nachfolger. Abo lernte, die Zeremonien zu Ehren Vincents ebenso zu leiten wie die Gebete um dessen Rückkehr, denn sie alle glaubten, daß er zurückkehren würde. Doch im Laufe der Zeit, als die Historie sich zur Legende wandelte, begannen sie zu glauben, daß Vincent dieses Mal in einem pinkfarbenen Jet zurückkehren würde – begleitet von seinem Propheten Tuck, der sie aus den Klauen der Himmelsgöttin gerettet hatte, und dem großen Seefahrer und Navigator Kimi, ohne den, so hieß es, der Prophet Tuck seinen eigenen Arsch noch nicht mal mit beiden Händen gefunden hätte.

Jeden Morgen vor dem Frühstück ging Tuck am Strand von Little Cay mit seinem Flughund spazieren. Na ja, eigentlich flog der Flughund. Tuck hingegen flog immer am Nachmittag. Er war Besitzer einer fünfsitzigen Cessna, die auf dem Rollfeld neben dem kleinen Haus parkte, in dem er und Sepie wohnten. Mit dem, was von seiner Hälfte des Geldes von den Schweizer Bankkonten noch übrig war – nachdem er das Haus, das Flugzeug und fünftausend Hektar Regenwald an der Küste Costa Ricas gekauft hatte, die er den Haifischmenschen überließ –, war Tuck in der Lage, Sepie eine Satellitenschüssel samt einem 80-Zentimeter-Sony-Triniton zu kaufen, was alles war, was sie von ihm verlangte – außer seiner Liebe, seiner Loyalität und daß der Flughund aus dem Haus blieb. Tuck gab ihr alles, was sie wollte, und verlangte von ihr lediglich, daß sie ihn liebte, respektierte und »das Glücksrad« leise drehte, wenn er seine Buchhaltung erledigte.

Er vermietete sein Flugzeug an die Angler und Taucher, die von Insel zu Insel ziehen wollten, und machte auf diese Weise genügend Geld, damit sie beide anständig essen konnten und Sepie Parfüm, Lippenstifte und Wonder Bras in Hülle und Fülle hatte, wobei es sich bei letzterem um eine neue Obsession ihrerseits handelte und nicht selten auch um das einzige Kleidungsstück, das sie trug.

Eines Morgens kurz vor Sonnenaufgang, als sie gerade ein Jahr auf Little Cay lebten, erblickte Tuck eine Gestalt, die allein am Strand stand. Er wußte, wer es war, noch bevor er nahe genug heran war, um ihn zu erkennen. Er fühlte es einfach.

Als er näher kam, betrachtete er die kantigen dunklen Züge und die Fliegeruniform mit den gestärkten Bügelfalten, und er sagte: »Du siehst ziemlich gut aus für 'n toten Kerl.«

Vincent nahm eine Packung Zigaretten aus seiner Jackentasche, schnippte eine heraus und zündete sie an. »Gute Arbeit, Kleiner. Ich denke, wir sind quitt.«

»War das mindeste, was ich tun konnte«, sagte Tuck. »Aber kann ich dich mal was fragen?«

»Schieß los«, sagte Vincent.

»Warum hast du's getan?«

»Ich hab überhaupt nichts getan. Ich hab nichts bewegt. Ich hab nichts berührt. Alles, was getan wird, tun die Gläubigen.«

»Komm schon«, sagte Tuck. »Eine vernünftige Antwort hab ich schon verdient.«

Der Flieger wandte sich für einen Moment ab und betrachtete die Korona über dem Wasser, wo jeden Augenblick die Sonne auftauchen würde. »Du hast recht, Kleiner. Du verdienst es. Erinnerst du dich an den Vortrag von der Dame – von wegen, daß Verlierer auf

Inseln so gut über die Runden kommen, weil es keine Konkurrenz gibt?«

»Ja.«

»Nun ja, das ist nicht der Fall. Inseln sind wie Brutkästen, weißt du. Man muß die Dinge in Gang bringen und wachsen lassen. Sie isolieren. Deswegen suchen sich die Witzfiguren bei euch im Fernsehen ihre Gemeinden auch hinterm Wald, wo niemand ihnen verklickern kann, auf was für 'n Blödsinn sie sich da einlassen. Nick einfach, wenn du irgendwas kapierst, Kleiner. Fein.

Also, ich hatte diese Wette zu laufen mit den Jungs, mit denen ich Karten spiele. Es ging darum, daß mein kleiner Kult wirklich groß rauskommt, wenn ich nur genügend Leute habe. Ich hab ihnen gesagt: ›Vor zweitausend Jahren war das, was ihr am Laufen hattet, auch nichts weiter als ein kleiner Kult. Laßt mich erst mal aufs Festland kommen, und gebt mir tausend Jahre, und ihr kriegt was für euer Geld.‹ Die Voraussetzungen haben alle gestimmt. Man braucht Druck – ich hatte den Krieg. Man braucht ein Versprechen – ich hatte das Versprechen, daß ich zurückkommen würde mit Kargo. Läuft alles prima für mich. Dann tauchen diese bescheuerte Dame und der Doc auf und reiten auf meiner Masche, und ich denke, hier ist meine Chance, groß rauszukommen. Man braucht ein paar Fieslinge, damit die Gemeinde erkennen kann, wer die Guten sind, stimmt's? Also sag ich mir: ›Vincent, es ist Zeit, daß du dir einen Moses zulegst. Treib einen Kerl auf, der deine Leute aus dem Schlamassel rettet, und versorg sie mit Geschichten, die dir einen Ruf einbringen.‹«

»Und das war ich?«

»Das warst du.«

»Warum gerade ich? Warum hast du mich ausgesucht?«

»Du hattest nichts zu tun.«

»Und das war alles? Ich hatte nichts zu tun?«

»Sieh den Tatsachen ins Auge, Kleiner. Du bist im Blindflug durch den Nebel gerauscht. Kennst du das Sprichwort ›Der Teufel gibt müßigen Händen Arbeit‹?«

»Ja.«

»Es stimmt, aber nur wenn er zuerst ankommt. Aber weil noch nicht mal er dich wollte, bin halt ich aufgetaucht.«

»Und jetzt wirst du mir den Rest meines Lebens Ärger machen?«

»Na ja, so schlimm hast du's auch wieder nicht erwischt. Es ist ja nicht so, daß du vierzig Jahre lang in die Wüste müßtest. Worüber machst du dir überhaupt Sorgen?«

»Stimmt, ich bin jetzt wirklich glücklich. Aber war's das jetzt mit uns?«

Vincent drückte seine Zigarette im Sand aus. »Das hängt davon ab, woran du glaubst, Kleiner? Hab ich recht?« Er verblaßte mit jedem Schritt, den er am Strand entlangging. »Tu nichts, das ich nicht auch tun würde.«

Tuck schaute mit an, wie sich ein Segelkanu am Strand materialisierte. Kimi stand am Ruder und winkte, als Vincent in den Bug des Kanus kletterte. Tuck winkte zurück und hörte auch dann noch nicht auf, als das Kanu sich im Nebel auflöste. Schließlich ging er zurück, um mit Sepie zu frühstücken. Er blieb an der Tür stehen, um seine Schuhe abzutreten, und Roberto landete mit einem dumpfen Geräusch am Fliegengitter und krallte seine Klauen in die Maschen, um nicht abzurutschen.

»Junge, bin ich froh, daß mit diesem übernatürlichen Zeug jetzt Schluß ist«, sagte der Flughund.

Nachwort und Danksagung

Mein Ansatz in bezug auf Recherche ist immer folgender gewesen: »Ist das korrekt, oder sollte ich lieber etwas unbestimmter bleiben?« Schon beim flüchtigen Überfliegen meiner Bücher wird man feststellen, daß ich den Ausdruck »irgendwie« häufiger als jeder andere lebende Autor verwende. Meine Leser, die die freundlichsten und intelligentesten Menschen der Welt sind, haben dafür Verständnis. Sie wissen, daß der Versuch, meine Bücher als Referenz zu benutzen, in etwa so sinnvoll wäre, wie glasierte Donuts als Baumaterial zu verwenden. Sie sind sich darüber im klaren, daß diese Seiten den Meistern des Blödsinns dienen und nicht denen der Genauigkeit. Also...

Sofern einige der Orte in *Himmelsgöttin* wirklich existieren, habe ich sie für meine Zwecke abgewandelt. Die Insel Alualu existiert überhaupt nicht, ebensowenig wie die Haifischmenschen, so wie ich sie beschrieben habe. Es gibt keine aktiven Kargo-Kulte in Mikronesien, ebensowenig wie Kannibalen. Die Position der Liebesdienerin existierte in der Tat in der Kultur von Yap, jedoch nur bis vor etwa hundert Jahren. Darüber hinaus existiert auf Yap und den Inseln der Umgebung ein strenges Kastenwesen, und die Schilderung der Art und Weise, wie Frauen auf Yap behandelt werden, basiert auf meinen persönlichen Beobachtungen. Meine Entscheidung, den »Organ-Schmugglern« die japanische Staatsangehörigkeit zu verleihen, wurde von geographischen Faktoren diktiert und nicht von Überlegungen in bezug auf Kultur oder Rasse.

Der Großteil der Informationen über Kargo-Kulte stammt aus zweiter Hand, von den anthropologischen Forschungen, die auf den

Inseln Melanesiens durchgeführt wurden. Die Informationen über Seefahrer, Navigatoren und Navigationskunst Mikronesiens verdanke ich Stephen Thomas' wundervollem Buch *The Last Navigator*. Meine Schilderung einer Haifischjagd basiert auf der Erzählung eines High-School-Lehrers auf Yap über die Bewohner der Insel Fais, und ich habe keine Ahnung, ob sie zutreffend ist. Die Darstellungen des Alltagslebens auf Alualu – wobei die religiösen Riten und die unumwundene Albernheit ausdrücklich auszunehmen sind – basieren auf meinen eigenen Erlebnissen auf der Insel Mog Mog im Ulithi Atoll, wo ich das Privileg der Gastfreundschaft von Häuptling Antonio Taithau und seiner Familie genoß. Vielen Dank an dieser Stelle an Häuptling Antonio, seine Frau Conception und seine Töchter Kathy und Pamela, die mich durchfütterten und aus dem Brunnen zogen, in dem ich gelandet war – nach zuviel *Tuba* in der Trinkrunde. Außerdem vielen Dank an Alonzo, mein *Indiana-Jones*-Kid, der mir auf Schritt und Tritt folgte und aufpaßte, daß ich auf dem Riff nicht ums Leben kam oder von Haien gefressen wurde, und dem ich vergebe, daß er mich in den Brunnen fallen ließ. Vielen Dank an Frank, den Lehrer, Favo den Älteren, Hillary, den Steuermann und all die Kinder, die für mich auf Bäume geklettert sind, damit ich immer genügend Kokosmilch zu trinken hatte.

Darüber hinaus schulde ich jenen Leuten tiefen Dank, die mir behilflich waren, zu den äußeren Inseln zu kommen: Mercy und all die Freiwilligen des Peace Corps auf Yap. Häuptling Ingnatho Hapthey und der Rat von Tamil. John Lingmar vom Bureau of Outer Island Affairs auf Yap, der mich in die lokalen Sitten und Gebräuche einführte, Genehmigungen erteilte und Arrangements traf. Darüber hinaus die Leute von Pacific Missionary Air, die mich hin- und zurückbrachten und meine Fragen über die Fliegerei auf den Inseln beantworteten.

Dank an die Amerikaner, die ich auf Truk traf: Ron Smith, der mir sein Tauchermesser ausborgte, und Mark Kampf, der mir seine Sonnenmilch, Neosporin und Klebeband gab, ohne die ich jetzt nicht mehr am Leben wäre. (Forschungsregel Nr. 1: Setze nie einen

Fuß auf eine unerschlossene Insel ohne Klebeband und ein großes Messer.)

Hier in den Staaten gilt mein Dank folgenden Leuten:

Bobby Benson, der mir überhaupt erst von Mikronesien erzählt hat.

Gary Kravitz für umfangreiche Informationen über Flugzeuge und die Fliegerei.

Mike Molnar für weiteren Pilotenkram und geduldige Erklärungen zum Thema Computer und Kommunikationstechnologie.

Donna Ortiz, der ich den Satz verdanke: »Du bist nichts weiter als 'n Lahmarsch im Körper von 'nem coolen Kerl« (und ich habe keine Ahnung, was sie damals damit meinte).

Dr. Alan Peters für medizinische Hintergrundinformationen.

Shelly Lowenkopf für das Beschaffen von längst vergriffenen Büchern zum Thema Kargo-Kulte.

Jim Silke und Lynn Rathbun für Zeichnungen und Landkarten.

Ian Corsan für Ratschläge und Tips über Ausrüstung und Überlebenstechniken in den Tropen.

Charlee Rodgers, Dee Dee Leichtfuss, Liz Ziemska und Christina Harcar für aufmerksames Gegenlesen und hilfreiche Vorschläge.

Nick Ellison, mein Agent und Freund, dafür, daß er geholfen hat, den Wolf von der Tür fernzuhalten, während ich am Schreiben war.

Rachel Klayman und Chris Condry, meine Lektoren bei Avon Books, für ihr Vertrauen und ihre Unterstützung.

Und vor allem gilt mein Dank der Romanschriftstellerin Jean Brody, die ihre eigene Arbeit hintanstellte, um *Himmelsgöttin* gegenzulesen.

Sosehr all die Erwähnten auch bei der Recherche und dem Schreiben dieses Buches behilflich waren, so sind sie doch in keiner Weise verantwortlich für die Freiheiten, die ich mir im Umgang mit den von ihnen zur Verfügung gestellten Informationen herausgenommen habe. Im Zweifelsfall möge der Leser davon ausgehen, daß ich mir alles nur zusammengereimt habe.

Christopher Moore
November 1996

Ben Elton
Popcorn

Roman · Titelnummer 54018

Tom Sharpe
Der Renner

Roman · Titelnummer 54019

Christopher Moore
**Der kleine
Dämonenberater**

Roman · Titelnummer 54002

Jeff Noon
GELB

Roman · Titelnummer 54007

MANHATTAN
by goldmann

MANHATTAN

»SPIEL DES JAHRES 1994«

Wer behält im Großstadtdschungel von Manhattan
einen kühlen Kopf, wenn es darum geht, die Skyline
von sechs Metropolen neu zu gestalten?
Eine imposante Kulisse aufzubauen ist allerdings nur die eine Seite
Denn wichtig ist es auch, dick im Geschäft zu sein
und die punkteträchtigsten Wolkenkratzer zu erobern.

HANS IM GLÜCK VERLAG, MÜNCHEN